ちくま文庫

戦闘破壊学園ダンゲロス

架神恭介

筑摩書房

希望崎学園校則

①
一人以上の人間の殺害。

②
明確な殺意を伴った殺人未遂。

③
一人以上の人間の強姦。

④
放火、もしくは、学園施設の五％以上の破壊。

⑤
一人以上の人間を六時間以上にわたり、自由意志を完全に奪い操作した場合。

⑥
銃器、細菌兵器、核兵器等を学園敷地内に持ち込んだ場合。

上記の六つの校則を犯した生徒は死刑に相当とする。

新校則

1）非童貞は極刑。
2）非処女は極刑。
3）廊下を走った者は極刑。
4）掃除をサボったら極刑。
5）服装が乱れた者は極刑。
6）遅刻者は極刑。
7）レイプ犯罪は加害者、被害者ともに極刑。

※審議中

『世界で一番美しいもの――』

生徒会グループ

学生証　希望崎学園高等部
氏名　ド正義卓也
性別　男
能力名　超高潔速攻裁判
生年月日　19×× 年 12 月 23 日
上記の者は本校の生徒であることを証明する
東京都 ××× 区 ×××◎－▼
希望崎学園高等部　学校長

学生証　希望崎学園高等部
氏名　友釣香魚
性別　女
能力名　災玉
生年月日　19×× 年 11 月 8 日
上記の者は本校の生徒であることを証明する
東京都 ××× 区 ×××◎－▼
希望崎学園高等部　学校長

学生証　希望崎学園高等部
氏名　怨み崎 Death 子
性別　女
能力名　自殺ブリミナル
生年月日　19×× 年 2 月 19 日
上記の者は本校の生徒であることを証明する
東京都 ××× 区 ×××◎－▼
希望崎学園高等部　学校長
希望崎学園高等部印
学生証　希望崎学園高等部
氏名　一刀両断
性別　女
能力名　先手必勝一撃必殺
生年月日　19×× 年 5 月 9 日
上記の者は本校の生徒であることを証明する
東京都 ××× 区 ×××◎－▼
希望崎学園高等部　学校長
希望崎学園高等部印
学生証　希望崎学園高等部
氏名　架神恭介
性別　男
能力名　サドンデスソース
生年月日　19×× 年 3 月 28 日
上記の者は本校の生徒であることを証明する
東京都 ××× 区 ×××◎－▼
希望崎学園高等部　学校長
希望崎学園高等部印

番長グループ

学生証　希望崎学園高等部
氏名　両性院男女
性別　男
能力名　チンパイ
生年月日　19×× 年 10 月 19 日
上記の者は本校の生徒であることを証明する
東京都 ××× 区 ×××◎－▼
希望崎学園高等部　学校長
希望崎学園高等部印

学生証　希望崎学園高等部
氏名　邪賢王ヒロシマ
性別　男
能力名　仁義なき戦い
生年月日　19×× 年 9 月 7 日
上記の者は本校の生徒であることを証明する
東京都 ××× 区 ×××◎－▼
希望崎学園高等部　学校長
希望崎学園高等部印

学生証　希望崎学園高等部
氏名　白金翔一郎
性別　男
能力名　秘剣・鏡面殺
生年月日　19×× 年7月8日
上記の者は本校の生徒であることを証明する
東京都 ××× 区 ×××◎－▼
希望崎学園高等部　学校長
希望崎学園高等部印
学生証　希望崎学園高等部
氏名　鏡子
性別　女
能力名　ぴちぴちビッチ
生年月日　19×× 年8月10日
上記の者は本校の生徒であることを証明する
東京都 ××× 区 ×××◎－▼
希望崎学園高等部　学校長
希望崎学園高等部印
学生証　希望崎学園高等部
氏名　あげは
性別　女
能力名　メルヘン・メン=ヘル
生年月日　19×× 年7月20日
上記の者は本校の生徒であることを証明する
東京都 ××× 区 ×××◎－▼
希望崎学園高等部　学校長
希望崎学園高等部印

その他

転校生

学生証 希望崎学園高等部
氏名 天音沙希
性別 女
人間
生年月日 19×× 年5月5日
上記の者は本校の生徒であることを証明する
東京都 ××× 区 ×××◎−▼
希望崎学園高等部 学校長
希望崎学園高等部印
学生証
氏名
ムー
性別
男
能力名
木曜スペシャル
生年月日
×××× 年7月3日
記の者は本校の生徒であることを証明す
××××××××××
××××× 学園学校長
学生証
氏名
ユキミ
性別
男
能力名
有無
生年月日
×××× 年6月20日
上記の者は本校の生徒であることを証明する
×××××××××××
××××× 学園学校長
学生証
氏名
黒鈴
性別
女
能力名
XYZ
生年月日
×××× 年1月27日
本校の生徒であることを証明する
×××××××
学校長

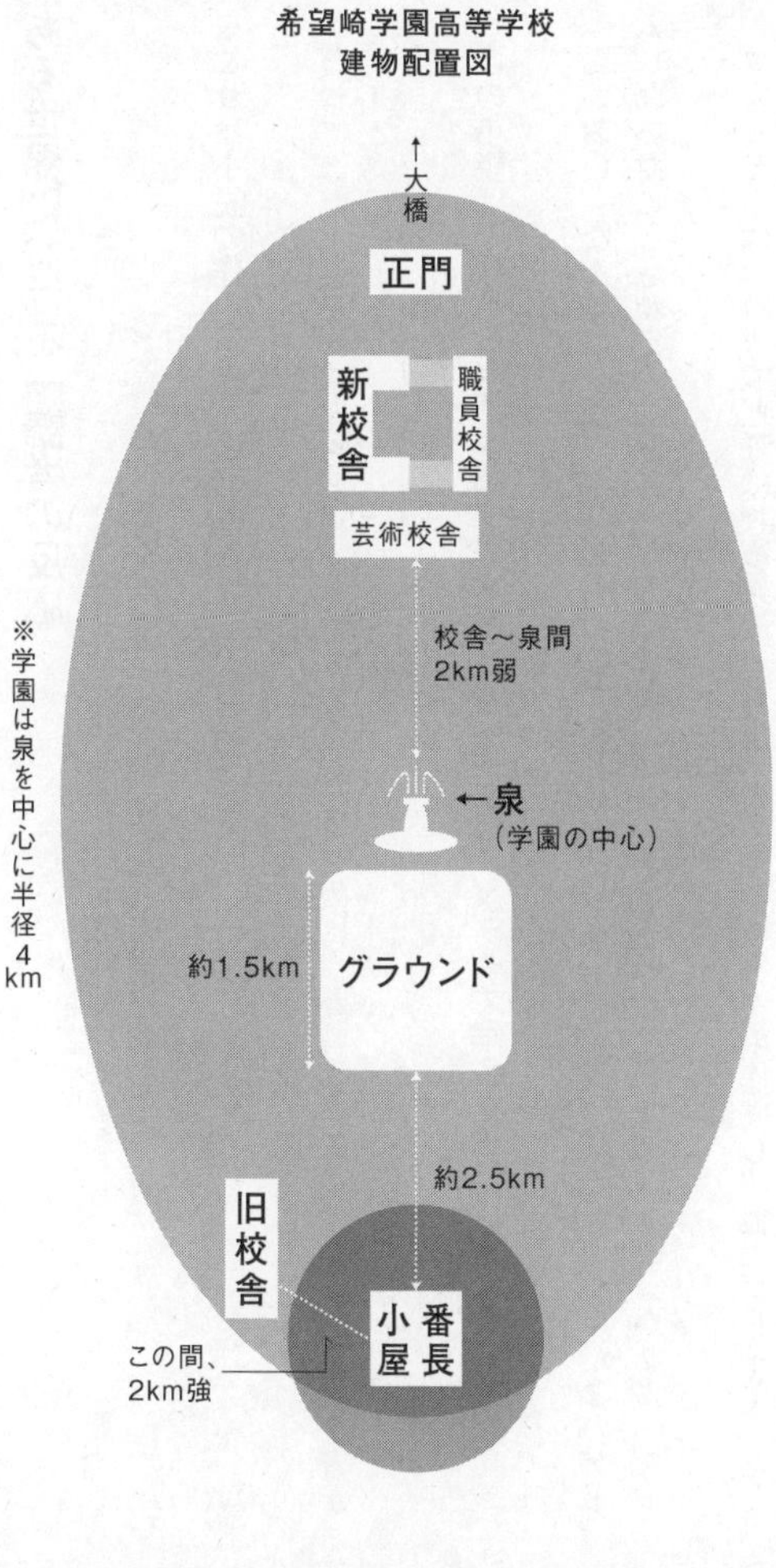
希望崎学園高等学校
建物配置図
↑大橋
正門
新校舎
職員校舎
芸術校舎
※学園は泉を中心に半径4km
校舎〜泉間
2km弱
←泉
（学園の中心）
約1.5km
グラウンド
約2.5km
旧校舎
番長小屋
この間、
2km強

ある世界における一読者の反応

※これは小説の作中世界とは別の世界でのお話です。

買ってきた小説をぺらぺらとめくってみると、「はじめに」という項にこのような文言が書かれていた。

この小説はTRPG「戦闘破壊学園ダンゲロス」のノベライズ作品です。

おいおい、なんてこった……。こいつはTRPGのノベライズかよ。しかも、なんだこのゲーム。聞いたこともねえ。失敗したなあ。まあ、買っちまったものはしょうがない、かなぁ……。

プレイヤーは『魔人』と呼ばれる異能力者を一人一キャラクター作成し、他のプレイヤーたちとチームを組んで、「生徒会」「番長グループ」の二派に分かれて戦います。「生徒会」「番長グループ」共に十名ずつで、MAPは次のようなものを使用します。

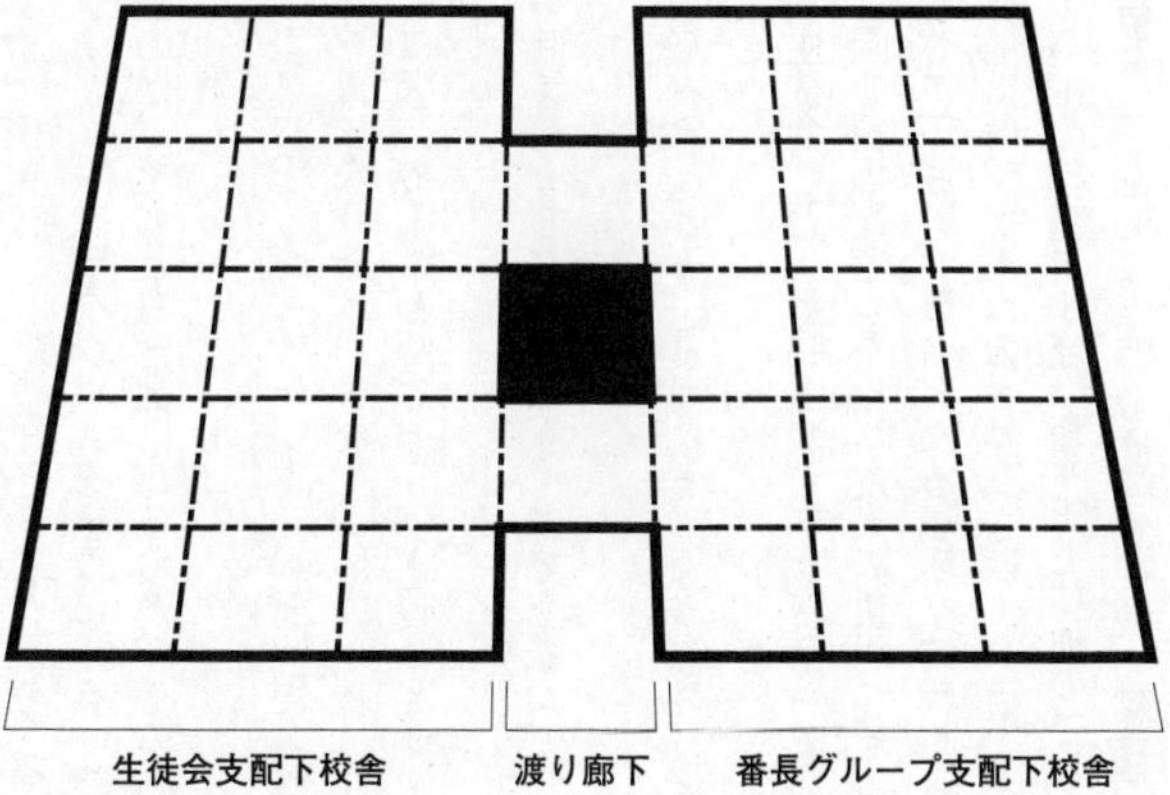

なんだなんだMAPとかあんのかよ？　これ、TRPGというより、むしろウォーゲームじゃねえの？　将棋とかチェスとかに近い感じの。

ゲーム中はゲームキーパー（審判）が両チームから提出される行動表に従ってキャラクターを操作します。通常攻撃のダメージ判定や、特殊能力の発動判定などもゲームキーパーが行います。

ゲームキーパー？　ああ、軍人将棋の審判みたいなもんか。でも、機械的に動かすだけならプレイヤー同士でできるんじゃねえの。要《い》らねえだろ、審判。

また、特殊能力により問題が発生した場合にジャッジを行うのもゲームキーパーの役割です。例えば、「キャラクターAに着ぐるみを着せる」能力が使用され、その後、別のキャラクターが「キャラクターAを全裸にする」能力を使用した場合、キャラクターAは着ぐるみのままなのか、それとも全裸になるのか、その判断はゲームキーパーに一任されます。

なるほどな。キャラクターの持ってる特殊能力の勝敗判定とかもやるわけね。しかし、これ、ケンカになりそうだよな。「なんでそういう判定になるんだよ！」「オレの能力の勝ちだろ、常識的に考えて！」とか。そういう時はどうすんだ？

良く分からない時はダイスでも振《ふ》って決めて下さい。

……おいおい、適当だな。まあでも、そのくらい適当な方がケンカにならなくてイイのかな？

「生徒会」と「番長グループ」が争っている理由はゲームキーパーが自由に決めて構いません。学園の覇権を争ったり、友人の仇討ちをしたり、魅力的な女性を奪い合ったりと好きなように設定して下さい。舞台となる場所や時代も自由に設定できます。

他には、ゲームの中盤（3ターン目）から登場するNPC『転校生』を操作するのもゲームキーパーの役割です。『転校生』は他のプレイヤーキャラクターとはロジックの異なる『強さ』を持ち、圧倒的な戦闘力で「生徒会」「番長グループ」の区別なくプレイヤーキャラクターを攻撃します。

ゲームキーパーは『転校生』ってやつを自由に作れるのか。……これ、バランス感覚がないと強すぎる『転校生』を作っちゃって、プレイヤーからブーブー言われたりすんじゃねえの？

本作、小説版「戦闘破壊学園ダンゲロス」においても、読者の皆さんは、以下のフォーマットを埋《う》める形で自分のキャラクター（魔人）を作り、小説の中に登場させることができます。

名前：　性別：　武器：
非処女・非童貞チェック：□前　□後
攻撃力：　防御力：　体力：
精神力：　フリースキル：
特殊能力：
キャラクター説明：

おっ、これは……。小説にゲームブック要素が入るってことか？　ゲームブックか……。旧時代の遺物だな。話には聞いたことあるけど実物見るのは初めてだぜ。

《名前》はあなたのキャラクターの名前です。あなたの分身ですから、カッコ良くてオシャレな名前を付けましょう。もちろん、あなた自身の名前を付けても構いません。

ま、こういうのはヘタに捻《ひね》るよりも素直に自分の名前を使っておくのが妥当だろ。変な名前付けて後から人に見られても恥ずかしいし。架神恭介《かがみきょうすけ》……っと……。

《武器》はあなたのキャラクターが所有する武器です。妖刀村正でも、ロンギヌスの槍《やり》でも好きなものを持たせて構いません。ただし、所持武器によりプラス補正が付くことはありません。カッコイイ武器を持たせましょう。

うーむ……。「なんでもいい」って言われると逆にセンスを問われるよなぁ……。自キャラにロンギヌスの槍とか持たせるのは中学二年生までに卒業しとくべきだろ。なんかもうちょっと、こう、微笑《ほほえ》ましくて、かつ、ウイットの利《き》いたものを持たせるべきだよな。とりあえず後回し、っと……。

《非処女・非童貞チェック》はあなたのキャラクターが処女、もしくは童貞であるかどうかです。男性キャラクターには前の童貞と後ろの処女があり、女性キャラクターには前の処女と後ろの処女があります。

なんじゃこりゃ。これ、高校生設定だろ？　そりゃ童貞だよ、童貞。童貞に決まってんだろ。高校生の分際で非童貞とか十年早ェー《はえー》。あーいや、でも、これ、ゲームだしなぁ。現実にできないことをやるのがゲームだし、よし、非童貞にしよう。してみよう。しかし、男の後ろの処女ってなんのことだ？

つまり、穢《けが》れを知らない男の子であれば前は童貞であり、後ろは処女です（両方のボックスが空欄となります）。しかし、例えば、男の子が屈強なホモにレイプされた過去を持つ設定であれば、前は童貞のままですが、後ろは非処女となります（後ろのボックスにチェックを入れて下さい）。また、最初は処女、童貞であっても、小説の進行中に非処女や非童貞となる場合もありますので、この場合は、適宜、ボックスにチェックを入れて、処女や童貞を失ったことを記録して下さい。何をもって童貞喪失とするかは難しい問題ですが、本作では本番行為をもって喪失と定義します。

………あー、そういうことか。アホか。

《攻撃力》は、主に通常攻撃において重要となる数値で、この数値が高い程、敵に多くの体力ダメージを与えることができます。《防御力》は敵の通常攻撃を防ぐための数値で、高い程ダメージを軽減できます。通常攻撃で与えられる体力ダメージは「《攻撃力》ー《防御力》」となります。

《体力》はキャラクターのヒットポイントです。1まで下がると「瀕死《ひんし》」になり、0になると「死亡」します。「瀕死」状態では移動力が0になります。《精神力》はキャラクターの正気度です。数値が低いと色仕掛けなど一部の「特殊能力」にかかりやすくなります。周囲で仲間が死ぬたびに、キャラクターは動揺して精神力が下がります。

《フリースキル》は自由に名称を設定できる、あなただけの技能です。「危険物取扱」「動物との会話」「図書館」「法律」「パイロキネシス」「料理」「外国語」など、何でも自由に設定できます。フリースキルが高い程、特殊能力が強化されます。特殊能力に関係したフリースキルを設定しましょう。

《攻撃力》《防御力》《体力》《精神力》《フリースキル》は、それぞれ、0〜20ポイントの間で設定できます。ただし、5項目の合計値は30ポイントまでです。各項目、人間のトップクラスが5ポイントで、6ポイント以上を振ると魔人の領域となります。つまり、6ポイント以上を《攻撃力》に振ればマイク・タイソンよりパンチが強くなります。

ふうむ。バランスよく割り振るか一つのステータスに集中させるかが問題だな。この中で犠牲《ぎせい》にするとしたらまずは精神力か？

《特殊能力》は、魔人が魔人たるゆえんであり、全ての魔人が一つずつ所持している超常的な力です。この能力はあなたのイマジネーションの赴《おもむ》くまま全く自由に設定できます。「凄まじい大火球を発生させ相手を一瞬で蒸発させる」「周囲にマイナス二五〇〇度の吹雪を発生させ、生きとし生けるもの全てを永久凍土へ封印する」などのカッコイイ能力を考えましょう。「エターナルフォースブリザード」のようなオシャレな能力名を付けるとモアベターです。

これも問題だよなあ。自由に設定できるからってムチャ強い能力にしたら空気読めない子扱いだよな。それにやっぱ能力バトルってのは控えめな能力が思わぬ活躍を見せたりするのが醍醐味《だいごみ》なわけで。それを考えると、もっとこう、何の役にも立たないような感じで、かつ、可愛らしいものにしたいな。うん、まあ、実際役に立たないかもしんないけど、それはそれで。いざとなったら、「この能力はぁー、実はこういう使い方もできるんですぅー」とか言ってゲームキーパーにゴネればいいんじゃねえの。

《キャラクター説明》には、あなたの作ったキャラクターの説明を書きます。「先祖代々に伝わる魔剣を所有」「暗殺一家の一人息子」「ロシアから来たスパイ」「ＩＱ２５０」などのクールなキャラ設定を考えましょう。

うわぁ、これはオレの日頃の妄想力が試されるなぁ……。しかし、これもイケメンでみんなから愛されてるとか、そういうのはちょっとアレだよな。メアリー・スーじゃねえんだし。むしろ、バカでトラブルメーカーで嫌われ者ポジションくらいの方が身の丈《たけ》ってもんだろ。でも、誰も彼もから嫌われるってのもそれはそれで人間味がねえよな。百人中百人から好かれるのは難しいが、百人全員から嫌われるのも難しいってなもんだ。ほとんど全員から嫌われながらも一部からは好かれるってのがリアルなところだろ。

あと、敵と戦わなきゃいけねえんだから、なんか理由があって敵を嫌っているとか、そういう感じにしといた方がいいのかな？　といっても、生徒会になるのか番長グループになるのかも分かんねえしなぁ……。ま、いいや、アレルギーみたいな感じで無条件で嫌ってることにしよう。オレの知らないところでなんかドラマがあったんだろ。たぶん。

納得のいくキャラクターができたでしょうか？　もう一度見直して、記入漏《も》れなどがなければ、いよいよ本編へと進んで下さい。

名前：架神恭介　性別：男　武器：おたま
非処女・非童貞チェック：★☑前　□後
攻撃力：2　防御力：4　体力：9
精神力：2　料理：13
特殊能力：「サドンデスソース」
カレーの辛さを自在に操る。カレーを一睨みするだけで、お子様カレーから激辛カレーまで自由自在の辛味調整を実現する。
キャラクター説明：相手陣営に対しアレルギー的な敵愾心《てきがいしん》を持ち、無闇《むやみ》に好戦ムードを煽り立てるロクでなし。バカで単純でトラブルメーカー。敵はもちろん仲間からも迷惑がられている。しかし、何も考えてないだけの姿勢が時には天空海闊《てんくうかいかつ》にも見えるらしく、後輩からは意外と慕われている。特技はカレー調理。たまに仲間に振舞う。普通に旨《うま》い。

ん。まあ、こんなもんだろ。武器はおたまだから攻撃力なんてないだろうし、バカだから精神力も低いだろ。あと、バトル物なのに「料理」に13ポイントも振るあたり我ながらカッコイイよなー。オーケー、オーケー。じゃあ、本編に進むとしますか。

戦闘破壊学園ダンゲロス【目次】

本文デザイン（p.3，pp.6−11，p.13）
NARTI;S

『友釣香魚』

二〇〇七年七月十日　夕刻

うっすらとした影が辺りに立ち込めてきた初夏の夕暮れ。埼玉県立日立《めだち》中学校の裏手にある竹林道は一部生徒の登下校に利用されていたが、この時間帯ともなると人影はほとんど見られなくなる。辺りの街灯の乏《とぼ》しさもその一因であるが、そもそもここは小気味の良い場所ではない。道沿いに並ぶ家々はとうに家主に見捨てられ、朽《く》ち果てるままに放置されていたが、その壁面には大きな爪痕が残されて、人気なく寂しい下校路に荒涼とした雰囲気を添《そ》えていた。魔人阿摩羅識《あまらしき》ぎりかの能力『サンカーシャ』により、世界がジュラ紀世界と一時的な世界接合を果たした際の名残《なごり》であるが、世界をパニックに陥れた恐竜騒動も今は昔。静かな夕闇であった。うっすらと輝く二つの月は見る者の感覚を眩暈《めまい》の如くに惑わせ、竹林を抜ける風のざわめきも、清澄というよりは物悲しく辺りを包んでいた。

しかして、今夕。夏の熱気と合わさりムッとした臭気に包まれる竹林の奥からは、風が竹の香りと共に栗の花の匂いを運んでいた。中学校舎の裏門から出て八〇〇メートルばかりを進んだところであろうか。道の片隅にフレームのへしゃげた赤い自転車が転がされており、その横には一台のスクーターが止められている。そこから道を外れ、栗の花の香りの導くままに竹林の中を一〇〇メートルほど分け入っていくと、その奥には淫《みだ》らにまぐわう男女五人の姿が。男たちは四人おり、年の頃は二十歳前後。夏場らしい軽装で股間《こかん》は皆丸出しである。女は表情にあどけなさすら残すうら若き少女であるが、セーラー服は卑猥《ひわい》に乱れ、まな板の如き平板な両胸が露出している。制服を見るに、おそらくはすぐそこの日立中学校の女生徒であろう。

しかし、この年で男四人を相手に恍惚《こうこつ》を得ているビッチかといえば、そうではない。少女の瞳は恐怖と混乱に滲《にじ》んでいた。じたばたと手足を動かし、ささやかな抵抗を試みてはいるが、四肢は男たちによりしっかりと固められ、その反抗に如何《いか》程の意味があるとも思われぬ。少女の股間は自身の血で濡《ぬ》れていたが、男たちは構わずみすぼらしい一物を彼女の中へと収めていった。

少女は声を上げて泣こうとするが、口には黄色い布のようなものが押し込まれており、悲痛な叫びも「モゴー」とか「フンガー」としか聞こえない。いや、だが、その口中に含まれたるものの！　良く見れば布ではない。ブリーフだ！　彼女の口へと押し込まれたものは男物のブリーフに相違なかった。なんという変態性欲。世も末である。

そして、男の手が延び――、薄い胸板が乱暴に鷲摑《わしづか》みにされ、少女は――、友釣香魚《ともづりあゆ》は痛みに震えて、もう一度、「フンガー」となくことしかできなかった。

＊

「香魚ー、帰り気をつけなよー。あの辺りマジ暗いからさ。変態の魔人に襲われちゃうかもだよー」

「寄り道せず、早くおうちに帰りなよ、じゃあねー」

香魚の脳裏に、級友たちの別れ際の言葉がよぎった。

あの時の彼女は、親友たちに手を振り、にっこりと笑ったが、それだけだった。竹林道は確かに薄暗く人気の無い場所ではあったけれど、帰り道はずっと下り坂だし、寄り道しようにも寄る程の場所もない。それに、まだ空も真っ暗という訳ではない。危ないことなんて何もない。はずだった――。

「カシャ」

と、音がして、辺りに小さな光が走る――。

本日、何度目かの記念撮影である。

先程まで、香魚の血で濡れた股間へと、己の粗末な一物を差し込んでいた男が今やカメラを構え、

「はい、ポーズ」

カシャリと、また一枚。

香魚の処女は強引に彼らに散らされ、今もまだ犯され続けている。今の男で三人目。男はいまだ雫《しずく》の滴《したた》る一物を香魚の顔へと近付け、先っちょに付いていた汚れを彼女の頬《ほお》で拭《ぬぐ》った。すると、腕を押さえていた男が立ち上がる。

交代であった。

＊

友釣香魚の通う目立中学校は極めて平穏な学園である。荒れた時代もあった。次の時代は荒れるかもしれない。しかし、少なくとも今は平穏である。なぜなら。学内に魔人がたった二人しかいないのだから。

暴力的な魔人が徒党を組み、学園を暴力と恐怖で支配する――、「番長グループ」に牛耳《ぎゅうじ》られた学園は全国に数多《あまた》あり、そこでは恐喝、強姦、殺人などが日常茶飯事となっている。けれど、香魚の学園は平和だった。二人の魔人も大人しいもので、校外ではケンカなどもするらしいが、校内では悪い噂を聞いたことがない。たった二人だから、もちろん番長グループなど存在しない。

それでもみんなは――、香魚の親友であるちかちゃんゆうちゃんも含め、学園中のみんなは二人のことを毛嫌いしていたけど、それもある程度、仕方のないことかな、と香魚も思う。連日、魔人による猟奇殺人や大量殺人、通り魔殺人がワイドショーで過剰報道される昨今。社会には魔人に対する悪感情が渦巻《うずま》いている。だから、香魚もあえて二人の魔人に近しく接しようとはしなかったけれど、しかし、遠目に見ている限りでは、二人はいつも仲良く、明るく、楽しそうに見えた――。とにかくも、香魚の毎日は平和で、平穏で、退屈なまでに安全だったのだ。危ないことなんて何もないはずだった。

なのに、あの時――。

＊

ちかちゃんゆうちゃんと別れ、自転車に飛び乗った友釣香魚は、いつも通りに裏門から学校を発ち、竹林の中の下り坂をスルスルと下っていた。自転車で坂道を駆け抜けるのに五分も掛からない。心配することなど何もないと思っていた。

だが、急なカーブを曲がった直後。

ドンッ――！

と、彼女は横合いから強い衝撃を受け、自転車から投げ出される。地面に軽く頭を打った香魚は、痛《いた》たたと呻《うめ》きながら身を起こした。一体何が起こったのか、一瞬理解できなかった彼女だったが、横転している自分の自転車の横に一台のスクーターを認めて、ああ、事故に遭《あ》ったのだな、と悟る。そして、頭を押さえていた自分の右手を眺めて、出血がないことを知りホッとしたのであった。

スクーターに乗っていた男性が降りて、自分の方へと走ってくる――。とりあえず、これからどうなるんだろう。病院に連れて行かれて精密検査を受けることになるのかな？　香魚がそんな風に考えていると、竹林の茂《しげ》みから他に三人の男が現れ、走り寄ってくる。ああ、事故があったら人が集まってくるよね、などと思った彼女であったが、しかし、よく考えるとおかしい。この時間帯になぜ三人もの若い男が竹林の中にいたのか……。

彼らは香魚の体を無造作に掴むと、そのまま竹林の奥の方へとグイグイと引っ張っていく。

「え、ちょっと……、なんですか……」

彼女が助けを求めて叫ぶべきことに気付くまで、もう僅《わず》かばかりの時間が要《い》るのであるが、彼らはそれに先手を打った。この時、彼女の口に捻《ね》じ込まれたものが例のブリーフである――。香魚は他人の悪意に慣れていなかった。そんな彼女がようやく悲鳴を上げたのは、男たちの一人が堪《こら》えきれぬとばかりに、ヒッヒ……と笑い声を立てた直後である。

なお、この四人は魔人ではない。普通の人間――、地元の不良大学生であった。だが、そんなことは今の香魚には何の関係もない。

*

最初の一人に犯された時、――つまり、彼女が処女を失った時。友釣香魚は懸命《けんめい》に抵抗した。もちろん四肢を成人男子に掴まれているのだから、何の意味もなかったのだが。混乱と恐怖と痛みの最中で、一人目に強引にそれを奪われた香魚は、二人目の時はとにかく泣きじゃくるばかりであったが、三人目に入ると少しは落ちついたのか、弱々しくも再び抵抗する動きを見せた。だが、四人目になると、彼女はグスグスと泣きながら、もはや静かに身を横たえるしかなかった。

しかし、これが三人目の男には気に食わなかったらしい。

「おい、どうした。声出さねえとオレたちがつまんねえだろ」

男は力任せに香魚の腹部を蹴《け》りつけた。

香魚は身を悶《もだ》えさせ、ゲフッ、ゲフッと咳《せ》き込んだ。蹴った男には分かっていなかったが、この一撃で彼女の肋骨《ろっこつ》にはひびが入っていた。無論、それを知ったところで、男が気にしたとは思えないが。

「おう、そうだ。そうやって泣いてろよ、いいな」

と、蹴った男はご満悦のようだが、これから事を行おうとする四人目の大学生は、余計なことをするなよ、とケチをつけた。

「——なぁ、オイ。明日はどうするよ?」

腕を押さえている一人が尋ねた。

「また、コイツを呼び出せばイイんじゃねえか?」

「いや、コイツはもうイイだろ。一度で十分だ」

「でも、このまま家に帰すのもマズくねえか?」

「そりゃもちろんそうだ。あァ、そうだ。コイツにさ、明日、クラスの女を呼んで来させようぜ。友達の一人ぐらいはいるだろ」

「そうだな、共犯ってことにさせとこうか。オイ、聞いてるか、お前、オレたちの仲間にしてやるからよ。クラスに女友達いるよな?」

オイ、聞いてんのか、と言いながら、男の一人が拳骨《げんこつ》でゴツゴツと香魚の頭を殴る。

「いいか、処女を連れて来いよ。顔もできるだけマシなやつだぞ。分かったな、オイ」

「親とか教師とかくだらねーこと考えんなよ。今日の楽しい記念写真を全世界公開したくねえだろ？」

男たちは抑揚のない冷淡な口調でそう言ったが、四人目の大学生は少しだけ優しい声で、

「巧《うま》く連れてきたらな、お前は今日だけで勘弁してやるからな」

とも言った。

四人目の男はそう言いながら己の一物を構える。先程までの三人の粗末な物とは異なり、巨塔の如く聳《そび》え立つ立派な代物であった。

四人目が腰を沈める。

そして——。

打った頭の痛みと、蹴られた脇腹の痛みと、犯された股間の痛みの中で、悪意と恐怖と後悔の中で、香魚は想う。

——男は、みんな、ケダモノだ。

と。

彼女の理想は——、

男に対する、彼女の理想は、壊れていく。

こいつらは、クラスの女子を、友達の女子を、ちかちゃんを、ゆうちゃんを、連れてくるように言った。

——男は、みんなケダモノ……

ちかちゃんゆうちゃんは、中学に入って初めてできた香魚の親友だった。口下手で、人見知り

で、おどおどするばかりの香魚に積極的に話しかけてくれた。魔人に向ける彼女たちの眼差《まなざ》しは厳しかったけれど、でも、香魚にはとっても優しい、大切な友達だった――。

「香魚ー、帰り気をつけなよー。あの辺りマジ暗いからさ。変態の魔人に襲われちゃうかもだよー」

「寄り道せず、早くおうちに帰りなよ、じゃあねー」

別れ際の親友たちの言葉が、また心の中でリフレインする。

だが、彼女たちの忠告にもかかわらず、香魚はいま四人の男たちに犯されている。

――男は、いい。男はもう、どうでもいい。

でも、女の子を、女の子は守らなければ――。

クラスメイトを、友達の女の子たちを、ちかちゃん、ゆうちゃんを……、こんな男たちに差し出すなんてまっぴらだ。そんなことをするくらいなら、あたしはいっそ死んだ方がマシだ……。

そんなことをするくらいなら――

そんな風に香魚は思い詰めていた。思い詰めていた。けれど――、

『…………いやだ！』

いやだ！　どうしてあたしが死ななければならないの？　死ぬべきはこいつらなのに……。ケダモノ以下のこいつらが死ねばいいのに！　ケダモノらしく、口から精液を吐き散らかして、汚いちんこを爆発させて死ねばいいのに！　死ねばいいのに！

香魚の怒りと悪意が胸の中で渦を巻き、彼女の妄想を膨らませて――、

瞬時の間、香魚はその妄想へと遊んでいた。

全ての男が醜いケダモノと化し、口から己の精液を垂れ流し、金玉が風船のように膨張し、爆裂して惨《みじ》めに死んでゆく様を──。

一時の間、この幸せな妄想の世界に遊んだ香魚は逆にへらへらと笑い出し、足を押さえていた男たちは不気味そうな顔をしたが、三人目の男はその壊れた笑顔をさも愉快そうにニヤニヤと見つめていた。

一方、四人目の男は香魚の変化は特に気にも留めず、マイペースに挿入準備を行っていたが、ふとした弾《はず》みで、男の手が、目一杯広がった香魚の股間へと触れた。

そして、言う──。

「うわっ、汚ェ……」

その瞬間、友釣香魚は己の力を『認識』して──、
ためらわずに、その力を行使し、叫んだ！

『全ての金玉に、
災いあれ──！』

と。


直後。

＊

半裸の友釣香魚の周りに転がるは四人の大学生。

——だったモノ。

魔人への覚醒は、一瞬にして成し遂げられる。

魔人になったとて、何か見た目が変わるわけではない。

ただ、『認識』するだけだ。

そして、覚醒と同時に、彼女は己の力の全てを理解し——、
能力を発動する権利を得る。

後は、自由意志に従い、自己責任の下で、己の権利を行使するだけだ。彼女は、彼女自身の、明確な意志をもって、大学生四名を殺害した。

己に与えられた力を行使し、地獄から我が身を救い出したのである。夜の帳《とばり》が下りた竹林には、溢れ出た四人の精臭が漲《みなぎ》っていた。

「警察に……、行かなきゃ………」

友釣香魚は汚れた制服を纏《まと》い、竹林からふらふらと歩き出ると、フレームの折れ曲がった赤い自転車にまたがり、派出所を目指して、キーコ、キーコと力なく漕《こ》ぎ出していった。

だが、彼女の本当の地獄は、ここから始まる——。

一、転校

二〇一〇年九月二十一日 十七時

みんみんとけたたましく鳴き続けてきた蟬《せみ》の声も鳴りを潜め始めた九月の夕刻。地を焼き続けた陽も斜めに落ちて、大分過ごしやすくなったこの時分。商店街から一本道を外れた住宅街の路上で、自動販売機を前に円となり、うんこ座りをしている男たちの一団があった。

彼らはよれよれの緑のブレザーをだらしなく着崩し、けれど、頭はリーゼントでビシッと決めて見事なとさかを誇示している。腰にはチェーンをブラブラとぶら下げ、歯にはぴかぴかのグリルが輝き、そこには「I am hiphop」と書かれていた。

全国津々浦々《つつうらうら》どこにでも見られる、典型的な不良学生たちであった。彼らは、

「でよッ、三高の山下は、オレの裏拳ワンパンでブッ殺したぜ、ぎゃは!」

などと、互いに武勇伝を吹聴しては、何が面白いのか、ぎゃは、ぎゃは、と笑い合っている。

無論、その合間にも、周囲にメンチを切り、怪訝《けげん》そうな顔で彼らを見つめる近所のおばさんたちへの牽制《けんせい》を忘れない。攻撃的な視線を向けられたおばさんたちはビクッと身を震わせると、やあ

ねえ、最近の若い子たちは、などと呟《つぶや》きながら、そそくさとその場を立ち去っていく。そんな光景を見て、彼らはまた、ぎゃは、ぎゃは、と何が面白いのか笑い出すのであった。これが不良たちのいつも変わらぬウイークデー放課後ライフ。周囲を威圧し、孤立することが不良学生の嗜《たしな》みである。

だが、その日はいつもとは何かが違った。

禍々《まがまが》しきオーラを放つ彼らのサークルに向かい、すたすたと淀《よど》みなく歩み寄る一つの影。その足音に迷いはない。不良たちが、はてなと思い目を向けてみると、

――そこには少年がいた。

年の頃は十五、六であろうか。華奢《きやしや》な体軀《たいく》に温和な微笑を浮かべた人懐こい面立ちの少年が、臆する風もなく彼らに近付いてくる。落ちかけた陽が逆光となり、彼らには少年の表情は読み取り辛かったが、しかし、確かに少年は笑っていた。ニコニコと。

少年の余裕に溢れた表情とあまりに自然な足取りに、不良学生たちは一時呆然としていたが、ハッと我に返り不良の務めを思い出すと、全員揃《そろ》って威圧的視線を少年へと向けた。

――メンチを切ったのである。

別に少年が近付いてきて特に困ることもないのだが、そうすることが彼らのならいであった。

だが、少年は僅かも気にする様子はなく、やはり自然な足取りでスタスタと彼らに近付くと、

「すみません、道に迷ったのですが、お尋ねしてもよろしいでしょうか？」

と、屈託なく尋ねてくる。

対して、不良学生たちは濁った眼で少年をぎらりと睨《にら》みつけながらも、

「あァン？　道に迷っただと？　このタコやろう」

「オイ、コラ。てめえ、どこ行きてえんだ、このタコやろう」

と、コミュニケーションの姿勢を見せた。彼らとて狂犬ではない。道くらい聞かれれば教える。自慢のメンチにビビらぬことは不快であったが、ともかくも相手に害意がないことを確認した彼らは、精一杯高圧的に道を教えようとしていた。

「えと……、私立希望崎《きぼうさき》学園、というところなのですが……」

「ああ、それならよ、そこの道を右に曲がって橋を渡ってまっすぐだ。その先にある夢《ゆめ》の島《しま》が全て敷地だからよ。まあ、行ってみりゃあ、すぐに分か……」

と、そこまで言って、彼らは何か怖ろしいことに気付いたのか、濁った瞳をぐわと見開いた。

「……オイ。てめえ、まさか、あそこに行くつもりじゃねえだろうな……？」

だが、その学園の名を聞き途端《とたん》に青ざめた不良学生たちをよそに、

「そのまさかですよ」

と、少年はにこりと笑う。不良たちは粟立《あわだ》って――

「ば、ばか！　てめえ、そこの看板が読めねえのか！」

と、慌てて指差す先には、朽ちかけた古い看板が。

そして、そこには薄れかかった文字で、

『この先、DANGEROUS！　命の保証なし』

との警告文が記されていた。

「この先、ダンゲロス！　てめえが行こうとしてるトコは、泣く子も黙る『戦闘破壊学園ダンゲロス』なんだよ！」

「てめえのようなひょろっちい奴が行って生きて帰れる場所じゃねえ！　物見遊山のつもりならやめときな！　魔人どもに骨まで残さず食われちまうぞ！」

「しかも、今日からハルマゲドンだ！　ロクなこっちゃねえ！　やめとけ、やめとけ！」

不良たちは口々に少年を制止した。だが、彼らが慌てるのも無理はない。私立希望崎学園は魔人の巣窟《そうくつ》、――「魔人学園」として知られる高校である。魔人どもは一人一人が怪しげな超能力を持っており、そのタチの悪さたるや不良学生の比ではない。魔人学生たちの殺人や強姦は連日報じられる耳慣れたニュースだが、そうして手の付けられなくなった魔人たちが最終的に行き着く場所。それが私立希望崎学園。地元の不良たち言うところの「戦闘破壊学園ダンゲロス」である。

そのダンゲロスで本日十九時からハルマゲドンが行われようとしていた。ダンゲロスでは、魔人たちによる武闘派自治組織「生徒会」と、同じく魔人たちによる暴力結社「番長グループ」が、かねてより対立を続けてきたという。それが夏休み前後から、いかなる理由によるものか急速に対立を深め、ついに本日、学校公認の下で、両派によるルール無用の殺し合い「ダンゲロス・ハルマゲドン」が執《と》り行われるに至ったのである。

ハルマゲドンの開始時刻は刻一刻と迫っている。希望崎でも最終戦争に関与しない一般学生たちは早々に下校し、教職員たちもとばっちりを避けるため地下シェルター内の職員室へ閉じこもっている時分であった。

それなのに、この目の前のなよっちい少年が、魔人どもの血が降り注ぐ地獄の学園へと、知ってか知らずかたった一人で迷い込もうとしているのだ。不良たちが慌てて止めるのも無理はない。

こう見えて彼らは意外と親切なのだ。

だが、そんな不良たちの真心を受け流すように、少年は再びあどけなく笑う。

「御心配ありがとうございます。けれど、僕は行かなければなりません。なぜなら……」

この時――。

あまりにしゃあしゃあとした、この少年の態度に。

不良学生たちの脳内には、ある一つの「可能性」が浮上していた。それは、身の毛もよだつ思考であった。その思考に怯《おび》えた彼らは、その「可能性」を必死になって打ち消そうとしていたが、その恐るべき予感は、拭い去ろうとしても拭いきれぬ靄《もや》となり、彼らの心中を支配していく。そして――、

「なぜなら、僕は――」

少年の唇が動く。いまや不良たちは覚悟を決め、ごくりと生唾《なまつば》を飲み込んでいた。

「『転校生』なのですから」

『歩渡』

二〇〇七年十一月十日　十四時

「オイ、やばいぞ、逃げろ！」

「何、あれ！　どうなってるの⁉」

「――し、しまった、こっちに来るぞ！」

一人の少年から学生たちが逃げ惑っていた。皆、混乱し、慌てふためき、声にならぬ悲鳴を上げている。

――その少年は魔人であった。

手にした木刀で、追い詰めたクラスメイトの頭蓋《ずがい》をにやにやと、しかし、無言で叩き割っている。一人の頭蓋を砕いたら、また別の一人へと狙いをつけ、その頭蓋を砕く。男もたまに砕かれていたが、断末魔の叫びを上げているのは主に女子生徒であった。彼の手に握られている木刀は、先程、彼がお土産《みやげ》屋さんで購入した代物である。

これは、二〇〇七年、さる中学校の修学旅行中に発生した魔人の殺傷事件――、ごくありふれた魔人犯罪事件である。

＊

さて——。

言うまでもないことだが、修学旅行と言えば京都である。京都と言えば修学旅行であり、修学旅行と言えば京都以外には考えられない。全国の中学生、高校生は二年生になると選択の余地なく全員が京都へと送られ古寺古仏を堪能《たんのう》し、また太秦《うずまさ》映画村をキャッキャと走り回って、お土産屋で生八つ橋や木刀、「根性」と書かれたキーホルダーなどを買い求めるのである。

そして、中学二年生の両性院男女《りょうせいいんおとめ》、天音沙希《あまねさき》も、そんな修学旅行生の一人であった。

教師に引率され、清水寺へと訪れた彼らのクラスは、しばしの班別自由行動を許されて三々五々に散っていった。同じ班であった両性院男女と天音沙希は、視界を包む一面の紅葉《もみじ》の中、他の班員たちと共に本堂の方へと向かっていたが、周りの者には聞こえぬよう、天音沙希がそっと耳打ちした。

「男女クン——。ミヅキちゃん、大丈夫かな？」

と、不安げに問う沙希の表情に、両性院もまた眉を曇らせた。

「危険は……、ないと思うよ。今までだって別に何かあった訳じゃないし。先生だって付いてるんだから」

それはそうだけれど、と言って、沙希は小さな溜息《ためいき》を一つ吐《つ》いた。彼女の表情には憂慮の色がある。

ありありと浮かんでいる――。
いま、天音沙希が口にしたのは、クラスメイトの浅宮《あさみや》ミヅキのことである。彼らの中学は比較
的平和な部類に入る学園であった。魔人は学年に四人しかおらず、彼らも素行はよろしくないも
のの、重傷者や死人が出る程の暴力沙汰は今のところ起こしていない。とはいえ、彼ら魔人は修
学旅行などの特別な行事では特にハメを外しがちで危険なため、他の生徒たちとは一日遅れで学
校を出発することになっている。そして、彼らの引率には屈強な魔人体育教師が付き添うのであ
ところが、今回の修学旅行直前。その魔人班に一人の女子が加わった。それが、両性院たちのクラスメイトであり、同じ班のメンバーでもあった浅宮ミヅキである。実にタイミングの悪いことに、ミヅキは修学旅行の僅か半月前に魔人へと覚醒し、さらに運悪くそれが学校にバレてしまったため、急遽《きゅうきょ》魔人班へと編入されてしまったのだ。

なお、彼女が魔人バレしたのは、ミヅキがバカ正直に両親に魔人覚醒を相談してしまったためで、さらに、両親がこれまたバカ正直にこれを学校へ伝えてしまったためである。学校から保護者に向けて配られるプリントの中には「他の生徒の安全のためにも、子供が魔人覚醒した時は直《ただ》ちに学校に届け出て下さい」と書かれてはいるが、賢明な親であればもちろんそんな愚行はしない。魔人バレすると我が子の人生がメチャクチャになることだってあるのだ。自分の娘がアダルトビデオに出ていたからといって、それをわざわざ学校に報告する親がいるだろうか？　それと同じである。しかし、ミヅキの親のようにバカ正直な者も少なくはなく、中には「最近、うちの

子が魔人っぽいんです。先生、どうしたらいいんですか？」などと泣きついてくる親も結構いて、学校側も「いえいえ、息子さんは真面目な良い子ですよ。魔人なんかじゃありませんから」などと、なだめたり、すかしたりと結構大変だったりするのだが、まあ、それはさて置き話を戻そう。

天音沙希は表情にありありと憂慮を湛《たた》えていたのである。

「ミヅキちゃん、すごく不安がってたよね……」

「うん……」

沙希の言葉に両性院も同意する。ミヅキは魔人班への編入が決まってから、ずっとびくびくと怯えて、よく沙希に泣きついていたのを知っていたから。

しかし、怯えるのも仕方ないことだろう。今まで「なんだか怖い人たちね」と思っていた魔人四人と、「お前、修学旅行はあいつらと一緒だからな」と突然言われたら、それは怖くて当然だろう。

天音沙希はそんなミヅキのことを思い、また一段と表情を曇らせると、「魔人、か――」と、独りごちた。

「ねぇ、男女クン……」

「……………」

「ミヅキちゃんが魔人でも……。私たち、一緒に修学旅行に行けなかったのかな……」

「沙希、そういうことはあまり人前で言わない方がいい。みんなに聞こえるかもしれない」

両性院に静かにたしなめられ、沙希は、そうね……と悲しそうに頷《うなず》いた。

社会の魔人不信は根強い。学校という閉塞空間では尚更《なおさら》である。学園において圧倒的少数派である魔人たちは、周囲からの有形無形の圧力に晒《さら》され続けている。浅宮ミヅキにしても、多くのクラスメイトたちは、「ミヅキちゃんが魔人になっても私たち友達だからね！」「魔人だからってくよくよするなよ！」などと励ましたし、担任教師も「浅宮さんは魔人になったけど、みんなと同じクラスメイトです。前と同じく仲良くしましょう」などと言っていたけれど、それでも彼らとの間に目に見えぬ深い溝《みぞ》が広がったことをミヅキは感じざるを得なかった。その証拠に、ホームルームでミヅキが魔人班に編入されることが通達されても誰も異を挟まなかったし、逆に唯一反対した沙希が、「魔人は魔人と班を組むのが当たり前でしょう」「もし、ミヅキちゃんが問題起こしたらあなた責任取れるの？」「これは差別じゃなくて区別よ」などと、「分からない子」扱いされる始末である。両性院は沙希のそんな真っ直ぐなところも大好きだったけれど、「あれはまずかったよ」と放課後二人で反省会を開かざるを得なかった。

　実際に、クラス内のみならず学年でも人気の美少女であった天音沙希に、この一件以来、「顔は可愛いが、頭はちょっと足りない子」という妙なレッテルが貼られてしまっている。沙希のことを良く知らず顔だけで判断している同級生たちは、彼女のことを虫も殺せぬ美少女だと思っているのだろうか。乳幼児の頃から彼女の幼馴染《おさななじみ》をしてきた両性院としては、そんな無鉄砲で正義感の強いところも彼女らしいと思っているのだが——。なんたって小学校に上がる前は、両性院がいじめられるたびに沙希が助けに入って、いじめっ子とドッタンバッタンやりあっていたくらいである。今でこそ、そんなやんちゃは鳴りを潜めているが彼女の根っこは何も変わっていない。

時に無謀にも思える程に、彼女はあけすけで、自分に素直なのである。そんなところも両性院には眩《まぶ》しかったのだけれど――。

当の沙希自身はそんな周囲からのレッテルもちっとも気にしてはいないようだが、しかし、親友である両性院はそうもいかない。魔人問題はデリケートなのだ。思ったことを素直に口に出せるほど現実は甘くない。両性院はそんな自分に卑屈さを感じながらも、また、沙希の眩しさに惹かれながらも、それでも咎《とが》めざるを得なかった。それが彼女のためだと信じて――。

「でもね。私、思うの……」

一度はこの話題を中断しかけた沙希だが、どうやらまだ続くようだ。同じ班の他のメンバーたちは彼らの二～三メートル先を歩いている。両性院は右掌を小さく下に振って、念のためもっと声を下げるようジェスチャーした。それを受けて、沙希が小声で続ける。

「私、魔人だからって、魔人がそれだけで悪いことをする訳じゃないと思うの。彼らは悪いことができる『力』を手に入れただけなんだって……」

沙希は微かに後ろを振り返って――、

「例えば、さっきのお土産屋さんで男子たちが何人か木刀を買ってたじゃない？　あれだって、その気になれば人を殴り殺すことだってできるよね。でも、私たちは誰もそんなことしないよ。それと同じじゃないかな。ミヅキちゃんが魔人になったからって、何も危ないことなんてないと思うの――」

でも――、と両性院も小さな声で応える。

「でも、現実はこないだのホームルームの通りだよ。魔人への風当たりはやっぱり強い……。僕たちが木刀を持っても人を殴り殺さないのはそんな必要がないから。けれど、魔人たちは日頃からあんな圧迫を受け続けてるんだ。いつ、彼らの感情の堰《せき》が切れるか分からないし、その時に彼らが周りに及ぼす被害は木刀を持った僕たちなんかとは段違いになる……」

「けど、それって卵が先か、鶏が先かって話じゃない？　私たちが魔人を追い詰めてることが元々の問題なんじゃないかしら。『魔人班』とか、彼らを特別に分けること自体に問題があるんじゃないかって思うの」

「それはそうだけれど……」

——けど、それは理想論だ、と両性院は思う。

繰り返すが、社会に蔓延《まんえん》する魔人不信は根強い。「魔人には全員ロボトミー手術を施すべきだ！」などと本気で主張する現役議員までいる程である。こんな現状では魔人たちが反社会的行為へと走るのもある程度仕方がない。だから、現実問題として、「魔人バレ」している者に対しては嫌でも警戒せざるを得ないのだ。

だが、もしも——。

もしも仮に、沙希や親友のミツルなどが魔人となった場合。両性院は彼らを警戒などできるだろうか？　いや、きっとできないだろう。それに、そもそも——、

「私、もっと魔人のこと、信じてみたいと思うの——。魔人が悪いんじゃない。魔人の周りの環境が悪いだけなんだって。だって、ほら、魔人になったばかりのミヅキちゃんだって何も悪いこ

としてないじゃない。いつもと変わらないミヅキちゃんだよ」

「沙希——」

と、言いかけて、両性院は不意に口ごもった。

それを見て、沙希はしつこく話を続けたから彼が怒ったのかと思い、ばつの悪そうな顔をしたが、実のところ。

——両性院は嬉しかったのだ。

沙希の言葉に彼は胸の鼓動が抑えきれず、つい、うかと、これまで何度も言い出そうとして、結局、言い出せなかった、あの問いを、うかと、彼女に伝えんばかりであった。

——沙希、それは、もしも僕が……。

と。

だが、その時。突如として辺りに響いた「ぎゃあ！」という絶叫が、彼の感慨も胸の鼓動も瞬時に打ち砕いた。そして——、

「オイ、やばいぞ、逃げろ！」

「何、あれ！　どうなってるの⁉」

「——し、しまった、こっちに来るぞ！」

にわかに巻き起こる人々のどよめき！

騒ぎは清水の舞台の方から聞こえてくる。

沙希は「何事かしら？」とふらふらそちらへ向かおうとしたが、両性院はそんな彼女の右手を

強引に摑んで、

「沙希、逃げるんだ――！」

グイとその手を引っ張っていた。

＊

――中学二年生の歩渡《あゆみわたる》は、修学旅行中、突如として魔人へと覚醒した。

お土産屋さんで木刀を購入した瞬間。彼の妄想は『認識』へと変じた。典型的な魔人覚醒である。彼は己が魔人であることを認識すると、なんの躊躇《ためら》いもなくその能力を行使し、横にいた同じ班の女子生徒の頭蓋を砕いた。彼女は短く「ぎゃッ」と鳴いて倒れた。

魔人へと覚醒した者は、その瞬間、己の能力を発動したいという強烈な欲求に襲われる。子供が手に入れた玩具で一刻も早く遊びたがる気持ちと似たようなものだ。世界が己の『認識』する通りに造り変えられたという感覚。肉体が日頃夢想するスーパーマンの如くに変じたという感覚。この二つが、魔人へ覚醒した際に起こりうる典型的な感覚である。

例えば、次のような状況を想像して欲しい。あなたが暗い夜道を歩いていたとする。そこで、かよわい女性が数人の不良に強引に絡《から》まれている情景を目にしたとしよう。さて、あなたはどうするか？　警察に通報するのが常識的判断だが、ここはあなたの想像の世界だ。思うままに振舞ってよろしい。そうなると、夢見がちなあなたはきっとこんな様子を想像するだろう。あなたは圧倒的な力と技で不良たちをボコボコに殴り、蹴り、投げつけ、もしくは、手からエネルギー波を出したり、見えない力で相手を数十メートルも吹っ飛ばしたりする。一瞬で不良たち全員を氷漬けにして即死させたり、地獄の炎を召喚して燃やし尽くしたりする。――と、そんな妄想を誰しも一度は抱いたことがあるだろう。だが、魔人へと覚醒すると、これが妄想に終わらない。これが現実に「できる」という感覚に襲われる。そして、実際に「できる」――！

だから、魔人へと覚醒した瞬間。人は己の能力を使いたくなる。不良に絡まれるかよわき女性などいなくとも！「使いたい」という、強烈な欲求に襲われる！

とはいえ、欲求には個人差があるし、自制することは決して不可能ではない。しかし、意志薄弱な者は欲求に流されるまま能力を行使してしまうのだ。このたび晴れて魔人へと覚醒した歩渡も、己の弱い心に負け、突発的にこのような凶行に及んだ次第である。彼は明確に、殺人を楽しんでいた――。

歩は短距離ワープを繰り返しながら、目の前にいるクラスメイトの女子へと無言で木刀を振り下ろしていく。罪悪感は全身にぶるぶると感じているが、それよりも人間の頭蓋が西瓜《すいか》の如くに易々と砕けることにたまらない興奮を覚えていた。夢想の中で発揮されていた彼の尋常ならざる腕力は、いま現実のものとして彼の肉体に顕現しているのである。今の歩渡なら熊だって縊《くび》り殺せる！

「警察を！　魔人警官を呼んでちょうだい！」

歩の耳に、遠くで叫ぶ担任教師の声が聞こえてきた。

――おっと、いけない、いけない。

これに歩はわずかながら理性を取り戻す。

刑法三十九条により魔人の犯罪は覚醒直後の能力発動に限り不問とされる。「覚醒時の能力発動は意志の力で抑制できぬため」とされているからだ。実際には抑制できぬ程の能力発動欲求に駆られる者は少ないとされているが、しかし、この判例は明らかに魔人に悪用されていた。現に、歩渡も初犯は免除されるからこそ、これほど易々と欲求に従い、同級生の頭蓋を割って歩いているのだ。

——警官が来る前にやるべきことをやっとかないとな。

彼は短距離ワープを止め、きょろきょろと辺りを見回す。

もうすぐ魔人警官が駆けつけてくるだろう。法的には無罪であっても、やつらにはそんなことは関係ない。やつらは暴れている魔人がいれば嬉々として殺す。「現場の判断で」と報告書に一筆書けば何らお咎《とが》めはないからだ。魔人警官たちは自身も魔人であるが、同族のはずの魔人のことを強く憎んでいる。これには魔人への社会的差別や同族嫌悪的な感情が絡んでくるのであるが、説明すると長くなるので割愛する。

というわけで、歩渡も魔人警官が来る頃には、大人しく体育座りでもして、泣きながら罪の意識に震える少年を演じようと考えていた。気兼《きが》ねなく能力を使えるタイムリミットはそこまでだ。それまでにやるべきことを済ませておかなければならない。歩が急いできょろきょろ視線を動かすと、

——あ、いた!

彼の視線は一人の少女を捉えて止まった。

少女の名は、天音沙希。

歩のクラスメイトであり、誰もが焦がれる花のような美少女だ。

無論、歩も彼女に恋をしている。だから、

──急いで殺さないと。

片手に持った木刀を大上段に構えた。

皆の憧れ、クラスのアイドル、天音沙希。

なめらかな黒髪につぶらな瞳が輝く、地上に舞い降りた我が天使──！

しかし、歩の彼女への恋が実ることはおそらくないだろう。

天音は、いつも〝あいつ〟のことを見ているから。

そして、〝あいつ〟も、いつも天音のことを見ている。

──いちゃいちゃしやがって。

幼馴染だかなんだか知らねえが、煮え切らねえ関係でイチャつきやがって。周りの気持ちにもなりやがれ。

だから、歩は──

「手に入らないなら、壊した方が良い」

そう考える。

といっても、歩のそれは恋に破れた男の悲壮な決意ではない。

歩の思考はもっとポジティブである。

彼には快楽殺人鬼としての素養があったのだ。彼は己の愉《たの》しみのためだけに、恋する少女を殺そうとしていた。〝あいつ〟の存在など口実に過ぎない。

突如目の前に現れた自分に驚く沙希を、圧倒的な暴力で頭蓋粉砕し、うどん玉のように零《こぼ》れた脳髄《のうずい》を踏みにじり、砕けた頭の中にたっぷりと己の精を注ぎ込む。そのような変態的妄想に浸《ひた》りながら、毎夜己の股間を弄《いじ》るのが彼の日課であったのだ。

――いま行くよ、沙希ちゃん。

歩が下卑《げび》た笑みを浮かべ、天音の方へと意識を集中した、その時。

「沙希、逃げるんだ――!」

一人の少年が天音沙希の手を引っ張っていく。

ああ、〝あいつ〟だ。

両性院男女だ――!

――また邪魔をするのか、両性院、このやろう!

先に片付けてやる。

歩は木刀を握り締め、彼の手に入れた能力である短距離ワープを開始した。ワープ距離は一度に五メートルずつ。ワープ後、再発動のためには〇・二秒間のクールダウンが必要となる。自分に背を向けて逃げ惑う二人を歩渡はすぐに追いかけようとした。しかし――、
しかし、あろうことか、天音と共に逃げていたはずの両性院が、くるりと踵《きびす》を返し、なんと彼

に向かって突進してきたのである。命知らずにも、いまや魔人となった歩渡へと、敵意と共に向かってくる！

——生意気な、人間のくせに！

歩は木刀を振りかぶった。

だが、どうしたことか！

両性院の動きは歩が想像していたよりも、遥《はる》かに、遥かに速かった。彼は一瞬で歩の懐へと潜りこむと、その顎を目掛けて右のアッパーを繰り出してくる！

「おおうっ⁉」

歩は慌ててその拳を左腕で止める。魔人となった今の彼なら、両性院の拳くらい楽々と防げそうなものだが、これまた意外にも拳が重い。防いだ左手にずしんと鈍痛が走る。しかし、歩も負けてはいない。体勢を崩されながらも両性院の頭頂を目掛けて木刀を振り下ろした。

「あっ」

両性院は唸り、前のめりに沈もうとする。首を捻ってかわした両性院であったが、頭蓋の代わりに左の肩口をしたたかに打ち付けられたのである。彼の左腕は激痛を伴う痺《しび》れに襲われ、提げていた学生鞄《かばん》も取り落として倒れこむ。一方、歩は第二撃を繰り出すべく、再び木刀を振りかぶったが、しかし、両性院は倒れこみながらも必死で歩の股間へと右手を延ばした——！

——金的か⁉

歩はゾッとしたが、いや、違う。両性院の右手は、軽く彼の股間をかすっただけであった。安

堵する歩。だが——、
その時。

確かに、両性院男女は何かを呟いていた。歩にははっきりと聞き取れなかったが、何かの呪文のような、意味不明な、言葉であった。何と言っていたのか定かではないが、そう、あえて言うならば、確か、

「——ちんぱい」と。

そして、彼がそれを想起した瞬間——。

歩渡は例えようもない、奇妙な喪失感に襲われていた。

己が何か大切なものを失ったという異常な感覚。そして、胸部の不可解な膨張感。過去に経験のない身体的異変を感じ、両性院へと放たれた彼の第二撃はぶれた。過《あやま》たず敵の頭頂部へと振り下ろしたはずの木刀は再び的を外し、今度は彼の右肩を撃《う》っただけであった。歩は体を襲う感覚の、あまりの気色悪さに怯えて思わず後ずさる。

「あ、うッ、くうッ——!」

一方の両性院だが、急所を外したとはいえ、やはり魔人の一打である。それを二発も受けた彼が無事で済むはずもなく、悲鳴を必死に押し殺してその場で転げまわっていた。それを見た天音沙希は、両性院から「逃げろ」と言われていたにも拘《かかわ》らず、ためらいもなく彼の下へと駆け寄った。そして、両性院を庇《かば》うように覆いかぶさると、彼女もまた、歩へとキッと鋭い敵意を向けたのである。

──くそっ、ナメやがって！　またそいつかよ！

歩の顔に憤怒の相が浮かぶ。虫も殺さぬ美少女と思い込んでいた天音沙希が、己への敵意を剝き出しにして、身を挺《てい》してまで両性院を庇う姿は彼をさらに逆上させていた。

──いいぜ、二人そろってブッ殺してやる。最初からそのつもりだったしな。

歩は木刀を振りかぶり、今度は天音の頭頂部へと狙いを定める。身体を襲う異常な感覚は続いていたが、両性院への怒りと、憧れの天音の頭蓋を砕ける歓びが遥かにそれを上回っていた。

だが、この時、歩と二人の間隔は、先ほど歩が後ずさったために、わずかに開いており──。

一度、ワープしなければ。

と、歩は考え、
実行した。

だが、歩がワープを試みた瞬間である。

彼は仰天し、混乱する──。

彼の学生服の、スラックスの右裾《すそ》から──、
信じられないものが、ころりと転がり落ちるのを、
彼が目撃したためである。

結果として言うならば、その一瞬の惑乱が歩渡に死をもたらした。

歩渡は空中にいた。

ワープ失敗。

目的の場所から四〇度左へずれた位置へのワープ。

そこに地面はなく、混乱した歩はばたばたと足をはためかすが、何度確かめてもやはりそこに地面はない。再度のワープを試みる心理的余裕もなく、歩渡はそのままヒョロロと落下して……。場所はまさに清水の舞台。運の悪いことに、落下の際に木刀は彼のケツへと突き刺さり、着地の衝撃でそのまま口まで貫通していた。大地に突き刺さった歩の様は、まるで百舌鳥《もず》の速贄《はやにえ》の如くであった――。

惨劇の後、清水の舞台には、歩渡の凶行を示す損壊死体が散らばっていた。満開の紅葉に負けじと競うかの如く辺り一面は鮮血に染まり、散乱した肉片と脳髄が舞台を彩る中、誰の物とも知れぬペニスが一つ、欄干《らんかん》の脇にころりと転がっていた。

＊

後に、駆けつけた警察により検死が行われ、歩渡の遺体に不審な点があることは認められたが、それも含めて彼自身の能力の暴発として処理された。

「中学二年生のA少年、修学旅行先の京都で魔人へと覚醒し、多数のクラスメイトを殺傷後、能力暴発により清水の舞台から落下して死亡。遺体は激しく損傷」

歩渡の事件は、翌日の新聞の片隅にこのような形で掲載された。二、三のゴシップ誌を除けば、歩の事件を詳《つまび》らかに報道したメディアはなかった。彼の起こした事件は、魔人犯罪の中ではそれほどスキャンダラスなものでも刺激的なものでもなかったから――。

二、赤紙

二〇一〇年九月二十一日　十八時

――私立希望崎学園。

東京湾に浮かぶ巨大な人工島、通称「ニュー夢の島」に私立希望崎学園が開校したのは一九八三年のことであった。当時の希望崎は現在の姿とは大きく異なり、ごく一般的な敷地面積を持つ、ごく普通の高校でしかなかった。

開校当初、希望崎学園は「魔人ゼロ学園」を標榜し、「魔人を入れない、生まない、認めない」の魔人3ない運動をスローガンに、安全に学業に専念できる、我が国唯一の高等学校を目指していたが、四年後には早くも当初の理念を放棄し、二名の魔人学生を受け入れることとなる。というのも、この当時はリスク分散の見地から、「各学園は一定数の魔人を受け入れるべき」という意見が支配的であり、魔人の入学を断固拒否する希望崎学園の姿勢はマスメディアや教育委員会から厳しく糾弾されたためである。

これに対し、学園側は魔人体育教師の大量雇用などで番長グループの発生を防ごうとしたが、その一年後の一九八八年には早くも数名の魔人学生が「番長グループ」を自称し始める。学園側は直ちにこれを弾圧するも、翌年、一九八九年には魔人体育教師十六名のうち十三名までが番長グループにより殺害され、学園内の警察力は事実上無効化した。これ以降、学園を支配した番長グループは圧政を続けるが、一九九二年には彼らに反発する一般生徒の自衛組織「生徒会」が組織され、数度の小競《こぜ》り合いの後に全面戦争へと突入。両者による死闘は陰惨を極め、結果、番長グループ死者十二名、生徒会死者一六八名をもって学園内抗争は終結する。これは戦後の学園史上有数の惨事であり、『学園自治法』の害悪を語る際には決して外せぬ事件となっている。

この時の戦闘により希望崎学園の各施設は完全に破壊し尽くされた。また、魔人の戦闘被害がたびたび学外にまで及んだことから、学園の周囲には『この先、DANGEROUS! 命の保証なし』という看板が立てられる。地元の不良たちは四ヵ月間にも渡る血で血を洗う学園内抗争に怯え、この看板を見ては「ダンゲロス……!」「ダンゲロス……!」と慄《おのの》いていたが、これが希望崎学園通称、『戦闘破壊学園ダンゲロス』の由来である。しかし、この惨劇の舞台が夢の島の希望崎とは何たる皮肉か。

そして、希望崎学園はこの一大抗争の後、一年以上に及ぶ事実上の学園業務停止状態へと陥り、その間、急ピッチでの復旧作業が行われた。ここから学園は、現在の様相に通じる珍妙奇天烈《きてれつ》な変化を遂げ、魔人学生の無制限受け入れを標榜する「魔人学園」として再生するのである。

まずもってダンゲロスの奇妙なところは、その異常なまでに広大な敷地にある。いかなる財力のなせる業か、学園側は人工島住宅地の敷地を買占め、全てを更地《さらち》へと戻してしまった。そして、人工島一つを丸々学園敷地とし、練馬区と同等の敷地面積を持つ巨大な学園へと再誕させたのである。どれほどの理由があってか知らぬが、これだけの大工事をわずか一年強で行ったのだから、これは異常な強行軍と言わざるを得ない（無論、工事に当たっては、魔人建築士、魔人大工、魔人鳶《とび》職人等が大量動員されたことは言うまでもない）。その後、植林や土地改造が施《ほどこ》され、今では山あり丘あり川ありの、実に自然に富んだ——それでいて奇妙な——人工島へと変貌したのである。

また、学園校舎も実に奇妙な造りとなっている。東京都本土から通じるただ一本の長めの橋（希望崎大橋）を渡ると、すぐに希望崎学園正門が島内西側に見えてくるのだが、この正門を潜って、さらに二キロ程東へ進んだあたりでようやく巨大な校舎が姿を現す。通称「新校舎」である。三階建ての新校舎は凹状に折れ曲がった奇妙な形をしており、一般的な高校校舎と比べても甚《はなは》だ巨大である。というのも、この新校舎内には一～三年生までの全クラスの教室が備わっているのだが、一つ一つの教室ごとに三〇メートルもの間隔が空けられているため、その全体も極めて巨大なものとなっているのである。なんとも非常識な構造に思えるだろうが、これは仮に教室で魔人が能力を使用しても、その被害が隣のクラスにまで及ばぬよう配慮されたためである。

さらに、この新校舎三階からは一〇〇メートル以上にも及ぶ、異常に長い渡り廊下が北向かいの校舎、通称「職員校舎」へと延びている。職員校舎へは渡り廊下を伝ってしか入ることはできず、一階には入り口と思《おぼ》しきものはない。

職員校舎三階には現「生徒会」の生徒会室、ならびに関連する生徒会諸施設があり、二階には各委員会の委員会室や購買部がある。そして、一階にあるごく平凡な職員室はカモフラージュであり、実際はその地下にある「地下職員室」が真の職員室として機能しているという。この地下施設は教職員にとって地下シェルターの役目も果たしており、大抵の魔人能力をシャットアウトできるため、学生が殺し合いなど始めた際には職員たちはすぐにここへと逃げ込み、後は知らぬフリを決め込むのである。

これら二校舎から少し東へ進むと、「芸術校舎」こと第二校舎がある。さらに東へ東へと歩を進めると、学園内噴水「希望の泉」、大グラウンド、体育館、運動部棟、武道場、などが順に見えてくる。そして、東の果てには悪名高き「番長小屋」があり、その番長小屋からさらに南へ下ると、今では打ち捨てられ、人の訪れることもない、元々の希望崎校舎、通称「旧校舎」が現れる。一九九二年の闘争で三つあった校舎のうち二つまでは完膚《かんぷ》なきまでに破壊し尽くされたが、残りの一つ、現在の旧校舎のみはそれでも校舎の原形を留めていた。もちろん学園側からは旧校舎に近付かぬよう厳しいお達しが出ているが、生徒たちの夏の肝試しスポットといえば、まずここである。

このように異常な敷地面積を持つ希望崎学園であるが、生徒たちがこの学園の広大さに辟易《へきえき》しているかといえば、意外とそうでもない（無論ありがたがってもいないが）。主要施設は新校舎と職員校舎、それと芸術校舎くらいのもので、校舎間の移動もさほど苦ではないためだ。正門を潜った後、およそ二キロ程の道程を自転車なり、単車なり、或いは走って――、校舎まで辿《たど》り着けば、後は普通の学園生活と大した違いはない。通学前に二キロ自転車を漕《こ》ぐ程度は、若い生徒たちにとってさしたる問題ではないのだ。不便と言えば体育の時間にグラウンドや体育館へ向かうのが一苦労だが、これも準備体操のジョギング代わりと割り切れば、まあ、その程度である。番長小屋は校舎からおよそ六キロほど離れており、ここへ向かうのは至極面倒であるが、しかし、そんな恐ろしい場所は一般生徒には端《はな》から無関係であった。

現在、希望崎学園の生徒数は三学年合わせておよそ六〇〇人。公式発表ではうち九六名が魔人とされているが、実際には隠れ魔人もいるため一一〇～一三〇名程が魔人と考えられている。魔人の割合は治安の良い学校で一学年に二～五名程度。著しく危険な学校でも一学年に十名前後であるため、その四倍程度が見込まれる希望崎学園は、まさに魔人の巣窟、魔人学園と呼ぶに相応《ふさわ》しい場所であった。

その魔人学園が、いまこの時、ひっそりと静まり返っている。ハルマゲドンの開始を一時間後に控え、学内に一般生徒の姿はほとんど残っていなかった——。

＊

「六時になりました。ハルマゲドンに参加しない生徒は、はやくおうちに帰りましょう。六時になりました。ハルマゲドンに参加しない生徒は、はやくおうちに帰りましょう」

学内各所に設置されたスピーカーからは、生徒の帰宅を促すアナウンスが繰り返されている。無論、声に急《せ》かされるまでもなく、一般生徒たちは授業終了後、直ちに荷物をまとめて下校していた。いまや新校舎には、念のため見回りをしている数人の教師の姿があるくらいで、彼らももうしばらくすれば地下シェルター内の職員室へと引きこもり、そこでハルマゲドンの終了を待つ手筈《てはず》である。

——だが、そんな人気のない校舎を、パタパタと、早足で帰路を急ぐ二人の少年の姿があった。

うしろの、巨大なカンバスを持った少年が、先行く少年へと静かに呼びかける。

「ミツル、待ってよ。そんなに急がなくても大丈夫だよ」

一方、彼の前をせかせかと歩くミツルと呼ばれた少年は、少しいらいらとした様子で、

「ハルマゲドンまであと一時間なんだぞ！　まったく、どうかしてるぜ！」

と怒鳴りながらも、少しだけ歩を緩《ゆる》めて後ろの少年を待った。

その後ろの少年は、学生鞄と、描きかけの油絵で彩られた巨大なカンバスを両手に抱きかかえて、不安定な姿勢でえっちらおっちらと歩いている。確かにこれでは急ぎようがない。ミツルは少年の学生鞄を持ってやろうかとも考えたが、すぐにその考えを打ち消した。彼——、両性院男女は、理由は分からぬが決して学生鞄を人に預けようとはしないのだ。彼が小学生の頃からそうだった。中学の修学旅行で同級生に両肩を打たれて大怪我を負い、病院に搬送《はんそう》される際にも、これだけは手放そうとしなかった程である。几帳面なことに鞄にはいつも鍵が掛けられており、何か大事なものでも入っているのだろうか、出し入れの際にも人に中身を見られぬよう、いつも警戒を怠らない。

ミツルは、親友のそのような態度をどうこうと言うつもりはなかったが、今だけは腹立たしい気持ちを抑えられず、

「まったく……」

しかし、諦めた表情でため息を吐いた。両性院男女は頑固なのだ。ミツルは代わりにカンバスの方へと手を延ばした。

なお、彼、川井《かわい》ミツルが、なぜ校舎に残っていたのかといえば、ハルマゲドン当日にも拘らず、英語教師の村田によって居残り勉強をさせられていたのである。何もこんな日にまで……、と居残り組は思うが仕方ない。村田は暑苦しい情熱漢な上に恐ろしく融通が利かぬのだ。

そして、補習は十七時三十分過ぎに終わり、居残り組の面々が焦って帰路に就《つ》いた頃、ミツルは芸術校舎の美術室にいまだ灯りが点《とも》っていることを確認する。

もしや！　と思い駆けつけてみると彼の不安は的中。親友の美術部員――、両性院男女がのんびりと油絵を描いているではないか。

「バカ！」

と彼を叱《しか》り飛ばし、直ちに荷物をまとめるよう急かしたのが五分程前のことであった。

「いや、絵を忘れちゃってさ……。取りに戻ったんだけど、ちょっと気になったところがあって手を入れてたら……」

というのが両性院男女の弁明である。なんという緊張感の欠如。さらには、

「でも、もうすぐ終わるから。ミツル、先に帰っててくれないかな」

などとのたまう始末だ。

しかし、先に帰れと言われても、ミツルとしては無論そんなわけにはいかない。この中性的な

容姿の美術部員は、こんな大変な日にものんびりと油絵を描き続けてしまうような男なのだから、親友であるミツルは気が気でないのだ。

しかし、このような時に、ミツルが焦って急かしても、相手はあっけらかんとした様子で、

「いや、でも大丈夫だよ。だって、ハルマゲドンまでまだ後一時間もあるんだよ。全然間に合うよ」

などと、また平然とのたまうのである。

——だが、確かに両性院の言うことももっともではある。

広大な希望崎学園とはいえ、——そして、彼が巨大なカンバスを手にしているとはいえ、まだまだ十分に間に合う時間帯だ。今から慌てる必要も、ないと言えば確かにない。他の生徒たちが授業終了と同時に駆け出し一目散に下校したことを思えば、彼ののんびりとした態度は好対照である。鷹揚《おうよう》とも言える。だから、

——まったく、豪胆なのか、バカなのか。

ミツルはこの親友のことをいまだに量りかねていた。

その両性院が抱えている大きなカンバスには、一人の可憐な少女が描かれていた。その少女、つまり天音沙希を——、ミツルも良く知っている。

彼女は両性院の幼馴染である。

お隣さん同士だった沙希と両性院、そして、小学校に上がってから両性院の親友となったミツルは、小さな頃からよく三人で遊んでいた。あの頃に比べると、男の子みたいにやんちゃだった

沙希はずいぶんと落ち着いたし、驚くほど可愛らしくなった。逆に気弱そうだった両性院はどんどん逞《たくま》しくなってきたように彼は思う。特に修学旅行で沙希を守った後の両性院は、大怪我をし後遺症まで残したにも拘らず、逆に心中に一本芯が通ったかのように感じられた。そして、彼らの友情は小学校・中学校と変わることなく、高校進学に際しても三人で熟考に熟考を重ね、揃ってこの私立希望崎学園へと進学したのである。

なお、両性院のカンバスに描かれた天音沙希は、ミス・ダンゲロスとして美術部のモデルを務めた時のものであった。彼らが一年生の折、沙希は希望崎学園の学園祭「HOPE　FESTIVAL」においてミス・ダンゲロスに選ばれた。沙希本人は驚いていたものの、中学時代から人気の高かった彼女のことである。これには両性院もミツルもさほど驚きはしなかった。ただ、彼女の栄光を素直に祝福した。

しかし、ミス・ダンゲロスに輝いてからというもの、彼女には写真部や新聞部からモデルやインタビューの依頼がひっきりなしに訪れ、沙希はすっかり忙殺された。そして、一、二ヵ月もそれらに付き合った頃には彼女もすっかり疲れ果て、それからはそういった目立つ仕事をできるだけ避けるようになったのだが、にも拘らず、美術部の申し出に彼女が応じたのは、そこに両性院男女がいたからに他ならない。幼馴染であった両性院と沙希の間には、いまや友情を超えた恋心の如きものが確かに存在する。それは親友のミツルのみならず誰の目にも明らかなことであった。ただ、当人たちだけが、互いの気持ちにも気付いていないようで、一向に進展が見られないのだが——。

ミツルは両性院のカンバスに手を添えながら、その天音沙希のことを尋ねる。

「なあ、沙希はもう家に帰ったのか――?」

彼女は両性院の部活が終わるのを待って一緒に下校することがたびたびあったから、ミツルは少しだけ心配になったのだ。だが、これに両性院は相変わらず落ち着いた風情で答える。

「うん、校門のところまでは一緒だったから。大丈夫だよ」

なんでも両性院はそこで絵を忘れたことに気付き、ひとり美術室まで引き返してきたのだという。

「危ねえなあ、家まで送ってやれよ」

「平気だよ。沙希がハルマゲドンに巻き込まれる理由なんてないし」

と、また、両性院は平然と答えた。

――ま、それもそうだよな。

ミツルも、オレは心配しすぎなのかなあ、と思う。

天音沙希はミス・ダンゲロスとはいえ、普通のいち女子生徒に過ぎない。彼女が魔人同士の殺し合いに巻き込まれるはずなどないのだ。しかし、

「――しかし、やっぱり面倒くせえことになっちまったなあ。大穴だと思ったんだけど」

「そうだね。目論見《もくろみ》が外れちゃったね」

二人はこれに関しては同意し、同時に嘆息したのである。

――というのも、先に、彼ら三人が熟慮の上で希望崎学園への進学を選んだと書いたが、当時

の彼らは、普通の高校よりもかえって魔人学園の方が安全であると判断したのであった。それは以下のような理由によるものである。

一九七〇年に成立した『学園自治法』により、現在、学園は警察権力の及ばぬ自治特区と化している。そのため、小、中、高、大学は、外部世界と比べて魔人被害を受ける可能性の高い、極めて危険な場所となっている。例えば、往来で魔人が暴れだしたとしよう。その場合、即座に魔人警官が出動し、実力をもってこれを制圧する。だが、学内で魔人が暴れだした場合、警察権力は介入できず被害の拡大を抑える術はない。いくらかの学園では魔人体育教師を雇い入れ、有事の対策に当たらせているが、返り討ちにされることもしばしばである。学園側には、暴れだした魔人に対抗できる実力が基本的には存在しないのだ。さらに暴力的な魔人が徒党を組み、「番長グループ」など結成しようものなら最悪である。学園は暴力に支配され、レイプ、強盗、殺人の横行する地獄と化す。

しかし、その点、ダンゲロスは違った。確かに三年前までは、全国から手の付けられぬ魔人どもが集まり、血で血を洗う、文字通りの戦闘破壊学園であったが、二年前より生徒会長となったド正義《せいぎ》卓也《たくや》により学内のインモラル魔人は一掃され、また、魔人集団「生徒会」による武力牽制《けんせい》が魔人の校則遵守をもたらし、むしろ他校よりも魔人被害は少なくなっていたのである。旧来よりこの学園に伝統的に存在し続ける「番長グループ」は今なお残存しており、生徒会とゆるやかな敵対関係を続けているが、それも一般生徒にまで累が及ぶことはほとんどなく、生徒たちは平和な学園生活を享受していた。法の番人、生徒会長ド正義卓也さまさまである。

一般生徒たちは、皆、ド正義卓也、ならびに、その配下の生徒会に対し深い信頼を寄せており、決して安くはない月々の生徒会上納金も不満なく彼らに支払っていた。その用途には不明なところも多いが、彼らの果たす安全への大役を考えれば、文句をつける者もいない。何せ、ダンゲロスはいまや全国で唯一の「武力による安全」が保障された学園なのだから。魔人が集まること、それ自体のリスクは否めないが、それでも自治組織が満足に機能しているという一点で、他の一般校に比べても安心感は大きかった。

――と、このような理由で、全国に響き渡ったその悪名にも拘らず、現在の希望崎はむしろ平和な学園なのであった。地元の不良たちがそういった内実も知らずに闇雲に震え上がっていたことを考えると、沙希や両性院、ミツルたちの判断もなかなか開明的であったと言えるだろう。さらに言うなれば、人と魔人をあまり区別しない天音沙希の性格は、一般校においては周囲と軋轢《あつれき》を招く恐れも強く、むしろ、希望崎の方が彼女には過ごしやすいのではないかという思惑も二人にはあった。これは当然、沙希には伝えていないことだけれど。

そして、今回、生徒会と番長グループの関係が悪化し、ハルマゲドン勃発《ぼっぱつ》にまで至ったのは、平和な学園生活を望んで進学してきた両性院やミツルの期待を裏切るものではあったが、しかし、魔人同士の抗争など彼ら一般生徒に何の関わりがあろうか。歪《ゆが》み崎絶子《ざきぜつこ》など、クラスメイトの生徒会役員がハルマゲドンで命のやり取りをすることを思えば心も重くなるが、しかし、彼女も生徒会役員としての矜持を持ち、覚悟して戦いに臨《のぞ》んでいるのだから部外者が考えても仕方がない。両性院たちはこの戦いが生徒会の勝利に終わり、ハルマゲドンの後は今までと何ら変わらぬ平和な日常が戻ることを信じていた。何せ生徒会長は、かつてダンゲロスを支配していた極悪魔人八十数名をたった一人で皆殺しにした、あのド正義卓也なのだ。生徒会が負ける姿などとても想像できなかった——。

＊

両性院男女と川井ミツル。カンバスを一緒に抱えながらえっちらおっちらと進んでいた二人が、新校舎二年A組の下駄箱——つまり、彼らのクラスの下駄箱——に辿り着いたのは、美術室を出てから十分程のことだったろうか。その時分には、廊下は窓から差し込む夕陽ですっかり赤く染まっていたが、その赤い回廊を曲がった向こうの窓に、二人は思わぬ人物の姿を発見した。黒いスーツ姿の若い女性教師が、不安そうな表情であたりをきょろきょろと見回しては、今度はおろおろと右往左往しているが、そう、彼女こそは——、

「なあ、男女。あれ、校長先生じゃねえか？」

「…………だよね」

希望崎学園の新任校長、黒川《くろかわ》メイであった。弱冠二十七歳にして今年度から校長として赴任《ふにん》してきた彼女は、前校長に比して生徒会活動に非常に協力的であり、それはつまり、彼女が生徒会のみならず一般生徒全員から歓迎されたということである。前校長は生徒会に非協力的というか、むしろ攻撃的でさえあり、生徒会に信を置く一般生徒からは蛇蝎《だかつ》の如くに嫌われていた。その一方、黒川新校長は今年度から生徒会に公式に予算を下ろし、生徒会室の他、各委員会室の設備を

一新した上に、生徒会からの何かと金の掛かる設備増強要請にも快く応えてくれたのである。生徒会と新校長の間には非常に良い関係が築かれており、彼女の就任一月後には、ド正義たち生徒会がお礼にカレーパーティーを開き黒川校長をもてなしたのは有名な話である。

だが、彼女にはそういった美点の陰に、幾らかの困った欠点もあって――。

「お前、どう思う？　あれ」

「……………うん。迷ってるんじゃないかな」

「しゃあねえな、行くか……」

と、二人はカンバスを下駄箱に置くと、黒川の方へと小走りに急いだ。そう、黒川メイ新校長はドジっ子なのだ。新任挨拶の朝礼の際、全校生徒の見守る中、何もないところでバターンと見事に転んだことに始まり、歩きながら電信柱にぶつかったり、お弁当をひっくり返して涙目になったり、エレベーターと間違って火災報知器のボタンを押したりと、わずか五ヵ月の間にもその生み出した伝説は枚挙に暇《いとま》がない。一部の生徒からは、あれは狙ってやってるんじゃないか？などと言われている程である。

「先生、あの、もしかして、お困りですか……？」

「道に迷ってるなら助けますよー？」

おろおろする黒川校長に対し、両性院は申し訳なさそうに、ミツルはちょっとニヤニヤしながら話しかける。二人の姿を見た黒川はパッと表情が明るくなって安堵したようにも見えたが、すぐに怒り顔を必死に作って、

「こらー。二人ともまだ学校にいたのー？　早くおうちに帰らないと危ないでしょ！　もうすぐハルマゲドンが始まっちゃうんだからね！」

と、プリッと叱った。しかし、日頃の行いが行いだけに何の迫力もない。むしろ、可愛い。弱冠二十七歳、身長一六〇㎝、超が付くほどのドジっ子である黒川メイは、一部生徒の間では既にちょっとしたアイドルの如き扱いで、ファンサイトまで作られているとかいないとか……。

「キミたち！　もしかして、ハルマゲドンに残ろうとか思ってないよね⁉　ダメだよ、危ないんだから！」

「いやいや、そんなわけないじゃないですかー」

ミツルが笑って言う。そう、そんなわけがない。

「オレたちはもう今から帰るところだから大丈夫っすよ。それより先生こそ大丈夫ですか？　道に迷ってませんか？」

「うーん。実はそうなのー」

黒川はあっさりと認めた。ダンゲロスがいかに広大とはいえ、赴任後五ヵ月を経過した校長がいまだ学園施設を把握していないのは職務怠慢と言うしかないが、しかし、黒川メイなら仕方がない。

「ねえ、職員室ってどっちー？　ハルマゲドンが始まる前に戻らないと、あたし……。ひぐぅ」

ちょっと涙目になっている。二十七歳、可愛い。

両性院とミツルは事細かに彼女に職員校舎への道を説明した後、でも、黒川はそんな説明などきっと忘れるだろうから地図を書いて渡し、それもきっと失くすだろうから彼女の携帯の裏にテープで貼り付けて、きっとそのことも忘れるだろうから、彼女の左手に赤ペンで「携帯の裏！」とメモし、最後に彼女が左手のメモに気付くことを祈りながら校長を見送った。

黒川メイは小走りしながら、

「二人ともありがとうねー」

と振り返り、手を振っていたが、案の定、壁にぶつかって、「はぎゃ！」っと転んでいた。

「なあ、男女……。先生、職員校舎まで辿り着けるかな……」

「すごく心配だけど……。僕らも急ごう……」

「ああ……」

＊

そんなこんなのせいで、結局、二人が再び下駄箱に戻った時には、時刻は十八時を回っていた。

黒川メイとの絡みでいくらかロスしたが、しかし、それでもまだ十分に間に合う時間帯だ。何も問題はない。魔人どもの殺し合いに巻き込まれることはなさそうだ。ミツルも美術室に残る両性院を見かけた時はびっくりしてパニックにもなりかけたが、結局、両性院の言う通り、何の問題もなかったことに彼は胸を撫《な》で下ろしていた。

だが、両性院が己の下駄箱を開け、その中に隠されていた一枚の赤紙を発見した時、二人は同時に、

「あッ！」

と叫んで、驚愕に目の色を変えたのである。

下駄箱に入れられた赤紙とは——、つまり、番長グループからの「呼び出し状」を意味していた。

この赤紙の意味は、ダンゲロスに通う生徒の間では既に常識である。だが、これまでに呼び出しを受けたのは生意気な新入生魔人に限られ、両性院のような一般生徒が呼び出しを受けたなどという話は聞いたことがない。ダンゲロスでは番長グループからの呼び出し状は死刑宣告と同義と考えられている。学内で魔人が無惨な死体となって発見された時、その者の下駄箱には、大抵、前日にこの赤紙が投じられていたのだ。だが、なぜその赤紙が、よりによってこんな時に、両性院男女の下駄箱に投じられたのか——？

「な、なあ、オイ。お前、何やったんだよ……」

「し、知らないよ……。ぜんぜん、まったく、身に覚えがないし……」

嘘であった。両性院は身に覚えがない訳でもない。むしろ、二点ほどあった。

「なあ、こ、これ……、行かなくてイイんじゃねえか？　これからハルマゲドンなんだし、きっとド正義さんが番長グループを皆殺しにしてくれるよ」

親友の身を案じてミツルが言う。

ダンゲロスに限ったことではないが、どこでも番長グループは皆の嫌われ者である。どの学園でもインモラルな魔人の数が一定数を超えると、彼らは徒党を組み、暴力で学園を支配し始める。

これが「番長グループ」である。学園支配後は、甘い汁を吸おうとするインモラルな一般生徒が番長グループにへつらい、番長グループ、あくどい一般生徒、虐《しいた》げられる生徒・職員といったピラミッド構造が作られる傾向にある。

ダンゲロスの番長グループも同様である。ド正義が入学するまでのダンゲロスは番長グループによる典型的な暴力支配が罷《まか》り通っており、さらに、その番長グループ内部でも陰惨窮まる派閥抗争が繰り広げられていたという。その頃に比べれば勢力は大幅に縮小されているが、しかし、現在もまだ番長グループはダンゲロスにれっきとして存在している。現在の番長は邪賢王《じやけんのう》ヒロシマという悪相の大男で、ド正義による粛清《しゆくせい》の混乱に乗じ、当時の大番長〝戦慄《せんりつ》のイズミ〟を殺害してその地位を継いだと言われている。その邪悪な人相と巨軀《きよく》に加え、体臭のキッさでも有名である。

ド正義により平和と安全が約束されたダンゲロスであるが、邪賢王率いる番長グループは、いまもってなお、この学園の負の象徴であった。学園の秩序と安全を守る正義のヒーローが生徒会であり、番長グループはそれに敵対する無法者の集団、危険因子と一般生徒は考えている。実際に、赤紙の呼び出しに見られるように、彼らは私刑や死闘をいまも平気で行っているのだから。ド正義の守るこの学園において、いまなお暴力を行使する存在が彼ら番長グループであり、それゆえ、彼らは恐れられ、嫌われていた。生徒会長のド正義卓也が「留年して欲しい生徒№1」に三年連続で輝いたのに対し、番長の邪賢王ヒロシマは「いますぐ退学して欲しい生徒№1」に三年連続で輝いている（新聞部調べ）。

そのような恐ろしい番長グループから、当の両性院男女が呼び出しを受けたのだ。親友のミツルが彼の身を案じ、「行かなくてもいいんじゃないか」と言ったのも当然である。

だが、じっと赤紙を見つめていた両性院は、

「ミツル、これを見て……」

と、そこに書かれた一文を指差した。

妙にポップなデコレーションの施された赤紙には、通り一遍の呼び出し文句に加えて、最後に、

〝天音沙希について、貴様と話がある〟

と、綴《つづ》られていたのだ――。

「お、オイ！　これ、まさか、沙希が人質に……！」

ミツルは慌てて両性院の顔を覗き込む。

だが、彼は表情こそ青ざめていたものの、意外にも落ち着いた素振りで、

「分からない。でも、とりあえず確認できることから確認していこう」

と、携帯電話を取り出した。

両性院は最初に沙希の携帯へとかけてみるが、やはり、沙希は出ない。何度リダイヤルしても同じことである。電源が切れているか、電波の届かないところにいるようだ。

不安を押しのけながらも、両性院は別の番号へとダイヤルする。次は沙希の実家であった。今度は繋《つな》がった。幾度かの呼び出し音の後、沙希の母が電話に出る。

「もしもし、おばさん。僕です、男女です」

両性院が少し焦った口調で切り出した。

「あらー、オトメちゃん？　ウチに電話してくるのも久しぶりねー」

受話器の向こうから、沙希の母、天音さゆりの能天気な声が聞こえる。家が隣同士であり、また、同じ年齢の子供を持つこともあって、両性院家と天音家では、彼らが乳児の頃から家族ぐるみの付き合いがあった。

「おばさん。沙希は――、沙希はもう家に着いてますか？」

「いいえー、まだよー。そういえば、あの子、遅いわねー。今日はハルマゲドンだから寄り道せず真《ま》っ直《す》ぐ帰るって言ってたのに。オトメちゃん、今日は一緒じゃなかったの？」

さゆりの返答を受け、今度こそ両性院の顔も真っ青に染まっていた。

ここに至れば、もはや最悪の事態を想定せざるを得ない。沙希は電話に出ない。そして、家にも帰っていない。もしかしたら電源を切って寄り道しているだけかもしれないが、それは彼女の性格上ことさら考えにくいことである。沙希はこのような日に両親に無用の心配をかけるような子ではない。

両性院はごくりと唾を飲み込むと、自分に言い聞かせるようにゆっくりと言葉を紡ぐ。

「……おばさん、落ちついて聞いて下さい。沙希は、ハルマゲドンに巻き込まれた可能性があります」

「えっ……」

さすがの天音さゆりもこれには驚いたようだ。ミス・ダンゲロスとはいえ、天音沙希はれっきとした一般生徒である。断じて魔人などではなく、生徒会とも番長グループとも特段の繋がりはない。彼女がハルマゲドンに巻き込まれる理由などないはずだが……。

両性院は、自分に届けられた赤紙のことをさゆりに話して、

「おばさん、僕は番長グループに会いに行きます。そして……、もう、手遅れかもしれませんが……、命だけは――、沙希の命だけは、僕が必ず救い出します」

静かに、そう告げたのである。

命だけは――、と両性院が言ったのは、もし沙希が番長グループに囚われているとすれば、ハルマゲドンを前に気を昂《たか》ぶらせた不良魔人たちが、ミス・ダンゲロスを輪姦《りんかん》したであろうことは想像に難くなかったためである。

両性院の意味するところは正確に伝わったらしく、受話器の向こうのさゆりはしばし悲痛な沈黙を守っていたが、

「――分かったわ、オトメちゃん。沙希のこと、あなたにお任せします。でも、決して無理はしないでね。あなたにもしものことがあれば、あの子も、きっと悲しむと思うから……」

と、答えた。

『学園自治法』がある以上、警察などに訴えても致し方のないことである。そして、両性院男女が覚悟を決めた時は、もはや何を言っても止められないことを天音さゆりも知っていた。

「はい……。でも、沙希だけは、僕が命に代えても救い出します。もし、僕が帰らなかったら、……母さんにこの事を伝えて下さい。お願いします」

それから二言三言を交わし、両性院男女は電話を切った。

そして、親友に向き直ると、

「ミツル。僕は行くよ……」

「男女……」

ミツルは悲壮な決意を固めた親友の目を見ながら、

「待て、男女！　オレも行く！　お前一人を死なせはしない！　お前も沙希も死ぬってんなら、オレも一緒に死んでやるぜ！」

いまやミツルの瞳にも、悲壮な決意の炎が灯っていた。彼の瞳が赤く見えたのは、夕陽の反射ばかりではない。

「ダメだよ、ミツル……。キミはこないだ彼女ができたばかりだろ。キミまで死ぬことはない」

「ばかやろう！　恋人可愛さにオレがお前たちを見捨てるとでも思ったのか！　オレたちの友情はそんなもんじゃねえだろ、男女！」

ミツルの言葉に、両性院は躊躇《ちゅうちょ》する――。

彼の申し出は嬉しかった。彼が一緒ならどれだけ心強いことだろう。だが、両性院には、一人で番長グループの下へ行かねばならぬ理由があったのだ。しかし、それを告げるには、これまで隠し続けてきた彼の秘密を、ミツルに打ち明けなければならなかった。

「ミツル。……悪いが、一人で行かせてくれ。僕は番長グループに呼び出された理由に、本当は……、心当たりがあるんだ」

「心当たり？　なんだそりゃ……、お前に魔人が用なんて……」

そこで、ミツルはハッと気付いて息を呑み、

「ま、まさか、男女、お前も……」

「今まで隠していて、ごめん……」

「お前も、――魔人、なのか？」

その事実にミツルがうろたえ、驚愕したことは言うまでもない。

「ごめん……。だから、一人で行かせて欲しいんだ。一般人のキミが来たら、ハッキリ言って足手まといなんだ。番長グループが用があるのも、たぶん、僕一人だけだと思う」

足手まといと言ったのは嘘である。両性院は魔人でありながら、いまや戦闘能力は人並み以下だ。修学旅行の折、歩渡の凶刃から沙希を救う際に負った傷の後遺症である。ただ、ミツルを振り切るための方便に過ぎない。

だが、両性院は同時に疑問を抱く。そんな非力な自分に、番長グループは一体何の用があるのだろうか、と。だって自分の魔人能力も、ただ男女の性別を――、
しかし、ミツルの震える声が彼の思考を遮《さえぎ》った。

「男女、お前は、オレや沙希を……、俺たちをずっと騙《だま》していたのか――」

騙しているつもりなどなかった。ただ、知られたくなかっただけだ。魔人と人との間に友情が成立するなど、以前の両性院には信じられなかったから――。

「男女、いつからだ。お前、いつから魔人になったんだ」

「キミと会う前から——。小学校に上がる前から、僕は既に魔人だった。ごめん」

「謝って済むことじゃねえだろ！」

両性院の告白にミツルは激昂《げっこう》する。無理もない。

そんな彼から目を逸らし、両性院はミツルに背を向けた。

「ごめん。ミツル……。だから、僕は一人で番長グループのところへ行く。そして、きっと沙希を助け出してくる。ずっと隠していて、本当にごめん……。それと、今更こんなこと、頼めた義理じゃないけれど。僕のカンバスを沙希の家へ届けてくれないか。僕はおそらく生きては帰れない。けど、沙希はきっと救い出す。だから、僕が生きていた痕跡《こんせき》を残しておきたいんだ。ミツル、頼まれてくれ……」

これだけのことを一息に言い切って、両性院は振り返りもせず、番長グループの待つ番長小屋へと足早に歩き出した。

その後姿を見送っていたミツルが叫んだ。

「おい、男女！　カンバスは届けてやる。だけどな、死ぬことは許さねえぞ！　何があっても許さねえ！　お前はオレたちのことを疑ってたんだ。オレや沙希が、お前が魔人だからって嫌うわけねえだろ。おい、オレはムカついてんだよ！　そんなことでウジウジしてたお前にムカついてんだ！　だから、必ず、必ず生きて帰れよ、生きて帰ったら一発ブン殴ってやるから、だから、男女、生きて帰って、オレに一発ブン殴らせろよ、男女——！」

ミツルの涙混じりの叫びを受けながら、両性院は振り返らずに歩いていく。だが、その瞳に溜《た》まった雫は、夕陽を受けて輝いていた。

「男女……、必ず、生きて帰って来いよ……」

両性院の背中を見送りながら、ミツルは再び力なく呟《つぶや》く……。

だが、このわずか二日後、ミツルは両性院男女の変わり果てた姿と再会することになる。

『長谷部敏樹』

二〇一〇年九月十一日　二十時

希望崎学園数学教師、長谷部敏樹《はせべとしき》の下に一冊のパンフレットが届いたのは、二学期が始まって直ぐのことである。

「……よく分からないな」

自宅マンションの書斎に籠《こも》り、薄いパンフレットをパラパラと眺めていた長谷部は、ぽつりとそう呟いた。

この一冊のパンフを手に入れるまでにも彼は相当の苦労を重ねている。長谷部の天才的頭脳をもってしても、独学でここに至るのは至難の業であった。真偽も不確かな断片的情報を総合し、ふるいにかけ、数学的、哲学的思考による推察、実験、トライアルアンドエラー。その果てによようやく手に入れたものが、この一冊のパンフレットであった。だが、それがどうにも分かり辛い。書かれている日本語自体は平易だが、どうすれば己の目的を達成できるのか、全く見えてこないのだ。ゴールだと思ったのに、まだ先が見えない。長谷部ほどの男が思わず嘆息したのも仕方が

ない。今日はもう酒でも飲もうかな、と彼が考えた、その矢先に、

「ん……?」

長谷部は気付いた。パンフレットの最後に書かれた、「よく分からない時はお気軽にお電話下さい」という一文に。その下には「〇一二〇」から始まるフリーダイヤルの電話番号が記載されていた。異様に長い。五〇桁はあるだろうか。だが、この世界のカラクリをある程度理解していた長谷部は特に驚く風もなく受話器を取ると、ピッ、ポッ、パッとダイヤルし始めた。

「なんだ。存外、親切じゃあないか」

＊

——長谷部敏樹が希望崎学園へと配属されたのは今年四月のことである。

治安の良い私立大学で准教授の職にあった長谷部は、系列校の一つである私立希望崎学園への突然の転出命令を受けた。これはエリートと目され、また、己の頭脳にも業績にも自負を抱いていた長谷部には耐えられない仕打ちであった。大学の研究職から、よりにもよって、あの〝ダンゲロス〟へ。荒《すさ》んだ魔人学園では静謐《せいひつ》な研究環境など望むべくもない。それどころか身の安全すら保障されぬ。長谷部の数学者としての将来はここで打ち切られたも同然であった。

長谷部は魔人を憎んでいた。いや、決して、この事で魔人を恨んだわけではない。彼はもっともっと若い頃からの、——幼少の頃からの、病的なまでの差別主義者であった。彼は魔人のことをダニ以下と考えていた。長谷部にとって、魔人とは人間社会に巣食う害虫の如きものである。

実際、彼の急な転出命令の裏には、彼自身の鼻持ちならない傲慢《ごうまん》さの他に、極端な差別主義的傾向があったわけだが、そのような裏事情を長谷部自身は知る由もない。要するに彼の激しい差別主義が、権力も財力も併《あわ》せ持つさる魔人のお偉方の怒りに触れたわけである。魔人は迫害も受けるが、そのポテンシャル自体は並み外れて高いため、一部には社会的、経済的に大成功を収める者たちもいる。そういった魔人財閥の者たちが、何の弾みか長谷部に目を付けたのである。学者としての業績が華々しかっただけに、負の部分まで目立ってしまったのも彼の不幸であった。

希望崎学園での教職に就いてから、長谷部はずっと不貞腐《ふてくさ》れていた。噂に聞いていたよりも遥かに治安が良かったのは救いだったが、それでも多数の魔人学生に囲まれる職場は耐えられないものがあった。ましてや、そのような魔人に学業を教えるなど――。ダニに知恵を授けるなど、己の知性の無駄遣いとしか思えなかった。

クラスでは番長グループに属する不良魔人と、生徒会の魔人役員が一緒になって授業を受けている。長谷部は粗野で野蛮な番長グループが嫌いだった。のみならず、学園の治安を守っている生徒会のやつらも嫌いだった。だってやっぱり魔人だから。良い魔人は死んだ魔人だけだ。それに生徒会は危険である。やつらは不埒《ふらち》なことを企《たくら》んでいる――。

授業を終えて職員室に戻れば、今度は魔人体育教師がジャージのままうろつきながら、ガハハハと下品な笑い声を立てている。知性の欠片《かけら》も感じられない。魔人体育教師は魔人学生に対する教職員側の対抗戦力であり用心棒である。そのため、彼らは魔人であるにも拘らず、社会からも教職員からも一目置かれる存在であったが、長谷部の差別主義は無論彼らに対しても変わらない。

——どいつもこいつも、魔人は皆死ねばいいのに。

長谷部敏樹は本気でそう考えている。

＊

「『転校生』のご用命でしょうか——！」

受話器の向こうで、やたらテンションの高い係員が叫んだ。長谷部は顔をしかめる。——まったく、魔人というやつは、どいつもこいつも！

「パンフレットが届いたんだが、理解できなくて」

「はい！　『転校生』は何名ほどご入用ですか——？」

「いや、何名要るのか、そこから分からないのだが。一人でいいのか？」

「えー、そうですねー！　『転校生』は大抵の場合、一人で大丈夫です！　相手は人間ですか？　人間相手なら敵が何人いようと一人で大丈夫ですよ！」

「いや、相手は魔人だ。それもかなり数が多い」

「アー——、魔人ですかー。それは困りましたねー。大体何人くらいですか——？」

「正確な数は把握できないが、ざっと六十人程——」

「六十人⁉」

電話口で相手が素っ頓狂な声を上げた。

向こうの反応に長谷部も焦る。

――おいおい、『転校生』ってそんなものなのか⁉　報酬次第で大規模テロ、無差別殺人、国家転覆など、どのような悪事でも良心の呵責なくこなし、女子供でも笑って殺すという『転校生』――！　陰惨な歴史的大事件の裏には常にその影が見え隠れするという『転校生』がそんなものなのか――⁉

長谷部にとって、十日後のハルマゲドンは学内の魔人を一掃する千載一遇のチャンスであった。生徒会と番長グループ、両派の魔人が殺し合い、互いに消耗したところで、『転校生』を用いて残った魔人を殲滅《せんめつ》。この学園から一挙にダニを排斥する。これで学内の魔人の約三分の二が消えて、学園も大分住み心地がよくなるはずだ――。

そのために苦労に苦労を重ねて、長谷部はようやく『転校生』の召喚にまでこぎつけたのである。なのに、その『転校生』が六十人程度の魔人相手に躊躇するのか？　『転校生』とはその程度なのか――⁉

「困りましたねえ、お客さん」

電話口の相手の声に真剣味が混じる。

「六十人相手ですと――、『転校生』が三人は必要です」

「えっ⁉」

「三人必要だと言ってるんです」

「え、三人でいいのか――？」

「ん？　ええ、まあ、三人いれば問題ないでしょう。魔人警官や、魔人小隊は絡んで来ませんよね？」

「ああ、相手は全員学生だ。やつらが二派に分かれて互いに潰しあうはずだから、その残党を始末して欲しいんだが——」

なんだ、そういう話ですか。と、受話器の向こうの声が急に弛緩《しかん》した。

「それなら三人で全然平気でしょう。ちょうど今、手の空いている『転校生』が三人いるので彼らを派遣する方向で。ま、彼らが受けてくれるかどうかは『報酬』次第ですがね」

「そいつらは強いのか？」

「もちろんです！『弱い転校生』なんて、そんな矛盾した存在はありえませんよ！」

と言って、電話口の相手はアハハと笑った。ロジックの異なる『強さ』を持つ『転校生』の強弱を尋ねるなど、愚かな質問だと言いたいのだろう。

「いや、とはいえ、『転校生』にも経験の多寡《たか》などあるんじゃないのか？」

「ええ、それはもちろんありますが、この三人なら心配ありません。一人はルーキーですが、残り二人は『転校生』の経験も豊富な大ベテランですよ。この三人のチームワークには定評があります」

——『転校生』にもチームワークなどあるのか。

長谷部には少し意外だった。『転校生』など、好き勝手暴れるだけの凶器の如き魔人だと考えていたから。

「人数は三名、としまして——。『契約』の方はどうなされますか？」

「そうだな……。とにかく学園内にいる魔人を皆殺しにしたいのだが」

「すいません。もう少し詳しく定義して下さい。『転校生』は『契約』の通りにしか動けませんので」

「……ダンゲロス・ハルマゲドンの期間中に私立希望崎学園高等学校の敷地内にいる魔人と定義される異能者全員を抹殺《まっさつ》して欲しい。これで満足か？」

「もう少し詳しくお願いします」

面倒臭いな！　と、長谷部はムッとした。優秀な学者である彼は、別に堪え性がない訳でもないのだが、電話口の相手がおそらく魔人であることが、彼を無意味に苛立たせていた。相手は構わずに続ける。

「敷地内に『いる』とはどういうことですか？　ハルマゲドンとやらの開始前から敷地内におり、開始後も敷地から一歩も出ない者のことですか？」

「……いや、期間中に学園に存在する者全てだ。途中から入ってきた者も含まれる。とにかく魔人は全てだ。皆殺しにしてくれ」

ハルマゲドン開始以降、学園から出て行く者は魔人警官が射殺してくれるので、外出者を標的に含める必要はないだろう――、と長谷部は考えた。

「――承りました。しかし、『転校生』も魔人ですので、抹殺対象は『転校生を除く魔人全て』に変更させて頂きます。よろしいですか？」

「ああ、構わない」

できることなら『転校生』にも死んで欲しいところだが……

「それと範囲ですが——、地下、上空はどうしましょう？　地下一〇メートル、地上二〇〇メートル程を私どもとしてはお勧めいたしますが」

「どういうことだ？」

「ええとですね——。敷地内とだけ言われますと、地を潜る魔人、空を飛ぶ魔人への対応が曖昧になるのです。地下室や高層ビルにも対応できるよう、地下、上空も設定して頂く必要があります」

——地下か。

長谷部は魔人体育教師たちの下品な顔を思い浮かべていた。地下も範囲に含めれば、地下シェルターの職員室でハルマゲドンをやり過ごそうとする、あの馬鹿魔人どもも抹殺できるが……、

「地上二〇〇メートル。地下はナシでいい」

「あれ、いいんですか？　地下は？」

「ああ……。地下には同僚がいるんでな」

流石《さすが》に彼らまで殺してしまっては後々の責任追及は免れない。新任校長の小娘はともかく、教頭や古株連中は見逃しはしないだろう……。そうなれば、今の職すらも——決して気に入ってはいない今の教師職すらも——失ってしまう恐れがある。長谷部敏樹は天才的頭脳とは裏腹に案外小心な男でもあった。

「では、期間が『ダンゲロス・ハルマゲドン期間中』、範囲は『私立希望崎学園敷地内、地上二

○○メートルまで』、対象は『転校生を除く魔人全員』。これでよろしいでしょうか？　『ダンゲロス・ハルマゲドン』の定義は後ほど別紙郵送にてお願いします」
「ああ、問題ない」

「では、後ほど、改めて契約内容を書面でお送りいたしますのでご確認下さい。それで、最後に『報酬』の件についてですが――」

「分かっている。『転校生』は金では動かない。そうだろう？」

リサーチ済みである。

「その通りです。『転校生』に、どのような『報酬』が必要か。どうやらご存知のようですが、念のため確認させて頂いてよろしいでしょうか――？」

勿論だ、と言って、長谷部敏樹は口を開く。

『報酬』の名は――

「天音沙希」

三、前哨戦

二〇一〇年九月二十一日　十九時

初秋の空が薄闇に包まれつつある希望崎学園で、ダンゲロス・ハルマゲドンはこの二人の戦いから幕を開ける。

「リンドウ、やっと貴様を殺せる日が来たな。待ち侘《わ》びたぞ」

「……お前は結局分かってはくれなかったか。だが、こうなっては是非もない。お前の未練、オレが断ち切ってやる――」

場所は「ブロンズ像広場」。学園の正門を潜って少し進んだ先には、ブロンズの二宮金次郎像が生徒たちを迎えているが、その辺りはちょっとした広場――草野球程度ならできる程の――となっており、生徒たちはここを「ブロンズ像広場」と呼称していた。放課後ともなれば、童心を忘れぬ生徒たちはここへ集って、ドッジボールやケードロなどに興ずるのである。

と、普段はそのように和やかな「ブロンズ像広場」だが、顔見知りらしき先の二人は、事前に果たし状でも交わし合っていたのか、ハルマゲドンが開始されるや否や真っ先にこの場所へと現れ、今まさに恐るべき魔人流儀の死闘を繰り広げんとしていたのである。

少年が再び口を開く——。

「リンドウ。一つ問う。貴様は今の状況が香魚にとって本当に好ましいものと考えているのか？」

語気を強めて問い質《ただ》す彼の名は夜夢《よるむ》アキラといった。

短めの髪を丁寧に後ろに撫で付けた小柄な少年である。今回のハルマゲドンに彼は番長グループの一員として参戦していたが、その身なりは清潔で鎖やメリケンサックも見当たらず、まるで不良といった様子はない。先の過激な言説とは裏腹に、その表情も涼やかで、整った顔立ちの美少年である。ただ、おかしなことに彼の両目は初めから閉じられたまま、対手《あいて》を前にした今となっても決して開こうとはしないのだ。

一方、むしろ彼の対手である鈴藤啓太《りんどうけいた》——、リンドウの方が形《なり》だけを見るならば、より不良に近い。ぎょろりとした眼はヘビのように相手を睨《にら》みつけ、おったてられた金髪はライオン丸の如し。そして、巨軀を包むは漆黒《しっこく》のライダースーツ。それが体表の上で不自然にボコボコと盛り上がり、彼のシルエットを異様なものに見せていた。さらに、顔には深い傷跡が縦横に走り、彼の容貌を怪異なものへと変えている。しかし、そんな彼もこれでれっきとした生徒会役員なのである。

「リンドウ、答えろ。貴様、香魚は今のままで幸せだと思っているのか」

「そうだ」

リンドウは間髪容れず首肯する。そして、その凶暴な容姿にそぐわぬ、悲しげな瞳を泳がせながら、

「夜夢、お前はやはり間違っている……。オレとお前の間で幾度となく交わした問答であるが、オレは今でも自分の選択が間違っていたとは思わない」

と、諦観の入り混じった表情で答えた。対して夜夢は、「ふざけるな！」と激昂し、

「貴様ら生徒会は香魚を人殺しの道具として利用しているだけだろうが！　リンドウ、貴様は香魚があの力を使うたびにいかに心を痛めているか、本当に分かっているのか——？　あいつにとっては、あの事件そのものよりも自身の忌まわしい力の方が重荷のはずだ」

と——。

一気にまくし立てたのである。

いま、この二人の俎上《そじょう》に載せられている香魚——とは、友釣香魚という魔人のことであった。香魚は彼らと同じ中学校出身の同級生である。三人の母校には魔人が少なく、当初、学内の魔人はリンドウと夜夢の二人を数えるのみであった。当然のことながら、彼らは周囲から有形無形の圧力と敵視を受けていたが、それでも親友であった二人は物理的にも精神的にも互いを助け合い、過酷な環境ながらも、それなりに楽しく学園生活を送っていたのである。

だが、彼らが二年生の折、同学年から一人の魔人が生まれた。それが友釣香魚であった。竹藪の中で数人の不良大学生から輪姦を受けた彼女は、その際に魔人へと覚醒し、逆に彼ら全員を皆殺しにしたのである。現場には異常な量の精液が吐き散らかされ、殺害された全員の股間は爆裂

し、この世の苦しみの全てを味わったかのような凄惨《せいさん》なデスマスクを晒《さら》していたという。

友釣香魚の殺戮《さつりく》は過剰防衛ではあったが、魔人覚醒時における行為であったため責任能力は認められず、法的な追及を受けることはなかった。だが、魔人への差別感情渦巻く現代社会において、女子中学生の強姦と殺人、魔人覚醒など、これほど旨いネタが他にあろうか。マスコミはこぞってこの事件を取り上げ、香魚の能力と事件の顛末《てんまつ》をセンセーショナルに煽《あお》り立てたのである。元来は香魚が被害者であったのに、まるで彼女が男を誘っては殺す快楽殺人鬼の如くに報じられ、世論も同調して彼女への呪詛《じゅそ》を吐き散らす。ワイドショーではコメンテーターが無責任な悪罵《あくば》を繰り返し、ネット上では彼女の本名と自宅の住所が晒された。

そして、大学生遺族たちからの執拗《しつよう》な嫌がらせや、一般市民による実家への悪戯《いたずら》電話、投石は後を絶たず、彼女は家族からも疎ましがられ、孤立する。さらに、事件以前までは彼女と親しくしていた友達も皆離れていった。いや、離れていったばかりではない。後の報道で、香魚の能力が「男のみを殺す」と報じられたことにより、女子は彼女を恐れなくなり、シカトは次第に陰湿な、――時には明白ないじめへと発展したのである。特に、かつて香魚の親友であった二人のクラスメイトは率先して彼女を嬲《なぶ》っていた。

こうして、友釣香魚は中学でも孤立した。そして、すぐに精神的な危機状況へと陥《おちい》ったのであるが、そんな彼女を救ったのが、以前より同中学で周囲から疎まれ続けてきた二人の魔人。すなわち、鈴藤啓太と夜夢アキラであった――。

「だのに、なぜだリンドウ！　なぜ香魚に能力を使わせる！　あいつが自分の力をどれだけ呪っているか、知らぬ貴様ではないだろう！」

声が震えている。夜夢はリンドウを親友と思っていたからこそ、彼の裏切りに等しい行為が許せなかったのだ——。

香魚は、夜夢とリンドウ、この二人の魔人とつるむことにより、少なくとも周囲から物理的被害を蒙《こうむ》ることはなくなった。リンドウはその容貌と体軀のため、以前より皆から恐れられていた魔人である。そんな彼らと共にいることで、香魚はより周囲との溝を深めることにもなったが、反面、三人の関係はどんどん強固なものへと変わっていった。

三人は魔人差別を避けるため、魔人の絶対数が多く、治安が改善されたという私立希望崎学園に揃って入学。そして、入学後しばらくして、リンドウは香魚を誘い生徒会へと入った。だが、これが夜夢には許せなかったのだ。今では香魚は自身の能力を揮《ふる》い、生徒会役員の一人として校則違反者の取り締まりに当たっている。そう、香魚はあの能力で今も継続的に殺人を犯しているのだ——！　そして、彼女にそれをさせているのは他ならぬリンドウである。それが公益に供する合法的活動と知ってはいるが、それでも夜夢には到底許容できることではない。彼女はその能力ゆえに中学時代あれほどの辛酸を嘗《な》めたのだから——！

「確かに、お前の言うことにも一理ある」

リンドウは俯《うつむ》き、嚙み締めるように答える。この話になれば彼はいつもこう言う。だが、己の意見を曲げることは決してない。二人の頰を、温《ぬる》い夜風が撫でた。

「一理ある。確かに一理ある。——だが、これはオレがオレなりに考えた末に、香魚のために良かれと思ってしたことだ。……それにオレの独断ではない。生徒会への入会は彼女とも十分に話し合って決めたことだ」

「ほう、貴様は香魚のトラウマを穿《ほじく》り返すことがあいつにとって良いことだと、そう言うのだな?」

「……確かに彼女にとってあの能力はトラウマかもしれない。だが、それは彼女の能力が、あの時、社会に認められなかったからだ。香魚はいま、一般生徒の安全のためにその力を行使している。その行いは立派なものであり、生徒会の誰もが彼女の能力と人格を認めている。生徒たちも彼女に感謝しているはずだ! 夜夢、ここはあのくそったれの中学とは何もかも違うんだ!」

リンドウは止まらない。

「——お前の言う通り、香魚を番長グループに置いてみろ。彼女は反社会的という烙印《らくいん》を押されたまま自分の力を呪い続けることになるぞ。いま、香魚に必要なのは彼女の能力を肯定する場所、——すなわち生徒会なんだ!」

「ダメだ、貴様にはやはり任せられん! いいか、香魚のアイデンティティはあいつの能力にあるんじゃない。あいつの存在自体にあるんだ。邪賢王さんは——、番長グループは、たとえ香魚が能力を使わなかったとしても香魚を香魚として受け入れてくれる。リンドウ、香魚を生徒会に入れるのはいい……。だが、あいつを前線に立たせるな、あいつに能力を使わせるな!」

炎のようにいきり立つ夜夢。涼やかだったその表情は既に憤怒の相に染まり、薄闇の中で紅潮している。

「相変わらず顔に似合わず激しやすいな――。だが、お前に香魚を任せられないのはオレも同じだ。オレはお前が言うほど邪賢王のことを信用していない」

「フン、貴様ら生徒会に何が分かる！」

「……フフッ、それだけじゃないぞ。夜夢、オレにはお前が嫉妬に突き動かされているだけに見えるがな」

「な、なんだとッ！」

夜夢の眉が吊り上がった。

「オレが香魚を説得し、香魚が生徒会に入った。お前はそのことが妬《ねた》ましいだけじゃないのか？　だから、香魚をオレから奪おうとしている。それだけのことじゃないのか？　え、どうなんだ、夜夢？」

リンドウが軽く笑った。明らかに、挑発している――！

「貴様、ふざけるのも大概にしろ……。ならば、なぜオレに相談もなく香魚を誘った？　貴様こそ香魚を独り占めしたいがための暴走。もはや話すこともない。オレは貴様を殺し、香魚を取り戻す！」

「とうとう本音が出たな、夜夢！　いいだろう、オレも話し合いでカタが付くとは思っていない！　ハルマゲドンが始まった以上、生徒会と番長グループは死に絶えるまで殺しあうのみ。行くぞ！」

「おうッ！」

両者が気勢を上げると、刹那《せつな》、リンドウは左手に抱えていた漆黒のヘルメットをかぶった。応えて夜夢は、固く握っていた右の掌を開く。

——と、夜夢の手の内にあったものは、なんと二粒の眼球であった。同時に夜夢が目を開く。果たせるかな、空洞と化した彼の真っ暗な眼窩《がんか》の中には途切れた視神経だけがウジャウジャと見えていた。彼の端整な容姿はそのまぶたを開けた瞬間、世にも奇怪な様相へと様変わりしたのである。右手に握られていた二つの目玉は、彼が自ら抉《えぐ》り出した己の眼球であった！

そして、夜夢は眼球を載せた掌を前方へと突き出す。すると、二つの目玉は、まるで目に見えぬ糸にでも吊られたかの如く、ふらふらと空中に浮かび上がっていく。これが夜夢の能力『アイスクリーム』である。操られた眼球は彼の視界と直接にリンクしており、夜夢は同時に二つの光景を視ることができる。眼球の飛行範囲は本体から五〇〇メートル程。中距離における偵察や戦況の把握などに役立つ汎用性《はんようせい》の高い能力だが、彼の眼球はそれだけではない。

夜夢の手から浮かんだ眼球が、不意に凄まじいスピードを見せてリンドウへと飛んだ！　大リーガーの渾身のストレートすら凌駕《りょうが》する剛速球！　しかし、リンドウは、これまた凄まじいスピードでそれをいなし易々とかわす。と、彼の背後にあった二宮金次郎像に眼球は激突し、それを粉々に破砕したのである。夜夢の眼球は眼球にあるまじき凄まじき硬度を備えていた——！

この夜夢アキラが魔人へと覚醒し、その眼球を自らの手で抉り取ったのは、小学六年生の時であった——。そして、性欲の芽生え始めたばかりの夜夢が、己の能力を使って女風呂を覗こうとしたことは言うまでもない。だが、そこに一つの誤算があった。慣れぬ能力を使い、ふらふらと眼球を飛行させていた夜夢だが、途中で木の枝などに当たると凄まじく痛いのだ。剝《む》き出しの眼球に目潰しを喰らったようなものだから当然である。

それをエロの一念で克服し、忍耐に忍耐を重ねて女風呂まで到着した後も、女性たちに見つかると「きゃあ、エッチ！」と熱湯を浴びせられる。これではたまったものではない。夜夢は「ギャア！」と叫んで、眼球はポロリと湯船に落ちる。彼は両の眼窩《がんか》を押さえ、痛みでひっくひっくと呻きながら番台に行き、「ごめんなさい。魔人なんですけど、眼球を飛ばして女風呂を覗こうとしました。すいません。反省してます。もうしませんから僕の眼球返して下さい、本当にごめんなさい」と、恥を忍んで自首する破目に陥ったのである。もちろん彼は警察に突き出され、魔人警官から一時間以上にわたりみっちりと説教を受けた。

このような経緯により、彼は今のやわな眼球では己の能力を十全に使いこなすことはできぬと悟った。そこで彼は己が手の内に眼球を握りこみ、ついに三年もの間、一度もその手を開かなかったのである。果たせるかな。三年後、夜夢の体温に温め続けられた彼の眼球は、地球上のあらゆる鉱物を凌ぐ超硬度、超質量を備えていたのである。それはまるで、温められていた卵が雛へと孵《かえ》るような現象であった。英国の鉱物学者エイドリー・オッヘンバウアーの研究により、低温で長期間温められた鉱物がわずかながらその硬度と質量を増していくことは良く知られた事実であるが（火山地帯に例が多い）、しかし、夜夢の場合ほど劇的な変化は自然界にも他に例がないであろう。これこそが、まさに魔人の魔人たるゆえんである。

一方、眼球の猛攻を避けたリンドウは、ゴツゴツと角ばったライダースーツのジッパーを下ろすと、懐から何かの塊を取り出した。──それはレンガであった。リンドウの胸部、腹部をゴツゴツとした異常な形態に見せていたものは懐にしまわれたこれら幾つかのレンガ片であり、これこそが彼の得物であった。

リンドウはすぐさま体勢を立て直すと、先ほどの眼球以上の、おぞましいまでのスピードで夜夢へと直進する。彼の足の動きは既に人間の動体視力では捉えきれず、まるで上半身だけが宙に浮かんだまま直進しているかの如く。その速さは優に時速三〇〇㎞を超えていた。リンドウの亜音速移動能力『フラクタ』である。

ただし、亜音速移動を可能とする魔人リンドウであるが、実際に亜音速で動いたことはない。なぜなら、時速三〇〇㎞程度ではさほど気にならぬ風の抵抗も、四〇〇㎞を超えた辺《あた》りから突如として厳しくなり、五〇〇㎞を超えると体に当たる風が痛くてたまらない。彼がライダースーツを着用しているのもそういった理由によるものである。一度思い切り全力で走ろうと試みたこともあったが、六〇〇㎞を超えた辺りでどうにも痛みに耐え切れずに止めた。なので、亜音速移動というのも彼の推測であり、「体を気にせず走れば、マッハ近くまでいけるんじゃないかな？」という彼の『認識』によるものである。そう『認識』しているのだから、おそらくそのくらいまではいけるのだろう。

そんな彼が戦闘で使う現実的なスピードは、せいぜい時速三〇〇㎞程度。しかし、これだけでも敵に致命傷を与えるには十分なスピードだ。彼はこのスピードでもって敵魔人へと近付き、ほぼゼロ距離まで接近したところで手に持っているレンガ片を離す。持ったまま殴ると作用反作用によりリンドウの腕が壊れる。なので敵の目の前でレンガを離すのだ。慣性の法則により、レンガはほぼ時速三〇〇㎞のスピードで相手へと激突し、防御の弱い魔人であればこの一撃で致命傷を受けることになる。これが『フラクタ』を使った、魔人リンドウの超速移動戦術であった。

だが、リンドウの恐るべき『フラクタ』を前にして、夜夢はそれを「フッ」と一笑に付すと、ポケットから砂利《じゃり》を取り出し、目の前の空間にパラとばら撒いたのである。リンドウはそれに驚き、瞬時に足を止めた。

「…………！」

「バカめ、リンドウ……。能力を知られた魔人などこのようなもの。対処法など幾らでもある」

リンドウが足を止めたのはなぜか。それは、時速三〇〇㎞超で移動している彼にとって、目の前にばら撒かれた砂利は散弾銃の如きであるからだ。例えば、高速道路を車で走ると、飛んできた小石によりフロントガラスにヒビが入ることがある。同様にリンドウがこれらの砂利に突っ込めば彼も無傷では済まぬ。現に、彼の顔面を怪異なものへと変えている深い傷跡の数々は、彼が走っている時に飛んできた小石やゴミによるものであった。

停止したリンドウはばら撒かれた砂利の一つを拾い上げて、

「……考えたな。こんなものを撒かれてはたまらん。お前に貰《もら》ったスーツでも、これじゃあ無事では済まんだろうよ」

と言うと、夜夢がニヤリと笑った。

リンドウの着けているスーツは夜夢から、ヘルメットは香魚から、それぞれ中学卒業時に贈られたものである。今では心眼を開き、目で見ずとも何の不自由もない夜夢だが、眼球を拳に握りこみ温め続けていた中学時代は、歩いているだけで電柱にぶつかるわドブにはまるわ、何かと不便な生活を送ってきたのだ。そんな夜夢をサポートし、また、香魚へと降りかかる火の粉を正面から、もしくは陰ながら払ってきたのは常にリンドウであった。決して安くはないライダースーツとヘルメットを、当時中学生だった彼らが何とか工面し彼に贈ったのには、そんなリンドウへの多大な感謝の念があったからだ。

しかし、夜夢の対『フラクタ』戦術を目にしたリンドウだが、彼の表情にはまだまだ余裕の色が見えた。

「なるほど。確かにこれでは迂闊《うかつ》に踏み込めんな。だが、お前のポケットに砂利がいくつ入ってるというんだ？　そんなものすぐに尽きてしまうぞ。ただの時間稼ぎならやめておけ」

それもそうだな、と夜夢。だが、彼の表情にもまだまだ余裕がある。そして、彼は次の戦術を見せ始めた。

「砂利には限りがあるが――。では、こういうのはどうだ？」

すると、夜夢の手元に戻ってきた眼球が、今度は彼の足下のアスファルトをガツガツと穿《うが》ち始めたではないか。夜夢の目の前の地面に、ボコッ、ボコッと小さな穴が無数に生まれていく。

「――なッ！」

「どうだ、走れまい」

今度こそ、リンドウの表情から余裕が消えた――。

確かに、夜夢が穿った穴は小さなものである。だが、人が足を引っ掛けるには十分な深さと広さがあった。そう、リンドウは時速三〇〇㎞でこけたら死ぬ。

これが夜夢の編み出したもう一つの対『フラクタ』戦術であった。いや、死ぬと言うのは言い過ぎか。リンドウはスーツとヘルメットに守られているし、何より魔人としての頑強な肉体がある。時速三〇〇㎞での走行中に転んだとしても死ぬまでには至らぬだろう。だが、骨折程度は覚悟せねばなるまい。現にリンドウは過去に何度かスッ転び、そのたびに重軽傷を負ってきたのだ。過去にスッ転んだ時は痛い痛いと喚《わめ》けば済んだが、今はいかんせん戦闘中である。敵を目の前にしてスッ転ぶことは命取りとなる。怪我を負った体では夜夢の眼球を避けうるはずもなく、結局のところリンドウはこければ死ぬのだ。

「フ、フ、フ……。驚いているな。だが、これだけではない。それ、オレはこんなこともできるぞ」

夜夢の眼球がまた宙を舞い、今度は彼の足下へと到着した。そして、夜夢はなんと己の眼球を踏みつけたのである。すると、なんということか。眼球が夜夢の体を乗せたまま、ゆっくりと空中へ浮かび上がっていくではないか。

夜夢は己の眼球に乗ったまま、ふらふらと空中飛行を楽しみだした。これにはリンドウも目を見張り、「ななっ……」と驚き呆れ果てるばかりである。彼がどれほどの超スピードで攻めようと、空中にいる夜夢には手も届かぬ。

「リンドウ、オレが眼球を温めている間、無力なオレが貴様に何度助けられたことか。『魔人狩り』などというバカな不良からも、お前はたびたびオレを守ってくれた。そして、オレは貴様に守られながら、貴様の戦い方を間近で、肌で感じていたのだ！　あの時、貴様に受けた恩をこうして仇《あだ》で返すのは忍びない。だが、これが魔人の戦いというものよ。観念して潔くオレに討たれるがいい！」

夜夢の身中から必殺の気迫が放たれる。

「ばかな！　――香魚のため、オレはここで死ぬわけにはいかない！」

呼応してリンドウが叫んだ。だが、

――その時である！

緊迫した二人の間に、一人の少年が底抜けの明るさで割り込んできたのは。

薄闇の中を掻き分けつつ現れた学生服の少年は、頭をかきながら申し訳なさそうに、それでいてずけずけと二人に言い放った。

「あのー、お取り込み中、すいません。ホントすいませんけど……」

――僕も混ぜていただけませんか、と。

戦闘する魔人の間に割って入るなど自殺行為である。だが、華奢《きやしや》な体躯に穏やかな笑顔を浮かべた彼の姿を――、読者は既に知っている。彼は……、

『転校生』である。

「……誰だ、貴様は？」

「生徒会のヤツじゃあないな。夜夢、お前も知らないのか？」

だが、二人は『転校生』を知らない。

突然の闖入者《ちんにゅうしゃ》に気勢を削がれ、夜夢はスゥッと地上へ降りてきた。二人の困惑した視線を交互に受けて、少年が口を開く――。

「……えっと、今日って、ハルマゲドンで合ってますよね？」

「うむ」

「相違ない」

「えっと、お二人は生徒会と番長グループで……。それで早速殺し合ってるところですよね？」

いかにも、と二人が声を合わせる。

「で、僕はいましがた到着しまして――。先程から、お二人の戦いを眺めておりまして。それで、どちらの能力も拝見いたしまして――」

「拝見して？」

「それで？」

「――ええ。僕、一人で勝てそうだなあ、と思いまして」

「なに……ッ！」

少年の不敵な言葉に、リンドウ、夜夢、共に激昂した！

二人とも己の能力に自負するところのある魔人である。ド正義や邪賢王ほどではないにせよ、彼らの能力とて互いの組織では十分にその力を認められている。二人にとって己の能力を侮辱されることは、自分たちの組織をも侮辱されたかのように感じられたのだろう。

だが、それでも些《いささ》かの冷静さは残しつつ、夜夢が語りかける。

「ムムム、先ほどの暴言、とりあえず捨て置こう。そして、どこの誰かは知らんが、悪いが後にしてくれないか。戦《や》るなら戦っても構わんが、とりあえずオレは、リンドウ、――この目の前の男と決着をつけねばならんのだ。今は邪魔をしないでくれ！」

「そうだ、オレと夜夢の間には、この二年の間、積もりに積もった因縁がある。夜夢はオレがこの手で討たねばならんのだ。加勢はいらぬし、邪魔立てもして欲しくない。今は退いてくれ！」

帰れ、帰れ、という二人の言葉に、『転校生』はう━んと唸って考えた。

「……なるほど、お二人の間に何らかのドラマがあることは先程から拝見してまして承知しています。僕としても、お二人の意志を尊重したいと思い、また、どちらか生き残った方を仕留めれば漁夫の利とも思いまして、しばらく隠れて傍観していた次第ではありますが、僕にも僕で僕なりの事情がありまして」

そんなことは知らん、と二人は口を揃える。途中まで見ていたんだから最後まで傍観してればいいのに、とも思う。何で出てきたのだ。

「と、いうのはですね。見たところ、お二人とも相手を倒すのに決め手がないように思われたのです。ヨルムさん……でしたっけ？　あなた、ガードは完璧だが、それだけではリンドウさんを殺せない。リンドウさんもまた夜夢さんを攻め切れない。これでは、いずれ生徒会か番長グループか、どちらかが横槍を入れにきて勝負がおじゃんになってしまうのが目に見えてます」

少年の言葉に、リンドウ、夜夢は揃って「ウウッ」と顔をしかめた。この少年の言うこともももっともである。確かに、彼らは互いに攻め手を欠いていた。

「だからですね！　それよりは今この場で僕にパーッと殺されちゃった方が話が早いと思うんですよ！　と、いうわけで僕も混ぜてもらえませんか？　なんでしたら二対一でも結構ですから」

しかし、続くこの言葉には、二人とも「なんと厚顔なヤツだ」と揃って呆《あき》れた。どうやらこの少年の説得は難しいらしい。二対一でも構わないというナメた言い草にも腹が立った。夜夢はもういいやと諦め顔で、

「はぁ……、リンドウ……。とりあえず休戦だ。どこの誰かは知らんが、まずはこいつを殺す。その後、続きをやるぞ。いいな？」

リンドウもフゥと溜息を吐《つ》き、

「──分かった。手を貸そうか？」

と述べた。相手も二対一で構わないと言っている。

「フン、冗談だろう。仲良くこいつを殺した後で、また貴様と殺しあうってのか？　馬鹿らしい。オレ一人で十分だ。貴様はそこで見ていろ」

「夜夢、気をつけろ。こいつはただの勘違い野郎かもしれんが自信だけはあるようだ。手は抜くな──」

当たり前だ、と夜夢。こんなどこの馬の骨とも分からぬ者に負ける気はしないが、とはいえ魔人同士の戦いに油断は禁物である。手を抜く気など端からない。

夜夢が少年に対して向き直り、その右手を翳《かざ》すと、二つの眼球は音もなくスワーと浮かび上が

り、視線の高さで止まった。

「夜夢さん、見てましたよ……。あなたの眼球、すごい破壊力ですね」

「ああ、今からお前の体も二宮金次郎のように砕ける」

夜夢の視界には、しばし前に彼の眼球が砕いたブロンズ像が散らかっていた。

——こいつにあまり時間をかけてはいられないな。

と、夜夢は考える。少年の言う通り、リンドウとはなかなか決着もつきそうにないし、いつまた彼のような横槍が入るともしれぬ。だから、夜夢は初手の一撃で勝負を決めようと考えていた。

——これは対リンドウ用の技の一つだが……。ま、一つくらい、あいつに見せてやっても良いだろう。

夜夢は右手で銃を構えるようなジェスチャーを取り、少年へと狙いを定める。それに合わせて、彼の二つの眼球もしっかりと対手を見据えた。距離一〇メートル。必中の距離である。夜夢の人差し指がトリガーを絞り——、

「死ね」

少年に向けて、地上最硬の眼球が時速二〇〇㎞で直進した。無論、当たるとは思っていない。敵はあれだけ自信満々で宣戦布告してきたのだ。この程度は難なくかわすだろう。だが、夜夢の眼球は標的を過ぎ去った後、急速上昇して敵の視界から消え、さらに二重螺旋《らせん》を描きながら下降して敵の頭頂を穿ち砕くのである。この変則軌道は見切れまい！　だから、最初の一撃は敵の体勢を僅かに崩すことができれば十分であった。

だが、夜夢のその目論見《もくろみ》は儚《はかな》くも崩れる――。『転校生』は二つの眼球を避けようともせず、難なく片手で受け止めると、それをそのまま、ぐしゃりと握りつぶしたのである！

「ギャア――！」

夜夢の絶叫が響き渡り、彼は顔面を押さえて転げまわった。その眼窩からは、おびただしい量の血液がどくどくと流れ出していく。存在しないはずの眼球の代わりに、眼窩の真っ黒な空洞から赤黒色の血液が流れ出し、夜夢の顔面を染め上げていく……。

「――め、眼がッ！　オレの眼が……ッ！」

「夜夢ッ！」

転げまわる夜夢にリンドウが駆け寄り、その体を抱きかかえた。彼の腕の中で、真っ赤な顔の夜夢が叫ぶ。

「リンドウ！　リンドウッ！　オレの眼は、オレの眼はどこだ！　どうなったッ⁉　見えない、何も見えない！　痛いッ！」

「夜夢！　落ちつけ、夜夢ッ！」

動揺が酷い。夜夢の心眼もこれほどの混乱の際にあっては何の役にも立たぬと見える。

リンドウは、なおもにこやかに笑っている少年をキッと睨《にら》みつけると、夜夢を抱き上げて――、走った。

敵に、背を向けて。

──戦線離脱である。夜夢を抱えたまま時速三〇〇㎞超でその場を逃げ出したのだ。敵である夜夢をなぜ自分は助けようとしているのか、そんなことを考える暇《いとま》もなく、リンドウは走っていた。だが──、

一通り走り尽くし、もう十分かと思い、辺りを見回したところで、リンドウは気付き、──愕然とする。なぜなら、彼の目の前では相も変わらず少年がにこやかに笑っていたのだ。敵も超速移動術を心得ているのかと疑ったが、いや、違う。すぐ傍らには粉砕された二宮金次郎像が転がったままではないか。リンドウは走ったつもりが僅かも走っていなかったのだ。正体は分からぬが、敵が何らかの魔人能力を使ったことだけは明白である。

高速移動魔人は抱いていた夜夢を静かに地へと下ろした。

「あれ。もう逃げないんですか？　構いませんよ。もう一度チャレンジして頂いても？」

「いや……、いい」

ここに至り、リンドウは気付いていた。自分たち二人を殺す気で出てきた少年が、なぜ不意を討つでもなく退路を塞《ふさ》ぐでもなく、堂々と真正面から現れ、呑気《のんき》に声を掛けてきたのか。それは負けることはおろか、逃すことすらありえないという、絶対の自負によるものに違いなかった。

──こいつはオレと夜夢の戦いを見ていたと言った。

ならば、あの時見せた戦術はおそらく無意味だろう。

リンドウはスーツのジッパーを下ろす。彼の懐に収められていた幾つかの茶色いレンガ片が、どこどこと音を立てながら落ちた。

「それ……、あなたの武器ですよね。使わないんですか？」

問いには答えず、代わりに、

「夜夢はオレが守る……」

とだけ、音速魔人は呟いた。

「あれれ。お二人ともさっきまで殺しあってたじゃないですか？　なんですか、それ」

くすくすと笑う『転校生』には再度構わず、リンドウは時速二〇〇㎞のバックステップで五〇メートルの距離を取った。彼はそこでクラウチングスタートの構えを見せる。

――オレのトップスピードはおそらくマッハ1前後。体のことさえ気にしなければ、いけるはずだ……。

リンドウが少年に敵意を向ける。相手は彼のレンガ戦闘術を目撃している。にも拘らず無警戒に現れたところを見ると、時速三〇〇㎞程度のレンガの直撃ではおそらく傷もつかぬのだろう。現に、やつは夜夢の眼球も平然と受け止めたのだ。

だが、これならどうか？　体重八五kgのリンドウによる音速体当たりなら――。無論、これを敢行すればリンドウ自身も無事では済まぬが、いまや彼は夜夢を助けることしか考えてはいなかった。リンドウは中学の頃より、いつも夜夢を守ってきたのだから――。

リンドウの尻が浮かび、その目が、光った。

「へぇ。僕、ヨーイドン言いましょうか？」

少年の軽口が終わらぬうちに、リンドウは駆け出していた。彼自身、初となる真の音速移動である。

対する『転校生』は、猛スピードで突撃するリンドウに対し、受け止めようとするでもなく、避けようとするでもなく、ただ、いつも通り、自然体で平然と立ち続けていた。リンドウの捨て身のタックルなど、まるで意に介さぬかのように。果たせるかな。

――パンッ！

リンドウの耳に聞き慣れぬ音が聞こえ、そして、彼がその衝撃波を耳にしたのと寸分の差もなく、その巨軀は見事『転校生』へと激突していた。衝突の衝撃により、リンドウの体はぐしゃりと潰れて、濡れた海苔《のり》の如くに『転校生』にべたりと張り付く。ただ、彼の首だけが、今しがた走ってきたラインに沿って、放物線を描きながら高々と宙を舞った。

だが、なんということか。泰然《たいぜん》として音速突撃を受けた『転校生』はやはり小揺るぎもせず、その場から一ミリたりとも後退していない。無論、無傷である――！

一方、リンドウは既に絶命していた。『転校生』がべりっとリンドウの潰れた体を引き剝《は》がす。彼の全身の骨は激突の衝撃でバラバラに砕かれて砂利状に細分化されており、支柱を失った肉体は地面に落ちると、軟体動物の如くにぺしゃりと潰れた。そこから赤い血が滲《にじ》み出して、水溜りを作っていく。……彼は、自分が夜夢を救ったことを確信して死んでいったのであろうか。あるいは、この捨て身のタックルすら目の前の少年には効かぬことを、その可能性を僅かでも懸念《けねん》していたであろうか。それにしても、恐るべしは『転校生』である。

「さて……」

少年は、いまだ眼窩を押さえて苦しむ夜夢へと、ツカツカと歩み寄り、

「……ちょっと、夜夢さん？　意識、ありますよね？」

そして、まるで道でも尋ねるかのようにこう言った。

「あの、お二人が話していた、あゆ……さんでしたっけ？　その方の能力を教えて欲しいんですけど。あと、ヨルムさんが他に知っている魔人がいれば、その人のことも教えてもらえると助かります」

丁寧な物言いだが、れっきとした尋問である。

「リンドウは……、リンドウは、どうなった……」

「リンドウさんですか？　ああ、さっき死にました」

「クソッ、……殺せ！」

命乞いすらしない。夜夢もつくづく直情的な性格である。

だが、この反応には『転校生』も困った顔をして、

「ああ、ハイ、それは殺しますから。後でちゃんと殺しますから、そこは安心して下さい。でも、その前に、あゆ……さんと、他に知っている方の能力があれば教えて欲しいんです。僕、ここの魔人をみんな殺さなきゃいけないんです」

「…………バカな！　オレが、香魚や仲間のことを喋《しゃべ》るとでも思ったか！　い、いや……、待て！　貴様、魔人を全員殺すとは、どういうことだ……！」

生徒会でも、番長グループでもない。両者を皆殺しにせんと企むこの男は——

「いや、それが今回の依頼らしいんですよ。この学園中の魔人をみんな殺す、っていうのが……」

「貴様、『転校生』か――！」

ここに至り、夜夢は敵が何者であるかを悟る。そして、彼は副番の白金翔一郎《しろがねしょういちろう》の言葉を思い出していた。

――ハルマゲドンに『転校生』の気配がある。

と。

「あ、そうです。僕、『転校生』です。それで、あのー、……僕の質問には答えてもらえますか？　その気がないようでしたら、死ぬ前にちょっと痛い思いをすることになっちゃうんですけど……。夜夢さんもそんなのイヤでしょ？」

「ま、待ってくれ……。オレが吐けば……、香魚は……、香魚だけは、助けてくれるのか……？」

番長グループと友釣香魚を天秤《てんびん》にかけた夜夢の苦渋の判断であったが、『転校生』は腕を組み、また少し、うーんと唸ってから、

「いいですよ、……と言いたいところなんですが。残念ながらそれはできないんです」

「なぜだ……」

「『転校生』は依頼の条件を完全に履行《りこう》しなきゃならないんですよ。だから、あゆさんにしても例外は認められません。すみません、これ、僕たちがこっちに来るためのルールなんです」

「本当、なのか……」

「『転校生』はウソをつけないってのもルールなんです。ていうか、こんなウソつきませんよ、何の得にもなりませんから」

「それもそうだな……」

少年の言葉を聞いて夜夢は悟った。香魚のためにできることは、最早、自分には何もないのだと。後は、番長グループに望みを託し、『転校生』のことを伝えるのみ――。

「分かった。好きなだけ嬲《なぶ》って殺せ。何をされようと――、香魚のことも、仲間のことも、貴様に話す気は一切ない」

と言って、夜夢は大の字に寝転がり……、

――一方、夜夢の潰れた右眼球は闇の中を密《ひそ》やかに動き出していた。だが、『転校生』は眼球の不審な動きには気付かずに、

「ううーん、困ったなあ……。ちょっと夜夢さん、考え直してもらえませんか？　僕、人に痛い目を見せるとか拷問するとか、実はそういうのすっごい苦手なんです。ああ、困ったなあ。困ったなあ。失敗したらまたユキミ先輩に怒られちゃう――」

と、ただただ困り果てていたのである。

――『転校生』豆知識。

『転校生』は力加減が苦手である。

『架神恭介』

二〇一〇年八月二十三日　十二時

……くっくっくっくっくっ。

目の前で女の頭が西瓜のように弾け飛び――。

果肉にも似た赤い肉片と脳髄が、細かに砕けた骨片と共に飛散して――。

飛び散った果肉の、特に大きな一塊が、彼女の目の前にあったカレー鍋の中へとドボンと音を立てて沈みこんで、ややあって人参と共にぷかりと浮かび上がってきた時。

架神恭介《かがみきょうすけ》はこみ上げる笑いに堪えかねて口の端を歪ませ、そっとド正義の陰へと隠れた。今しがたまで家庭科室に満ちていた香辛料の香気は、今や吐き気を催す死臭へと取って代わられている。

架神恭介の向かいにいた副番、白金翔一郎。彼も他の番長グループの者ども同様に、仲間の突然の死に呆けたような顔をしていたが、いまや顔面蒼白となり、全身をわなわなと震わせながら、右手を腰の佩刀《はいとう》へと延ばさんとしていた。それを見て架神は、

──抜けっ！

と、念じた。

──抜けっ！　そして、死ねッ！

だが、白金の配下である番長グループの者どもが、彼よりも先に熱《いき》り立って、「てめえら、なんてことしやがる！」「ブッ殺してやる！」などと殺意を漲《みなぎ》らせた辺りで白金は逆に冷静さを取り戻し、

「──やめろ」

周りの者を制した。

架神恭介は隠れてちぃッと舌を打つ。そして、白金翔一郎は生徒会長ド正義卓也を睨みつけて、

「貴様、この落とし前、どうつける気だ」

と、静かに凄んだ。

「…………」

「口舌院言葉《くぜついんことば》の死をどう贖《あがな》うつもりかと聞いている」

「……これは殺人事件だ」

「──なに？」

ド正義は冷たい目で白金を睨み返したまま、

「殺人は校則違反だ。生徒会は校則に従い、この事件の犯人を捜査、追及する」

と、淡々と言う。

「犯人が、たとえ、生徒会の者でもか？」

「無論」

「生徒会の、幹部でもか――？」

「くどい」

白金はそれだけの問答を交わすと、「分かった」とだけ告げてド正義に背を向けた。そして、頭部を失った口舌院言葉の遺体をそっと抱き上げて、しばし沈痛な面持ちを浮かべた後に、

「帰るぞ」

と、いまだ怒気に駆られし配下の魔人どもをまとめ上げ、パーティー会場を後にしたのである。

そして、彼らが去った後――。

生徒会の者たちも、まだ多くが茫然自失の体であったが、そんな彼らを尻目についに堪え切れなくなった架神は一人、

「くっひゃっひゃっひゃっ！」

――呵呵大笑《かかたいしょう》したのである。

二〇一〇年八月二十三日。

番長グループ最強戦力の一角と目されし魔人、口舌院言葉は、ハルマゲドン勃発の二十九日前に早くもこの世を去っていた――。

二〇一〇年九月一日　九時半

それから九日後——。

希望崎学園では二学期の始業式に引き続き、殺人鬼、架神恭介の公開処刑が同体育館にて執り行われた。

見学者のため、会場には生徒数分のパイプ椅子が並べられていたが、会場に残った人影はまばらである。新学期早々、誰もそのような悪趣味なものは見たくないのだ。それは校長以下の教職員たちも同様で、処刑は生徒会に任せて彼らも早々に職員室へと引っ込んでいった。

刑場に残っていたのは、処刑を執行する生徒会役員。番長グループ。そして、特殊な性癖を持つ一部の一般生徒十数名のみであった。

処刑に臨みながらも、架神恭介は悠然とした様子で壇上へと登る。これから、この体育館の壇上が彼の処刑台となるのだ。

架神は青と白のストライプの囚人服を身に着けていたが、これの色の間隔は五㎝ごとであった。同じ模様の靴下と帽子も着けており、それどころか顔にまで同色のペイントが施されている。——というのも、これは一種の目印なのである。

夏休みのお楽しみ会にて口舌院言葉を殺害した架神恭介は、これから〝特一級極刑〟へと処されることになっていた。特一級極刑とは、希望崎学園における公開処刑の一つであり、十段階処刑法の中でも最高刑とされるものである。鋸《のこび》挽きにより足先から五㎝ごとに輪切りにされる過度に残酷な処刑法であり、その阿鼻叫喚の地獄絵図は見せしめ効果も抜群で、学園中のインモラル魔人は皆この刑を恐れている。だが、これまで生徒会役員が三級極刑以上に処された例はなく、今回の架神に対する特一級極刑は異例中の異例と言えた。

壇上に登った架神に対し、仲間を殺された番長グループの者たちは怒りに満ちた視線を向ける。一方、生徒会役員たちはかつての仲間の死を受け止めようと、確固たる決意を固め、架神を直視しようと努める。そして、特殊な性癖を持つ一部の女子生徒たちは、これから行われる処刑への興奮を隠しきれず、股間をぐっしょりと濡らしながら、血走った眼で架神の姿を見つめていた。また、やはり特殊な性癖を持つ男子生徒たちは、興奮に我を抑えきれず、既に一度目の自慰を為し終えていたのである。

――だが、生徒会役員たちの沈痛な面持ちをよそに、当の本人、架神恭介は、刑場に立つ男、一ノ瀬《いちのせ》蒼也《そうや》を見て、ひそかにほくそ笑んでいた。

＊

生徒会役員三年架神恭介は、カレーの辛さを自在に操る魔人である。能力名は『サドンデスソース』。視界に入るカレーを念じるだけでお子様カレーから激辛カレーまで自由に変じる能力であった。普段は専《もっぱ》ら料理に用いるこの能力だが、無論、暗殺にも応用可能である。度を過ぎた辛さのカレーは劇薬と何ら変わりなく、架神の能力は事実上カレーを猛毒へと変える力でもあった。医食同源という言葉がある通り、食は医であり薬である。そして、薬は裏返せば毒であり、つまり、食は毒である。よって、架神のカレーを食べた者は頭が爆発して死ぬ。架神恭介はこの能力を用い、番長グループの魔人、――口舌院言葉を暗殺したのである。

――それは夏休みに行われた「生徒会・番長グループなかよしお楽しみ会」の最中の事件であった。

今年度に入り急速に軋轢《あつれき》の高まった生徒会と番長グループ。その両派の仲を取り持つべく、校長の黒川メイにより企画されたお楽しみ会であったが、こともあろうか、その席上において、いの一番にカレーを口にした口舌院言葉が、頭部爆裂という悲惨な死を遂げたのである。その後、生徒会の調査により、犯人はすぐに架神恭介と判明する。架神本人も犯行を認めた。

元々、架神は生徒会においてもタカ派として知られる男であった。尊大で短絡的な性格の上に番長グループに対する敵愾心《てきがいしん》が度を越しており、後先考えぬ攻撃的姿勢や扇動的言動からトラブルを招くこともしばしばで、生徒会の同輩たちからは扱いがたい馬鹿だと思われていた。しかし、その反面、下級生に対しては意外と面倒見が良く、深く物事を考えぬ大雑把な性格も人によっては天空海闊《てんくうかいかつ》と映るのか、後輩からの人気は低くなかった。あと、時折振舞うカレーが旨かった。

架神は番長グループへの敵愾心を闇雲に煽り立てる困り者ではあったが、その点を除けば、まあ嫌われたり、好かれたりと、それなりに生徒会の中でも巧く立ち回っていたようだ。だが、ダンゲロス入学後、ド正義に助けられるまでの間、番長グループの暴力と恐怖に晒され続けた記憶が、彼の心中にあって一種の狂的な〝番長グループアレルギー〟へと変化していったのだろう。長く小康状態を保っていた生徒会と番長グループの今の関係を、彼は良しとしていなかった。

そんな架神が、お楽しみ会での番長グループ毒殺を持ちかけられたならば、これに乗らぬはずもなかった。いつもは生徒会のやり方を手ぬるいと断じていた彼であったが、この計画を聞いた時は、「ついに生徒会もその気になったか」と破顔し、嬉々としてその実行役を請け負ったのである。

そのターゲットが口舌院言葉――。番長グループ最強の魔人の一人であり、また、番長グループ穏健派の中心でもある。この女さえ殺せば、番長グループ武闘派を止める者はいなくなり、同時に敵の戦力を大幅に削減できる。とてもやり甲斐《がい》のある仕事だと架神には思われた。そして現実に、口舌院は架神のカレーを口にするや否や、あまりの辛さに頭蓋が爆裂して死んだ。計画通りである。これでお膳立ては整った。両者の全面対決はもはや避けられぬはずだ。架神は己の務めを立派に果たしたのである――。

生徒会のため、己の役割を見事にこなしたはずの架神が、いま死刑囚として処刑台の上に立っている。だが、そのことも彼は理解していた。これは演出《パフォーマンス》であると。殺した相手は学園の屑《くず》、――番長グループだが、それでも自分の行為が校則違反であることは馬鹿の架神も流石《さすが》に自覚していた。形だけでも処罰を行わねば、法の番人たる生徒会としての体裁が保てぬ。だから、自分が汚名を被るところまでは仕方がない、と――。

とはいえ、これで死んでも本望というほどに架神の殉職《じゅんしょく》精神は高くないが、その点も心配はしていなかった。処刑は形だけであり、何らかの方法で救出されることを事前に約されていたからだ。だから、何も心配はしていなかった。生徒会会計のアズライールか、はたまた己も知らぬ能力を持つ誰かが、とにかく何かしらの力を使って助けてくれるのだろう、と。

彼が一ノ瀬蒼也を前にして笑ったのもそのような理由からである。生徒会一年の一ノ瀬は、架神が面倒を見てきた後輩の中でも最も親しく、架神の度重なる薫陶を受けて番長グループへの敵愾心もめきめきと育っていた。生徒会で会議などあれば、架神ともども番長グループとの対決を声高に叫ぶ男で——、いわば二人は同志である。むろん彼らは公務を離れても仲が良く、しばしば一緒にカレーを食っている。そんな一ノ瀬が処刑人としてこの場にいることこそが、処刑が形だけであることの何よりの証左と架神には思えたし、だから彼は笑ったのである。

「よォ……、よろしく頼むぜ」

架神は自分から拘束台の上へと寝転がった。鉄製のベッドのような代物である。表面は綺麗に磨いてあるが、よく見ると五㎝おきに横一文字の傷が刻まれており、さらに凝視するならば、この溝の中に拭いきれぬ赤黒い血痕と凝り固まった脂の痕を見つけることができる。形だけのショーとはいえ、このような気味の悪いものに背をつけて寝るのはさしもの架神にも躊躇《ためら》われたが、後輩の前で弱みを見せたくないと考えたのも彼の性格ゆえであった。

「架神さん……」

答えた一ノ瀬の表情が暗い。

——おいおい、しけたツラしてんじゃねえよ。

ここで一ノ瀬がニヤリとでも笑ってくれれば、まだ気分も楽になるのだが……。

一ノ瀬が拘束具をいじり、ベルトのようなものでカチャカチャと架神の体を固定していくと、

「特一級極刑、執行を開始する——」

ド正義のアナウンスが会場に響いた。

いつも通りの、凛《りん》とした透き通る声である。

迷いの感じられぬその声色に、架神も幾分か安心感を取り戻す。

「オイ、これからどうすんだ？　オレも何かした方がいいのか？」

周りに聞こえぬよう、一ノ瀬に向けて小声で囁《ささや》いた。

「いえ……。架神さんは、じっとしてて下さい。オレ、頑張りますから……」

「ふうん……。そうか。まあ、ヨロシク頼むわ」

ド正義による罪状の読み上げが終了し、拘束台となっていたベッドはウイインと起き上がり、約四五度の角度で静止する。体育館の窓から差し込む朝日は明るく、締め切った会場にはムッと熱気が漂い、これから始まる陰惨な処刑に相応しい不快感を醸していた。会場に残った少数のギャラリー達のうち、番長グループは架神の姿を凝視し、変態性欲者の男女は己の股間へと指を伸ばし、そして、壇上の一ノ瀬は鋸を取った。

＊

「やっ、やめ……、もう、ダメ……、死ぬ……。しっ、死ぬ………」

処刑開始から十数分後――。

鉄のベッドの上で架神は、擦《かす》れた声でこればかりを繰り返していた。先程までは絶叫と命乞いに声を張り上げていた彼だが、もはやそのような余力もないのだろう。既に鋸は太股の途中までを切り落としており、断面からは血がぴゅーぴゅーと噴き出ている。常人ならばとうの昔にショック死する激痛と出血量であるが、いかんせん魔人なのでそう簡単には死ねない。親しい先輩の苦悶の声を聞きながらも、黙々と鋸を挽き続ける一ノ瀬の面相には惨苦が滲んでいたが、かたや処刑を観覧する異常性欲者の男子たちは数度目の射精を終えてほっこりとした微笑をたたえ、己の股間を弄《まさぐ》る女子生徒たちは喘《あえ》ぎながら椅子から転げ落ちた。

——これは……、どういうシナリオになっているんだ？　本当に、オレは助かるのか……??

激痛と混乱の最中——。

架神はあの『約束』への疑いを抱かざるを得ない。

——あの『約束』は、何かの聞き間違いだったのか？　もしくは、番長グループを皆殺しにしたいあまりにオレが生み出した妄念の産物だったのか。……いや、違う。オレは確かにあの時。ベッドの中で。あの『約束』を、確かに、聞いたハズだ……。なのに、なんだ、これは……。おい、ド正義……、一ノ瀬……、本当にオレは、助かるのか……??

鋸は遂に股間へと達し、架神の萎縮しきった陰茎は真ん中の辺りでスパと切り落とされた。この処刑前半のハイライトシーンに、異常性欲者の男女はギャアと悲鳴にも似た歓声を上げ、勢い良く精を撒き散らす。

切り落とされ、萎縮しきった一物とは裏腹に、架神の心中の疑心暗鬼はますます膨らんでいくが、しかし、いま、そのことを質《ただ》す訳にもいかなかった。この場には番長グループの面々がいる。『約束』の事を口にすれば、生徒会は体面を保つため彼を切り捨てるかもしれない。だから、言

えない。今は絶対に言えない——。

架神は耐え続けた。

生徒会が、己との『約束』を果たすと信じて。

だが、鋸が架神の腹部を過ぎた辺りで、彼の意識はいよいよ朦朧《もうろう》とし始める。

死が、近付いていた——。

——おい、もう、ダメだ……。もう、止めろ……。これ以上は、本当に死んでしまう……。

声にならない。

一ノ瀬は無二無三に真っ赤な鋸を挽き続けるが、その姿ももはや曖昧《あいまい》である。

——一ノ瀬……、オイ、お前は……、聞いていないのか……？　お前は知らされていないのか
……？　なぜ、鋸を止めないんだ……？

意識が霞む。

鋸挽きが腰骨を越えた辺りから出血はいよいよ激しさを増して、壇上に赤い血だまりを作っている。いかな魔人といえど、十分致死量に達する出血である。ここまで来れば、もはや死は免れぬだろう。『損害保険』も今更間に合うとは思えぬ。

だから——。

ここに至ってなお生徒会を信じ続けるなど、架神には到底不可能であった。

裏切られたという想いが、生徒会を信じた悔悟だけが、心中を満たしていく。

そして——、

「ド正義ッ！　オレを捨てたな、裏切ったな、ド正義！」

血泡吹きながら最後の力でこれだけを叫び、二〇一〇年九月一日、希望崎学園体育館壇上にて、魔人架神恭介の命は費《つい》えた。

四、少女A

二〇一〇年九月二十一日　十八時半

夜夢とリンドウがブロンズ像広場での死闘を開始する三十分前。

番長グループから呼び出しを受けた両性院男女が、ミツルと別れ、学園敷地東端にある番長小屋へと向けて歩み出したのがこの頃であった——。

初秋の空は、もううっすらと暗い。

——と、彼が新校舎を離れると程なくして、よく肥えた一人の男が校舎の陰からぬっと現れ出で、両性院へと近寄ってきた。男は人懐こい笑みを浮かべながら、

「よう、おめえさんが大人しく来てくれそうで助かったよ。手荒な真似はしたくなかったんでなあ」

と言った。肉付きのよい月のようにまん丸な顔の上にもじゃもじゃの髪の毛を載せたちょび髭《ひげ》の巨漢。何が面白いのかにこにこと嬉しそうに笑っている彼は、見る者に温厚さと愚鈍さのいずれの印象も与えることだろう。だが、彼は紛れもなく魔人。それも番長グループの幹部であった。

「バルさん……。僕を監視していたのですか」

両性院のような一般生徒でも生徒会や番長グループの主だったメンツくらいは知っている。この男、バルのことも顔と名前くらいは承知していた。

「まあ、そりゃあそうだろう。用があって呼び出したんだからなあ。逃げ出されちゃあ、こっちも困っちまうからなあ」

「手荒な真似はしたくなかった……、ということは、僕がもし沙希を見捨てて逃げ出したなら……」

「まあ、力ずくでも、ってことになるわなあ。自分の女を捨てて逃げ出すようなヤツなら遠慮はいらねえって、邪賢王さんも言ってたしなあ」

と言って、月のような男はまたにこにこと笑った。だが、外見から受ける愚鈍な印象とは裏腹に、有事にあっては鬼神の如き働きを見せる魔人と聞く。

「僕の女ではないですけどね」

「ん？　まあ、大切な相手には違いないんだろ？」

「それは――」

当然である。あの時、両性院は天音沙希を守るためだけにこのような体にまでなったのだから。

今の両性院の存在理由は天音沙希のためだけにあると言っても過言ではない。

「バルさん……。こないだからずっと僕を尾《つ》けていたのも番長グループの人ですか？」

「ん……？」

「いるでしょう、僕の後ろに」

「ほう……」

両性院の言葉に一瞬呆けた表情を見せたバルだが、今度は感心したような顔をして、

「おうい、虹羽《こうう》、出て来い。もうバレとったわあ」

と、両性院の背後に向かって声をかけると、今度は木蔭の間から一人の少年が現れる。まだ顔に幼さが残っているが目つきは鋭い。両性院よりも年下――、一年生だろうか。虹羽と呼ばれた少年は黒い野球帽を目深に被り、手には銀色の金属バットを提げていた。年下とはいえ、只者とは思えぬ凄味がある。

だが、少年は口を開くと、

「あれれ？　僕、バレてたんですか？」

と、意外にも甲高い声を出して剽軽《ひょうきん》に頭を掻いた。

そして、バルに対しては、むにっとした様子でバツの悪そうな顔を見せる。

「ハハ、バレとったみたいだなあ」

「おっかしいなぁ、結構、自信あったのに……」

「ハハハ。だってよ、おい。両性院、おまえさん、意外と鋭いんだなあ」

たまたまですよ、と両性院は謙遜《けんそん》したが、実際のところ、彼は日頃から周囲への警戒は怠り無い。怪我の後遺症で人並み以下の筋力となった彼は、君子危うきに近寄らぬことで我が身と沙希の護身を図ってきたのだ。非力な野ウサギが猛獣から身を守るため、警戒心を発達させてきたの

と同じである。腕力を奪われたことで、かえって危険に対する慎重さは磨かれたと言える。

なお、両性院には番長グループから呼び出しを受けた「心当たり」が二つあったが、自分が魔人であることがその一つ。もう一つが、己を尾行していた虹羽の存在であった。無論、尾行者が番長グループとは露知らず、何者が何の目的で自分を尾行していたのかは分からなかったが、ハルマゲドン直前の不穏な状況では何が起こっても不思議ではない。自分と一緒で万一のことがあってはと思い、忘れ物にかこつけて沙希を一人で家に帰し、己は美術室で尾行者の動向を窺《うかが》っていたのだが、まさか沙希の方に危険が及ぼうとは……。

「あの、バルさん。彼は、なぜ僕の尾行を……」

「え？　ああ、護衛ですよ」

バルに代わり虹羽本人が答えた。

「護衛？　僕を⁉」

「そう。あなたのことを知ったら、生徒会のやつら何をするか分かりませんからね」

「生徒会が？」

訳が分からない。両性院は自分に危害を加えようとしているのは番長グループだと思っていたが、逆に彼らは生徒会から両性院を守っていたのだという。

戸惑う両性院に対して、バルは、

「なあに、心配すっこたあねえよ。別におめえさんが生意気だからシメようとか、そういうワケじゃあねえんだ。オレたちだってハルマゲドン前にそんなことしてるヒマァねえからなあ」

と言って、カカカと笑った。

「ま、歩きながら話そうや」

肥満体の男は両性院を誘い、番長小屋の方へと歩き出す。

バルは両性院を恐れさせないよう努めて明るく振舞っている。強面《こわもて》の多い番長グループの中では、バルはまだ優しげな顔をしている部類である。しかし、この切羽詰まった時期に幹部のバルを派遣したのは、それだけ両性院に大事な用があるということなのか。だが、そんなことよりも……、

「あの、僕のことはともかく。沙希はどうなってるんですか。番長グループの人たちは、沙希に何を……」

問題はこちらである。己の事はとりあえず後回しだ。

「おう、おめえさん。肝が据わっとるなあ。自分のことよりも女の方を心配するたあ大したもんだ。だがなあ、別にオレたちが沙希ちゃんをどうこうしたってワケじゃあねえンだぜ。むしろ、オレたちは沙希ちゃんを助けたいと思ってンだ。まあ、詳しくは番長小屋に着いてからだなあ。白金さんから話があっからよ」

その名を聞いて、はてなと考えた両性院であるが、すぐに気付く。

白金……、
白金翔一郎――！

そう、この学園でその名を知らぬ者はいない。番長グループのNo.2、いわゆる副番である。元

男子剣道部主将にして、ダンゲロス最強の剣士と目され、剣の鬼すら泣いて許しを請うという〝剣の悪魔〟の異名を持つ男——！

白金ほどのビッグネームになると、両性院のような一般生徒も彼にまつわる幾つかの噂話を耳にしている。

——それは夏休み前のことであったか。

生徒会により男子剣道部が廃部に追い込まれた際、白金が番長グループを率い、生徒会に宣戦布告するという噂が学園中を流れた。だが、その時は、白金が自制したのか、はたまた番長の邪賢王が止めたのか、ともかく大きな抗争へと至ることはなかった。しかし、その時の白金と生徒会の確執が、今回のハルマゲドンの一因と目されており、いわば、白金は今回の戦争に関わるキーパーソンの一人であった。

だが、その副番が、両性院に何の話があるというのか？

しばらく歩くと、バルは木蔭に止めてあったハーレーダビッドソンへと跨《また》がり、両性院に後ろに乗るよう指示した。見ると、虹羽にも自分のハーレーがあるらしく、それを校舎の陰から引っ張り出している。

両性院を乗せ、二人のハーレーはぶるるんぶるるんと駆け出していく。だが、「ぶるるんぶるん」と書いておいてなんだが、これが何とも静かなものである。実に静音性が高い。電気自動車などはガソリン車に比べて静かだと言うが、このハーレーも何か特別な燃料を用い、特殊な原理により駆動しているのであろうか？

後部座席へと座った両性院は、バルがかっ飛ばす間にも沙希の安否を聞きだそうとしたが、「後は白金さんからだなあ」とはぐらかされ続けて、そうこうしている内にも、とうとう彼は番長小屋の前へと立つことになる。

＊

――で、その番長小屋である。

いわく、ダンゲロスの万魔殿。

いわく、希望崎の悪鬼の巣。

学園東端に位置するこの小屋を、一般生徒は視界に収めることすら厭《いと》う。いまやその入り口へと立った両性院にしても、ここまで間近に迫ったのは初めてである。番長小屋も元は体育倉庫だったというが、番長グループによる増改築が繰り返された結果、今では原形すら留めず、見た目には朽ちかけた山小屋のようにも見える。小屋の隣にはゴミ捨て場と思しき場所があり、彼らが排出したものだろうか（それにしても量が多すぎる）異常な量の生ゴミが山と積まれていた。そこでは何やら怪しくうごめく影が、薄闇の中、生ゴミをちぎっては投げ、ちぎっては投げとおぞましき振る舞いを見せ、番長小屋の不気味な雰囲気に拍車をかけていた。

「まあ、おっかねえだろうが、あんまりビビらず入ってくれよ。別に取って食うわけじゃァねえからよ」

バルはニコニコしながら錆びた鉄製の扉を開き、両性院に中へ入るよう促す。両性院も注意深く辺りを窺いながらバルの勧めに頷いた。場合によっては、番長グループを相手に大立ち回りを演じて沙希を助け出し、彼らの囲いを振り切って逃げ出すことになるやもしれぬ。中に入れば、まずは沙希の姿を探し出し、続いて脱走に使えそうな出入り口や、抵抗に使えそうな武器を確認すべきだろう。両性院はこれからの修羅場を思い、だが、意を決して先へと歩を進めた。その中は――、

暗く、

――そして臭い！

それが、両性院のファースト・インプレッションであった。

中には窓の一つもなく、充満する湿気と酷い悪臭の中で、中央に一つだけ吊り下げられた裸電球が、周囲の闇に押し潰されながらも健気《けなげ》に光源としての機能を果たしている。部屋は薄暗くて確認し辛いが、とりあえず沙希の姿は認められない。出入り口はいま入ったばかりの扉一つ以外に見受けられず、室内の視界も極めて悪い。その扉もバルがさっきカッチリと閉めたため、いざという時の脱出も困難だろう。

だが、使えそうな武器は豊富だ。ハルマゲドンのために用意したのだろうか。床には材木や木箱、瓦礫《がれき》にチェーンなどが乱雑に散らばり、部屋の隅には血に塗《まみ》れたトンカチや手斧、釘を打ち付けたバットや巨大な丸太など無数の凶器が見受けられた。そして、裸電球の光に導かれるかのように、二十数名の男女が輪になって座り、壁面へともたれかかりながら、好き勝手にタバコを吸ったり、チョコレートバーを齧《かじ》ったりしているのだ。さらにある者などは、ビニール袋にサン

ドイッチを入れて、その香りをスーハーと吸ってはとろりと目を濁らせている。なんという世紀末的、頽廃《たいはい》的空間であろうか。

両性院がざっと見渡したところ、番長グループの面々は、なるほど、多くは見事なまでにテンプレートな不良たちであった。髪型は多くがパンチパーマやリーゼントであり、衣服は改造した短ランを裸の上から羽織《はお》り、腹にはさらしを巻いている。今にも盗んだバイクで走り出しそうな面構えの者たちばかりだ。少数存在する女子も同様に、異常に長いスカートを穿き、常軌を逸したケバケバしい化粧がKISSの如くに顔面を彩っている。無論、髪も金色に染め上げてチリチリである。そのようなおぞましき男女の群れであった。

だが、彼らに混じり、おおよそこの空間に相応しくない者たちもいた。手首に無数のためらい傷を見せるゴスロリの少女や、三つ編眼鏡の素朴な雰囲気の少女である。両性院は後者の女子に見覚えがあった。

――あれは二年E組の鏡子さん……？

この御時世に珍しく、スカートも校則通り膝丈きっちりの彼女が、何故このような不良の溜まり場にいるのか。鏡子の存在は、あまりにもこの場にそぐわず、浮いている。もしかすると、彼女も彼らに呼び出されたのかもしれない、と両性院は考える。であれば、場合によっては彼女も助け出さねばならないだろう――。

だが、それにしても、この小屋中に充満する、吐気を催す悪臭はなんなのか。このように狭苦しい空間に、男女二十数名が詰め込まれているのだ。彼らの肉体から発せられる体臭が、この悪臭の起こりであろうか。いや、違う。確かにそれもあるだろう。だが、悪臭の最大の原因は、番長小屋の最奥にてどっしりと構える男、番長邪賢王ヒロシマの肉体から漂う臭気であった。

悪魔的な怪力で知られる男、邪賢王ヒロシマは、二年前からこの学園で番を張っている。ド正義会長による魔人狩りに乗じて、どさくさ紛れで番を張った等と言われているが、その実力は折り紙つきだ。彼の悪行が表に出ることはないが、赤紙で呼び出した新入生魔人を悉《ことごと》く打ち殺しているのが、まさにこの邪賢王であると噂されている。その容貌は怪異にして羅刹《らせつ》の如く。凄まじく発達し肥大した筋肉の塊に、ごつごつと角ばった岩のような頭を載せ、それに鬼のような形相《ぎようそう》を取らせれば、邪賢王ヒロシマの出来上がりとなる。

そんな悪鬼番長がまとう白い肌着は、一面に血と吐瀉物《としやぶつ》が染み付いて、気味の悪い斑《まだら》模様を描き上げていた。この肌着は三年間、一度たりとも洗濯されていないという噂だ。さらに、その上から羽織ったズタボロの長ラン。これはおよそ数十年前からダンゲロスの番長に代々受け継がれてきた由緒正しき長ランであり、これまた数十年の間、一度たりとて洗濯されていないという。加えて言うならば、彼の脂ぎった見苦しい頭髪の上に載っているゴミのような黒い塊。これが学帽であると言えば、あなたはきっと驚くだろう。この学帽は、邪賢王が毎日のようにラーメンの汁を塗り込んだり、フライパンで炒めたりして、ここまでゴミのようにボロボロにしたものである。これこそが弊衣《へいい》破帽《はぼう》。伝統的なバンカラスタイル。邪賢王ヒロシマこそがその極致であった。

その邪賢王ヒロシマが、いま破帽の下から鋭い眼光で両性院を睨みつけていた。この視線の前では、彼を怖がらせまいと努力したバルの思いやりも霧消する。邪賢王の悪相に睨まれ、怖じけぬ者などいようものか。沙希救出を誓い、決死の覚悟を固めた両性院でさえも、この恐怖の前には立ち竦《すく》むより他なかった程である。

だが、かように怯えて、岩の如くに強張った両性院の右肩を、背後から、

「ポン」

と、優しく叩く男がいた。

しかし、緊張の極みにあった両性院は、

「ひぃッ！」

と、情けない声を出して腰が砕け、その場にへたり込んでしまう。それを見て周囲の不良たちがゲラゲラと品のない笑い声を立てるが、男はサッと片手を上げて彼らの嘲笑を制した。実に紳士的。泰然とした態度で男は両性院を助け起こしながら穏やかな口調で言う。

「両性院男女……だね？　怖がらせて済まなかった」

両性院は彼の顔も名前も知っている。

この男こそ番長グループ副番、白金翔一郎――！

「楽にしてくれ。なに、キミに危害を加えるつもりはない。ただ、天音沙希のことで話があるだけだ」

長身の副番は両性院の肩を優しく押して、近場の木箱へと座るよう誘導した。

端整な顔立ちに、腰まで届く長髪を束ね、長身で引き締まった体躯を持つ白金翔一郎は、その外見に華やかさこそないものの、質実剛健とした威容を誇る男である。白金が番長グループの一

員でさえなければ、彼の周囲には自然と人が集まることだろう。そのようなナイスガイであった。

白金の容貌には厳しさも感じるが、同時に頼れる男の安堵感も滲ませている。怪物的存在の邪賢王が傍《かたわ》らにいることもあってか、両性院も白金の持つ雰囲気にはホッと一息つくところがあった。

だが、その刹那――。

白金の腕がニュッと延びて、両性院のポケットから彼の携帯電話を奪い取っていたのである。

あッ！　と思うが、もはや遅い。

「悪いが、これは処分させてもらう。危険なんでな――」

白金はぐしゃりと電話を握り潰す。破片がバラバラと地に落ちた。彼ほどの魔人であれば造作もないことである。

そして、この事態に両性院は表情を一変させた。

――しまった、外部への連絡手段を断たれた！

一瞬、気を許しかけた両性院であったが、白金の突然の横暴に己の認識の甘さを悟った。たとえ白金といえど心を許してはならなかった！　こいつらは学園の癌《がん》、番長グループなのだ――！

だが、意外にも。

両性院の目に宿った敵意に、白金は心底申し訳なさそうな表情で応えたのである。

「……ム、済まない。勝手に壊したことは謝ろう。下手に抵抗されても困ったのでな……。まァ、そんな目で見なさんな。全てが終わったらキミの携帯は責任を持って弁償しよう。だが――」

今はそんなことより天音沙希の話をすべきだろう？　と白金が言う。

無論、それこそが両性院の目的であった。両性院の敵意は一転して沙希に対する憂慮へと変わる。はぐらかされた気がしなくもないが、確かに今はそちらを質《ただ》す方が優先だ。

「……そうです。僕はそのためにここに来たんです！　沙希を、沙希をどうしたんですか！」

「おっと……。まァ、落ち着いてくれ。今から順を追って説明する。オイ、海我《かいが》、あれを持ってきてくれ」

逸《はや》る両性院をいなしながら、白金は番長小屋の暗がりに潜んでいた一人の男へと声をかけた。

その男は、あいよ、と気の抜けた返事をして、手に何か大きなものを持ってふらりと立ち上がったが、その姿を見て、両性院も「アッ」と驚かざるを得ない。

「せ、先輩……！　ヴァーミリオン先輩、なぜここに！」

「おう？　……なぜって、まぁオレも魔人だからなァ」

その男は美術部部長、ヴァーミリオン・海我《かいが》であった。肉が削げ落ち全身が骨ばったモヤシのように華奢なガリガリ男だが、くねりとS字形に曲がった奇妙な前髪が、彼が芸術家《アーティスト》であることを証していた。同じ美術部員である両性院は、普段から親しく海我部長に接していたが、しかし、彼が魔人であったなどと、ましてや、番長グループの一員であったなどと聞いたこともない。両性院のみならず、他の部員も誰一人として知らなかった事実であろう。

「先輩……僕たちに隠してたんですか……」

「まァな。知られるといろいろ面倒だし。それにお前に言われる筋合いはねェぞ？　お前も同じだろーが」

それには確かに返す言葉もない。己が魔人であることを隠してきたのは両性院も変わらない。

「海我、そいつを両性院に見せてやってくれ」

「あいよ」

と、またも気の抜けた返事をして、海我は手に持っていた巨大なものを両性院の前へと示す。

それはカンバスであったが、そこに描かれていたものを見て、両性院がギョッと目を丸くしたのも当然であった。

カンバスには一糸纏《まと》わぬ姿で十字架に架けられた、——天音沙希の姿が描かれていたからだ。

「せ、先輩！　なんてものを描いてるんですか……！」

慌てて目を逸らした両性院が、顔を真っ赤にしながら海我に非難の言葉を浴びせかけたが、

「バァカ。これはオレが描いたワケじゃねーよ。これがオレの能力なんだよ」

と、涼やかに返される。

そう。この男、ヴァーミリオン・海我の説明によると、彼の能力名は『ファンクション・ファイブ』。己の描いた絵画が、モデルの現在状況に合わせてリアルタイムで変化する能力だという。絵の更新頻度と更新後の絵画の鮮明さは、最初に描き終えた時点での作品の完成度に比例する。写実主義者である海我にとっては、なるほど、これはうってつけの能力かもしれない。現実をありのままに描写するために、彼は作品に時間的推移すらも組み込もうとしたのだろうか。

「じゃあ、先輩、これは今の沙希の姿だと……言うんですか……？」

「ま、そういうことになるよなァー」

事態が抜き差しならぬものであることに気付いて、両性院も今や恥じらいを捨ててカンバスの天音沙希を直視している。だが、なぜ幼馴染が全裸で十字架に架けられているのか？——尋常なことではない。しかし、海我の説明が嘘でないことは、彼が比較対照のために取り出した他の絵が、先程から時々刻々と変化していることで証明されている。これは天音沙希の身にいま現に起こっている事態なのだ。

なお、余談であるが、この沙希の絵は、以前に彼女が美術部のモデルを務めた時に描かれたものであった。両性院はまだその絵を仕上げきってはいなかったが、流石は部長である海我はとうの昔にこれを仕上げ終わっていたのだ。完成後、海我が部員の誰にもこの絵を見せなかったのは、まさにこのような理由によるものであり、彼がこの能力を用いて、沙希の入浴シーンやしどけないパジャマ姿などを観賞しては己の性欲を満たしていたことは言うまでもないが、今の両性院にはそのようなことに気付く余裕はない。

というのも、その両性院は白金に向かって、

「沙希の……沙希の身に何が起こってるんですか……！」

と、今にも摑み掛からんばかりの勢いで迫っていたのである。

心配でたまらぬのだ。幼馴染が全裸で十字架に架けられていれば彼の焦燥も当然であろう。男勝りで腕白だった幼い頃の天音沙希が、修学旅行で浅宮ミヅキの処遇に一人異を唱えた天音沙希が、部活が終わるまで自分を待っていてくれた天音沙希の姿が、両性院の心中を駆け巡っていた——。

「待て、落ちつきたまえ。……確かに酷い状況ではあるが見たところ外傷はない。とりあえず落ちついて、これを見たまえ」

だが、一方の白金は冷静にカンバスの隅を指差す。すると、良く見ると沙希の周りには一組の若い男女と、一人の教師風の男が描かれていた。男性教師の方には見覚えがある。あれは――、数学の長谷部だ！

「先生……。長谷部先生が、なぜ、こんなことを……」

「両性院、キミはこの男と女に見覚えがあるか？」

副番の問いに、両性院はぶるぶると首を横に振った。

「だろうな。我々の知る限り、学園にこのような男女は存在しない」

現在、番長グループのメンバーは二十九人であるが、彼らの学年、クラスは巧く散らばっており、全クラスに一人以上はメンバーがいた。つまり、彼らが集まれば全校生徒の顔を照合できるはずであるが、ここに描かれたカップルは番長グループの誰もが知らぬ顔だという。無論、これまで引きこもっていた学生がいて、ゆえに誰も知らぬという可能性もなくはないが、それにしても、よりにもよってハルマゲドンの日に限って登校してきたというのは考えにくい話である。

さて、ここまでの前置きを述べた上で、白金は表情を険《けわ》しくして言った。

「長谷部が関わり、天音沙希が捕えられ、そして、見知らぬ学生が二人もいる。これらの事実から総合して、我々が達した結論は一つ。あの二人が『転校生』だということだ――」

『転校生』――！

その言葉を受けて、両性院の背筋に冷たいものが走った。

彼の如き一般生徒でも、その存在を知らぬはずがない。異界から召喚され、報酬と引き換えに召喚者の依頼を引き受ける次元の旅人『転校生』。しばしばニュースやワイドショーを賑《にぎ》わす、あの『転校生』が、まさか己の学校に来ていたなんて――！

「で、でも、白金さん……。沙希は……、なぜ、沙希が、あんな目に遭ってるんですか……」

両性院の問いに、白金は「推測の域を出ないが……」と断った上で自説を述べた。いわく、『転校生』が立ち去る時。その世界から必ず一人、人が消えるという。それが彼らへの『報酬』だとするなら、答えは一つだ。

「おそらく、天音沙希は『転校生』への『報酬』なのだろう――」

金では動かぬ『転校生』も、ミス・ダンゲロスたる天音であれば『報酬』に値するのではないか、と――。

「そんな――！　沙希はモノじゃないんですよ！　沙希は一体どうなってしまうんですか！」

「……『転校生』が立ち去った時。そこに残るのは、被害者のものと思しき血痕。それと引き裂かれた肉の残滓《ざんし》だ。おそらく、やつらは依頼を果たし次第、天音の体を生きたまま二つに引き裂き、異界へと持ち帰るのだろう」

これには両性院も絶句するしかない。沙希が、あの悪名高き『転校生』に囚われ、それも依頼が達成され次第、彼女の命は奪われるというのだから――。

「白金さん……。沙希を、沙希を助けてくれませんか。僕にできることなら、なんでもやります

「……」

　だが、両性院は顔面蒼白となりながらも、決意の籠った声でそう言った。敵は『転校生』――。これほどの敵を前にしては、先の携帯電話の件などに拘泥している場合ではない。

「――うむ、良く言ってくれた。その話をするためにキミを呼んだのだ。キミが天音を心配する気持ちは良く分かる。だが今は順を追って話させてくれ」

　白金は、逸る両性院を静めるよう、努めて冷静に言った。

「まず、キミが一番気に掛けているであろう天音の安否だが……。当分の間は心配ないはずだ。『転校生』というやつは、依頼を果たすまで決して『報酬』には手をつけん。やつらに依頼を果たさせぬ限り天音は無事だ」

　白金の仮説に過ぎないが、それでも両性院は僅かながらの安堵を覚える。だが、

「そして、長谷部の依頼は、おそらく、生徒会ならびに番長グループの殲滅――」

と、続いた白金の言葉には、これは首を傾げざるを得ない。長谷部先生が番長グループを……、というのならまだ話は分かるが、なぜ生徒会まで……？

　確かに、長谷部はダンゲロスには珍しく、魔人への嫌悪を隠そうとしない強烈な差別主義者である。数学者としての天才的な頭脳を持ちながら、その歪んだ性格と人望の欠如から、このような魔人学園でやむなくイチ教師に甘んじているという話も聞く。彼の頭脳があれば、異界から『転校生』を召喚することもありえる話だし、その歪んだ性格を考えれば、かような常軌を逸した依頼に至ることも十分考えられる。だが、そうはいっても、生徒会は学園の治安を守るために

必要な組織のはず——。生徒会がなければ、教師といえどダンゲロスでの生命は保障されない。いくら魔人が嫌いとはいえ、そのような計算もできぬ長谷部だろうか？

「フム……。まァ、不思議に思うのも仕方がないか」

胸中を見透かすような白金の言葉。そして——、

「両性院、キミたち一般生徒は知らないだろうが、この学園の教師にとって、いや、この学園に関する全員にとって最大の脅威は、我々よりもむしろ生徒会なのだ」

と、彼は続けた。

これには両性院も困惑の色を隠せない。そして、同時に再び湧き上がる番長グループへの警戒心。白金の言はとても鵜呑《うの》みにはできなかった。注意深く、彼は尋ねる——。

「失礼ですが……。僕にはその言葉の意味が分かりません。どういう……ことですか？」

これも順を追って話そう、と白金が応えた。

「キミは、昨年、生徒会が提唱した新校則を知っているな——？」

「あの非現実的な校則ですか？　でも、あれは生徒会のポーズだったと思ってますが」

両性院ももちろん知っていた。生徒会が昨年の学生総会で提案した新しいダンゲロスの校則である。だが、その内容は「非童貞は極刑」「非処女は極刑」「廊下を走った者は極刑」「掃除をサボったら極刑」「服装が乱れた者は極刑」「遅刻者は極刑」「レイプ犯罪は加害者、被害者ともに極刑」などと、冗談としか思えぬ程の極刑のオンパレードであり、昨年は圧倒的反対多数により却下された。一般生徒の中にもこれを本気で受け止めた者はおらず、生徒会によるインモラル魔

人への牽制の一種と考えていたのだが――、

「ところが、あいつらはアレを大真面目にやっているのだ。本気であの新校則を、このダンゲロスの校則として機能させるつもりでいるのだ。やつらはこれを『学園総死刑化計画』と呼んでいる」

――そんなバカな！

と、両性院は思わざるを得ない。

今でも何の問題もなく学内の治安は保たれているのに、そんなことをして生徒会に何のメリットがあるのか？……だが、その仮定で考えれば、なるほど話は分かる。あの新校則は、確か生徒のみならず教師も対象としていたはずだ。新校則が実際に施行されれば、教師にとってもダンゲロスが息苦しい場所となることは間違いない。長谷部はそれを恐れたのか――？

「ま、もちろん、『学園総死刑化計画』なんて言っても、生徒会のやつらもホントに全員を殺す気なんてないでしょうけどね」

ここで横から口を挟んだのが虹羽であった。なお、彼の名は白金虹羽――、白金翔一郎の実弟である。虹羽は同意を求めるように兄を見ると、

「そうだろうな」

と、翔一郎も頷いた。

「ド正義も別に大量殺人をしたいわけではないだろう。いつでも誰でも死刑にできる環境作り、それこそが生徒会の目的だろう」

「自分たちへの反対勢力を合法的に潰すためですか？」

「その通りだ。やつらの真の狙いはその先の『完全管理学園』にある。両性院、キミたち一般生徒にその認識はないだろうが、生徒会の新校則施行を事実上抑制しているのは我々番長グループの存在に他ならぬのだ。考えてもみろ。一般生徒が総反対したところで、生徒会の武力があれば強引に新校則を施行するなど造作もない。だが、我々がいる限り、やつらもそんな無謀な真似はできん。一般生徒と我々番長グループが結託《けったく》すれば、生徒会といえども勝ち目はないからな」

人間よりも遥かに強大な力を持つ魔人であるが、とはいえ、数の力も侮《あなど》り難い。一般生徒が「生徒会」を組織し、番長グループへと挑んだ一九九二年の闘争でも、彼らは一六八名もの犠牲を出しながら、番長グループ十二名までを殺傷したという。確かに一般生徒全てが番長グループへ付いたならば、事態は生徒会にとっても容易ならざるものとなるだろう。

「つまり、今回のハルマゲドンで番長グループが敗北したら、両者のバランスが崩れ、生徒会の支配体制が堅固となり、『学園総死刑化計画』が止められなくなる。……だから、この機会にいっそ両者を殲滅しようと、長谷部先生はそう考えたということですか？」

「おそらくな。海我の絵から判断する限り、『転校生』は少なくとも二人召喚されている。生徒会と番長グループ、両陣営の殲滅。これほどの大仕事でなければ、『転校生』を二人も召喚することはないだろう。また、長谷部の性格からして、我々番長グループをわざわざ見逃すとも思えない」

なるほど、両性院もここまでの話は理解した。長谷部は生徒会と番長グループの殲滅を狙い

『転校生』を召喚した。そして、天音沙希は『転校生』への報酬として、いま長谷部に囚われている。しかし――、

「しかし、それで、僕が沙希を救うために一体何ができるのですか？」

これである。『転校生』を敵に回し、両性院如きに一体何ができるというのか？　腕力も人並み以下だし、能力も実戦的ではない。両性院は己の無力に焦《じ》れるが、こればかりはどうにもならぬ。

「――そうだな。ここから本題に入ろう。先程述べた通り、おそらく天音は今のところは心配ない。少なくとも我々が全滅するまでは、な――。だから、我々としては先に生徒会を叩きたいと考えている。その後で『転校生』を倒し、天音を救うつもりだ」

「待って下さい！　沙希が先じゃダメなんですか……！」

両性院が慌てて口を挟む。が、副番は一つ溜息を吐いて、

「キミの気持ちは分かる。だが、生徒会が先だ」

と、一声で言い切った。続いて、兄の言に加えるかのように虹羽が、

「両性院さん。先に『転校生』と戦って勝てたとしても、僕たちも無事ではいられませんよ。生徒会にその直後を突かれれば、疲弊《ひへい》した僕らでは勝ち目がないじゃないですか」

と、さばさばと言うが、正直、両性院には番長グループの運命など二の次である。

「両性院さんは天音さんを助けられればそれでいいかもしれませんが、僕らのことも考えて下さいよ。いいですか。僕たちは取引をしようとしているんです。お互いにとって、条件の良い取引

をね。天音さんの生命はとりあえずのところ問題ないようですし、後回しにしてもいいじゃないですか」

だから、そんなことを言われても両性院も引き下がれない。抗弁する。

「でも、それは先に生徒会と戦っても一緒じゃないですか！　疲弊したところを『転校生』に殺されるだけでは……」

そうなってしまうと両性院としては最悪なのである。

ここで虹羽は再び兄を見た。翔一郎のターンだ。

白金は両性院の理性に訴えかけるよう、ゆっくりと言葉を紡《つむ》いでいく。

「いいか、良く聞いてくれ。実は、我々は生徒会に対しては勝算があるんだ。十分な戦力を残したまま生徒会を倒せれば、その後、『転校生』を相手にしても勝機が見える。だが、順序が逆では我々は生き残れぬ。そして、その対生徒会戦術の要《かなめ》となるのが……」

――キミだ。

と言って、白金は両性院を指差した。

＊

「僕が――、ですか？」

「そうだ。キミは『性別転換能力』を持っているのだろう？」

唐突に吐かれた白金の言葉に核心を突かれ、ぎょっとした両性院は顔色を一変させた。だが、その様子を見て、副番は不敵に微笑む。

「やはり、か……。いま一つ確信はなかったが、その反応が何よりの答えだ。さあ、今さら隠す必要はないだろう？　一応、キミの口からも聞いておきたい。キミは『性別転換能力者』だな？」

両性院は、喉《のど》の奥から絞り出すように答える。

「……そうです。確かに、僕は、人の性別を変えることができます。が……」

しかし、なぜ、彼らに自分の能力がバレているのか。両性院はこれまで己の能力をたったの二度しか使ったことがない。なのに、一体なぜ――？

「その様子を見るに、キミはこれまで自分の能力をひた隠しにしてきたようだな。なぜキミの能力をオレたちが把握しているのか、不思議で仕方ないといった顔だ。だが、まァ、答えは簡単だ……」

そう言って、白金は自分の左方にいた一人の不良学生を親指で指した。

指差されたその少年は、どことなく面影のある容貌をしている。誰かに、似ている……。

「紹介しよう。番長グループ一年、歩透《あゆみとおる》だ」

「あゆみ…………！」

「そう、キミの元同級生、歩渡の弟だ」

歩透の登場に、無論、両性院の心中はかき乱される。

中学二年生の修学旅行の折、歩渡は転落死を遂げたのだが、その直接の原因となったのが、ま

さに両性院男女であったのだから、彼が心乱れるのも――、

「おおっと、待ってくれよ。両性院さん」

だが、罪の意識に駆られんとする両性院を制するかのように、先に口を開いたのは歩透の方だった。

「言っとくが、兄貴のことをグダグダ言うのはナシだぜ。ありゃあ、どう考えても兄貴が悪い。むしろ、兄貴の凶行を止めてくれたあんたには感謝してるくらいだ。なァ、聞いてくれよ――」

と、透が語るところによると、兄の渡は日頃から嫌がる透に対して自身の変態的妄想をつぶさに語っていたのだという。透はそんな兄がいつか自身の病的な妄想を実行に移すのではないかと昔から戦々恐々としていたらしい。中学二年生が変態的妄想に明け暮れるのはごく自然なことであるが、その妄想に現実的実行力を与えてしまうのが魔人覚醒なのである。

「な、ヒデエ兄貴だろ。だから両性院さん、あんたが気に病む必要は一切ねえんだ」

「僕の兄さんはマトモな人で良かったですよ」

横で虹羽がおどけて見せる。透に対する無神経な口ぶりに兄の翔一郎は顔をしかめたが、透自身は如何程《いかほど》にも感じてはいないようだった。

「というわけで、オレは兄貴の死に関してあんたに恨むところは全くないんだが、ま、それはそれとして、オレにはどうにも腑に落ちないことがあったんだ。あの晩、京都府警に呼ばれてオレたち家族は兄貴の死体を確認した訳だが、その時、兄貴の死体は――」

――女になっていた。

そう言って、歩透はふふんと得意気な顔をする――。

あの時。木刀を振り回して暴れる歩渡から沙希を守るため、単身立ち向かった両性院男女であったが、彼は渡の一撃を肩口に受けてしまい戦闘力を失ってしまった。そこで、窮した両性院は、咄嗟《とっさ》に敵の股間に手を延ばし、己の能力『チンパイ』を使ったのである。死に物狂いであった彼には、それが事態の解決に繋がるかどうかは分からなかったが、結果として、足下に転がり落ちた己の一物に動転した歩渡は能力を暴発させ、清水の舞台から飛び降りて死んだのである。

「警察の公式見解では兄貴の能力はこうなっていた。『短距離移動を繰り返しつつ、己の肉体を女へと作り変える移動、ならびに性別転換能力者』。……そんなバカな話ある訳ねえよな。うちの兄貴がいかに変態だからって、そんな珍妙奇天烈《きてれつ》な魔人になるとはとても思えねェ。まァ、警察の仕事がいい加減なのは、今に始まったことじゃねェんだけど……」

魔人の関与した事件では警察の手抜き捜査は顕著となる。というのも魔人の能力には無限の可能性があり、魔人が絡めばあらゆる犯罪が可能となるからだ。一応、警察側にも捜査能力を持った魔人刑事はいるが、それでも真相の完全解明は多くの場合、困難である。そのため歩渡のように加害者の魔人が死亡した場合は、その死体に多少不審な点があろうと、「死亡した者の能力だろう」と適当に結論付けて終了するのが警察の常であった。ある意味、この警察の怠慢に両性院も助けられたわけだが……。

「それに兄貴は、いきなり女の目の前に現れて仰天する相手の頭を打ち砕きたいとか、そんな訳の分からねえことは常々言ってたが、女になりたいなんて言ってるのを聞いた覚えはねェ。だからまあ、常識的に考えりゃァ、移動能力と性別転換能力は別モンだよな？　それで、兄貴は短距離ワープを繰り返しながらクラスメイトを襲ってたっていうんだから、兄貴の方はまず間違いなく移動能力。となれば、あの時、兄貴に接触した誰かが兄貴を女にしたと考えるのが妥当だろ？で、聞いてみたところ、兄貴に唯一立ち向かったのは、両性院さん、あんただけだって言うじゃねえか」

「…………」

「しかも、あんたは魔人と化した兄貴に二度も殴られながら、なんとか一命を取り留めている。こりゃ間違いねえと思ったわけだ。魔人に二回も殴られりゃ、打ち所が良くても普通の人間は死ぬだろ？」

理路整然と述べる歩透。その冷静な口ぶりには、確かに両性院に対する恨みは僅かも感じられなかった。

「あの、僕のこと……。その時、誰かに話したんですか……？」

「いんや、ずっと黙ってた。別にあんたに恨みもないし、騒ぎ立てる必要もなかったからな。それに確証があったわけでもない。だが、今回ばかりは、両性院さん、あんたの力が必要になったんだ。それで翔一郎さんに話した。その点は済まないと思っている。申し訳ない」

「い、いえ——」

なんといっても、両性院は間接的にだが彼の兄を殺したのである。気にするなと言われても恐縮せざるを得ない。済まないなどと言われれば、逆に申し訳ない気持ちにもなる。

「でも、僕の能力が——、僕の『チンパイ』が、この戦いで一体何の役に立つのでしょうか」

両性院は副番に向き直り、尋ねた。そう、大切なのはここからだ。自分は何をすれば沙希を救えるのか——。それに応えて、白金翔一郎が再び口を開く。

「両性院、キミは、友釣香魚……、という女が生徒会にいるのは知っているな？」

両性院は頷いた。先述のとおり、生徒会、番長グループの主だった顔ぶれは一般生徒も知るところである。

「では、彼女の能力を知っているか？」

だが、生徒会役員の能力など知るはずもない。彼らの能力を探ることはA級禁忌《きんき》事項である。場合にもよるが、校則により処罰の対象となることさえありうる。

「ふむ……。では、こう言えば分かるか？　三年前、世相を騒がせた『輪姦大学生殺人事件』の少女Aと言えば……」

「えっ……！」

輪姦大学生殺人事件——。

中学二年生の頃だっただろうか。当時、ちょっとした騒ぎとなり、連日、ニュースやワイドショーでスキャンダラスに取り上げられていた、あの事件のことだ。当時のテレビでは加害者の少女の能力も大っぴらに晒されていたから、むろん両性院も知らぬはずがない。加害者の魔人には人権もプライバシーもないのだ。

そうだ、彼女の能力は確か、『男性のみに感染する致死性ウイルス創造能力』。罹患《りかん》すれば口か

ら精液を吐き散らし、股間が爆裂して即座に死に至るという、確か、その能力の名は——、

「そう、『災玉《さいたま》』。あの時の少女A、つまり、友釣香魚が、いま生徒会にいる。そこで、両性院。キミの能力が必要なのだ。彼女の『災玉』に対抗するために、キミの性別転換能力が！」

白金は静かに語気を強めた。

だが、なるほど。確かに話は繋がった。両性院の『チンパイ』があれば、男のみを殺す友釣の『災玉』は無効化できるだろう。数日前から実弟の虹羽を護衛に付け、さらに幹部のバルを送ってまで両性院を迎えた理由はここにあったのか。

「友釣の能力を知ったのは一週間前だ」

白金いわく、今この場にはいないが、番長グループの一員である夜夢アキラなる二年生が友釣の中学時代の友人だったらしく、彼が友釣の能力を番長グループにリークしたらしい。夜夢いわく、友釣は悪い友人に騙されて生徒会に加担しているらしく、彼女の助命を条件にこの事を邪賢王へと打ち明けたのだという。

「我々にとって友釣の能力は脅威だ。知らずに踏み込めば男は皆殺しにされていただろう。……ただちに友釣への対策が練《ね》られた。その時に歩透からキミの名前が出たのだ」

透はいま一度、申し訳なさそうな顔をして、

「他に手段がなかったんだよ……」

と言った。これに関しては白金も同様らしく、すまない、と継いだ。

「オレたちも本来はキミを使う気はなかった。この戦いはあくまでオレたち番長グループと生徒

会のものだ。無関係のキミを巻き込みたくはなかったのだが……」

しかし、ハルマゲドン直前になって、海我の能力により天音沙希の窮状が発覚したのである。

ここに至り、天音と親しい両性院への協力要請に彼らは急遽《きゅうきょ》踏み切ったのだという。

「キミを巻き込んだのは申し訳ないが、分かってくれ。オレたちもミス・ダンゲロスをみすみす見殺しにしたくはないのだ」

「オレだってそうさ。彼女にはモデルを務めてもらった恩もある。第一、あんな可愛い子がむざむざ『転校生』に殺されるかと思えば不憫《ふびん》だ」

と、ヴァーミリオン・海我も続けて言う。他の者たちもうんうんと頷いている。

「あの子はオレたちみてえな不良にも気安く声を掛けてくれるしなァ」

「沙希ちゃんが魔人を見る目には濁りがねェよな。魔人と人との平等だとか、声高に言うヤツは多いが、あの子は綺麗事を言ってるわけじゃねえ。オレには分かるぜ」

「魔人だろうが不良だろうが、あの子にゃホント何の関係もねえんだろうな」

周りの不良たちも口々にそう言い始めた。

白金が両性院の目を見て、改めて協力を要請する。

「どうだ？　我々は生徒会と『転校生』を倒し、ミス・ダンゲロスを救いたい。キミも天音を助けたいのだろう？　互いの目的のため手を組まないか？」

口ぶりこそ丁寧だったが、白金翔一郎の語気は拒否を許さぬ厳しさを伴っていた。しかし、両性院も邪賢王の眼光の呪縛がようやく解けてきたのか、白金たちの言葉を冷静に整理しはじめていた。

「分かりました。僕が巻き込まれたことに文句はありません。沙希がハルマゲドンに関わった時点で、僕にとってもこの戦いは他人事ではないと思ってますから。……ですが、まだ納得できないことがあります」

持ち前の気丈さを取り戻して、両性院は反論する。

「白金さんは生徒会に対し勝算があると言いましたが、しかし、たとえ僕の『チンパイ』で皆さんを女に変えて友釣さんのウイルスを無効化しても、それは生徒会の魔人を一人攻略したに過ぎません。そこからはやはり消耗戦になってしまうのではないですか?」

もっともな言い分であるが、これに対して、白金は「問題ない」と即答する。

「――キミも知っての通り、生徒会室に至る渡り廊下には対魔人用のシャッターが幾重にも張られている。だから、あそこは防衛にはもってこいだろう。生徒会が、その地の利を捨てるとは思えない。やつらは必ず籠城戦《ろうじょう》を採《と》るはずだ」

「生徒会には遠距離攻撃能力者も多いですしね」

と、虹羽が補足した。生徒会役員の能力など一般生徒は知る由もないが、番長グループの者たちは彼らの能力を一部把握しているようだった。

また、虹羽がさらに付け足すところによれば、ハルマゲドンは長期化すればするほど番長グループが不利になるという。食糧、飲料水、薬品等の備蓄も生徒会費をふんだんに使った生徒会に分があるし、何よりこんなボロ小屋と違い、今年改築されたばかりの生徒会室は居住性が段違いである。長期戦になればなるほど、食糧や居住性の質的・量的差異が各陣営の士気、体力に影響を与えることは明白である。なるほど、生徒会は確かに籠城戦に利があるのだろう。

「そこで生徒会の迎撃態勢を推測するに、おそらくやつらは渡り廊下のシャッターを利用し、その陰に友釣香魚を潜ませると考えられる。迎撃戦の要は彼女だ。なにせ、オレたちの主戦力は男ばかりだからな。まともに正面から攻めれば友釣一人に壊滅させられる」

両性院は改めて辺りを見回してみるが、確かに番長グループにはスケ番が少ない。彼女たちだけでは生徒会には勝てないだろう。

「だが、友釣の能力により男を使えなくなるのは生徒会も同じだ。つまり、友釣と生徒会の男子役員が同時に前線に立つことはない。おそらく、友釣と生徒会女子役員数名で迎撃に出るはずだ。生徒会の女子で前線で戦える者はそう多くないからな。注意すべきは一刀両《いとり》くらいのものだろう……」

と言って、白金は複雑な表情を見せた。一刀両断《いとりたち》は女子剣道部主将で生徒会の主力の一人であるが、剣の腕では白金に及ばないとも聞く。同じ競技を嗜《たしな》む者同士、生徒会と番長グループの別はあれど、白金と一刀両の間には僅かでも交流があったのだろうか――？

しばしの沈黙の後、白金が続けて言った。

「つまりだ。前線に立つ敵の数は少ない。――両性院、何が言いたいか分かるか？　オレたち番長グループがキミの能力で全員女になっていれば……。渡り廊下では数で勝るオレたちの勝利は堅いということだ。生徒会室まで辿り着きさえすれば、後は――」

やつらを全滅させうる別のプランがある、と言って白金は再度表情を曇らせた。今度は周りの不良たちの間の空気も重みを帯びていた。

と、その時、今まで両性院の後ろでじっと話を聞いていたバルが、一筋の光明を求めるかのように、

「白金さん、あのう～、ちょっといいですかなあ！」

と、底抜けの明るさを装って口を挟んできた。

「あのう、思ったんですがなあ。別にオレらから攻めこまんでも、オレらも籠城しとれば、もしかすッと『転校生』が生徒会を潰しちゃくれませんかなあ？」

そして、呑気な調子でこう述べるが、しかし、白金は首を振って、

「いや、それは期待できまい。『転校生』には長谷部が付いている。教師のあいつがよもや友釣の能力を知らぬはずはなかろう。また、『転校生』といえど友釣の能力は脅威に違いない。やつらも迂闊《うかつ》に生徒会を襲うことはないはずだ。ならば、先に狙われるのは戦いやすいオレたちになる可能性が高い」

と、あっさり答えた。

白金もその辺りのことは何度も考えたらしい。だが、どう考えても『転校生』はこちらを狙う可能性の方が高く、そして、『転校生』に襲われた場合、よしんばこれを退けたとしても被害甚大に違いなく、その後の生徒会の侵攻を防ぎ切れぬと結論したのだと言う。

「はぁ……。そうですなあ。今のオレらでは拠点防衛がどうにもならんですからなあ。口舌院が

生きとったらもう少し状況は違っとったんですがなあ……」

バルは失った戦友のことを想い、溜息を吐いた。

＊

両性院は考える――。

ここまでの白金の説明を聞く限り、いまやダンゲロスの戦況は友釣香魚一人の存在に左右されているといって過言ではない。彼女が存在する以上、番長グループに籠城という選択肢はなく、生徒会に攻め込まざるを得ない状況となっている。一方、『転校生』も友釣香魚のために、生徒会を攻めることは容易ではなく、先に番長グループを攻める可能性の方が高い。友釣香魚一人の存在により、生徒会は絶対的に有利な状況を手にしている。そして、この戦況に風穴を開けられるのが、唯一、両性院男女の性別変換能力――、『チンパイ』なのだ。

だが、両性院は、このまま彼らの言いなりに力を貸して良いものかどうか悩んでいた。

いかんせん相手はあの悪名高き番長グループである。白金は生徒会が「学園総死刑化計画」なるものを企んでいると言うが、そんなことの証拠はどこにもない。それに、なんといっても、現実的にいまダンゲロスの治安を守っているのは生徒会だ。自分が番長グループに与《くみ》して生徒会が全滅した場合、一体、この学園はどうなってしまうのか――？　以前の荒廃したダンゲロスに戻ってしまうのではないか？　なら、それよりはむしろ――、

「両性院、いまキミが考えていることを当ててみせようか」

と、白金の言が唐突に両性院の思索《しさく》を打ち破った。

「キミはいま、自分が協力しないことで生徒会を勝たせるべきではないか、と考えているな?」

両性院の考えは見透かされている——。

「生徒会がオレたちを倒した後、どうせあいつらも『転校生』と戦う。ならば、生徒会が天音を救い出してくれるかもしれない。そう考えているな? たとえ、キミが協力を拒んでオレたちに殺されたとしても、天音のことを考えるなら生徒会に勝たせるべきか、と——? だが、それはやめておけ。生徒会は信用できない」

白金は断言した。その声にはわずかに怒気が混じっている。

両性院は怪訝《けげん》な顔をして聞き返した。

「……生徒会が信用できない? 生徒会が、沙希を助けてくれないってことですか?」

「そうだ。今のオレには生徒会がイチ生徒を助けるために命を張るなどとは考えられん。キミは架神恭介の事件を知っているな? つい、この間の事だ——」

当然知っている。

架神恭介の事件は、ダンゲロス・ハルマゲドンの直接の引き金になったとも言われる大事件であった。生徒会から番長グループへの日頃からの圧力、そして、男子剣道部の廃部など、諸々の経過を経て緊張が高まっていた生徒会と番長グループ。その両派の関係を決定的に崩壊せしめたのが、架神恭介の引き起こした「お楽しみ会カレー毒殺事件」である。この時に、番長グループきっての穏健派、口舌院言葉が毒殺されたのだ。

その後、生徒会は架神恭介を特一級極刑に処することを発表した。身内に対しても校則を遵守することで、生徒会は自分たちの公平さを示し、番長グループとのこれ以上の緊張を避けようとしているかのようだった。番長グループも、生徒会のこの処置に一応の納得を見せたハズであったが……。

「知っているか、両性院。公開処刑の時の架神恭介の有様を。おそらくキミのような一般生徒は見ていなかっただろうが……」

無論、あんな恐ろしいものを見るわけがない。あんなものを見に行くのは関係者か、一部の異常性欲者だけだ。

「当初、架神はいたく平然とした様子で処刑場へと上った。まるで、これから自分が死ぬことなどありえないとでも言わんばかりにな。だが、実際に処刑が始まると、やつは急に慌て始め、苦しみ、悶えて死んでいった。あいつの最期の言葉を知っているか？『オレを捨てたな、裏切ったな、ド正義！』と。あいつは確かにそう言ったのだ。分かるか、両性院？　架神恭介など所詮は生徒会の尻尾切りに過ぎないと言うことだ――！」

――初耳であった。

両性院もこれには驚きを隠せない。それではまるで、生徒会が戦端《せんたん》を開きたいばかりに、身内を犠牲にしてまで今回のハルマゲドンへと誘導したかのようではないか。――いや、だが、これは事実なのだろうか？

「オレたち番長グループの敵愾心を抑えていたのは、いつも言葉……、口舌院言葉だった。彼女は生徒会との全面衝突を回避すべくいつも身を砕いていた。そんな彼女を生徒会のやつらは騙し討ちにしやがったんだッ！　架神恭介だと⁉　あんな単細胞と彼女を交換などされてたまるか！　言葉の命はあんなヤツより遥かに重いんだ！　いくらオレとて、もはや許せん――！」

あの冷静な白金が、今は満ちた怒気を隠そうともしない。握った拳は震え、口の端は怒りで歪んでいる。白金の言が事実だとすれば、確かに生徒会など信用すべき相手ではないが――、しかし、とはいえ何の証拠もないのだ。

「いいか。生徒会とはそういうやつらだ。決してあいつらのことを信じるな。オレには生徒会が天音を救うとは思えん。身内でさえ切り捨てるやつらだ。もし、天音を犠牲にする必要が生じれば躊躇なくそうするだろう。だが、オレたちは違う。キミが協力してくれるなら、オレたちも命を賭けてキミに報いる。たとえオレたちが何人死のうと、天音は必ず助けると約束する！」

白金翔一郎――。

彼の最後の約束だけは、とても嘘とは思えなかった。両性院が力を貸せば、番長グループも天音を取り戻すため、きっと全力で戦ってくれるだろう。白金の力強い言には、それだけの確信を与えるものがあった。

「いいか、繰り返し言うが、生徒会の最終的な狙いは新校則施行による『完全管理学園』だ。生徒会の意に沿わぬ者を簡単に排除できる学園がやつらの最終目的だ。そのような学園に自由はない。我々、番長グループは生徒会の邪《よこしま》な野望を阻止するため戦っている。これまでの生徒会の横暴を思い出せ。剣道部廃部の問題もそうだ。架神恭介の事件もそうだ。キミたち一般生徒が何の疑問も抱かず支払っている上納金だって生徒会の横暴に他ならない。生徒会を倒し、オレたちの手で自由な学園を取り戻すんだ！　さあ、両性院男女、オレたちに協力しろ、オレたちを女にするんだ！」

白金が再び語気を強めた。

だが、これだけの説得を受けても、なおも両性院は決めかねている。白金は「自由な学園」と言うが、それは暴力が支配する以前の荒廃したダンゲロスの姿ではないのか？　それよりは、まだ生徒会による管理学園の方がマシではないのか？　生徒会は信用できないという白金の言をどれほど信じていいのか、そもそも――、

「オイ」

……と、その時。

番長小屋の奥からくぐもった低い声が響き渡り、その一声は一瞬にして場に緊張を漲らせた。

声の主は番長、

――邪賢王ヒロシマである。

「オイ、両性院。おどれがいま何を考えとるんか、そんなことはどうでもええんじゃ。問題なのは――」

破帽の下からギラギラと輝く眼光で、両性院を突き刺すように睨み付ける。

「わしらを女にするんかどうかじゃ！　イエスかノーか、この場ではっきり言うてみぃ！」

邪賢王の怒声に凶気が満ちて、それを受けた両性院男女の肉体と精神は、凍ったように硬直し

ていた。

＊

――結局。

両性院男女は番長グループへの協力を約した。

その時の彼は茫然自失の体であった。ダンゲロスの大番長に怒鳴りつけられ、一時的な判断力喪失状態に陥った彼を誰が責められようか。結局のところ、邪賢王を前にした時点で、両性院男女に思考や選択の余地など初めからなかったのだ。

「それでええんじゃ」

両性院の同意を取り付けた番長は、にこりともせず不機嫌な顔で吐き棄《す》てた。

『白金翔一郎』

二〇一〇年八月二十日 十四時

「白金君、待って！ お願い。私と一緒に来て……」

朦朧《もうろう》とした熱気と、鳴り響く蟬の喧騒《けんそう》の中――、
番長小屋を飛び出した白金翔一郎を追った口舌院言葉は、小屋の隣の生ゴミ置き場の前で彼を捕まえた。

二人の横では、銀蠅がブンブンと生ゴミにたかり、夏の陽光はその腐臭を更に際立たせている。

その奥で生ゴミをこねくり回していた立川《たちかわ》トシオは、彼らに気付くと遠慮して、作り掛けのハーレーダビッドソンの後ろへとそっと身を隠した。

先の一声で立ち止まった白金の背中に、口舌院言葉が続けて叫ぶ。

「待って、白金君！ あなたが来てくれないと意味がないの！」

「なぜ、オレが今さら生徒会と！」

振り返った白金が荒々しく吐き捨て、彼の怒気に言葉はびくっと震えた。

生ゴミが臭い。声を荒らげたりして」

「……すまない。でも、白金君、分かって。邪賢王さんだって生徒会との抗争は望んでないわ。あなただって、本当はそうなんでしょう？」

胸の前で手を合わせた言葉が、懇願《こんがん》するように言う。白金はそんな言葉の姿に弱い。

「あなたの気持ちは分かってるつもり……。でも、だからこそ、あなたが出席しないと……」

「だが、あいつらは……！」

白金も理屈では分かっていた。

——言葉が正しい、と。

しかし、流石の彼にも割り切れぬものがあった——。

言葉の言う「出席」とは、三日後に開かれる「生徒会・番長グループなかよしお楽しみ会」への出席の件である。今年度に入り急激に悪化した両派の仲を取り持つべく、校長の企画した親睦会であるが、言葉はこれに白金翔一郎が出席することを望んでいるのである。お楽しみ会は、生徒会、番長グループの両者が分け隔てなく共にカレーを作り、ビンゴやフルーツバスケットに興じ、最後は仲良くフォークダンスを踊るというもので噴飯物の馬鹿らしさだが、しかし、両者の緊張を緩和したいと願う校長の気持ちは伝わってくる。

だが、開催者の心情を十分に察しながらも、あの理性的な白金が参加を渋る訳は、もとより今回の緊張の原因が彼にあったからだ——。

＊

男子剣道部部長であった白金翔一郎が、生徒会の圧力により主将の座を追われたのは一学期も終わりの頃であった。その白金は魔人剣道界では高校生屈指《くっし》の選手で――と、いっても、魔人剣道を行う高校生など全国に数十人程度しかおらず、ごくごく小さな世界の話ではあったが。

魔人へと覚醒した者は、当然ながら通常のスポーツ大会に出場することはできない。魔人は体力も筋力も並の人間と段違いである。そんな彼らが人間と同じ競技会に出場すれば、魔人の上位入賞総ナメは当然となる。だが、もちろん、そんなことを圧倒的大多数である普通の人間たちが許すはずもない。魔人であることはドーピング使用と同義と見なされ、彼らは通常の公式大会には参加できず、密かに魔人同士での競技会を開き、小さな世界で技を競い合っているのが魔人スポーツ界の現状なのだ。

――とはいえ、青春は青春だ。

いかに小さな世界とはいえ、必死に武の鍛錬《たんれん》に励んできた白金以下の魔人剣道部員たちが、夏の魔人玉竜旗大会への情熱を燃やしていたことは言うまでもない。その大会を目前にして、男子剣道部は生徒会長ド正義卓也からの圧力を受けたのである。

ド正義の言い分は、「番長グループ副番である白金が主将を務めている事実は、他の健全な部員へ悪影響を与える恐れがあり、部のためを思うなら白金は主将の座を即刻後進に譲るべし」という、あのド正義にしては比較的穏当なものではあった。生徒会が番長グループの勢力を削ごうとするのはいつものことだったし、部の主将を務める自分への追及は、白金自身も主将就任時から覚悟の上であった。むしろ、高校三年の夏まで放置してくれたことをド正義に感謝していたくらいである。

白金は生徒会の勧告に従い、即刻主将を辞任した。のみならず、即日、退部届まで提出した。部員たちは必死に白金を引きとめようとしたが彼の決意は固く、副将の服部産蔵《はっとりさんぞう》に後を任せて潔く部を立ち去ったのであった。これは万一にも自分の在籍により、生徒会の圧力が部全体に降りかかることのなきよう配慮したためである。それが、これまで番長グループの副番たる自分を主将と認め、厳しい練習にも付いてきてくれた部員全員への彼なりの恩返しのつもりであった。副将の服部も十分にリーダーシップを期待できる。自分抜きでも魔人玉竜旗での健闘は差し支えないと白金は判断したのである。

だが、実際はどうか。

白金の主将勇退、そして、自主的退部にも拘らず、生徒会は強権を発動し、男子剣道部を廃部にまで追い込んだのであった。その理由は「長期にわたり白金翔一郎に率いられた男子魔人剣道部は、番長グループのシンパと考えられ、健全なクラブ活動は不可能と判断したため」という一転して無茶苦茶な言い分であった。この生徒会の横暴に男子剣道部の魔人たちが怒らぬはずもなく、服部産蔵をはじめ、これまで番長グループと関わりを持たなかった数名の部員たちまでが番長グループへと接近し、生徒会への不満を訴え始めたのである。

元々、番長グループには血の気が多く、直情的な者たちが多い。彼らは男子剣道部の受けた仕打ちに同情し、義憤に駆られた。普段からの生徒会への反感も手伝ったのだろう。次第に番長グループの者たちは、生徒会との武力衝突をも辞さぬ構えを見せるようになっていったのである。

また、同時にこの頃、一般生徒の間では、「白金が番長グループを率い、生徒会と一戦交える」といった根も葉もない噂が独り歩きし始め、その噂に後押しされる形でグループ内の好戦ムードも高まっていた。しかし、当の本人たる白金は、戦闘により生じるであろう犠牲を憂い、番長グループ穏健派の中心たる口舌院言葉と共に、なんとか彼らを宥《なだ》めつつ、事態の鎮静化に努めてきたのである。むろん白金とて、自分のみならず部員全員をも巻き添えにした生徒会のやり口には臓腑の煮えくり返る想いであったが、そうは言っても、これはあくまで「たかがスポーツ」の話である。いくら腹立たしいとはいえ、一時の激情に駆られ命のやり取りをする程のことではないと、彼はクールに考えていたのだ。だが、ド正義の仕打ちが恨めしいのも、また事実で――。

＊

「白金君、『なかよしお楽しみ会』はこの状況を打開する千載一遇のチャンスなの！　生徒会からはド正義会長が自ら出てくるわ。だから、会長にも私たちと分かり合おうとする意志はあるはずなの。あなたが会長と一緒にフォークダンスを踊れば、今の空気も少しは和やかなものになるはずよ」

――楽観論に過ぎる！

白金はそう思わざるを得なかった。生徒会のド正義卓也のことを、白金はこれまで、ある種、認めるところがあった。彼のやり方はともかく、この学園に平和をもたらした事実は評価せざるを得ない。噂に聞く「学園総死刑化計画」なども根も葉もない陰謀論の類と考えていた。

だが、剣道部にまつわるあの外道な仕打ちを見るに、「学園総死刑化計画」も今のド正義ならばやりかねぬと思い直している。昔のド正義は——、邪賢王が語るところの昔のド正義はともかく、今のド正義を信じることは彼にはできなかった。昨年六月の父親の死があの男を変えてしまったのかもしれない。あの理不尽極まる新校則の討議も、ちょうどその頃から始まったと聞いている。

また、好戦的ムードにあるのは番長グループだけではなかった。生徒会の方でも、架神恭介や範馬《はんま》慎太郎《しんたろう》などが頻《しき》りに番長グループとの対決を煽《あお》っているらしい。殊に最近の架神は以前にも増して扇動的だと聞く。白金としても今の両派の好戦的ムードは危惧していたが、自分たちの部にあれだけの仕打ちをした生徒会と、今さら馴《な》れ合う気にもなれなかったのである。

しかし——、

「分かった……。出よう」

「えっ」

「オレも『なかよしお楽しみ会』に出るよ」

苦虫を噛《か》み潰すように、白金は答えた。心中にやりきれぬ思いはあったが——、

「ありがとう、白金君！」

だが、口舌院言葉は守らねばならない——。

「なかよしお楽しみ会」で、万一にも生徒会が仕掛けてきた場合。〝番長グループ穏健派の中心〟であり、〝番長グループ最強の盾〟でもある口舌院言葉が失われる恐れがあったから。

——白金は思う。

口舌院言葉は、果たして自分の能力をどこまで信じているのだろうか——？

言葉の能力『騙しの美学』は、口先三寸で相手を操り、全ての悪意を相手自身へと向けさせる、——おそらく学園最強の操作能力である。言葉とその仲間へ向けられたあらゆる攻撃、能力、嫌がらせは、すべて言葉の弁舌によりターゲットを強制変更され、その者自身へと返っていく。〝番長グループの二枚盾〟と呼ばれる白金と言葉であるが、その防御性能を比べてみれば言葉の方が遥かに有用性は高い。彼女はまさに番長グループの守りの要であった。

だが、戦場では比類なき力を発揮する彼女の能力であるが、たとえば、「なかよしお楽しみ会」で毒殺を謀《はか》られた場合など、——敵の悪意が明確でない場合でも、彼女はそれをも察知し、悪意を跳ね返すことができるのだろうか？……甚《はなは》だ疑問である。彼女を討ち取ろうとするなら、悪意を見透かされぬ「お楽しみ会」は最大の好機かもしれない。そして、穏健派である彼女を失えば、グループ内の好戦ムードを抑えうる者はいなくなってしまう。もちろん戦術的にも極めて不利となるだろう。番長グループ副番として、白金は言葉を失うわけにはいかなかった。それに彼個人としても、言葉は——、

「ねえ、白金君……」

「なんだ？」

「もしも……、あくまで、もしもの話だけど」

言葉は、言い辛そうに、一度視線を泳がせてから、

「もし、私が『お楽しみ会』で死ぬようなことがあっても……」

「……………！」

「決して、短絡的な行動はしないで。あなたがみんなを抑えて欲しいの……」

白金は言葉を見つめたまま、継ぐ言葉を必死に探していた――。彼女自身もやはり暗殺の可能性は考えていたのか……。そして、自分の能力では暗殺を防ぎ切れないということも……。

押し黙る白金に、言葉は努めて抑えた声で、

「もし、私が殺されても。それはきっとド正義会長の意向じゃないはず……。生徒会過激派の独断専行だと思うの。だから、ド正義会長もきっと事態を収拾すべく動いてくれるわ……。お願い、約束して。私が死んでも、あなたがグループのみんなを抑えて。大丈夫、生徒会にはド正義会長がいるのだから……」

「……………分かった」

白金は短く、そう呟いた。

言葉は少しだけ嬉しそうに微笑んだ。

生ゴミは夏の陽光に照らされて、相も変わらず臭かった。

＊

三日後。「なかよしお楽しみ会」で口舌院言葉は死んだ。言葉とド正義は同時にカレーを口に含み、言葉だけが爆発して死んだ。そして、架神は処刑の際、ド正義の名を叫んだ。「裏切り者」と。毒殺がド正義の意向と分かった以上、最早、白金が皆を抑える理由もない。

五、目

二〇一〇年九月二十一日　二十時

ここで希望崎学園の地形を今一度おさらいしよう。

先にも説明した通り、ここ、希望崎は東京湾に浮かぶ人工島の全敷地を使い運営されている極めて巨大な学園《キャンパス》である。その東端にあるのが、両性院が先程足を踏み入れた悪名高き番長小屋。そして、その番長小屋から、さらに二キロ強南へ下ると、人工島の外縁部に希望崎学園旧校舎の荒廃した外観が見えてくる。

一九九二年の内乱以降は見捨てられ、生徒の立ち入りも禁じられているこの旧校舎は、今では夏の肝試しくらいでしか寄り付く者はいない。

とはいえ、創立当初の希望崎学園はこの旧校舎とその周辺の僅かな敷地のみによって成り立っていた、ごく平均的な規模の学園であって、いわばこの旧校舎こそが希望崎学園の母体とでも言うべきものなのである。旧希望崎の校舎はこれを含め三つあったが、一九九二年の闘争により他二つは完膚《かんぷ》なきまでに破壊され、校舎の原形を留めているのはこの旧校舎一つであった。

だが、闘争後、魔人の無制限受け入れを表明し、魔人学園として再スタートした新生希望崎学園は、この校舎を修復することもなく放置していたのである。

その理由はおそらく法律上の問題であろう。建物には地震に対する耐震構造というものがあるが、同様に魔人に対しては耐魔人構造というものがあり、一九八五年に改正された建築基準法により、建物内に定常的に魔人を二十名以上収容する建築物は、この耐魔人構造による設計が義務付けられているのである。そのため、新生希望崎学園が多くの魔人を受け入れるには、対魔人構造に則《のっと》った校舎が必要であり、旧校舎では法的問題があったため、放置されたものと考えられる。希望崎の新校舎が異常に巨大で、一部屋ごとの間隔が大きく空けられているのも対魔人構造の一環である。

なお、希望崎学園のように多くの魔人を受け入れるためには、対魔人設計による建築物が必須であるが、現実問題、そのような施設はほとんどない。そのため、学校、病院、オフィス、刑務所、介護老人福祉施設など、様々な場所で魔人の受け入れ人数は制限されており、これが魔人差別であると激しい議論を引き起こしている。魔人の急患が上記理由により病院への受け入れを拒否され、たらい回しを受けた挙句《あげく》死亡するという話は、年に数回報道されるお馴染みの事件である。

閑話休題。かような理由で打ち捨てられ、立ち入り禁止となったこの旧校舎であるが、その一室で、ミス・ダンゲロスこと天音沙希は、一糸まとわぬあらわな姿で十字架へと架けられていたのである。長谷部に何を嗅《か》がされたのであろうか。不自然な姿勢にもかかわらず、十字架上で彼女は深く昏倒していた。

また、番長小屋でヴァーミリオン・海我がその能力で見た通り、彼女の周りには数学教師長谷部の他に一組の男女がいた。そして、この見知らぬカップルは、白金の予想通り、やはり『転校生』なのである――。

『転校生』の一人は、筋肉質の長身の男で茶色のブレザーをまとっていた。髪も茶髪で短く刈り上げ、健康的に焼けた褐色の肌はまるでサーファーのようだった。その精悍《せいかん》な顔付きを見れば、彼の正体を知らぬ者はきっと理想的なスポーツマン高校生と考えてしまうだろう。しかし、かといって彼の容姿に体育会系の暑苦しさはなく、どこかスマートな雰囲気も湛《たた》えていた。

もう一人の少女は、黒を基調とした妙にハイセンスな未来的なブレザーを着ていた。ゲームか萌えアニメでしか見ることのなさそうな非現実的なまでにオシャレな制服で、まるでコスプレのようだったが、幸いにも彼女にはそれが様になっていた。ウェーブのかかった髪は、肩を越す辺りまで垂れており、身長は低く、一四〇㎝程であろうか。その身の丈に合わせ、むろん貧乳である。整った目鼻立ちの美少女ではあるが、いつも眠たそうな面持ちが全てを台無しにしていた。いや、見るものによれば、この眠《かお》そうな表情こそが、彼女の愛らしさを更に強調しているのかもしれない。

と、このような美男美女の組み合わせではあったが、しかし、彼らは紛《まご》うことなき『転校生』。現に彼らは全裸の女子高生を十字架に架けておきながら、何を思うでもなく平然とその肢体を眺めているではないか。このような高校生らしからぬ思考や振舞いこそが、彼らが『転校生』であることを雄弁に物語っていた。

——と、その時。

ギギギ、と扉の軋《きし》む音が聞こえ、二人と数学教師はそちらへと目を遣る。懐中電灯のわずかな光が照らす教室の戸口には、一人の華奢な少年が立っていた。少年の左手には二つの球体が摑まれている。

「わわっ、スイマセーン。ちょっと道に迷っちゃいまして……」

戸口の少年はそう言って、たははと笑った。

遅れてきた三人目の『転校生』である。

「オイ、遅いじゃないか！　何をしていたんだ！」

少年を見た長谷部は、途端に苛立《いらだ》ちをあらわにすると、まるで学生を叱りつけるように怒鳴り散らして、

「ほら！　さっさとサインしろ！」

と、手に持った紙切れを突きつけた。

「あの……、ユキミ先輩。この人が今回の依頼人？　なんでこんなに怒ってるんですか？」

少年は長谷部の剣幕に驚きながらもすらすらとサインする。ユキミと呼ばれたスポーツマンの如き『転校生』が答えて、

「お前が遅れたからだよ。もうハルマゲドン始まっちまったからな。長谷部さん、シェルターに入れなかったらしい」

「ふうん」

少年は興味なさそうに相槌《あいづち》を打った。

「ふうんじゃない！　なぜ私がこんなところに残らなければならないんだ！　お前が遅れてくるからだろ！」

長谷部の怒鳴り声に、少女は軽く耳を塞いだ。相手にしたくないという意思表示だろう。仕方なくリーダー格のユキミが長谷部をなだめる。

「まあまあ長谷部さん、落ちついて下さい。オレたちがいる限り、そうそう危険は及びませんよ」

「そういう問題じゃないだろう！　なんで遅刻したかと聞いてるんだ——！」

——くそっ、思い上がった魔人どもめ！

と、長谷部は腹の中ではさらに悪態を吐いている。実際に『転校生』というやつらは、その存在自体が思い上がっているのだ。

だが、長谷部の激昂に対しても、ユキミはクールに、

「いや、待って下さい。そこに文句を言われても困ります。ほら、もう一度契約書をよく見て下さい」

と言って、先程の紙切れ、——契約書を指差した。

「集合時間なんてどこにも書かれてないでしょう？　依頼内容は『ハルマゲドンの期間中、『転校生』を除く魔人をすべて皆殺しにすること』。これだけです。オレたちは自己裁量で依頼をこ

なします。ムーが遅れたからといって、あなたに文句を言われる筋合いはありませんよ」

ユキミの抗弁は長谷部を更に苛立たせ、彼の表情には憤懣《ふんまん》があらわとなったが、しかし、契約書に不備がないことも事実だった。遅れてきた『転校生』、――ムーのサインが貰えなかったばかりに職員室へと逃げ込めなかったのは痛すぎる誤算だったが、確かに『転校生』を責める道理はない。なぜ、もっとしっかりと確認しなかったのだろう。あの時の自分は魔人どもを皆殺しにできると思って浮かれすぎていたのかもしれない。そう思い、長谷部の憤懣は悔悟へと変わっていった。怒りで茹蛸《ゆでだこ》のようになっていた長谷部の顔が今度はどんどんと青ざめていく。

そんな依頼人の様子を見て、ユキミは面倒臭いなあと顔をしかめた。少女の方は興味なさそうに、さっきからずっとそっぽを向いている。『転校生』にしても、長谷部の事情など知ったことではないのだ。

「そうですよー、そんなこと言われても困っちゃいますよー」

長谷部の困り顔を見て、ムーと呼ばれた少年は調子に乗ってそんなことを言い出したが、

「こら、調子に乗るな！　お前に非がないわけでもないぞ。迷ったにしても遅すぎる。どこで道草食ってたんだ！」

と、ユキミが詰《なじ》ると、ムーは「ああ、そうそう」と朗らかな調子で、手に持った二つのボールを持ち上げた。まるでスイカを扱うかの如き無造作な挙動であったが、二つの球体とは、果たして、人間の生首である。

「……っ！」

長谷部は小さく声を上げ、ボールから慌てて目を逸らした。このようなものを平然と扱う『転校生』に、彼は言いようもない嫌悪感を覚えたが、同時に頼もしさも感じていた。ハルマゲドン開始からたったの一時間で、既に二人の魔人を血祭りに上げたのか、と——。

生首の一つは眼窩から多量の血を流した目のない少年のもので、もう一つは顔の原形をほとんど留めていない金髪の少年であった。先にブロンズ像広場でムーが仕留めた二人の魔人、夜夢とリンドウの首である。

ムーは自慢気にそれらを掲げたが、ユキミは、

「おい。…………お前、勝手に仕掛けたのか？」

と、呆れ顔で言った。

また叱られると思ったのだろうか。

ムーは慌てて、あわわと手を振りながら、

「や、待ってください！　ちゃんと確認してますから！　僕が着いた時、二人が正門のトコで戦ってたんですよ。それで二人の能力を見て、あー、これなら大丈夫だなーと思ったからこそ仕掛けたんです。ちゃんと安全は確認してますから！」

と、必死になって弁解した。

それから、もう一人の少女の方に向き直り、生首の一つを差し出しながら、

「あ、黒鈴《くろすず》先輩。良かったら食べます？」

と朗らかに尋ねるのであった。

黒鈴と呼ばれた小柄な少女は、ムーの持つ生首をちらりと見て、吐き気を堪えるような顔をしながら、

「遠慮しとく……」

と短く返答した。

かように軽薄なムーの態度に、ユキミはたまらず溜息を漏らす。付き合いの長い黒鈴はともかくとして、この新人『転校生』のムーは不安で仕方がない。『転校生』というのは、成りたての頃が最も危険なのだ。『転校生』としての絶対的な力に酔ってしまい、自分には何でもできるかのように錯覚してしまう。ちょうど魔人に成りたての頃と同じように。他ならぬユキミもかつてはそうだったのだから。

──まあでも、相手の能力を確認しただけマシか。

そう思ってユキミは自分を納得させた。

新人『転校生』の中には、相手の能力も確かめず軽率に戦いを仕掛けるバカがいる。それでも『転校生』としての力で、大抵の場合はなんとかなってしまうのが逆にタチが悪い。「なんとかなる」と一度思ってしまえば先輩の助言など聞きはしないのだ。だが、いくら『転校生』といえど、それではいずれ殺される。『転校生』というのは、圧倒的な戦闘力に加え、細心の注意を払って行動するからこそ『転校生』なのだ。そんなことをユキミは過去数回のミッションで繰り返しムーに説いてきた。老人の繰言を聞くかの如くいつも面倒臭そうに頷いていたムーだったが、少しは理解してくれたのか──？

「それで、ユキミ先輩。こっちのオジサンが依頼者だとして、『報酬』はこっちの裸の子ですか？」

ムーが視線で天音沙希の白い裸形を指した。

「そういうことだ。長谷部さん、この子がミス・ダンゲロスで間違いありませんね？」

ユキミの確認に長谷部は首肯する。

天音沙希は下校直前に長谷部が校門で捕えていたのである。「両性院君がマズイことになった。すぐ来て欲しい」と言ったら、彼女は疑いもなく長谷部の車に乗り込んだ。両性院と天音の関係は長谷部もリサーチ済みである。この性格の歪んだ数学者は、教え子を犠牲に供することに何らの罪悪感も感じていなかった。否、むしろ、長谷部は天音のことがどちらかといえば嫌いだった。天音沙希は魔人に優しすぎる――。

「へえ……。この子が沙希ちゃんですか。僕、この子のこと、良い噂しか聞いてませんよ。先輩たちは前に会ったことあるんですよね？」

「ああ。何度かな。たぶん〝千尋《ちひろ》嬢〟も気に入ってるんだろう。遠くから見ているだけだったが、いつも……とても良い子だった……」

ユキミもほくほくとしながら嬉しそうに答える。まるで天音沙希の自慢話でもしているかのように。

一方、彼らの会話を聞きながら、長谷部は顔をしかめていた。彼が『転校生』に求められる『報酬』を初めて知った時は、改めて『転校生』の存在を不気味に感じたものである。だが、その長谷部ですら、『転校生』が何のために『報酬』を求めているのかは理解していない。今の会話も長谷部にはトンと分からない。

「今回の『報酬』は楽しみですね」

「まったくだな」

黒鈴もこくりと頷いて同意した。

ムーは天音の裸形を見て、指で空に線を引きながら、

「先輩。この子、どう分けます？」

「ん。三等分でいいんじゃないか？」

「いや、どの部位を取るかって話ですよ。先輩たちも、やっぱり頭とか欲しいでしょ」

「私は別に……、足や胴でもいいけど……」

黒鈴がぽつりと答えた。ユキミも部位には興味が無さそうに、

「縦に裂けばいいんじゃないか？」

「頭もですか？　それって難しいんじゃないかなあ」

そう言って、ムーはうーんと考え込み始めている。

と、ここで、さすがの数学教師も、このおぞましい報酬会議が聞くに堪えなかったのか、

「おい！　分け前の話は後にしてくれ！」

と、口を挟んだ。

「とりあえず依頼の件を進めて欲しいんだ。頼むよ、ユキミ君」

「ああ、そうですね——」

とユキミ。褐色の肌を持つこの『転校生』は、三人の中では最も責任感があり、なんとか話も通じそうだと長谷部には思えた。実際、正解である。

そのユキミは、

「さて……」

と前置きし、ダンゲロスに血風巻き起こすべく、悪魔的ブリーフィングへと着手する。

＊

「さて、今回の依頼の確認だが、オレたちの仕事はこの学園にいる魔人全員の掃討だ。魔人は二派に分かれており、生徒会か番長グループかのどちらかに所属している。総勢六十名弱。これら全員の抹殺が任務となる。長谷部さん、ここまで間違いないですね？」

数学教師がこくりと頷く。

だが、六十という数字を聞いて、『転校生』の少女は面倒臭そうな表情を浮かべた。

「おい、黒鈴。そんな顔するなよ。大仕事だから今回はムーも加えて三人で掛かるんだ。それに幸いなことに生徒会と番長グループは対立していてな。今日から全面戦争を行うらしい」

「んー……。勝って疲弊した方を襲えばいいってこと……？」

瓦礫《がれき》の上に座る黒鈴は表情も眠たげだが、口調もまた眠たげである。しかし、別に眠いわけではなく、これが彼女の素なのだ。

「そういうこと。だから、別に六十人全員をオレたちがやらなきゃいけないわけじゃない」

「でも、僕、二人簡単に倒しましたよ？」

ムーが手に持った生首を自慢気に掲げる。

「まあな。相手の能力さえ分かってれば、六十人だろうが百人だろうが問題はない。……そういえば、ムー。お前、その二人を殺す前に情報はちゃんと引き出したか？」

と、言われると、一転ムーはあたふたしながら、

「ご、ごめんなさい！　実は何も聞き出せてないんです！　こっちの金髪の人は即死しちゃったし、こっちの人も痛い目に遭わせてから色々聞こうとしたんですけど、すごーく注意して殴ったのに、一発殴ったら死んじゃって……。ご、ごめんなさーい！」

と、平謝りに謝りだした。ムーは拷問が苦手なのだ。力加減がさっぱり分からないから。そんな彼をユキミがあまり責められないのは、彼自身も力加減が苦手だからだ。彼の長い『転校生』キャリアの中でも、拷問など成功したためしはほとんどない。

「……ああ、分かった分かった。もういい。とにかくな、能力の分からないやつ六十人と戦うのはリスクが高すぎるってことだ。オレたちは三人全員生きて帰らなきゃいけないんだから、リスクを踏む回数は最小限に留めないとな」

「でも、ユキミ……。本当に生徒会と番長グループがぶつかってくれるの？　先にこっちに攻め込まれたら面倒よ……」

黒鈴がぽつぽつと眠たげに尋ねる。ムーが口を挟んだ。

「先輩。生徒会と番長グループは、やっぱり僕らの存在は既に把握してますかね?」

「ん……。分からないけど……。でも、そう考えておくべきと思う……」

この辺りが、ルーキーたるムーとベテランである黒鈴との認識の違いである。むろんユキミも黒鈴と同じ考えだ。相手は六十人の魔人である。自分たち『転校生』が召喚されたこと、その人数、容姿、潜伏場所などは、既に把握されていると考えるべきであろう。六十人もの魔人がいるのだから、そのような能力を持つ者が一人や二人いて当然である。現に、番長グループにはヴァーミリオン・海我がおり、彼の能力で『転校生』の人数、容姿までは捕捉されている。

「……そうだな。先にこちらに攻め込まれると少々面倒だが、まずそれはないだろう。長谷部さんに聞いたが、生徒会には友釣という『男のみに感染する致死性ウイルス能力者』がいるらしい。そんな魔人がいるんだから、生徒会はまず籠城だろう。オレたちと番長グループ、どちらに友釣を差し向けても、その間、守りがお留守になるからな」

ユキミの言う「友釣」なる魔人が、リンドウ、夜夢の二人が頻りに気に掛けていた「香魚」――、つまり、友釣香魚であることにムーはまだ気付いていない。

「番長グループがこちらに来ない保証はあるの……?」

「そっちは保証なんかない」

ユキミは軽く苦笑した。

「だが、番長グループが友釣のことを知らなければ、オレたちより生徒会の方がまだ戦いやすいと思うだろう。……希望的観測だがな。もし、友釣のことを知っていれば、おそらく番長グループも様子見、つまり籠城だろう。面倒だが、そうなったら双方をかき回してぶつけさせるしかないな」

「それは本当に面倒ね……」

黒鈴は溜息を吐いた。そのような工作を行う際に、もっとも働くことになるのは決まって彼女だからだ。彼女の能力は肉体的にも精神的にも負担が大きい。

一方、ルーキーのムーは先輩たちの予想する戦況に欠けていた一つの可能性を指摘する。

「ユキミ先輩、生徒会と番長グループが一時休戦して、一緒に仲良く僕たちを襲ってきたらどうします？」

ムーは実際に、生徒会のリンドウと番長グループの夜夢という、共闘する二人の敵と戦ったのだ。

「それは最悪の展開だが、多分ないだろう。仮にも二派は全面戦争に突入した間柄だ。いまさら手は携えまい」

なので、このようなユキミの説明にもムーはいまいち納得できない。しかし、若く不敵なこの『転校生』は、たとえ生徒会と番長グループの六十名弱を相手取ることになっても、それもまた面白いと考えていた。

「万一そうなったら本当に大仕事ね……。『報酬』がミス・ダンゲロスでも割に合わないわ……。ま、そこら辺は事態の推移を見ながら考えましょ。どちらにしろ必要なのは……」

「〝目〟ですね」

ユキミも、うむと頷く。彼はムーの持っていた生首を取り上げて、

「一応聞いておくが、この二人の能力は何だったんだ？ 黒鈴が使えそうか？」

と、未熟な『転校生』へと尋ねた。長谷部は嫌悪の表情を浮かべ、二つの首からまた目を逸らす。

問われたムーは、心苦しそうな表情を見せて、

「えとですね、こっちの金髪の人は時速三〇〇㎞くらいで走ります。もっと速くも走れるみたいですけど、僕にぶつかってこんなになっちゃいましたし……」

と言って、既に原形を留めていないリンドウの顔面を小突いた。その頭蓋骨はムーに音速衝突した際の衝撃で粉々に砕けている。

「高速移動か……。ダメだな」

「これ、たぶん頭蓋骨の破片が脳内に散らばってるわ……。どっちにしろダメよ……」

黒鈴はリンドウの頭蓋を押えて、ふにふにした感触に難色を示している。

「ん、やっぱりダメですよね」

ムーは申し訳なさそうに言った。

「もう一つは？」

「はい。こっちはですね、まさに〝目〟です。眼球がびゅんびゅん飛びます！」

ムーは今度は嬉し気に説明した。いま自分たちが求めているものにドンピシャリだと思ったのだろう。これにはユキミも乗り気になって、

「おっ！　それ、行けるんじゃないか。どうだ、黒鈴？」

しかし、少女はやっぱり嫌そうな顔をして、

「ムチャ言わないでよ……。その能力って眼球を飛ばすんでしょ。あたしに目をくりぬけって言うの……？」

と撥《は》ね付けたのだった。

ユキミもムーもションボリとしたが、しかしまあ仕方がない。いかに『転校生』といえど、彼女に目玉を抉れというのは酷だ。一方、長谷部には『転校生』たちの会話がさっぱりと分からず、呆けている。

ユキミは手に持った生首と目を合わせると、「お前たち、ダメだったなあ」と残念そうに言って、ひょーんとそれを教室の端へと投げ捨ててから、ムーの肩をポンと叩いた。

「と、いうわけだ。残念ながら、お前が持ってきた首はなーんにも使えないことが分かった。悪いが〝目〟を探しに行ってきてくれ」

先輩のこの命令にムーは露骨に嫌な顔をしたが、仕方がない。能力者の確保は、このメンバーでトリオを組んだ時のムーのいつもの仕事なのだから。

「……ま、しょうがないですね。分かりました。適当に見繕《みつくろ》ってきます。で、それまで、お二人は？」

「ここで待機。しょうがないだろ？」

「いいですね、楽で」

「そういうな」

ユキミは、若い『転校生』の背中を押してさっさと行くよう促した。先輩に押され教室を出て行こうとしたムーは戸口で思い出したかのように立ち止まって、

「あ、そうだ。とりあえずベースはここでいいんですよね？」

と、確認する。

「ああ、オーケーだ。既にここが把握されていたなら、どうせ変えてもすぐにバレるだろ。〝目〟はここへ送ってくれ。万一何かあったらこちらから連絡する」

と言って、ユキミは自分の携帯を取り出して見せた。ムーは「ハイハイ」と空返事しながら出て行く。だが、ムーの姿が暗がりに消えると、

「お、おい、ユキミ君！　彼を一人で行かせて大丈夫なのか――⁉」

長谷部が怒鳴るように尋ねてきた。『転校生』たちの会話は彼には良く理解できなかったが、思いの外慎重を期す彼らの様子を見る限り、どうやら『転校生』といえど敵の能力次第では負けることもありえるようだ。いまや長谷部はこの『転校生』三名と運命共同体なのである。三人が死ねば、生徒会か番長グループか、どちらかに彼が引き裂かれるのは明白であった。

「まァ、大丈夫ですよ――」

長谷部の心中の不安を見透かしたかのように、ユキミが言う。

「確かに、オレたちは魔人の能力で死ぬこともありえますが――。長谷部さん、オレたち『転校生』の『強さ』とは、能力や肉体の強さだけではありません。作戦立案力、情報収集能力、状況

判断力、戦闘能力、任務遂行力、全て含めて『転校生』の『強さ』です。そして、ムーもルーキーながら『転校生』の一人です。単独行動程度は危険と言えません」

「そ、そうなのか……」

ユキミの大見得に長谷部も納得したようであった。しかし、大見得を切ったユキミではあったが、その心中、実は些《いささ》か不安ではある。

――あいつ、大丈夫かなぁ。調子に乗らなきゃいいんだけど。

年若い『転校生』が、ユキミにはいつも心配で仕方なかった。

『鏡介』

二〇九三年十一月二日　二十三時

「おばあちゃん……、ひどいよ……」

微かな月明かりの下、棺《ひつぎ》の中のおばあちゃんは善男善女の淫水に包まれ、幸せそうな笑顔で横たわっていた。その棺に寄り掛かり、ひっく、ひっくとすすり泣くのを止められぬのは、齢《よわい》十七歳となる彼女の曾孫《ひまご》、鏡介《きょうすけ》である。彼女の位牌《いはい》にはこうあった。

『騎乗院変態性欲大姉』

それが曾祖母の諡《おくりな》であった。齢百歳を迎えた彼女は、本日午後、自宅にて大往生を遂げたのである。棺になみなみと注がれた淫水は、生前、精液と愛液を好んでいた彼女を偲《しの》び、弔問客たちが餞《はなむけ》として贈ったものである。そう。故人はビッチであった。それもただのビッチではない。辞典を引けば彼女の名が「レイプ」「セックス」の同義語として掲載され、後年はそのセックス活動が評価され人間国宝に認定された程の並ならぬビッチであった。

そして、下半身丸出しの鏡介も棺に己の雫を何度も加えていたが、しかし、悲しみは振り払えぬらしく、客たちがとっくに引き上げた今も曾祖母の遺体へと縋り付いていた。家族の者はみな鏡介のことを想って席を外しており、真っ暗な自宅の居間には、ただ棺に入った物言わぬ曾祖母と、その棺にもたれかかる鏡介の二人を残すのみである。

「ねえ、おばあちゃん……。オレ、ずっと言ってたよね。オレ、大きくなったら、おばあちゃんと結婚するって。あれ……、本気だったんだぜ……。オレ、じいちゃんのことが、スゲエ羨ましかったもん……」

鏡介と曾祖母は相思相愛の関係であった。といって、月並みな家族愛ではない。彼らは文字通り愛し合っていた。肉体関係にあった。

十七年前――。未熟児として生まれ、一時は生存も危ぶまれた鏡介であったが、曾祖母が産湯《うぶゆ》の赤子の股間に手を延ばすや否や、未熟児の一物は天を衝《つ》くばかりに勃《た》ち上がり、並ならぬ生命力を得てこれを克服。彼女に救われて以来、鏡介は極端な「ひいおばあちゃんっ子」となったのである。はいはいを覚えれば向かう先は常に彼女の足下。鏡介は曾祖母の膝に寄り縋《すが》っては彼女の掌を必死に己の股間へと押し付け、彼女の方もまた曾孫可愛さか、赤子の一物を優しく刺激する。すると、どうしたことか。無論、赤子は射精するのであるが、そればかりか、今度は己の掌を延ばして曾祖母の股間を懸命に愛そうとするのだ。なんという種の本能。彼女の方も股《また》を開いてこれを受け入れた。このような微笑《ほほえ》ましい関係が今に至るまで続いていたのである。

赤子はキャッキャ、キャッキャと訳も分からぬままに曾祖母の陰部を弄《まさぐ》っていたが、好きこそ物の上手なれとはよく言ったものだ。長ずるにつれて彼の指先は日進月歩の勢いで成長していき、高校生となった今では一端《いっぱし》の性魔術師として大成していた。無論、偉大なる曾祖母の技術には及ぶべくもないが……。なにせ相手は人間国宝である。実際、あまりに曾祖母の技術が卓越しすぎていたために、彼自身が公言する如く、「オレはおばあちゃん以外では勃たない」のである。だから、あらゆる意味で、鏡介にとって曾祖母は、世界でたった一人の大切な女性《ひと》なのであった。

「おばあちゃんは、いつでもオレのちんこを弄ってくれたよね……」

棺の中の恋人に鏡介は語りかける。

赤子の頃より常に曾祖母と共に過ごし、いつも股間を愛撫《あいぶ》しあっていた鏡介だが、小学校に上がる時。彼は泣き喚き、駄々をこねた。「おばあちゃんから離れたくない!」と。その時、鏡介をあやすように曾祖母はこう言ったのである。

「大丈夫じゃよ。二キロ以内なら鏡介ちゃんがどこにおってもあたしの右手は届くからね――」

おばあちゃんは魔人だったのだ――。

以来、彼の股間は常におばあちゃんの右手と共にあった。小学校でも――、中学校でも――、そして、いま高校二年生になっても。彼の股間には常におばあちゃんの右手が忍び寄る。授業中だろうが放課後だろうが構わず曾祖母の右手は鏡介の股間を掻《か》き回し、そのたびに鏡介は飛び上がって精を放つ。頻度は然程《さほど》高くなく二日に一度といったところであろうか。それでも、いつ訪れるとも知れぬ曾祖母の右手を待つ鏡介は、常におばあちゃんの慈愛に包まれていた。半径二キロ圏内にある限り、彼は常におばあちゃんの温かい懐の中なのだ。

「――そうそう。言ってなかったけどさ。オレもね、最近、やっと魔人になれたんだよ……。能力もね、おばあちゃんと似てるんだ。おばあちゃんは、いつでもオレのちんこを弄れる能力だったけど、でも、オレはね。いつでもおばあちゃんに会える能力なんだ。どこにいても、いっつもおばあちゃんと一緒にいられるんだ……。一緒に……、いられ、るんだよ……」

鏡介の瞳からまたぼろぼろと涙が溢《あふ》れてくる。もう彼の能力も何の役にも立たないのだ。彼の愛したおばあちゃんは明日には灰になってしまう。

「今日のあれは……。おばあちゃんからのお別れの挨拶だったんだよね」

今日の昼過ぎ。鏡介はいつもの如く曾祖母に股間を弄られ、飛び上がって教室中に精を撒き散らした。そこまではお馴染みの光景であり、周りのクラスメイトもいまさら動じることもなかったが、今日はいつもと何かが違った。激しすぎるのである。今日の彼女の右手には何やら鬼気迫るものさえ感じられた。その余りの激しさに、鏡介はおばあちゃんが自分を愛撫で殺す気なのだと思った程である。

――いいよ。おばあちゃん……。おばあちゃんの愛撫で死ねるなら、オレ、全然いいよ、ウェルカムだよ……。

吹き荒れる快楽の中、鏡介はそんな風に考えていたのだが、彼女の右手が彼を般涅槃《はつねはん》へと導く、そのわずか一歩手前で右手はスッと姿を消したのである。なんだ、オレ、今日はおばあちゃんに殺されるのかと思ったのに――、と鏡介は安堵の中にも一抹の寂しさを覚えていたのだが、その直後に彼に届けられたのが曾祖母の死の急報であった。

「オレ、嬉しかった……。おばあちゃんが、最期の最期までオレのちんこを弄ってくれたこと。

最期に、オレに愛撫の全てを伝えようとしてくれたんだね……。でも、こんなことならさ。ホントはあのまま殺して欲しかったんだ。だって、もう二度と……。おばあちゃんはオレのちんこを触ってくれないんでしょ。ひどいよ、おばあちゃん。どうしてオレを連れて行ってくれなかったの?」

そう言って彼はクスクスと笑った。棺の中では梅干のように小さなおばあちゃんが、淫水の海に身を漂わせている。

「でもね、オレ、イイコト思いついたんだ」

鏡介は身を乗り出して、

「オレもね、おばあちゃんと一緒に、ココ、入るから。おばあちゃんスリムだから、きっと気付かれないと思う。ちょっと狭くなるけど、ごめんね。オレ、おばあちゃんと一緒にいたいんだ。おばあちゃんと一緒に焼かれたいし、おばあちゃんと一緒のお墓に入りたいんだ。ずうっと一緒にいるからね、おばあちゃん……」

この時。もはや彼は泣いてはいなかった。生気のない瞳で、ただ、この棺の中に入る方法だけを考えていた。いかんせん棺は小さい。葬式に出なければ怪しまれもするだろうし、この中で最期まで隠れ続けるのは簡単なことではなかった。

さて、どうしたものか。と、鏡介が棺を前に沈思《ちんし》していると、不意に一つの人影が月明かりを遮って、おばあちゃんの可愛らしい死に顔に影を落とした。

「――誰?」

　ムッとして鏡介が振り向くと、そこには白一色のスーツに身を包んだ男が一人。お通夜にも拘らず、純白の、学生服にも似たスーツを着た男が——。弔問客はとっくの昔に帰ったはずだが、この場違いな男は、一体……。

「……帰ってくれよ」

　否、相手が誰であろうと関係なかった。今の鏡介は自分とおばあちゃんの間に残された僅かな時間を誰にも邪魔されたくなかったのだ。しかし、男は意にも介さずに、

「やあ、鏡介くんだね？　キミのおばあちゃんから、キミのことを任されてやってきたんだ」

と告げる。だが、鏡介は心の中で毒突いていた。おばあちゃんはもう死んだ、いまさら何ができるってんだ、と。しかし、続く男の言葉は真に驚くべきものであったのだ。彼は言う。オレたちはキミのおばあちゃんに借りがあってね、と——。

「彼女は本当にキミのことを大切に想っていたんだろうね。いいかい、これは特例中の特例なんだよ？　本当はそういうものじゃないんだけど、キミのおばあちゃんの頼みだから仕方がない。キミを特別に『転校生』にしてあげる。それからね……」

　そして——、

「キミにおばあちゃんを手に入れるチャンスをあげる」

　——おばあ、ちゃん、を……。

　鏡介は立ち上がった。男の言葉に一縷《いちる》の望みを繋ぎ……。でも、そんなことが、本当に……

「もちろんできるさ。だって、オレたちは——」

男は名乗った。

オレたちは――、「識家《しきけ》」だと。

無論、鏡介にその意味は分からなかったが。

けど、そんなことはどうだって良かった。

どうだって良かった。

「じゃあ、キミのおばあちゃんからの依頼を伝えるよ。……依頼内容はこうだ。『キミのおばあちゃんを……』」

おばあちゃんを――、
大好きなおばあちゃんを、この手に取り戻す方法があるのなら――。

六、チンパイ

二〇一〇年九月二十一日　十九時

――臭い。

異臭の原因は無論、両性院男女の眼前に座る男、邪賢王ヒロシマである。

すこぶる硬派な番長として知られた彼は、三年間一度も洗濯していない肌着と、数十年間一度もクリーニングされていないゴミのような学ランを着込んでいる。

――それが臭うのである。

たまらなく臭い。これに比べれば、そこらへんを歩いている脂性のおっさんの足の裏でさえもフローラルの香りと紛うことだろう。事実、邪賢王の前に立った時。両性院はそのあまりの悪臭に込み上げるものを覚えて、ウッと唸り、口を押えた程である。

だが、そのような不敬な反応を周りの不良たちが看過するはずもなく、

「てめえ、邪賢王さんが臭えってのか！」

「邪賢王さんはなあ、こう見えても七日に一度はフロに入ってんだよ！　臭えのはお召し物だけ

だ！」

「そうだ、邪賢王さんは臭くねえぞ！」

「邪賢王さんに謝れ、コナクソー！」

などと、今にも摑み掛からんばかりの勢いであった。

その邪賢王はといえば、騒ぎ立てる不良たちなどには我関せず、口元を押さえた両性院のことをジッと見据《みす》えていたが、何を思ったたか、突如として立ち上がると、番長小屋戸口へと向かって猛然と走り出した。そして、戸口付近に置かれていたゴミ箱代わりのポリバケツへと、頭から勢い良くダイブしたのである。邪賢王の巨体の衝撃で緑のポリバケツは粉々となり、中身の生ゴミ――カップラーメンの食べ残しや、噛んだ後のガムなど――が激しく辺りへ飛び散った。それにしても訳の分からぬ、希望崎番長の突発的奇行である。

だが、ゴスロリ服の少女――、あげははは頰《ほお》にべとっと張り付いた腐りかけのごはんの塊を平然とした様子で払い落とすと、ポーチから取り出したレースのハンケチで顔の汚れを拭った。他の者も同様に冷静に対処しており、番長のこのような奇行にはすっかり慣れきっているようだった。唖然《あぜん》としているのは両性院ただ一人である。あげははすっと立ち上がると、立ちすくむ両性院にも手を延ばして、シャツに付いた汚れを拭ってくれたが、今の彼には謝辞を述べる余裕もない。

そして、当の邪賢王は、全身に生ゴミを付着させ、頭からはダラダラと血を流していたが、面倒くさそうに体中の生ゴミを払うと、

「脅かしたか。すまんのう」

両性院へと詫《わ》びを述べ、元いた場所にどっしりと腰を落としたのである。

「さ、とっととやってくれや」

結局、番長の不可解な行動には誰からの何の説明もなく、両性院はこの男への得体の知れぬ恐怖がいや増すばかりであった。

＊

――少しだけ話を戻そう。

邪賢王ヒロシマの眼力に圧され、番長グループへの協力、――つまり、番長グループメンバーの女体化を承諾した両性院男女であったが、しかし、彼がいざ女体化作業へ取り掛かろうとすると、番長グループの不良たちは急に静まり返ってしまったのだ。無理もない。今まで男だった己の肉体が女のものへと変ずるのだ。不安を覚え、二の足を踏むのも当然であろう。

両性院が「誰から取り掛かりましょうか？」と言わんばかりに白金を見ると、副番は少し躊躇《ためら》いながらも名乗りを上げようという姿勢を見せたが、

「わしからじゃ」

と、先んじたのが、番長邪賢王ヒロシマであった。

両性院は先程から脅されてばかりで、この男には決して良いイメージを抱いていなかったが、しかし、このような時に率先して己の肉体を実験に晒す男気は、なるほど、流石は音に聞く硬派番長である。この辺りが彼がこの集団の長たる所以《ゆえん》なのだろうか。邪賢王ヒロシマ――、やはり

一角の人物である。

——だが、いかんせん臭い。

邪賢王の前へと進み出た両性院であるが、近付いてみると、これがまた一段と臭くて仕方がない。吐き気すら覚える。彼の隣に平然と座っている三つ編の少女——鏡子などは、鼻がどうにかなっているとしか思えない……。

そうして、両性院が彼の悪臭に怯《ひる》んだところで、先の如く、不良たちとの臭い臭くない問答へと発展し、さらには邪賢王の意味不明な奇行へと至ったのである。一連の経過に両性院がうろたえるのも仕方ない。

だが、そんな彼に対しては特に気遣う様子もなく、

「さあ、両性院、やってくれや」

邪賢王は、再び女体化を促すのだ。

未だ動揺収まらぬ両性院であったが、しかし、いつまでもうろたえていても仕方ない。彼は持ち前の意志力を発揮し、覚悟を固めると、

「分かりました」

と短く答え、邪賢王のズボンへと手を延ばし、そのファスナーを下ろした。そして、彼の右手は中へと忍び入り、番長の、今はしょんぼりしているが、しかし、巨大な一物を露出させた。

「ひゃっ……」。突然のお目見えに、ゴスロリ少女は小さく戸惑いの声を上げた。

だが、番長は腕を組んだまま、不動の姿勢を崩さない。なんという硬派番長!

しかして、次の瞬間――、
両性院は己の右手に力を込めて、むんずとそれを摑んだのである！

「ム！　グムゥ……！」

邪賢王の口から低い呻《うめ》きが漏れた。さすがの番長にもこれは予想外だったのだろう。突然の衝撃に彼の一物も驚き、いまや馬の如くに熱《いき》り立っていた。

「て、てめえ！　邪賢王さんに何しやがる！」

「ペニスを離しやがれ、コナクソー！」

などと、周囲の不良どもも騒然とし始めたが、

「じゃかあしゃあ！」

邪賢王の一喝が轟いた。

「おんどりゃ！　このわしを恥さらしにする気か！　わしがペニスを摑まれた程度でうろたえる男と思うとるんか！」

――おお、なんという男気か！

こう言われては不良たちも黙るしかない。

「両性院、続きじゃ！」

「は、はい……！」

そして、両性院は一物を摑んだ右手にさらなる力を込める。ここからが、彼の性別転換能力の真骨頂であった。両性院は右手に己の生体エネルギーを注入するかの如きイメージを膨らませ、

然《しか》る後に、その能力の名を叫んだのである。

「チンパイ！」

――と。

すると、どうであろうか！

なんと邪賢王のペニスが、ぽろりと根元から落ちたではないか！

あまりにあっけなく取れた己の一物を前にし、さすがの番長もしばし呆然としていたが、その表情に苦悶の様子は見られず、この大手術にはどうやら痛痒《つうよう》は微塵《みじん》も伴わぬことが察せられた。

両性院は右手に掴んだペニスを邪賢王へと手渡すと、

「これ、大切に持っていて下さい。潰れたりすると男に戻れなくなります。男に戻る時は僕がもう一度能力を使いますから――」

「あ、あぁ……」

邪賢王は凝然とそれを見詰めていたが、しばらくして大事そうにポケットへと収めた。そして、訊く。

「……両性院、おどれの能力はペニスを取るだけか？　わしはもっと女の子らしゅう可愛くなれんのか？」

当然の疑問である。

「いえ、今から徐々に全身が女性化していきます。完全に女体化するまで、大体三十分ほど掛かりますが」

「そんなに掛かるんか」

「……少し体に負担が掛かりますが、女体化を促進することもできます。やりますか？」

両性院の提案に、玉無し番長は少しだけ考えてから、「やってくれ」と、答えた。

この番長は、一通りの実験はすべて自分で終わらせておくつもりなのだろうか。負担が掛かると脅したのに、動じることなき男伊達《おとこだて》である。

両性院は、邪賢王に上着を脱ぐよう指示する。

番長は血と吐瀉物で汚れきったマーブル色の肌気を脱ぐと、先ほど出血した頭部をそれで軽く拭ってから、そこらへと投げ捨てた。そんな汚い服で傷口を拭くと雑菌が入るのではないか、などと思った両性院だが、見れば、頭部の傷口は凝固した血液で既に塞がっているではないか。さすがは番長、なんという回復力。〝不死身の邪賢王〟との巷間《こうかん》の呼び声も納得である。

さて、上裸《じょうら》の番長を前にして、両性院はお椀《わん》を持つかのように両の手指を緩やかに曲げると、まるで女の乳を揉《も》むかの如く、邪賢王の平たく厚い胸板へと両手を吸いつけた。そして、

「オッパイパーイ！」

彼がこう唱えると、なんと、番長の厚く筋肉質な胸板が目に見えて柔らかみを帯びていき、さらにはむくむくと膨れ上がっていくではないか！

「オッ、オッ、オオーッ！」

急激なる肉体変化に邪賢王も思わず声を漏らす。

「B……ですね。張りのある良い形です。さすがは邪賢王さん」と、両性院。

いまや邪賢王の控えめな胸には、桃色の小さな乳首がぴんと張っていた。

そして、番長の肉体変化は胸部だけに止まるものではない。女の胸部に合わせるかのように、筋肉質で角ばった邪賢王の肉体はするすると丸みを帯びていき、身長も目に見えて縮んでいく。かつて一九七cm、一五五kgあった彼の巨体は、わずか五分程で、ついに一五五cm、四二kgにまで縮小したのである。

容貌も、以前のような岩石の如く羅刹の如き怪異なものではない。小柄な顔に浮かぶ円《つぶ》らな瞳には星が輝き、小さな鼻と唇はバランスよく配置され、表情には小動物のような愛くるしさを湛えている。これがアニメの登場人物であれば、視聴者から「あざとすぎる」と指摘されてもやむを得ぬ。それほどの紛うことなき美少女が目の前に現出したのであった。

両性院は鏡を取り出して、番長の顔を映し出した。

「こ……、これが、わし………」

己の変化に驚愕を隠せぬ邪賢王。

そして、すっかり美少女と化した番長は、自らが上半身裸で、さらにズボンのファスナーまで開け放していたことに今更ながら赤面し、きゃっ、と恥ずかしそうに胸を押さえ、続けてファスナーを締《し》めた。彼、いや、彼女の秘所が、いまやどのような形状に変化しているかは改めて言及するまでもないだろう。それが先程まで丸出しだったのである。

そして、美少女番長は脱ぎ捨てた不潔な肌着を手に取ると、これまた恥ずかしそうに、周囲の目を気にしながら、もじもじとそれを身に着けた。

この時、周囲の不良たちが、裸の美少女が衣服を着ることに対し何ら遺憾の意を示さなかったのは、無論、邪賢王が恐ろしいこともあるが、それよりも、美少女がこのような不潔な衣服を身に着けることに対する変態的劣情によるものであろう。現に男子不良学生たちの多くは股間を押さえ、前屈《まえかが》みの姿勢を取っていた。

また、邪賢王の肉体的変化は、周囲の精神的変化をも呼び起こしていた。番長グループの面々も、今まで決して口には出さなかったものの、やはり邪賢王のことを心中では「臭い」と思っていたのだ。

——それがどうであろう。

邪賢王が美少女となったいま。悪臭に違いなかったその香りが、まるで高級フレグランスの如くに感じられるのだ。「セックスにおいて、体臭は最高の香水である」とはフランス人特有の見解であるが、彼ら不良魔人とて、この時ばかりはフランス人たちに同意せざるをえない。強烈な悪臭を放つ美少女邪賢王は、性フェロモンを発し雄蛾を惹きつける雌蛾の如く、その場にいた男子不良学生たちを悩殺してやまなかったのである。

肌着の上から、これまた不潔な学ランをひっかけた邪賢王は、その愛くるしさをいや増した。そもそも美少女が男物の学ランを着ける時点で一定の可愛らしさは保証されるものだが、今回は更に学ランがぶかぶかなのである。袖が余って手が出せない邪賢王があたふたする愛くるしさに、みな胸がきゅんとときめいた。

たまらなかったのであろう。

ついに不良の一人が名乗りを上げた――！

「ば、番長！　オ、オレとセ、セックスして下さい……！」

おいバカやめろとばかりに、周囲の者が顔を青ざめる。番長にそんな不遜を働けば、一も二もなく全殺しだ！　と彼らは恐れたのである。

――が、しかし！

今の邪賢王は、異性からの突然の性交の申し出に頰を真っ赤に染め上げ、両手をぱたぱたさせながら、「はわわわ……」と困惑し続けるばかりであった。なんという可愛らしい生き物か。周りの不良たちはデレッと相好を崩した。

そんな番長の様子に、先の不良は完全に理性を失ったのか。突如として全裸になると、彼女の上に押し掛からんと飛び掛かったのである。この凶行には流石にたまりかねたのか、邪賢王は腕をぐるぐる回してから、

「バカー！」

とパンチした。美少女のぐるぐるぱんちに、皆の心は、またきゅんとときめいた。

一方、邪賢王の拳を受けた不良は凄まじい勢いで宙を飛び、番長小屋の壁へと全身を叩きつけられ、べしゃりと落下する。邪賢王の愛くるしさにほんわかしていた白金も虹羽もバルもこれには一斉に青ざめた。やばい死んだ！　と思ったのだ。邪賢王自身も、「あわわ、やっちゃった！」という顔をしたが、しかし、意外にも、吹っ飛ばされた不良は、「イテテ……」と頭を押さえながらも、割と平気な様子で立ち上がるではないか。白金と虹羽とバルは「ふぅ」と揃って

安堵する。

一方、美少女番長は不思議そうな顔でぽかんとしたまま、

「あれ……？」

と、首を傾《かし》げていた。

そう、邪賢王はうっかり本気で殴ってしまったのだ。彼が本気で殴れば不良の絶命は当然であり、下手をすれば衝撃で四肢が吹き飛んでいてもおかしくはない。あのような軽傷で済むはずがないのだ。

腑に落ちない様子の美少女に両性院が答えを示す。

「邪賢王さん。あなたの体はもう女の子なんです。以前の体格、筋力ではありません。当然パワーも落ちます。——これはしょうがないことなんです」

その言を受けて、邪賢王はすっかり小さく、可愛くなってしまった自分の体を見つめた。汚らしい肌着の破れ目から、桃色の小さな乳首が垣間見えていた。

「両性院……」

「……はい」

「わしはもう女の子じゃ……」

「……はい」

「じゃけえ、これからはわしのことを邪賢王ちゃんと呼べ！」

そして、邪賢王は他の不良たちをもキュートな瞳で睥睨《へいげい》すると、

「おどれらもじゃ！」

と叫んだ。声も高くて可愛い。

すると、不良たちもそれに応えて、「合点でさ！　ワシら、邪賢王ちゃんのためなら喜んで死ねますぜ！」「ワシもじゃあ！」「オレも邪賢王ちゃんのために死ぬぜ！」と、歓声を巻き起こしたのである。

しかし、これはなんという棚からぼた餅《もち》であろうか。邪賢王が美少女となったことにより、期せずして番長グループの士気と団結は一層の充実を得たのであった。失った怪力にも見合う大きな収穫と言えよう。

「ようしうた、おどれら。まずは、おどれらも女になるんじゃ！」

「分かりやした！　おい、両性院、オレも美少女に変えてくれ！」

「いや、まずオレだ！　オレを美少女にしてくれ！」

さっきとは打って変わって、不良たちが続々と詰め掛けてくる。美少女と化した邪賢王を見て、我も我もと思う気持ちは分からぬでもない。

だが、両性院は困ってしまった。

彼の『チンパイ』は性別を変える能力ではあるが、美少女に変ずるかどうかは人それぞれなのだ。しかし、不良たちの期待のこもった眼差しを前に、両性院はそれを口に出し辛いのであった——。

＊

両性院の「番長グループ総女体化作業」は深夜まで続いた。

美少女番長は己の女体化が完了した後、「少し休むけえ、あとは頼む」と白金に任せて自身は早々に横になった。無責任な訳ではない。「オッパイパーイ」による急激な女性化変態は、思いの外、身体への負担が大きかったのである。通常三十分かけて肉体変化させるところを、わずか五分に短縮するのであるから、邪賢王が参ってしまうのも無理はない。

白金は番長の辛そうな様子からそれを悟り、「オッパイパーイ」なしでの女体化を指示した。また、両性院も能力使用には精神的疲労が伴うため、過度の連続使用はできない。結局、二十名超の男子魔人全員を女性化するためには五時間ほどの時間を要したのである。

両性院の女体化作業が進行する中、白金は思案し、女体化完了後に軽い仮眠を取った後、早暁《そうぎょう》に生徒会室を襲撃するプランを番長へと伝えた。朝駆けは奇襲の基本である。邪賢王は辛そうな様子で横たわったまま、己の乳首をいじりながら体を休めていたが、「おどれに任せる」と短く答えて副番の計画を了承した。

その間も、両性院はもぎりもぎりと男子魔人学生たちのペニスをもぎり取っていく。そうして続々と女へと変じていった不良男子たちであるが、その多くは残念な結果にしょんぼりと肩を落としていた。人生そう甘くはない。やはり美少女になどそうそうなれるものではないのだ。邪賢王は極めて稀《まれ》なケースなのである。

特にバルなどは悲惨であった——。

肥え太った彼は、邪賢王のようなスリムで小柄な女の子になれることを心底期待していたようだが、しかし、番長とバルで一体何が違ったのであろうか。その体型は全く変わることなく以前と同じ肥満体のまま。ただ、胸だけがだらしなく巨大に膨らみ、髪型がサザエさんのように変じただけであった。あまつさえ髭まで残っている。こんな女がいてたまるかという、珍妙奇天烈な生き物へと変じてしまったのである。

だが、それでも幾人かは、平均以上の容姿の女子へと変じて、彼らは己の幸運を喜び、互いにレズプレイを始めた。「オレが女だったら、絶対レズプレイするのになあ」と考える男子は読者諸氏の中にも大勢いるだろうし、筆者も全く同感であるが、まさに今、彼らはそれを体現しているのであった。世界で一番美しいものは女子高生のレズなのだから仕方がない。

白金翔一郎も美しく変じた幸運な人間の一人である。美少女へと変わった邪賢王に対し、白金は気品漂う大人の女性へと変じていた。身長も以前の彼とあまり変わらず、代わりにボディーラインの美しさに磨きがかかり、まるでモデルのようである。美少女へと変わって以前の恐ろしさが雲散霧消した邪賢王に比べ、白金は女になってなお剣の悪魔の威厳を保ち、更にそれに魔性の魅惑をも加えていたのである。気のせいか、長髪もキューティクルを増しているように感じられる。

だが、美しき蝶へと化した翔一郎にも、やはり血迷う者が現れた。

「副番！　オ、オレと、セッ、セックス……、は、ともかくとして——。オレの目の前で、オッ、オナニーを見せてもらえませんか……ッ！」

と、言い出したのは、先ほど邪賢王に吹っ飛ばされた件《くだん》の不良である。なんと性懲《しょうこ》りもない。しかし、彼——今では彼女——も幾らか学習しているのだろう。セックスではなくオナニーを見せて欲しいとねだる辺り、彼女なりにだいぶ譲歩したようであった。

邪賢王よりもクールな白金は「分かった、分かった」と、血迷った部下を適当にあしらいながら、

「生徒会と『転校生』を殲滅したら、男に戻る前にオナニーくらい見せてやる」

と約束し、不良たちは「やった！」「やったぞっ！」とガッツポーズを交わし合った。そんな兄に対し、虹羽は「兄《姉》さんのオナニーは流石に見たくないなぁ」と、たははと苦笑している。

さらに彼らの後ろでは、レズり合っていた不良たちがどうやら同時に絶頂に達したらしく、

「あ、あァーッ！」と二人して声を揃えていた。

一方、女体化作業を先程全て終えたばかりの両性院であるが、彼は目の前の空間のあまりのカオスに眩暈《めまい》を覚え始めていた。こんな状況では当然であろう。

そんな彼の様子を見て、白金は、

「両性院、少し疲れただろう。しばし、外の空気でも吸ってきたらどうだ。ただし、あまりここから離れるなよ、危険だからな」

と、気を利かせてくれたのだった。

＊

喧騒うずまく番長小屋を出た両性院。

彼は初秋の夜風に浸りつつ、これまでのことを整理し、また次に自分は何をすべきかを考えようとしていた。もはや番長グループの女体化は全て終了している。今さら彼らに手を貸したことを悔やんでも仕方がないが、それでも、己の選択は正しかったのか、未だ疑問を感じるのも事実である。

――何にせよ、もう少し情報が欲しい。

美術部の先輩である海我に相談しようかとも思ったが、そこそこの容姿に変わった彼女は、己の裸形を残すべくさっそく自身のヌード画に着手したため、とても話しかけられる雰囲気ではなかった。

誰か他に話しかけられそうな人はいないだろうか。

両性院が辺りを見回すと、小屋から少し離れた木蔭に見慣れた巨体を発見する。外には外灯もなく真っ暗だったが、その体格だけで十分に判別できる。

――バルである。

白金からはあまり遠くへ行かぬようにと注意を受けていたが、そこにバルがいるならば安全であろう。何せ番長グループの大幹部である。両性院は彼へと近付いていった。バルの温厚そうな容姿とイメージは、魔窟《まくつ》の如き番長グループの中では比較的親しみやすいものに感じられたからである。特に今のバルは髪型がサザエさんだ。実に親しみやすかった。

バルに近づいた両性院が、数メートル手前で、

「——バルさん」

と呼びかけると、電話を手にしていた彼女は、慌ててそれを切って、隠すようにポケットへとしまった。

「よ、よぉ。両性院かぁ……」

「すいません。お話し中でしたか？　邪魔をしてしまったようですが……」

お話し中でしたか、という両性院の問いにバルは冷や水をかけられたかのような顔をしたが、すぐに普段の彼へと戻ると、ばつの悪そうな顔で頭をかきながら、

「あーァ……、いや、もう切るところだったからなあ。そりゃ構わねえんだが、それよりも—

—」

「それよりも？」

「オレが電話しとったこと。白金さんたちには黙っといてくれんかなあ」

と、手を合わせて両性院に頼むのである。

「……？　構いませんが、どうかしたんですか？」

「あ、いやぁ……、実はなあ。いま、オレ、彼女に電話しとったんよ」

——彼女！

羨ましい！　サザエさんのくせに！

「彼女、って……！　校内に彼女がいるんですか？」

「あァー、いやいや、まさかまさか……！　オレの彼女はなあ、他の学校に通っとるんよ。だから番長グループのやつらも誰も知らんと思うんだがなあ」

　と言って、バルは真っ赤になった。相当焦っている。

　そんなに彼女持ちを知られたくなかったのか――。

「でな、彼女は普通の人間なんだが、オレのような魔人とも付きおうてくれる心の優しい子でなあ。それで……。まあ、女々《めめ》しい話なんだが、明日どうなるかも分からんこの身。これが今生の別れになるやもしれんと思い、別れの電話を掛けとったところでなあ」

　と、バルは切々と語る。

　無論、バルの気持ちが分からぬ両性院ではない。彼とて、白金に携帯電話を壊されていなければ、早暁の戦いを迎える前に一言だけでも両親と言葉を交わしておきたいところであった。

「だがなあ。オレも番長グループの中じゃあ、一応、戦闘班班長なんてことになっとるからなあ。皆の手前、オレが女々しく恋人に電話しとったなどと知れちゃあかなわんのよ。なあ、両性院、この通りだ。このことは見なかったことにしてくれんかなあ」

　バルの懇願に両性院はくすりと笑って、

「分かってますよ。僕は何も見てません。夜風に当たっているバルさんとたまたまここで出会っただけです」

「すまんなあ」

そう言って、バルは顔をくしゃっと曲げて笑顔を作った。髪型がサザエさんだから異常な様子ではあるが、とにかく人懐っこい男（女）である。彼女が戦闘班班長というのは初耳だったが、今の姿からはとても戦う姿は想像できない。そんな荒々しい男（女）にはとても思えないのだ。他校に通っているという恋人の話も両性院に親近感を抱かせた。魔人とも分け隔てなく付き合ってくれるというバルの彼女に、両性院は天音沙希の姿を重ねていたのかもしれない。

「……バルさん。代わりに、僕の相談にも乗ってもらえませんか？　もちろん、他言無用で」

「おう、オレも約束は守るからなあ。なんでも言ってくれよ」

と言ってバルは胸を叩いた。二人は近くの草むらに腰を下ろすと、両性院が切り出した――。

「バルさんにこんなことを言うのもどうかと思うんですが――。実は、今でも悩んでるんです。僕のやったことが正しかったのかどうか……」

邪賢王の迫力に圧され、茫然自失の体で協力を約した両性院であったが、番長グループの勝利が、この学園にとって本当に良いことなのだろうか。彼は今でもそれを悩んでいたのだ。学園の治安維持に努めてきた生徒会が滅びた時、番長グループの一党支配の下で、この学園はいかなる方向に向かうのか――。

「ンなこと言ったって、おめえさん、もう協力しちまったじゃねえか。今さら考えても仕方ねえンじゃねえのか？」

「それはそうですけど――」

確かに、今さらどうしようもない問題ではある。だが、気持ちの整理を付けるためにも、答えを求めずにはいられなかった。他の番長グループの者に問うても正直な答えが返ってくるかは怪しい。しかし、この人の良さそうな巨漢であれば、政治的駆け引きは抜きにして、ある程度率直な答えを返してくれそうな気がする。バルの存在にはどこか人を信頼させる力があった。

両性院は思い切って尋ねてみる。

「――バルさん。番長グループはこの学園をどうしようとしているのですか？　番長グループに率いられて、この学園は平和なままでいられるのですか？」

他の者には聞くのも怖ろしい、あまりにあけすけな質問であったが、バルに対してはなぜか話し易かった。これは彼女の持つ特質なのかもしれない。

バルは、両性院の真剣な問いにしばらくウーンと唸っていたが、詰まり詰まり答え始める。

「――まあ、なあ。オレたちだけで、いまみてえな平和な学園が作れンのか……。それは難しい問題だなあ。実際問題、ド正義の統治力はスゲエよ。誰にでも真似できることじゃねえ」

と、ド正義を素直に誉めたバルの言に両性院は少なからず驚いた。生徒会と番長グループはてっきり犬猿の仲だとばかり思っていたのだが……。

「確かに、ド正義みてえに巧くいくかは分かンねえ……。だがな、おめえさんが考えてるような、そんな酷《ひで》えことにもなんねェと思うよ」

「と、言いますと……？」

「邪賢王さんはなあ、ああ見えて本当にできたお人だ。あの人はすげえ度量が広くてなあ。やりたいようにやらせてくれるし、小せえことにいちいち目くじら立てたりもしねえ。他のやつの意志も尊重するし、無理を強いることもねえ」

「でも、僕は……」

　両性院は脅されたではないか。

「……ハハ、そうだなあ。でも、あン時な、邪賢王さん、すげえ辛そうな顔してたんだぜ。まあ、おめえさんには不機嫌なだけにしか見えなかったろうけどなあ。脅して言うこと聞かせるなんざ、ホントはそういうことは大嫌《でえきれ》えな人なんだ。それじゃあ、生徒会のやつらと変わんねえからなあ」

　邪賢王の心情を慮《おもんぱか》ったのだろうか。バルは苦渋の表情を浮かべている。

「だがな、今回は非常事態だ。モタモタしてるうちにおめえさんが変な気を起こしたら勝てる戦いも勝てなくなっちまう。そうなりゃオレたちは殺されるし、沙希ちゃんも救えねえ。だから、邪賢王さんもやむなく無理強いしたんだ。けどな、その代わり、邪賢王さんはおめえさんとの約束は絶対に守ってくれるぜ。あの人は自分の命に代えても必ず沙希ちゃんを救い出してくれる。その点はオレが保証する。信じていいぜ」

　そういうものなのだろうか。

　白金はともかく、あの怖ろしい邪賢王が本当に約束を守ってくれるのか――？　両性院は少なからず気掛かりであったが、しかし、バルが言うと何故《や》だか信じたい気持ちになってくる。

「白金さんも言ってたけどな、本当はおめえさん抜きで戦るつもりだったんだ。部外者をハルマゲドンに巻き込むなんざ男のするこっちゃねえっつってな。沙希ちゃんが捕まってさえなきゃ、おめえさんも呼び出されたりしなかったんだが……。まァ、今となってはおめえさんにとっても他人事じゃあない。そうだろう？」

それはその通りである。沙希が捕えられた瞬間から、この戦いは両性院の戦いでもあった。

へっくしょい！　と一発豪快なクシャミを挟んで、バルは続ける。

「――邪賢王さんがこの学園をどうしようとしているのかは、正直良く分からねえ。だが、一つだけ確実なのはな。あの人に任せておけば、そう悪いことにゃなんねえってことだ。それにな、これまでもオレたちは学園自治に結構協力してきたんだぜ？」

「……えっ？」

意外な言葉であった。

番長グループなど学園の和を乱すものでしかないと、両性院たち一般生徒は思い込んでいたのだから。

「なあ、オレたち番長グループがどんなコトをしてんのか。おめえさんたちは知らねえだろ？　だろ？」

それは確かに知らない。他の学校の番長グループなどは、カツアゲやら恐喝やら強姦やら無差別殺人などをしているそうだが、この学園に関してはそんな噂は聞いたことがない。というか、そんなことをしていれば生徒会が動くはずだが……。では、確かに彼らは何をやっているのか……？

両性院が答えに窮して黙りこくっていると、バルは、実はなあ、と言って、意外な正答を提示してくる。

「いいか。オレたちの主な活動はなあ。………………お昼に集まって一緒に弁当を食うことなんだよ」

「へ……？」

　バルの言葉に、両性院は呆けた顔を見せた。

　ま、当然であろう。

「あの、それは隠語とか、何かの巧みな比喩とか……」

「いやいやいや！　隠語でも比喩でもねえよ！　オレたちはなあ、集まってみんなで弁当食ってんだよ。ほら、希望の泉のところでさ」

「あ……！」

　確かに、希望の泉——学園中心部の大噴水——ではお昼時に番長グループが集まってお弁当を食べる姿が目撃されるという。その話は両性院も聞いたことがある。希望の泉には不思議な吸引力があり、両性院も時折無性に行きたくなるのだが、番長グループがたむろしてると聞いたためお昼時はグッと我慢していたのだ。

「後はなあ。放課後に番長小屋でダべったり、おやつを食べたり。そんなもんかなあ。白金さんは部活の方が忙しかったから、終わった後にちょろっと顔出す程度だったけどなあ。おめえさんとこの海我も、たまあに来る感じだったなあ」

　でもまあ、平和なもんだろ？　とバル。

「いや、でも、僕たちは、もっと恐ろしいものだと思ってたんですが……」

「まあなあ……。そりゃあ仕方ねえよなあ……。オレたちゃ悪《わり》ィこたあしてねえが、確かに見た目はおっかねえし、言動が粗野なことも否定できねェ。悪ィこたあしてねえが、別にイメージアップを図ったこともねえしなあ。何より、邪賢王さんは、アレ、わざと自分のイメージを落としてるような気もするしなあ」

「確かに、僕も番長グループに先入観を持っていたことは否めません……」

バルの言葉を全て信用するのも危険だとは思ったが、しかし、何も知らないくせに、先入観で番長グループを見ていたことは両性院も認めざるを得なかった。

両性院の率直な反応にバルは頭をかいた。

「……正直なところな、オレも最初は番長グループがどんな悪さをすんのか、見定めようと思って入ってたところはあるんよ。いざとなったら、邪賢王さんを打ち倒して………、なんてことを思ったりもしてたなあ。昔は。ところがだ、ウチはもうずっとこんな感じだからなあ。オレも気ィ張ってたのに、肩透かしというか、安心したというか」

と言って、バルはカカカと笑った。

その様子はどこか嬉しそうでもあった。

「昔の番長グループは、ありゃあ確かにカスどもの集まりだった。けどな、邪賢王さんの代になってからは全然そんなこたぁねえんだよ」

「あの、でも……。赤紙……って、ありますよね」

「赤紙？」

バルはきょとんとした顔を見せた。

「あの、呼び出された魔人が殺されるっていう、番長グループの……。僕の下駄箱にも入ってた……」

「…………ん？　ああ、なんだ。招待状のことか。……あ、そっかあ。あれも、おめえさんらにゃあ、そんな風に思われてんのかあ」

ま、それもしょうがねえかもなあ、とバルは苦笑するが、しかし、両性院には訳が分からない。

招待状……？？

「なあ、両性院よう。生徒会のやつらはなあ、問題を起こした魔人を片っ端からブッ殺していくだろ？」

「…………はい」

治安が良いとされる現在の希望崎学園だが、それでも年間数名の魔人が生徒会により処刑されている。

「でもなあ、邪賢王さんはそうじゃあねえんだよ。あの人はな、問題を起こしそうな魔人のトコロに招待状………、お前らの言う赤紙を送ってな。ウチのグループに迎え入れてんだよ。そいつに仲間を作ってやってンだ。仲間の絆《きずな》……ってのかな。小っ恥ずかしいけどよ。まあ要するに、仲間がいりゃあ、やさぐれてる魔人だって仲良く楽しく、暴れずにやっていけるんじゃねえかって。そんなトコだよ」

「仲間……ですか……」

「そうだよ。大体なあ。魔人が暴れるなんてのは、周囲からの圧迫ってのが大きいんだわ。まァ、全部が全部そうってわけでもねえけどよ。特に希望崎《ウチ》なんかは、周りから無理矢理に入れられたってヤツが多いだろ？　あいつら、やさぐれてんだよ。だから暴れる。分かるだろ？　そいつらにゃ周りの環境が大事なんだよ」

と、したり顔で滔々《とうとう》と述べるバル。

彼女の話をまとめると、どうも番長グループは生意気な魔人、つまり、問題を起こしそうなやさぐれた魔人たちを先んじてグループへと引き入れていたらしい。この学園に通う魔人の中には、魔人ゆえに世間から迫害され、さらに、学園内でも周りに溶け込めず孤立している者が少なからずいる。問題を起こすのは大抵そのような行き場のない魔人であるらしい。番長グループはそんな彼らに居場所を作るため、彼らが問題を起こす前に率先して勧誘しているのだという。これまで世間から爪弾きにされてきた彼らは、初めのうちこそグループ内でも頑《かたく》なな態度を取るらしいが、邪賢王の鷹揚な態度に接して、みんなでお弁当を食べたりしているうちに、次第に丸くなって集団に溶け込んでいくのだそうだ。現在の番長グループのおよそ半数はそのようにして加入した者たちだという。

「もちろん中には狂犬のようなやつもいてなあ。番長と知るや否や、『オレが番を張るんだ』とかナントカ言って、話も聞かず飛び掛かってくるアホタレもいる。そうなっちまうと、これはもうしょうがねえ。邪賢王さんも叩き伏せて……、大抵は相手を殺しちまうんだけどな。本気でやらなきゃ邪賢王さんがやられちまうから、これはもうしょうがねえんだよ」

赤紙に呼び出され、後に無残な死体となって発見される魔人とはそういった者たちのことなのだろうか――？

「危ねえやつは仲間に取り込んでしっかり管理する。話もできねえ程の狂犬は邪賢王さんがさっさと殺しちまう。……まあ、こんな感じだなあ。生徒会がなくなったってな、たぶん今とそれほどまでは変わンねえよ。オレたちも治安維持に協力してンだからなあ。殺しちまうのも結果的に見りゃ予防措置みてぇなモンだ。狂犬みてえな魔人が暴れて一般生徒が死んじまってからじゃ遅えんだよ。生徒会は後手でしか動けねえからなあ。おう、おめえさんだってそう思うだろ？」

両性院には即答できなかった。

バルの言うとおり、人が死んでから動くのでは遅過ぎる。だが、かといって、先んじて狂犬を殺すというのも如何《いかが》なものか。何か、他に手段はないのか――？

「生徒会は何か抑止策を講じてないんですか？」

両性院はその点に関し、ド正義が無策とは思えなかった。すると、

「ああ、それだよ――」

と、バルは我が意を得たりとばかりに膝を叩く。

「あまり知られてねえこったが、生徒会の取り組みは三つある」

三つも⁉

なんだ生徒会も頑張っているではないか――。

「まず一つ。あいつらもオレたちと同じで、孤立している魔人を積極的に生徒会に勧誘している」

「え？　じゃあ、生徒会も同じ事をしてるなら——」

番長グループは不要ではないか？

この両性院の疑問は当然だが、しかし、バルは苦笑してこれを遮り、

「いや、そう思うだろう？　だがなあ、そう巧くもいかねえんだよ……。あいつらには治安維持という仕事があるからなあ。業務に支障が出るようなリスクは冒せねえんだ。だから、ホントにやべえ奴は生徒会では勧誘できねえ。結局、オレたちが面倒見ることになる」

なるほど、それは確かに生徒会の限界と言える。

「二つ目は？」

「——おう。生徒会にはな。実は、精神を健全にできる能力者がいる」

「えっ！」

これも初耳であった。

実はその魔人は両性院のクラスメイトなのだが、無論、彼が知るはずもない。

「でも、そんな魔人がいてもこの状況ということは……。気軽に使える能力じゃないってことですか？」

「そう！　——両性院、おめえさんやっぱ鋭いなあ。そいつの能力を使うにはな、相手の同意が必要なんだよ。狂犬がそンなもん同意するわけねえだろ？　それに副作用もハンパなくてなあ。

場合によっちゃ死ぬこともある。生徒会もこれは最後の手段って感じでなあ」

バルの説明から両性院はロボトミーを連想していた。

ロボトミーとは前頭葉切截術《せつせつじゅつ》のことで、脳の一部を物理的に除去することにより統合失調症や不安神経症、うつ病等を治療するという脳手術である。これが一時は魔人の犯罪防止に有効と言われ、「すべての魔人にロボトミー手術を施すべきである」などと過激な議論が飛び交ったこともあるが、これは流石に人権団体から総すかんを喰らった（しかし、一部の政治家は今でも大真面目に主張している）。また、ロボトミーの副作用が問題視されたこともあり、現在ではすっかり過去の技術となっているのだが、バルの言う生徒会の能力者とは、これに類するものであろうか――？

「この二つはもう生徒会もやってンだ。が、これだけじゃ問題は解決しねえ。実際のところ、オレたちのフォローがあってこそ、今の治安が保たれていると言っていい。互いになんだかんだ言ってるけど、番長グループと生徒会は車の両輪っていうかなあ。お互いに役目を補完しあって、悪くねえ関係だと思ってたんだよ」

バルは一昔前までの自分たちの姿に思いを馳《は》せているようだった。他のメンバーは分からぬが、バルに関して言えば、彼女は生徒会のことをそれほど悪く思っていなかったらしい。そんな相手と殺し合わなければならないのだから彼女の心境も複雑なことだろう。

「しかし、生徒会の――、ド正義はこの状況に満足できなかったんだろうなあ。そこで生徒会は、犯罪抑止のため抜本的な問題解決に乗り出したってわけだ」

そこで両性院は、番長小屋で白金が発した、あの言葉を思い出していた。

「『学園総死刑化計画』……」

「まさにそれよ——！」

バルが身を乗り出す。「学園総死刑化計画」。初秋にも拘らず、両性院はその不吉な響きに寒気を覚えてぶるりと震えた——。すると、

「あ、知らねえと思うから教えとくけどなあ。ド正義の能力は『超高潔速攻裁判』っつってな。あいつが『悪』と認識した者を一睨みで殺しちまうっつう能力だ」

と、ここで生徒会長の秘密が不意にさらりと飛び出してきたので、これには両性院も驚かざるをえない。ここで生徒会長の能力など生徒会の絶対秘匿事項である。故意か過失かに拘らず、知ってしまったというだけで処刑の対象になりかねない。両性院はそれを思って冷や汗をかいたが、しかし、生徒会を敵に回した今、そんなことを心配しても無駄だと思い、気を取り直した。だが、それにしても、その能力はあまりにも——、

「で、でも、バルさん——。それって、あんまりにも無体すぎやしませんか？　『悪』と認識した者を一睨みで殺すなんて、それって事実上、『誰でも好きな時に一瞬で殺せる』ってことですよね？　そんな能力を相手にしてホントに勝てるんですか？」

と、不安そうな両性院に、バルはカカカと笑って、「そんなに心配するこっちゃねえよ」とあっけらかんと答えた。彼女によると、どうもド正義の能力もさすがにそこまで横暴なものではないらしい。『超高潔速攻裁判』は、あくまでも審理の過程と処刑の執行を早回しする能力に過ぎ

ないのだという。すなわち、ド正義の能力が効果を発揮しうるのは、現地の法律に則り、死刑相当の罪を犯した者のみに限られる。さらに、犯罪をド正義自身が目撃していない場合は、目撃者の証言や物的証拠の提示など、犯罪を立証できるだけの材料が必要となる。つまり、「死刑相当の罪である」とド正義が確信しなければ、『超高潔速攻裁判』は発動しないのだ。その辺りが「超高潔」なのだが、しかし、冤罪《えんざい》で殺害した場合もド正義には何のリスクもないらしく、やはり横暴な能力ではある。ただ、ド正義にとって致命的なことに、ハルマゲドンの間は戦時下特例により通常の校則が適用されないため、この期間中、彼の能力は無意味化するという。

「この国には『学園自治法』があっからなあ。だから、学園内で通用する法律は校則のみだよな？　ところで両性院。おめえさん、この学園で死刑に相当する罪が何か、知ってるか？」

バルの問いに、両性院は即答する。

「一人以上の人間の殺害。明確な殺意を伴った殺人未遂。一人以上の人間の強姦。放火、もしくは、学園施設の五％以上の破壊。一人以上の人間を六時間以上にわたり、自由意志を完全に奪い操作した場合。銃器、細菌兵器、核兵器等を学園敷地内に持ち込んだ場合。……この六つですよね？」

すらすらと口にする両性院に、バルは、ほうと感心した顔を見せた。

「ご名答。おめえさん、よく校則を熟読してンな」

当然である。沙希の安全性を確保するため、高校選びは慎重に慎重を期した両性院である。このくらいは当然把握している。

「――で、だ。どうよ？　これな。これだけ魔人がいる割には、ずいぶん甘《あめ》ェ校則だとは思わねえか？」

「…………」

別に甘いとは思わないが……。だが、確かにこれだけで無限の可能性を持つ魔人能力の全てに対応できるとも思えなかった。

「いや、オレたちは別に甘ェと思わねえかもしれねェがなあ。ド正義のヤロウは、これじゃ大甘だと思ってるわけだ。てえのも、あいつが確実に相手を殺せる状況ってのは、この六つの罪のうち、どれかを直接目にした時だけだからなあ。つまり……」

バルの言わんとすることに気付き、両性院は思わず声を荒らげた。

「ま、待って下さい！　まさか、ド正義さんは殺せる相手を増やすために――、そんなことのために校則の方を変えようとしてるってことですか⁉」

バルは渋い顔をして頷いた。だが、それはあまりに、

――横暴すぎる！

ダンゲロスの秩序の番人とまで言われたド正義が、まさか、人を殺すために、法の方を変えようとしていたなんて。それでは本末転倒というしかない――！

「なっ。生徒会ってヤツはおっかねえだろ？　あいつらの新校則は知ってるよな？　あんなもん守り通せるヤツなんて一人もいねえだろう？　遅刻したら極刑なのに、廊下を走っても極刑だも

んな。レイプは被害者も加害者も全員極刑。酷ェもんだろ？　あんなもん施行されたら三月も経たずに生徒全員が極刑待ちだ」

なるほど、酷い話である。これなら番長グループの統治の方が確かにマシかもしれない。

「まァ、だからってド正義のやつが片っ端から殺していくこたぁねえだろうが、生徒全員の命があいつに握られちまうよなあ。そうなったら誰もあいつには逆らえねえ。狂犬どもも大人しくせざるを得ないって訳だ。ヘンな素振りを見せただけでスグに殺されちまうからなあ。たとえ『転校生』だろうと、新校則が施行されてる限り、この学園内ではド正義には勝てねえだろうよ。新校則の成立はド正義帝国の誕生と同義なのさ」

これが事実だとすれば恐ろしい話である。生徒会が昨年しれっと提出した校則改正案。その背景にはこのような恐ろしい陰謀が仕組まれていたのか――。

だが、両性院にはどうしても腑に落ちないことがある。

「しかし、バルさん――。帝国といっても、ド正義さん、もう三年生じゃないですか？　すぐに卒業しちゃうし、意味ないんじゃないですか？」

両性院の質問にバルはしばらくきょとんとしていたが、ハッと何かに気付いたらしく、ポンと手を打った。

「……ああ、そうか。……そうか、そうか。おめえさん、そッからして知らねえんだもんな。これは言ってなかったオレが悪いわ。……あのな、ド正義のやつはこの学園を卒業する気なんか、さらさらねえんだわ」

今度は両性院がきょとんとした。

「……えっ？」

「邪賢王さんが言ってたことだがなあ……。ド正義の最終的な目標は、魔人のための国を建てることらしい」

「く、くに……？？」

なんだか急に話が大それたスケールになってきた……。にわかには信じがたい話である。現実味がない。正気の沙汰《さた》とは思えない。

「いや、アホみてえな話だと思うだろ？　でもなあ、どうもこれが冗談とかじゃねえらしい。邪賢王さんも昔は本気にしてなかったみてえだが、ド正義のヤロウ、昨年の六月辺りから本気で動き始めたみたいでなあ」

「どうしてそんなムチャクチャなことを……。そんなの、実現性はあるんですか……？」

「いや……。まあ、あいつのアイデアも分からんでもないんだがなあ。ほれ、この国には『学園自治法』があるだろ？　だから、この学園にいる限り、国家権力も大っぴらに手は出せねえってわけだ。確かに独立宣言すりゃあ、独立国家といえなくもない……かもしれねえなあ。ド正義のやつは外で差別されている魔人を集めてきて、魔人のための国を作るつもりなんだとよ」

……なるほど、『学園自治法』を利用するのか。しかし、一応の理屈は分かるが、やはり正気の沙汰とは思えない。確かにド正義はこの学園のカリスマだが、いち高校生にそんな大それたことが可能なのか――？　生徒会長が建国だなどと、どう考えても常軌を逸している。だが、バルの口ぶりも冗談には聞こえない。

「あの、それが本当だとして……、それで、『魔人の国』の治安は、新校則と『超高潔速攻裁判』で維持するってことですか――？」

「そういうことだなあ。ド正義のヤツが生殺与奪をあらかじめ握った上での平等管理社会。その第一歩が、あいつらの『学園総死刑化計画』ってやつらしいぜ」

バルの説明を信じるならば、ド正義の率いる生徒会は、三年間の学園生活を平穏無事に過ごすための治安維持組織などではないということになる。彼らの目的は、自分たちの生涯の住処《すみか》とすべき帝国「希望崎学園」の建国にあったのだ。やはりどうにも信じがたい馬鹿げたスケールの話だが、しかし、そう考えると、昨年提出された新校則の意味も良く分かる。

「だからなあ、これを本気で推し進めようとするなら、オレたちとの共存なんぞやっとる場合じゃないわなあ。生徒会のやつらが新校則施行の邪魔となるオレたちを排斥《はいせき》したい気持ちも分からんでもない。これまでもちょこちょこと嫌がらせみたいなもんは受けてきたしなあ……。しかし、まさか全面戦争などおっぱじめるとは思わんかったなあ……」

バルによれば、邪賢王は最後まで生徒会との戦争に反対していたらしい。しかし、番長グループ穏健派の中心であった口舌院言葉が殺され、ハルマゲドンが学校側の後押しを受けて正式に決行されるに至り、最早、邪賢王一人の一存ではいかんともしがたい事態にまで事は進行してしまったのだという。いざ戦うことが決まってしまえば、番長グループを守るため邪賢王も死力を尽くさざるを得ず、今では先頭切って戦争準備に邁進《まいしん》しているが、その心中たるや如何なるものか。

「ところで、バルさん……」

「おう……？」

「ド正義さんの能力、どうして知ってたんですか？」

これは重要な問題である。ド正義の能力はトップシークレットなのだから。

この問いに対し、バルは少しだけ悩んだが……、

「――いや、実はなあ。邪賢王さんとド正義は、ガキの頃からのダチだったらしいんよ。オレも詳しくは知らねえがなあ。いまのド正義は訳が分からんが、昔のあいつはもう少しまともだったらしいなあ」

ド正義の能力は邪賢王の口から幹部へと伝えられたらしい。「お楽しみ会カレー毒殺事件」の際に、ド正義に向けて抜刀しようとした部下を白金が止めたのも、彼がド正義の能力を知っていたのが一因である。もし白金が制止しなかったならば、彼らは抜刀した瞬間に「殺人未遂」と認識され、『超高潔速攻裁判』により命を絶たれていたであろう。

「おっと。少し話しすぎちまったなあ。さて、そろそろ小屋に戻るか。オレも少しは仮眠を取らなきゃあ、戦闘に差し障るしなあ」

「……そうですね。長い間、すいませんでした」

あれからたっぷり三十分は語り合っていたであろうか。二人は立ち上がり、番長小屋へと向けて歩き出した。

バルと話し終わった後の両性院はいくらか晴れやかな顔をしていた。バルとの会話により、彼

が抱えていた悩みはある程度解決されたからだ。邪賢王にこの学園を委《ゆだ》ねて良いものかどうかはまだ分からない。だが、確実に分かったこともある。学園を生徒会に委ねることも、決してベストな選択ではないということが。正解が分からぬ以上、いまは沙希を助けることに専念するしかないと両性院は悟ったのである。

——生徒会による番長グループへの挑発、そして開戦。これらは全て、「学園総死刑化計画」のための布石なのだろうか？　「魔人の国」を建国しようとするド正義の真意とは何か？

東の空が白ばみ始め、希望崎に朝が訪れる——。

『怨み崎Ｄｅａｔｈ子』

希望崎学園生徒会二年、怨《うら》み崎《ざき》Ｄｅａｔｈ子《です こ》の能力は『自殺ブリミナル』という。この能力は、惚《ほ》れた男に「捨てられた」とＤｅａｔｈ子が認識した時にのみ自動発動する一種の操作系能力である。恋人に（もしくはＤｅａｔｈ子が恋人と思い込んでいる男に）捨てられた時の恨みの念を増幅し、対象の視覚聴覚にサブリミナル・メッセージを送り込む。そしてメッセージは相手を自傷行為、もしくは自殺行為へと誘導する。

彼女の発するサブリミナル・メッセージは映像や音楽などの人為的創作物へと強制介入することはもちろん、建築物や自然物など、介入の余地のないものにまで割り込んでくる。対象を囲む世界の全てが、彼に絶え間なく自傷と自殺を促し、そのメッセージを潜在意識へと刻みつけるのである。結果、対象は程なくして自傷行為、自殺行為へと走る。精神の強弱とは関係なく、どれほど気丈な人物であってもサブリミナル・メッセージの影響は免《まぬか》れない。この『自殺ブリミナル』から逃れるためには、Ｄｅａｔｈ子を殺すか、もしくは己の目と耳を潰すしかない。

そのような厄介至極な能力を持つ怨み崎Ｄｅａｔｈ子が、周囲から忌み嫌われ、避けられたのは当然のことである。過去に六人の男をこの能力で殺した彼女は、最後の一件が露呈し、マスコミに報じられたために、社会での居場所を失くし、ここ、希望崎学園へと放り込まれたのであった。

なお、彼女が罪に問われなかったのは、『自殺ブリミナル』が自動発動能力であることと、憲法により保障された思想・信条の自由との兼ね合いによるものである。つまり、彼女が内心で殺したい程に男を憎もうと、それ自体は罪には問えぬ。一方、『自殺ブリミナル』は彼女の意志とは関係なく作用する能力であるため、彼女に責任能力があるとは言えない。よって、六人もの男を殺しながらも彼女は罪を免れているのだが、しかし、法律上はそうだとしても世間様がハイそうですかと許してくれるはずもなく、厄介で面倒な彼女は今、ここダンゲロスへと放り込まれているのである。

しかし、これほど厄介な魔人となると、一般社会はもちろんのこと、魔人学園たる希望崎においてもなお扱い難い代物である。ダンゲロスでも彼女は周囲から遠ざけられた。だが、これもある意味仕方のないことである。なにせ彼女に優しく接して、万一惚れられでもしたら、それこそ命取りとなるのだから。

それでも彼女が可憐な美少女であれば、命を賭してでも彼女を愛そうという物好きが現れたかもしれないが現実は厳しい。傷んだ長い黒髪が顔のほとんどを覆い隠し、ぼさぼさの髪の合間からたまにぎょろりとした目玉を覗かせるＤｅａｔｈ子は、美少女と呼ぶにはあまりにも戦慄的な面構えであった。その悪食で知られる希望崎きっての恋愛狂い、夢見《ゆめみ》崎《ざき》アルパでさえも彼女には見向きもしなかった程である。

だが、十六歳の乙女の恋心を止めることなど誰にできようか。入学後、すぐにＤｅａｔｈ子は他の思春期少女同様に「誰でもいいから恋したい病」に罹《かか》っていた。相変わらずクラスメイトからは遠ざけられているにも拘らず、「やらはたはいやよ」などと思い、彼女は級友のイケメンたちにいやらしい視線を送るのである。しかし、彼女の戦慄的面構えから発せられる眼光にセックスアピールが宿るはずもなく、睨まれた男子生徒は「あひぃ！」などと悲鳴をあげて震え上がる。まったく見るも哀れな反応であるが、それでも乙女の恋心は止むことなく、Ｄｅａｔｈ子はイケメンたちに流し目という名の邪視を送り続けていた。この時の希望崎学園は、イケメン男子全員に死の危険が迫っていたと言えるだろう。ちょっとしたロシアン・ルーレットである。

「いまはみんなから無視されてるけど、いつかあたしだけの王子様が現れて、あたしを救ってくれるんだ。王子様はいじめられてるあたしを庇《かば》って、それで、あたしの代わりにいじめられるんだけど、それでも、あたしだけへの愛を誓ってくれるの。そして、嵐の夜。二人は体を重ねて――、キャッ！　でも、二人の幸せは長くは続かないわ。世間の無知と偏見が王子様を殺してしまうの。あたしは王子様のことを想い続けて仏門に入り、一生、王子様の菩提《ぼだい》を弔《とむら》うの――」

己の能力と社会からの圧力と思春期の乙女の恋心が混じり合い、なんともグロテスクな恋愛観を抱いていた当時の怨み崎Ｄｅａｔｈ子であるが、そんな彼女の下に番長グループからの赤紙が届いたのは、入学から一月後のことであった。差出人は番長邪賢王ヒロシマ。入学以来、クラスメイト全員から一様に遠ざけられてきた彼女が――、そんな自分を誘ってくれた邪賢王に恋心を抱かぬ道理がない。いかんせん恋する乙女は単純なのだ。邪賢王はとてつもなく体臭がキツかったが、それでも彼女にとっては王子様に違いなかった。

「あ、あの……、お弁当、作ってきたんだけど……」

「じゃかあしい」

「あ、あの……、ファブリーズ、買ってきたんだけど……」

「じゃかあしい」

王子様の態度はいつまで経ってもつっけんどんなままだったが、彼女は自分が嫌われているなどとは微塵《みじん》も思っていなかった。照れているだけだと本気で思っていた。だって、私みたいな厄介な女を誘ってくれたんだもん。私に惚れてるに決まってるじゃない。彼女は本気でそう考えていた。恋する乙女は単純なのだ。

そんな彼女の強い思い込みもあり、番長グループはあの怨み崎Ｄｅａｔｈ子を抱えながらも至極平穏に日々を過ごしていたのである。一年後、新入生のあげはがこのグループに加わるまでは——。

＊

怨み崎Ｄｅａｔｈ子が番長グループへと加入した、その翌年の五月。

一つの難題に直面した番長グループは、連日連夜、侃々諤々《かんかんがくがく》の議論を繰り広げていた。

番長グループを二分したかつてない大議論である。

「——邪賢王、よく考えてくれ。あまりに危険が大きすぎる」

と、番長を必死に諫《いさ》めるは、副番白金翔一郎。

他の者たちも多くは、「そうだ、そうだ」と副番に同意し、番長の説得に当たっている。

しかし、邪賢王は、

「じゃかあしい」

と、いつものように、言葉短く配下の進言を封殺していた。——その、激しい議論の渦中にある者の名こそ、新入生、魔人あげはである。

このあげはという少女、その危険性たるや怨み崎Ｄｅａｔｈ子の比ではない。彼女の精神状態は極めて不安定で、いつ能力を発動させるやも分からず、そうなれば番長グループは一挙に皆殺しとなる恐れもある。それほどに危険な——火薬庫の如き魔人であった。

そんな危険極まりない魔人を、邪賢王はグループへと迎え入れようとしていたのだ。よって、白金らの反対も至極当然のことであったが、その一方で、Ｄｅａｔｈ子の歪んだパーソナリティーはこのことに絶望すら覚えていたのである。つまり、

——彼はあたしよりも〝厄介な女〟を迎えようとしている。ヒロシマは最早あたしを愛していない。彼はあげはを愛している。あたしは捨てられた——！

と。

なんという短絡的思考。

しかし、思い込みの激し過ぎる彼女は、現に番長の行動をそのように結論付けていたのである。

Ｄｅａｔｈ子は白金と並んで、——いや、もっと激しく、激情に任せてあげはの加入を拒み、

ヒステリックに叫んでいたが、結局、邪賢王はあらゆる反対意見を押し切りゴリ押しであげはの勧誘を決定する。そして、あげはが番長グループに加わると同時にDeath子はグループから逐電《ちくでん》。続いて『自殺ブリミナル』発動。対象はもちろん――、

邪賢王ヒロシマである。

Death子の能力により、この日から邪賢王は日に数度の突発的自傷行為を強いられることとなった。全力ダッシュで壁にぶつかり、歩道橋から不意に飛び降り、ゴミ箱に頭からダイブしたりと、毎日散々な目に遭い、体中に無数の傷を作った。不死身と呼ばれる邪賢王でなければ、優に二十回は死んでいただろう。

一方、番長グループを抜けたDeath子は、従姉妹《いとこ》の歪《ゆが》み崎絶子《ざきぜつこ》の必死の周旋により生徒会へと迎えられていた。だが、生徒会の庇護下に置かれたとはいえ、番長グループから刺客《しかく》が送られることは明白である。『自殺ブリミナル』の解除法は彼女の抹殺しかないのだから。そのことを知る邪賢王が、まさか自分を放置するとも思えなかった。

刺客に怯え、戦々恐々とした日々を過ごすDeath子だったが、しかし、半月待てど一月待てど刺客は現れない。そのうちに彼女もいささか冷静を取り戻す。邪賢王は自分を愛してはいなかったが、別にあげはを愛していたわけでもない。彼は自分のような孤独な魔人を、ただ救おうとしていただけなのだ、と。そのことに、やっと彼女も気付いたようだった――。

一時の衝動に突き動かされ、邪賢王を恨んだ自分をDeath子も今では後悔している。しかし、一度発動した『自殺ブリミナル』は、対象が死ぬまで彼女自身にも止められない。かつて六

人の男を殺したＤｅａｔｈ子は、これまでも能力発動後に何度かそれを悔やんだが、いつも己の力を制御することはできなかった。今回もどれほど悔やんでも、やはり邪賢王の運命は変わらないだろう……。そう思い、諦めていた。

――だが。

二〇一〇年九月二十一日　二十二時

「止まった……」

ハルマゲドン開始から三時間後――。

生徒会室の怨み崎Ｄｅａｔｈ子は不意にそう呟いた。

「『自殺プリミナル』が、止まった……！」

もう一度、言い直す。

彼女自身、信じられないといった風に。

傍らにいた歪み崎絶子は、はじめは従姉妹の言う意味が分からずポカンとしていたが、

「それって……。邪賢王ヒロシマが死んだ、……ってこと⁉」

不意にその意味に気付き、興奮して聞き返した。

ダンゲロス・ハルマゲドン開始から、わずか三時間後のことである。今、敵の総大将、邪賢王ヒロシマが沈んだとなれば、これは生徒会にとって大きなアドバンテージとなる。絶子の興奮も

当然である。

だが、従姉妹の返答は、彼女の期待していたよりもずっと曖昧なものだった。

「分からない……。止まったことは止まったわ……。けど、いつもと何かが違う……」

怨み崎Death子の『自殺プリミナル』は確かに解除された。だが、今までに彼女が経験した解除条件、すなわち「対象の死」とは、今回は何かが違っていた。通常、対象が能力により死亡した場合、Death子がそれを悔やんでいたか否かに拘らず、スッとするような心地良い感覚が彼女を襲い、妙に清々《すがすが》しい破滅願望が心中を占めて、三日三晩の間、後追い自殺ばかりを考えながらうきうきとした日々を過ごすのだが（しかし、本気で自殺する気はまったくない）、今回はそのような感覚が一切現れていない。何らかのイレギュラーにより、彼女の『自殺プリミナル』は目的を果たさぬまま解除された。そのような感触だけが伝わってきたのである。そして――、

「でも、一つだけ、確かなことがあるわ。あたしが愛した〝男〟は、もう、いないってこと――」

と、怨み崎Death子は奇妙なことを呟いたのである。

一方、それを聞いた歪み崎絶子は、何かただならぬことが番長グループに発生していると感じ、

「私、赤蝮《あかまむし》先輩に知らせてくる――！」

と、足早に生徒会長室へと向かった。

魔人との戦いでは、このような「異変」が勝負の分かれ目となりうる。いかなる情報も疎《おろそ》かに

はできぬ。副会長補佐として、この時の絶子の行動は極めて適切なものだったと言えるだろう。

生徒会のために動く従姉妹の背中を見つめながら、しかし、Ｄｅａｔｈ子は、

「邪賢王……さん――」

密かに、敵将の身を案じていた。

七、新防衛線構想

二〇一〇年九月二十二日　二時半

「――そうか、分かった。引き続き頼む」

報告を受けた生徒会長、ド正義卓也は携帯を切ると、静かにそれを机上へと下ろした。光源の弱々しい薄暗い部屋の中で、生徒会長は鋭利に思考を働かせる――。

ド正義の座す生徒会長室は、簡素で無駄のない空間である。役員のためのベッドやソファー、テレビ、医療設備などが完備された生徒会室、生徒会準備室等の諸施設と比べると、ここには生徒会長用のデスクと椅子、ホワイトボード、そして隅で怪光を放つデスクトップパソコン一つが置かれただけであり、殺風景で飾り気がない。それなりの広さにこれだけの物しかないものだから、がらんとした印象を受けるが、この部屋も普段は関係書類の束で埋め尽くされているのである。

携帯電話を置いたド正義は、しばらく沈思した後に立ち上がると、生徒会長室の面々を見渡す――。普段、彼が一人公務に明け暮れているこの部屋も、いまやハルマゲドン作戦会議室と化しており、深夜にも拘らず、生徒会の中枢たる幹部役員数名が詰め掛けていた。

「赤蝮君、いるか――」

「ここに」

ド正義の声に応え、部屋の隅の暗がりから蟇蛙《ひきがえる》のような男がヌッと現れる。

顔一面に大量のいぼを植えつけた、短身総髪の世にも醜い肥満体である。その寸胴《ずんどう》の胴体から生えた極めて短い手足が、巨大な顔面や胴体とのアンバランスによって、より一層この男の容姿を奇怪なものへと変えており、一種化け物じみた不気味さすら醸していた。長身で端整な面立ちを備え、皺（しわ）一つない学生服をぱりっと着こなすド正義とはまるで対照的な怪男子である。

さらに言えば、この赤蝮なる男、その全身から極めて淫猥な雰囲気を発散しており、脂ぎった表皮は一面に精液を塗りたくったが如くに照り輝き、股間は常に張り裂けんばかりに怒張している。一方でド正義はといえば、眼鏡の奥の神経質な眼差しを別にすれば、まるで絵に描いたような生徒会長面《づら》であり、謹厳実直、清廉潔白の生きた見本とも言うべき雰囲気を湛えていた。

このように内外共に正反対としか思えぬ彼ら二人であったが、実のところ、この赤蝮伝斎《あかまむしでんさい》こそが生徒会の副会長であり、生徒会長ド正義卓也が信を置く右腕なのである。

さて、その生徒会長は怜悧《れいり》な瞳を輝かせると、目の前の蟇蛙の如き男に懸念していた事項を尋ねる。

「赤蝮君――。友釣君の様子はどうだ？」

「――ふむ。いかんせん、ほんの数時間前のことにござるゆえ」

蟇蛙がゲコゲコと応える。酷いハスキーボイスだ。

「やはりショックは拭いがたい様子。されど友釣殿、気丈な娘御にござる。先程、渡り廊下警護の任に戻ると拙者に告げて参り申した。僭越《せんえつ》ながら、拙者の判断により、一名を補佐に付け、任に戻しておりまする」

リンドウ、夜夢アキラの首なし死体が生徒会室へと運ばれたのは、二時間ほど前のことであった。斥候《せっこう》として放《はな》っておいた生徒会三年のエースは、正門前で彼ら二人の遺体を発見する。そして、「番長グループの罠《わな》か？」と恐れながらも、後輩の遺体を野ざらしにはできぬと、これを決死の覚悟で持ち帰った次第である。

そして、エースが二人の亡骸《なきがら》を伴い帰参した折、渡り廊下警護の任に当たっていた友釣香魚は、親友二人の無惨な死体を目にする。彼女がこれに並々ならぬ衝撃を受けたことは言うまでもない。二人の遺体に追いすがり、泣き崩れる友釣。かような状態ではとても前線警護の重責は任せられぬと赤蝮は判断し、彼女の気持ちの整理がつくまで生徒会遺体安置室にて二人の遺体と共に休ませておいたのである。その友釣香魚が現場復帰を願い出てきたのが、つい先程のことであった。

だが、赤蝮の返答にもド正義は不安気な様子で、

「友釣君は本当に大丈夫なのか？　自暴自棄になっていなければ良いが――」

「その点は歪み崎殿が確認済みゆえ。問題ないかと」

赤蝮の横で歪み崎絶子が同意するように頷いた。彼女がそう言うのなら間違いないのだろう――。

「ただ、一点」

「なんだ？」

「友釣殿は二人の遺体の件を大層気に病んでおった様子。ド正義殿、彼らを如何するか、無論、貴殿次第にござるが、いずれにせよ、友釣殿には早めに告げられるがよろしかろう」

蟇蛙はいつも通りの仏頂面で淡々とそう述べた。一方、絶子は温情を期待する眼差しを向けている……。

――ここで赤蝮が言っているのは、リンドウ、夜夢の二人の遺体の処遇である。

戦後、ド正義はハルマゲドンを校則規定外の例外的戦争行為ではなく、校則に則った制裁措置という形で処理するつもりであった。このことはハルマゲドン勃発にあたり、あらかじめ校長黒川メイに掛け合ってその承諾を得ている。校則遵守という生徒会の建前を堅持するためである。希望崎学園校則によれば、生死を賭けた果たし合いの類は、喧嘩両成敗、両者共に打首《うちくび》、獄門《ごくもん》となる。それを考えれば、リンドウはともかくとして、夜夢アキラは首を見つけ次第、獄門刑へと処さざるをえないのだが、ド正義は……。

「いくら番長グループの魔人とはいえ――、友釣君とリンドウ君、二人の親友であった夜夢にそのような無惨な仕打ちはできまい。リンドウ君共々、手厚く葬るつもりだと友釣君に伝えてくれ」

「――御意《ぎょい》」

生徒会長の言葉に、絶子は安堵の表情を浮かべた。

「しかし、良いのでござるか？　そのような例外を認めても」

「構わん。今は友釣君の士気を保つ方が重要だ。それに、親友を敵に回した彼女にこれ以上の追い討ちはかけられん」

と、生徒会長は静かに述べた。

冷徹と思われるド正義卓也だが、存外、彼はこのような柔軟な判断もできる。見た目ほどに融通の利かぬ男ではない。そして、また同時にこれが彼の恐ろしさでもあった。愚直者の断行も時には脅威となるが、それよりも清濁併《あわ》せ呑《の》む切れ者の姦計《かんけい》は遥かに恐ろしい。

「ところで、赤蝮君。それとは別に、友釣君はやはり後方に下がらせて欲しい」

「……ド正義殿。お言葉なれど、それは友釣殿の矜持を傷つけかねませぬ。友釣殿は戦意十分。生徒会の役に立とうとしておりまする」

赤蝮は相変わらず淡々と言う。ド正義と異なり、その言は彼の人間味によるものではないが、赤蝮も用兵家として兵士の士気には気を配っている。

だが、ド正義の意図するところは赤蝮の考えるものとは少し違ったらしい。

「いや、これは彼女への配慮という意味ではないんだ。いましがた連絡があったのだが、どうやら番長グループは全員女になったらしい」

「――ムッ！」

ド正義の言葉に赤蝮は口の端を歪めて、

「おのれ、邪賢王め。やはり両性院を使いおったか――！」

今度は恨めしい目でド正義を一瞥《いちべつ》した。

これには生徒会長もたまらず溜息を吐く。

――そう。実は両性院の存在は数日前から生徒会にも知られていたのである。

赤蝮は両性院の暗殺をド正義に具申していた。しかし、両性院には白金翔一郎の実弟、白金虹羽が護衛に付いていたため秘密裏に処理することは難しく、また、番長グループに与するとも決まっていない一般生徒の暗殺はさすがに生徒会内でも反対意見が溢れた。結局、ド正義の一存により両性院のことは捨て置かれたのだが、その結果がこれなのだから赤蝮に睨まれるのも仕方がない。なにせ、これで生徒会の攻防の要、友釣香魚は無力化されてしまったのだから――。

その赤蝮は苦い顔をしながら、

「先程、怨み崎殿の『自殺ブリミナル』が解けたと聞いておったが――。なるほど、それならば合点がいく。怨み崎殿の能力も女には効かぬか。我らは一挙に二手を失い申した。これは弱りましたな……」

と言って、傍の絶子をちらと見た。赤蝮はしばらく前に彼女からその報告を受けていたのだが、一方、その絶子は両性院の参戦を聞いて顔色を真っ青に変えていたのである。五日前、ド正義と赤蝮からクラスメイトの両性院のことを聞かれた彼女は、突然どうしたのだろうと訝しみながらも、彼のことを話した。大人しい感じの男の子で、クラスの女子からの人気は高いだの、ミス・ダンゲロスの天音沙希にゾッコンだのと、そんなことを気ままに話していた彼女だが、ド正義から彼の能力と、ハルマゲドン参加の可能性を伝えられた時はたまらぬ不安を覚えたものだった。しかして、その不安が現実のものとなったのである。

ちなみに、この歪み崎絶子。その能力は『ユガミズム』といい、対象の「肉体の健康」と「精神の健全さ」を逆転する存在干渉系能力者である。ただし、これは対象の同意がなければ使えないため戦闘には役立たない。生徒会内ではもっぱら魔人の精神のケアに使われている。あの厄介な怨み崎Ｄｅａｔｈ子を生徒会に迎えることができたのも、いざとなれば『ユガミズム』による性格矯正が可能であることを絶子が強く主張したためである。なお、彼女自身も過去に己に対して能力を使用しており、そのため肉体は脆《もろ》いが、精神はとても明るく前向きである。

だが、彼女の健全な精神をもってしても、今回の事態は受け止め切れなかったようで——。

「そんな……両性院君が、どうして………」

「……僕もあの時点では、まさか邪賢王が一般生徒を巻き込むとは思ってもいなかった。実際、やつも巻き込むつもりはなかったんだろうが……」

絶子もド正義ほどではないが、邪賢王の人となりは知っているつもりだった。だから、番長が両性院を巻き込むなどと思っていなかったし、それもあって彼女は両性院の暗殺にも強固に反対していたのだが——、

「だが、僕らにもあいつらにも誤算が生じたようだ。両性院の参戦はそれゆえだろう」

「——ム。ド正義殿、誤算とは如何なる？」

と、赤蝮——。

だが、生徒会長はそれには答えず、

「時に、赤蝮君。報告によれば、夜夢アキラの眼球は潰されていたそうだな？」

「…………まさしく。リンドウ殿は全身の骨が粉々に砕け、夜夢殿は眼球を潰された後、一撃にて屠《ほふ》られてござる」

突然の話題転換にやや戸惑いながらも副会長は答えた。血塗れの二つの死体が脳裏をよぎる。

「……その眼球はエース殿が一つ持ち帰ってござる。確証はござらんが、硬度と質量からしておそらく夜夢殿のものに相違なかろう」

「分かった。では、赤蝮君。君はこれを誰の仕業と考える――？」

「フム――」

と、赤蝮は唸って……

「相打ち……では、ござりませんな……。リンドウ殿には夜夢殿の眼球は潰せませぬ。となれば、番長グループの仕業としか」

「番長グループが？　何のために？」

「それは――」

分からない。

なぜ、番長グループが身内の夜夢を討つ必要があったのか。よしんばその必要があったとして、果たして邪賢王の怪力をもってしても、夜夢の眼球は砕けるものだろうか？

言葉に詰まった副会長に対し、ド正義卓也は「やはり他の可能性は考え辛いか――」と独りごちた。腹心とのやり取りを通し、彼の仮定は確信へと至ったようである。

「赤蝮君。僕の考えでは、おそらく二人を討ったのは番長グループではない」

「フム……。では、貴殿は何奴の仕業とお考えか？」

「それは——」

先程、報告を受けたド正義を除けば、生徒会の中でこの答えを導ける者はいなかったであろう……。

ド正義が口を開く。

「おそらく、『転校生』だ」

——『転校生』！

その名が出た瞬間、生徒会長室に緊張が走った！

そして、一瞬の静寂は、瞬時にざわめきへと変じる。

「な、なんと……。『転校生』……とは……。しかし、まさか……。誰が、そのような者を——」

あの仏頂面の赤蝮さえもが、いぼだらけの顔面を粟立《あわだ》てて竦んでいた。他の者の反応も大同小異である。

「数学の長谷部先生らしい。僕たちもよくよく嫌われたものだな。しかも——、少なくとも三人いるらしい」

おのれ、長谷部！

生徒会に守られてきた恩を仇で返すつもりか！

と、面々が口々に長谷部を罵倒する。よりにもよって、あの『転校生』を三匹も召喚するなど と——。これほどの裏切り行為が他にあろうか！

「まさか『転校生』とは……、考えるだに恐ろしいが……。しかし、納得にござる……。確かに、『転校生』ほどの兵《つわもの》なれば、夜夢殿の眼球を砕くことも容易《たやす》かろう」

「それに、リンドウ君は全身の骨が砕けていたと言ったな？　おそらく、彼はトップスピードでの体当たりを試みたのだろう。そして、それを受けて無事でいられる者も――」

「『転校生』のみ――、と、いうわけでござるな」

その通り、とド正義が首肯する。

「赤蝮君。友釣君にも伝えておいてくれ。二人を殺したのは『転校生』だと。番長グループが女になった以上、友釣君の力はやつらに対して無力だ。それよりも二人の真の仇、――『転校生』を討つ時にこそ、彼女の力は必要となる。だから、いまは待機せよ、とな」

「――御意」

そこで、押し黙っていた絶子もハッと気付いて、

「まさか、会長……。両性院君が参戦したのは、『転校生』と何か関わりが――!?」

「それなんだが、実は……」

続いて、ド正義の口から伝えられた言葉に再度絶子は衝撃を受けるのである。

ハルマゲドンに巻き込まれたのは両性院だけではなかったのだ。あの天音沙希までもが、『転校生』の生贄《いけにえ》となって戦禍に呑まれていようとは……。

「そんな……、どうして両性院君と、沙希ちゃんが……。彼らが、どうしてそんな目に……」

歪み崎絶子は青ざめた顔をさらに一段と青く染める。元々、彼女は争いを嫌う平和主義者であ

った。——とはいえ、それでも彼女も生徒会役員。事ここに至った以上は仕方なく、向こうも殺し殺される覚悟で来るのだから、こちらもその気で掛からねばならぬと、ある意味前向きに割り切っていたのだが、しかし、生徒会にも番長グループにも属さぬクラスメイトが二人も巻き込まれたことには胸を痛めざるをえない。なぜなら、彼らにはおそらく殺す覚悟も殺される覚悟もなく、この戦いに臨まねばならぬ理由もないのだから——。

「歪み崎君……。これはあまり励ましにはならないかもしれないが……」

絶子の心境を汲《く》み取ってか、ド正義が慰めるように言う。

「僕としては、今のところ両性院を処罰する気はない。無論、彼が歯向かってくれば話は別だが……」

「それは納得いきませぬな」

すかさず赤蝮が口を挟む。

「如何なる事情があれ、きゃつは番長グループに与し申した。これを許しては我等の面目が立ちませぬ。また、きゃつの能力はあまりにも友釣殿と相性が悪い。これを放置しておけば、いずれ生徒会にとって禍根《かこん》となるやもしれませぬ。この機会に処分しておくがよろしかろう」

傍らの絶子に何の遠慮もないこの口ぶりを見るに、真に非情なのはド正義よりもこの赤蝮のようである。

だが、それゆえにこそ、ド正義は赤蝮を信頼しているのだが——。

「待て。聞け、赤蝮君。僕が受けた報告によれば、『転校生』はどうも男二人、女一人らしいのだ」

「――ム。女が一人いるのは至極厄介。……そうか、成る程」

赤蝮も会長の意味するところに気付いたらしく、

「そうだ。友釣君では女の『転校生』を倒せない。だが、その両性院を仲間に引き込めば、あるいは……」

「女も男にできるやもしれぬと、そういうことにござるな。しかし、逆を言えば、『転校生』に両性院殿を奪われては、これまた至極厄介」

ド正義は無言で頷く。侵攻を開始した番長グループ、両性院の生け捕りと勧誘、そして、最大の誤算である『転校生』の乱入とその対処――、生徒会の直面した問題は山積みであった。

「あの」

顔を真っ青に染めていた絶子が不意に口を開く。

「あの、沙希ちゃんは……。天音沙希は、生徒会としては助けるんですか……」

「無論、助ける。一般生徒の保護は我ら生徒会の務めだ」

ド正義は即答した。しかし――、

「が、しかし……。優先順位は下げざるを得ない。『転校生』が彼女を何に使うつもりかは知らないが、もし、人質にでもする気なら……。その時は生徒会役員の安全を優先する。生徒会長としてそこは譲れない」

歪み崎絶子は肩を落とした。

生徒会長の返答は彼女の予想通りのものであったから――。

*

「――さて、『転校生』対策もだが、当面の問題は番長グループだ。報告によれば、女体化した番長グループのやつらは早朝五時に番長小屋を発ち、こちらに強襲を仕掛けてくるらしい」

現在、二時半である。あまりモタモタとはしていられない。

「ハルマゲドン開始から半日も経たぬというのに、ずいぶんと気の早いことでござるな」

「こちらには怨み崎君をはじめ、遠距離攻撃能力者が多い。備蓄と設備にも差がある。長期戦は向こうが不利だからな。『転校生』の動向も気になるのだろう。こちらが籠城している間に、『転校生』と番長グループが潰しあってくれればベストだったが、まあ仕方ない。彼らもそこまでバカではないということだ」

ド正義の脳裏に浮かぶのは白金翔一郎と邪賢王ヒロシマの姿――。あの二人が番長グループの頭脳だ。実務に長《た》け、処理能力の高い白金。彼がいなければ番長グループは回らない。だが、それよりも恐ろしいのは邪賢王ヒロシマ……。番長グループを一人で新生させた彼の手腕は戦術においても活かされるのであろうか。現在のところ、情報戦ではド正義が一歩リードしているが……。

「女体化した番長グループに対し、渡り廊下の布陣を再編成する。赤蝮君。君のことだ、友釣君が使えなくなった場合のプランも考えてあるのだろう？」

「無論。友釣殿が欠けるは痛うござるが、然れど、きゃつらの女体化を前もって知れたのは不幸中の幸い。ツミレ殿と一刀両殿だけでは皆殺しにされるところであったが、これで我等も範馬殿を投入できまする。東渡り廊下は予定通り一刀両殿に任せ、西渡り廊下にはツミレ殿に代わって範馬殿を当てるが上策かと。我等には地の利もありまする。しかし、これでもまだ、おそらく我が方が若干不利。もう一手、必要かと」

ド正義は副会長の献策と現状認識に満足気に頷く。

「そうだ。僕たちの目的はハルマゲドンに勝つことではない。その先だ。いま彼らを失う訳にはいかないな。念には念を入れよう。……アズライール君！」

と、生徒会長は前方の魔人へと声を掛けた。彼が呼ぶアズライールは、褐色の肌に短い銀髪を持つ中東生まれの魔人である。女性のような名だが、男だ。彼は生徒会の会計であった。

「アズライール君、現在の生徒会の預金は？」

「一千飛んで二十七万二千五百三十円です」

アズライールは即答する。この預金は全校生徒から受け取る毎月の上納金から生徒会活動の必要経費を差し引き、その残りをコツコツと貯蓄してきたものである。上納金は使途不明金が多いため、生徒会役員が私的利用をしていると考える者も多いが、実はこうしてしっかりと貯められていたのであった。

「……よし、これだけあれば一度は死ねるな。アズライール君。悪いが君にも前線に立ってもらう。いいな？」

「もちろんですとも。友釣嬢が出れない以上、前線に立つのは僕たち男の役目。範馬氏、一刀両嬢とも、僕が中央にいれば安心して戦えるでしょう」

　中東出身の魔人は快活に答える。彼とても、まさか留学先の異国で殺し合いに巻き込まれるとは思わなかっただろうが、生徒会への仲間意識は他の者に引けを取ることはない。

「ド正義殿、念のため確認致すが、ここで生徒会費を使い切って支障はなきか」

「ない。金はまた集めればいい。しかし、あの二人は失えん」

「委細承知」

　このような時に備えて貯めてきた貯蓄である。いま使わずして何に使うというのか。

「では、アズライール君は二つの渡り廊下の手前、その中心で待機。範馬君と一刀両君をサポートしてくれ。それから、歪み崎君。フジオカ君を呼んできてくれ」

　絶子が生徒会長室を出ると、すぐに緑のベレー帽の少年を連れてきた。少年はド正義の顔を見ると、待ってましたとばかりにニヤリと笑う。

「フフッ、フジオカ君。相変わらず顔に殺《や》る気が満ちてるな?」

「まァな。出番か?」

「ああ、もうすぐ番長グループが来る。少しでも敵の数を減らしておきたい。新校舎にトラップを仕掛けておいてくれ」

「オーケー、任せてくれ」

　フジオカは本当に嬉しそうに快諾した。彼は、己のトラップで人が死ぬ姿を見るのが三度の飯より好きなのだ。生まれついての快楽殺人者であった。

なお、生徒会には、存外、彼のような人間が多い。生徒会に属してさえいれば、ド正義を敵に回すことなく、校則に則り、合法的に殺人が行えるためである。このような殺人鬼まがいの者どもを率い、それをもって学園の治安を守ってきたのであるから、ド正義のリーダーシップたるや相当のものである。無論、彼の『超高潔速攻裁判』が、こういった殺人鬼どもへの強力な牽制力となっていることも間違いない。

「ただし、西渡り廊下付近は避けてくれ。万一だが、範馬君が誤爆する可能性がある」

「……チッ。分かった」

フジオカとしては仲間が爆死する姿にすら心躍るものがあるが、とはいえ、渡り廊下防衛ラインが突破されれば後は番長グループにばらされるだけの運命である。さすがにこれには従わざるを得ない。

「防衛ラインは一刀両嬢と範馬氏だけですか？　エース氏や、ツミレ嬢も後詰めに使っては？」

と、アズライール。

生徒会の防衛ラインが自分を含む三名では心許《こころもと》ないと感じたのだろう。

「いや、数を繰り出すのは無益にござる」

これには赤蝮が反論した。加えてド正義も言う。

「白金翔一郎の能力はいまだ不明だが、剣技だけならあいつは一刀両君をも上回る。いたずらに数を増やしても白金一人に皆殺しにされ、こちらの損失が増えるだけだ。邪賢王と白金、それに白金の弟の虹羽。元剣道部副将の服部。この辺りは範馬君か一刀両君でなければ相手にもならないだろう……。やるならむしろ総力戦だが、ここで大勢を失うと今度は『転校生』に対抗できなくなる」

魔人の多くは一般人を上回る肉体能力を持っている。比較的非力とされるド正義であっても林檎《りんご》を握り潰す程度のことは可能だ。しかし、相手も魔人である以上、その程度の肉体能力に何の意味があろうか。白金や一刀両のように、日々剣を練磨している武のエキスパートにとっては誤差でしかない。彼らに対抗するには同様に武のスキルを磨くか、もしくは、範馬や邪賢王のような格別の体軀に恵まれるしかない。もちろん、これは各自の持つ能力を度外視した話であるが……。

ド正義は最後に、「第一、キミの能力は少数精鋭向きだろう?」と付け加えた。アズライールも「それもそうですね」という顔をする。

「ド正義殿。とはいえ、エース殿、ツミレ殿を遊ばせておく理由もござらん。御両人とも範馬殿、一刀両殿に次ぐ実力の持ち主にござる。万一のため、アズライール殿の護衛に当たらせるべきでは?」

「いや。二人には別働隊として動いてもらうつもりだ。……というのも、情報によれば邪賢王たちが出陣する一方で、両性院と鏡子は番長小屋に残るらしい」

「――なんと、鏡子殿が!」

赤蝮は驚愕しつつも喜色を浮かべた。

「そうだ。彼女は今回のハルマゲドンの最優先撃破対象の一人だ。鏡子はある意味、邪賢王たちよりも危険だからな。彼女に自由に動かれると後々厄介なことになる。大人しく留守番しているうちに確実に討っておきたい」

「……しかし、信じられませぬな。まさか、鏡子殿を前線に出さぬなどと……。それほどきゃつらは女体化戦術に自信があったのでござろうか。いやはや……。口舌院殿は既に亡く、鏡子殿は出陣せぬとは……。我らの戦い、相当楽になり申したな」

赤蝮は酷い形相を歪めてニヤリと笑った。先程の彼の判断「生徒会若干不利」には鏡子の参戦が当然のこととして含まれていた。しかし、鏡子が欠けるというなら、むしろ生徒会が大幅有利である。

「おそらく邪賢王はなんとしても両性院を守りたいのだろうな。彼がいないと男に戻れないのかもしれないし、もしくは、友釣君を奪って両性院ともども『転校生』対策に使う気なのかもしれない……」

と、そう言いながらも、ド正義は別のことを考えていた。「鏡子は本当に人を殺さない気なのか」と。彼女が前線へ出なかったのは、その証左ではなかろうか――。

「歪み崎君、悪いがエース君を起こしてきてくれ」

次に呼ばれたのは、サッカー部部長にして生徒会役員三年のエースである。眠たげな、不満げな面持ちで生徒会長に接見する。ハルマゲドン開始直後から単身斥候として動き、リンドウと夜夢の遺体を持ち帰った彼に、新たな使命が下されようとしていた。

「ド正義、オレは仮眠に入ったばかりだったんだが……」

「酷使してすまない……。だが、急務だ」

「急務か。厭な予感がするな。キツイ仕事か？」

「ああ、飛び切りキツイ。エース君。君には鏡子を討って貰いたい――」

「なっ、マジかよ……」

エースの眠気は一遍に覚めた。そして、深く溜息を吐く。

――鏡子か、とんでもねえ相手を任されたな、と。

相手はド正義卓也、口舌院言葉と並び学園最強と目される魔人である。噂では過去に『転校生』を屠《ほふ》ったことすらあると聞く。まともに当たれば邪賢王や白金よりも遥かに厄介な相手だろう。

「ド正義、お前がやれと言うならオレはやるが……。鏡子相手なら少なくとも八人はいるぞ。できれば十人欲しい」

「いや、そんなに繰り出しては向こうに警戒されて逃げられる。ツミレ君、夢見崎君、それから一ノ瀬君を使ってくれ。早朝、邪賢王たちが番長小屋を発つ。鏡子と両性院は番長小屋に残るから、そこを攻めて欲しい。鏡子は殺せ。両性院はできれば生かしたまま連れて帰ってくれ」

「おい。たった四人かよ。しかも……」

――夢見崎と一ノ瀬か……。

ツミレはともかくとして夢見崎や一ノ瀬が使えるのか？　ただの足手まといではないのか？

苦々しい顔をするエースに、ド正義は苦笑しながら、

「おいおい、そんな顔をするな。一ノ瀬君は避雷針《ひらいしん》だ。彼が鏡子に狙われたらラッキーと考えてくれ。三分は稼げるだろう。夢見崎君なら……、五分は稼げる。もしかすると、もっと稼げるかもしれない——。とにかく、彼らが犠牲になっているうちに、君かツミレ君が鏡子の下へ辿り着ければ問題ないだろう。運悪く君とツミレ君が先に犠牲になっても、一ノ瀬君が残ればきっとなんとかしてくれるはずだ。夢見崎君だけが残ったらアウトだが……」

一ノ瀬は魔人であるが能力が全く使い物にならず、夢見崎アルパは能力はともかくとして、性格的に全く使い物にならない男である。

「鏡子攻略はおそらく夢見崎君が鍵となる。頼むぞ」

ド正義はそう言うが、こんなメンツであの鏡子に挑むのかと思うとエースは不安で仕方がない。さらに、夢見崎アルパの如き変態が今回の戦いの鍵となるかと思うと、なんとも情けない気分になってくる。しかし、夢見崎の能力が対鏡子戦の要であることは彼も認めざるを得ない。と、その時——。

——ピコーン。

生徒会室の片隅に置かれているデスクトップパソコンから耳慣れた呼び出し音が聞こえてきた。

ド正義が近づきモニターを覗き込むと、チャット画面には新たなテキストが書き込まれている。

しかし、そのモニターの前に座る男、生徒会書記ｘｘ（読み方不明）の体は完全に弛緩しきっていた。口からは涎《よだれ》が絶え間なく垂れ落ち、生気のない瞳は宙空を彷徨《さまよ》い、まるで死人の如き、魂

の抜け殻の如き様相である。このような状態だから、無論、キーボードには手すら触れていない。

『ド正義、先程一瞬だが、携帯電話が使われたぞ』

『俺の把握していない電話だ、番長グループのものではないな』

『少なくとも学内に二人、俺の知らない携帯を持ったヤツがいる』

だが、キーボードとは無関係に、画面にはこのようなテキストが随時更新されていくのである。

開いているのはチャット画面であるが、チャットの相手などいない。入室者ゼロ名のまま、ただ、テキストのみがどこからともなく発信されているのである。

「ｘｘ、それはおそらく『転校生』のものだ」

と、画面に向かってド正義が言った。

『そうか、こいつらが『転校生』か』

『ド正義、次にあいつらが携帯を使ったら、こっちから仕掛けていいか？』

『うまくいけば『転校生』を一人くらいは仕留められるかもしれないぜ？』

と、チャット画面では相変わらず不敵なテキストが流れていく。

そう、ｘｘは電脳空間に巣食う魔人であった。パソコンモニター前に固定された彼の肉体は既に抜け殻であり、この二年間、彼の精神は電脳空間に滞在したままである。本体は最低限の食事と睡眠、排泄行為のみを行っており、こちらの呼びかけなどには一切答えないが、好物の甘海老《あまえび》を口元に近づけると、もぐもぐとそれを食べる。

「そうだな。失敗してもリスクはない。試してみてくれ」

『ＯＫ。うまくいけば『転校生』の情報も得られるかもな』

『あの『転校生』の謎に迫れるかと思うとワクワクするぜ』

『あいつらの秘密が分かれば、オレたちだって『転校生』になれるかもしれないしな』

モニターの前に座るｘｘ本体は朦朧としたままだが、電脳空間のｘｘの精神は、未知なる敵に対してずいぶんと興奮しているようであった。元ハッカーである彼にとって、未知情報への接近ほどその魂を揺さぶるものはない。

「ｘｘ、まあそれはそれとして、いつもの仕事も滞りなく頼むぞ。君は一応、生徒会書記なんだからな」

『ＯＫ、ＯＫ。まったく、仕方ねえとはいえ、くだらねえ役職に就いちまったもんだぜ』

『ほらよ。送っといたぜ』

この時、ｘｘは全生徒会役員の携帯電話に対し一括メール送信を行っていた。内容は先程の会議の要点を端的にまとめたものである。彼らが口頭で行っていた会議はすべてデジタルデータとしてｘｘに保存されている。また、電脳魔人であるｘｘにはメーラーを立ち上げる必要すらなく、彼にとって端末への情報送信などは、手を動かして目の前のコップを掴む程度の作業でしかない。生徒会の情報管理と情報更新はｘｘが一手に引き受けていた。彼の特異な存在形態は情報面において極めて有能であるが、無論、これだけではない。

――ともあれ、このようにして、生徒会側も番長グループの強襲に対し、十分な陣を敷き、万全の迎撃態勢を整えたのである。番長グループ本体を渡り廊下で迎え撃つは、範馬慎太郎、一刀両断、F・アズライール、フジオカの四名。鏡子と両性院を狙う別働隊はエース、ツミレ、一ノ瀬蒼也、そして、夢見崎アルパ。最後に『転校生』への電脳戦を仕掛けるのが、電脳魔人ｘｘである。

決戦は本日、早暁《そうぎょう》――。

『エース』

二〇〇九年　二月某日
エースの盟友、福本忠弘《ふくもとただひろ》は一振りの刀を生み出し、死んだ。
「生徒会のため、最強の刀を作りだす」
そう言って福本は鍛冶室《かじ》へと籠った。そして半月後、彼は両手両足先のみをその場に残し、忽然と姿を消す。そこには完成された一振りの魔剣が遺されていた――。

＊

福本は鬼の力を借りて刀を生み出す外法刀工の魔人であった。元来、鬼とは製鉄技術者のことを指す。炎に焼け赤くなった肌を見て人は彼らを赤鬼と呼んだ。鬼が鉄棒を持つのはその何よりの証左である。

無論、福本がそのようなことを『認識』していたかどうかは定かではない。しかし、何か直感的に感得するものがあったのだろう。とにかく彼の脳髄は鍛冶と鬼とをリンクさせ、福本に鬼の力を借りる魔人刀工の能力をもたらした。その力をもって、福本忠弘は魔剣、奇剣の類を打った。彼が生徒会のために残した刀は十数本にも及ぶ。そして、その最後の一本を打ち終わり、彼は姿を消したのである。福本は類まれなる刀を生み出す代償に鬼に体を喰われた、というのが生徒会役員全員の一致した見解であった。それほどに福本が最後に遺した刀は素晴らしく、生徒会は彼の名を冠し、これを『福本剣』と名付けたのである。

——福本がこの刀を打ったのは、番長グループとの関係が悪化した昨今のことではない。二年前の冬、まだエースやド正義、福本が一年生だった時分の話である。ド正義の語る理想に共感した福本は、いずれ生徒会には今以上の武力が必要になるだろうと、己の命を賭して一振りの刀を遺したのである。

「エース、俺が作る刀は生徒会最強の魔人に持たせてくれ。いつか、ド正義の力だけでは乗り越えられない試練が訪れるはずだ。その時、きっと俺の刀が役に立つ。他に適任者がいなければ、エース、お前がこの刀を振るってくれ」

それが福本と交わした最後の言葉だった。

いま『福本剣』は、生徒会最強の剣士、一刀両断が手にしている。

——福本は生徒会のために宝刀を生み出し、死んだ。

彼はド正義に心酔していたし、生徒会の役に立つためなら身命すら惜しまぬ勢いだった。だから、きっと本望だろう——。

エースはそう考える。

生徒会には福本のような者は少なくない。赤蝮やｘｘ、フジオカのように、ド正義の力を恐れ、その配下に付いた者もいるが、一ノ瀬やアズライール、範馬慎太郎のように、ド正義の理想に強く共感し、心酔して従う者もいる。後者の者たちは福本と同様に、おそらく生徒会のためなら死すら恐れることはないだろう。いや、彼らはむしろ死に急いでいるようにすら見える。

まだ中学生の頃、福本は言っていた。

「希望崎学園なら、オレの打つ刀も認められるかもしれない」

と。確かに、彼の遺した仕事――、『福本剣』は生徒会内でもこの上ない評価を受けている。

だが……、

――それでも、エースには福本の気持ちは分からない。

＊

「お前さ、例えばこんな妄想してなかったか？」

中学二年生の折、福本忠弘はそう言った。エースが魔人覚醒し、後輩のゴールキーパーを絶命せしめた、その数日後のことである。福本は同中学にて魔人として知られ――、そして今のエース同様、皆から避けられていた。かつてはエースもそうしていた。だが、サッカー部での事件後、孤立したエースに話しかけてきてくれたのは彼一人だったのである。今では福本の存在だけがエースの心の拠り所であった。

「例えばさ、お前の蹴ったボールが相手のディフェンスをバンバンぶっ飛ばして、キーパーもぶっ飛ばして、ゴールネットも貫通して……、そんなスゲー自分を妄想してなかったか？」

「………してた」

福本の言葉にエースは頭を抱えて溜息を吐いた。身に覚えがありすぎる。

エースはよく風呂場や布団の中でそういった妄想を繰り広げ、「ヤホウー！」「イエーイ！」と一人ハイテンションになっては、妹から「お兄ちゃん、うるさい」と怒られていたのである。幼稚な妄想だという自覚はあったが、学校での気取った態度の反動か、彼にはそれを抑えることができなかったのだ。後輩の胸に大穴を開けた時も、実はそれもいつもの妄想と寸分違わぬ光景だったのだが、しかし、まさか日課の妄想が現実になるなんて——。

「まァ、恥ずかしがるなよ……。オレも同じだ。オレはオヤジの仕事に憧れててな。小六の頃、真に優れた刀を打つためには何が必要か、そればかりをずっと考えていたんだ。そんで、人の力だけでは無理だ、超人的な存在の力添えがあってこそ、初めて真の刀は完成する。そんなことを考えてたら、……ああ、なんてこった。オレはある日突然、魔人になっちまったんだ！」

そう言って福本は自嘲気味に笑った。

だが、同じだ、とは言うものの、エースの妄想の方が明らかに恥ずかしい。聞いた話では福本は小学生の時分には天才少年刀工としてその道では既に名を知られていたという。そんな神童が辿り着いた境地と、自分の風呂場での妄想が同じだと言われると逆にエースがいたたまれない。

しかし、神童と言われた福本も、今ではその作品が正当な評価を受けることはない。刀に限らずあらゆるジャンルにおいて、魔人の生み出す作品は外道とされているためだ。一流のアーティストが実は魔人であったことが発覚し、作品価値が急落するなどは良く聞く話である。特に福本などは鬼の力を借りて打つのだから、人間の目からすれば外法以外の何物でもない。無論、作品に買い手もつかぬため、福本がこれまで打った数十本の素晴らしい刀はすべて自室で埃《ほこり》をかぶっているという。それも時々母親が勝手にゴミに出したりするらしい。

とはいえ、これはエースにとっても他人事ではない。魔人が正当な評価を受けられぬのはスポーツにおいても同様である。エースは失ったサッカーのことを思い、肩を落とした。

だが、そんな彼を励ますように福本が言う。

「でもな、まだ希望はあるぜ。ウチのオヤジから聞いたんだ。魔人がたくさん通う学校があるって——。希望崎学園っていうらしいが、名前からして良さそうな雰囲気だよな。オヤジいわく、オレの打つ刀もそこでなら認められるかもしれないってさ。オレは卒業後、家を出てそこに行くことに決めたんだ。なあ、エース、良かったらお前も一緒に来ないか？　あそこなら魔人のサッカー部だってあるって話だぜ」

＊

福本が体よく家を追い出されただけだと分かったのは、この学園に入学してすぐのことである。

ダンゲロスは二人が思い描いていたような魔人の楽園ではなかった。当時の希望崎学園はまさに戦闘破壊学園。学生自治は完全に崩壊し、レイプ、殺人は日常茶飯事。生徒会、校則、共に有名無実。魔人体育教師も番長グループの校則違反には見て見ぬ振りをするばかり。当時の総番長、

〝戦慄のイズミ〟に支配された学園は、まさに地獄の如き様相であった。当然、サッカーなどできる状態ではない。

このような状況の中、福本の刀は一応の評価はされていたと言えるかもしれない。いかんせん武器として優秀である。彼の刀を巡り、様々な不良派閥が争いを繰り返した。その渦中に福本が投げ込まれることもしばしばで、ある時は不良に媚《こ》びへつらい、ある時はエースと共に逃げ回って、二人は明日をも知れぬ綱渡りの如き日々を送っていたのだ。

そして、そんな日々の中、学園への失望のためか、それとも周囲から受けるストレスのせいか、福本の苛立ちは段々と表面化していき、入学からおよそ一月後の五月のある日、事件は起こる。福本が不良魔人たち五人の目の前で、堂々と、彼らからの依頼を断ったのである。荒廃した人気のない教室に福本の声が響いた――。

「イヤだ！　そんな刀は打ちたくない、帰ってくれ！」

その声には彼の苛立ちの念がはっきりと現れていた。

だが、苛立っていたのは福本だけではない。思いがけぬ拒絶に晒された不良たちもまた、眉間《みけん》に皺を寄せて苛立ちを露《あらわ》にしていたのだ。

「おい、バカ……。福本……」

ガクガクと震えながらも確固たる決意を見せた福本の横で、この事態に真に当惑し切っていたのは、彼の親友エースである。窓から差し込む日差しは明るかったが、エースの表情はお通夜のように真っ暗になっていた。

なお、この時の不良の依頼は、いま話題の新一年生、ド正義卓也を殺せる刀を打て、というものであった。その依頼に、これまで不良たちの暴力に流され続けてきた福本が、ハッキリと拒絶の意志を見せたのである。

だが、相手もハイそうですかと帰るわけがない。

「おい、福本……。これはイズミさんからの直々の命令だ。良く考えろよ？　お前のことはイズミさんも気に入っている。悪イこた言わねえから従っとけ。な？　これまでもお前が絡まれた時、オレたちが何度か助けてやったよな？　その恩を忘れちゃいねえよな？」

「イヤだ！　今回に関してはオレは打たん、絶対に打たん！」

「てめえ……ッ！」

福本を懐柔しようと、柄にもなく優しい声を出していた不良が声を荒らげた。エースは身に迫る危険に生唾を飲み込む。同時に横目でちらと辺りを確認すると――。周りは既に不良たちに取り囲まれている。とても福本を連れて逃げ出せはしない！

「福本……、落ち着けよ。ここはとりあえず従っとこうぜ……」

エースがこっそりと耳打ちするも、

「いやだ！」

福本は再度はっきりと拒絶する。そして、小声で、

「エース……、これはオレの意志が示せる初めてのチャンスなんだ。ド正義卓也といえば、番長グループの魔人たちをもう数十人も殺してるっていう話題の生徒会ルーキーだ。いま、あいつを

死なせる訳にはいかない。もしかすると、あいつが学園に平和を取り戻してくれるかもしれないんだ。そうすれば、オレは自分の意志で刀が打てる。ド正義ならきっと正しく使ってくれる。お前もサッカーができるかもしれないぞ」

と、福本はこの窮地にあって、何やら薄ら笑いのようなものすら浮かべているのである。エースには、彼の笑みが分からない。こんな時にサッカーだとか何を言ってるんだ……。

「……そうかもしれないが。とりあえず『はい』と答えとこうぜ。後で逃げたっていい。でも、いま死んだらどうしょうもないだろ」

「いやだ！　オレは死んでも曲げる気はない。エース、お前は逃げろ。お前一人なら何とかなるだろ」

そう言うと、福本は不良たちへと向き直って、

「やい、てめえら。オレはド正義を殺す刀は打たん。てめえらなんざ、そのうちド正義に皆殺しにされちまうんだ！　ざまあみろ、くそったれ！」

と、堂々と放言したのである。

不良たちの顔色が見る見る真っ赤に変わる。レッドゾーン突入だ。これはもうタダでは済みそうもない。

——バカ野郎！　下らねえことでムキになりやがって！

エースには福本の気持ちが分からない。なぜ、こんなことで頑《かたく》なな態度を取るのか。この場だけでも取り繕っとけばいいものを——。どうして、こいつは死に急いでるんだ⁉

しかし、エースには分からなかったが、このような精神的傾向は魔人にしばしば見られるものなのである。社会から認められぬ彼らは、とかく他人に認められることに躍起《やっき》になる傾向があった。時に命を失うような危険な行為に走ってでも——。自己を顧みない英雄願望とでも言おうか。魔人にとって命を賭した自己犠牲精神は時に甘美な誘惑にも思える時がある。

——だが、エースには福本の気持ちが分からない。

エースはポケットに手を入れ、中に入っていたサイコロを転がし、確認する。四つ。相手は五人。……いざとなれば戦うしかないが、この人数相手に勝てるとは思えない。

「しょうがねえな……。オイ、コイツをちィと痛めつけて、イズミさんのとこに連れてくぞ。連れのヤツはついでに殺しとこう。……福本、言っとくがな、お前に刀を打たせる方法なんざいくらでもあるんだよ。どっちにしろド正義のヤツが死ぬことに違いはねえんだ」

不良たちが近づいてくる……。やつらの口ぶりからして、おそらく福本を操れる操作能力者が仲間にいるのだろう。となれば、福本の意志など関係ない。彼がここで突っ張ったところで何の意味もないのだ。全くの無駄だった……。クソッ、福本め。バカな意地を張りやがって！　エースは決意を固め、サイコロを取り出す。だが、その瞬間——、

「もう一度聞くが——、お前たちはド正義卓也を殺すために、そいつに刀を打たせるのだな？」

突如、戸口の方から朗々とした声が響いて——

不良たちのうち、リーダー格の者が、「ああ、そうだぜ」と何気なく応えてから、はて？　この声の主は何者か、と振り向こうとした、その時。

彼は、ふらりと足をもつれさせ、
ゆっくりとその場に倒れると、
びくり！　と一度痙攣《けいれん》した後、
そのまま絶命した――。

口からは赤い液体がほんの少しだけ垂れていた。

そして、戸口からは、逆光に照らされながら、声の主が、

「明確な殺意を伴った殺人未遂……。ま、有罪だな」

――近付いてくる。

同時に、他の四人の不良もぱたりと倒れて、――絶命する。

その姿は――、

「福本君。よくぞ拒否してくれた。場合によってはキミを巻き込みかねないところだったよ」

無論、後の生徒会長、ド正義卓也である。

八、二人の世界

二〇一〇年九月二十二日　五時

魔人立川トシオは一心不乱に生ゴミをこねくり回している――。

汚らしい残飯が立川の手の中でぐちゃぐちゃと握りつぶされ、練り固められ、精液をたっぷりと吸ったティッシュがその残塊《ざんかい》の中へと埋め込まれていく。立川の豪腕は骨だけとなったアジの開きをバキバキと握りつぶし、粉々になったそれをやはり残塊の中へと無造作に押し込んでいく。

初秋の清々しい空気が生ゴミの臭気と交じり合う早暁。番長小屋脇のゴミ置き場にて、メンバー一同の視線を一身に集めながら、立川トシオの常軌を逸した残飯遊戯は繰り返される。彼は練り固めた生ゴミを、今度はぐちゃりと二つに分断し、それをさらに細分化しては、あたりにべちゃ、べちゃと投げつけて、また、それを回収しては練り固める。だが、このような奇怪な所作を何度か繰り返していくうちに、腐乱した残飯は急速にその形を整えていき、さらには驚くべき質的変容を遂げ、両性院がアッと気付いたその時には、彼の目の前に立派なハーレーダビッドソンの最後の一台が生まれていたのである。

　これこそが、魔人立川トシオの能力『アメリカンチョッパー』であった。立川は生ゴミからハーレーを生み出すことができる。地球を愛し、バイクを愛する彼のエコロジー精神が生み出した、実にエコい能力である。なお、燃料も化石燃料ではなくアンモニア——、つまり尿だ。立川トシオ、なんという地球に優しい魔人だろうか。また、彼らのハーレーの驚くべき静音性もこれによるものであった。尿では音は出ぬ。

　美少女番長、邪賢王ヒロシマは生まれたてのハーレーにぴょいっと跨ると、ハンドルを握り、立川の仕事を確認する。どうやら不具合もなさそうだ。立川を振り返って、番長はニヤリと可愛く笑った。

「よし、これで足は揃ったのう。立川ご苦労じゃった。おどれ、疲れとるようなら残ってもええぞ」

　早めに女体化を終えていた立川は、両性院の女体化作業中も、また、他の者が仮眠を取ったりレズプレイに没頭している間も、独り突貫作業でハーレーの量産を行っており、表情には確かに疲れの色が見えたが——、

「いや、オレも行くよ。作業がここまで長引いたのもオレの責任だし。それに、みんなが出るってのに、オレだけ留守番なんかしてられない」

「何を言うか。留守番も大切な仕事じゃ」

と邪賢王がアニメ声で諭す。

　しかし、立川は鏡子の方をちらと見て、

「いや、ここの守りは十分だろう。やっぱりオレも行くよ。ただ、五分待ってくれ。ちょっと着替えてくる。流石にこれじゃあ――」

と言って、己の灰色のツナギを指した。

両性院の『チンパイ』により少女と化した立川であるが、彼――、いや、彼女の全身にはハーレー生成過程において飛散した生ゴミがべったりと付着していた。と、このように書くと、読者諸兄は生ゴミにまみれる少女を想像して変態的劣情を催し、おそらく勃起していることであろうが、この時の番長グループは全員女体化していたため、勃起するものは一人もいなかった。

邪賢王は立川に着替えの許可を与えると、両性院の方を見て、

「なに、心配はいらん。半日もすれば戻ってくるけえのう」

と言う。両性院は渋々といった様子で頷いた。彼は番長小屋への居残りを命じられていたのだ。ハルマゲドン開始と同時に学園は閉鎖され、いまさら家に帰ることもできないのだが、そのことに不満があるわけではない。それどころか、彼は先程「自分も前線に出る」と邪賢王に告げていたのである。沙希救出の可能性が少しでも上がるなら自分も行く、腕力はないが役に立つ自信はある、と――。両性院の男気に番長も「ほう」と感嘆の声を上げたが、結果的にはこれを退けた。続く『転校生』戦でこそ両性院には命を賭してもらいたい、と理を説いたのである。確かに首尾よく友釣香魚を連れ帰れたなら、彼女と両性院こそが『転校生』戦でのキーマンとなるだろう。

これには両性院も首肯せざるをえず、渋々ながらも居残りに同意したのであった。

しばらくすると学ランへと着替えた立川が番長小屋から現れて、

「オーケーだ」

と、自分のハーレーに跨った。

邪賢王は頷くと、皆へと可愛く檄《げき》を飛ばし、直ちに全軍は出撃態勢を整える。そして、アニメ声で言う――。

「では行ってくるけえのう。両性院、おどれはここで大人しゅうしとれ」

そう言い残すと、番長は小さな体で器用にハーレーを操り、薄闇の中を駆け出していった。他の者も後へ続き、番長小屋を発っていく――。

*

そして、番長たちがホームを発ち、両性院が彼らの出立を見送った今。

番長小屋に残されたのは両性院男女と、もう一人。

三つ編、眼鏡の少女、

鏡子だけであった――。

結局、置いていかれてしまった両性院は、自分がいまや年頃の少女と二人きりということにはたと気付くと、少なからぬ緊張を覚えて、いささか戸惑った挙句に、彼女の方を見て照れ隠しに笑った。

すると、鏡子がこれに応えてにっこりと笑う。

が、その途端、

——ぐらり。

両性院は副番白金翔一郎の言葉を思い出して……

真っ赤になって彼女から目を逸らしたのである。

……彼らを見送る前、確か白金翔一郎はこう言っていたのだ。

「ハルマゲドンの間、可能な限り君への便宜《べんぎ》を図る。食糧、寝床はもちろん女にも不自由はさせん。無論、君の安全にも最善を尽くす」

と——。

ならば、まさか…………。

どぎまぎとする両性院を尻目に、三つ編の少女は赤い手鏡を見詰めながら、

「少し冷えるね。中に入りましょ」

と、両性院を誘ってくる。

確かに少し肌寒かった。中は中で邪賢王の体臭が残っており、臭いのだけど……。

ともかくも鏡子に促されて番長小屋へと戻った両性院が、まず奥の部屋をヒョイと覗いてみると、そこには全員がしばらく食い繋げるだけの食糧と水、替えの衣類や下着、毛布などの備蓄が確認できた。白金の言は少なくともこの点に関しては信頼して良いのだろう。だが、これらが食糧で寝床だとするならば……。

——ならば、まさか、目の前で手鏡を見ているこの少女が、白金の用意した「女」だというのだろうか？

両性院は無論彼女に手を出すつもりなど毛頭ない。

……ないが、白金はそのようなつもりで彼女をここに残したというのか？　ならば、たとえ両性院が一匹の雄の獣《けだもの》と化そうとも、彼女はそれを受け入れるよう命じられているのだろうか？

昨晩のバルの話を信じるなら、番長グループがそのような非道を行うとも思えないのだが……。

また、仮にそうだとしても、白金が最善を尽くすと言った「安全」はどうなる？　副番白金翔一郎はこの純朴そうな少女に一体何をさせようというのか――？

両性院は客分とはいえ、番長グループの内実についてはあまりに分からぬことばかりであった。

そういえば、まだ彼女の名前も確かめていない。照れも混じった両性院はおどおどとそれを尋ねてみる。

「あ、あの……。鏡子さん――で、合ってます、よね？」

「ええ」

と、鏡子は短く答え、

「よろしくね。――両性院クン」

また、にっこりと笑った。

――ぐらり。

その笑顔に、両性院は本日二度目の衝撃を受け、またも心を揺り動かされる。……何かがおかしい。

校則通り、膝丈きっちりのスカートを穿いた、三つ編、眼鏡の垢抜《あか》けぬ少女の笑顔は、その素朴な印象を全て吹き飛ばすかのような豊満な色気に満ちていたのである。何かの思い違いかと己の心を確かむるが、やはりどぎまぎと乱れる自分がいるばかり。鏡子の秘めたる肉感は、いまやこの番長小屋を己の色香で満たし切ったかのように両性院には感じられていた。邪賢王の残した忌々しき悪臭も、鏡子の色香に圧されて、まるで存在を感じさせぬ。

まだ夜も明けきらぬ秋の早暁。狭く小汚い番長小屋の暗がりの中で、「女」として自分に与えられたかもしれぬ少女を前に、童貞の両性院男女の平常心は儚《はかな》くも崩れかかっていた。囚われの沙希のことを思えば、そのようなことを考えるのも不謹慎に過ぎるが、しかし、鏡子の色香たるや、その両性院をしてなお心惑わしむる程であった。もはや魔術、呪いの類である――。

「きょ、鏡子さんは、どうしてここにいるんですか……？　もしかして、番長グループに脅されて――」

そんな彼が平常心を保つための唯一の方法がこれであった。邪賢王でも白金でも誰でもいい、鏡子が彼らに脅されてこの場に連れてこられ、ここで肉の奉仕を強制させられているというのなら、両性院の良心は彼女への劣情を完全に克服しえたであろう。

だが、鏡子はそれを聞くと、くすくすと笑い、

「そんなわけないよ。私がここにいるのは、私の意志だよ」

と、平然と答えたのである。なので、

――会話が途切れた。

彼女が自由意志でここにいる以上、答えは一つしかない。鏡子はそのような目的でここに残っ

たのだ。即ち、両性院に与えられた「女」として——。

「ト、トイレに行ってきます——！」

その場の空気に耐えきれず、両性院は慌てて席を立った。

——とりあえず一人にならないと。

一人になって、この状況を整理し、鏡子に対してどう接すべきかを考えないと——。

沙希の境遇を思えば、「そのようなこと」をしている場合ではない。無論、ない。当たり前である。……しかし、鏡子がそのつもりでここにいるのなら、事に及ぶつもりはないとしても、彼女を傷つけぬためのそれなりの配慮が必要となる。そして、また別の問題として——、理性とは全く無関係に凄まじく怒張している己の股間と、どのように折り合いをつけるべきか。だが、本当に一体何が起こっているのか？　この異常なまでに押し寄せてくる性欲の波は！　ともかく、この場にいては鏡子の魔性に屈するのも時間の問題と思われた。彼には一人きりになれる時間が必要だった。

両性院は股間の怒張を悟られぬよう、前傾姿勢のまま不恰好に立ち上がる。

「出て、すぐ右ね。生徒会に気をつけてね」

不自然にひょこひょこと歩く両性院の様子を見ながら、それに気付いているのかいないのか、鏡子は楽しそうにくすくすと笑った。

＊

番長小屋を脱し、鏡子の魔性から一時解き放たれた両性院は、ふうと溜息を漏らしながら空を見上げる。

初秋とはいえ、この時間帯の空はまだまだ暗い——。

その闇の中へと目をこらすと、胡麻《ごま》粒のような小さな光の点が、速度を変えながら、右へ、左へとふらふらと飛んでいる姿が目に入った。通常の航空旅客機の動きではない。あのような不規則な動きは物理的に不可能だ。なので、

——ＵＦＯだな。

と、両性院は結論した。

この付近ではＵＦＯ（Unidentified Flying Object）がしばしば目撃される。両性院も部活帰りに何度か見かけたし、クラスメイトの多くも目撃談を報告している。あまり珍しいものではない。感覚的には流れ星のようなものだ。それに、魔人の横行するこの学園に通っていると、遥か遠くに見える奇怪な光などはさして不思議なものとも思えなくなってくる……。だから、両性院はすぐにその光から興味を失った。そんなことよりも、いま考えなければならないのは鏡子のことだ。

彼女の言っていた場所にトイレはすぐ見つかった。

両性院は個室へと入り、ズボンとトランクスを踝《くるぶし》まで下げると洋式便座へと腰を下ろす。

大便ではない。

——小便である。

両性院は小用の時でさえ、かように座って用を足すのがならいであった。だが、いかんせん、この時の両性院男女の一物は激しく怒張している。

純朴に見えた少女の意外な色気に当てられた両性院のそれは、小用を足すのもままならぬ程に熱り立っており、彼は「どう、どう」と己のペニスをなだめながら、苦労しつつも小便を始めた。

しかし、

――あの、鏡子さんが、僕に当てられた「女」？

などと考えると、童貞の一物はまたむくりと起き上がらんとし、下手をすれば、小水は翼持つ天女の如くに四方八方へと自由に飛び立ちかねぬ勢いである。両性院はやはり「どう、どう」とそれを静めながら、たまにはお母さんの顔を思い出しなどしつつ、なんとかそれをコントロールせんと悪戦苦闘を繰り返していた。

ところで――。

トイレに入り、両性院男女が驚いたことは、番長グループ専用と思われるこのトイレが意外と衛生的だったことである。まめに掃除がされている……。さらに、個室トイレの横壁には几帳面にもトイレ掃除の当番表まで貼られており、これまた驚くことに、そこには他の不良たちと共に邪賢王ヒロシマの名までも記されていたのである。「邪賢王ちゃん、番長なのにトイレ掃除してたんだ……」と両性院は不思議な感慨に耽《ふけ》る。昨晩、バルは番長グループをフレンドリーな集団であると語っていたが、その言にも信憑性が増してくる。バルの言うとおり、そんなに怖い人たちじゃないのかもしれない。両性院もそう思い始めていた。だが――、両性院が当番表から視線を逸らしたとき。

彼の些細な心的推移など最早どうでも良くなる異常事態が、眼前に突如として発生していたのである。

目の前に鏡子が立っていたのだ。

個室の扉は開いている。

全開である。

鍵は掛けておいたはずなのに、どうして――

「き、きょ、きょ、きょきょ、きょきょきょ………⁉」

鏡子さん⁉　と言おうとして、両性院男女は素っ頓狂な呻きを漏らしつつ、それでも一度の深呼吸の後、最低限度の心的平衡を取り戻して、

「あ、あの、トイレ、間違ってませんか？　ここは、男子トイレ――」

「ううん、間違ってないよ」

目の前の純朴そうな少女はそう言って、また、くすりと笑った。両性院にはもう訳が分からない。

「じゃ、じゃあ、どうして――⁉」

「それは、私が」

――ビッチだからよ。

と鏡子が言った、その時には――！

彼女の左手は両性院の右頬をゆるりと撫でていたのである。その瞬間――。

この突然の展開に戸惑う彼の理性とは全く無関係に、両性院の一物は馬の如くに屹立《きつりつ》した。童貞の彼がかような軽微な性的愛撫にも大きく反応してしまったのは致し方ないことであるが、しかし、それだけではない。鏡子の愛撫たるや尋常にあらず。頬を撫でる指先の動き一つを取っても魔性の域である――。

思わぬ不意打ちに胸高鳴りつつも困惑し、心定まらぬ両性院に対してさらに追い打ちをかけるかの如く、鏡子は身を屈めると、いまだ滴の垂れるその一物をまるでお構いなしといった風情ではむっと咥えた。

「――っ！」

両性院は声にならぬ。

鏡子は口中で舌先を操り、両性院の滴とカウパー腺液の味を確かむると、亀頭に沿って舌を軽く這《は》わせて、ちゅぽ、と音を立てつつ口を離した。

ペニスの先から鏡子の口元へと一筋の粘着質の糸が繋がっていたが、彼女はそれを手の甲で拭った後、恍惚とした表情でぺろりと舐め取る。だが、この接吻《せっぷん》、実に一秒にも満たぬ。流れるような営みであった。そして、一呼吸置いて、やっと、

「はうッ――！」

と、女のような叫び声を上げたのは、無論、両性院男女の方である。童貞男子にとってこのような慮外《りょがい》の接吻が、いかに刺激の過ぎたるものであるか言うまでもない。だが、彼の過度な反応

は決して彼の童貞にのみ起因するものではなかった。

先の鏡子の口付け。あれは並みの女人に成しうるものではない。シンプルな動作に思われた彼女の一連の動きだが、その一挙一動は茶道の如くに完成された、まさに技巧の粋であった。そう、この魔人鏡子。一見するとあどけない容貌だが、その実、超絶的な性技を備えた、人を超えた淫乱ビッチ。荒淫において右に出るものなしと言われたビッチの中のビッチ、ビッチ・オブ・ビッチである。おそらく宇宙一セックスが巧い。

「嬉しいよ、両性院クン……。私のことを考えて、私を抱けると思ったから、こんなになってるんだよね――」

そう言って、鏡子は両性院の怒張した一物を支えると、嬉しげに頬擦りし、また、舌先でぺろと軽く亀頭をタッチした。

「あうッ――！」

たった二度の愛撫で、童貞の両性院は既に発射寸前である。あまりに過ぎたる快楽のため、最初の一撃を受けた時から精神は既に思考を停止し、靄《もや》の中を彷徨《さまよ》っている。度を越した悦楽はもはや悦楽とも認識しがたく、痛みとも愉悦とも判別つかぬ夢中の境で、遠くからエコーのように聞こえてくる鏡子の言葉を受け止めてはいるが、その言葉すらもなにやら性的愛撫の如くに感じられ、両性院の身中を訳の分からぬ快感が波打つように波紋となって広がっていく。全ては魔人鏡子の人智を超えし性技術によるものである。

鏡子の愛撫はさらに続く。

彼女は、己の左手と口だけをもって両性院の下半身を丹念に愛撫し、彼の一物と精神を極度に張り詰めた快楽へと固定した。絶頂に達し果てるその寸前の興奮と愉悦が、両性院男女の肉体と精神を熱波の如く駆け巡り、しかも、それが終わることなく無限に続いていくのである。限界の快楽を与えながらも決して射精は許さぬ力加減も、また鏡子の魔人としての力であった。

「ぴぎいッ、きひい——ッ！」

おびただしい快楽に蝕《むしば》まれる両性院の叫びは、愉悦に浸る歓喜の声ばかりではなく、悲鳴に近きものも混じってくる。

「うふふ……。どうしたの？　やめて欲しいの——？」

鏡子が意地悪く呟く。

「やめて欲しければ、いつでもやめてあげる……」

だが、やめて下さいの一言が、両性院にはどうしても口に出せない。これは苦痛か快楽か。それともこれは生か死か。それすらも分からぬ曖昧模糊《もこ》としたボーダーラインの上で、両性院は己が肉体が滅び行く恐怖に襲われていたが、同時に誰の心にも眠るデカダンへの希求がむくりと鎌首をもたげ、死への恐怖をむしろ歓《よろこ》んでいた。熱く、甘い、どろどろとした大量の何かが彼の中を暴力的にかき乱していく。こうなっては、もはや誰も鏡子には逆らえぬ。両性院が抱く天音沙希への想いも、この時ばかりは淡雪の如く溶けていた。まるで薬物の如き鏡子の愛撫である。

「そ、外へ——！」

両性院は、愛撫の停止を求める代わりに場所の変更を訴えた。それが彼にできる精一杯の抵抗であった。

「外がいいの？　いいよ。私もそういうの好きだから——」

完全に弛緩し、ぴくりとも体を動かせぬ両性院を、鏡子は軽く支えて立たせようとした。外へ出るならば、少なくとも移動中は鏡子の愛撫も止まるはずだ。思考もままならぬこの状況に一呼吸入れられるものと、夢中の両性院は朧《おぼろ》に考えていたが——、
だが、実際はどうであろうか。

鏡子は両性院の一物から左手を離そうとはしなかった。それどころか、更に愛撫を加速させる。これでは立てない！　歩けない！

否、鏡子の左手が、違った角度から、違ったタッチで彼のペニスをなぞるたびに、両性院は、あうッ、とか、ひいッ、とか声を上げながら体をびくんと仰《の》け反《ぞ》らせる。そして、愛撫とその反応とはどんどんと間隔を狭めていき、ついには一連の行動と化していくではないか。鏡子の愛撫に反射した両性院は、ぎくしゃくと体を動かして、己の足でトイレから出て行くのである。なんという恐るべき鏡子の性魔術。彼女は男のペニスを弄るだけで、快感の反射をもって、その体を意のままに操ることさえ可能なのであった。

「くすくす……」

鏡子はいたずらっぽく笑い、操り人形と化した両性院を外へと連れ出していく。両性院はなすがままである。なお、両性院への愛撫を始めた時から今に至るまで、鏡子は一度とて右手に持つ手鏡からは目を離していない。男の体を隅々まで熟知している彼女には、左手と舌先の感触だけ

で、相手に至上の快楽を与え続け、さらに、その体を自在に操ることさえ容易いのだ。両性院は先程から鏡子が目も合わせてくれないことに気づいてはいたが、こと、鏡子の性技を受けている限り、彼には感情を害する余裕すらない。

踝の辺りに下げたズボンとトランクスを足枷《あしかせ》のように纏わせている両性院は、間抜けな格好と動きで、鏡子に操られるまま、未だ暗闇の支配する外界へと出たが、草むらを見つけると、もはや耐え切れぬとばかりにそこへと崩れ落ちた。

「あらっ」

鏡子の手が一瞬ペニスから離れ、彼も快楽地獄からほんの一時解放されたが、それも束の間のことであり、両性院が安堵した刹那、彼の亀頭は鏡子の口中へと含まれていたのである。

「だあっ、ああッ！」

場所を変え、鏡子の愛撫は続く。

これまでも何度もそうしてきたように、両性院が発射する寸前には鏡子は口を離す。すると、両性院の腰部は彼の意思とは全く無関係に、鏡子の口を求めてペニスを突き上げるのだが、それを彼女の左手がゆっくりとなぞると、発射寸前であった一物はやや落ち着きを取り戻す。だが、この一連の所作の間も、両性院自身は常に発射寸前の快楽に心を囚われ続けているのである。鏡子の愛撫の前にはもはや肉体と精神の関連さえも断ち切られる。

「……両性院クン。そんなにオドオドしなくてもだいじょうぶだからね」

相変わらず、鏡子は楽しそうに言うが、両性院にはその言葉すら愛撫に感じられている。

「キミをどうこうしようなんて思ってないんだから。これは私たちに協力してくれたキミへのお礼。私は両性院クンをとっても気持ちよくしてあげたいだけなんだから」

鏡子はにこにことしながらも手を休めようとはしない。そして、両性院の脇腹を可愛らしくぺろりと舐める。

「あうッ！」

鏡子は終始にこにこと微笑みながら両性院の体を嬲り続けた。その中で、彼女は笑顔のまま、不意に――、

「両性院クン。私が死んでも、私のコト、忘れないでね」

と、囁《ささや》いたが、今の両性院にその意味が伝わるはずも無い。

＊

――なぜ、オレが選ばれたのだろう？

一ノ瀬蒼也はどうしてもそれを考えてしまう。

彼は鏡子討伐隊のメンバーとして、エース、ツミレ、夢見崎アルパと共に、明けきらぬ闇の中を番長小屋へと早足で向かっていた。手には武器のチェーンソー。鏡子の能力は聞いていない。

「士気に関わるため、標的の能力はあえて伏せておく。だが、ド正義いわく、おそらくオレたちが命を取られることはない……、とのことだ。本当かどうかは知らないが……」

生徒会室を出る前、エースはそう言っていた。

　だが、一ノ瀬は己の命などはどうでも良かった。自分のようなウンコを仲間に迎えてくれた生徒会の、──ド正義会長の役に立てるならば。

　今回のミッション。標的は一学年上の女生徒、鏡子。一ノ瀬も何度か見かけたことがある。大人しそうな、純朴そうな女性《ひと》だった。あの可愛らしい先輩を殺せと言われれば、普通の者ならまず躊躇するだろう。しかし、一ノ瀬には躊躇わず彼女を殺せる自信があった。鏡子は悪であり、死すべき人間であるとド正義が判断したのだから。ド正義がそう下したのなら、それを執行するのが一ノ瀬の仕事であり、彼のアイデンティティなのだから。

　──なぜオレが選ばれたのだろう？

　この答えは明白なはずだ。「オレなら鏡子を躊躇わず殺せるから」。生徒会の他の皆は躊躇なく彼女を殺せるだろうか？　……いや、きっと無理だ。殺せることは殺せるだろう。だが、躊躇なく──というのは無理だ。魔人同士の戦いではその一瞬の迷いが命取りとなる。エース先輩やツミレちゃんでも、きっとオレほど躊躇いなくは殺せない。夢見崎先輩など論外だ！

　──オレは生徒会の役に立てるんだ！

　鏡子を殺して、またド正義会長に誉めてもらうんだ！　架神先輩を細断した、あの時のように！

　鏡子を殺す不安を勇気と忠誠心へと転化した一ノ瀬は、不思議な高揚感に包まれていた。事実、今の彼ならば、きっと刹那の迷いもなく鏡子の脳天へチェーンソーを振り下ろすことができたであろう。討伐隊に一ノ瀬を起用したド正義は、まずこの点では間違ってはいなかった。

——だが、その時！

既に一ノ瀬蒼也の股間には、白い女の手が延びていたのである。

その手は、一ノ瀬のズボンのジッパーをするすると下ろすと、中に隠されていた一物を露出させた。流れるような営み。一ノ瀬本人すらも気づかぬ早業である。

そして、白い右手が優しくそれをなぞった瞬間。一ノ瀬の体は陸に上げられた魚の如くに跳ね飛んだ！

「んむぁーッ、たああーッ！」

声にならぬ一ノ瀬の悲鳴が上がった——。

「どうした、一ノ瀬ッ！」

「先輩、見て、あそこ！　股間に、手が！」

——なんだ？　何が起こっている⁇

「クソッ、もう嗅ぎつけられたか！　急ぐぞ、ツミレ！」

——まさか、オレは攻撃……を受けているのか……？

「先輩ッ、待って！　一ノ瀬クンが！」

「無駄だ、放っておけ！　このままだとオレたちまで全滅する！」

「一ノ瀬クン、待ってて！　すぐ助けに戻るから！」

一ノ瀬の霞《かすみ》がかった視界の中、エースやツミレが彼を棄てて走り出していく。

——待って。……待って、待って！　オレを置いていかないでくれ！　オレは、こんな、こんなところで………。——嫌だ、死ぬなら……、役に、生徒会の役に立ってから……

だが、声なき訴えが届くはずもなく、無情にも——、

「あひィッ！」

異常な愛撫を身に受けて、一ノ瀬は更なる悲鳴を上げた。

股間から全身に波及する異常なまでの快楽に身がよじれ、気は今にも狂わんばかりである。一ノ瀬は射精する。だが、またすぐに勃起する。たちまち射精する。また勃起する。この女の手は一ノ瀬から全ての精液を搾《しぼ》り取ろうとしているのか。手心を加える気など微塵もないらしい。精液に濡れた大地の上で一ノ瀬は転げ回り、すぐに全身が泥だらけとなった。

一ノ瀬は感じている。体が、鉛のように重い——。これまで感じたこともない、尋常ならざる疲労感が彼を襲っていた。しかし、股間はそれでも凄まじき反射速度で愛撫へと反応し、狂ったように勃起と射精を繰り返す。

一ノ瀬は鉄板の上で身を焼かれ苦しむ虫螻《むしけら》の如く、地面の上をばたばたと跳ね回り、身を捻じ曲げ、涙と涎《よだれ》と鼻水を際限なく垂れ流しながら、己の意思とは無関係に射精し続ける自分の股間を呪い、悶え続けた。

そんな一ノ瀬を見下ろすのは、鏡子討伐隊の一人、夢見崎アルパ！

——先輩っ、助けて！　この手を、どうにかして！　先輩、先輩ッ！

だが、アルパは慈悲を求める後輩を一瞥すると、口惜しそうな顔で、「いいなァ」と一言呟き、彼を置いて駆け出していった。

＊

「うあっ、うあっああうッ！」

両性院に対する鏡子のサービスはまだ始まったばかりだ。

鏡子は自分の愛撫に合わせて身をよじる両性院を横目で見ながら、嬉しそうに笑っている。残虐な笑みではない。両性院との性行為を心から喜んでいるのだ。

「うふふ……」

この淫魔人の誕生は、クラス担任とのたった一度のセックスに起因する。鏡子、齢七歳の時である。彼女は初めてのセックスで、厳格なクラス担任を性魔獣へと変貌させた。それ以来、鏡子はセックスの魔力に傾倒し、全ての時間を己の技巧を高めることにのみ傾注する。そして、彼女はいつしか自分の性技に歓ぶ相手を通して、己の存在を確認するようになった。彼女のアイデンティティは目の前で歓ぶ男の姿にあった。その姿は、彼女にとっては鏡のようなものである。

「あれ……？」

鏡子の手が一瞬止まる。

「うわぁっ！」

両性院が叫んだ。今の彼にとっては、もはや愛撫を止められることすら愛撫のうちであった。

「あ、ごめんなさいね……」

鏡子が再び手を動かす。

「ぴぎいいいっ！」

両性院が、また叫ぶ。だが、鏡子の愛撫は少しだけ勢いを弱めたようだった。

両性院の理性が微かに機能する程度に――。

「両性院クン。そのままで聞いてね。四人……、こちらへ向かってくるわ。おそらく生徒会ね」

と、鏡子は手鏡をじっと見つめて言う。この時、鏡子が持つ手鏡の中には、暗がりを早足で歩く四人の男女の姿がはっきりと映っていた。半径二キロ以内の任意の場所の映像を鏡の中に再現する。これが鏡子の能力、『ぴちぴちビッチ』の一つ目の力である。

とはいえ鏡子がいかにして四人の刺客の姿を見つけたのか。無論、両性院には分からないのだが、そんなことを詮索する余裕はない。

――じゃあ、こんなことをしてる場合じゃない！　早く逃げないと！

当然そう考えるのだが、それを見越すかのように、鏡子の指使いが巧みさを増した。

「ひいいっ！　くわあああああ！」

「くすっ……。安心して。四人なら大丈夫だから。彼らはここまで辿り着けない……。それでね、両性院クンには悪いんだけど」

同時進行でもいいかしら――、と鏡子は言った。

両性院には何のことだか分からない。

鏡子は手鏡を近くの石ころへと立てかけると、左手は地に伏す両性院のペニスを嬲ったまま、右手の指を鏡面へと近づけていく。すると、鏡子の右手は手鏡の中へとずぶずぶと沈み込んでいくではないか。

「うふふ、顔、見えちゃった。ツミレちゃんに一ノ瀬クン、夢見崎先輩。それにサッカー部のエース先輩……。エース先輩は最後に取っておこうかな……？　じゃあ、まずは一ノ瀬クンから、っと……」

鏡の中へと消えた鏡子の白い右手が、一ノ瀬の股間を摑んだのはその直後のことであった。彼女は左手で両性院の一物を弄んだまま、同時に、右手は一ノ瀬の一物を鏡越しに操り始めていたのである。鏡を通して右手を任意の場所へとテレポートさせる。これが『ぴちぴちビッチ』の二つ目の力であった。ただし、テレポートは「卑猥《ひわい》な目的」のためにしか使えない。先にトイレの鍵を開け得たのは、それが「卑猥な目的」に通じていたためである。

そして、鏡子に襲われた一ノ瀬の惨状は先述の通りであった。鏡子のすぐ隣で両性院、そして、鏡の向こうでは一ノ瀬蒼也。二人の男が「アーッ！」と同時に喘ぎ声を重ね、甲高きハーモニーを生み出していた。

鏡の向こうで生まれた彼の精液が鏡子の眼鏡を汚《けが》す。『ぴちぴちビッチ』は鏡子自身の腕しか通さぬが、例外的に相手が射精した精液は通すことができる。無論、愛液もだ。

「うふふ……」

鏡子は口の端についた精液をぺろりと味わうと、また、右手で愛撫を続ける。続けざまに一ノ瀬の精液が鏡を通して鏡子の顔面を汚す。しかし、鏡子の右手は止まらない。なお、恐るべきことに、鏡子が右手で弄る一ノ瀬はもう幾度となく射精しているのに、左手で弄る両性院はいまだ一度も射精していないのだ。にも拘らず、両者は同じレベルの快感に襲われている。鏡子の性技自体は能力ではなく彼女個人の技術に過ぎないが、邪賢王が能力の他に異常な怪力を持つように、彼女の性技も既に人の域にはない。

「うふふ、うふふふふ……」

この間も、鏡子は笑みを絶やすことはなかった。彼女は一ノ瀬蒼也との性交も心の底から愉しんでいたのである。

その鏡子の愛撫が三分ほど続いた頃、鏡の向こうでのた打ち回っていた一ノ瀬の動きが、完全に止まった。だが、鏡子の右手はいまだ執拗に一ノ瀬の股間を弄っている。意識を失い、白目を剝いて、泡を吹いて転がる一ノ瀬であったが、鏡子に股間を弄られる度に、全身が痙攣の如くびくん、びくんと蠢《うごめ》き、平時と何ら変わりなく元気溢れて精を放つ。肉体と精神はとうに限界を超え活動を停止しているが、股間だけは鏡子により無理矢理にも機能し続けるのだ。鏡子の愛撫の前に股間が機能停止する時は、それは対象の命が費えた時だけである。

それを二十度ほど繰り返して、鏡子はようやく右手を鏡から引き抜いた。彼女の掌は一ノ瀬の精液でぐちゃぐちゃだ。

「うふふふ……、一ノ瀬クンはこれで当分動けないから……」

鏡子は右掌についた白濁液を、さも愛しそうに舌で舐め取り、また、精液まみれの指先を四本口に咥えて、じゅるりと音を立てた。そして、眼鏡を外し、もはや何も見えぬほどに汚れたレンズに口を付けて、粘着質の液体をずずっと吸い上げては、口中に溜まった液体をごくりと音を立

てて飲み込んだ。そして、ぺろぺろとレンズを舐めてから、うっとりした表情で、

「次は、ツミレちゃん……」

その右手が、再び鏡の中へと潜る――。

そして、鏡の先では、一ノ瀬同様、股間を狙われたツミレが地面へと突っ伏し、「きっっひゃあああ！」などと、悲鳴とも喘ぎ声ともつかぬ叫びを上げている。ツミレは『イリュージョン』という幻影能力を持つ魔人であったが、かように突然に股間を襲われては能力を使う暇もない。

ド正義はツミレを討伐隊に選んだ際、「同性には鏡子の性技も鈍るのでは？」と一縷《いちる》の望みを託したが、やはり何の意味もなかった。鏡子の技巧《テクニック》に男も女も関係ない。彼女は両性愛者なのだ。

しかし、それも鏡子がこの能力を得てからのことである。

――初めてのセックスから五年間。魔人として覚醒するまでの鏡子は、当然ながら男だけを性の対象と考えていた。その頃の彼女は、いかにして男に好かれるか、そればかりに腐心していた。男に好かれ、男に求められることでしか自分は自分たり得ないと、彼女自身がそう考えていたからだ。小学生の時分から、彼女は化粧をした。眼鏡を外し、コンタクトをつけた。露出度の高い服も着た。それも全ては男の視線を集めるため。男に気に入られるため。それだけが目的であった。自他共に認める小学生ビッチであった。

彼女は、いつも鏡で己の姿をチェックした。この格好は男に気に入られるのか？　この化粧は男に喜ばれるのか？　そして、男は、この私をセックスの相手に選んでくれるのか――？　相手の歓ぶ姿に自己のアイデンティティを求めていた鏡子にとって、男とは即ち自分を映す鏡であっ

た。その男を喜ばせるため、彼女は鏡を覗き、己の容姿を練磨するのである。

――だが、しかし。

彼女が自分を磨くために見る鏡。その中に映っている鏡子の姿は、果たして本当に鏡子自身なのであろうか。いや、そうではない。鏡子のアイデンティティは歓ぶ相手の姿にこそあると言ったではないか。本当の彼女の姿は相手の歓ぶ姿にしかない。ならば、いま鏡の中に映っている、男を喜ばせるためだけに着飾る鏡子の容姿とは何か？ それはつまるところ、

――男根である。

彼女の容姿など、男根を得るためのものでしかないのだ。ならば、鏡に映るべきは、彼女の外見などではない。男根が映るべきだ！

鏡子がこれに気付いた時、彼女は魔人へと覚醒した。

鏡子が覗く鏡には、己の見せ掛けの姿は映らない。代わりに彼女自身の本当の姿――、即ち、男根が映るのである。だから、彼女は己を着飾ることをやめた。髪型は三つ編に、コンタクトは眼鏡に戻し、露出度の高い服は全て捨て、校則通りの地味な制服を身にまとった。なぜなら、外見などは全て見せ掛けに過ぎない。彼女の本質はただ男根にあるからだ。何より鏡にはもはや鏡子の姿など映らないのだから着飾っても仕方がない。そして、己の外見に縛られることのない鏡子には、もはや相手の外見も関係ない。外見どころか、男も女も、鏡子には関係なくなっていた。性的愉悦の中に遊ぶ世界人類こそが、鏡子自身の姿である。

鏡子は鏡を見ながら、己の顔に化粧を施すが如く、鏡の向こうの相手を歓ばせることができる。

自分の性技により相手が歓ぶことで、自分というビッチが生まれる。相手の快楽の中にこそ鏡子は存在する。外見的なビッチや表面的なビッチを全て棄却し、ただ、内面におけるビッチを深化、追究した末に、鏡子が辿り着いたビッチの境地。それこそが、ビッチ・オブ・ビッチ。究極のビッチたる、魔人鏡子その人であった。

「あっ、らめッ、らめぇぇッ～ッ！」

擦れた絶叫を上げて、ツミレもまた、その動きを停止した。一ノ瀬同様、動きを止めたツミレに対し、鏡子は更なるオーガズムを繰り返し与えた後、鏡から右手を引き抜く。

そして、ツミレの愛液にまみれた右手をぺろぺろと舐めながら、

「次は、夢見崎先輩……」

恍惚《こうこつ》とした表情で次の獲物を宣言する。

綺麗に舐め取られた右手が、またも鏡の中へと潜る。一ノ瀬もツミレも死んではいない。彼らの愉悦の中にこそ鏡子は存在する。だから、鏡子は相手を殺しはしない。たとえ自分が殺されようと、彼らが生き続ける限り、鏡子も彼らの快楽の中に生き続けるのだ――。

ただ、二人は死んではいないが、当分、身動きもままならぬ。鏡子の愛撫を三分も受けた者は、半日の間は生ける屍《しかばね》も同然である。彼女がその気になって愛撫を続ければ、人一人を死に至らしめることなど造作もない。無論、両性院男女への愛撫は彼の体力消耗をも考慮した無理のないセックスプランであり、二人が受けたような深刻な後遺症を残すことはない。

鏡子の右手は次の標的、――夢見崎アルパの股間へと忍び寄る。アルパもまた快楽に身を捉え

られ、喘ぎながら虫のように地面を転げまわった。一ノ瀬、ツミレら、二人の後輩たちと同様である。このままアルパに三分程の愛撫を繰り返し、その後、残るエースにも同様の愛撫を与えれば生徒会四名の無力化が完了する。

——はずであった。

「…………!?」

アルパの股間へ手を延ばしてから三分後、鏡子は鏡の向こうの異変に気付く。三分間をかけてアルパの股ぐらを弄った結果、彼も先の二人と同様に倒れ伏し、白目を剥き、泡を吹いたまま動こうともしない。止めに十回射精させ、夢見崎アルパの白濁液が十度鏡子の顔面を汚す。これでもう十分、と、鏡子が鏡から右手を引き抜こうとした、——その時のことであった。

「——抜けない!?」

右手が鏡から抜けないのだ!

不審に思い鏡を覗き込むと、完全に意識を失ったはずの夢見崎アルパが、鏡子の右腕をグッと握って離さないではないか。さらに、白目を剥いて泡を吹いていたはずの夢見崎の口が、何やらモゴモゴと動いている。その単純な口の動きから、鏡子には彼が何を言おうとしているのか、容易に想像がついた。それは、余りにも恐ろしい言葉であった。「もっと、もっと」と——。

これ以上の愛撫は夢見崎アルパの命に関わる。だが、アルパは無意識のうちに死の愛撫を自分へと強制させようとしていたのだ。これが、生徒会の用意した対鏡子秘密兵器、夢見崎アルパの能力『キミとボクの二人の世界』であった——。

夢見崎アルパはこのダンゲロスにおいても屈指の異常者である。彼は一見するだけなら、女と見れば誰にでも声をかける、惚れっぽくて軽佻浮薄《けいちょうふはく》な、でも、ちょっと美形のナンパ男に過ぎない。だが、夢見崎アルパの異常性はその先にある。彼に求愛された女子が、迂闊にも彼と恋愛関係を結んだ場合、夢見崎アルパは、もっとも忌まわしい方法で彼女を束縛しようとするのだ。その方法とは、アルパ自身を可能な限り猟奇的な方法で殺害させることである。そうして、アルパは相手に強烈な罪悪感を抱かせて狂気へと追い込み、恋人の狂った精神の中で永遠に生き続けることを本気で願っているのである。さらに恐るべきことに、彼は自身の性的異常性を「純愛」と信じて疑わないのだ！

彼が魔人として覚醒した時、その異常性が彼の能力へと繫がったことは驚くに値しない。夢見崎アルパの能力『キミとボクの二人の世界』は、アルパが恋心を抱いた異性にのみ作用する能力で、その相手が魔人であった場合、相手の能力の対象を永続的にアルパ本人だけに限定するものである。そのため、鏡子の『ぴちぴちビッチ』の対象はアルパへと固定され、彼女の右手はアルパの股間から離れないのだ。この能力を解除するためには、アルパを殺すか、もしくは彼が鏡子への恋心を失うことを祈るしかない。しかし、いま、アルパは気絶しており、鏡子への関心を失うことはありえない。ならば、アルパを殺す以外に道はない――！

「ごめん、両性院クン。予定変更！」

鏡子は嬲っていた両性院のペニスから手を離すと、はむっと口で咥えた。そして、口中で二、三度舌を動かすと、両性院は「ひゃあっ、うあッ！」と悲鳴を上げて、鏡子の口の中であっという間に絶頂へと達し、放出した。これまで散々弄んできたため、両性院のペニスから吐き出された精液は小便の如く凄まじい量であったが、鏡子は頬を膨らまし口いっぱいに精液を溜めたまま、さらにペニスを強く吸い、全ての液体を吸いだした後で、ごっくりと喉を鳴らして飲み込んだ。

そして、笑みは崩さずに言う。

「ごめんね、ちょっとヤバイかも。両性院クン、どこかに隠れててくれるかな？　もうすぐエース先輩が来るけど、たぶん狙いは私だけだから。私が殺されても絶対出てきちゃダメだよ」

射精後の両性院だが、あれほど異常な快楽に身体を蝕《むしば》まれていたはずなのに、思いの外、体は軽い。先述の通り、鏡子の性技をもってすれば、相手の身体負担すら思いのままなのである。思考に至ってはむしろハッキリとしており、通常の二割増しで脳内ＣＰＵが機能しそうだ。男子は誰でも、精を放出した後の僅かな間、極めて冷静な思考力を手にするが、要するにあれの鏡子バージョンである。両性院の頭脳は賢者の如く冴え渡っていた。そして、その冷静な頭脳は現状把握の必要性を即座に警告する。

「鏡子さん！　いま、どうなってるんですか⁉　生徒会の人たちはここに来るんですか⁉」

両性院の問いに鏡子は軽く苦笑しながら、

「……んー、腕が抜けないの。このままじゃエース先輩には太刀打ちできないんだよね。これ、たぶん、夢見崎先輩の能力だなー」

「の、能力――？」

両性院は急いでズボンを穿きなおしチャックを閉める。とにかく、鏡子と一緒に早く逃げないと――。

「そうとしか考えられないの。今までずいぶん私の力を使ってきたけど、こんなこと初めてだし。……と、いうわけで、私はもうダメっぽいから、両性院クンだけでも隠れてくれないかな？」

「ダメって……。そんな、一緒に逃げましょうよ！　体は動くんでしょ!?」

両性院が語気を強める。

「しーっ！　そんなに大声出しちゃダメ。気付かれるでしょ？　エース先輩は両性院クンがここにいること知らないから、たぶん隠れてたら気付かれないよ。でも、私まで一緒に隠れたら、先輩、私のこと探すでしょ？　それで両性院クンが見つかっちゃったら最悪だからね。それよりは――」

私が見つかってあっさり殺されちゃった方が両性院クンが助かる見込みが高いでしょ？　と、鏡子は平然と言う。しかし、両性院も、ハイそうですかと鏡子を置いて逃げ隠れする訳にはいかない。

「見つかったら見つかったでその時は構いませんから！　鏡子さん、一緒に逃げて下さい！」

「ダメだよ。両性院クンは私のためじゃなくて沙希ちゃんのためにここにいるんだよ？　キミの目的を見失っちゃダメでしょ」

「それとこれとは話が別です！」

確かに白金には安全も約束してもらったが、鏡子を見殺しにしてまで助かる気はなかった。そんな男に助けられても沙希もきっと喜ばないだろう。

「鏡子さん、僕も番長グループに協力した時から覚悟はしてるんです！　お願いですから一緒に隠れて下さい！」

「……ダメだよ。私たちはね、両性院クンを危険に晒す気は意地でもないんだよ。それは最初に邪賢王ちゃんと皆で確認したことなんだから。私がここに残ったのもキミを守るため。ね、両性院クン。私たちの気持ちを汲んで隠れてくれないかな？」

と、相変わらず、にこにこと言ってのける鏡子。己の命などまるで意に介さぬ風である。むしろ、焦っているのは逃げろと言われた両性院の方だ。

「両性院クン、早く隠れた方がいいよ。もうすぐ来ちゃうよ」

このままでは鏡子を動かすことなどできない。何とかして、彼女に逃げる気を起こさせなければ——。

両性院は説得の糸口を探して、先程クールダウンした脳髄を活性化させる。

そして、彼の冷静な頭脳は、僅かの思考時間と引き換えに一つの疑問を提出したのである。それは鏡子を説得しうる可能性があると両性院には思われた。だから、彼は思考をまとめる暇も惜しんで、即座にそれを開陳した。

「………待ってください、鏡子さん。ちょっと変だと思いませんか？」

「両性院クン、そんなこと言ってる場合じゃないよ」

キミは早く逃げなきゃ、と促す鏡子を制して、両性院は、

「いえ、大切なことなんです！　少なすぎるんですよ！」

「えっ？」

「少なすぎるんです！　いま、番長グループは生徒会と交戦中ですよね？　だから、本拠地たるココを生徒会が狙うのも当然です。……でも、それにしては四人は少なすぎるんです！」

　確かにそれはそうだった。鏡子もその点を全く気にしていないわけではなかった。彼らはなぜ敵本拠地をたった四人で襲ってきたのか？

　鏡子は、うーんと唸ってから、

「でも、ただの偵察だったのかもしれないよ。様子を見に来ただけかも。……ううん、それなら私の能力を受けた時点で引き返すよね」

「そうです。彼らは仲間をやられながらも一直線にこっちに向かっているんですよね？　おかしいですよ。エース先輩って人がどういう魔人か知りませんが、邪賢王ちゃんや白金さんだっているかもしれないのに一人で襲ってくるなんて。それに、たった四人しかいないのに、その中に鏡子さんにとって相性の悪い魔人かいるなんて、これじゃまるで……」

　両性院の言わんとすることに、鏡子も気付く。

「私が、一人でここにいるのが、生徒会にバレてる……」

「そうなりませんか？」

　鏡子の顔に困惑の色が浮かんだ。彼女の右手はまだアルパの股間を弄っているが、彼を殺すことはできないため、その威力は極めて弱められている。こうしているうちにもエースはどんどんと近付いているハズだ。時間はあまりない。

「両性院クン、行きましょう……」

鏡子は立ち上がった。

初めて見るような、真剣な表情である。

「敵に海我先輩のような能力者がいるか。……………考えたくないけど、私たちの中に裏切り者がいるか、そのどちらかね。どちらにしろ、私のことがバレてる以上、両性院クンのことも向こうに知られていると考えるべき。恐らくキミが隠れても無駄のハズ……」

鏡子は自分が犠牲になろうとも両性院を救いえぬという結論に至ったらしい。

両性院もホッと胸を撫で下ろす。とりあえず彼女の説得には成功した。まずは第一関門クリアーだ。問題はこれからエース先輩とやらをどう捌《さば》くかだが……。しかし、それと同時に、もう一つ火急の問題がある。

「鏡子さん、生徒会がこちらの事情を把握している以上、邪賢王ちゃんたち本隊の女体化も既に知られている可能性があります。もし、相手に十分な対策があれば返り討ちに遭う恐れもあります。早く追いかけないと……、ハーレーはもう残ってないんですか？」

両性院は周りを見渡すが、目に入る限り移動手段はなさそうだった。

「残念だけど、もうないわ……。立川先輩にも予備を残すような余裕はなかったし」

「海我先輩は、鏡子さんの絵は描いてないんですか？」

「それは描いてるけど……、いま先輩は私の絵は持ってないわ。かさばるから携行する絵は厳選してたの」

海我が携行した絵は、ド正義、天音、友釣の三枚だけであった。他の絵は全て番長小屋に残されている。

「じゃ、じゃあ……。鏡子さんの能力で何とか伝えられませんか？」

「ダメ、私の力はそういう使い方はできないの。どちらにしろ、今は夢見崎先輩から手が離せないし……」

それはそうであった。

愚かな質問で時間を無駄にしたことを両性院は後悔する。

「……そうだ！　鏡子さん、携帯持ってませんか⁉　それで連絡が取れれば……」

両性院の携帯電話は白金に壊されたままだ。

「……ダメ。携帯は使えないの。生徒会にそういう魔人がいるから。携帯使ったら殺されるわ。だから白金さんも、あの時、両性院クンの携帯を壊したの……」

白金が携帯を壊したのは、両性院から外部への連絡手段を奪うためではなかった。いや、そういう目的もあったかもしれないが、より重要なことは、両性院の身の安全のためだったのだ。だが、しかし――、

「あっ……！」

その瞬間、両性院は気付いた――。

番長グループに潜む「裏切り者」の正体に。

それを鏡子へ伝えると、彼女は信じられないという顔をしたが、今は真偽を議論している場合

ではないと考えたのだろう。両性院の推測が的中していれば、邪賢王たちには大変な危機が迫っていることになる。確認するより、とにかく、まずは伝えなければ……。これを伝えるまでは、絶対に死ねない……！

「──間に合うとは思えないけど、みんなを追いかけなきゃ……。」

「……鏡子さん」

邪賢王たち前線のメンバーに危険が待ち受けていることは憂うべき事態ではある。だが、鏡子が自分と一緒に逃げて生きる決意を固めてくれたことだけは不幸中の幸いと言えた。

「それに…………」

キミが前線に合流すれば、もしかして──。

そう言い掛けて、鏡子は口を閉ざした。

前に、両性院は「力はないが役に立つ自信はある」と邪賢王に告げていた。今では鏡子もそれが彼の大言壮語ではなかったと感じている。両性院の知恵は今の私たちに必要なものかもしれない──、と。

だが、それは彼を危険に晒すことにもなる。だから、彼女は途中で口を閉ざしたのであるが、どちらにしろ今は両性院と共に邪賢王たちを追わなければならない。その後のことは……、追々考えよう、と鏡子は考えた。

「……さあ、そうと決まったら急がないとね。それに、もし捕まっても勝ち目はゼロじゃないわ。右手と能力は封じられちゃったけど、まだ左手が生きてる。不意を衝いてエース先輩のおちんちんに触ることさえできれば……。でも、まずは逃げよう、両性院クン」

そう言って、鏡子は白濁液にまみれた左手を差し出す。

両性院は、躊躇なくその手を握り返そうとした。

——だが、その時である。

鏡子の表情が、
石像のように凍りついたのは。

のみならず、
彼女は、青い光に包まれていた。

そして、鏡子の体が——、淡い光に包まれた彼女の体が、不動の姿勢のまま、ゆっくりと、天へと昇っていく。

目の前の突然の事態に、呆気に取られ、声も出せぬ両性院。鏡子は抗いもせず、全身を硬直させたまま、天へ、天へと昇っていく。頭上を見上げた両性院の、その視線の先にあったものとは
……

——UFOだ！

巨大なUFOが！　あの有名な円形UFO、アダムスキー型円盤が二人のすぐ頭上で滞空し、その機体から淡い光を発して彼女をアブダクションしていたのだ！

ほんの三十分ほど前には胡麻粒程の輝きであったUFOの光は、いまや周囲を真っ昼間の如く照り付けている。なぜ、このような巨大な光源が接近したことに今まで気付かなかったのか。そ

れは今しがた、まさに瞬間的に、彼らの頭上に出現したとしか思えなかった。

ハッ、と我に返った両性院は、鏡子の左足首を摑むべく、右手を延ばして飛び上がった。だが、なぜか摑めない。十分に届くはずの高さなのに、両性院の右手は鏡子の体をすり抜け、宙を摑むばかりである。

二度、三度と飛び跳ねているうちに、鏡子の体はいよいよ両性院の手の届かぬところまで吸い上げられてしまう。

「鏡子……さん……」

UFOが鏡子の体をスルスルと収容する。

「鏡子さん、鏡子さんッ……！」

大声を出せばエースに見つかってしまう。だが、そんなことは、もうどうでも良かった。一緒に逃げようと決めた鏡子が、いま目の前で、所属不明のUFOにさらわれようとしているのだから――。

だが、両性院の叫びにも、鏡子は固まったまま応えない。

彼女の体はUFOの中へと消え去り、両性院の頭上十数メートルの位置にあったそれは凄まじい速度で大空へと飛翔して、そのまま直ぐに一点の星となった。そして、薄闇の中、星は物理的に不可能な、不規則軌道の航空をしばらく続けた後、不意にその姿を消してしまったのである。

番長小屋の傍らに、ぽつりと、両性院男女は一人で取り残されていた。

「鏡子、さん……。どうか、どうか、生きていて下さい………」

初秋の早暁に、崩れ落ちた両性院の願いが空しく木霊《こだま》する。
生徒会役員エースが、両性院男女の身柄を拘束したのは、その直後のことであった。

『鏡子』

二〇〇九年十一月七日　十四時

希望崎大橋――。

東京都江東区からニュー夢の島へと続く、ただ一本の架け橋。唯一の通路。普段はダンゲロスの恐るべき魔人学生たちと、別に恐ろしくはない一般生徒たちが仲良く通学に用いるこの架け橋だが、この時、橋上には一点の赤い円が描かれていた。上空から見れば、まるで日の丸の如き様相である。本日、文化祭を迎えた希望崎学園生徒による、愛国心溢れるペインティングの一種であろうか？

いや、だが、この一点の赤い円。

よくよく見てみれば、日の丸との相違に直ぐに気付くであろう。赤い円の中心部には、もう一つの小さな白い円が形作られていたのだ。

白い小さな円を取り囲む、大きな赤い円。

この大円の正体は、果たして人血であった。

累々と横たわる男女六名の魔人の死体が辺りに鮮血を漲らせ、強烈な死臭と共に、赤きサークルを橋上に描いていたのである。

いかなる暴虐に彼らは晒されたのであろうか。どの死体も無惨に内臓が飛び散り、四肢はバラバラに砕かれている。まさに地獄絵図。凄惨極まりなし。敵との間に相当の実力差がなければ、これほどの惨状には至らなかったであろう。だが、ここに倒れている六人は皆、生徒会、番長グループから選《え》りすぐられた武闘派の魔人ばかりだったのである――。

一方、その赤い大円の中央に作られた白い小円の上では、一人の少女が疲弊困憊《ひへいこんぱい》といった様子でへたりこんでおり、そして、彼女の目の前には、緑色の学ラン姿の少年が横たわって――、彼は今まさに絶息せんとするところであった。

「………あ……ちゃ……ん」

少年は何かを呟きながら、目の前の少女の――、少女の股間に向かって必死に左手を延ばそうとするが、ついに力尽きたのか。延ばしたその手はどさりとその場に落ちて、彼女の目の前で遂に少年の命は費えた。彼の露出した股間の一物は僅かばかりに残った精液をたらたらと垂れ流して、白い円に色を塗り足していたが、それもすぐに止まった。人血に塗れた橋上を上塗りした白い小円の正体とは、この少年の放出した精液の海に他ならぬ。

この少年は、――『転校生』であった。

とうとうその動きを止めた、少年の――、

『転校生』の亡骸を前にして、鏡子は現実感を喪失した脳髄で、

——私が、この子を、殺した……??

やっと。これだけを想った。

……無論、鏡子とて無傷ではない。

スカートの下の彼女の股間からは夥しい量の愛液が流れ、『転校生』による精液の海をさらに上塗りしていた。彼女が疲弊困憊していた理由はここにある。

しかし、恐るべき『転校生』から、学園を、己を守ったはずの鏡子は——、

泣いていた。

——どうして、こんなに。

哀しいのだろう?

目の前の『転校生』の死が、どうしてこんなに哀しいのだろう??

——だが、それにしても、

『転校生』との戦いは本当に、

本当に……、

気持ち良かった……。

*

あの時——。

「貴女が好きだ。正々堂々、勝負しよう」

『転校生』はそう言って、ジリリ……とズボンのジッパーを下げると、華奢な体軀にそぐわぬ、泰山《たいざん》を思わせる典雅《てんが》な逸品を曝け出した。応えて鏡子も己のパンツをぺろりと下ろし、愛液でべとべとに塗《まみ》れたそれを血溜まりの中へと落とす。これで両者の股間を守るものは布一枚とてなくなり、『転校生』はその心意気に、さすがだ、と彼女を褒めた——。

希望崎学園祭に現れ武闘派魔人六名を瞬殺した『転校生』は、暴虐な暴力を振るったばかりでなく、恐るべき淫魔人でもあった。鏡子はこれほど卓越した性技術者にかつて出会ったことはなかった。己と互角の技量を持った、生涯初めての好敵手である。先程、軽く股間を撫でられただけでも、彼女は正気を失う寸前となった。それがパンツを捨てた今、敵の次の一撃がどれほどおぞましきものとなるか、まるで見当もつかぬ。しかし、恐るべき敵の絶技を前に、彼女の体はぶるりと——、抑え切れぬ性欲の波にぶるりと震えたのである。そして、『転校生』と鏡子。二人は互いの性を貪《むさぼ》るべく、獣の如くに絡み合ったのだが——、

＊

殺す気は、なかったのに……。

鏡子の目の前で、先の好敵手はその生命を失い、今やただの肉塊と化して転がっている。

彼女は、何度も思ったのだ。

これ以上続ければ、彼が死んでしまう、と——。

けれど、それは鏡子も同じだった。

『転校生』の絶技は彼女の秘部をこれ以上なく的確に掻き乱し、鏡子を忘我の境へと落とし込んでいたのである。一瞬でも気を抜けば彼女は文字通り昇天していたであろう。その、ギリギリの境界線上で、彼女は性に遊び、性を貪っていたのである。

喩えるなら、ボクシングのようなものであった。

精神的にも肉体的にも限界を迎えた中で、彼女はそれでも必死に『転校生』の股間へとすがりつき、彼の肉茎を愛撫した。この一撃で敵がマットに沈みますように、と祈りながら――。

だが、相手は鏡子の愛撫に喘ぎ、射精し、絶望的な表情を浮かべながらも、それでも全身のエネルギーを振り絞り、鏡子の股間へと再度震える手を差し伸べる。

鏡子は、歯を食いしばってこれに耐え、また、相手の一物へと手を延ばす。こうして、両者は半死半生の体で、命懸けの愛撫の応酬を繰り広げていたのである。

これ以上続ければ、彼が死んでしまう――。

鏡子がそう思っても、少しでも愛撫の勢いを弱めれば、敵は容赦なく彼女の股間を刺激する。惜しむ命などないと言わんばかりの捨身の特攻であった。また、彼は鏡子の命を奪うことに何らの躊躇いも感じていないようだった。己のあらん限りの性技を、たとえ彼女を殺すことになっても、構わずぶつけようという勢いであった。だから、鏡子も愛撫の手を緩めるわけにはいかない。

そうして――。

結果として、いま、彼女の目の前で『転校生』の命は費え、物言わぬ肉塊と化しているのである。

先程、『転校生』は腕自慢の魔人六名を瞬殺した。どのような理屈か分からぬが、六名の拳も蹴りも剣も、『転校生』には全く歯が立たなかった。彼は避けるでもなく、防ぐでもなく、ただ平然と受け止めた後、まるで紙でも引き裂くかのように六名の身体を引き千切ったのである。なんと恐るべき頑強怪力。邪賢王ヒロシマなどは、その引き千切られた仲間の体を受け止めようとしただけで逆に吹き飛ばされ、血反吐《ちへど》を吐いて倒れてしまった程だ。訳が分からぬ。道理に合わぬ。もはや理不尽なまでの『転校生』の『強さ』であった。

だが、その『転校生』にも鏡子の愛撫は通用したらしい。現に、いま彼は死体となって彼女の前に横たわっている。

そして、『転校生』は鏡子に容赦ない愛撫を加えたものの、なぜか最後まで彼女を直接打撃しようとはしなかった。鏡子の脆い肉体は魔人の一打には耐えられぬ。打撃を繰り出せば確実に彼女の命を奪えたものを、彼は最期まで頑なに愛撫に拘《こだわ》ったのである。結果として、彼は微笑を浮かべたまま精液の海の中で事切れているのだが、それは性魔人としての彼の誇りによるものだったのだろうか――？

ともかくも、少なくともこの場で『転校生』を倒しうる可能性があったのは、生徒会長ド正義卓也でもなければ番長邪賢王ヒロシマでもなく、ただ鏡子一人であったのだ。だからこそ、彼女は『転校生』をここで止めなければならなかったし、そのためには愛撫の手を緩めるわけにもいかなかったのだが……。

でも——。

鏡子の瞳から、また一粒の涙が零《こぼ》れた。

「どうして、泣いてるんだ……」

不意に、声が聞こえる。

声の主は生徒会長、ド正義卓也。『転校生』の第一撃で、したたかに股間を愛撫され、射精時の肉体負担、精神衝撃に耐えられず、昏倒していたド正義卓也が今ようやく意識を取り戻したのであった。

生徒会長は横たわったまま、霞む瞳で辺りを見回して、それで、明晰な彼は状況を把握したのだろう。

「キミは……希望崎の生徒か……？」

こくり。

鏡子が涙ながらに頷く。

「ありがとう……」

ド正義は擦《かす》れた声で謝辞を述べた。彼は自分の横で倒れている『転校生』を見て、おそらく悟ったのだろう。目の前の少女が『転校生』を倒したことを。彼の謝辞は学園を守ってくれた鏡子の働きに対するものであった。

「それで……」

どうして、泣いてるんだ？　と生徒会長が再び尋ねた。

だが、鏡子にもその答えが分からない。

「キミは『転校生』から……学園を守ったんだ……。笑えばいいだろう……」

「それが、分からないんです……」

今や、鏡子はぼろぼろと泣き崩れていた。

彼女は──。

彼女は目の前の『転校生』から受けた愛撫を、おそらく一生、忘れることはないであろう。

「分からないけど……。すごく、気持ち良くって……。もう、ずっと……」

それほどに、強烈な体験であった。

彼女に、素晴らしい快楽を与えてくれた『転校生』の記憶は、彼女の中でいつまでも生き続けるだろう。けれど──、

「もう、彼は……、私のことを、思い出したくても……思い出せないんですよね……」

「何を……言っているんだ……？」

鏡子はなんだか、目の前で死んでいる『転校生』のことがとても羨ましく思えてきて──、逆に生き残っている自分が、何かとても大きな間違いを犯したような、そんな気がしてきて。

だって、彼女はただ他人《ひと》を悦ばせたいだけなのだから。

「ド正義先輩」

「ん……？」

だから──、

「私、みんなとセックスがしたいです」

「…………⁉」

だから――、

「もう二度と、私の能力で、人は殺しません……」

「……？？？」

「先輩……」

そして、鏡子はド正義の股間へと顔を近づけると……、

「キスして、いいですか……」

彼の一物をゆっくりと口中に含んだのである。

九、電脳戦

二〇一〇年九月二十二日　五時三十分

「──もしもし、ユキミ先輩ですか？　例の〝目〟の件ですけど、良さそうな子を見つけたんで、とりあえずそっちに送っていいですか？」

と、手持ちの電話に語りかけているのは、『転校生』のムーであった。

番長小屋の裏手に位置する人工山腹、鬱蒼《うっそう》と茂る雑木林の中で、暗がりの中、半ば土に埋もれながらじっと身を伏せていた彼は、先程から鏡子と両性院の様子を双眼鏡で窺っていた。二人から、およそ二〇〇メートル離れた位置である。

ムーがいま横たわっている斜面はおよそ人間が登りうる勾配ではなく、魔人の肉体においてすら登攀《とうはん》困難と思われる難所である。鏡子がこの方面への警戒を薄めたのも致し方のないことであったが、しかし、『転校生』を相手にそのような予断は命取りである。

「──ずいぶんと早いな。本当に使えそうなのか？」

と、訝《いぶか》しむのは、これまた『転校生』のユキミ。彼は旧校舎の一室で、黒鈴、長谷部、そして囚われの天音沙希と共にムーからの電話を受けていた。

疑り深い先輩に対し、きっと僕の日頃の行いが良いからですよ、とムーは軽口を叩く。

「たぶん大丈夫です。その子、さっきから一緒にいる男の子とエッチなことばかりしてるんですが……」

「エッチなこと？　この、非常時にか」

ユキミは呆れたような声を出したが、

「いや、しかし――。相手も魔人であるからには何をしていても不思議ではないか。その子の能力に関係があるのやもしれん」

と、思い直した。

――無論、ただのビッチかもしれないが。

「続けてくれ」

「はい。……でですね。その子、エッチなことしながらも、ずっと手鏡を見てるんですけど、鏡に映る光景がさっきからグルグル変わってるんですよ。ただ、途中からは男の子や女の子の……、その、性器ばっかり映ってるんですが。これ、僕はたぶん遠隔視能力だと思うんですよね――」

先輩はどう思います？　とムーが意見を求めてくる。

そうだな、とユキミは応えて、

「途中から性器ばかり、というのが気になるが……。遠隔視の類には違いないだろうな、おそらく。その子に攻撃能力はありそうか？」

「分かりません。さっきから一緒にいる男の子の股間を触ってばっかりです。──あ、でも、その子。どうも右手だけを鏡の中に入れることができるみたいなんですが、これ、もしかすると誰かを攻撃してるのかもしれませんね。分かりませんけど。可能性として考えられるのはそれくらいでしょうか」

後輩の言を受け、受話器の向こうで沈黙するユキミ。

考えているのだろう。

この女──、鏡子をさらうことのリスクを。

『転校生』といえど、未知の魔人を相手にする場合、常に死のリスクは付きまとう。鏡子の攻撃能力を確認したのもそのためで、この時のユキミの深慮は当然のものであったが、しかし、若く血気盛んなムーにはユキミのその慎重さがもどかしい。

「先輩、大丈夫ですよ。その子、遠隔視能力者なんですから。他に何か強力な能力があるとも思えません。第一、そっちには先輩と黒鈴先輩がいるんですから問題なんて起こりえないですよ。『転校生』が二人もいて何を恐れることがあるんですか？」

ムーは『転校生』となってまだ日が浅いが、これまでの依頼では『転校生』としての力を遺憾《いかん》なく発揮し、どの仕事も危なげなくこなしてきた。だから、ムーは思うのだ。自分一人でもこれまで何の問題もなかった。それが今回は先輩二人を加えて『転校生』が三人もいる。たかが魔人一人に何を恐れることがあろうか。彼はそう考えていた。それに──、

「……分かった、やってくれ」

結局はユキミも許可を出すのだ。

——ユキミ先輩、慎重なのはいいけど、結局やるんだから迷うだけ無駄だよなあ。

と、若く生意気な『転校生』は苦笑する。

「じゃ、早速やっちゃいますよ」

先輩の気が変わらないうちに、さっさとやってしまおう——。

携帯に向かってそう呟くや否や、ムーは左手を高々と上げた。夜空に輝く星が、彼の挙手に呼応するかのようにきらりと煌《きら》めく。

だが、無論、これは星などではない。

——UFOである。

ムーは双眼鏡でターゲットの様子を再確認する。対象の女子高生は先程まで横の男のものを口に含んでいたが、その処理も既に終わったのか、今は二人で何か言い争っているようにも見えた。

だが、彼女の右手はいまだ鏡の中だ。

「先輩、確認しますが、一緒にいる男の子はさらわない方がいいですよね?」

「もちろんだ」

ユキミからの簡潔な返答。

もう一人の男、両性院の方はその能力がまるで分かっていない。彼をさらうのは危険である。

無鉄砲なムーといえど、そのくらいの事は弁《わきま》えている。

「約三十秒後に送ります。電話、一度切りますね」

と言って、ムーが電話を切った瞬間。遥か高空にあったアダムスキー型円盤は一瞬でターゲットの頭上十五メートルにまで降下し、相手を淡い光で包みこんでいた。ターゲットの女子高生は光に包まれたまま、するすると上昇していき、UFOの中へと消える。すると未確認飛行物体は先程と同様、一瞬のうちに遥か高空へと舞い上がり、一粒の光へと変じた。接近、捕獲、離脱まで相手に抗う隙《すき》を一切与えぬ完璧な運び。ここまではいつも通りのワンサイドゲーム。

「ナイス、アブダクション」

友好的宇宙人のいつもながらの見事な働きに満足したのか。ムーは一人で小さくガッツポーズを作った。

UFOを使役し、対象をアブダクションする――。これがムーの能力『木曜スペシャル』であった。アブダクションされた対象は船内で宇宙人によりインプラントを施された後に、あらかじめムーが設定しておいた地点へと降ろされる。この能力自体に攻撃力はない。

なお、このUFOはムーの能力により作られたものではない。これ自体は正真正銘、実在する本物のUFOである。当然であるが、この無限の宇宙には無限の地球外生命体が存在している。そして、太陽系第三惑星である地球へと飛来するUFOも、地球外生命体の無限性を考えればやはり無限に存在している。つまり、私たちの頭上には無限のUFOが毎日びゅんびゅんと無限に飛び交っているのだ。気づいていないのは私たち人間だけである。そして、そんな無限のUFOの中には、人類に友好的なUFOも当然存在するし、さらに言えばムー個人に対して友好的なUFOが一つくらいあっても何ら不思議ではない。つまり、ムーの『木曜スペシャル』とは、その友好的なUFO、ならびに乗員である宇宙人と心を通わせ、その力を借りる能力に過ぎないのだ。

……………と、ムー自身はそう『認識』している。

鏡子をさらった円盤は、三十秒後、旧校舎へと再び姿を現す――。

＊

「……痛ッ！」

天から差す淡い光に包まれたと思った次の瞬間。

固い地にしたたかに尻を打ち据えた鏡子は、目の前の荒涼とした教室と、見慣れぬ男の姿に、まず戸惑う。

だが、男の背後に、十字架に架けられた裸の少女を確認した時、彼女は認識する。目の前の男は……

――『転校生』だ！

鏡子は動いた。

右手はいまだ鏡の中である。

左手で男の股間を狙う。

『転校生』といえど、鏡子の愛撫は有効である。それは昨年、学園祭に現れた『転校生』を彼女が倒したことからも証明されている。だが――、

彼女の左手は届かない。

鏡子が股間に手を延ばそうとした瞬間、背後から飛び掛かった黒鈴のナイフが彼女の首を切断し終えていたからだ。正面のユキミは囮《おとり》。攻撃役は背後の黒鈴。彼ら三人が組んだ時のお馴染みの陣形《フォーメーション》であった。

黒鈴の刃を受け、ずるりと鏡子の首が滑り落ちる。一方で彼女の胴体は、頸動脈《けいどうみやく》から噴水の如くに血潮を撒き散らして、ぐらりと揺れた後、静かに倒れた。血飛沫は天音の裸体へと降り注ぎ、彼女の白肌に赤い斑模様を残す。長谷部も頭から飛沫を浴びて、うひいいと情けない声を絞り出しながら腰を抜かしてへたり込んだ。

闇の中、黒鈴は鏡子の髪を無造作に掴むと、その白濁液まみれの顔を見て嫌悪感をあらわにし、と、ユキミの目の前に差し出した。髪を掴んだ黒鈴の手にも、男の液体がべっとりと付着している。

「……どう思う、これ？」

これにはユキミも困り顔で、

「お前にはいつも同情するよ……」

と、溜息を吐く。

その時。

――携帯が鳴った。

無論、相手はムー。三人の番号を知るものは、この世界ではこの三人の他にいない。

黒鈴に、ちょっと待ってろ、と目で合図を送り、ユキミは携帯に出る。電話機の向こうからは、いつも通りの、後輩の能天気な声が聞こえてきた。

「——あ、もしもしー。先輩、どうでした？　無事に受け取れました？」

「ああ、そのことだけどな。送ってもらった子は問題なく仕留めた。ただ——」

「ただ？」

ユキミの保留の接続詞を受けてムーの声音に不安が混じった。「危険はないですよ」とテキトーに言ってしまった手前、少しは責任を感じているのだろうか。

「この子、一体何をしてたんだ？　顔中が精液まみれだぞ。黒鈴が嫌がってる」

「……あー。あれは精液だったんですか。遠目に見てて、なんかテラテラしてるなー、とは思ってたんですが……。すいません。でも、贅沢《ぜいたく》言わないで下さいよ」

と、ムーは軽く笑った。二人に危険がなかったようでホッとした様子である。

「そうだな、確かに贅沢は言えんか……。まァ、とりあえず帰って来いよ。二人で、これ、洗おう」

「——えっ、僕もですか!?　いやですよ、知らない男の精液なんて触りたくもない！」

ムーの短絡的な拒絶反応に、ユキミはまた一つ、深い溜息を漏らした。

「……いや。オレだってな、そりゃあイヤだよ。なんで異界に召喚されてまで、こんなもの洗わなきゃいけないのかって、そう思うよ。でもな、黒鈴に洗えってのも、そりゃあ酷だろ？」

「まあ……。そうですよね……」

と、黒鈴のことを出されてはムーも仕方がない。渋々承知した。これから彼女の行うことを考えれば、確かに自分たちで下準備くらいは行うべきだろう。

ムーが納得してくれたことにホッとするユキミ。彼だってこんなものを一人で洗うと思うと憂鬱なのだ。さて、そうと決まれば善は急げ。ユキミは再びムーに迅速な帰還を呼びかける。だが――、

「ま！　そういうわけだ、とりあえず帰っ――」

と、ここで唐突にユキミの発言が止まった。

一呼吸待ったが、言葉を継ぐ気配は感じられない。

「あれ？　聞こえてますか、センパーイ？」

急に応答が途絶え、電話口のムーが訝《いぶか》しがる。

センパーイ、センパーイと、二、三度連呼した後、画面を見るもアンテナは無事に三本立っている。

「――ユキミ？」

黒鈴も不審に思い、懐中電灯片手にユキミに近づく。

しかして、彼の顔を覗き込んだ瞬間。

彼女はぎょっとして眼《まなこ》を見開いた！

ユキミの眼球が、0と1の数字の羅列《られつ》で埋め尽くされていたのだ！　0と1の組み合わせは凄まじいスピードで彼の眼球内を上っていく。何らかのプログラムが彼の脳内を走っているかのように――。

「ユ、ユキミ！　ちょっと、ユキミ！　聞こえる⁉　ユキミ！」

黒鈴は鏡子の首も懐中電灯も取り落として慌ててユキミを揺さぶるが、この褐色の『転校生』は黒鈴の呼びかけにも何ら反応を示さない。直立不動の姿勢で石のように固まっている。

しかし、この黒鈴の必死の呼びかけが、電話口のムーにも異変を伝えていた。

「先輩、どうかしたんですか⁉　今すぐ戻ります！」

ムーは慌ててUFOを呼ぶ。彼の『木曜スペシャル』は自分自身にも使用可能で、鏡子を送った時と同様、UFOに乗れば一瞬でユキミたちの下へと帰れる。無論、彼自身はインプラントを受けることはない。

一方、黒鈴は、ユキミの眼球に浮かぶ0と1の羅列から、彼が何らかの電脳攻撃を受けている可能性を導出していた。となれば、怪しいのは携帯電話——！

彼女はユキミの手から携帯電話を取り上げようとするが、しかし、離れない！　ユキミの右手は死後硬直の如くに固まっている。『転校生』である黒鈴は、相手がどれほどの握力を持っていようと容易くその手を開かせることができる。『転校生』とはそのような存在である。だが、同じ『転校生』のユキミが相手となれば話は別。ユキミの方が素の握力は強い——。

彼女は一瞬の間、逡巡《しゆんじゆん》する。

——ムーを待つ？　いや、間に合わないかもしれない！

「くぅ……！」

黒鈴は、先程、鏡子の首を切断したナイフを握り締めると、ユキミの右手ごと携帯電話を刺し貫いた！

「痛っ——！」

ユキミの手の甲に赤い線が走るや否や、彼は苦通に顔を歪ませて電話を手からこぼす。同時に、石像の如くに硬直していた彼の身体も柔らかみを取り戻していく。黒鈴の一撃は携帯電話の通信機能を破壊し、敵魔人の電脳攻撃からユキミを救い出したのであった。

——この時。ユキミへの電脳攻撃を仕掛けたのは、無論、生徒会の電脳魔人ｘｘである。彼の能力『インターネット殺人事件』は、人間の頭脳をコンピューターに見立て、電脳網を通してｘｘと対象とを接続し、相手の精神を電脳空間へと拘束するものである。二年前の夏休みから晩秋にかけて学園を騒がせた「植物人間連続発生事件」の実行犯こそが、まさに彼ｘｘであり、その彼が、生徒会との司法取引によって、ド正義の下で生徒会書記として飼い馴らされていることを知るのは、生徒会、番長グループの一部の人間のみである。

ｘｘの手口は、標的がパソコン、携帯電話など何らかの通信機器と接触し、彼がそれを察知することから始まる。ｘｘは通信機器を通じて、まず相手の脳内へと圧縮ソフトを送り込む。そして、ｘｘは外部から命令を発し、相手の精神をフリーズさせつつ、同時に相手の思考機能と記憶領域の圧縮を開始する。そして、圧縮し終えたところで、それを彼の専用サーバーへとアップロードし、そこで解凍することにより、相手の精神を電脳空間へと閉じ込めるのである。

なお、この時に用いる専用サーバーとはｘｘ自身の脳に他ならない。人間の脳は一生の内に潜在的許容量の〇・〇一％程しか使われないという。ゆえに、彼自身の脳内で他に一〇〇人や二〇〇人の精神を展開したところで然程《さほど》の問題はないのである。そのため、正確に言えば、『インターネット殺人事件』は相手の精神を電脳空間へと閉じ込めるのではなく、ｘｘの脳内へと閉じ込めているわけであるが、ｘｘの脳は先述の通り常時接続であるため、電脳空間へ禁固していると言っても過言ではないだろう。

今回のユキミは脳内での圧縮作業中に黒鈴に助けられたため、幸いにも思考機能をアップロードされることは免れた。思考機能をアップされてしまえば、ユキミは一切の思考を封じられて植物人間と化していたし、記憶領域までアップされてしまえば『転校生』の秘密は全てｘｘに筒抜けとなっていたであろう。圧縮途中であった記憶もエラーの発生に伴い解凍された。ユキミは手に傷こそ負ったものの、精神には一切の傷害を残すことなくｘｘの攻撃を乗り切ったのである。黒鈴の『転校生』としてのキャリアが電脳攻撃の可能性を見抜き、危機的状況からユキミを救ったのであった。

「――ユキミ！」

仲間の無事を確信し、黒鈴は思わず彼に抱きつく。

一方、突然に黒鈴に抱きつかれたユキミは訳が分からず――、その上、いつの間にか右手にはナイフまで突き刺さっているものだから、やっぱり訳が分からず困惑していたが、その時、目の前の空間が歪み、

「――先輩、大丈夫ですか！」

と、ムーが現れる。しかし、目の前で抱き合う二人を見て、ムーもやっぱり訳が分からない。

＊

ばしゃばしゃばしゃ。

――で、結局、僕がやることになるのか。

教室の隅で、ペットボトルの水を鏡子の生首にばしゃばしゃとぶっかけながら、ムーは一人でしょんぼりとしていた。

「――と、いうわけでな。黒鈴の話ではどうも携帯がヤバイらしい。これからは携帯の電源は切っておくように。おい、ムー、聞いてるか？」

「はあい」

ムーは生返事を返す。ユキミはいま黒鈴から右手の治療を受けている。あの後、「怪我人にこんなものを洗わせるわけにもいかないだろう」という空気が一座に流れ、結局、ムーはいま一人で鏡子の、――精液まみれの首を洗っているのだ。

「――ユキミ、ごめんね。いま思えば電源切るだけでも良かったかも……」

「いや、仕方ないさ。あんな状況だったしな。ベストな判断はそうそうできるもんじゃない」

慰《なぐさ》めるようにユキミは言う。実際のところ、ｘｘの侵入を受けた携帯電話は電源を切ろうとしても内部回路が応答しないため、黒鈴の採った手段こそが正解であったのだが。

「とにかく助かったよ、ありがとう」

「ユキミ――」

ムーを差し置いて、二人はなんだか良い感じになっている。その一方でムーは精液まみれの女の首を必死に洗っているのだから彼が不貞腐《ふてくさ》れるのも仕方がない。

「——はい、洗いましたよ！」

二人の前に、ムーがドンと生首を置く。

「じゃ、後は頑張って下さい！」

ぶっきらぼうだ。

「ムー、お前、怒ってるのか？」

「怒ってなんかいませんよ！」

明らかに不機嫌だ。

すると、ユキミは途端にしゅんとした態度を取って、

「すまんな。オレが不覚を取ったばかりに……、お前にばっかり面倒かけちまって……」

などと謝りだすのだから、今度はムーの方がびっくりしてしまい、

「あ、いや、別に先輩のせいって訳じゃないですし！　あ、ほら、早く食べちゃって下さいよ。ね、黒鈴先輩！」

などと、しどろもどろである。

黒鈴はそんなムーの様子を見て、「この子、扱いやすいわ……」などと考えていたが、さてさて、問題はこれからだ。嫌々ながらもムーが洗ってくれたことだし、ここは確実に成功させなければ——。

懐中電灯の仄《ほの》かな光の中、黒鈴は先程から大活躍しているナイフを取り出すと、鏡子の右こめかみに刃を立て、そのまま横にすらりと引いていく。次に頭頂部から十字にナイフを走らせると、鏡子の頭蓋骨はぱかりと割れて、桜色の脳味噌が綺麗に露出した。

「ほわぁ、いつもながら見事ですねえ」

と、ムーが感嘆の声を上げるが、ユキミは「しっ！」と、それを咎《とが》める。ここからの作業は別の意味でデリケートなのだ。男二人には黙って見守るより術はない。

黒鈴は柄の長い銀のスプーンを懐から取り出す。そして、鏡子の脳味噌へと突き刺し、一掬《ひとすく》いすると、ピンク色のそれを己の口へと近づけた。頭皮こそ失われたものの、鏡子の容姿は依然として生前のままであり、まるで人の顔をした器に載せたゼリーかプリンを食すかの如き様相である。長谷部は――、この臆病な数学教師は、先程、鏡子の殺害を目撃して腰を抜かしていたのだが、この光景にはいよいよ平衡を失ってしまったのか、『転校生』たちから顔を背け、壁に向かってぶつぶつと何かを呟きだしている。そうするうちにも、スプーンにちょこんと載った鏡子の可愛い脳味噌が、黒鈴の小さな唇を潜る――。

これが黒鈴の能力『XYZ』であった。彼女は魔人の脳味噌を完食することで、それを消化、排泄しきるまで、対象の能力を使用することができる。ただし、一度に使用できる能力は一つだけであり、新しく別の脳を食べると以前に食した能力は失われる。

そして、鏡子の脳味噌の最初の一口が、黒鈴の口中へと含まれると――。

彼女は「ウッ」と小さく唸った。目を見開き、両手を口へと当てて蒼白の表情を見せる。

……吐き気を堪えているのだ。

こんな能力を持つ彼女であるが、人の脳を食すなど、やはり気持ち悪いのだった。彼女も別に望んでこんな能力を得たわけではない。

脂汗を浮かべながらも、黒鈴は覚悟を決め、えいっと口中のものを飲み込む。喉を通る味噌の触感、臓腑へと落ちる味噌の感覚、そして、人の脳味噌を収めたという嫌悪感がそのまま吐き気へと変じて、喉の奥から酸っぱいものが込み上げてくるが、黒鈴は呼吸を整え、なんとかそれに耐えようとする。堪えようとする。

——だが、その時、彼女は見てしまった！

わずかに残る鏡子の頭髪の間に、誰の者とも分からぬ汚らわしい白濁液がこびりついているのを！

連想せざるを得ない。

白濁液にまみれた鏡子の首を。そんな女の脳を食べている自分を——。

だから、黒鈴の吐き気は一層悪変し——、

——バカ！　ムーのバカ！　洗うならもっと綺麗に洗いなさいよ！　バカ、バカ！

心中では思わず八つ当たりもしてしまう。

……黒鈴が鏡子の首を見た時。彼女が嫌悪感をあらわにしたのはこれが理由であった。脳味噌を食うというだけでもこの上なく気持ち悪いのに、それが男の精液にまみれているなど最悪である。実に業が深い。

――ああ、もう……。なんであたし、こんな能力なんだろう……。

と、黒鈴は己の力を嘆くことしばしばである。

彼女が能力『XYZ』に目覚めたのは中学二年生の時であった。その時、彼女は自宅の居間にてソファーに腰掛け、プリンを食べながら、映画『バタリアン』を見ていた。タールマンが犠牲者の脳味噌にかぶりつく様子をきゃっきゃと笑いながら見ていた彼女に、姉が「あんた、よくそんなもの見ながら食べれるわねえ」などと冷笑し、黒鈴が「ぜんぜんへーきー」と返した瞬間、彼女は魔人へと覚醒していた。

なんでこんなことで魔人になったのか、彼女にはさっぱり分からなかった。「ま、いっか……。脳味噌なんて別に食べなくても困らないし……。ていうか、食べる機会なんて一生ないだろうし……」などと最初は軽く考えていた彼女であったが、その後、何の因果か、否も応もなく食わざるをえない事態に巻き込まれ、それが、いまやすっかり『転校生』である。しかも、『XYZ』自体は高い汎用性を持つ優秀な能力であるため、依頼をこなすにあたり、彼女は毎回一人か二人分の脳味噌を喰らうハメになってしまう。その度におぞましい吐き気に耐えながら健気に頑張ってきた黒鈴であったが、しかし、今回のケースは取り分けて最悪だ。なんで精液まみれなんだ。

「フレー！　フレー！　く、ろ、す、ずっ！」

ムーの無責任な声援が飛ぶ。

――バカ、うるさい！

黒鈴の想いに応えたのか、ユキミがムーを結構本気で小突いて、「あいてっ」とムーが涙ぐむ。

吐き気を堪えている時には、話しかけられたり励まされたりすることすら苦痛なのだ。そっとしておいてあげるのが一番である。黒鈴と付き合いの長いユキミにはその辺りの機微《きび》が分かっていたが、ムーはなんで殴られたのかも分からず、ムッとしているユキミの顔を見ながら、おろおろと困惑するばかりである。

――しかして、十五分後。

黒鈴は、なんとか鏡子の脳味噌を完食。

脂汗にまみれ、息遣いも荒い黒鈴に、ユキミはハンカチを手渡し、静かに、優しく、声を掛ける。

「大丈夫か？　無理はするなよ。吐き気が収まるまでしばらく休んでていいからな」

嘔吐すると黒鈴はその能力を使えなくなってしまう。過去にはこれで何度か失敗もしている。

しかし、彼女は気丈にも首を振ると、

「――ううん、大丈夫。いけるわ……。それより、そこの鏡、取ってくれる……？」

「これか？」

黒鈴が指したのは鏡子の死体が右手に持つ（正確には右手が中へと入っている）赤い手鏡である。

ユキミがそれを取り上げると、鏡子の右腕は簡単に手鏡から離れた。残された死体には、右手首から先がない。おそらく能力者が死亡したことにより、右手は鏡を通じた先の空間へと取り残されたのであろう。右手の先からは血が滲《にじ》み出していた。

ユキミは気を遣って、手鏡に付着した精液を拭き取ってから黒鈴へと手渡す。黒鈴は謝辞を述べた後、しばらくそれを覗き込んでいたが、二、三度、彼女が鏡の角度を変えると、鏡面には、この教室ではない、どこか外の世界が不意に映りこんだのである。黒鈴はホッとした様子で、

「良かった……。やっぱり遠隔視能力ね……。頑張った甲斐があったわ……」

「これ、どこを映してるんですか？」

ムーがひょいと鏡を覗き込んだ。

「すぐそこ……。窓の外、見てみて……」

直ちにムーが窓へと駆け寄って、「ホントだ、鏡の中と同じです」と告げた。

ふむ、とユキミも頷いて、

「黒鈴、遠隔視の有効範囲は？」

「二キロほどね……。ここからだと生徒会室までは覗けないわ。ユキミ――」

「ああ、分かってる」

応じて、ユキミは胸ポケットから一枚の折りたたまれた紙片を取り出した。広げていくと、そこには校舎だの体育館だのといった記載が見える。この学園とその周辺の地図をコピーしたものであった。

続いて、ユキミは地図中の学園敷地を赤ペンで囲み、それを黒鈴へと手渡す。これがユキミの能力『有無』である。彼は魔人の能力の有効範囲を自由に拡大・縮小する力を持っていた。先程の、たったあれだけの作業で、黒鈴の『ぴちぴちビッチ』の有効範囲は学園全体へと拡大された

のである。

――なんでユキミの『有無』は、こんな簡単でこんなに使い勝手がいいんだろう。

彼の能力を見るたびに黒鈴はなんとも残念な気持ちになる。ムーの能力も簡単で使い勝手が良いし、なんだか自分ばかり損している気分だ。

「じゃあ、黒鈴。早速だが生徒会室を見せてくれ」

「うん……」

黒鈴が再度適当に角度をいじると、手鏡の中に生徒会室らしき場所の様子が映った。鏡面には、周囲に指示を出す神経質そうな長身眼鏡の男と、蟇蛙の如き怪異な容貌の醜男が映し出されている。

ユキミは、長身眼鏡の男――、ド正義卓也に目を留めると、

「おそらく、彼が生徒会長のド正義卓也君だ」

と、言った。それからぼそりと、

「確かに、克也《かつや》さんに……良く似てるな……」

とも呟いた。

それが、ずいぶんと感慨深そうな表情だったから、

「ユキミ、知り合い……？」

黒鈴が心配そうに声を掛ける。まさか、ユキミほどのベテランにそのような心配も無用だろうが……。それでも『転校生』も人間である。知人の命を奪う際には躊躇《ためら》いが生じることもあるし、

それが命取りとなることもある。

「いや、彼は直接知らないが、彼の親父さんの方とな」

「大丈夫？　辛かったら、私たちでやるけど……」

しかし、ユキミは自分が心配されていることに気付くと、

「おいおい、よしてくれよ。オレは昨日今日『転校生』になったようなペーペーじゃないぞ。いまさら知り合いを殺すことに躊躇ったりしないよ」

と、苦笑した。それから、

「お前だってそうだろ？」

黒鈴に同意を求める。

——確かに。

『転校生』の存在を考えれば、知人が死のうが苦しもうが何の意味もない。それに心を囚われるのは単に『転校生』という立ち位置に不慣れということ。それだけである——。

「黒鈴、それより生徒会室の他の場所も見せてくれ」

求めに応じて、黒鈴は再度手鏡の角度を変える。今度は、砲丸と思しき物体を引っ提げた筋骨隆々の男子、長い前髪で顔を覆った猫背の女生徒、二体の遺体の前で悲しみを堪える少女などが次々と映し出された。

ムーは、最後の少女を目にして、

「あ、これ、僕が殺した二人ですよ。ってことは、この子が二人が言ってた、あゆ……さん、か

な？」

「あゆ……？」

　ユキミが問い直す。思い当たる節があったようだ。

「ええ、二人が頻《しき》りに気にしてたんですよ、この子のこと。どんな能力なのか、聞こうと思ってたんですが失敗しちゃって……」

　ムーは夜夢の拷問に失敗して、その情報を聞き出せなかったのだが……。

「あゆ、か……、なるほどな。おそらくは——。長谷部さん、ちょっと来てくれ」

　ユキミは部屋の隅で震えている長谷部を呼ぶ。だが、長谷部は鏡子の殺害と黒鈴の食事を目にしてからというもの、壁に向かって塞ぎこんでいるばかりで、『転校生』の呼びかけも届いていないようだった。

　ユキミは再度溜息を吐く。

　先程まであれだけ高圧的だった男が、あの程度の惨劇を目にしただけでこの有様だ。こんな調子で最後まで持つのだろうか……。口ほどにもない長谷部の脆弱さに、ムーなどは呆れ顔を隠そうともしない。

　呼んでも無駄だと判断し、ユキミは面倒くさそうに長谷部の襟《えり》を引っ張ってきた。

「長谷部さん、どうだ？　この子が友釣香魚か？」

　長谷部の眼前に手鏡を突きつけ、尋ねる。

「そ、そうだ……」

数学教師は弱々しく答えた。

「……黒鈴、ムー。どうやらビンゴらしい。この子が長谷部さんの言ってたウイルス能力者だ」

「ああ、この子がそうだったんですか。男だけを即死させる能力者ですよね……。そっかあ、あの二人はこの子を奪い合ってたのかぁ」

地味だけど確かに可愛い子だもんなあ、とムーは明後日《あさって》の感想を述べて一人で納得している。

一方、ベテランの黒鈴はもう少し真面目な表情で、

「現時点で……私たちが最も警戒すべき魔人よね……。彼女の動向を追えるのは大きいわ……」

と、呟いた。

無限の攻撃力と防御力を持つ『転校生』であるが、彼らでも即死能力は防げない。だって即死能力なんだから。『転校生』だって即死する。よって、長谷部からもたらされた魔人情報の限りでは、男を無条件で殺害する友釣香魚の能力は現時点で最も危険な代物であった。その警戒すべき魔人の姿を捉えた一同が、さて、これをどうしたものかと押し黙っていると——、

「先輩。この子、さらっちゃいません？」

ムーが軽やかにその沈黙を破った。

しかし、発想は悪くない。

「そうね……。たとえば、ムーのアブダクションと同時に、私だけここに残して二人は窓から飛び降りればどうかしら？　私ならこの子の能力効かないし……」

「でも、彼女の能力範囲が意外と広かったら巻き込まれる恐れがあるかな？」

「いや、それはオレの『有無』があるから問題ない」

ユキミの『有無』は能力範囲の拡大・縮小を行う能力である。つまり、この教室だけを囲った地図を黒鈴に持たせ、友釣香魚が現れると同時にその地図を押し付ければ、友釣の能力範囲は教室内のみに限定され、ユキミ、ムーに累が及ぶことはなくなる。なるほど、確かに現状、友釣香魚の抹殺は可能だ……。彼女は凶悪な即死能力を持つ厄介な魔人だが、しかし、魔人など能力さえ知れてしまえばこんなものである。打つ手などいくらでもある。

「じゃあ何も問題ないじゃないですか！　先輩、やっちゃいません？　脅威を一つ確実に排除できますよ」

「そうだな……」

友釣香魚拉致《らち》殺害の提案を受け、ユキミ、しばし黙考――。だが、

「――いや、待て。先に確かめたいことがある」

おかしいと思わないか、とユキミが言う。

「見ろ、生徒会のやつら、こんな早朝からやけにバタバタしている……。黒鈴、念のため校舎の内外をざっと見せてくれ」

「確かにずいぶん慌《あわただ》しいですねえ。こんな朝っぱらから一戦交えるんですかね？　そういや番長小屋には二人しか残ってなかったし、それもありえるかも――」

ムーの予想は的中する。黒鈴の鏡は、新校舎入り口へと差し掛かった番長グループ一行の姿を映し出したのである。

「……やはりな。役者が揃い踏みだ。開戦を記念して一緒に朝メシでも食べるのでなければ、まァ、戦争だろう」

ならば、友釣の処遇について、答えは出たも同然だ。

「ムー、友釣の拉致はいつでもできる。それより、これは絶好の機会だ。精々両派に潰し合ってもらおう」

「そうですね。そういうことならこっちが優先ですね。お互い良い勝負ができるように、僕たちで手を貸してあげましょう」

そう言って、ムーと黒鈴はクスクスと笑った。

黒鈴が〝目〟となり情報を集め、ムーがさらって、全員で仕留める。これが、ユキミ、黒鈴、ムーの三人が組んだ時の最も基本的なコンビネーションプレイであった。彼らは今回、その基本戦術を「生徒会vs.番長グループ」の戦局操作に応用するつもりである。

「しかし……」

手鏡を覗きながらユキミが呟く。

「それにしても、番長グループには女が多いな……」

ここで「全員が女」ではなく、「女が多い」と彼が考えたのは、バルをはじめ、一部の女体化した男たちの容姿がとても女には見えなかったためである。しかし、これが結果的に両性院男女の命を救ったと言えるだろう。もし、この時、ユキミが「全員が女である」ことに気付いていたならば。

『転校生』たちは、きっと性別転換能力者の存在にも気付いていたであろうから――。

『一刀両断』

二〇一〇年五月十八日　六時

春の木漏れ日も清々しい、早朝の剣道場——。

自主的に課している毎朝の早朝練習のため、希望崎学園剣道場を一人訪れた白金翔一郎は、そこに待ち構えていた先客を目にし、声を掛ける。

「どうした、一刀両。早いな」

——先客は女子剣道部主将、一刀両断であった。

おかっぱ頭に切れ長の目を持つ、まあ可愛らしいと言って良い少女である。少々古風な雰囲気を漂わせているが、それは単に彼女の生真面目な性格がそう見せているだけかもしれない。

その一刀両断が——、二年生にして主将を務め、生徒会役員という大任も兼任する一刀両断が。一人、剣道場に座し、何やら思い詰めた様子で、白金翔一郎の到来を待っていたのである。異様な雰囲気があった。そこで、

「一刀両、どうした？」

と、白金が再び尋ねると、彼女は急にどぎまぎとし始め、真っ赤になって──、

「あ、あの……」

などとしばし言い淀《よど》んでいたが、それでも、いよいよ覚悟を決めたのか、

「せ、先輩……！　わ、私と……！」

──斬り結んで下さい！

と、いきなり言い出したのである。

その一刀両は、まるで愛の告白でもしたかのように赤面し、あたふたと落ち着かぬ態度で相手の返事を待っている。

対して、白金は至って冷静に、

「どうした？　生徒会からオレと勝負してこい、とでも言われたのか？」

と聞き返すと、一刀両は慌ててぶるぶる首を振って、

「い、いえ……！　生徒会とは、全然関係ないです……。あの、これは私の、個人的な、お願いで……」

だから、お願いします──、と良く分からないままに結んだのである。

白金は、そんな一刀両の取り乱した様子をクスッと笑うと、

「お相手しよう」

と言って竹刀《しない》を手に取った。

「もちろん竹刀でいいんだろ？　まさか真剣で斬り合いたいなんて言わないよな？」

「あ！　はい……。竹刀でも、大丈夫です。でも……」

「でも――？」

一刀両はまた真っ赤になりながら、とても恥ずかしそうな素振りで、

「あの――。一刀両を殺すつもりで、お願いできますか……」

と言った。

＊

一刀両断は高校女子魔人剣道界最強の剣士である。

昨年の魔人玉竜旗では一年生ながらに全国優勝を果たし、その後の大会でも向かうところ敵なし。どの試合でも圧倒的勝利を収めている。

――が、しかし。

男子魔人剣道界が狭い世界であるように、いかんせん女子の世界も狭い。競技人口は男子の約半数。そのため、いかに一刀両がこの世界の中で強いとはいえ、所詮は数十人の中で最強というだけの話である。

無論、そうはいっても彼女が強いことも確かなのだから、普通なら己の腕を誇って天狗《てんぐ》になっても良さそうなものだが、逆に、一刀両は己が井の中の蛙《かわず》であることを強く自覚していた。なぜなら、彼女は日頃、希望崎学園剣道場にて、自分よりも遥かに卓越した技量を持つ白金翔一郎を間近に見ていたのだから――。

ところで。魔人と化したエースが人を相手にサッカーができなくなったのと同様、剣道においても事情は変わらない。魔人相手では防具など無意味である。紙である。鍛えられた魔人の本気の一撃に耐えうる防具などない。よって、魔人と人では競技にならぬ。確実に死人が出る。魔人相手に練習なり試合なりができるのは、やはり屈強な肉体を持つ魔人のみである。

だが、ここ希望崎学園女子剣道部といえど、一刀両断の本気の一撃に耐えうる魔人などいなかったのだ。それは全国大会においても変わらず、彼女は常に全力から五割引、六割引といった程度の力で、日頃の部活なり大会なりをこなしていた。これ以上の力を出せば、相手が魔人といえど大怪我――いや、下手をすれば殺してしまいかねない。一刀両断は全力を出し切れぬ己の境遇に悶々としたものを抱えていたのだが――。

ここ、希望崎学園には一人の例外がいたのだ。

白金翔一郎である。

彼の技量は一刀両よりも明瞭《はっきり》と上。一刀両が相手を殺す気で――、十割の力で白金に挑んだとしても勝てる見込みは少ないであろう。

だが、それゆえに、彼女も白金に対してなら全力で挑める。そして、全力を出すことができたなら、

――きっと気持ちいいだろうな！

と、彼女は考えるのである。

男子部の日頃の練習を見る限り、男子剣道部には白金の他にも服部産蔵という実力者がいるた

め、白金の状況は一刀両よりは幾らかマシなようであった。他の部員はともかく、白金も服部に対してはかなり遠慮なく力を振るっている。しかし、それでも八割弱といったところか。一刀両より状況が良いとはいえ、彼もまた全力を振るえる立場にはなかったのである。

——私は全力で、白金先輩を殺すつもりで挑みたい。

と、一刀両は思うが、しかし、それはエゴであると彼女自身も気付いている。

実際に己の技量で白金を殺せるかどうかは措いても、気持ち良いからといって己ばかりが全力を発揮し、僅かとはいえ白金にばかり死のリスクを負わせるなど、なんとも失礼なことだと彼女は思ったのである。喩《たと》えは悪いが、たとえばセックスの際に相手の快楽を一切考えず、ただ自分のオーガズムばかりを相手にねだるような、そんなはしたない行為だと、この時の一刀両は考えたのである。無論、純朴な一刀両は、そんな下卑た喩えなど脳裏に浮かぶはずもなかったが、彼女の心中は大体このようなニュアンスであった。

よって、結論として一刀両は。

——白金先輩も、私を殺す気で、全力で来て頂ければ……。

きっと先輩も気持ちいいはずだ！　となったのである。

そこで先の発言に至るのであるが、己の力量の未熟を自覚している一刀両としては、白金のような実力者にこのような厚かましいお願いをすること自体どうかと思われたし、自分のような若輩者相手に「本気を出して下さい」などというのも不遜な気がしてきて、あのように真っ赤になって恥じ入っていたのであった。

だから、己の厚顔無恥《こうがんむち》な申し出に、白金が、

「わかった」

と快く応じてくれた時は、一刀両はもう天にも昇らん程の心持ちとなって――。白金の本気の剣を受ければ、おそらく己の命は無いものと知りつつも、そんなことよりも、一刀両の心中は白金への感謝の気持ちで溢れかえっていたのである。自分も全力を出せる。それに、白金先輩にも全力を出して頂ける――、尊敬する先輩と一緒に、とっても気持ち良くなれる、と。一刀両には
それがとても幸せなことだと思われた。

「ただし、お互い能力は無しだ。剣技の優劣のみを競うことにしよう」

「は、はい……！　承知いたしました」

それで――。

＊

三十分後。

一刀両は保健室にて意識を取り戻したのである。

彼女の横には白金翔一郎が座っており――。

一刀両断は胸に激しい疼痛《とうつう》を覚えていた。

見たところ既に手当てはされているが、相当の痛みだ。息をするのも苦しい。肋骨《ろっこつ》の数本は砕かれているだろう。

傷の痛みに呻いた一刀両に白金が気付いて、

「ふむ、目を覚ましたか」

と言って、手当ては既に九頭龍《くずりゅう》先生がしてくれている、と付け加えた。

白金の言う九頭龍先生――、九頭龍愛奈《あいな》とは希望崎学園の保健医である。多少の怪我や病気は――肋骨が折れた程度のものは、ダンゲロスでは全て保健室で処置されていた。本来の養護教諭の職分からは外れた医療行為であるが、『学園自治法』成立以降はその辺りも有耶無耶《うやむや》となっている。

一刀両は、白金に砕かれた胸を左手で押さえ、その痛みを確認すると、

「ううっ……」

呻いて、ぼろぼろと泣き出した。

「おい、どうした一刀両。痛むのか――」

白金が心配そうに声を掛けてくれる。

でも――。

そうじゃなくて。

「先輩……、先輩は……」

一刀両はまた、ぐずぐずと泣いて、

「先輩は、私相手じゃ……、やっぱり本気は……」

出せなかったんですね、と言った。

あの時——。

試合が始まり、裂帛《れっぱく》の気合が交差して。

けれど、二人の勝負はあまりにあっけなく、一瞬のうちに終わった。

白金の初太刀が一撃で一刀両の胴を薙《な》いだのである。

胸を砕かれた一刀両はそのまま倒れ、昏倒したのであるが、しかし、どう考えても、白金の全力の一太刀を受けてこんな軽傷で済むはずがないのだ。

一刀両はもう一度胸を押さえて、痛みを確認する。

肋骨が肺に突き刺さったわけでもない。

衝撃で胃が破裂したわけでもない。

ただ、幾らかあばらを折られただけである。白金の技量からすれば考えられないほどの軽傷。

となれば、やはり白金先輩は——。

「いや、お前は強かったよ」

と、白金。

「そうだな。オレも全力の……八割は出していた」

服部先輩と同じくらいか、と一刀両は心中で歎く。

それでは意味がない……。

「先輩……」

「ん？」

「先輩は、どうすれば、本気で私と――」

戦ってくれますか、と一刀両が涙ながらに尋ねると、白金は、そうだなと呟き、少し考えてから、

「……八割の力で勝てる相手に全力を出すことはないな。お前が死んでしまう」

と答えた。

――やっぱり。

白金先輩は私のことを気遣っている。

私は、結局、先輩のことを殺すつもりだったのに……。

私は結局、自分のエゴに先輩を巻き込んでしまっただけなのか、と一刀両は思って、

「すいません。私の力不足で……、ごめんなさい……」

「いや、気にすることはない」

しかし、白金が気にせずとも、一刀両の方が気にするのである。彼女は、大好きな先輩を気持ちよくできなかったのだから。

「一刀両、お前は自分より強い相手と戦う機会がなかっただけだ。これからまたお前は伸びるだろう。それで、もし良ければ――」

白金は、自分が胸を砕いた少女を前にして、これを言って良いものかどうか一瞬迷ってから、

「もし、良ければ、オレがまた相手になろう」

と、言った。

素直に、嬉しい一言ではあった。

白金先輩は、きっと私が頼めば、何度でも相手をしてくれるだろう……。

でも、それでは——。

意味がないのだ。だから、

「先輩、もしも、の話ですが……」

一刀両はもう一度、あくまで仮定と強調してから、

「もしも、生徒会と番長グループが、この先、すごく仲が悪くなって……」

「嫌な仮定だな。あまり考えたくもない」

この時はまだ。

生徒会と番長グループは、それまでの二年間と同じく、いがみ合ってはいても決して好戦的なムードではなかったのだが。

「あまり考えたくもない。だが、なれば——？」

「もし、私たちが敵同士になって、殺し合わなければならないことになったら」

「………」

「先輩は、一刀両のこと、全力で殺そうとしてくれますか？」

と言って、一刀両は真剣な眼差しを向けた。

白金は苦笑を交えつつ、

「その時は全力でやるしかないな。能力も使うだろう」

と答える。

——もしも、生徒会と番長グループが全面戦争になったなら。

白金先輩はきっと自分を容赦なく斬り捨ててくれるだろう。私も能力を使って、白金先輩を全力で殺しにいける。

「——っと。そろそろ授業が始まるな。一刀両、オレはもう行くぞ。また、放課後に寄る」

「先輩……っ！」

背を向けた白金を一刀両が呼び止めた。

そして彼女は、少し躊躇ってから、

「先輩……。ド正義会長が、男子剣道部に良からぬことを企んでいます。私からも会長を止めておきますが、お気をつけ下さい……」

と、告げたのである。

「分かった。ありがとう」

生徒会役員という立場にあるまじき一刀両の忠言に、白金は素直に礼を述べて保健室を出ていった。

——これで良かったのかな。

白金のいなくなった保健室で、一刀両は思う。

もしも、ド正義会長の件が火種となって、両者が全面戦争にでも陥ったなら——。

私と白金先輩はお互いに全力で斬り結ぶことができるだろう。それはとっても望ましいことで、私はとっても気持ちよくなれるに違いない。でも。
――それはきっと私のエゴイズムに過ぎないのだ。

十、鏡面殺

二〇一〇年九月二十二日　五時五十五分

午前五時に番長小屋を発った邪賢王たち一行は、出発後五十五分を経て、ようやく生徒会室へ通じる新校舎前へと辿り着いていた。

広大な希望崎学園とはいえ、ハーレーを持つ彼らが番長小屋から新校舎へ至るまでこれほどの時間を要したことには理由がある。途上、グラウンドに描かれた奇妙なメッセージを彼らが発見したためであった。

――そこには「転校生」と記されていた。この奇妙な地上絵の作者は夜夢アキラ。彼は『転校生』に潰された眼球をここまで飛ばして、大地を穿って『転校生』の存在を伝えたのである。だが、それだけではない。その夜夢の眼球を覗き込むと、中には華奢な体躯の一人の少年が映っていた。夜夢の網膜は『転校生』の――、ムーの姿を焼き付けていたのである。

邪賢王はこれを元にスケッチを行うようヴァーミリオン・海我に指示。結果、海我の『ファンクション・ファイブ』は、『転校生』陣営の更なる情報を彼らにもたらしたのだが、分けても特筆すべきは『転校生』の本拠地が旧校舎二年H組の教室と特定できたことである。それまでも、天音の絵に映り込んだ背景から、敵の本拠地は旧校舎の可能性もある、と考えてはいたが、今回、ムーの絵に映り込んだ「2—H」の文字によりそれが確定したのだ。現在の希望崎学園にはF組までしかない。

また、『転校生』の一人が手を怪我していたことも彼らの励みとなった。昨年の文化祭に現れた『転校生』に邪賢王たちは傷一つ負わせることができなかったが、ともかくも『転校生』を傷付ける手段はあるのだと分かったのだから。

ただ、このように海我の能力は多くの情報をもたらしたが、もとより万能ではない。たとえば、ムーの絵には気怠《けだる》そうに何かを洗っている『転校生』の姿が描かれていたが、彼らにはそれが鏡子の首とまでは分からなかったし、天音沙希の白肌に付いた赤色が、彼女の傷なのか、それとも誰かの返り血なのかも判断できなかったのである。

なお、海我がスケッチに掛かった時間と、また彼の絵が更新するまでの待ち時間の間、番長グループの者たちは、みな、番長グループ一年の魔人、駒沢《こまざわ》の下へと集まって、彼（彼女）に抱きついたり、体をぺたぺたと触ったりと様々なペッティングを行っていた。

というのも、この駒沢という男（今は女だが）、『I.Z.K.』という能力を持つ魔人であった。『I.Z.K.』とは、「いつからいたの？　ぜんぜん気付かなかった！」の略であり、その名の示す通り、自己の存在感を限りなく薄くする能力である。駒沢が走ったり飛んだりと目立つ行動さえ取らなければ、『I.Z.K.』発動中はその存在が敵に気付かれることはまずない。また、彼（彼女）の体に触れている者も、駒沢本人と同様に『I．Z．K．』の効果を受け、その存在感を薄めることができる。それゆえ、海我が『転校生』を描くまでの間、番長グループの面々は『I．Z．K．』の庇護下に入るべく、彼の体を弄ったり、胸を揉みしだいたりしていたのである。

「あッ……。先輩、やめて下さい！　そんな、太ももばっかり……、触らないで！」

「おい、駒沢。おめえ、そんな色っぽい声出してんじゃねえよ。『I．Z．K．』の意味がねえじゃねえか」

「あうっ！　ひ、ひぎぃ……！　そ、そう思うなら、やめて下さいよっ！」

「うるせえ。てめえ、先輩に指図する気か！　いいから、声出さずに耐えてろ！」

「そ、そんなぁ……。あっ、あげはちゃんも、お腹、舐めないで……！　ひ、ひぎぃっ！」

などと彼らは馬鹿なことをしていたのだが、十代青少年の性衝動を思えば、これも致し方ないことである。

一年生であり、番長グループの中では新入りの駒沢は、その大人しい性格と影の薄さから、「静かなる駒沢」と呼ばれていた。今回のハルマゲドンでは、同じく一年生のゴスロリ少女、あげはの護衛のために、番長小屋を出てからは常に『I．Z．K．』を発動させており、あげははいつも駒沢にぎゅっと抱きついていた。邪賢王からは「絶対にあげはに傷一つ付けるな」と厳命されており、駒沢自身も生徒会室に着くまで命に代えても彼女を守り通すことを己の使命と考えている。

＊

——と、このような訳で、彼ら番長グループ本体は進軍途中で時間を食っていたわけであるが、今ようやくにして新校舎入り口へと辿り着き、一同はここで一度ハーレーを降りていた。番長、副番、幹部たちが奇襲作戦の段取りを最終確認するためである。

この敵前での、僅かな空き時間を利用して、

「なあ、鏡子先輩、大丈夫かな」

と、白金虹羽へ話しかけてきたのは、番長グループ一年の魔人ひでゆきであった。

この魔人ひでゆき、番長グループや級友からは〝ゆとりのひでゆき〟という通称で呼ばれている。なぜ、彼がそのような不名誉な渾名《あだな》を持っているかといえば、これは彼の能力と関係がある——のだが、今は説明は省略する。「ゆとり」概念を操作する能力者とだけ言っておこう。

「いや、問題ないでしょう。だって、〝あの〟鏡子先輩なんですから」

不安そうな同級生に、快活に答える魔人虹羽。

そうだよなあ、〝あの〟鏡子先輩だもんなあ、と、ゆとりのひでゆきも思い直す。

それは、ひでゆきが番長グループに入ってすぐの、五月の頃だっただろうか——。いつものように番長グループのみんなで希望の泉に集まって、虹羽と並んで焼きそばパンを食べていた時のことである。「混ぜてもらっていいかしら」と言って、不意に女の先輩が自分と虹羽の間に座ってきたから、童貞のひでゆきはそれだけでドキドキしていたのだが、その先輩が「良かったら

……ちょっとだけ、もらってもいいかしら」などと言うのだからたまらない。

――この可愛らしい先輩が！　オレの唾液で汚《けが》れた焼きそばパンを所望していらっしゃる……！

間接キスだー！　などと思い、「どうぞ、どうぞ」「良かったら全部食べちゃって下さい」などと虹羽と共に勧《すす》めたところ、鏡子は「二人ともありがとう」と微笑んで、途端に二人の股間をむんずと摑《つか》んだのである。そして、そこから搾《しぼ》り取ったものを自分のお弁当にかけ始めたのだ。「私ね、これがないと、ごはん食べれないの」などと言いながら。鏡子の圧倒的手淫力の前に二人は悲鳴すら上げられない。結局、彼女は「ちょっとだけ」などと言いながらも、干涸《ひから》びる寸前まで二人のものを搾り取って、虹羽もひでゆきも意識朦朧、身動きすら取れぬ体でぴくぴくと震えるばかりであった。「良かったら全部食べちゃって下さい」などと言ったばかりに、全く口は災いの元である――。

………と、そんな幸せな回想に浸っていたひでゆきを呼び戻すかのように、

「――ね。〝あの〟鏡子先輩がやられることなんてないでしょ」

再び虹羽が快活に言った。

あの後、虹羽は約六時間身動きが取れず、ひでゆきに至っては半日ぴくりとも動けなかったのである。後日、他のメンバーに聞いたところ、大抵の者が一度は同じ目に遭わされていたようで、なんと、副番白金翔一郎までもが過去には彼女の毒牙に掛かっていたのである。鏡子の能力は射程二キロ。そして、一度手淫を受ければ白金翔一郎とて逃れる術はないのだ。

「そうだよな……。あんなビッチの先輩が生徒会如きに遅れを取るはずねえもんな」

虹羽の弁に、ひでゆきもようやく安堵したようである。

彼は、あの日の鏡子のことを――、お弁当箱に残った彼の精液を、愛しそうにぺろぺろと舐め取っていた、あの日の鏡子のことを思い出していた。そして、

――あの女性《ひと》は、絶対に死なせたくないもんな。

などと考えていたのである。

この時、明日をも知れぬ決戦を前にし、ゆとりのひでゆきが己の保身ではなく鏡子のことを心配していたのも、また、鏡子の実力を承知しながら、番長グループの皆が彼女を無理に前線に立たせようとしなかったのも、要するに、みんな鏡子のことが大好きだったからである。みんな――とりわけ男性陣は――、普段から鏡子に酷い目に遭わされていたけれど、誰も彼女のことを嫌っていなかったし、彼女が股間を狙ってきたら、逃げ惑いつつも、捕まった時は諦めて彼女に身を任せるような、彼らはそんな牧歌的な関係で、つまり――、
みんな鏡子のことが大好きだったのである。

＊

「海我、ド正義と友釣の絵を頼む」

邪賢王は二枚の絵を求める。決戦を挑むにあたっての最終確認である。

これら二枚は海我がたっぷりの時間と資料を用いて描きあげたものであり、完成度もなかなか、

更新頻度もそこそこ高い。まあ信頼のおける情報源と言えた。

「ド正義のやつ、もう起きとるのう」

「他の生徒会役員も大体起きているようだな。寝ぼけ眼《まなこ》のところを攻め込めればベストだったが……。ま、今はもう六時前だしな。仕方あるまい」

戦時下に朝ゆっくりと寝過ごすほど敵も呑気ではないのだろう――、と白金は考えた。

「途中で時間を食ったからのう」

「『転校生』も無視できないからな。それより邪賢王。友釣が生徒会室に引っ込んでいるぞ。彼女は常に渡り廊下を守ってるわけでもないのか……??」

友釣のカンバスには、遺体の前で悲しみに耐える彼女の姿が描かれていた。数時間前の泣き崩れていた姿に比べれば幾分気丈な様子ではあるが、それでも未だ二人への未練が感じられた。白金も邪賢王も、その二つの遺体が夜夢とリンドウのものだと察しは付いていたが、士気への悪影響を考え、その点にはあえて触れない。

「まァ、文字通り四六時中守るわけにもいかんじゃろうしな。今は交替して休んどるだけかもしれん。じゃが、わしらが攻め入れば慌てて前線配備するじゃろう」

じゃけえ、ここからは敢えて気付かせるけえの、とアニメ声で言って番長はハーレーに跨る。それを見たメンバーたちも各々ハーレーへと跨り、突撃準備を整える。

隠密行動はここまでである。後はこちらの奇襲を相手に気付かせ、友釣香魚を前線に引きずりだす。敵は早暁の奇襲に慌てふためきつつ、一刀両やツミレを守りに出してくるはずだ。その不十分な防衛ラインを一挙に突破するのが彼らの狙いであった。

「よし。では、ここからは手筈どおりじゃ」

美少女番長が檄を飛ばす。

「行くぞ！」

ぶるるんぶるん。

ハーレーが控えめな排気音（排尿音？）を発し、そして、番長たちは施錠されている新校舎正面入り口を、ハーレーごと体当たりして派手に破り入った。ここからは慎重さよりも果断な進軍こそが求められる。

「邪賢王、武運を！」

「おどれもな、白金！」

邪賢王と白金が拳をぶつけ合い、再会を誓う。

彼らは部隊を二つに分けたのである。

生徒会室のある職員校舎へは新校舎三階の渡り廊下からしか入れない。渡り廊下は新校舎の東側と西側に一つずつあり、部隊を二つに分けた番長グループは、双方の渡り廊下を同時タイミングで攻める戦術であった。

邪賢王の率いる番長部隊は東渡り廊下を、白金の率いる副番部隊は西渡り廊下を攻める。渡り廊下には魔人の侵入を阻止するための隔壁があるため、生徒会が渡り廊下に防衛ラインを敷いて地の利《い》を活かすことは明らかであった。隔壁の破壊にまごつく敵を友釣の能力で一挙殲滅《せんめつ》することが生徒会にとって最も堅実な防衛手段だからだ。だが、今の彼らは女体化しているため友釣を恐れる必要はない。

前線に立つであろう生徒会の女性役員は、おそらくツミレと一刀両断。だが、一刀両はともかくとしてツミレは簡単に突破できるはずだ——、と邪賢王たちは考えていた。どちら側に一刀両がいるかは分からないが、邪賢王、白金の、どちらか一方がツミレ側を突破したならば、そのまま逆の渡り廊下を攻めて一刀両を挟撃《きょうげき》する手筈となっている。

「行くぞ、おんどれら！」

「皆の者、オレに付いて来い！」

互いに号令をかけると、二人は真反対の方角へと走り出していく。邪賢王の部隊には攻撃の要としてバルと白金虹羽が参加。他にあげはや駒沢、ゆとりのひでゆき、ヴァーミリオン・海我なども邪賢王に続く。一方、白金翔一郎の側には男子剣道部元副将の服部産蔵や歩透が付き従う。邪賢王部隊十四名、白金部隊十四名の編成である。

彼らはハーレーに乗ったまま、豪快に階段を駆け上っていく。無論、並の人間には容易ならざることであるが、彼らは魔人。今やちんまい女子高生と化している邪賢王でも、この程度の荒事はなんなくこなしうる。あげはを後部座席に乗せた駒沢も、安全運転を心がけながらも当たり前のようにこれを行う。一般人が自転車の片手乗りをするのと同じ感覚でこの程度の芸当はしてみせるのだ。魔人とはそういうものである。さらに、白金虹羽などは得物の金属バットを両手に抱えて手放し運転までしている程だ。これは流石に魔人といえどそう簡単なことではない。そんな

虹羽に、

「なあ、こっちには邪賢王ちゃんやバルさんがいるけど、向こうは大丈夫かな？」

と、またもや不安げに漏らすひでゆき。

だが、これには虹羽が、鏡子の時よりも更に快活に答える。

「大丈夫ですよ！　向こうには僕の兄さんがいるんですから！」

＊

その白金翔一郎率いる西渡り廊下攻略部隊は、邪賢王たちよりも一足早く三階へと駆け上っていた。ハーレーの巨体を見事に操り、華麗なコーナリングを決めて、彼らは渡り廊下へと達する。新校舎と職員校舎の間に架けられた全長五〇〇メートルにも及ぶ長大な渡り廊下。その途中、一〇〇メートル程先に堅固なシャッターが下りているのが確認された。発狂した魔人学生から教職員を守るための最終防壁――、対魔人隔壁。並の魔人にはこれは破れぬ。

だが――、

「皆の者、決して止まるな！」

先頭の白金が檄を放ち、彼らは目の前の隔壁へとアクセルをふかして突進していく。一見するに自殺行為にも等しい無謀なチキンランであったが、彼らの副番に対する信頼は厚い。隔壁との激突を避けられぬデッドラインを越えてなお、誰一人としてスピードを落とすものはいない。そして、先頭を行く白金の目前に、いよいよ隔壁が迫った、その時――。

白金翔一郎は佩刀の鯉口《こいぐち》を静かに切った。

そして、空中で、二、三度、刀が煌《きらめ》き、白金が鞘《さや》へと白刃を戻した瞬間——。

目の前の隔壁は既に微塵に刻まれていたのである。教職員の命綱たる対魔人隔壁が、わずかの時間すら稼ぐことなく突破されたのは、セキュリティの脆《もろ》さを責めるよりは、むしろ白金翔一郎の技量を称《たた》えるべきであろう。〝剣の悪魔〟の異名は伊達ではない。

そうして最初の隔壁を易々と突破した白金であったが、当然、希望崎学園のセキュリティはこれだけではない。この先には第二、第三の隔壁が配置されている。そして、生徒会はそれらをフル活用し、全ての隔壁を下ろして足止めを図るはずだと、副番部隊の誰もがそう考えていた。だが、実際には次の隔壁が見えない。代わりに遥か前方に、何やら奇怪な物体の、回転する姿が目に映った。

それは初め、独楽《こま》のようにも見えた。異常なスピードで回転する、マーブル色の巨大な独楽。だが、白金たち魔人の動体視力は、すぐにその正体を察知する。独楽などではない。あれは人だ！　人が、くるくると、猛烈な速度で回転している——！

白い短パンに白いランニングシャツを着た、真っ黒に日焼けしたアスリートが、競技用ハンマーを手に超速回転を繰り返しているのだ。その男の筋肉は肥大して隆々と盛り上がり、身に着けているシャツもパンツも今にもはちきれんばかりである。邪賢王に匹敵する膂力《りょりょく》を備えたこの男こそ、陸上部主将にして生徒会役員三年、範馬慎太郎であった——。

「……バカな。範馬だと！」

この光景に白金も驚愕――。

だが、彼女が驚くのも無理はない。彼らの見込では、生徒会は渡り廊下防衛戦に男子役員を投入しないはずであったから。

――なぜだ⁉　生徒会は友釣香魚を使わないのか？

白金の疑問はもっともであるが、しかし、今は考える暇などない。彼らは渡り廊下を既に半ばまで進んでいる。今更引き返しても範馬の能力から逃れうる術はない！

「怯むなッ、オレを信じて進め！」

白金が再び檄を飛ばしアクセルを全開にする。「応ッ」と背後の配下が怒号で応えた。

――そして、範馬の回転は勢いを増す。

彼の能力『ミスバスターズ』は非常にシンプルだ。アスリートとしての鍛え抜かれた肉体で、手にしたハンマーを力いっぱい思いっきり投げつける。たったそれだけの能力である。だが、その威力、飛距離、共に凄まじい。白金以下、十四名。狭い渡り廊下で一直線に並んだ彼ら全員を容易く貫通するだけの破壊力を秘めている。魔人の頑強なる肉の壁をもってしても、とても阻める代物ではない。しかも、着弾するとなぜか爆発する。なぜ火薬も含まぬただの競技用ハンマーが爆発するのか、さっぱりと意味が分からないが、範馬自身がそう『認識』しているのだから仕方がない。

とにかく、その直線貫通攻撃という性質上、渡り廊下防衛の任において、彼より優れた魔人は存在しないと言っていい。だが！

――相手が悪かったな、範馬。

白金には勝算があった。竜巻の如く回転する範馬を前にし、彼女は再び刀を抜き放ち、右手に持つと、切っ先を左手側に、刃は上に向けて、胸の前で真横に構える。――奇怪な構えであった。このような構えは、古今東西、如何なる剣術流派にも見られるものではない。研ぎ澄まされた白金の白刃に、前方で回転を続ける範馬の姿がキラリと映った。範馬は回りながらも、白刃に映った己の姿をフッと目撃する。

――と、その時である。

胸の前で真横に構えた白金の刀が、みるみるうちに巨大化していくではないか。その鏡面は、いまや渡り廊下を塞ぐ隔壁の如くに拡大され、白金たち番長グループの姿を完全に覆い隠していた。

――いかん！

本能的に危険を察知した範馬は、眼前一面に広がる鏡面を破るべく、手にしたハンマーを投げ放つ。彼は白金たちが新校舎正面入り口を派手に破り入った、その直後から回転を始めていた。ハンマーには既に一千回以上の回転が加えられてある。単純に考えて、ハンマーの威力も一千倍！　範馬により遠心力を加えに加えられたハンマーは、その手を離れるや否や、音速に近きスピードで白金の創りし鏡面へと襲い掛かった。

白金の技がいかなる秘術であろうと、このスピード、この威力をもってすれば、敵の技を打ち破り、その背後にいる白金以下十四名の命を奪うに違いないと範馬は確信していた。

ところが、どうであろうか――。

音速ハンマーは白金の鏡面に触れると、それを打ち破り、粉々に破壊するどころか、「カンッ」と間抜けな乾いた音を立て、投じた範馬自身に向かってそのまま跳ね返ってくるではないか！

「バッ、バカなッ――」

範馬は焦る。だが、このスピード、この威力。彼に避けうるはずもない。ハンマーは範馬自身へと命中し、彼の肉体を貫通した後、背後の壁へと激突。凄まじい爆炎を巻き起こしたのである。

これこそが、白金の能力『秘剣・鏡面殺』であった。口舌院言葉に並ぶ、番長グループのもう一枚の大盾である。巨大化した彼女の刀は、鏡の概念で反射しうる全ての攻撃を反射する。もはや剣技と呼ぶのもおこがましい代物であるが、白金翔一郎はこれをあくまでも剣技と信じきっていた。それ程の思い込みがなければ魔人とは成りえぬ。刀は既に元のサイズへと戻り、鞘の中へと収められている。

範馬の断末魔は爆発の轟音《ごうおん》に紛れ、聞き取れなかった。白金は粉塵《ふんじん》を前にし、歓声を上げる配下に一度止まるよう命じる。「この煙の中を無闇に突き進めば、いかなる事故に繋がるやも知れぬ。煙が収まるまでひとまず様子を見るべし」と、副番が考え、制止命令を出したのは当然のことであったが、それが彼女の命取りとなった。

制止命令を出した白金が再び正面に向き直った瞬間――。

彼女の眼前にはハンマーの第二投が迫っていたのだから。

——なんだと⁉

死人《しびと》となったはずの範馬からの第二投を、まさか警戒しえた者などいるはずもない。無論、白金も同様であった。鏡面殺はとても間に合わぬ。ハンマーは白金の両乳房の中心へとめり込み、そのまま、肋骨、胸骨を突き破って、肺腑《はいふ》、心臓を押し潰し、最後にボンッと小さく爆発した。白金の美しい女の体はマネキンのようにコテンと倒れ、それきり、ぴくりとも動かぬ。副番白金翔一郎、即死である——。

そして、黒煙の中から、のっそりと、範馬慎太郎の巨大な筋肉が現れる。やはり範馬は生きていたのだ——！　髪はチリチリとなり、全身煤《すす》だらけ、体中に軽い火傷を負っているようではあったが、貫通したはずの胸には傷一つない。衣服は焼け焦げ、今や「生徒会ふんどし」一枚の艶姿であるが、白金翔一郎を討った興奮のためであろうか、彼の一物はまさに馬の如くに屹立し、○の中に生とプリントされた生徒会ふんどしをも突き破らんばかりの勢いであった。

範馬は足下のハンマーを手に取り、四回、回転した後に、それを投じる。ハンマーは番長グループの一人、田中一《たなかはじめ》へと命中し、やはり、田中も胸を打たれて即死する。

「チッ、四回転では貫通すらせんか……」

範馬はそう吐き捨て、さらに足下のハンマーを取り、くるっ、くるっと回って放り投げる。

「ぎゃあッ！」と叫び声が上がり、また番長グループの一人が倒れた。そして、また、範馬が足下のハンマーを取り、さらに一人の叫び声が上がる。

このあまりにも機械的、あまりにも単調な範馬の虐殺に、さしもの番長グループの魔人たちも恐怖に駆られぬわけがない！

「だッ、駄目だ！　白金さんもやられちまったし、勝てっこねえ！」

「あんな死なねえバケモノ、倒せるわけがねえ！」

副番を失った部隊は総崩れである。何名かの者は白金が討たれた時点で戦意を喪失し、既に逃げ腰となっていた。だが、それも致し方なし。白金軍は副番への信頼感が高すぎたためか、彼女が討たれたことの衝撃も相当のものがあったのだろう。

「待て！　いまさら退いても範馬からは逃れられん！　むしろ前へと進め。ハーレーを盾にするんだ。懐まで潜り込めば範馬とて我らの人数には勝てん！」

と、元男子剣道部副将、服部産蔵が白金に代わって檄を飛ばし、何名かの者は戦意も新たに範馬へと挑むが、範馬とて馬鹿ではない。そういった者から先に狙う。更なるハンマーに阻まれ近付くことすら容易ではなく、むざむざ死人を増やすばかりである。歩透も果敢に前進を図ったが、この時、範馬に討たれてしまう。だが、この時の彼らの突進に今ひとつ勢いがなかったのは、白金が討たれたこととは別に、一度死んだはずの範馬が甦《よみがえ》ったという怪異に、彼らが名状し難き恐怖を覚えていたからに他ならなかった。

それにしても、なぜ、範馬は死ななかったのか——？

それは生徒会会計F・アズライールの能力によるものであった。西と東の渡り廊下出口付近で陣を張る範馬慎太郎と一刀両断。この二人のちょうど中間に位置する場所でアズライールは二人を守護していた。彼の能力『損害保険の法則』は、アズライールから半径五十メートル以内にいる保険契約者が、傷を受けるか、病気になるか、もしくは死亡した場合に、一定の金額を支払うことで、その怪我や病気、死亡を「なかったことに」させる力である。今回の場合は、生徒会の積立金、一千飛んで二十七万二千五百三十円を使って範馬を蘇生《そせい》させたのだが、先の一撃で預金は全て消し飛んでいた。範馬に火傷のダメージが残っていたのはそれゆえである。とはいえ、無論、アズライールには現状の預金残高などは分からないのだが。

なお、生徒会が一般生徒から集めていた上納金は、主にアズライールのこの能力のために預金されていたのである。アズライールの能力を明かすことができない手前、生徒会は上納金の使い道を明確にすることができなかった。だが、今の番長グループの怯えようを見るに、一般生徒から使途不明金への不信感を抱かれようと、彼の能力を秘匿《ひとく》し続けてきたのは正解だったと言えるだろう。

——くっくっくっく。

声を殺して範馬が笑う。

いま彼の投じたハンマーは、敵が盾代わりに使っているハーレーを打ち砕いていた。

そして、また足下のハンマーを拾い上げる。

——架神ィ、お前は……、

本当にバカなやつだったな、と範馬は思う。範馬と架神は両者とも生徒会のタカ派として知られていたが決して仲の良い間柄ではなく、むしろ、単純で粗忽《そこつ》、頭の悪いくせに策士ぶりたがる架神を範馬は軽蔑していた。だが——、

「今回だけは誉めてやる！　良くぞ口舌院言葉を殺した。口舌院さえいなければッ――！」

範馬の投じたハンマーが、また一人、番長グループの頭《こうべ》を砕いた。

――口舌院さえいなければこんなものだッ！

＊

白金たちが範馬の蹂躙《じゅうりん》を受けている一方、邪賢王たち一行の東渡り廊下への到着が遅れたことには理由があった。

東側階段をハーレーでぶるるんぶるるんと駆け上っていた一行であったが、

「ん。なんだ、ありゃ？」

番長グループの一人、ゆとりのひでゆきが、二階踊り場の壁面に備え付けられた異物を発見したのである。これが惨劇の始まりであった――。

「――邪賢王ちゃん、なんか変なのがありますよ！」

と、ひでゆきはバイクから降りて、フラフラとその異物へ近寄っていく。

「オイ！　ひでゆき、おどれ何しとるんじゃ！」

これには流石に邪賢王が怒った。決戦直前というこの時に寄り道などしている場合か。いや、だが――、

……だが、いくら〝ゆとりのひでゆき〟といえども、そのようなことすら分からぬ痴《し》れ者だろうか？　実際、彼女の様子はおかしい。何かに呼び込まれるように、ふらふらと壁面へと近付い

ていく——。そして、

ポンッ。

小さな爆発音が辺りに響いた。

邪賢王が驚いて目を見開くと——、

そこには右腕と顔の右半面を消失したひでゆきの姿があった。彼女は悲鳴を上げる間もなくゆるりと崩れ、その場に血だまりを作る。

ゆとりのひでゆき、死亡。

「……なッ！」

豪胆な邪賢王もこれにはうろたえた。ひでゆきが何者かの攻撃を受けた気配は一切なかったのだ。彼女に何が起こったのか——⁉

ひでゆきの死に接し、一拍遅れて周りからも、「ヒィ……」と小さな悲鳴が起こったが、それを契機に、

「番長！　こっちにもおかしなものがありますぜ！」

「邪賢王ちゃん、ちょっと、こっちも見てくだせえ」

と、他の番長グループの者たちからも、次々と不審物の発見報告が寄せられ始めたのである。

そして、彼らはその奇妙な物体を発見すると、皆、ひでゆきと同様にハーレーから降りて、ふらふらとそれに近寄っていく。まるで、羽虫が夜の篝火《かがりび》へと吸い込まれるように。俄《にわ》かには信じ難い彼らの軽挙妄動であったが、だが、それも仕方なかった。彼らが向かうその先には、生徒会の

仕掛けた狡猾《こうかつ》なる悪意が潜んでいたのだから。

――そう、『自爆ボタン』である。

壁面に何気なく設置された無数の赤いボタン。その下には、汚い字で「じばくボタン」と書かれていた。番長グループの者たちは、これに引き寄せられ、ふらふらと近付いてはその毒牙に囚われていたのだ。

「止めろ、おどれら！　それは罠じゃ！」

邪賢王の叫びも彼らには届かない。ふらふらと自爆ボタンに近付いた者たちは、「ああ～、一回押してみたかったんだよなあ。これえ」「一体、何が自爆すンのかなぁ」などと言いながら、ポチッとそれを押してしまう。そして、ゆとりのひでゆき同様、ボタンに含まれた火薬により顔面の半ばを失って倒れるのだ。

バルが慌てて倒れた仲間を抱き上げるも、

「番長！　ダメだ、どいつもこいつも死んでる！　このままじゃ全滅しちまう！」

と、悲愴な叫びを上げるばかりだ。このトラップ、威力自体は小さいが、されど、魔人一人を屠るには十分に致命的なものであった。しかし、これはなんという恐るべき罠だろうか――。

古来より自爆ボタンには「押したくてたまらない魅力」が備わっているとされる。いや、事は自爆ボタンに限ったことではない。人はボタンがあると押したくて仕方がない生き物なのだ。

というのも、ボタンというのは元々人に押されるために作られたものであるからだ。つまり、ボタンという存在は「押せる」という情報を初めから備えたものである。たとえば紙を見ると、あなたは紙を「破れる」と感じるであろう。これは紙自体が「破れる」という情報を備えているからに他ならない。この概念をアメリカの知覚心理学者ジェームズ・J・ギブソンが「アフォーダンス」と名付けているのは良く知られた事実である。

だが、紙が「破れる」からといって、あなたも無闇に「紙を破りたい」とは思わないだろう。しかし、事がボタンとなれば話は別だ。たとえば、ドイツ発達心理学の祖とされるカール・フォン・シュタインハウゼン博士の研究は興味深い事実を示している。〇歳から三歳までの乳幼児にボタンのある玩具（たとえば携帯電話の玩具など）と、ボタンのない玩具を同時に与えたところ、八六％の乳幼児がボタンのある玩具を選んだのだ。また、バスの中で小さな子どもが父母を差し置いて懸命に降車ボタンを押そうとする光景を読者諸氏も一度は目にしたことがあるだろう。つまり、ボタンの備える「押せる」という情報は、他物質の備える情報よりも遥かに根源的なものであると、現代科学は結論付けているのである。

よって、ボタンは我々人間を本能レベルで揺さぶる。「押して」「僕を押して」と本能に語りかけてくる。ただ、我々は年齢を重ねることにより理性が培《つちか》われ、ボタンを無闇に押さぬよう自重できるようになるだけだ。しかし、心に不安を抱えていたり、混乱状況に陥った人たちが、一度、理性のたがを緩《ゆる》めてしまったら、一体どうなるだろう？　人は本能の求めるままに目の前のボタンを押してしまうのだ。エレベーターが突如急停止した時など、中に閉じ込められた人は必死になって開閉ボタンを連打するが、これなどはまさにその証左に他ならない。

そして、いま、番長グループを苦しめるこのトラップ――。人の本能に訴えかける、この恐ろしい罠を仕掛けたのは生徒会の爆弾魔、魔人フジオカである。彼の能力『バザーボム』は、セットした爆発物に「人の理性のたがを緩める力」を付与する。万全の精神状態にある者なら、フジオカの罠を無視することもできただろう。

だが、心に何らかの不安や悩みを抱えている者は、時にこれに目を奪われ、自爆ボタンの誘惑に搦《から》め取られてしまうのである。決戦を前に少なからず不安を抱いていたゆとりのひでゆきが、まず最初の犠牲者となったのも理の当然であった。さらに今では、彼女の死により、番長グループの中に恐怖と不安が巻き起こり、連鎖的に彼らは『バザーボム』へと囚われ続けているのである。この光景をフジオカが見たならば、きっと愉悦のあまり射精していたに違いない。

――そして、ゆとりのひでゆきの死に、心の平衡を乱されし者がここにも一人。

「ひでゆき……。そんな、どうして……」

友人の死に愕然としていた白金虹羽は、ふらふらと壁面へと近付くと――、

ポチッ。

虹羽の顔面が半ば吹き飛んだ。

「バカな、まさか！　虹羽、お前までが……！」

邪賢王が叫ぶ。他の者同様、虹羽もその場へと静かに崩れ落ちた。

これは――！

まずい……。白金虹羽が死んだ。あの、白金虹羽が………。

――白金虹羽は一年生にして希望崎学園野球部で四番を張る程の魔人球児であった。たとえ空

振りしようとも、その風圧でどんなボールでも強制的にホームランへと変える必殺バッティング『万刻白嵐界《ばんこくはくらんかい》』。そのバッティング能力を応用した衝撃波攻撃は番長グループ中距離戦術の要であった。だが、邪賢王たちは会敵する以前の段階で、この優秀な戦闘要員を失ってしまったのである。

とはいえ、これも相手からすれば当然のことと言える。正面から戦って手強い相手と、なぜ正面から戦わなければならないのか。暗殺なり謀殺なりするのが常道であろう。

そして、さらにまずいことには——。今、邪賢王の目にも、その眼前の自爆ボタンが、それはもう魅力的に迫ってくるのである。「押して」「僕を押して」と。ゆとりのひでゆきから始まった惨劇に、そして、遂には白金虹羽の死を迎えて、邪賢王の強固な精神も揺らぎ始めていたのだ。

だが、フジオカの『バザーボム』にも弱点がないわけではない。結論から言うと、邪賢王は一か八かの賭けに勝ち、この窮地を逃れたのである。

「くそったれがー！　おどれら、これを見さらせー！」

邪賢王は自身の不潔な肌着を引きちぎり、小ぶりで形の良い乳房を露出させたのである。

「おおっ、おっぱい！」

「おっぱい！　おっぱい！」

邪賢王のおっぱいを目にすることで、自爆ボタンへと心を奪われていた魔人たちも我を取り戻したのだ！　理性のたがを緩め、本能的欲求の赴くままに自爆ボタンを押させるフジオカの『バザーボム』であるが、より強烈で原始的な欲求の前では、彼の暗示もかき消されてしまう。

「うおおおお！」

「あれはおれのおっぱいだー！」

理性のたがが緩んだ一同は邪賢王のおっぱいへと殺到し、全力でそれを揉みしだく。

だが、異常な殺到ぶりの中、その中心で邪賢王は、

――白金、すまんかったのう。

心中で副番に詫びを入れていた。

無論、彼の弟をむざむざ死なせてしまったことに対してである。もう少し早く自分がおっぱいを露出していれば、彼を助けられたかもしれないのに、と……。

――じゃが、流石《さすが》は生徒会じゃ、よもやこれほど恐ろしい魔人を抱えておったとはのう。この分では白金の方も危ういやもしれん。

一刻も早く東渡り廊下を突破し、西渡り廊下の白金の救援に向かわねばならぬ。その思いを新たにした邪賢王であったが、今はとりあえず配下の者どもに胸を揉まれるばかりである。

＊

――と、その東渡り廊下。

邪賢王たちがフジオカの『バザーボム』に翻弄されている頃、隔壁一枚を隔てた向こう側では、生徒会最強の女子高生剣士、一刀両断が静かに座して、敵の到来を待っていた。

窓から差し込む微かな朝日を横顔に受けながら、一刀両は想う――。

白金先輩は、私のことをどう想っているのだろう、と。

私は、白金先輩のことをこんなに想っているのに、と——。

いま渡り廊下に座している一刀両のいでたちはそれは奇妙なものであった。上衣はセーラー服だが下は袴《はかま》穿き。下着は生徒会ふんどしで足下は素足である。なんとも奇天烈な格好だが、別に奇を衒《てら》っている訳ではなく、彼女の真骨頂たる抜刀術のために必要な装束であった。

一刀両は想う——。

私は、白金先輩のことをこんなに斬りたいと想っている。でも——、

先輩は、一刀両のことを斬りたいと想って下さっているのだろうか……。

一刀両は、今の状況にどちらかといえば不満を抱いていた。白金翔一郎との本気の殺し合いは彼女も望んでいたところだし、一時はこの状況に期待したこともあったが、いざ実現してみると決してベストとは言い難い。

そもそも「白金に憎まれているのではないか」と、彼女にはその点がまず心配であった。思い返せば、生徒会による男子剣道部の廃部決定。あれが明らかにまずかったのだ。

あの件は表向きには生徒会の取り決めということになっている。番長グループも一般生徒ももちろんそう思っているだろう。確かに生徒会の取り決めということで、ある意味、間違ってはいないのだが、しかし、決して生徒会全員の総意でもない。一刀両は最初から最後まで反対していたし、ド正義にしても白金の主将退任こそ求めたものの、廃部までは主張していなかった。男子剣道部廃部の沙汰は、架神や範馬など一部の急進的な生徒会役員による主張を学校側が後押しし

た結果である。

　元々、この一件は、番長グループの力を削ぐため、副番である白金を男子剣道部主将という公的立場から追いやることだけがド正義の目的だったはずだ。それがいつの間にやら男子剣道部廃部にまで至ったのはド正義にしても誤算だったに違いない。白金が主将を務める男子剣道部は廃部となり、一方で一刀両が主将を務める女子剣道部は健在なのだから、これは傍目に見てもおかしい。だから、一刀両は、
　白金先輩に嫌われても仕方ない――。

と、思うのである。

　でも、白金に嫌われたくはなかった。

　別に一刀両としても憎くて白金が斬りたいわけではない。否、むしろ尊敬する先輩と全力で戦いたいだけなのである。己の技量と能力を十全に発揮し、全力で、先輩を殺す気で、挑みたいだけなのである。いかんせん一刀両の能力は手加減などできる類のものではなく、使う以上は必ず殺すか殺されるかという物騒なものだから。それで、全力を出した結果、白金先輩を見事に斬り殺しても、逆に先輩にさらりとかわされて己が斬り殺されようと、それはどちらにしろ幸せなことだと、一刀両は考えていたのである。

　だから、一刀両としては純粋に尊敬の念から先輩を斬り殺したいと考えているのだが、できることならば白金にも自分の意を汲んでもらって、怒りや憎しみの念ではなく、愛情から私を斬り殺して欲しいと一刀両は願っているのだ。かつて四ヵ月前に、彼女が試合を望み、白金が彼女の

あばらを砕いた時はまさにそのような一太刀であった。あのような戦いを彼女は望んでいるのだが、果たして今となっては、白金先輩は自分のことをどう想っているのだろうか——、今では先輩も私のことを憎んでいるのではないか——、と、彼女は思い悩んでいたのである。

また別の問題もある。たとえ白金が怒りに駆られて彼女に斬りかかってきたとしても、それは理想的とは言い難いが、先輩と真剣勝負ができるという意味では最悪ではない。だが、現状では、白金はそもそも自分のところに来ない可能性すらあるのだ。果たして、先輩は東と西のどちらを目指しているのか、私の守護する東渡り廊下に来て頂けるのだろうか、——とも一刀両は思い煩《わずら》っていた。たとえ白金が自分との戦いを望んだとしても、どちらに一刀両がいるのか、それは彼には知りえぬことなのである。だから彼女は、

——先輩、一刀両はこちらです。どうか、こちらに来て下さい……。

と、先程から祈るような気持ちでいる。まるで、恋人の到来を待ち焦がれる乙女のような心境で。一刀両は己の能力が白金の肉を裂く様子を想ったり——、もしくは、まだ見ぬ白金の能力で己が斬り殺される様子を考えると、途端に体中が火照《ほて》ってきて、股間のふんどしもほんのり湿り気を帯びてくるのだけれど、そんな妄想に遊んでしばし幸せな気持ちになってもすぐに、「先輩はこちらに来てくれないかもしれない」という現実に引き戻されてしまう。

それに、よしんば来てくれたとして、どうなのだろう？

とも彼女は懸念する。——先輩は私と一対一の戦いを望んでくれるのだろうか……？　いかんせん今は戦時中。先輩はもちろん私を殺したいと想って下さるだろうけど、私が一対一の戦いを

望んだとして応えてくれるものだろうか。多数で取り囲み、私を殺すのが最善手のはずだ。それに、たとえ白金先輩が私個人には恨みを抱かず、また私の想いを受け取って下さったとしても、それでも先輩には副番という立場がある。個人的には私との勝負を望んで下さっても、立場的に受けられないかもしれない。でも、その意味では……、

一刀両は腰に帯びた『福本剣』の重さを確認し、

――私も、これさえ無ければ……。

と、思うのである。

生徒会最強の剣士。そんな肩書きさえなければ。『福本剣』なんて任されなければ……。一刀両の命がもっと軽いもの、己一人の裁量でどうにでもできるようなものであれば――。

たとえば、リンドウさんのように個人的に相手を呼び出して、一対一の正々堂々とした勝負を先輩にお願いできたかもしれない――、とも一刀両は考える。彼女はもっと静かな場所で、先輩と二人っきりで、殺し合いがしたかったのである。現にハルマゲドンが決定してから、一刀両は何度もそうするべきかと思いを巡らせてきたのだ。だが、彼女の命も最早己一人のものではない。一刀両がいなければ友釣香魚を守るものがいなくなる。生徒会のために勝手なことはできないと、ずっと自分に言い聞かせてきた。

だが、事ここに至っては、彼女は後悔の念に駆られるばかりである。生徒会のことなどどうでも良かった、と。私はもっとエゴイスティックに、白金先輩の下へ走るべきだったのだ、と――。また、それがあまりに自己中心的にすぎるというなら、ド正義会長に己の心情を詳らかに明かし、

『福本剣』を返却した上で白金先輩との勝負を許してもらう。ダメ元でもそのくらいの努力はすべきだったのではないか、などと――。

　とはいえ、時既に遅し。今となれば、白金が運良く自分の守る東渡り廊下を選び、そして、快く自分との勝負を受けてくれることを一刀両は祈るばかりである。「先輩はきっと私の方に来てくれる」という運命的楽観の念と、「そんな巧くいくはずがない」という絶望的悲観の念に、「それでも確率は半々なのだから」という良く分からない諦観が微妙に入り混じって、いま、先輩を想う乙女の心は揺れに揺れていた。一刀両にとって、これほど心苦しい時間はかつてなかったであろう。だが、

　ドンッ！

　ドンッ!!

　と、前方の隔壁から断続的な衝撃音が聞こえてくるにつれ、一刀両はその結果を悟り、絶望的な表情を浮かべた。

　――白金先輩じゃない……。

　その通りであった。現に今、隔壁を破らんと打撃を繰り返しているのは邪賢王ヒロシマに他ならぬ。白金の剣技であれば、あの程度の隔壁など瞬時に粉微塵と化すであろう。相手が隔壁に苦戦しているという事実が、白金翔一郎の不在を物語っていた。

「じゃあ、白金先輩は――。範馬先輩の方に………」

　一刀両は頭の中が真っ白になるのを感じながらも、それでもふらふらと立ち上がり腰の佩刀へ

と手をかけ、抜刀の構えを取る。

――先輩は……。

私の方に来てくれなかった。

その事実に一刀両は愕然としていたが、彼女はまだ希望を捨てようとはせず、

――範馬先輩が、白金先輩に殺されてくれれば……。

まだ、可能性はある、と彼女は考えていた。この時、一刀両は明確に仲間の死を願っていたのである。

――おそらく、私の方に来るのは邪賢王さん。私が邪賢王さんを殺して、白金先輩が範馬先輩を殺してくれれば……。後は、私たちが……。

と、思ったところで、一刀両は、

――もし、白金先輩が範馬先輩を倒したとしても無傷とは限らない。

と、別の不安要素にも思い当たっていた。相手はあの範馬慎太郎なのだ。白金先輩といえど無傷で勝てるものだろうか……。私の取り越し苦労であればいいのだけど、たとえば、もし、白金先輩が片腕を失くしていたらどうしよう。その場合、互角の勝負なんてできないじゃないか、と。

「その時は、私も片腕を落とせばいいのかな……」

そうだ。それなら互角の勝負ができる。お互いに全力とは言い難いけれど、少なくとも大好きな先輩と同じ条件で戦える。でも、でも……、先輩がもっと酷い怪我を負っていたらどうしよう。もし、先輩が死んでいたら私はどうすればいいんだろう……。先輩が死んでいたら、私はどうや

って先輩と戦えばいいんだろう………。

ドンッ‼

ドンッッ！！！

だが、一刀両のあてどもない思考は、すぐそこにまで迫ってきた衝撃音により強制中断される。

衝撃音の位置からして、おそらく第三隔壁。最後の守りが突破されようとしていた。つまり、敵が、目の前まで来ている——！

彼女の眼前の隔壁は今まさに打ち破られんとしていた。

一刀両断は、その隔壁へと近付き、密着する。

敵が眼前の隔壁を破ったその瞬間に、己の能力で敵を捉えるためである。

相手の出方次第であるが、巧くいけば確実に一人以上は殺《や》れるはずであった。

先頭に立つのは、おそらく番長邪賢王ヒロシマ。

邪賢王もれっきとした強者である。そして、白金が範馬を倒せるかどうかはともかく、少なくとも一刀両が邪賢王に殺されないことが、白金と戦うための最低条件であることに間違いはなかった。ならば、

——邪賢王さんは確実に屠らねばならない。

一刀両は隔壁の向こうの敵へと意識を集中させ、佩刀の鯉口を切った。

腰に帯びたるは『福本剣』。生徒会の至宝である。

これがあれば、敵が邪賢王といえど勝算はあった——。

だが、彼女が初手の一撃に全神経を集中させていた、その時には、既に。

一刀両断の全身は淡い光に包まれていたのである。

「これは……?」

奇怪に思った彼女が頭上を見上げると、果たせるかな。そこには巨大なアダムスキー型円盤が一つ。

円盤の発する淡い光に包まれて、一刀両の体がスッと浮かび上がる。

――あッ!

と、叫ぼうとしたが、声も出ず、体も動かない。

そうこうしているうちにも、一刀両の身体はスルスルと吸い上げられていく。

そして、白金翔一郎を待ち焦がれていた女子高生剣士は、そのままUFOの中へと姿を消して――。

巨大な円盤は来た時と同様、音もなく、かき消すようにその場から消えたのであった。

＊

十数発目の拳を叩きつけ、邪賢王は赤く腫《は》れ上がった己の小さな拳に、思わず溜息を吐く。

目の前の第三隔壁はまだ破れない。

「わしが男じゃったら、こぎゃあな壁の一枚や二枚、一撃なんじゃがのう」

そう、今の邪賢王の膂力では対魔人隔壁を破るのも容易いことではなかった。それでもこの隔壁を破れるのは、邪賢王と白金しかいないのだから彼女がやるより他に術はない。魔人隔壁も万能でないとはいえ、流石に対魔人用に開発された商品だけのことはある。

「しょうがないですよ、番長、今は邪賢王ちゃんなんですから」

「そうですよ、その代わり、今の番長、スゲー可愛いですよ」

と、配下の面々は邪賢王を慰めた。

――白金虹羽たちの死後。

フジオカの『バザーボム』により、十四名中六名をも失った番長部隊は浮き足立っていた。邪賢王の咄嗟《とっさ》の機転によって辛くも窮地を脱した彼らであったが、白金虹羽の死は大きく、バルなども「一時撤退し作戦を練り直しては？」などと進言してくる始末である。だが、ここで退いては二度と士気は保てぬと判断した邪賢王は、おっぱいをぷらぷらさせながらも彼らを叱咤激励し、辛うじて部隊を立て直したのである。だから、隔壁などは威勢良く一撃で破壊して弾みをつけたいところであったが、それすらもできぬ己の非力が恨めしかった。

邪賢王は隔壁に向かい、再び右拳を構える。

「おそらく、あと一撃で破れるけえのう。この壁の向こうに敵がおるはずじゃ」

そして、少し小声になって、

「破り次第、そのままわしが突撃する。バル、後詰めは頼むぞ」

と、言った。皆、無言で頷く。

本来ならば、邪賢王が壁を破った後は、虹羽の『万刻白嵐界』による間髪入れぬ先制攻撃が予定されていたが、いまや虹羽はおらず、彼らは戦術の変更を余儀なくされていた。女体化によりパワーダウンしたとはいえ、それでも攻守に優れる邪賢王がまず先頭に立って特攻し、相手の気勢を削ぐ。その後でバル率いる後詰め部隊が数の力で取り囲み、敵を圧倒する作戦であった。

邪賢王は、彼らに目で合図を送ると、正面を再び見据えて、赤く腫れ上がった拳を振りかぶり、

——ガンッ！

目の前の隔壁を破るや否や、そのままの勢いで前方へと突進。だが——、

「——⁉」

そこには誰の姿もなかったのである。

番長たちは引き続き四方を警戒するも、やはり人の気配はない。

隔壁突破後の激戦を覚悟していた邪賢王たちにとって、ここがもぬけの殻であったことは、なんとも拍子抜けするものであった。

「番長、これも生徒会の罠かなあ？」

「かもしれんのう……。じゃが、ためらっとる暇はない」

こうしている間にも西渡り廊下では白金たちが苦戦しているかもしれないのだ。東に守護者がいなかった分、西に戦力が増強されているのかもしれない。

「考えとっても分からん。今は白金を助けに行くんじゃ！　おどれら、一気に駆け抜けるぞ！」

——オウ！

と怒号を上げて、配下の不良たちはハーレーへと跨り、邪賢王を先頭に渡り廊下を駆け抜けて

いく。罠の恐れも拭いきれなかったが、しかし、彼らの懸念にもかかわらず、全員が渡り切るまでここでは何の妨害にも遭わなかった。「もしや生徒会のやつら。あの自爆ボタンだけでわしらを止められると思っとったんかのう」と、邪賢王は考えるが、しかし、ド正義の性格を思うにそれも疑わしい。だが、今はともかく白金に加勢するのが先と、この問題は一時留保とし、邪賢王たちはそのまま西渡り廊下へと軍を進めたのである。

一方、この邪賢王たちの予想外の速攻に驚いたのが、生徒会会計F・アズライールであった。渡り廊下を渡った先の通路の中央にて、彼は『損害保険の法則』を発動していたが、東渡り廊下を越えて進軍してくるハーレーの群れを目にし、顔を真っ青に染めていた。

「バ、バカな、なぜ東渡り廊下から敵が！　まさか一刀両嬢が殺られたのか⁉」

慌てて保険契約書を確認するが、一刀両は確かにまだ存命している。

「一次的に行動不能にされた？　いや、それでも彼女に止めを刺さぬ理由がない。まさか、一刀両嬢が番長グループに通じていた……？　いやいや、それなら、こちらにその情報が渡るはずだ……。では、なぜ、敵が……」

一体何が起こっているのか、アズライールには皆目訳が分からない。

だが、敵は現にアズライールへと迫っている。

「まずい……。とにかく逃げなければ――」

一刀両や範馬とは違い、彼は一人で敵の大群を堰《せ》き止めうるような魔人ではない。立ち向かっても無駄死にである。ここは一度、生徒会室に戻り、会長の指示を仰がねば――。

と、思い、走り出そうとした矢先、恐怖で足がもつれて転んだ。

「ギャア──！」

そこへ番長グループのハーレー軍団が通り、彼はずたずたに轢《ひ》き殺されてしまったのである。

F・アズライール、轢死《れきし》。

「番長！　いま、何か踏みましたぜ！」

「どうせ生徒会の奴じゃ、放っとけ！　それよりも、前じゃ。見ろ、範馬慎太郎じゃ！」

続いて驚いたのが、西渡り廊下を守護していた範馬慎太郎である。

「──バカな、なぜ東から敵が！　くそったれ、一刀両め、しくじりやがったか！　これだから」

──女は信用ならん！

と範馬は思った。彼は性差別主義者なのである。女は嫌いだった。かといって、海我のようなよっちい男にも興味はない。彼が興味を示すのは自身と同様の、筋骨隆々とした雄《オス》のみである。唯一の例外はド正義卓也のみ。他は同じ人間とも思わぬし、無論、性の対象にもならぬ。範馬慎太郎は鍛え抜かれた胸筋に勃起することはあっても、脂肪の塊たる乳房に欲情することなど断じてないのだ。そう、彼はホモであった。

だから、その範馬が、異臭の先に女と化した邪賢王ヒロシマの姿を見つけて、

──邪賢王！　貴様、ちんまい姿になりおって！

と、怒りに駆られたのも当然の理である。生徒会タカ派の範馬慎太郎であるが、一人の性的対

象としては邪賢王ヒロシマの肉体も決して嫌いではなかったのだ。

範馬は敵意をあらわに、その邪賢王を見据えると、

ぐおおおお。

三回くるくると回って、手にしたハンマーを投げつけた。

ハーレーの上に立ち上がった美少女番長が、これを右拳で迎え撃つ。

「おんどりゃあ！」

邪賢王の拳がハンマーへと激突した瞬間。

鉄球は小さな爆炎を上げ、彼女の拳は砕け、右手が朱に染まった。その勢いで邪賢王のハーレーは転倒し、彼女も地に投げ出される。後続のハーレー軍団も勢いを緩めざるを得ない。だが、邪賢王の拳と衝突したハンマーも威力を相殺され、その場へと転がり落ちた。

「くそったれ、オレのハンマーが止められただと！」

——あんなちんまい女に！

と、差別主義者のプライドはいたく傷つけられたが、しかし、邪賢王の右拳は奪った！　そして、その邪賢王も目の前に転がっている。番長邪賢王ヒロシマを討ち取る絶好の好機には違いない！　範馬は、続けて第二投を行うべく、急いで足下の競技用ハンマーを手にしたが、

「邪賢王ちゃんが来てくれたぞ、臆さず進めェ！」

と、今度は右方から服部産蔵の叫ぶ声が聞こえる。副番を討たれ戦意喪失しかけていた白金部隊の残党が、番長の参戦を知って士気を取り戻したのである。

「くそったれ、まずはこっちか！」

白金残党部隊に照準を絞り、範馬が再び回転を始める。だが、

「わしに構うな！　突っ込め、白金たちを救うんじゃ！」

と、左方の邪賢王が叫び、邪賢王部隊もまた範馬めがけて突進してくる。

「く、くそったれ……」

遠距離から弾幕を張る範馬慎太郎の長距離砲台『ミスバスターズ』であるが、彼に対応可能なのはあくまで一方向のみ。両翼からの同時攻撃にはなす術もない。彼の渡り廊下防衛戦術は、一刀両断に背中を預けてのみ成り立つものであった。

邪賢王部隊か、白金残党部隊か。いま回転中の一撃をどちらに喰らわすべきか、範馬は一瞬の混乱状態に陥ったが、

——邪賢王を討ち、敵の士気を削ぐしかない！

と、彼が結論したのも道理である。だが、範馬が再び邪賢王の姿を捜した時、先程倒れたはずの場所に邪賢王の姿がない——！

「く、くそったれ……？　あいつ、どこに——」

回転を続けながらも範馬は邪賢王の姿を捜し求めるが、見つからない！　だが、邪賢王の隠れ場所は、範馬がよくよく注意して見たならば気付けたことであろう。なにせ、邪賢王は先程の場所から一歩も動いていないのだ。ただし、その邪賢王に今は駒沢が触れている。

「番長、大きな声、出さないで下さいよ」

「分かっとる。助かったわい、駒沢」

『I．Z．K．』により、邪賢王の存在感は空気の如く薄れている——。

「邪賢王、どこだ！　卑怯者、出てこい！」

標的を見失った範馬は、手にしたハンマーをいずこへ投ずるべきか分からず、ただ、くるくると回っていたが、彼が幾分の冷静さを取り戻し、誰でも良いから一人道連れにしようと考えた時には時既に遅し。白金残党部隊にあって、ただ一人、戦線を支え孤軍奮闘していた服部産蔵の忍者刀が、範馬慎太郎の鉄の肉体を貫いていたのである。

「死ね、範馬！　白金さんの仇！」

範馬の足はもつれ、回転は勢いを失くし、口からゆるりと血を吐きながら、独楽が止まるように彼は地に倒れた。結局、最後のハンマーはどこへも投じられることなく、彼の手中に残ったままであった。

「死ね、死ねっ！」

倒れた範馬に、それでも白金残党部隊は止むことなく、ぐさりぐさりと執拗に刀を刺し続ける。

「は、服部……。もう、止めろ。もう死んどる……」

「死ね、死ねっ！」

バルが制止すれど、服部たちは止めようともしない。これは白金を殺した憎き範馬に対する報復行為にも見えただろうが、実際のところは恐怖に駆られての行動であった。白金に胸を貫かれても甦った範馬のことを、服部たちは「死なずの魔人」と考えていたからだ。彼らが死者への冒《ぼう》瀆《とく》をようやく止めたのは、範馬の首を切断し、その五体をバラバラに切り裂いた後であった。

『あげは』

二〇一〇年五月十日　十七時

先程から――。

目の前の少女の袖先は、洗濯板の如き傷だらけの手首をちらちらと覗かせていた。

番長グループ一年、駒沢は、その儚げな少女を初めて見た瞬間、己の責任の重さを痛感し、ごくりと唾を飲み込んだ。

「あげは、ちゃん……だよね……？」

少女はこくりと頷く。

「あの、僕は駒沢……、〝静かなる駒沢〟って、皆から呼ばれています。えっと……。邪賢王さんから、番長小屋へ案内するよう言われて来ました。あの……、付いてきて、くれるかな……？」

少女はまた、こくりと頷いた。

それだけであった。

駒沢が何を話しかけようと、あげはは何も答えない。むっつりとした表情のまま、くすりとも笑わない。

だが、駒沢が進めば、あげはも進み、駒沢が止まれば、あげはも止まった。

――これは、思った以上に大変かも……。

駒沢は心で汗をかいていた。

＊

〝ダンゲロスの火薬庫〟と陰で囁《ささや》かれる恐怖の新一年生。魔人あげは。彼女の番長グループ勧誘は、五月以降、グループ内でも侃々諤々の議論となっていた。これに特に強固に反対したのが副番白金翔一郎と怨み崎Ｄｅａｔｈ子の両名であったが、番長グループのほとんど全員が白金と同じ論調で彼女の危険性を指摘していたのである。逆に、あげはを迎えることに固執していたのが番長邪賢王ヒロシマ。それにバルと鏡子、口舌院言葉など数名のみが邪賢王に歩調を合わせていた。

数日の間、両派の議論は平行線のままであったが、最終的には邪賢王のゴリ押しで終わり、あげはの勧誘は決定された。白金としても邪賢王の意図自体は理解している。彼の反対理由はただ危険が大きいというだけだった。だが、危険を承知の上で番長がそう決断したならば、副番としては最早言うことはない。邪賢王を信じ、従うまでである。

新入生の駒沢も、あげはの勧誘に賛成していた数少ない一人である。彼女のクラス、１―Ｃが現在どのような状況にあるか、その噂は1―Eの駒沢の耳にも入っていた。彼女のクラスメイトたちは皆一様にあげはを恐れ、できるだけ彼女から距離を置こうとしている。休憩時間になれば教室には彼女一人を残して全員が廊下へ退避し、放課後ともなれば全員一目散に荷物をまとめ、逃げるように教室から駆け出して行く。教職員とて例外でなく、受け持った授業の時間になると決死の覚悟を固めて1―Cへと踏み入り、チャイムが鳴るや否や脱兎《だっと》の如く職員室に逃げ帰る。授業中など、クラスメイトは全員、棺桶《かんおけ》に片足を突っ込んだかのような心持ちで、死の恐怖にガタガタと震えるばかりという。クラスがこのようになってしまった元凶が、全てこの少女、魔人あげは一人にあるのだから、彼女に関わろうとする者など当然一人もいなかった。

だが、そんな状況を、駒沢は単純に、

――可哀想だな。

と思っていたのである。

『メルヘン・メン＝ヘル』。それが彼女の能力であるが、これは彼女自身にもコントロールできぬ力であった。それは彼女が精神の安定を欠いた時、半ば発作的に発動される。任意での発動も可能であるが、彼女自身に今のところその気はない。

この発作的な能力発動は、あげは自身にとっても忌むべきものであった。まだ死人こそ出していないが、重軽傷者は数え切れない。中学の頃は全校生徒の約半数が、彼女により何らかの傷を負わされている。しかし、彼女の能力により最も被害を蒙っていたのは疑いもなく彼女の家族たちであり、あげはは家族からも腫れ物のように扱われていた。どこへ行っても遠ざけられる彼女の境遇が、さらに彼女の精神を不安定にしていたことは言うまでもなく、彼女の周囲には常に負のスパイラルが成立していた。

そこで、あげはの家族は「周りが魔人なら、あげはも人並みの扱いをされるはず」と思い、むしろ親心から彼女を希望崎学園へと入学させたのであるが、しかし、現実はこの通り。魔人学園においてなお、彼女は恐れられ、遠ざけられる存在であった。このままでは精神の均衡を欠いたあげはが能力を発動するのも時間の問題である。彼女には一刻も早く「仲間」が必要であった。

そこで、

「白金先輩――。僕が、あげはちゃんを迎えに行きます」

と、立候補したのが駒沢であった。

というのも、駒沢にも幾ばくか彼女の気持ちが分かるからだ。

彼の能力『I．Z．K．』もまた、しばしば彼自身の意志とは無関係に発動される。そのたびに彼の存在感は失われ、誰からも認識されず、声も届かなくなる。そして、それが続けば、駒沢はゆっくりと周囲から孤立していくのだ。彼はいつも皆と一緒にいるつもりなのに、周りの皆はその半分も駒沢と接していないのだから。皆に相手にされないあげはの悲しさを、駒沢は自分ならば共感できるかもしれないと考えていた。

「駒沢……か。なるほど、適任かもしれないが――」

白金も駒沢の境遇は理解している。

「しかし、分かっているのか？　事の重大さを。君の対応次第では、彼女はここに来た途端にドカン――!……となるかもしれないぞ? 君はその責任に耐えられるのか?」

白金の問いに駒沢は頷き、確固たる意志をもって答えた。

皆の命、僕たちに預けて下さい、と――。

周りの者は、いつも影の薄い駒沢の口から、只ならぬ覚悟が表明されたことに少なからず驚きの色を見せていた。存在感のないヤツだと思ってたが意外と男らしいじゃないか、と。だが、命を預けろと言われても、彼らが不安なことには変わりない。

「副番、そりゃあそうと、オレたちァ、どうやってあげはちゃんに接すりゃいいんですかね? ヘタに機嫌を損ねたらいつでもドカン! ってなワケでしょ」

と尋ねるのは、あげはのグループ加入に難色を示していた者たちだ。彼女に関わる以上、下手を打てば己の命も危うい。彼らがこの点を懸念したのは当然のことと言える。

白金は彼らに、「そうだ、ドカンだ」と答えて――、

「だが、意識するな。彼女を腫れ物のように扱うな。過度に気を遣う必要もない。あくまで仲間として、友人として自然に接しろ。要するに……」

あんまり考えるな、と付け加えたのである。

「そんなこと言われましてもねェ。ヘタを打てばドカンでしょ? 普通に接しろッたって……」

「なに、心配するな」

白金が駒沢の肩をポンと叩いた。

「多少の事があろうと駒沢がフォローしてくれる。な、駒沢?」

「え！　ボ、ボクですか……!?」

「フフ、駒沢……。皆の命を預かる覚悟はあるんだろう――？」

「あ、あります……！」

　白金は微笑んで駒沢の頭をわしゃわしゃと撫でた。クールな彼には珍しいほど上機嫌な様子だった。

「いい返事だ。あげははきっとお前の助けを必要とする。応えてやれ、駒沢。もちろん、オレも邪賢王も言葉も全力でフォローする。だから、皆はオレや駒沢に任せて、彼女には普通に接してくれ」

「わ、分かりやした……。しかし、もし……、もし、万一、副番や駒沢のフォローが及ばなかった時は……？」

　一瞬の静寂の後――、

「その時は、みんな死ぬだけだよ？」

　鏡子が短く言って、にこりと笑った。

「そう、鏡子の言う通りだ。そうなったら、もうしょうがない。皆で死ぬしかないな。あげはを受け入れるというのは、つまり、そういうことだ。だが、無理強いはしない。オレは最後まで番長に付いて行くが、各自の判断でいつでもグループを抜けてくれて構わない」

　だが、この時の白金の発言にも拘らず、結局その後、あげはを恐れ、グループを離れた者などいなかった。彼女の加入に反対していた彼らも、一度腹を括《くく》れば、後は野となれ山となれ、とばかりに開き直り、彼女を仲間として迎え入れようとしたのである。

――ただ一人、怨み崎Ｄｅａｔｈ子を除いては。

＊

あげはは初めて番長小屋を訪れた際に、邪賢王の体臭に堪らず嘔吐したが、それからは特に危なげもなくグループに順応していった。本当に、ちっとも危なげなかった。これには白金も駒沢も拍子抜けしてポカンとしていた程だ。案ずるより産むが易しとは良く言ったもので、彼女には仲間が必要だとは思っていたが、本当にただ仲間さえいれば良かったのだ。

番長グループの面々も初めはおっかなびっくりと彼女に接していたが、しかし、元より粗野で単純な連中である。腹を括った以上、びくびくするのも馬鹿らしいと思ったのか、次第に素が出て普段のがさつな態度に戻り、終いには「能力？　ああ、使いたきゃ使っちめえよ。よく考えりゃあ、あげはちゃんの能力くれえでオレたち魔人が死ぬはずもねえわな。人間とは体の造りが違《ちげ》ェからよ、ガハハハ」などと呑気に呵呵大笑する始末である。こうなると逆に白金の方が心配になってくるが、当のあげはは初めてここに来た時よりも格段に笑顔が増えているのだから、皆のがさつな振る舞いも案外これで良いのかと、白金ははらはらしながらも胸を撫で下ろすのであった。そんな白金を見て、鏡子と言葉はくすくすと笑っていた。

当初はあげはのフォローに徹すべく気負って臨んでいた駒沢もすっかり弛緩し、あの頃感じていた責任の重大さも忘れ去っているようで、今では一人の親友として彼女と親しく接している。

ただ、あの頃と変わらないのは、駒沢が動けば、あげはも動き、駒沢が止まればあげはも止まることだけ。あげははいつも駒沢の後ろをてくてくと歩き、駒沢の隣に座ったり、時にはぎゅっと抱きついたりして日々を過ごしている。時折、勝手に発動する『I．Z．K．』もあげはには効かないようだ。彼女には駒沢の存在感が薄れることなんてないのだ。あげはは相変わらず無口だったが、駒沢といる時はいつも幸せそうな顔をしていた。

「一体、あげはちゃんはアイツの何が気にいってるんだろうな？」

「あんな影の薄いやつがなァ。まったく、羨ましいこったぜ」

あげはが加入して二ヵ月後の七月にもなると、グループには彼女の能力に怯える者など一人もいなかった。クラスメイトのあげはの扱いはあの頃とほとんど変わっていないが、番長グループと駒沢のおかげで、あげはは本人は毎日幸せな日々を送っている。魔人へと覚醒する以前も以後も、彼女にとってこれほど幸福な時はなかったであろう――。

「まあ、駒沢も今じゃあ影薄くねえけどな。あんな可愛い子に四六時中引っ付かれてよ。ああ、まったく羨ましい」

「全くだぜ。こんなことなら、あの時、オレがあげはちゃんを迎えに行けば良かったなァ」

「バーカ。無理だよ。おめえみてえな悪相がいきなり現れちゃあ、あげはちゃんビビって死んじまうわ」

「まったくだ、違えねえ。ガハハハハ！」

「ガハハハハ！」

傍から見れば恋人にしか見えぬ、番長グループの一年生二人であった。

——二〇一〇年七月二十日。

あげはの誕生日に、駒沢は彼女に一着のゴスロリ服を贈った。

十一、天使

二〇一〇年九月二十二日　六時十分

一刀両断は消え、範馬慎太郎は討たれ、F・アズライールも人知れず戦死した。いまや渡り廊下を守護する魔人は一人もいない。だが、番長グループも、フジオカの『バザーボム』、範馬の『ミスバスターズ』により、副番白金翔一郎を始め、白金虹羽やゆとりのひでゆきなど、計十三名もの魔人を失っている。そして、番長、邪賢王ヒロシマも範馬により右腕を砕かれていた。新校舎突入からわずか十五分の出来事である。

「腕、大丈夫ですか、邪賢王ちゃん」

「無論じゃ、問題ない」

と、答えてみるが、無論、問題はある。砕けた拳の出血は既に止まっているものの、右前腕部の骨には亀裂が走っており、学ランの下で大きく腫れ上がっていた。この怪我では範馬クラスの相手とはまともに戦えない。邪賢王は話題を逸らすかのように、

「それよりも――」

前方を睨んで、

「あそこじゃ。生徒会室はもう目と鼻の先じゃけえのう」と、顎《あご》で指した。

生徒会室は、二つの渡り廊下を渡った先のちょうど中間地点（アズライールが構えていた場所）から、さらに三十メートルほど奥に進んだ場所にある。

範馬慎太郎、ならびにアズライールの予期せぬ参戦により、多大な犠牲を払った番長グループであったが、兎にも角にも目的の生徒会室までは辿り着けたのである。ここまで来れば、彼らには必勝の策がある――。

「ついに、あげはの出番ですね……」

と、ここで進み出たるはゴスロリの少女。

そして、彼女の後ろにもう一人。――静かなる駒沢。

魔人あげはと駒沢の一年生コンビである。

二人ともどこか嬉し気な様子であった。

「なあ、邪賢王ちゃん……」

これに対し、弱々しく陳情するは番長グループ三年のバル。

「やっぱりやめませんかなあ。オレはどうもこういう作戦は好きになれませんでなあ」

と言う。また、他の者も追随《ついずい》して、

「オレもやめて欲しいですぜ、何もあげはちゃんたちがあんなことを……」

「そうですぜ。生徒会のやつらなんざ、まともにやってもオレたちで圧勝できまさあ」

などと言い出すが、邪賢王は取り合わず、ただ、

「生徒会の様子を確認したい。ド正義の絵を頼む」

と、海我に情報を求めた。

そして、受け取ったカンバスを覗き込んでみると、そこには生徒会室と思しき場所にいるド正義ら幹部数名の姿が映し出されていた。

「おどれ、これが何時《いつ》ごろ更新したか分かるか？」

「……ん。ほんのちょっと前だねェ。ついさっきオレも確認したからね」

この海我の言葉を受けて、先程の者たちは「あぁ」と落胆を禁じえない。標的が生徒会室にいることがはっきりした以上、作戦中止を訴える合理的理由はなくなったからだ。もちろんド正義たちがここにいなかった場合、彼らは渡り廊下で無駄な犠牲を払ったことになるのだから、それもそれで問題なのだが……。

と、その中で一人、不良が「あッ」と声を上げる。

「邪賢王ちゃん！　見て下せえ、これ！」

彼が急き込んで指差す先には、一人の少女が――。

そう、友釣香魚の姿が描きこまれていたのだ。

これには邪賢王も少し驚いて、「生徒会は本当に友釣を使わんかったんじゃのう――」と訝しむ。

なぜド正義は友釣を出さず、範馬慎太郎を使ったのか？　まさか移動中に姿を見られて、全員

が女になったことを感づかれたのであろうか？

……などと番長は考えるが、しかし、たとえ敵の斥候に見られたとして、番長グループの中には、とても女に見えぬ者も少なくない。友釣香魚を使わぬ理由としてはやや弱い気がした。

「番長、〝あの〟友釣香魚ですぜ。夜夢との約束もあるし、彼女まで巻き込むわけにはいかんでしょう。やはり、ここは正攻法で正面から押し入りましょうよ」

と、配下の不良が言う。

確かに友釣香魚の件は邪賢王にも悩みの種であった。夜夢からは彼女の助命を条件として、その能力を聞いたのである。夜夢は言っていた。「香魚はオレが何としても説得する。だから彼女が投降してきたら命だけは助けて欲しい」と。その夜夢もおそらくは死んでいるが、彼のためにもできれば友釣は殺したくなかった。元々、友釣は前線に出てくると踏んでいたから、そこを無傷で捕えるつもりであったのだが、現状はこの通り、彼女は何故か生徒会室に引きこもっている。思うようにはいかないものである。また、次に控える『転校生』との戦いを考えても、彼女が仲間になってくれれば心強かったが……。

そうして悩む邪賢王の姿を見て、あげはは不安そうに表情を曇らせて何かを言おうとしたが、その時――。

「……いや。決行する」

邪賢王が短くそう結論したのである。

配下の者たちは露骨に嫌悪感をあらわにして、バルなどは、もう一度考え直してくれませんかなあ、などと食い下がるが、しかし、邪賢王は曲げなかった。

「……ええか。わしらは既に白金も虹羽も失っとる。対して、生徒会はまだ一刀両とエース、それにツミレを温存しとるはずじゃ。いま正面から戦えば下手をすれば全滅。勝ったとしてもほとんどが死ぬじゃろう」

実際は一刀両はさらわれて生死不明、エースとツミレは鏡子討伐に向かっているため、生徒会室に主戦力は残っていないのだが、それは邪賢王にもバルにも知りえぬことである。

「そうなっては次の『転校生』戦を戦えん。また、夜夢が死んだ今、たとえ友釣を殺さず捕えたとしても説得できるとも限らん。じゃけえ……」

邪賢王は苦りきった顔をしながら、

「あげは、駒沢、頼む……」

と、両者の目を見たのである。

あげはは番長に応えてこくりと頷く。

邪賢王としても苦渋の選択ではあった。

だが、他の者たちは番長の決定にも反旗を翻して、

「無理すんなよ、あげはちゃん！　いまやめたって誰もあげはちゃんのこと、悪く思ったりしねえよ！」

「そうだぜ、あげはちゃんが死にに行くこたぁねえよ。生徒会のカスどもなんざ、オレたちだけで十分よ」

「おうよ、生きて一緒に番長小屋に帰ろうぜ」

などと必死に彼女を止めようとするが、少女はぶるぶると首を振り、己に課した任務を全うする意志を示した。そして、普段無口な彼女が、おどおどしながらも口を開く。

「――みなさん、ありがとうございます。でも、大丈夫です……。もう、覚悟はできていますから」

と。

しかし、覚悟とは言うものの、彼女の表情に悲壮な決意といったものは感じられない。むしろ――、

「それにあげはは嬉しいんです。人に迷惑を掛けることしかできないと思ってたあげはの能力が、初めて人の役に――、それも、大好きなみんなの役に立てるのが、すごく嬉しいんです」

そう言って、彼女は左腕の袖を捲《まく》った。その左手首には横一文字の傷跡が無数に走り、まるで洗濯板の如き様相を呈している。そんなあげはが許可を求めるように邪賢王を見ると、番長は苦い顔で首肯した。

「あげはちゃん……」

「みなさん、これまで、本当にありがとうございました――」

彼女はたすきがけにしていたバッグから、やや大振りな刃物を取り出すと、慣れた手つきで左手首をすらりとなぞった。一文字の傷がまた一つ新たに刻み込まれ、そこから赤い血がうっすら浮かび上がってくると、同時に彼女の周囲に無数のエンジェルが現れて、辺りをふらふらと漂い

だした。エンジェルの姿は、彼女の手首から流れる出血量に応じて、その姿を鮮明にしていく。小学六年生くらいの女の子が描いたような、可愛らしいが、どこかバランスの崩れた歪《いびつ》な天使像である。これは当時の彼女が書いた絵本『夢見がちな少年と少女が地獄に落ちるおはなし（メルヘン・メン＝ヘル）』に登場する天使たちであり、あげはは彼らのことを〝お迎えの天使様〟と呼んでいた。

天使は、彼女から半径三十メートルを区切りとして漂っている。あげはの能力『メルヘン・メン＝ヘル』は、リストカット、もしくは類似の自傷行為、さらには自傷行為を連想するような傷を彼女が負うことで自動発動する能力である。あげはが傷を負うと、その周囲に天使が現れる。天使は彼女の出血が止まるまで消えない。そして、この状態で彼女がさらなる傷を負うと、天使たちは半径三十メートル以内の人間に同様の傷を負わせるのである。あげはの『メルヘン・メン＝ヘル』の本質は無差別大規模無理心中能力。この上なく傍迷惑な能力であった。この能力のせいで、中学時代も、〝ダンゲロス〟に入ってからも、彼女は周囲から遠ざけられてきたのだ。

だが、番長グループは――、豪胆な彼らは『メルヘン・メン＝ヘル』など気にもかけぬかのように彼女を迎えてくれた。それからもクラスでの彼女の扱いは変わらなかったし、むしろ、番長グループと関わったことでより敬遠されもしたが、あげはは少なくとも番長グループのみんなといる時は幸せだった。

それに、駒沢は――。彼はあの時、誰からも避けられ、逃げられていたあげはに最初に近付いて来てくれた男の子だった。無表情に見えたあげはだったが、心中ではとっても嬉しかったのだ。

ただ、こんな気持ちはあまりに久しぶりだったので、どうやって表に出せば良いのか思い出せなかっただけである。あげはは番長グループのみんなのことが大好きだったけど、あの時から、ずっと親身になってくれた駒沢には特に心を開いており、今では彼の隣があげはの一番のお気に入りの場所となっている。今の彼女にとって、番長グループや駒沢は、彼女の全てと言ってもいい、大切な仲間であった。

「……駒沢くん。本当に付いてきてもらっていいの――？」

「今さら何言ってんだよ。来るなと言われてもいくよ」

「ありがとう……。嬉しい……」

あげはは駒沢にぎゅっと抱きついて、彼の付き添いに素直に謝辞を述べる。

先程の『ファンクション・ファイブ』により、生徒会室にド正義がいることは確認済みである。後は『メルヘン・メン＝ヘル』を発動させたあげはが生徒会室前まで進み、駒沢が彼女を殺すだけだ。それで、あげはの命と引き換えに、生徒会室の敵を一挙に殲滅できる。神風の如き非人道的特攻作戦であるが、この決死作戦を動議したのは他ならぬ彼女自身であり、その介添《かいぞ》え役に立候補したのも駒沢自身であった。

無論、番長グループの面々は、みな彼女の提議に反対した。邪賢王も強く反対したが、彼女のグループ加入を最後まで渋っていた白金は中でも最も強固に反対した。仲間を守ることを第一に考える白金にとって、今やあげはも守るべき仲間だからである。しかし、あげはは意志を曲げることなく、ついにこの特攻作戦は採用されるに至り、――そして、これはあげはにとっても誤算だったのだが、すったもんだの挙句、駒沢が彼女の介添え役に決まったのである。

実際のところ、あげはが生徒会室まで進むにしても、生徒会役員の誰かが鉄砲玉となり、途中で彼女と刺し違えに来たならば、あげはの特攻作戦も不発に終わってしまう。だが、その点を駒沢が『I．Z．K．』でフォローすれば、あげはを生徒会室前まで安全に連れていける。また、彼女の当初の案では、彼女はナイフで自分の胸を突く予定であったが、非力なあげはにそれを確実に成しうる保証もなく、確実性を期すならばやはり誰か――、介添え役の誰かが突いた方が良いというのも確かであった。

無論、介添え役とはいえ、半径三十メートル以内にいる限り、駒沢も『メルヘン・メン＝ヘル』の影響を避けられるわけではない。あげはを刺したなら確実に自分も死ぬことになるため、これは事実上の心中行為に等しい。無論、彼もそれは端から覚悟している。だが、最初は特攻作戦に反対していた駒沢が、最終的にはこれを是認し、また、自分も付き添うことを決めたのは、ひとえにこのプランを語るときの彼女がいつになく楽しそうだったからである。

事実、あげはは興奮していた。人から疎まれ、忌み嫌われていた自分の能力が初めて人の役に立つということに。彼女の無差別大規模無理心中能力もこの時に限っては戦術的価値を持つのだ。仲良くなった皆ともっと一緒にいたいという気持ちや、死への恐怖ももちろんあったけれど、彼女はそれらよりもこの事実に――、「自分の能力が初めて価値を持っている」という、その事実に興奮していたのだ。

だから駒沢も、あげはちゃんともっと一緒にいたい、という気持ちはもちろんあったけれど、

彼女のそんな嬉しそうな様子を見ていると、むしろ段々と、

――応援してあげたい。

という気持ちになってきて、さて、自分に何ができるかと考えた挙句に、彼は介添え役を名乗り出たのである。当初はびっくりして必死に拒んでいたあげはだが、いかんせん『メルヘン・メン＝ヘル』などという能力を生み出してしまった彼女である。そのうち、大好きな駒沢が一緒に来てくれる嬉しさの方が勝ってきて、今では彼の申し出を素直に感謝しているのであった。こうして無差別無理心中能力である『メルヘン・メン＝ヘル』は、紆余《うよ》曲折《きょくせつ》を経て、ようやく真っ当な（？）心中行為へと結実しようとしていたのであるが、果たしてこれは成長といって良いものだろうか。

「短い間でしたが、この四ヵ月間、皆さんと一緒で、あげはは本当に幸せでした……。あまり別れを惜しむと、勇気が無くなっちゃうから……、そろそろ、行って来ますね……」

短い別れの言葉を残し、あげはは瞳を潤《うる》ませながら、それでも笑顔を浮かべて皆に背を向けた。駒沢も皆と軽い別れを済ませている。

番長グループの皆は、まだ彼らを引き止めたい素振りを見せていたが、もはや掛ける言葉も見つからず、各々、涙を溜めて見守るばかりである。

「さて……。じゃあ、行こうか、あげはちゃん」

「うん！」

駒沢とあげはが手を繋ぎ、『I．Z．K．』が発動する。途端に二人の存在は希薄となり、今生

の別れを惜しむ番長グループの面々にしか、もはや彼らの姿は知覚できない。たとえ生徒会が監視カメラなどで見張っていたとしても、その姿を見つけることは困難だろう。

だが、二人が生徒会室へ向けて、仲良く歩きだそうとした時。

「おおい、ちょっと待ってくれえ!」

不意に背後から声が上がった。

振り向くと、声の主は番長グループ三年のバルである。

「あ、バルさん……。えっと、もう彼女の説得は無理だと思いますよ」

と言って、駒沢は軽く笑う。

バルは先程まで二人の特攻心中を必死に止めようとしていたから、その続きだと思ったのである。だが、

「いやいや。そうじゃなくてなあ……。もうそのこと自体は諦めとるんだけどなあ」

と、彼はたははと笑う。そして、

「やあ、最後にオレからも別れの言葉を掛けたくてなあ」

と、言いながら、バルは——。

腰の佩刀《はいとう》へと手を掛けた。

あげははにっこりと笑って、

「バルさん……。あの、あげはの番長グループへの加入を、強く推して下さったと白金さんから聞いています……。バルさんがいなければ、あげはも今みたいに幸せになれなかったかもしれま

せん。本当に――、ありがとうございました……」

後輩の心のこもった謝辞を受けて、いやあ、イイってことよ、とバルは照れ臭そうに笑っていたが、すぐにしゅんとして、

「オレもなあ、あげはちゃんのこと、大好きだったからなぁ……」

悲しそうな表情を浮かべて、手元では、
刀の鯉口を切る――。

バルの能力は……

「あげはちゃんも、駒沢も、邪賢王さんも、白金さんも、口舌院のやつも……」

――バルは、ゆっくりと刀を鞘から抜き出して、

「オレは番長グループのみんなのことが大好きだったからなあ……」

正眼に構え、切っ先はあげはの胸へと狙いを定めた。

バルの能力は『裏切帝《ウラギルティ》』という。

「僕たちも、みんなのこと大好きでした。もちろんバルさんのことも……。ね、あげはちゃん」

「うん！」

『裏切帝』は先入先の敵組織構成員全員に対し、

「そうかあ……。ありがとうなあ。……はぁ。こんなことにならなけりゃなぁ」

――意識迷彩をかける能力である。

たとえば、バルが多少怪しい行動を取ろうとも、「あの人がそんなことをするはずない」「あの

人に限ってそんなことはない」という信頼感が増幅され、結果、多少不審な点があっても、それは〝目に入っていても見えていない〟という状態になる。だから——、

「オレもなあ。最近のド正義さんはおかしいと思うよ……」

いま、バルの構えている刀にも〝誰も疑問を抱くことはできない〟。

昨夜、バルは番長小屋から離れて携帯電話を使っていたが、実際は、たとえ番長小屋のど真中でド正義への連絡を行っていたとしても、それは誰の目にも不審に映らないのである。ただ、「番長グループの構成員ではない」両性院男女にだけは、彼の『裏切帝』も機能しなかったのだが……。

「でもなあ。あの時、オレを救ってくれたのはド正義さんだったんだわ。それに、あの人は本当は優しい人なんよ。……見捨てらンねえよなあ、やっぱり」

「…………？　何を言ってるんですか、バルさん⁇」

バルの不審な口ぶりも『裏切帝』により〝疑えない〟。

そして——、

「まあ、せめてもの詫びというかなあ……。オレも一緒だから勘弁してくれねえかなあ」

バルが動いた。

あげはの心臓を狙い、過たず、突く。

その瞬間——。

バルの明らかな反逆行為は、意識迷彩の許容値を超えて『裏切帝』の効果は消失。番長グルー

プ全員の意識迷彩が解かれる。そして、目の前の事態を、悟る。

「――あげは、逃げるんじゃ！」

邪賢王がいち早く認識し、叫んだ。

だが、あげははまだ状況を理解できていない。固まっている。

駒沢は機敏だった。あげはの前に身を投げ出し、彼女を庇った。しかし、バルの豪刀は易々と駒沢の体を貫いて、後ろのあげはすらも貫通し、二人はバーベキューの如く仲良く串刺しにされてしまう。ただし、駒沢が間に入ったためか、あげはの心臓を狙い澄ましたバルの刀は僅かに逸れ、二人とも即死は免れていた。

だが、この瞬間、あげはの『メルヘン・メン＝ヘル』も自動発動。天使たちはバルと同じ刀を持ち、あげはの胸の傷と寸分違わぬ場所を目指して、周囲の番長グループメンバーへと襲い掛かる。皆、天使から逃げ出そうとするが、一度天使が動き出せば、もはや三十メートル以上離れても無意味である。駒沢は天使による二つ目の刀傷を受けて即死。ヴァーミリオン・海我、服部産蔵、立川トシオ、そして、番長邪賢王ヒロシマまでもが為す術《すべ》もなく胸を貫かれ、無論、バル本人もあげはと同じ傷を負って、番長グループは全員揃ってその場へと崩れ落ちた。

あげはは胸を襲う激痛と突然の惨状に混乱し、既に事切れている目の前の駒沢を揺すりながら、

「駒沢くん……！　駒沢くん……！」と必死に呼びかけようとするが、口がぱくぱく動くばかりで声は出ない。十数分の激痛と混乱の後、あげははついに状況を理解することなく駒沢の背中で失血死するが、『メルヘン・メン＝ヘル』の引き起こした悲惨な現実を認識せず、混乱の中で死

ねたことは彼女にとってまだ救いであったかもしれない。刀を持った天使たちは、彼女が死ぬまで、なおも辺りをふらふらと漂い続けていた。

そして、あげはの死と前後し、バルを含む、番長グループ全員が、この傷により失血死する。

ただ一人、番長邪賢王ヒロシマを除いて――。

幕間

※これは小説の作中世界とは別の世界でのお話です。

希望崎学園における番長グループと生徒会の戦いは、番長グループ全滅（邪賢王ヒロシマ戦闘不能、他全滅）により生徒会の勝利に終わりました。生徒会の皆さん、おめでとうございます！ゲームのノベライズとしては本書もここで終了となります。

……うん！　まあ、いいんじゃねえの。生徒会勝ったしな！　架神恭介も結構活躍したし、オレのキャラが敵主力を倒したってのがやっぱ嬉しいよな。これ、もうオレの活躍で勝ったようなもんだろ。いやあ、ゴネた甲斐があったぜ。カレー食って頭が爆発とか自分で言ってて意味分かんなかったけどな！　オレのキャラが死んじゃったのは残念だけど、でも、ま、何の活躍もできずにダラダラ生き延びるより、パッと活躍して死んだ方がカッコイイしな！　もうちょいマトモな死に方ならベストだったが贅沢《ぜいたく》は言うまい。女子高生のズリネタになれただけでも幸いと考えよう。いやー、楽しかった！　良かった、良かった！　……ん、ありゃ？

ただし、ゲームが終了しても生き残った彼らの命がここで終わるわけではありません。一度、動き出したキャラクターたちは、ゲームの終了とは関係なく自身のドラマを全うするのです。ここから先はゲーム終了後の彼らの物語となります。

えっ、なに⁉　まだやんの？　マジで？　もういいよー。オレもう勝ったしー。オレのキャラ死んじゃったしー。そんなことよりさー。キミ、キミ。なんだっけ？　千尋ちゃんだっけ？　な、オレとカレー食いに行かね？　京橋にいい店知ってんだよ。本格派の南インド料理店。キミもカレー好きなんだろ？　えっ？　プリンがなきゃイヤ？　……んー。あー。まあプリンうまいもんな。オレも好きだよプリン。プリンうまいよなあ。プリン。

――引き続き、本編をお楽しみ下さい。

『ド正義克也』

——魔人ド正義克也は、希望崎学園生徒会長、ド正義卓也の父である。

一九六七年、千葉市内の公立高校にて発生した暴動、通称「岩波事件」を契機に全国規模の広がりを見せた学生運動は、常にこの男を中心に動いていたと言って過言ではない。学園自治と魔人の地位向上を訴える「学共闘（全学生魔人共闘会議）」の理論的基礎を固めたのがこのド正義克也であった。彼は学園自治による魔人差別の撤廃を理論化し、学共闘の行動指針を明確化したのである。また、セクト「プロ魔連（プロテスト魔人連盟）」の議長として、当時、様々な暗殺、破壊工作を指示したとも言われている。理論的にも実践的にも学生運動の支柱として働いた、当時の最重要人物の一人である。

それまでは学生運動といっても、一部の魔人学生たちによる魔人の地位向上運動に過ぎないものであった。しかし、この時の学生運動では魔人にあらぬ一般学生までもが運動に参加し、全学的な高揚を見せた。これには克也の魔人級アジテーションも一役買っていたが、「岩波事件」の際に見せた当局の不誠実な対応に、市民の間でも不信感が高まっていたことの方が要因としては大きい。また、当時は今ほどに魔人への差別感情も激しくはなく、魔人の運動に一般人が参加しやすい空気があったことも考慮すべきであろう。

当初の学生運動は「岩波事件」の糾弾、魔人差別の撤廃、学園自治の確立などを主張しており、舌鋒《ぜっぽう》こそ鋭かったものの暴力的な振る舞いもなく、どちらかといえば牧歌的な雰囲気すら漂うものだった。それもあって、一般市民の間でも彼らに協力的な者は少なくなかったのだが、それが一九六八年の夏以降、学生運動が徐々に攻撃性を強めていったことに伴い、市民からの支持も理解も失っていくのである。これは警察側の弾圧に呼応して、学生側が言論闘争を放棄し武力抗争を目指したためとも言われるが、一説によれば陰に魔人公安（警視庁公安部魔人第一課）の暗躍《あんやく》があったとも言われている。少なくとも、当時、学共闘内部で頻発していた内ゲバの多くが、魔人公安に扇動されたものであったことは多くの歴史家が認めるところである。

ともかく、学共闘の武力抗争は時と共に激しさを増していき、一九六九年には有名な東大安田講堂事件が発生する。学共闘は東大安田講堂にバリケードを築いて立て籠もり、封鎖解除を求めて周囲を包囲する魔人警官隊、魔人機動隊員との間で攻防戦を繰り返していたが、一九六九年一月十九日、突如、警察側の人員約七割が即死するという大惨事をもって、この事件は幕引きとなる。この大量殺戮を行ったのもド正義克也と言われているが、これは今となっても立証されていない。少なくともド正義克也の他に、もう一人主犯格の魔人がいたと考えられている。

この時、東大安田講堂事件において看過できぬ人的損害を蒙った政府当局は、これ以上の紛争介入は国家の警察力を著しく損なうと判断し、学生たちの要求を認め、学園を治外法権とする声明を発表する。後に〝世紀の悪法〟と呼ばれることになる『学園自治法』誕生の瞬間である。

学生たちは運動の勝利に歓喜した。中でも中心的な役割を果たしたセクト幹部、セクト指導者たちは学生から喝采《かっさい》を浴び、無論、ド正義克也も自分たちの獲得した新しい権利を誇った。しかし、『学園自治法』は実際のところ学生が得た「権利」などではなく、政府が全ての学園を見捨てただけに過ぎなかったのである——。

その後、『学園自治法』の弊害はすぐに露呈した。学園は治外法権であり、日本国の法律は及ばない。ゆえに警察権力の介入もありえない。そのため、例えば、学園内で突如覚醒した魔人が大量殺戮を始めても警察は断固として出動を拒否する。彼らには学園の生徒を守る義務も権利もないからである。各学園は独自の法律、つまり、校則をもって自治運営を行っていたが、強力な魔人が学内で徒党を組めば強制力を執行することはできず、校則は次第に形骸《けいがい》化していった。一九七〇年代後半、学園自治法が確立された初期の時代は、「番長グループ」と呼ばれる魔人集団が暴力で学園を支配する恐怖政治の時代でもあった。その状況自体は現代も変わらないが、当時の番長グループの凶行は今よりも遥かに酷烈なものであった。

この禍々しい現実を目にし、運動の勝利に歓喜していた人々は一転して、『学園自治法』ならびに、それをもたらした学生運動を批判し、当時のセクト構成員たちを弾圧し始めた。セクト構成員たちもこの結果には愕然としたことであろう。魔人差別撤廃のために彼らが要求していた学園自治は、魔人差別感情の激化という、まさに正反対の結果をもたらしたのだから。結果的に見ると、ド正義克也が理論化した「学園自治と魔人差別の撤廃」はあまりに楽観論に過ぎたと言うしかないが、当時は多くの学生と世論がそれを後押ししていたのだから、彼一人に責任を押し付けるのも酷というものだろう。

そのド正義克也であるが、東大安田講堂事件以降は表舞台から姿を消していた。じっと身を隠していた彼は、『学園自治法』施行後に某私立大学へと迎えられ、そのまま研究者として大学に勤務する。魔人公安を恐れ、生涯、大学敷地内からは一歩も外に出なかったという。

しかし、魔人の存在に関する哲学的アプローチが認められ、大学での研究職を得ることができた克也はそれでも幸運な部類に入る。彼を除く当時のセクト指導者やセクト幹部の多くは社会からの迫害や差別を受け、ロクな職も見つからず、今も貧しい生活を余儀《よぎ》なくされているのだから。住居を得ることすら容易ではなく犯罪者に身をやつす者も多い。だから、職を得て家族まで持ったド正義克也は、やはり幸運であったと言えるだろう。しかし――、

二〇〇九年六月十三日

そのド正義克也が大学敷地内の研究室にて死体で発見される。

状況から見て明らかな他殺であった。

現場は完全な密室状況にあったが、大学当局の調査により、程なくして犯人は特定される。筑《ちく》摩泰斗《またいと》――。彼はかつてのプロ魔連構成員、つまり、ド正義克也の同志であった男であり、東大安田講堂事件後に発生した凄惨《せいさん》な内ゲバ事件、「あらや山荘事件」の数少ない生き残りの一人でもある。

ド正義克也は学者として名を馳せ、研究者仲間からは尊敬すら得ていたが、しかし、世間的には「『学園自治法』を成立させた張本人」であり、その名は常に嫌悪と共に語られてきた。克也本人はそういった世間の悪感情も甘んじて受け止めていたようであるが、筑摩がこれらの悪評に乗せられて逆恨み的に克也を襲ったのだとすれば因果な話と言わざるを得ない。だが、筑摩泰斗は依然逃亡中であり、彼の動機が判明することはこの先もおそらくないであろう——。

十二、学園総死刑化計画

二〇一〇年九月二十二日　八時三十分

両腕を後ろ手に縛られた両性院男女は、生徒会役員エースに乱暴に突き出され、生徒会尋問室の冷たい床にしたたかに全身を打ちつけた。乱暴な扱いではあるが、彼は捕虜《ほりよ》なので仕方がない。番長グループに与《くみ》し、生徒会に敵対したことは事実である。それにしても、まさか自分が生徒会尋問室に引き立てられることになろうとは、昨日までの彼には想像だにしなかったことである。

職員校舎三階にあるこの尋問室——、爽やかな朝日が差し込むこの部屋は、しかし、その陽気とは裏腹に血腥《ちなまぐさ》い空気に満ちていた。冷ややかなタイルの床には、洗っても落としきれぬのだろうか、赤い斑模様があちらこちらに染み付いており、この部屋の陰惨な歴史を感じさせた。尋問室というが、中には様々な拷問用具も並んでおり、「素直に拷問室と言えばいいのに」と囁く生徒も少なくない。

そのような恐ろしい場所に放り込まれた両性院男女であるが、彼が痛みに呻《うめ》きながらも面《おもて》を上げると——。

そこには学園で最も有名な男の顔があった。皺一つない学生服をパリッと着こなし、整った顔立ちを飾る眼鏡の奥から、冷厳な瞳で両性院を見下す男。

──生徒会長、ド正義卓也である。

その生徒会長を挟んだ奥には、両手両足を厳重に拘束された半裸の美少女、──邪賢王ヒロシマが痛々しい姿で横たわっていた。一応の手当ては受けたのか、胸部には包帯が巻かれていたが、それも赤黒く滲んでおり、右腕は骨折したのか、真っ青に変色して倍ほどの大きさに腫れ上がっている。彼女の綺麗な小顔にも幾つもの青痣《あおあざ》が浮かんでいた。

ド正義は床に突っ伏す両性院を一瞥すると、すぐに彼に背を向ける。そして、美少女番長の血で滲んだ胸部を、まるでサッカーボールでも蹴飛ばすかの如くに遠慮なく蹴り上げた。

「──うあッ！」

あの時の惨事──、あげはの『メルヘン・メン＝ヘル』による誤爆から、ただ一人失血死を免れたとはいえ、その時に負った胸の傷はやはり重傷には違いなかった。ド正義にその傷を蹴り上げられ、邪賢王は可愛らしい顔を歪めて悶絶する。

両性院は、ド正義の突然の、かつ、凄惨な拷問行為に対して声も出せない。つい昨日まで彼に全幅の信頼を寄せていた両性院は、実際に目にしたとしても、生徒会長のこのような行動が信じられない──、いや、信じたくなかったのである。

なお、両性院の背後では、この拷問を生徒会副会長、赤蝮伝斎が扉越しに爛々《らんらん》とした目付きで眺めながら己の下劣な性欲を慰めていたが、両性院にはそれに気付く余裕などもとよりない。

そしてド正義は、唖然とする両性院に対し、振り向きもせずに、

「――君が両性院か。エース君から報告は受けている。君には後で鏡子の行方について洗いざらい喋ってもらう。素直に言わなければ……」

足下の邪賢王の、今度はその顔面を蹴り上げた。顔を浮かした邪賢王を、さらに上から踏み下ろし、彼女の頭を乱暴に床へと叩き付ける。

「この男と同じことになるぞ――」

そう言って、怒りのこもった目でぎらりと両性院を睨むのである。

「や、やめて下さい……！　どうしてそんな酷いことをするんですか！　邪賢王ちゃんはあなたの昔の友達なんでしょう！」

「フン、昔の友人だと？　確かにそうだが……」

それがどうした！　とド正義は一喝する。

「今の僕はこの学園の生徒会長であり、生徒会全員の安全に責を負っているのだ！　こいつは我が同胞たる生徒会役員一名をいずこかへ消し去った。今は彼女の安全確認が最優先だ。邪賢王が吐かぬというならどのような手を使ってでも吐かせるしかないだろう！　これは彼女のために当然のことだ――！」

と言って、ド正義はさらに邪賢王の滲んだ胸を蹴りつける。

「さあ、吐け！　一刀両君をどこに隠した！　もうお前たちの敗北は決したのだ！　大人しく負

けを認めろ！　これ以上、僕の……、僕の仲間を傷つけさせはしない！」

ド正義の蹴りは激しさを増し、足下の美少女はそのたびに身をよじって悶える。

彼ら生徒会は、一刀両断の失踪を番長グループの魔人によるものと考えていたのだ。だが、あの状況では彼らがそう考えたのも無理はない。

「わしは……、知らんと言うとろうが……。東渡り廊下には、初めから、誰も……、おらんかったんじゃ」

邪賢王は消え入りそうな声で呟く。

「お前は、まだそんなことを言っているのか。くそ……」

ド正義は邪賢王の小顔を踏みつけ、きりきりと体重をかけていく。ド正義の踵と、尋問室の固い床とに挟まれ、美少女番長はあうあうと痛々しい悲鳴を上げるが、何も話そうとはしない。当然だ、何も知らないのだから。

「いい加減にしろッ！　もはや意地を張る局面ではなかろうが！　一刀両君を解放しろッ！　くそっ……、くそっ……！」

と、執拗に邪賢王を責めていたド正義だったが、突如、その体がフラリと揺れて、番長を足蹴から解放したと思いきや、生徒会長は「ウッ」と口元を押さえてへたり込み、尋問室の壁に向かって嘔吐した。そして、壁に手をついたまま呼吸を荒らげているのだが、よく見れば彼の表情にも苦悶の相が浮かんでいたのである。口でこそああ言ってはいたものの、無抵抗の旧友に対する拷問行為は彼の精神をかなり圧迫しているようにも見えた。

だが、しばしの後、些《いささ》かの落ち着きを取り戻したド正義は、今度は両性院に向かって、

「仕方がない……。両性院、先に君に尋ねる。正直に、かつ、即答したまえ。君と一緒にいた女……、鏡子をどこへ隠した――」

「き、鏡子さんは、さらわれたんです。突然現れた、UFOに……！」

「ふざけるなッ！」

ド正義が再度邪賢王を蹴りつけて、美少女番長が絶叫を上げた。

「貴様ッ、僕は忙しいのだ！　くだらぬ妄言に付き合う暇はない。素直に鏡子の居所を吐けッ！」

「お、おい！　待ってくれ、ド正義！」

これに慌てて制止に入ったのは生徒会役員のエースであった。放心状態にあった両性院の確保には手間取らなかったものの、後ろ手に縛った両性院を引っ張りつつ、鏡子にやられた一ノ瀬、ツミレの二人を背負って、ここ生徒会室まで戻ってきたエースの顔には流石に色濃い疲労が現れていた。全身も汗まみれである。

「ド正義、これを見てくれ」

しかし、まだ休む訳にはいかない。

エースはポケットから取り出した携帯電話を差し出して、先ほど撮った写真をド正義へと示した。それは番長小屋周辺の様子を写したものであったが、

「……ここの部分、何かおかしいと思わないか？」

エースは写真の前方、地面に当たる部分を指差した。番長小屋の周りには、背丈の低い雑草が一面に生えているのだが——、

「おかしい？　どこがだ……？」

「よく見てくれ、ここの、草の形だ」

注視して、ド正義も異変に気付く。

エースの指し示すその部分だけ、なぜか雑草が奇妙な模様を描いて編み込むように倒れているではないか。雑草が形作る、この幾何学的な図形は、まさに——、

「……ミステリーサークル」

「そうなんだ。オレもこれを発見するまでは馬鹿げた言い逃れだと思っていたが……。どうだ？　UFOに鏡子を略奪されたという話に、俄然、信憑性《しんぴょうせい》が増してこないか？　無論、地球に来た宇宙人が偶然アブダクションしていったわけではなかろうが、UFOを操る魔人がいたとすれば考えられんことじゃない」

これに対し、ド正義はわずかに言い淀んでいたが……、

「……エース君、実はな。一刀両君の守っていた東渡り廊下だが、そこの床にも、うっすらとだが……。これと似た幾何学図形の傷が刻まれていたんだ……」

と言った。

それを聞いて、エースは合点がいったような顔で、

「なんだ。じゃあ決まりじゃないか。一刀両も鏡子も、そのUFOを使う魔人にさらわれたんじ

ゃないか？　両陣営の魔人がさらわれたのだから、そいつは第三勢力。おそらく『転校生』ってことにならないか？」

「待て、エース君。そう結論付けるのは早計だ。番長小屋に残された図形も、東渡り廊下の図形も、番長グループの誰かが偽装のために付けたものかもしれない。仮にＵＦＯが本物だとしても、その能力者が番長グループの魔人という線もある。両性院を捨て、鏡子だけを助けたのかもしれない」

「……いや、それがだな、ド正義。それはオレも考えたんだが……。どうもその線はなさそうなんだ。と、いうのはな……」

そこまで続けて、エースは少し言葉を詰まらせた。今から語る内容は、彼もあまり口に出したくない類のもの、つまり、夢見崎アルパに関する話である。

＊

尋問室にて、ド正義による邪賢王、両性院、両者への尋問が行われている一方、生徒会医務室では、一ノ瀬、ツミレの鏡子討伐隊メンバー二人が、ベッドの上で仲間から介抱を受けていた。

二人とも鏡子の『ぴちぴちビッチ』を受け、全身の体力、精力を完全に吸い取られており、指一本すら動かせぬ有様である。命に別状はないものの、今も絶対安静の状態が続いていた。しかし、肉体的なダメージよりも、二人にとってより深刻なのは精神へのダメージであった。

一ノ瀬蒼也は落ち込んでいた。命を賭して挑んだ戦いで、あのような無様な姿を晒し、それでも生き延びてしまったことを。——だがしかし、最も自分を許せないのは……、鏡子の責めがこの上なく気持ち良かったことだ。

鏡子に責められている時、一ノ瀬は幸福の絶頂にあった。「命を捨ててでも生徒会の役に立ちたい」という彼の覚悟は、鏡子のもたらす絶対的な多幸感にあっさりと打ち破られ、彼は抗うことも放棄して、ただ快楽の中に溺れてしまったのだ。命を賭けて挑んだ任務なのに、鏡子に弄られている間、彼は己の任務を完全に放棄していたのである。だから結果として、彼に残ったものは生徒会に対する罪悪感だけであった。ベッドの上で伝え聞いた話によると、番長グループは壊滅し、鏡子も生死不明らしい。「オレのハルマゲドンは射精しただけなのか。命を捨てて臨んだのに射精して終わりなのか」と、彼が落ち込んだのも無理はない。

しかし、そんな一ノ瀬よりも、より深刻な事態に陥っていたのが、生徒会一年のツミレである。彼女は近接格闘に長じた空手ガールであり、自身の幻覚能力を併用した虚実混合の拳は、生徒会の誰もが一目置くものであった。ツミレは生徒会期待の新人だったのだ。そんな彼女も一ノ瀬同様、何ら魔人としての力を発揮する間もなく、鏡子に一方的に敗れたわけであるが、彼女の精神的ダメージはそのことにのみ起因するものではない。そう、ツミレは処女だったのだ。

男女を問わず、人体の秘密を知り尽くした鏡子による責めは、初心《うぶ》なツミレには余りに過ぎたる刺激であった。今の彼女が受けている精神的衝撃は一ノ瀬のような罪悪感や自責の念によるものではない。ただただ巨大なショックである。異性に手を触れられただけでも真っ赤になってしまうほどのツミレが、性技を極め尽くした鏡子のフルコースにいきなり晒されたのだ。それがどれほどの衝撃であったかは推《お》して知るべし。

ツミレ自身は受けたショックが大きすぎて、今は己の状況を認識できていない。彼女はベッドの上でポケーと天井を見上げながら、「あれは一体なんだったのだろう」と真っ白な頭でうっすらと考えているだけである。彼女を本格的な葛藤が襲うのは、もうしばらく後のことだろう。

このように、心身ともに限界へと達していた一ノ瀬、ツミレの両名を、エースが必死に背負って帰ったことは前述の通りであるが、では、残るもう一人、夢見崎アルパはどうしたかというと、信じられぬことに、アルパはあの後、エースに頼ることもなく、自力で生徒会室まで帰りついたのである。一ノ瀬、ツミレの倍近い時間の『ぴちぴちビッチ』を受け、全身の精液を一滴残らず搾り出されて瀕死の状態にあったはずの彼は、エースが戻ってくるまでのごく短い期間に回復し、元気潑剌《はつらつ》、スキップを交えながら生徒会室へと戻ってきたのである。恋した異性に殺されることを願う生徒会屈指の変態、夢見崎アルパは、この殺しても死なない異常に頑強な肉体もあって、あのような性癖にも拘らずこれまで生き永らえてきたのである。しかし、アルパの生命力たるや、魔人という前提で考えても、なお規格外。肉体の頑強さだけで言えば、おそらく希望崎でも随一であろう。彼は本当に死ぬ気があるのだろうか？

その変態アルパであるが、ベッドで虫の息となっている一ノ瀬、ツミレを尻目に、生徒会準備室の中で、血まみれ、精液まみれの鏡子の右手をもろ出しにした己の股間へと必死に押さえつけていた。

「ああ……、どうしたんだい、鏡子ちゃん！　あと、もうちょっと、もうホンのちょっとでボクを殺せたのに！　さあ、もう一度動いてくれよ……。キミの右手で、ボクの股間をもっと、もっとかきまわしてくれ！　さあ、ほらっ、どうしたんだい？　さっきはもっと巧くできたじゃないか！　そう、ほら、キミはこうして、ボクのを指でつまんでいたよね。そこから……、違う、違うよ！　鏡子ちゃんどうしたんだ、ボクにもう飽きちゃったのかい？　鏡子ちゃん、お願いだよ、ボクを殺してくれよ！　ああっ、鏡子ちゃんッ……！」

などと言っては、途端に声を上げて泣き出したりするのだから、他の生徒会の面々も気味が悪くてとても見ていられない。皆、アルパの方を見ないように見ないようにしながら、心の中では「早くあの人、卒業してくんねえかな」などと考えていた。

そのアルパの持ち帰った右手は、言うまでもなく『ぴちぴちビッチ』を介してアルパの股間を狙っていた鏡子のそれである。鏡子の本体が黒鈴に首を落とされたのと同時に、『ぴちぴちビッチ』の効果は消失し、アルパの一物を摑んでいた右手は閉じた空間によりサックリと切断されてアルパの下に残ったのである。鏡子が死んだ瞬間、右手首の切断面からは当然ながら相当量の血が流れた。鏡子の右手に付着している血は、その時の彼女自身のものである。

「ア、アーッ！」

さっきまでぎゃあぎゃあと泣き喚いていたアルパだが、どうやら鏡子の右手首で己の股間を弄くることは継続中であったらしく、彼は絶頂の快哉《かいさい》を叫び、鏡子の掌へと精を撒き散らした。『ぴちぴちビッチ』によりあれだけの精液を奪われていたにも拘らず、彼女の掌へと溢れた液体はそれは異常な量であった。

その後もアルパは幾度となく鏡子の右手首を股間へと押し付けていたが、それまでの喜悦に浸る異常者のような顔つきから、一転、不意に真面目な表情を見せると、

「飽きた」

と、一言残して、右手首をポンとテーブルの上に置き、もろ出しのまま、すたすたと生徒会準備室を出て行ったのである。

＊

「……鏡子の右手首から、血が流れただと？」

「そうなんだ、ド正義。おそらく、鏡子が死んで彼女の能力が解除されたんだろう……。だから、鏡子は殺されたんだと思う」

と、エースからアルパに関する報告を受けたド正義は、これはもう認めざるを得なかった。

「くそっ！　じゃあ、鏡子と一刀両君をさらったのは、本当に『転校生』なのか……。くそっ……！　やつらにさらわれたとなれば、二人とも既に命はない、か……」

「そんな……。鏡子さんが、死んだ……？」

ド正義の結論に改めて衝撃を受けたのは両性院男女である。彼はまだ心のどこかで鏡子の生存を信じていたのだ。邪賢王も「まさか、鏡子が」という顔をしている。いくら鏡子が強いとはいえ、彼女を一人で残してきたことを番長も後悔しているようだった。

だが、その一方で、意外にもド正義までもが、

「しかし、鏡子が……死んだのか………」

などと、何か納得のいかぬような、呆けたような口ぶりで言う。鏡子の抹殺指令は彼自身が出したにも拘らず――。

一年前の秋、学園祭に現れた『転校生』に対し、ド正義は邪賢王と共に立ち向かった。そして、『転校生』によもやのところまで追い詰められた二人を救ったのが、他ならぬ鏡子である。だから、鏡子はド正義の命の恩人であった（また、その際にド正義は童貞を失っているので「初めての女」でもある）。鏡子のレイプ活動はしばしば一般生徒にも及んでいたが、これに対して生徒会が動かなかったのは、被害者側から被害届が出なかったことと、ド正義が黙認していたためである。

なお、学園祭の後、ド正義は鏡子に生徒会へ入るよう一度勧誘している。だが、彼女はその勧めを断り、番長グループへと身を置いた。その時、確か鏡子はこう言っていた。「先輩、そんなに無理しなくてもイイと思いますよ」と――。

「いや、鏡子のことはいい……。問題は一刀両君……。僕たちは……、一刀両君まで失ったのか。範馬君にアズライール君、バル君、そして、一刀両君までが……。番長グループを壊滅したとはいえ、あまりに失ったものが大きすぎる……」

「ド正義殿、戦《いくさ》に人死には付き物にござる。敵方の戦力を考えるに、無傷の勝利などありえぬ。ド正義殿の戦術は決して間違ってはござらん」

と、ド正義の様子を見かねたのか。ここで尋問室へと入ってきた赤蝮が、フォローのつもりなのかそう言った。だが、範馬、アズライール、一刀両の防衛ラインを突破され、挙句、奥の手であったバル特攻まで余儀なくされたド正義は、自責の念に駆られずにはいられなかった。わけても、これまで一人孤独な潜入活動を続けてくれたバルに、捨て身の戦術を強いたことが彼を苛《さいな》んでいた。しかし、今更悔やんでも致し方ない。

「ド正義殿、一刀両殿を失ったことは痛《いと》うござるが、しかし、最早こうなっては手遅れにござる。一刀両殿のことは諦めなされい。それよりも貴殿には為すべきことがあるはず」

と、赤蝮に諭されて、ド正義も感傷に耽る暇などないことを思い出す。彼は壁を一撃、思い切り殴りつけると、それをもって踏ん切りとしたのか、再び高圧的な視線で両性院を睨んだ。

「両性院、これから先は尋問ではない。君との交渉だッ!」

両性院は後ろ手に縛られたまま生徒会尋問室に監禁状態にある。交渉というには、あまりに一方的な状態だが……、

「君がハルマゲドン開始直前に番長グループから呼び出され、そのまま彼らに与《くみ》したことは邪賢王から聞いている。あまり乗り気ではなかったこともな。天音沙希が『転校生』どもに囚われた事情も知っている」

そうじゃ、わしが脅したんじゃ、無理矢理やらせたんじゃ、と邪賢王が掠《かす》れる声で両性院を弁護するが、ド正義はフンと鼻で笑って、

「だが、我々生徒会としては、いかなる理由があろうとも、番長グループに与して参戦した君を許すわけにはいかない。本来なら君も邪賢王同様、特一級極刑へと処すところだ。しかし、我々

も鬼ではない。君に情状酌量の余地があることも事実。そこでだ……」

ド正義は一度言葉を切って、

「生徒会のために働かないか――？」

と言った。両性院はエッ！　という顔をして驚く。

「なに、驚くほどのことではない。君の『チンパイ』を僕たちも買っているのだ。『転校生』との戦いでは、おそらく君の『チンパイ』が要となるだろう。うちの友釣君のことは君も既に知っていると思うが、彼女の能力と『チンパイ』は非常に相性が良い。君の『チンパイ』で生徒会の男子役員を女性化すれば、彼らは友釣君と共に前線で『転校生』に挑むことができる」

これは生徒会にとっても重要なことであった。いくら友釣の能力が強力とはいえ、護衛も付けず彼女を単身で前線に送るわけにもいかないのだから。ツミレが倒れ、一刀両が消えた今、生徒会にまともに戦える女子役員はいない。

「どうだ？　君も『転校生』を倒し、天音君を救いたいのだろう？　僕たちに協力した方が救出の可能性は高まるぞ」

「僕が……、協力すれば、邪賢王ちゃんも助けてくれますか……？」

だが、両性院の問いに、生徒会長は眉間に皺を寄せて即答する。

「……答えはノーだ。今回のハルマゲドンの開戦責任は全て番長グループにある………という
ことにする。そのためには、番長邪賢王ヒロシマを生贄《いけにえ》にしなければ、この戦いに幕を下ろすことはできん」

「ひ、酷い……！　そんなことって……！」

両性院がド正義に詰め寄り抗弁しようとするが、背後のエースが彼の肩を摑み、万力の如き握力で締め上げた。両性院は苦悶の声を漏らしながらその場にへたり込む。そんな彼の耳元でエースがそっと耳打ちした。

「オイ、人の心配をしている場合じゃないぞ……。ド正義は甘くない。これを拒めば特一級極刑は確実だ。それだけじゃない。赤蝮の野郎に死ぬより酷《ひで》え目に遭わされるぞ。お前の目的は天音の救出だろうが。オレたちだってミス・ダンゲロスを見殺しにする気はない。ここは大人しく従っとけ――」

それだけ言って、エースは両性院を解放する。

「両性院、わしのことはええんじゃ……。ここは、命を繫げ。おどれだけでも生き延びて、天音を助けるんじゃ……」

「邪賢王もああ言っている。さあ、どうする、両性院？」

ド正義が再び問う。もとより沙希救出のために参戦したハルマゲドンである。両性院の答えは決まっているようなものだが、番長を見捨て、一人生き延びることにはやはり躊躇《ためら》いがあった。その眼差しで――、両性院は迷い、邪賢王を見る。だが、番長は毅然とした眼差しで両性院を見返してくる。その眼差しで――、彼女が何を伝えたいのかは明白であった。両性院は応えて、こくりと頷く。

「――分かりました。生徒会に協力します」

「それで、ええんじゃ……」

邪賢王はそれだけ言うと、ぐったりとした様子で目を閉じた。

「邪賢王ちゃん……！」

「慌てるな。気絶しただけだ。怨み崎君の呪いを四ヵ月間受け続けた邪賢王がそう簡単にくたばるわけがない。もっとも、特一級極刑の苦しみを思えば、ここで死んだ方が遥かにマシだろうがな……」

その口ぶりに、両性院は怒りを覚えてド正義を睨んだ。

彼のような一般生徒が生徒会長に接することなどまずない。ド正義を学内で稀に見かけることはあっても、その本質を知る機会などなかった。おそらく峻厳《しゅんげん》たる人物であろうとは思っていたが、まさか旧友を特一級極刑にかけるなんて……。

「……そう怖い顔をするな、両性院。僕だって昔の友人に好き好んでそんなことをしたいわけじゃない。だが、仕方ないんだ。拷問も公開処刑も、この学園の治安を守るため……。正義のためにはどれも仕方のないことなのだ――」

と、ド正義がここで「正義」などと言い出すものだから、両性院も少し感情的になってしまう。旧友を処刑することを正義の名の下に正当化しようとするド正義に怒りを覚えたのであろう。胸の中にあったもやもやが思わず噴出してしまう。

「――ド正義さん。昨年の生徒総会で提出した新校則案、ありますよね？　生徒会は本気であの新校則を施行するつもりなんですか⁉」

「当然だ、生徒総会で冗談を言うはずもない」

突然突っかかってきた両性院にも生徒会長はクールに応える。

「では聞きます！　あなたは、あの新校則で学園生徒全体を『超高潔速攻裁判』のターゲットに含めるつもりだと聞きました。新校則とあなたの能力があれば、全校生徒の生殺与奪は思いのままかもしれません。しかし、あなたに本当に生殺与奪の権利なんてあると思ってるんですか？　あなたが正義だと考えるその善悪の基準が、いついかなるケースでも通用すると思っているんですか？　邪賢王ちゃんは彼女なりに学園のことを考えていましたし、彼女には彼女の正義があったはずだ。それをあなたは悪と決め付けて排除するんですか――！」

と、両性院が一気にまくし立てると、ド正義は呆れたような顔で彼を見た。

そして、言う――。

「何を言ってるんだ君は？　僕の正義が普遍妥当なものかだと？　そんな訳がないだろう。常識的に考えろ」

「え……？」

むしろ、怒られてしまった。

「いいか？　邪賢王には邪賢王の正義がある。そして、僕には僕の正義がある。当然だろう？　僕と邪賢王のやり方はずっと同じだ。僕もあいつも暴力でこの学園に秩序をもたらそうとしている。邪賢王は自らの膂力に頼り、僕は校則と『超高潔速攻裁判』を用いる。そうだろ？　僕とあいつのやり方に本質的な違いはない。ただ、あいつのやり方が間違っているだけだ」

「し、しかし……、邪賢王ちゃんはあなたとは違う！　あなたは全員の生殺与奪をあらかじめ握った上で学園を管理しようとしている。でも、邪賢王ちゃんはそんなこと考えていなかったはずです。あなたに命を握られた上での学園生活が、本当に幸せなものになるとは思えない！」

昨日知り合ったばかりの邪賢王をなぜここまで擁護《ようご》しているのか。両性院には自分でもそれが分からなかった。生徒会に協力する以上、こんなことを言い合っても自分の立場が悪くなるだけなのに、感情の発露は止まらなかった。

「——両性院、だから邪賢王は甘いんだ。あいつのやり方ではいずれ問題が生じる。邪賢王があらゆる問題を己の拳で解決できるというなら、それでもいいだろう。だが、邪賢王がより強い魔人に敗れた場合はどうなる？　いいか、忘れるな。僕たちは魔人だ。どんなに強かろうと相性の悪い敵に当たればコロリと死ぬ。邪賢王がいかに強かろうと関係ないんだ。あいつが死ねば番長グループが築き上げた秩序など藁葺《わらぶき》の家の如く崩れるぞ。それではダメだ。そんな脆い暴力に頼った支配では学園に真の秩序と安全をもたらすことなどできない。いざとなれば、どこの誰であろうと一睨みで殺せる僕の『超高潔速攻裁判』。これくらい絶対的な暴力でなければ学園の秩序など保てんのだ」

「け、けど！　それでは結局、あなたの考える正義に則らないとこの学園では生きていけないことになります。あなたは自分でも認めていたはずだ。自分の正義は決して普遍妥当なものではないと——」

ド正義は面倒くさそうに首を振った。そして、小さな子供をあやすかのように続ける。

「そうだな、君の言う通りだ。確かに、僕は自分の正義が普遍的なものではないと承知している。

僕の支配とは、すなわち僕の考える正義を他者に無理矢理押し付けることだとな。それは分かっている。だがな……。両性院、君は僕たち魔人が、なぜ、このような奇妙な能力を使えるか、知っているか？」

「えっ？」

ド正義が唐突に話を変えたので、両性院は面食らってしまった。この文脈で、なぜ魔人の能力について話が飛ぶのか――？

しかし、両性院の困惑した表情を読み取ると、ド正義は彼の返事を待たずに話を続けた。

「……やはり、知らないか。まあ、仕方ないだろう。この情報はまだ一般には公にされていないからな。いいか、両性院。いま学界では魔人の使う能力について、それがいかなる力であるのか、あらかたの答えが出ているのだ」

ド正義の父は魔人学の研究者であった。

「――魔人学会によれば、僕たち魔人の力の本質とは『自己の認識を他者へと強制する力』らしい。なぜ、そんなことができるのかは分かっちゃあいない。だが、とにかく僕たちは自己の『認識』を他者へと強制できるらしいのだ」

「認識を……、強制……？」

突然、そんなことを言われても意味が分からない。

「まあ、すぐには飲み込めずとも無理はない。簡単な喩え話を出そう。両性院、君は海を何色だと思ってる？」

「えっ」

「引っ掛け問題とかじゃあない。素直に答えてくれ」

「青……、ですか……?」

分からない。この問答が先の学園支配の倫理的問題と何の関係があるのか。両性院には分からない。

だが、ド正義は構わず続ける。

「そうだ。『海は青い』。これは皆の共通認識だな。僕たちは皆、海は青いものだと思っている。だが、ここに一人の変人を登場させよう。彼は『海は赤い』と思い込んでいる。彼の『認識』では海は赤だ。だが、他の者の認識では海は青い。となれば、皆はその変人のことをこう思うだろうな。『何を言ってやがるんだ、このウスラトンカチめ』と」

「それは……、そうでしょうけど……。一体これは何の話なんです?」

生徒会長はフフッと笑い、問題はここからだ、と言う。

「では、その変人が『魔人』だったらどうなると思う? 彼は『海は赤い』という『認識』を持ち、その『認識』を周囲の者へと強制する。では、その周囲の者たちはどうなる? 当然、彼らも『海は赤い』と考えるはずだ。そのように強制されているのだからな。では、その場にいる全員が『海は赤い』と考えたらどうだ?」

それは——。

「それはもう実際に『海は赤い』のだ。本当の海の色が何色だろうと関係ない。変人が『魔人』

であれば海の色は変わる。分かるか？　変人と魔人の違いは、その『認識』を他者に強制できるかどうかだ」

「認識――、というか、それは妄想なのでは？」

「そうだ。飲み込みが早いな、両性院男女。要するに妄想だ。より端的な言い方をするならば、僕たち魔人の能力とは『自己の妄想を周囲と共有する力』だ。魔人の覚醒が中学二年生前後に最も多く、次いで幼児期に多いことくらいは君も知っているな？」

　無論知っている。現に彼の魔人覚醒は四歳の時であった。

「なぜ、この年頃に魔人の覚醒が多発するのか？　答えは簡単だ。この年頃の人間は、皆、自分を特別な存在と考えたがるからだ。自分は他人とは違う。他の者にはない自分一人だけの特別な力がある。本気でそう考えてしまう。鏡子は鏡に手を延ばせば、いつでも男の股間に触れられると考えた。範馬君はハンマーを投げればそれが爆発すると考えた。魔人の能力はどれも馬鹿らしい幼稚な妄想ばかりだ。だが、その幼稚な妄想を本人が強烈に思い込んだ時――。おそらく人は魔人へと変わるのだろう。子供じみた馬鹿らしい超能力や、スーパーマンのような頑強な肉体を手に入れてな。魔人に攻撃的な能力が多いこともこれが理由の一つだ。子供は手からエネルギー波を出したりする漫画の主人公に憧れるものだろう？」

　幼児期や中学二年生は特に妄想を抱き易いお年頃である。幼児が想像上のお友達に名前を付けて一緒に遊んだりするのもそうだし、中学二年生が毎晩毎夜痛々しい妄想で頭を膨らませたり、ポエムを書いたりするのも同様である。なお、魔人の能力に比較的性に関するものが多いのも、中学二年生前後に性的な妄想を抱き易いためである。

「両性院、キミの『チンパイ』もそうだろう？　キミは誰かの性別をどうしても変えたかったんじゃないのか？　いつもそれを妄想していたから、キミは『チンパイ』を手に入れた。そうじゃないのか？」

両性院はそれには押し黙る。だが、ド正義の言わんとするところは分かってきた。つまり――

「つまり、ド正義さんの『超高潔速攻裁判』も――」

「そうだ。僕の『超高潔速攻裁判』も元はといえば僕の妄想だ。中学二年生の時、僕の通っていた中学は番長グループの猛威に晒され、荒れ果てていた。横暴な数名の不良魔人が学園を支配し、生徒はもちろん、教師やＰＴＡですら彼らに逆らうことはできなかった。校則なんか何の役にも立たない。誰も彼らに罰を与える実力がないんだからな。くそったれの『学園自治法』のせいで警察も助けちゃあくれない。あの悪法を僕がどれだけ憎んだか、分かるか――？」

その『学園自治法』は、彼の父であるド正義克也たちが勝ち取ったものである。これも両性院は知っている。――というか学園生徒は皆知っている。ド正義卓也の苦悶は、単に中学時代、不良魔人に恐怖で学園を支配されていたというだけではない。その環境を作り出し、自分や級友たちを苦しめる悪法が、実の父により作られたものだという罪悪感が彼を蝕んでいたのかもしれない――と両性院は考えた。

「中学二年生の僕はずっと思っていたよ。僕に凄まじい超能力があれば、校則に違反した奴らを片っ端から死刑にしてやるのに。こいつらを死刑にして僕が秩序を保ってやるのに、とね。毎日、毎晩、そんなことばかりを妄想していたんだ。もちろん、そんなものはただの空想逃避に過ぎなかったハズだが、あまりに妄想が酷かったんだろうな。僕は魔人へと覚醒し、自分の妄想を皆に共有させることができるようになった。校則に違反したヤツは片っ端から死刑になればいい、って妄想をな。——これがつまり、僕の『超高潔速攻裁判』だ。これは素晴らしい能力だと思ったよ。あの役立たずの『学園自治法』も、僕の能力さえあれば、ようやく本来の崇高な意義に近付くことができるんだからな——！」

ド正義卓也は『学園自治法』を憎んでいた。だが、彼の無意識下では悪法『学園自治法』に対する憎しみだけでなく、それを補完しようとする志があったのかもしれない。実際問題として、『学園自治法』自体は魔人差別撤廃という崇高な目的を目指して作られたものである。ただ足りないのは自治を成り立たせる強制力だけだ。それを『超高潔速攻裁判』なら補うことができる。ド正義卓也は父の目指した理想を実現させたいと考えているのかもしれない。だが、彼の考えは父と同じ学園自治という範疇《はんちゅう》に留まるものではなかった。

「両性院、僕は『超高潔速攻裁判』で、この学園に一時的な平和をもたらそうとしているだけではない。そんなちっぽけなことじゃないんだ！　父さんの学生運動など所詮遊びだ。学園に自治をもたらしたところで、それが魔人を救うはずもない！　父さんの考えは甘かったんだ。学園自治などでこの世界に溢れる魔人差別を根本的に解決しうるはずもない！　だが、僕は父さんとは違う！　不完全だった父さんの『学園自治法』を足がかりに、僕ならもっと確実に魔人を救える！」

　ド正義の弁が段々と熱を帯びてくる。しかし、両性院は気付かなかったが、この時、エースは何とも微妙な面持ちでその熱弁を聞いていたのである。エースにはド正義の気持ちが分からない――。

「いいか、僕が望むものは魔人が安心して暮らせる平和な『国』だ！　学園じゃあない！　両性院、僕は国を作るのだ。この異様に広大な学園は、魔人の暮らす国として十分な国土がある。日本中の魔人はここへ集まり、この学園で一生暮らせばいい。僕の国では外界と違い、魔人に対する差別などはないし、僕の能力があればどれだけ魔人が集まろうと秩序は保たれる。『学園自治法』があるから、国家権力も僕の国には介入できない。高等学校としての機能を形骸化させ、この学園を魔人のための国家へと作り変える。それが生徒会の最終目的であり、新校則施行はその第一歩なのだ！」

「で、でも……！　その国では、結局、ド正義さんの考える正義の下でしか生きていけないってことになるんじゃ――」

「そうだ、だからどうした！　確かに僕の正義とは食い違う者も出てくるだろう。邪賢王のように僕と対立する者も出るだろう。だが、敢えて言おう。だからどうした！　少数者が弾圧されるのはいつの世も仕方のないことだ。僕の支配下に置かれることで、思想信条の自由はいくらか失われるだろう。だが、僕の保障する安全と公平性に比べれば、その程度、些細な問題ではないか！」

「けれど……、そんな状況では、いくら安全と公平性が保たれても、みんなド正義さんのことを好きになれませんよ。みんなド正義さんのことを恐れますよ！」

今のド正義がここ希望崎学園において名声を博しているのは、確かにその素晴らしい統治能力の故であるが、しかし、ド正義から下される死の恐怖に怯えながらも、彼を敬愛することができるものだろうか。

だが、ド正義は、それも些細なことだ、と一笑に付した。

「フン、僕が嫌われようが知ったことではない。中学の時もそうだったが……。まァ、おそらく嫌われるだろうな。だが、そんなことは覚悟の上だ。全て覚悟の上なんだ！　キミに案じられる必要などない！　それを、まったく――」

と、ここでド正義は邪賢王を一瞥して、舌打ちし――、

「それにだ。先ほど言った通り、魔人とは己の『認識』を他者へと強制する者だ。そして、僕は『超高潔速攻裁判』を使い、僕の認識する正義を全員へと強制しようとしている。どうだ？　魔人が魔人を治める国として、僕のやり方が間違っていると言えるか⁉」

「いや、でも……。ド正義さんだって、邪賢王ちゃんのやり方にも正義があることは認めてるんですよね？　相容れない二つの正義がぶつかる場合だって。そんな時は――」

「そんな時は決まっているだろう？　力の強い方が勝つ。今回のハルマゲドンでは僕たち生徒会が勝利した。すなわち、僕たちの認識する正義が勝ったということだ」

――つまり。

ド正義は「自己の『認識』を他者へと強制する」魔人の力を、「己の認識する正義を他者へと

強制する」行為とのアナロジーで語っているのである。

「じゃあ、『認識する正義』が噛み合わなかった時は、どちらか力の強い方が勝ち、自己の『認識する正義』を押し通す、と――」

「その通りだ」

「では、それなら僕たちの能力の場合はどうなんですか？　僕たちの『認識』も、噛み合わなかった時はどちらか力の強い方が勝つんですか？　でも――」

でも、『認識』に強いも弱いもあるのだろうか。ド正義の話を聞く限りでは、魔人の能力は「思い込み」や「信念」とは違う。『認識』である。『認識』に強弱などないはずだ。両性院は反論して言う。

「じゃあ……。たとえば、『矛盾』ってありますよね。一人の魔人が『最強の矛』の能力を持ち、もう一人が『最強の盾』の能力を持っていた場合。一体どっちが勝つんですか――？」

と、無論、こんなことを言ってどうなるものでもない。一応、論理的には「力の強い方が自己の認識を通せる」というド正義の弁に対し、「『認識』に強弱はない」という形で噛み付けてはいる。矛と盾の魔人が各々相反する正義を持っていて、互いに力でそれを押し通そうとしても、この両者に限っては答えは出ないのではないか？　その意味でド正義のやり方は「魔人の国に相応しいやり方」と論理的には言えないのではないか、と一応反論できてはいるのだが、だからといって、実際にこのようなケースがそうそう起こりうるとも思えない。あくまで言葉遊びの範囲を出ず、感情的になってしまった両性院の言いがかりの如き代物であった。

——だが、意外にも、この両性院の言葉に、それまで雄弁だったド正義が急に口数を減じたのである。

そう。彼は真剣に考えていた。両性院の言は、いま議論している学園支配の倫理的問題とはズレた話なのだが、にも拘らず、これを一笑に付すことなく、彼は熟考を始めたのである。

「最強の矛と最強の盾、か……。確かに、どうなるのだろうな。互いが自己を最強と『認識』し、また相手のことも最強と『認識』している場合。力の強い方が勝つ——、とは言えないな。どちらも最強なのだから……」

両性院には知る由もなかったが、実はこの時、ド正義卓也は己の計画に一点の誤算があったことに気付き、こうして思わぬ熟考を始めてしまったのである。

だが、両性院の提出した矛盾問題にド正義が頭を悩ませていると、不意に尋問室の扉が叩かれて、扉の窓から、生徒会の女子役員がヒョイと顔を覗かせた。

何事かと思いこれに応対したエースが、戸口で短い会話を終えて帰ってくると、彼の手には一つの学生鞄が。それを見て両性院が「アッ！」と叫ぶ。——それが、彼の鞄であったからだ。あの、誰にも頑として中身を見せようとしない——、彼の学生鞄であった。

黙考中の生徒会長にエースがこっそりと耳打ちする。

「ド正義、邪魔をしてすまんが、ちょっとこれを見てくれ。番長小屋にあったものをアルパが勝手に持ち帰ってたんだ。どうやら両性院の私物らしいんだが、中身が——」

鞄の鍵は壊されていた。おそらく夢見崎アルパが興味本位で破壊したのだろう。それをわざわざ生徒会の役員が持ってきたとなれば、当然中身も……

——見られたのか！

と、両性院は慌てるが、しかし、両手を後ろ手に縛られている彼には文字通り打つ手がない。まずい。まずい……！

「何か危険物でも入っていたのか？」

と言って、エースに促されるままド正義が鞄の中を覗き込む。するとそのド正義の表情が、見る見るうちに憤怒の形相へと変わっていく。怒りに顔面を紅潮させ、手はわなわなと震え出す。そして、ド正義は両性院の方を振り返り、キッと彼を睨みつけると、

「両性院、貴様ッ、この異常性欲者がッ！　こんなものを学校に持ってきて良いと思っているのか——！」

と、凄まじい剣幕で吐き捨てたのである。

「ま、待って下さい、それは……」

慌てて抗弁しようとする両性院だが、興奮したド正義は聞く耳を持たない。

「貴様のような異常性欲者を生徒会に入れられるか！　貴様は邪賢王と共に特一級極刑を受けろ！　赤蝮君、この二人を牢へとぶち込んでおけッ！」

「ちょっと、待ってください……！　誤解ですッ！」

両性院は必死に抗弁するもド正義は耳を貸さない。彼と邪賢王は、赤蝮以下、数名の生徒会役員に拘束され、生徒会監房、通称「生徒会プリズン」へと投げ込まれる。そして、薄暗い房の中

で、彼らは無情にも下ろされる錠の音を聞いたのであった。しかし、あの鞄の中身を見たならば、ド正義があのように怒り狂うのも致し方のないことやもしれぬ——。

『両性院男女』

二〇一〇年九月二十二日　九時二十五分

ガッシ、ポカッ。

幼稚園児ほどの小さな女の子が殴られている。彼女より一回り体の大きい男子に、ぽかぽかと殴られている。

殴っている男の子の方は、小学校の一年生くらいだろうか。男の子は女の子の上に馬乗りとなって一方的に殴っていたが、しかし、所詮は子供同士のケンカ。一生懸命にぽかぽかと殴ってはいるが、女の子の怪我はたいしたことにはならないだろう。だが、女の子は痛みよりも、男の子から延々と殴られ続ける、そのこと自体に恐怖し、わーんわーんと声を上げて泣いていた。しかし、それでも男の子は止めようとしない。

――やめて！　もうやめてよ！

小さな体の両性院が、男の子の腕へと必死にしがみつき、殴打を止めようとする。しかし、邪魔だとばかりに、小さな体は事もなげに払いのけられる。

――やめて、お願いだからもうやめて！　沙希ちゃんが、沙希ちゃんが死んじゃう！

両性院は顔を真っ赤にして泣き腫らしながら、それでも必死に男の子へとまとわりつくが、何度やっても軽く振り払われる。しかし、両性院があまりにしつこかったためか、それとも単に男の子も殴り疲れたのか、「女のくせに、もうオレに逆らうんじゃねえぞ！」などと吐き捨て、テレビの悪役のようにペッと唾を吐き捨てて帰っていく。

――沙希ちゃん、沙希ちゃん！

年上のいじめっ子が去った後も、小さな天音沙希は公園の地面の上で、洋服を泥だらけにしながら、えーん、えーんと泣き続けていた。小さな両性院も、彼女の傍でぐすぐすと泣き続ける。

両性院が沙希に助けられたのはこれで何度目だろう。しかし、やんちゃな沙希も、この日、年上のいじめっ子には勝てず、自分が非力な少女であることを初めて思い知らされたのだ。

両性院にとって、いじめっ子からいつも自分を助けてくれていた沙希は、まるで王子様のような存在であった。だが、沙希は王子様にはなれない。彼女は――、女の子なのだ。沙希はいつものように自分を庇って……、だが、今日は初めて力及ばず、年上の男の子に力で捻じ伏せられて、両性院の代わりに手酷く苛められた。両性院はいつも沙希に守ってもらってばかり……。両性院は甘えていた。強い沙希に甘えていた。両性院は沙希が好きだった。だから、本当は自分が沙希を守らなければならないのに――。でも、小さな両性院にはそんな力はなかった。いじめっ子から沙希を救うような力はなかった。両性院は己の無力を痛感する――。そして、二度とこんなことがないように……。天音沙希が二度とこんな目に遭うことのないように……。

——ごめんね……。ごめんね、沙希ちゃん。いつも、沙希ちゃんに守ってもらってばかりで……。いつかきっと、きっと沙希ちゃんを守れるような、強い男の子になるから。沙希ちゃんをずっと守るから——

泣き続ける沙希の横で、両性院も一緒に泣きながら、何度もそれを誓っていた。

十三、処女喪失

二〇一〇年九月二十二日 九時二十五分

「おい、両性院。大丈夫か――?」

耳元で囁く何者かの声に、両性院男女はハッと目を覚ました。彼が見ていたのは、遠い昔の夢。両性院男女、そして、天音沙希が、まだ幼稚園児だった頃の記憶である。何があろうと、これからは僕が沙希を守ると誓った、あの時の記憶――。

「ずいぶんとうなされとったが、大丈夫か?」

彼の耳元で囁いたのは、学ラン半裸の美少女、番長邪賢王ヒロシマであった。両手、両足は厳重に拘束され、胸の包帯も赤黒く染まったままである。そして、相変わらず臭い。

両性院も両腕を後ろ手に縛られたまま、彼らは二人して、「生徒会プリズン」の冷たい牢獄へと放り込まれていた。邪賢王によると、彼が目を覚ました時、両性院は横で意識を失ったまま呻いていたのだと言う。

「なんじゃ、寝とっただけか。わしゃ、おどれがどこか怪我でも負うとるんかと思うたが。余計な心配じゃったのう」

「いえ、ご心配かけてすいません。大丈夫です……。どこも、痛むところはありませんし」

「それにしても……。あれから何があったかは知らんが、結局、おどれもわしと同じ運命か」

すまんのう、と邪賢王は両性院に詫びた。

「僕の……。鞄の中身を見られてしまったんです。それで、ド正義さんに誤解されて……」

「ああ、あれか……」

邪賢王は、無論、鞄の中身は見ていない。

だが、番長小屋にいる時から、両性院がそれを何やら大事そうに抱えていたのは知っていた。

「詮索《せんさく》する気は毛頭ないが……、何か大切なものでも入っとったんか？」

「大切なもの……」

……ではないかもしれません、と両性院は曖昧に応える。

「分かりません……。大切なものなのか、そうでないのかも……。本当はもう捨ててしまってもいいものなのに、それでも捨てられなくって……。でも、家に置いておいても落ち着かなくて。つい、学校にまで持ってきてしまって……」

ふむう、と美少女番長は可愛い声で唸った。

「わしには分からんが、おどれにも何かと事情があるようじゃのう」

両性院にそう語りかける邪賢王の声には、どことなく優しいものがあった。番長小屋で鋭く両性院を睨んできた、あの時の威圧感は既にない。それは彼が美少女に変貌したためばかりではないだろう。番長グループの仲間を全て失った彼女には、もはやグループを統率する番長として威厳を保ち続ける必要はなく、両性院に対して凄み続ける義務も失われていたのである。

両性院もそれに気付いていた。敗残の兵の意気消沈とは別に、今の番長からはどこか「肩の荷が下りた」雰囲気すら感じられる。邪賢王ヒロシマは容姿風体こそ恐ろしいものがあったが、彼本来の気質は番長などというものにはあまり向いていなかったのかもしれない。思えば、彼があのような典型的バンカラスタイルを踏襲《とうしゅう》し、三年間肌着を洗わないことで己の硬派をアピールしていたことも、番長グループを統率するための演出の一環だったのではないだろうか。両性院はふとそのように思ったが、しかし、だとすれば、なぜ彼は番長に――。

「問題はこの先じゃのう」

その邪賢王がぼそりと呟いた。

「邪賢王ちゃん。僕たち、これからどうなるんでしょうか……」

「分からん。じゃが、わしは特一級極刑じゃ。それは間違いない」

わしが処刑されねば幕は下りんのじゃ、仕方ない、と彼女は冷静に言う。ド正義の立場を考えてみても、そうせざるをえないと考えているのだろう。

「じゃがのう。おどれのことは正直分からん。おどれの助命、わしが嘆願してみるが……、どうじゃろうな。今のド正義にわしの声が届くかどうか。……なあ、両性院」

「……はい」

「――すまんな。本当に。こんなことになってしもうて。言い訳はできん。バルが生徒会のスパイじゃったことを見抜けなんだのは全てわしの責任じゃ……」

「やっぱり、バルさんが――」

あの時、両性院はバルの裏切りの可能性を鏡子に打ち明けた。だが、邪賢王たちへの連絡手段もないまま、鏡子は『転校生』に、両性院はエースに捕えられ、結局、事態は最悪の結果を迎えたのであった。

「両性院、おどれは気付いておったんか……」

「――はい。ただ、気付いたのは邪賢王ちゃんたちが出てからずっと後のことでしたが。一体、何があったんですか?」

「バルは――、あげはの『メルヘン・メン＝ヘル』を逆手に取ったんじゃ」

両性院は、邪賢王から渡り廊下攻防戦の経緯を聞く。白金の戦死、バルの裏切り、そして、あげはの『メルヘン・メン＝ヘル』の誤爆。番長グループで生き延びたのは、いまや邪賢王ヒロシマただ一人であることを。

また、邪賢王も両性院から番長小屋での戦いを聞いたが、話が鏡子の拉致誘拐に差し掛かったところで、彼女は可憐な小顔を歪めて憤った。

「くそっ!　『転校生』め……!　長谷部め……!!」

許せなかったのだろう。

この戦いに乱入した『転校生』が――。

生徒会と番長グループは互いに宣戦布告した間柄である。だから、生徒会に討たれるならばまだ仕方ないとも割り切れた。だが、両者に何の断りもなく突如乱入し、鏡子をさらっていった『転校生』は――、そして、そんな状況を作り出した長谷部敏樹のことは許せなかった。

「……おい、両性院。わしはド正義と交渉するぞ」

「交渉……？　なんのですか？」

「決まっとる。『転校生』のことじゃ。このハルマゲドン、勝者は既に生徒会に決まった。じゃけえど、まだ『転校生』がおる。ド正義は鏡子の死体を確認次第、校長にハルマゲドンの終了を伝えるじゃろうが、学園が封鎖解除されるのはそれから七日後じゃ。これからの最悪のシナリオは生徒会が『転校生』に皆殺しにされることじゃけえの」

　確かにそれは最悪である。

　両性院も生徒会が管理する学園が決してベストなものとは思っていないが、邪賢王もド正義も死ねば、この学園は以前の戦闘破壊学園に戻ってしまうだろう。なにより、天音沙希が救えない――。

「じゃが、わしの能力なら『転校生』相手に相討ちまでは持ち込める算段がある。そのことをド正義のやつに言うてみるつもりじゃ。……あいつはわしを公開処刑にしたいのじゃろうが、これ以上、生徒会役員を失うのも避けたいと思っとるはずじゃ。この話、ド正義なら乗ってくるやもしれん」

「生徒会のために、邪賢王ちゃんが命を賭けて戦うってことですか……？　でも、番長グループは生徒会の『学園総死刑化計画』を止めるために戦ってたんじゃないんですか……？」

「そういうことになっとる、のう――」

邪賢王は曖昧な返答をした。

「そういうことに、なっている。……ですか」

「そういうことになっとるんじゃ。表向きはのう」

邪賢王いわく――。

無論、「学園総死刑化計画」に対する反発や正義感からの義憤は番長グループ内でも以前から根強かったらしい。自分たちがその抑止力となっている自負もあったという。だが、「殺し合いをしてでも止めよう」とまでは番長グループの誰も思っていなかったのだ。だから、実際は――、

「もっと個人的な、感情的な問題じゃ――。言葉が殺されたのが、あれがもうどうにもいけんかった」

つまり、「学園総死刑化計画」は今回のハルマゲドン開戦の一因に過ぎないのだという。まず、日頃からの双方のわだかまりがあり、そこに、男子剣道部の廃部による感情悪化が加わって、最後に言葉の死が止めとなったのだと。「学園総死刑化計画」の阻止は、彼らの掲げる錦《にしき》の御旗《みはた》であった。感情的に戦いを挑むのでは士気も上がらぬ。何か堂々とした、自分たちの行動を言い繕える、もっともな言い分が必要だったのである。

「戦いなぞというものは理性的に行うものではない。感情的におっぱじめて……、後からその体裁を整えるだけじゃ。白金でさえも『学園総死刑化計画』阻止のために戦っとると思いこんどったろうな。じゃが、あいつも本当は――」

言葉の仇が討ちたかっただけじゃろう、と番長は虚《むな》しそうに呟いた。実際に、感情的になった番長グループのメンバーを彼女は抑えることができなかったのだ。

「でも……。邪賢王ちゃんも、『学園総死刑化計画』自体は間違ってると思ってるんでしょう？」

「それは無論じゃ。『学園総死刑化計画』は間違っとる……。あれでは全ての魔人は救われん」

「救われない魔人」とは、たとえばあげはもそうだろうか、と両性院は考える。ド正義の言う『国』であっても彼女は救われぬ。死刑の牽制力は死を恐れるものにしか通じないが、彼女のように、自らの死と引き換えに周囲を害する魔人はどうなるのか？　おそらくド正義の性格からして、あげはのような者には微罪をもって早々に死刑を宣告し、それで全体のリスクを減らそうとするのではないだろうか？

「今のド正義は間違っとる。……じゃが、それでも、わしもド正義もおらん学園よりは『学園総死刑化計画』の方がまだマシじゃ。三年前、ド正義が『超高潔速攻裁判』で治安を回復するまで、この学園はまさに地獄じゃった。救われぬ魔人が何人か出る……といったものではない。人の命など紙のように軽かった」

「それ程に……、酷かったんですか……」

「エースに範馬、白金でさえ毎日怯えて過ごしとった。なんのかんのいうて、あの地獄を救ったのはド正義一人の力じゃけえのう。あの頃に比べれば、あいつがこれから創る学園の方がまだ遥かにマシじゃろうな……。それに、ド正義の言うことにも一理ある」

ド正義は邪賢王のやり方を甘いと言った。番長グループは、あげはに居場所を作ることで、彼女の精神安定を図っていた。だが、あげはの場合は、彼女が特に問題を起こさなかったから良かったものの、もし何かの弾みで『メルヘン・メン＝ヘル』を発動させた場合、番長グループはいつ全滅してもおかしくなかったのだ。長期的視点で考えれば、邪賢王のやり方が綱渡《つなわた》りであることは否めない。だが、だからといって、あげはを殺して安定させるのが良いと言えるのか——。

「ド正義さんの『国』は……。本当にうまくいくんでしょうか……」

「いかんじゃろうな」

邪賢王は悲しそうに即答した。

「ド正義の『建国』は悪い夢じゃ。あいつは悪い夢を見て、それに生徒会のやつらも乗せられとるんじゃ。一殺多生とは言うが、そんな理由で人を殺せば必ず恨まれる。当たり前じゃ。理屈と感情は違う。そんなことをしとったら、ド正義は必ず皆から恨まれる」

現にわしらは嫌われとったろう？　と番長は言う。

確かに、ド正義があげはを殺せば、それにどれだけ合理的理由があろうと駒沢はきっとド正義を恨むだろう。そうなれば、これまでのように皆から愛される生徒会長というわけにはいかない。これまで先んじて狂犬を殺してきたのは番長グループだったが、確かに彼らは生徒たちから嫌われていたのだ。

「そして、恨まれれば必ずいつか殺される。あいつの『超高潔速攻裁判』は確かに強大じゃが、とはいえ、あいつが殺せるのは肉眼で顔が判別できる範囲に限られるけえのう。範馬の『ミスバスターズ』で遠距離から狙撃されたり、ｘｘの『インターネット殺人事件』で機器越しに攻撃を受ければどうにもならん。そもそも寝込みを襲われたり、メシに毒でも盛られればそれまでじゃ。その気になればド正義一人を殺す方法などいくらでもある。生徒会を護衛につけても、命を狙う方も魔人じゃろうけえのう。魔人相手では何が起こるか分からん。必ず、ド正義の想定外の事態は起こる。じゃけえ、遅かれ早かれド正義は……」

「――暗殺される、ということですか？」

「まァ……な。ド正義が死ねば、それであいつの『国』は終わりじゃ。個人の能力に依拠した国なぞどうにもならん。じゃが、今更あいつに何を言うても無駄じゃろうな……。それに、これはわしの悲観的観測に過ぎんのかもしれん。もしかすると、わしの憂慮などものともせず、ド正義のやつはええ国を作るやもしれんしのう。どちらにしろ、負けの決まった今、わしはあいつが巧いことやるのを祈るだけじゃ」

「ド正義さんは、昔から、この計画を……」

「言うとった。じゃが――」

ド正義が邪賢王にこの計画を打ち明けたのは中学の頃の話らしい。

「青臭い中学生の話じゃ……。ただの与太話《よたばなし》で終わるはずじゃった。あの頃のド正義は息巻いとったが……」

ド正義は中学の卒業文集にも、このことを書いていたという。

「じゃが、高校に入ってしばらくしたら、冷静になったんか、そんな素振りも見せんようになったんじゃがのう……。何がド正義の心境を変えたのかは知らんが、おそらく、昨年のオヤジさんの死が影響しとるんじゃろうな」

「ド正義さんのお父さん……。ド正義克也さんが殺された事件ですか？」

「そうじゃ。あの時、オヤジさんは大学の敷地内で亡くなったらしい。犯人は筑摩さんらしいが……」

邪賢王には筑摩泰斗と面識があった。子供の頃、ド正義の家に遊びに行った時に、一、二度、会ったことがある。しかし、克也の昔の知り合いとは聞いていたが、それ以上のことは知らない。

「今でも捕まっとらん。……ま、それはそうじゃろうな。学園内での殺しなら警察も手は出さんけえのう」

「じゃあ、もしかすると、ド正義さんはお父さんが殺されたことで、学園により徹底した治安が必要だと考えて『学園総死刑化計画』を……」

そうかもしれん、と邪賢王。

「じゃが、分からん。所詮、わしらの想像に過ぎん。しかし、あいつが『国』だなんだと言い出さなければ、あいつは学園のヒーローのまま、皆に感謝されて学園を卒業できたはずなんじゃが……」

巧くいかんもんじゃのう、と言って番長は力なく笑った。可愛らしい彼女の顔が哀愁に染まっている。

「両性院、返す返すも今回はすまんかった……。わしの命はもう捨てとるが、おどれの命はド正義次第じゃ。これはもう、わしにはどうにもならん……。じゃけえ、おどれとの約束で果たせるものといったら、もう天音のことしかない。両性院、今のうちに『転校生』のことを伝えておく……」

「僕に、『転校生』のことを……？」

「そうじゃ。ド正義との交渉次第じゃが、場合によっては、わしとおどれの二人で『転校生』と戦うことになるやもしれん。わしは『転校生』と相討つ気でおるが、それすら果たせんかった時はおどれが戦うしかない。ええか、もしもの時はおどれが天音を救うんじゃ。そのために、わしの知る限りの情報をおどれに伝える……。今のわしにはもうそれしかできんのじゃ」

番長は心苦しい様子であった。両性院の生命を保障し、天音を助けるといった約を交わしたにも拘らず、いまや両性院の命はド正義の手に握られ、天音を助けることも難しい。邪賢王は両性院との約束を何も守れていないに等しかった。さらに両性院に、お前も戦えと言うしかないのだ。心苦しくて当然であった。

だが、両性院は怯んでいない。もとより、単身特攻してでも天音沙希を助ける気構えで参戦しているのだ。恃《たの》みにしていた番長グループはほぼ全滅した。ならば、自分が命に代えても沙希を助けるしかない――。

「……分かりました。邪賢王ちゃんの力が及ばなかった時は僕も戦います。教えて下さい。『転校生』のことを……！」

「すまんのう……、両性院……」

そして、邪賢王は語り出した。

わしも多くを知っとるわけではないが、と前置きして、一年前の『転校生』との戦いを詳らかに語り出したのである。

「新聞やニュースなどで『転校生』のことは誰でも知っとるじゃろう。じゃが、実際にやつらがどのような魔人なのかはほとんど知られとらんはずじゃ。なにせ、『転校生』と戦った相手は、ほぼ間違いなく殺されとるけえのう」

メディアで報じられる『転校生』ニュースは、大抵の場合、『転校生』に誰某《だれそれ》が殺された、どのような惨《むご》い殺され方をした、被害総額がウン兆円に達した、などというものであり、『転校生』自体についての情報はほとんど伝わってこない。

「じゃが、わしとド正義、そして鏡子は、『転校生』と戦い、生き延びた稀なケースじゃ。『転校生』と戦ったのは一年前の学園祭のこと。覚えとるか？　天音がミス・ダンゲロスとなった時のことじゃ……」

「あの時、ですか……。じゃあ、まさか。ド正義さんが閉会式に出なかったのも……！」

「そうじゃ。『転校生』との戦いは校外で秘密裏に行われたけえのう。ド正義は久しぶりに復活させた学園祭を邪魔されとうなかったんじゃろうな。六人、死人も出たが、あの時の事件は事故として処理されとるはずじゃ」

両性院は唖然とする。自分たちが沙希のミス・ダンゲロス授与に沸《わ》き返っていた頃、校外では人知れず、生徒会長や番長が『転校生』との戦いを繰り広げていたなどと……。

「わしとド正義は配下の腕利きを数人引き連れて『転校生』に挑んだんじゃ。その時の『転校生』はたった一人じゃった……。じゃが、結果は惨敗。何が起こったか分からんが、まず最初にド正義が倒れた。わしに至っては、『転校生』に吹き飛ばされた仲間をな、受け止めようとしたら逆に吹き飛ばされて、それだけでもう瀕死の体じゃ」

「邪賢王ちゃんが……ですか……」

〝不死身の邪賢王〟と呼ばれる、あの邪賢王が、である――。

『転校生』はムチャクチャじゃった。やつにいかなる秘密があるのかは知らんが、誰が殴ろうとビクともせんし、刀も文字通り刃が立たん。逆にやつは軽く触れただけで肉を引き裂き、頭を撫でるだけで首を折りよった。あれは超怪力などという言葉ではとても説明がつかん。わしも怪力じゃが、なんというかな……、とにかく違うんじゃ」

「どういうことですか……？」

「うむ……。こういうことを言うても混乱させるだけかもしれんがのう……。わしは怪力じゃが、それでも林檎を砕こうとすれば、腕に力を込める」

邪賢王は拘束された左腕の拳をぎゅっと握り締めた。

細く可愛らしい彼女の左腕に途端に筋肉が張り、硬化する。

「この通りじゃ。わしの今の細腕でも力を込めればこうなる。じゃが、あいつは違った。筋肉の強張りなど一切なかった。わしは林檎を砕こうとする時、『林檎を砕こう』と考える。当然じゃのう。じゃが、あいつは違った。人の首を折る時も、まるで『首が折れるのは当たり前だ』という具合に折りよったんじゃ」

分かるか両性院、と邪賢王が不安げに尋ねる。自分の説明があまりに感覚的過ぎると自覚していたのだろう。だが、両性院は今までの説明で、少し思い当たるところがないでもなかった。

「理解できているとは思えませんが、邪賢王ちゃん、もう少し続けてもらえますか……」

「うむ……。後な、これも似たような感覚じゃが。わしらの攻撃を受ける時も、あいつ、何の構えも防御もせんかった。まるで『効かないのが当然のように』な。実際に、何をしようとやつには一切効かんかった」

「当然のように……ですか……」

「いや。まあ、あくまでわしの受けた印象に過ぎんのじゃがな。ただ、なんというか、あいつら『転校生』の『強さ』はわしらとは何か別種のような気がしたんじゃ。わしの怪力とあいつの怪力はまるで別物のような気分がな。じゃが、それもわしの勘違いやもしれん。単に『転校生』の強さにわしが怯えて、同じ世界の人間だと考えたくなかっただけかもしれん」

邪賢王は、その感覚を何かの勘違いだったかもしれないと言う。

だが、両性院はそこにこそ引っかかるものを感じていた。『転校生』の『強さ』とは、もしかすると……。

――一種の魔人能力ではなかろうか？

両性院はド正義から聞いた魔人の力の秘密を思い出していた。

「……邪賢王ちゃん。ド正義さんが言っていたんですが、魔人の能力が『自己の認識を他者に強制する』力という話、知っていますか？」

「いや……。それは初耳じゃ。あいつのオヤジさんの研究か？　魔人の存在を研究しとるとは聞いとったが、そういう研究じゃったんか。で、なんじゃそれは？　『認識を強制』……？　よう分からんのう」

「簡単に言うと、僕たちの妄想が現実を塗り替えるみたいなんです。ド正義さんは、校則違反者を片っ端から死刑にしたいという妄想から『超高潔速攻裁判』が生まれたのだと言っていました」

番長は、ああ、そういうことか、という顔をした。

「……言うとった。そういえば、言うとったわ。あいつはあの頃、毎日のようにブツブツとそんなことばかり口走っとったわ。ああ、他人事じゃあないのう。そうか、わしの能力はわしの妄想の産物なのか……。そう考えるとちょっと恥ずかしいのう」

邪賢王は頬を赤らめた。他人事ではない。両性院にとっても他人事ではない。

「それで、邪賢王ちゃんがさっき言ってた、『転校生』の『何か別種の強さ』ですが、それ、もしかすると、魔人の能力という可能性はないでしょうか？」

「能力……？」

「そうです。僕の『チンパイ』のように。僕の『チンパイ』が、相手の股間に触れさえすれば有無を言わさず男を女へと変えるように――」

「『転校生』は有無を言わさぬ『とにかく強い』という能力を持っとるということか？　……なるほど、確かにそう考えれば、わしの感じた違和感は説明できるのう。あれは筋力の強弱とか、そういう類の問題ではなかったからのう。もっと圧倒的な、有無を言わさぬ力……。そう、確かにわしら魔人の能力に近い印象じゃった……。両性院、その線、あるやもしれんぞ」

邪賢王が久しぶりに明るい顔を見せる。やっと『転校生』対策に一筋の光明が見えたといった様子である。

「しかし、とすると、やつらは一体どんな大それた妄想を抱いておるんじゃろうな。何を思い上がったらそんな能力を得られるんじゃろうか。瞬間的に超怪力を引き出せる魔人なら、わしは昔、見たことがあるが、それとも違う感じじゃった」

瞬間的に怪力を引き出す能力――なら、それは邪賢王の怪力の延長線上の話である。それとは質の異なる何かだと邪賢王は言うのだ。

「――『転校生』の『強さ』が、魔人の能力だと仮定するとして、その上でどうやって『転校生』を倒すかが問題ですよね。いま聞いた限りでは、どんな攻撃も『転校生』には効かなかったんでしょう？　邪賢王ちゃんが戦った『転校生』は結局どうなったんですか？」

「ああ、実はな。その時の『転校生』は鏡子が殺したんじゃ――」

鏡子さんが！　と両性院は動転する。

たとえ自分が殺されてでもアルパを殺そうとはしなかったあの鏡子が、『転校生』を殺したと言うのだから彼が驚くのも無理はない。実際のところ、鏡子が殺人を忌避《きひ》するに至ったのは、この時、『転校生』を殺したためである。

「わしとド正義の配下は皆殺しにされてな。わしらもやられるのを待つばかりじゃったが、そこに鏡子が現れてのう。その時の『転校生』は男じゃったんじゃが、鏡子の愛撫で抜かされ続けて、精液の水溜まりの中で事切れおったわい」

その話を聞いて、いま両性院は鏡子から受けた愛撫のことを思い出していた。そして、思い出すだけで、両性院の股間はむくむくと起き上がり、凄まじく怒張するのである。鏡子の死を悼《いた》む気持ちすら遥かに凌駕する圧倒的な性的記憶であった。そういえば鏡子は「私が死んでも、私のコト、忘れないでね」と言っていたが、あれはこのような意味だったのか、と両性院は今更にして気付いたのである。

「確かに――。僕も鏡子さんの技を受けましたが、あれは凄まじいものでした。鏡子さんが本気になったら人を殺すことくらい訳はないでしょう。ですが、それが『転校生』に――」

「そう。『転校生』にも鏡子の愛撫は効いたんじゃ。じゃけえのう。拳も効かず、刀も刺さらん『転校生』じゃが、殺せんわけでもない。鏡子に殺された『転校生』の死因は、言うてみれば衰弱死じゃろう。じゃけえ、少なくともやつらは衰弱すれば死ぬ」

「……！　衰弱で死ぬ、ということは――」

「うむ。身体自体はわしらと同じということじゃな。おそらくじゃが、栄養失調や塩分過多でも死ぬじゃろう。病気で死ぬ可能性もある。となれば、重要器官の破壊でも死ぬかもしれん」

と言って、美少女番長はニヤリと笑った。何か狙いがあるのだろう。

「何より、やつらが本当に怖いもの知らずなら、すぐにでも生徒会室に乗り込んでくるはずじゃ。そうせなんだということは、やつらも生徒会を恐れとる証拠じゃろうな。おそらく友釣の能力も効くんじゃろう」

「そういえば、能力と言えば……。邪賢王ちゃんはあいつらと相討つ算段があると言ってましたよね。そろそろ教えてくれませんか？　邪賢王ちゃんの能力を……。それから、どうやって『転校生』を倒すつもりなのかを……」

「む。そうじゃのう……」

邪賢王は、確かにおどれにには伝えておくべきじゃろうな、と言って、己の能力を語り出そうとする。だが、

「ええか、両性院。わしの能力は『仁義なき戦い』と言うてな。能力はわし自身の……」

――その時である。

監獄に閉じ込められた二人の間に、太く巨大な人影が割って入ったのは。

二人がハッとして振り返ると、そこにいたのは……、
生徒会副会長、赤蝮伝斎――。

＊

「会長、両性院君のことなんですけどー」

両性院と邪賢王への詰問を終えて二人を追い払った後、赤蝮と今後の対『転校生』戦術を協議していたド正義であったが、今しがた一段落着けた彼は、生徒会長室のふかふかの椅子へと身を委ねたばかりであった。そんな疲労困憊のド正義に話しかけてきたのが、副会長補佐、歪み崎絶

子である。彼女は両性院のクラスメイトでもあった。

「——歪み崎君か。僕は少し仮眠を取ると言っただろ。十五分だ。しばらく寝かせてくれ。用件は後で聞く」

しかし、絶子はまるで遠慮のない様子で話し続ける。ゆっさゆっさと彼の座る椅子を揺らしながら。

「ねえ、会長ー。両性院君のこと、考え直してくれませんか？」

「……なんなんだ、歪み崎君。彼がクラスメイトだから庇おうってのか？」

「うーん……。まあ、それもあるんですけどー」

両性院君が死んじゃうと、沙希ちゃんが悲しむんだよねー。

などと、絶子は考えていた。彼女は天音沙希と仲が良い。それに、あの両性院男女が、ド正義の言うような変態性欲者とも彼女には思えなかった。

「歪み崎君……、先程も言っただろう？　彼が何を持ち歩いていたか——。あのような異常犯罪者は我が生徒会には不要だ」

ド正義はぷいっと顔を背ける。

なので、絶子はまたゆっさゆっさと揺らしてみる。

「確かにその話は聞きましたけどー。でも、それって夢見崎先輩も同じようなもんじゃないですかー？」

「まァ、確かに夢見崎君は異常者だ……。だが、彼の能力は使える」

「それを言ったら両性院君の『チンパイ』だって使えるじゃないですかー」

「……むう。君も食い下がるな。夢見崎君は異常者だが、人を殺したりはしないぞ?」

しかし、人は殺さぬまでも、夢見崎アルパが同じくらいタチが悪いことはド正義にも否定できない。

「それを言ったら、両性院君だって殺してるかどうかなんて分からないですよー。ねえ、会長。ちょっと落ちついて下さいよ。会長は焦りすぎです。もし両性院君がホントに異常者でも、いざとなれば、私の『ユガミズム』で解決するんですし、そんなに焦って決めなくてもいいじゃないですかー」

「………」

「罪状から言えば、ｘｘ先輩だって、赤蝮先輩だって極刑でおかしくないんでしょ? 使える能力だから仲間に引き入れたんですよね。じゃあ、両性院君にもちゃんと話を聞いて、それから引き入れるかどうか、改めて考えましょうよ」

絶子の言い分にド正義はうーんと唸った。確かに、使えるのである。――両性院男女の『チンパイ』は。

先程、赤蝮と対『転校生』戦術を協議して、一応ある程度の目処《めど》が付いたことは付いたのだが、しかし、両性院の協力が得られるなら採れる戦術の幅は遥かに広がる。それに、今後の生徒会活動を考えても両性院の有用性は疑いない。なので――、

「確かに、君の言うことには理があるな……」

と、ド正義は認めた。

「僕は一時の激情に駆られていたやもしれん。まずは彼の話を聞くべきだったかもな……。それからでも遅くなかったかもしれん……」

だが、過去形である。

「うん、大丈夫ですよ。別に殺しちゃった訳でもないんですし。説得しましょう。まだ全然遅くないですよ」

ド正義が諫言《かんげん》を受け入れてくれたことに絶子は喜ぶ。しかし、ド正義は渋い顔のままである。

というのは……。

「……いや、それがだな、歪み崎君。もう手遅れかもしれん」

「えっ……？」

「実はだな、少し前に、赤蝮君に〝許可〟を与えてしまった。手の早いあいつのことだ。もう事は済んでいるやもしれん。そうなれば……」

――どちらにせよ、両性院は死を選ぶかもしれぬ。

と、ド正義は何とも苦々しそうに言うのである。

この言葉を受けて、絶子は顔面蒼白となったが、

「わっ、私、赤蝮先輩を止めてきます――！」

次の瞬間には、慌てて生徒会長室を飛び出したのである。ド正義はその背に向かって、

「おい、手遅れだったらどうする――!?」

「慰めます！　私が、全力で——！　いざとなれば『ユガミズム』を使ってでも——！」

だが、歪み崎絶子は遅すぎた。この時には、もう何もかもが手遅れだったのである。

＊

赤蝮伝斎は、「生徒会プリズン」の監房の鍵を開けると、その醜い巨体をのっそりと檻の中へと入れ、内側から再度鍵を閉めた。灯りを背にしているため、逆光で赤蝮の顔ははっきりと見えないが、彼の容姿がとてつもなく醜いことだけは、邪賢王にも両性院にもシルエットだけで十分に伝わってきた。赤蝮はコホンと咳払いすると、

「邪賢王殿、両性院殿、拙者、赤蝮伝斎と申す」

と、まずは丁寧に自己紹介。そして、

「ご両人ともお喜びなされい。やっとド正義殿から拙者めに〝許可〟が下り申した」

と、述べたのである。

「ほう、尋問室では誰かと思うておったが、おどれが生徒会副会長、赤蝮伝斎じゃったか——。生徒会広報誌で名前だけは見とったが、実在しとったんじゃのう。ちょうどええ。ド正義に伝えて欲しいことがあるんじゃ。わしは特一級極刑の覚悟ができとる。じゃが、どうせなら『転校生』を道連れに死にたいところでな。ド正義が許すなら、わしを『転校生』対策の特攻隊にしてもらいたいんじゃ。おどれがどう思うかは知らんが、わしは今更下らん駆け引きなどせん。そのまま伝えてくれたらええ。ド正義にはきっと分かるはずじゃ」

美少女番長は滔々と述べる。その口ぶりには、ド正義に対する少なからぬ信頼さえ感じられた。

「それと、ここにいる両性院のことでド正義に話がある。わずかでもええけえ時間を割いてくれと伝えてくれんかのう。旧友のよしみじゃと言うてくれ」

「承知仕《つかまつ》り申した。貴殿の言葉、ド正義殿にしかと伝えまする」

と、赤蝮、これを快諾である。だが——、

「されど、拙者が今ここへ参着せしは、貴殿の遺言を聞き届けに来たわけではござらぬ。よって、先に拙者の用を済ませたく存ずる。ご承知頂きとうござる」

「ほう……、おどれの用とはなんじゃ」

「これにござる」

と言って、赤蝮はズボンのジッパーをジリリと下ろし——、中から己の、その容貌に相応しい、いぼだらけで醜悪巨大な、見るもおぞましき一物を取り出したのである。

「フン……。なるほど、そういうことか。ええわ、わしは既に囚われの身じゃ。どうなろうと覚悟はできとる。元男のわしで良ければ、好きなだけ嬲るがええわ」

硬派一徹の番長、邪賢王ヒロシマも、いまは一人の可憐な美少女である。その内面は硬派番長のままとはいえ、外見は間違いなく美少女番長。以前に彼の部下が血迷って、「オレとセックスして下さい！」などと言い出したように、今の彼女の可憐さは学内でも際立っている。それが半裸の学ラン姿で、胸を血に染め、ド正義の拷問により全身に青痣を作っているのだから、見る者が見ればその嗜虐心《しぎゃく》を否応なく煽られ、彼女に壮絶な色香を感じ取ったとしても無理はない。

「両性院……、おどれには汚いものを見せてしまうかもしれん……。すまんが、向こうを向いておってくれんかのう」

邪賢王はこれから己が嬲られる運命にもかかわらず、むしろ、両性院のことを気遣った。できる、できないは別として、「わしを今すぐ男に戻せ」などと言わなかったのは、邪賢王が男へと戻ることで、赤蝮のやり場のない怒りが両性院へと向かうことを危惧してのことである。

「邪賢王殿、捕囚としての殊勝な気構え、お見事にござる。されど、貴殿は勘違いしてござる」

赤蝮はそう言って、醜い顔でにやりと笑い、一層醜く顔を歪ませた。怒れど笑えど醜い顔であった。

「ぐず、ぐず、ぐふ……」

そして、気色の悪い笑い声にあわせて、彼の股間の一物が動き始める。

彼の股間が、凄絶な美少女の覚悟を前に、並々ならぬ元気を得たのか――？

伸びた。

いや、また、伸びた！

まだまだ、伸びる！

長すぎる。伸びる。あまりに伸びすぎだ！

赤蝮の一物はもはや一メートル超の長さへと達したが、それでも満足できぬのか、まだまだ伸び続けている！

しかも、彼の一物は決して怒張しているわけではない。いや、先端からおよそ三〇センチ程は確かに硬くなっているが、それ以外の部分、付け根から先端までのおよそ二メートル——赤蝮の一物はいまや二メートルにまで達していた！——はどうだろうか。それは植物のつるのようなしなやかさを持ち、また、軟体動物の触手のように、うねうねと自由に折れ曲がりつつ、何やら訳の分からぬ粘液をまとわせながら、赤蝮の眼前で奇妙な舞を踊っているではないか。血液が充血しているためか、真っ赤に染まった触手のようなその一物は蛇《へび》やミミズの如くにのた打ちまわる。その姿たるや、まさに赤蝮——！

この異様奇怪な光景に、邪賢王も両性院も固唾《かたず》を飲んだ。特に邪賢王などは、これからこの触手状の一物に、己の体を弄《まさぐ》られ、好きなように嬲られ、犯される運命である。嬲り者にされる覚悟は決まっていたが、赤蝮同様の余りにも醜いこの一物が、自身の全身を這いずり回ることを思うと身震いは止まらぬ。邪賢王ヒロシマは、いま初めて、男に犯される女の恐怖を真に痛感していた——。

赤蝮の触手が狙いを定める。

その引き締まった先端が、ゆるゆると邪賢王の小さな顔へと近付いていく。流石の番長も、このおぞましき一物が己の顔面を這うことを思うと、恐怖でガチガチと歯を鳴らして震えた。だが、赤蝮の汚らしい触手は彼女の顔を一撫でした後、不意にその向きを変えて。

そして、なんと——。

両性院の体へと向かったのである！

「あ、あうッ――！」

この事態に両性院が慌てふためいたのも無理はない。

全くの予想外であったからだ！

「ぐす、ぐす。両性院殿、貴殿は勘違いしてござった。ぐす、ぐす。だから、慌てる――」

赤蝮は笑い、彼の触手は両性院の右くるぶしへと触れ、そのまま彼の右足に巻きつきながら、ズボンの中へと入り込んでいく。うねうねとした、良く分からぬ粘液が右脛《すね》へとこすりつけられ、そのまま触手は両性院の太ももをなぞっていく。粘液と触手が下半身へと絡みつく、そのあまりの気色悪さに、両性院は涎を垂らして悶える。心中にこみ上げる異常なまでの嫌悪感に気は今にも狂わんばかりである。鏡子の愛撫が両性院を至福の世界へと導いたのとは対照的に、赤蝮のレイプは彼を最下層の地獄へと叩き落としていた。だが、これでもまだ、彼は太ももを嬲られただけに過ぎぬのだ。

そして、赤蝮の触手は、彼の太ももをたっぷりと味わい尽くした後――。

再び蠕動《ぜんどう》を始め、ついに両性院の菊門へと達する！

「ひっ、ひぎぃ――ッ！」

これに両性院男女が悲痛な叫びを上げた。無理からぬことである。

邪賢王は両手両足を縛られ、身動きも取れぬ状態ながら、それでも赤蝮を止めようと、芋虫のように必死に身を動かして、叫んだ。

「や、やめろ、赤蝮！　両性院は男じゃぞ！」

「拙者、バイセクシャルにござる」

「――!」

完全なる、邪賢王の誤算であった――。

その赤蝮の陰茎は、なおも良く分からぬ謎の粘液を全体から発しつつ、両性院の尻を二、三度軽く突いた後、背から腹へと移り、さらには、胸部までをもしゃぶり始めた。

なお、赤蝮の陽根の愛撫は斯《か》くの如くいと激しきものであったが、赤蝮本体は先ほどから身動《みじろ》ぎもせず、一つ所に直立したままである。彼の肉体と陽根は異なる意識により操作されているかのように、直立する赤蝮とは無関係に彼の一物はうねり狂っていたのだ。

その、突っ立っていた方の赤蝮本体が、見ろとばかりに何かを突き出す。

それは両性院の学生鞄であった。

彼はその中身を確認しながら、ぐすぐすと汚い笑い声を立てた。

「ぐず、ぐず。両性院殿、ぐす、ぐす。拙者、貴殿とは趣味が合うやもしれぬ。ド正義殿はえらくお怒りであったが、拙者、貴殿の性癖とは相通ずるところあり。否、むしろ拙者の守備範囲が広すぎるというべきか。なにしろ拙者、夢見崎殿にすら、共感はできぬまでも理解は示しておってな。いや、これは失敬。身内トォクでござった。情交の最中に他者の話をするなど、女子《おなご》ならずとも臍《へそ》を曲げてしまうであろう。お気に障《さわ》ったなら、誠に申し訳ござらん。拙者、心よりお詫び申し上げる。そうだ。拙者、貴殿とは初めての交わり。先程は手軽く名乗りを済ませてしまうたが、情交の相手にあれだけではあまりに失礼にござった。それにやはり、強姦というものは互いに相手のことを良く知り合ってこそ真の快楽に達するもの。よって、これから紳士的に拙者の自己紹介を始めたく存ずる。何、心配は無用。話しながらでも拙者の息子は常に元気に動き中す」

なるほど、彼の言は嘘ではない。滔々と語る赤蝮とは無関係に、活発な活動を継続していた触手の先端はついに両性院の顔面にまで至っていたのだから。むろん、先端は両性院の口元にあれど、赤蝮の長い長い触手は彼の全身をびっしりと覆いながら弄っており、謎の粘液と共に両性院の五感を汚らわしく刺激し続けたままである。その先端は、触手同様、半透明の液体をぐちゅぐちゅとだらしなく垂らし続けながら、両性院の顔面に口付けでもするかのように、ちゅば、ちゅば、と触れていく。だが、その液体がたまらなく臭い！　精臭を百倍に濃縮したかのような、生理的嫌悪感をこの上なく呼び覚ます咽返《むせかえ》るような悪臭である。両性院は顔中に付着させせられた液体の臭気を受けて、今にも吐き出しそうな程である。

そして、忌まわしき先端は、ついには両性院の小さな唇へと狙いを定め、その中へ割って入ろうと、ぐにぐにと脈動を始めた。

「んむーッ！　んぐーッ！」

両性院は必死に唇を合わせ、おぞましき一物の侵入を拒否する。だが、赤蝮の息子は力強かった。彼の唇を割り、ついにはその口をこじ開けた――！

「両性院殿、お咥えなされいッ！」

そんな赤蝮の一喝がきっかけか。それとも彼の気力が尽きたのか。両性院の口は赤蝮の先端を深々と中へと迎えてしまったのである。——その瞬間。

どばぁぁッ！

信じられないほど大量の液体が赤蝮の先端から噴出し、両性院の口中一杯を満たした。あのむくつけき香りが口の中一杯に溢れ返り、気道を通り、肺腑を満たし、鼻から抜け出ていく。

「ぶばあっ！」

両性院は口を開き、後ろに仰け反って赤蝮の陰茎を吐き出そうとしたが、彼の動きに合わせて、赤蝮の触手も喉の奥へ奥へと目指して突進するのだから、両性院もたまらず口中の液体をいくらか飲み下してしまう。

「おげええッ！」

途端に凄まじい吐き気を催す両性院。とてつもなく汚らわしい何かが己の体内へと入り、胃の腑へと落ちていく感覚に、全身が激しい拒否反応を示したのであろう。それほどに赤蝮の容姿は醜く、一物から発せられた液体は汚らわしかった。逆流した内容物が口から溢れ、吐き出した赤蝮の液体と共に床を汚した。

両手を縛られたままの両性院は、その場に倒れこみ、己の吐瀉物で出来上がった水溜まりの中に顔を埋めてひくひくと痙攣している。それでも赤蝮の触手は一切休むことなく彼の体を責め続け、先端は再び彼の尻へと向かっていく。

「ぐふッ！　ぐふッ！　両性院殿、貴殿、生娘の如き反応にござるな！　といッても、拙者に処女を奪われる者は、皆、貴殿の如き醜態を見せる。いや、愉快、誠に愉快ッ！」

赤蝮は醜い顔に下卑た笑いを加えた。両性院の反応が余程嬉しかったのか、彼の一物はさらに一メートルほど伸びたように感じられた。

「おっと――ッ！　これは失礼仕《つかまつ》った。拙者としたことがプレイに夢中となり、我を見失ってござった。自己紹介の途中にござったな」

赤蝮はゴホンと一つ咳払い。先端は両性院の割れ目をこじ開け、その菊門へと向かっていく。

「ええー、拙者、赤蝮伝斎と申す――。生徒会副会長にして、自他共に認めるレイプ魔にござる！」

両性院の尻の中へ、赤蝮の一物が、ゆるり、ゆるりと侵入していく。

「ひぃッ……。や、やめ……、やめて……」

「されど、拙者には一つのポリシィあり！　拙者、情事の相手に老若男女を問わずといえど、食指動きたるは、これ、処女のみ。他人の使い捨てし便器の如きヴァギナ、アナルなど拙者には不要にてござる。そのような腐れ穴、拙者の一物まで腐り候！」

ゆるりと進んでいた赤蝮の陽根であったが、それも今では両性院の尻の奥の奥にまで達していた。無論、両性院には尻を責められた経験などなく、何らの拡張も受けていない彼の穴は極めて狭き門であったが、赤蝮の先端から溢れ出る良く分からない液体が潤滑油として機能し、これをカヴァーしていた。

「あ、ばがぁ……」

「女には前後の処女があり、男にもまた後ろの処女があるッ！　拙者、四つの頃より、これらを頂くことを何よりの悦びとし、また、拙者の処女を求める執念たるや尋常にあらず。結果、魔人と成りて拙者が得し能力は、人呼んで『メギド』。視界に入りし者の処女を、優しく丁寧、かつ、迅速確実にお奪い申し上げる」

「あッ、ああッ、あ、あ、あ、あぁぁあああ――」

両性院の体内で、赤蝮の一物が確実なピストン運動を開始していた。

「拙者の『メギド』はいわば因果を超えるレイプ！　先端へと通じるこの触手は因果の鎖を表してござる。貴殿の処女を奪うと心に決めた瞬間より発動し、この鎖はあらゆる因果律を上書きしもうし、万難を排し、七難八苦を乗り越え、何があろうと、必ず貴殿の菊門へと辿り着き、確実にその処女をお奪いいたすッ」

「だぁッ……、べぇえ――」

赤蝮の動きが激しさを増し、両性院の体内がかき乱されていく。もはや両性院は目も虚《うつ》ろとなり、壊れていく……。

「たとえ、拙者の触手を断ち切ろうとしても、いかなる剣の達人であれど斬れぬ。また、拙者から逃げようとして、たとえ、この地球の裏側に瞬間ワァプしたとて無意味。拙者の触手は一瞬でどこまでも延びゆきて、必ずや貴殿の菊門へと達する。拙者自身を斬り殺そうとしても無益。貴殿の処女を奪わぬ限り、拙者何があろうと死に申さん。ならばとて、貴殿が自害を試みても徒為。拙者に処女を奪われるまで何があろうと死ねぬ。物理を歪め、因果を超えてまで菊門に達する執念深き陰茎、これが拙者の能力『メギド』にござる。……ん、ムグ、うおッとオ！」

性院の上げた悲鳴は、自分の体の中に何が入ってきたのか、それを否応なく理解させられたからに違いない。

「ぎゃあああ――！」

不意に、赤蝮は両性院の中で絶頂へと達し、汚水をなみなみと両性院の体内へ注ぎ込んだ。両性院は白目を剝き、涙と涎を垂れ流しながら、うわごとのように「ごろ、じで……、いまず、ごろ、じで……」などと呟いている。赤蝮に犯されることの精神的衝撃はこれほどまでのものであった。しかし、赤蝮は、またぐすぐすと下卑た笑いを浮かべると、

「おっと失礼――。拙者、早漏にてござる！」

「両性院殿、死に急ぐ勿《なか》れ！　貴殿が死ぬるかどうかはド正義殿が決めることにござる！　それに心配は御無用。いま暫く時が経てば、拙者との愛の交わりも貴殿の甘き想い出へと変じること相違ござらん！　貴殿は既に処女を失われ申した。もはや拙者との情交、未来永劫相成らぬが、この想い出を大切に胸に抱き、残り少なき人生、悔いのなきよう生きるがよろしかろう」

と朗々と言い放ち、また、ぐす！　ぐふ！　と汚らしく噴飯した。

「さて……。拙者、男も好物にござるが、無論、女もイケる性質《たち》にて候。次は邪賢王殿を可愛がって進ぜよう」

赤蝮の先端が両性院の尻から抜き出され、彼の全身を覆っていた触手もぬるぬると引き上げていく。そして、一物は次は邪賢王へと狙いを定める。と――、

「ひっ……、ひぃ、やだ、やだよ……」

なんと、あの邪賢王がまるで少女のように震えている。その表情は恐怖で一色に染まり、双眸《そうぼう》からは涙が零れていた。両性院が受けた、想像を絶するおぞましきレイプを目にし、流石の邪賢王にも捕囚としての潔さは既に無かった。しかし、抵抗しようにも、両手両足を縛られているため、身悶えすることしかできぬ。そのようなか弱き仕草は、レイプ魔、赤蝮伝斎にとっては、これから始まるプレイの何よりの精力剤となったであろう。生徒会副会長はぐすぐすと笑った。

「ぐす、ぐす。邪賢王殿、そそり申す……」

両性院から離れた赤蝮の触手が、今度は邪賢王の小柄な体へと触れる。

「いやッ……、やだッ、やだッ、やめ、やめて……」

「ほほう……。邪賢王殿。貴殿、まるで女子そのものでござるな。男の精神を持つ女の体。四つの頃よりはじめたる拙者の長いレイプ遍歴の中でも、貴殿のようなケェスは初体験にござる。……ふむ。成る程、だが、事に至れば中身もまるで女子そのものへと変ずるのか。成る程、成る程。これは興味深い。ぐす、ぐす……」

「らぁ、めええ――ッ!」

触手は邪賢王の血まみれの包帯をかすめながら、彼女の乳首を愛撫する。そして、両性院の時と同様、触手は彼女の全身を這い回り、体中のありとあらゆる性感帯を下劣にくすぐりながら、その先端は邪賢王の唇をなぞった。

「ほうれ、両性院殿と同じ要領で結構。お咥えなされい」

邪賢王は懇願するような目で赤蝮を見るが、無論、そのような願いが通じる相手ではない。先端は力強く彼女の唇を割り入り、最早抵抗は無意味と悟った番長は、諦めてその巨大すぎる男根を小さな口へと受け入れていく。ぐい、ぐいと、先端は喉の奥まで押し込まれ、彼女が「あがぁ……」と痛苦の声を漏らした瞬間。どばぁと、また大量の淫水が喉元へと流し込まれた。

「ぶあっ、がぱぁ……ッ！」

反射的に吐き出す邪賢王。桃色の唇から、不潔な液体がドバドバと大量に吐き出され、ミニサイズの水溜まりを作った。しかし、これでも全体の半分ほどは彼女の小さな体の中へと流し込まれてしまったであろう。

「ぐすぐすッ！　これは何度やっても！　誰にやっても面白うござるッ！」

赤蝮は膝を打って呵呵大笑。最悪だ。

「愉快ッ、痛快ッ！　さてさて。では次は遠慮なくメエンデッシュを。貴殿の菊門を頂戴仕る。……ん、んむ？　ウムウ⁉」

先端を邪賢王の尻へと這わせていた赤蝮であったが、ここで何かの兆候を感じ取ったらしく、汚らわしい触手をスルスルと抜き出した。そして、一瞬だけ、真剣な表情を作ったが、すぐに満面の笑みとなり、醜い顔を大きく綻《ほころ》ばせて笑い転げた。

「ぐす！　ぐす！　これは真に愉快也ッ！　貴殿、後ろばかりでなく、前も処女にてござったか！　いや、いや！　なんとなんと！　これは失礼仕った。拙者、修行が足らぬゆえ、人を先入見にて判断してしまう悪い癖があり申す！　大番長、邪賢王ヒロシマ殿が、よもや前も処女とは思わなんだ！　ぐすぐす、もしや女に変ずれば、誰しもが処女膜を得るものであろうか？　ああ、いやいや、そのようなことは最早どうでも良い、良いッ！　邪賢王殿、貴殿は清い体にござるッ！　ぐすっ、ぐすっ！」

そう、赤蝮は先端を彼女の尻へと近づけた際に、前部もまた処女であることを悟ったのである。赤蝮ほどのレイプ魔となれば、その先端を近づけただけで相手が処女であるかどうかなど容易に察することができる。そして、事実、赤蝮の読み通り、女体化した邪賢王ヒロシマの体は前後共に処女であったのだ！

なお余談であるが、両性院の『チンパイ』で女体化した者の前部が、皆、必ず処女になるわけではない。例えば、白金などは女体化しても非処女であった。何故かといえば理由は簡単で、男性時の邪賢王ヒロシマが童貞だったからである。童貞の者は『チンパイ』で女体化しても前は処女であり、非童貞であれば女体化すると前が非処女となるのだ。通常の思考であれば、女体化した時に処女であれば「ラッキー、儲《もう》けたぜー」などと考え、これまで童貞を貫き通してきた己を誉めたくなるところであろう。しかし、邪賢王の場合、これから受ける責め苦が倍になることを考えれば、それは断じて幸せなことではない。

「いやはや、失礼仕った。邪賢王殿が前後共に処女ということであれば、拙者の息子も一人では不足というもの。双子にて相手致す。そうれ、フムウー！」

と、赤蝮が気合を発すると。

なんということか。真に信じられないことではあるが、赤蝮のジッパーの奥から、もう一本の一物がひょっこりと顔を出したではないか。いや、これはもはや一物ではない。二物だ！

「そうれい、伸びろう、伸びろう」

と、赤蝮が呪文のように唱えると、もう一本の陰茎もひゅるりひゅるりと伸びていく。そして、二本の触手は邪賢王の全身へと巻きつき、共に嫌らしい粘液をたっぷりと全身に付着させながら、前後の穴を目指して蠕動《ぜんどう》を開始した。

「……邪賢王殿。貴殿の体から発せられる異臭に、拙者の息子どもも悦び勇んでござる。拙者としても、これほど調子が良いのも久しぶりにござってな。ゆえに、前後同時処理にて、貴殿の処女お奪い申し上げるゆえ、存分にお楽しみなされい」

前の処女にも気付かれて、邪賢王はついに観念したのか、迫り来る二本の触手を前に、身動ぎもせず真正面から向き合った。

「フムウ、さすが邪賢王殿……。ついに覚悟をお決めなさったか。拙者としては嫌がる女人から無理矢理に奪うのが頗《すこぶ》る愉快にござるが、腹を据えられたならば、それも致し方なし。されど、その鉄面皮《てつめんぴ》。果たしていつまで持つものかな？　ぐす、ぐすっ」

赤蝮は破顔して言う。実際に、彼の二本の先端が邪賢王の前後両方の穴へと軽く接吻すると、邪賢王もたまらなくなって「ひっ！」と声を漏らしてしまうのだ。赤蝮はそれを聞くとニヤリと笑って、何の前準備もなく、強引に二つの穴へと同時に触手を突っ込んだ！

「ひぎゃあぁぁ！」

いかに覚悟を決めたとはいえ、このような無体な振る舞いに邪賢王の小さな体が耐え得るはずもなかった。しかし、赤蝮は彼女の悲鳴など意に介さず、

「邪賢王殿の中、あったかい也」

と、一人悦に入っている。激痛に身を歪め、ひくひくと痙攣し続ける邪賢王のことなど知らぬとばかりに、赤蝮は無情のピストン運動を開始した。

「あ、赤蝮、さん……っ！」

赤蝮に犯され、心神喪失状態に陥っていた両性院が、振り絞るように声を出した。甚大な精神的ショックから己の死を願うことしかできなかった彼であったが、天音沙希を助けたいという強い意志に励まされ、ここまで持ち直したのである。

「赤蝮、さん……。どうして、生徒会副会長のあなたが、こんな、酷いことをするんですか……」

当然の疑問と言えよう。両性院ら一般生徒にとって、生徒会は学園の秩序を守る正義のヒーローであったはずだ。だが、

「ぐす、ぐす。拙者、生まれついてのレイプ魔にござる。レイプ魔に『なぜレイプをするのか』などと問い質すとは、これ、笑止千万也」

と、赤蝮はズレた答えを返す。両性院としては、秩序の番人たる生徒会の中に、なぜ赤蝮の如きレイプ魔が潜んでいるのか、それを聞きたかったのだが……。

「これは……、ド正義さんは、知っているんですか……？」

「無論。拙者、先ほどド正義殿から〝許可〟を頂いてござる。ド正義殿の許可がなければ、拙者、このような事はでき申さん。ぐす、ぐす。拙者が邪賢王殿を求めた時、ド正義殿は引き裂かれる

ような顔をしてござった。されど、ド正義殿も拙者に〝許可〟を与えぬ訳にもまいらぬ。そういう約定にござるからな。ぐす、ぐす。ド正義殿の御親友を犯すも、いと愉しきものよ。ぐす、ぐすっ」

こうして話している間も、赤蝮の触手の動きは止まらない。前後を貫かれた邪賢王は、この時も地に這いずり、悲鳴を上げて、のたうち回っている。

「そ、そんな、信じられない……。ド正義さんが、どうしてこんなことを認めてるんだ……」

「フム。両性院殿。拙者がお見受けするに、貴殿、いまだド正義殿のことを見誤ってござる。あの御方は清濁併せ呑む器量をお持ちにござってな。ド正義殿の野望実現のため、拙者の力が必要であったという、それだけのこと」

「この力が……、ド正義さんにとって必要……？」

両性院には意味が分からなかった。一方の赤蝮は、ならば教えてやろうとばかりの自慢げな顔付きである。

「左様。両性院殿、貴殿は既に我らの『学園総死刑化計画』はご存知にござるな。では、我ら生徒会の提唱する新校則に、このような一文があったことはご存知か。『レイプ犯罪は被害者、加害者ともに極刑』と」

確かにあった。両性院もそれは記憶している。

「いやはや。加害者はともかく被害者まで極刑とは惨い話にござるな。拙者、レイプ魔にござるが、人の心の痛みの分かる男ゆえ、心底、そう感じ申す。いや、まったく酷い話にござる」

赤蝮の恐ろしいところは、皮肉でも悪ふざけでもなく、真面目にこのようなことを口にしているところだ。四つの頃より覚醒した生粋《きっすい》のレイプ魔は、もはや倫理観も人のそれを超越しているのか。

「酷い話でござるが、では、何故《なにゆえ》かような条項が必要となったのか。貴殿はそれを考えてみればよろしかろう。これには、まず第一に『自分をレイプさせる魔人』に対しての予防策という側面がござる。魔人には無限の可能性がござるからな。『被害者になる能力』にも対応せねばならぬ。つまり、何にせよ、この学園にレイプなど存在してはならんということにござる」

と言ってレイプ魔はぐすぐすと笑った。

「そして第二に、この条項があれば、学園生徒全員を極刑対象にすることができ申す。なぜなら、拙者の『メギド』がござるからな。拙者がレイプさえすれば、その相手はド正義殿の『超高潔速攻裁判』の対象となり申す。拙者の『メギド』からはどう足掻《あが》いても回避不可能。拙者とド正義殿が組めば、理論上、学園生徒全員の生殺与奪を握ることが可能にござる」

なお、新校則には「非童貞、非処女は極刑」の一文もあるため、赤蝮のレイプが及ばない非童貞、非処女も極刑対象に含めることができる。

「ば、ばかな……！　そんなの、本末転倒じゃないか……！　あなたたちは学園の治安のため、生徒をレイプしようというのか！」

「いかにも。安全で平和な学園生活のためなら、処女を失う程度、大した問題ではござるまい。『学園総死刑化計画』の第二ステップは、拙者による『学園総レイプ』にござる！」

レイプ魔の赤蝮が生徒会に与していたのはこの理由が大きい。レイプ能力しか取り得のない赤蝮にとって、この学園でレイプ魔として生きることは極めて困難であった。誰かをレイプしようものなら、たちどころに他の魔人によって報復されてしまうだろう。かといって、生まれついてのレイプ魔である彼に、レイプを自重などできるはずもない。

そこで、彼は生徒会のド正義卓也へと取り入ったのだ。秩序の番人たる生徒会の中では、無論、自由気ままなレイプを行うことはできない。しかし、ド正義の許可さえあれば、生徒会の後ろ盾をもってレイプができるのだ。在野にあれば誰一人とてレイプできぬのであれば、組織に属してでも安全確実にレイプすべきであると、理性的な赤蝮は合理的に判断したのであった。

「ぐす、ぐす。無論、『総レイプ』と言っても、一人残らずレイプできるわけではござらん。拙者のレイプはあくまで非常手段。ド正義殿が『超高潔速攻裁判』を使いたい時に拙者が働くだけにござる。されど、今よりも拙者のレイプ機会が増すことは確実にござる」

赤蝮は新校則施行後、公認レイプ魔として活躍することに期待で胸を躍らせながら、それまでは処刑の決まった犯罪人のつまみ食いに留めていたのである。これは生徒会加入時の交渉により認められた赤蝮の権利であった。今回の場合、ド正義も旧友邪賢王がレイプされることには心を痛めたが、しかし、約束は約束。生徒会長たる彼が決まりを破ることも憚られ、渋々ながらも赤蝮のレイプを許可したのである。

「拙者、鏡子殿には心より感謝してござる。元々、ド正義殿は拙者の代わりに鏡子殿を使うつもりであったらしいが、鏡子殿が断ってくれたおかげで代役を務めることに相成り申した。拙者、あのままではレイプ断ちの禁断症状に耐えかね、無差別に処女を求めて、生徒会のお縄となっていたでござろう。ぐすっ、ぐすっ」

赤蝮は笑うと、突如、声を荒らげて、全身をびくりと震わせた。それから、邪賢王の前後へと挿入していた触手をスルスルと手元へと引き戻す。どうやら、二本の息子は同時に射精し終わったようである。そのうちの一本、邪賢王の前へと挿入されていたものは、彼女の真っ赤な血で染まっていた。

「フ〜ムウ〜。いやはや、極楽極楽！　破瓜《はか》の血にまみれる己が息子を眺めるのは、なんと心地よきことか。いつもながら至福の時にござる。ぐすっ、ぐすっ」

邪賢王の血でべったりと朱に染まった先端。それを眺めながら悦に入っていた赤蝮だが、

——その時、彼の眼前で一つの異変が起こった。

彼の先端を濡らしていた破瓜の血が、一瞬にしてスルリと生き物の如く自由を得て、その先端の割れ目へと身を隠したのである。尿が逆流するかのような異常な感覚に、赤蝮は一瞬目を点にしたが、

「……此《こ》は何事ぞ。ウムム、流石の拙者も御両人を相手に五度も射精すれば、いささかの疲れも覚えるということでござろうか」

と、目の錯覚の類であろうと己を説得しようとした。だが、これは間違いであった。この時、彼が行うべき最適解は、咄嗟に己の陰茎を手刀にて切り落とすことであったのだ。

「…………!?」

赤蝮は突如胸を押さえると、「ムグウ」と一声唸った後、苦悶の表情を作り、ドスンと静かに倒れて――、

そのまま絶命した。

赤蝮伝斎、死亡――。

「両性院――！」

先程まで心神喪失状態に陥っていた邪賢王が、急に生気を取り戻して両性院を呼ぶ。

「は、はい……！」

番長の生気溢れる声が気付けとなったのか、両性院の声にも生気が戻った。

「両性院、おどれ、足は縛られとらんな？」

「え、ええ……。ですが足が動いても……」

「よし、じゃあ、わしの胸の傷口を蹴るんじゃ！」

「えっ⁉」

突如こう言われては両性院が驚かぬはずもない。邪賢王の言うことである。意味のないことではなかろうが、酷い傷を負ったばかりの少女に蹴りを入れるなど、頭で分かっていてもなかなかできることではない。それに、今、彼女の胸を蹴れば、傷口が開くことは明白である。それは命に関わることではないのか――？

「説明しとる時間はない！　遠慮はいらん。思いっきり蹴れ！」

「――は、はい！」

邪賢王の声に焦りが見える。彼女を信じた両性院は、横たわったまま這いずり、同じく転がっている邪賢王の胸へとトゥーキックの狙いを定める。

「い、行きますよ――」

「早うするんじゃ！」

「す、すいません――っ！」

ドスッと音を立て、両性院の蹴りが少女の胸を抉った。引き絞るような悲鳴を上げて、邪賢王の小さな体がよじれる。そして、両性院の蹴りを受けた傷口は、予想通りパッカリと口を開き、赤い血が彼女の胸からだらだらと流れ出した。血は傷口を覆う包帯やガーゼを易々と乗り越えて、地面に小さな血溜まりを作る。

「両性院……。おどれ、ええ蹴りじゃ……。フフッ、このくらいありゃあ足りるじゃろう」

と、邪賢王が言ったところで、今度は胸の出血がぴたりと止まる。同時に、血溜まりがまるで意志を持つ生物のようにスルスルと動き出した。あの時、赤蝮の先端に付いた破瓜の血と同じ動きである。

生きる血溜まりは邪賢王の両腕を後ろ手で拘束している手錠へとまとわり付き、その鍵穴へと入っていく。やがて、カチリと音がして手錠が開けられた。邪賢王は血液を自在に操るばかりではない。彼の意志に即して、ある程度の硬度を与えることさえできるのだった。

腕の縛《いまし》めを解かれた邪賢王は、同様に足枷《あしかせ》も外す。そして、硬化させた血液をヒョイと拾い上げると、今度はナイフのような形状へと変化させて、両性院の腕を縛る縄を切り裂いたのである。

これが、邪賢王ヒロシマの能力『仁義なき戦い』であった。その力は自己の血液を自在に操ることにある。操作可能な血液は基本的に体外へと出血したものに限られるが、この辺りは非常に微妙な『認識』となっており、たとえば刃で身体を刺し貫かれた時などは、刃により生じた空洞部分は「体外」と『認識』されて、この刀傷を塞ぐために血液を操作して凝固させることも可能である。また、血液を操れる有効時間も微妙であり、邪賢王自身が「己の肉体の一部」と『認識』できなくなった時から血は操れなくなる。たとえば献血した場合などが顕著で、「己の肉体の一部」という『認識』から、「物質」という『認識』へと早急に遷移するため、献血後の血液は五分も経てば操れない。

とはいえ、自由に凝固し操作できる特質を考えれば、やはり非常に便利な能力と言えるだろう。だが、これはいかんせん出血を伴う能力である。野放図に使えば失血死する恐れもある。そのため、邪賢王も普段は出血を瞬時に凝固させるなど、止血目的でしか用いることはない。白金でさえも邪賢王の能力は回復能力と信じきっていた程だ。あげはの『メルヘン・メン＝ヘル』を受け、唯一、邪賢王ヒロシマのみが失血死を免れたのは、彼のこの能力によるものであった。

なお、先程、赤蝮が倒れたのは、彼女の破瓜の血が赤蝮の体内へと侵入し、敵の心臓を切り刻んだためである。縫《ぬ》い針を飲み込めば、それが血液に乗って心臓を突き、死に至らしめるという話があるが、邪賢王は針一本分を形成する量の血液さえ相手の体内へ送りこめれば、まるで猛毒のように相手の重要器官を内部から破壊できる。ちなみに、邪賢王の血液は相手の傷口や粘膜からしか体内に送ることはできない。この辺り、邪賢王はウイルスや細菌と混同していたようだが、そう『認識』したまま魔人覚醒したのだから致し方ない。

邪賢王は、傍に転がっている赤蝮の死体から眼球を抉り出す。生徒会プリズンの牢は網膜認証である。

「生徒会のやつはもう殺すつもりはなかったんじゃがのう……。じゃが、コイツを使うことだけは放っておけん。こんなやつを使うたら——」

ド正義の名声は地に堕ちる、と邪賢王は思った。ド正義が『国』を巧くやっていくためには、人々から愛されずとも、せめて、嫌われずにやっていかねばなるまい。だが、こんな男を使っていては、ド正義は皆の憎悪を一身に引き受けてしまうだろう。

「コイツの死でアホなことは考え直してくれるとええんじゃが……」

邪賢王は学生鞄を拾い、両性院へと放って——、

「おどれのものじゃろう。持っとけ」

「は、はい……」

邪賢王から鞄を受け取った両性院は、この時、こっそりと——。

その中身を確認した。

そして、中身の無事を確認した彼は、己の股間を握る。そこには彼自身の一物があった。そして、赤蝮に受けたレイプを、……嫌だけれど、本当に嫌だけれど、しっかりと思い出した。彼はレイプを受けている最中。絶望的な感覚の中で、しかし、論理的思考力は鋭敏に、一つの可能性へと辿り着いていたのだ——。もしかすると、これで『転校生』に勝てるかもしれない、と。

「こんなやつじゃが、コイツを殺した以上、ド正義ももはやわしを信用せんじゃろう」

邪賢王は、足下に転がる赤蝮を見て言う。

「――わしは牢を抜け、『転校生』に勝負を挑む」

生徒会副会長を殺した今となっては、彼女が対『転校生』特攻隊へ志願したとしても、おそらく叶えられることはないだろう。ならば牢を破ってでも、両性院との約束を果たそうと番長は考えたのである。

「じゃが、その前に、わしを男に戻してくれんかのう。もはや友釣は相手にせんのじゃから、男に戻っても支障はなかろう。もっとも、『転校生』相手では、男だろうと女だろうとあまり関係ないじゃろうが……」

と、邪賢王。これに対し、両性院は「実は……」と申し訳なさそうに答える。

「ごめんなさい……。実は、嘘をついていました。『チンパイ』は元の性別に戻る時は僕の力はいらないんです。ただ、ちんちんをあるべき場所に戻すだけで元に戻れます。ずっと騙してて、すいませんでした……」

「そうじゃったんか……。いや、ええんじゃ。おどれにも保険が必要じゃったんじゃな。当然のことじゃ」

このハッタリは、万一にも番長グループが裏切った時のための、両性院のせめてもの駆け引き材料だったのである。

邪賢王はポケットにしまっておいたちんこを取り出す。幸い、潰れてはいないようだ。

「丁寧に、付けて下さい。いい加減に付けると、曲がっちゃいます……」

「おうよ……」

邪賢王が丁寧に股間へちんこを戻すと、

——ヒュン。

一瞬で彼女は彼へと戻った。可憐な美少女邪賢王ヒロシマは、一秒も経たず、元の岩の如き悪相の大男、邪賢王ヒロシマの姿へと変化したのである。

「戻る時はアッという間じゃのう……！」

「そういうものなんです」

覚醒当時の両性院がそう『認識』していたのだろう。

「両性院、わしは行くが、おどれはどうする——？　わしと共に『転校生』に挑むか？　それともド正義に助命嘆願するか？　どちらにしろ生き延びうる可能性は高くないじゃろうが……」

「僕は……、邪賢王ちゃん、……いえ、邪賢王さんと共に行きます。ド正義さんが赤蝗さんに〝許可〟を与えたということは、たぶん僕を生かす気はないということです。座して死を待つくらいなら……、抗ってみせます。それに、僕はもう生徒会を信用できません」

尻が、痛む——。

その痛みは両性院の心の痛みでもあった。

「僕は、生徒会からも沙希を守らなければなりません。沙希を僕のような目に遭わせるわけにはいかないんです——！」

両性院は学生鞄を手に立ち上がる。

「行きましょう、邪賢王さん。いつ巡回が来るやも分かりません。あまり時間はないはずです」

「分かった……。付いて来い、両性院。『転校生』は旧校舎じゃ。おそらく天音も共にそこにおる」

「はい……！」

赤蝮の亡骸をその場に残し、両性院と邪賢王ヒロシマは生徒会プリズンを脱獄する――。

＊

その数分後。

息急き切って戻った歪み崎絶子が生徒会長室へと駆け込み、ド正義卓也へと凶報を伝える。

「会長……！　赤蝮先輩がッ、赤蝮先輩が殺されてますッ！　邪賢王さんも両性院君もいません！」

「なっ、なんだと……！」

絶子の報に激昂して立ち上がったド正義。

だが、頭を押さえ、歯軋《はぎし》りしながらも、再びドスンと椅子に身を委ねた。

「クソッ、まさか赤蝮君が……！　邪賢王め、あの状態から赤蝮君を殺せる能力を持っていたのか。おそらく回復能力とタカを括っていた僕の責任だ……！　すまんッ、赤蝮君……！　すまんッ……！」

ド正義にとっても、赤蝮は人格的に誉められるところのない男ではあった。だが、彼の知略は参謀として生徒会に必要であったし、彼の『メギド』は「学園総死刑化計画」における切り札的存在であったのだ。例えば、仮に「校則を遵守する能力」の魔人がいたとして、彼が何か危険なことを企んでいた場合。ド正義の能力で彼を殺すことはできない。だが、そのような時でも、因果律を超越し、何が何でも相手をレイプできる赤蝮さえいればド正義の『超高潔速攻裁判』で対処可能となるのだ。しかし――。

ここで、ド正義は両性院の言葉を思い出していた。両性院は言っていた。無敵の矛を持つ能力者と、無敵の盾を持つ能力者の『認識』が衝突した場合、一体どうなるのか、と――。そう、あの時、ド正義の頭に浮かんだ「誤算」とは赤蝮のことなのである。先の思考実験に用いた「校則を遵守する能力」の魔人に対して、果たして赤蝮の「因果律を超えたレイプ能力」は通用するのだろうか？　両者の『認識』は完全に衝突している。その場合、果たして何が起こるのか？　どちらの『認識』が勝るのか？　それとも、両者の能力が相討ち、無効化されるのか？

これは赤蝮を起用したド正義にとってシリアスな問題であった。もしかすると、切り札の赤蝮がいざという時に役に立たぬ恐れもあるからだ。いや、どちらにしろ、その赤蝮は既にいないのだが――。

「会長……！　会長……！」

絶子に肩を揺さぶられて、ド正義は気付く。

彼女がずっと自分を呼んでいたことに。

「あ……。す、すまない……。少し、気が動転していたようだ……」

「いえ、お気持ちは分かります。赤蝮先輩を失ったばかりですから……」

そう言われて、改めてド正義の心中を喪失感が襲う。

赤蝮は本当にロクでもない人間であったが、作戦参謀としての優秀さは生徒会随一であったのだから。彼の代わりが務まる者はおそらく生徒会にはいないだろう——。

「会長、二人の捜索は行いますよね⁉ 誰を遣わしますか？」

「え……？ あ、ああ。無論、行う。当然だ……。歪み崎君、伝達を頼む。金光君と、稲田君、それと凡骨太郎君に三方に分かれて捜索するよう命じてくれ」

ド正義は喪失感にふらふらとしながらも即座に人選を完了させる。流石にそれ程やわではない。

「ん……。でも、三人とも戦闘向きの能力じゃないですよ？ せめて、エース先輩を加えた方が……」

「いや、範馬君と一刀両君を失った今、エース君は生徒会の最大戦力だ。彼がいなければ有事には対応できん。三人には、邪賢王、両性院両名の拘束は必要ないとも伝えてくれ。ただ、監視して動向を報告するだけでいい。おそらく、邪賢王には既に生徒会を敵に回す気はないだろう。もしかすると、『転校生』に挑んでくれるかもしれん。そうなればこちらとしても好都合だ。泳がせておけば良い」

「分かりました。じゃあ、その旨、伝えて——」

と、その時であった——。

生徒会長室の扉が開き、先程、話題に出たばかりのエースが、興奮冷めやらぬ顔で、今度は吉報を伝えてきたのである！

「おい、ド正義！　ビッグニュースだ！　一刀両が生きていた、一刀両が帰ってきたぞ！　おい、一刀両、喋れるか、早くド正義に報告してやれ！」

エースに促され、生徒会役員に肩を借りた一刀両が満身創痍《まんしんそうい》といった体で現れる。そして、彼女は掠れる声で、

「会長……。『転校生』を一人、討ちました」

と静やかに告げた。

『歪み崎絶子』

二〇一〇年五月二日　十六時

「早くくっ付いちゃえばいいのにねー」

「ホントだよねー、なんで二人してあんなにドンカンなのかなー」

「わっ、手が触れただけで二人とも真っ赤だよ。ダメだなー、これー」

「しっかし、あの二人はホント見てて飽きないよねー」

などと、少女たちは本日も顔を見合わせてくすくすと笑っている。

——歪み崎絶子と、その級友たちである。

彼女たちが先程からニヤニヤと見ているのは、同じクラスのクラスメイト二人。両性院男女と天音沙希であった。幼馴染である彼ら二人は、傍から見ても疑いない程に互いが互いを意識し合っている。「好き」という感情を二人とも隠そうともしていない。そのくせ二人ともお互いに自分の気持ちは隠し合っているつもりなのだ。愛らしくも滑稽な様子であった。

さらに、お互いの好意に気付いていないのが当の彼ら二人だけなのだから、この状況は絶子たちギャラリーにはたまらないものがある。二人の言動や反応に逐一、うひーとか、むひーとか言いつつ身悶えしながら見守るのが、絶子とその仲良しグループの女子たちの日課であった。ちなみに、この仲良しグループには沙希も入っている。彼女らは仲良しなのだ。少女たちはニヤニヤしながらも、それでも暖かく、沙希と両性院の一向に進まぬ恋の行方を見守っていた。

——沙希は良いコだ。

絶子は沙希のことが好きだった。もちろんLOVEではない。友人として好き、という意味である。絶子はノーマルなのだ。

沙希とは親友と言うほど付き合いが長いわけでもないが、休日にも時折一緒に遊ぶ程度には仲が良い。自身の能力『ユガミズム』により、極めて健全な精神を手に入れた絶子は、魔人としては異例な程に人間関係の構築が巧《うま》かった。性格が明るいばかりではない。相互の関係性を理解し、デリケートに、かつ、現実的に対処することができる。早い話が、絶子は「空気の読めるとても良いコ」なのである。人の恋路に興味津々だったり、関心がコロコロと変わる移り気なところもあるが、それでも彼女の年齢を考えれば年相応の健全さと言えるだろう。

「そういえばさー、沙希ってまた告白断ったじゃない？」

「うん、うん、最近は週一ペースで断ってるよね。もうー、両性院クン、気付かないのかなー。沙希をいつまで待たせる気なんだか」

「沙希もそんなに好きなら自分から行けばいいのにねー。まあ、それができないから沙希なんだけど」

などと言い合って、少女たちはまたくすくすと笑う。

「ねえ？　あの二人、放っといたら一生進展しないんじゃない？」

「もう無理矢理くっつけちゃおっかー」

「ちょっと、やめなよ、みんなー」

やはりくすくすと笑いながら絶子が止めるが、本気で止める気はなさそうだった。

中性的な容姿に、穏やかな性格を備えた両性院男女は、クラスの女子からの評判も決して悪くない。ただ、この年頃の女子は両性院のような安定した性格の男子よりも、もっとワルっぽい、危険な香りのする男の子を好む傾向にあるので、「両性院クンはイイ人だけど、カレシにするのはちょっとねー」といった扱いである。なので、ヘタをすれば恋の強敵ともなりかねぬミス・ダンゲロス、こと、天音沙希が両性院男女とくっつくのは、彼女たちとしてもなかなか適切な落としどころであった。しかし、そのような打算は別にしても、絶子たちギャラリーは二人の恋模様を心から暖かく見守っていたのである。

と、その時――。

「歪み崎君、いるか――？」

廊下から自分を呼ぶ声に絶子は気付く。

振り返ると、声の主は生徒会長、ド正義卓也である。

「なんですかぁー、会長ー」

呼ばれた絶子がひょろひょろと出て行くと、ド正義は「ちょっと来てくれ」と彼女を誘う。

「はぁーい」と絶子は気の抜けた返事をし、友人たちに断りを入れた後、ド正義と二人、連れ立って廊下を歩き出す。

「──ひゅう。あの二人にも芽があるのかしら？」

「ばかねえ。相手はド正義会長よ。いつも通り、絶子ちゃんのお仕事に決まってるじゃない」

ギャラリーたちは新しいカップリングを評して、また、けらけらと笑っていた。

＊

ド正義卓也は、歪み崎絶子と歩く時、極端にゆっくりと歩を進める。「そこまで気を遣ってくれなくても大丈夫なんだけどなあ」と絶子は思うが、ド正義の配慮は素直に嬉しい。

彼女の『ユガミズム』は、肉体と精神の健全性を逆転する能力──、つまり、健康な肉体を代償に健全な精神を得る能力である。以前に己に施した能力によって歪み崎絶子の肉体は極めて脆《ぜい》弱《じゃく》なものとなっている。走ればすぐに息切れし、鼻風邪をひいただけでも布団から起き上がれない。おそらく学園内の魔人の中では、彼女の体が最も脆い。

「──ここだ」

そんな絶子がド正義に連れられ訪れたのは、一年生の教室が並ぶ新校舎三階。1─Cの前であった。

「ここで何かあるんですか？」

「……少し見ていてくれ」

と、ド正義が言い終わるや否や。

教室のドアがガラァッと開いたかと思うと、中から荷物を摑んだ一年生たちが、ドタバタと逃げるように溢れ出る。彼らは廊下を駆け抜けていき、そして、アッという間に教室はもぬけの殻《から》となってしまった。

「はれれー、何があったんですかー？」

と、絶子が呆けた様子で尋ねると、ド正義は「あれだ」と言って、一人の少女を視線で指した。もぬけの殻と思われた教室だが、教室の隅に女子生徒が一人だけ残っている。その少女は寂しそうな表情のまますっくと席を立ち、一人で黙々と帰り支度を始めていた。

「あの子は、あげは……という。厄介な能力を持つ魔人でな。彼女の能力はあの子の意志とは半ば無関係に発動されるらしい。彼女は鬱積《うっせき》すると衝動的に自傷行為に走るらしいが……」

その自傷行為が彼女の能力により周囲一帯に広がるのだという。それは難儀なことだなぁ、と絶子は思う。彼女も以前は幾度か軽い自傷行為を行っている。だが、絶子の場合とは違い――、

「能力も過激だが、自傷行為の方もかなり過激らしくてな。中学の頃は、彼女自身を含め、周囲に重傷者が山ほど出ている。自傷行為というよりも……。ほとんど自殺未遂らしい」

「衝動的な無理心中能力者ってことですか？　病んでますねぇ。あー……」

だから、みんな逃げちゃってるんですかー、と絶子は納得したように言った。

「……うーん、でも、みんなの気持ちも分かるけど、この状況ってかなり……。マズイですよね？　あんな一目散に逃げられちゃったら誰だって傷付いちゃいますよ。このままじゃ、あの子、

そのうち能力使っちゃうんじゃないですか？」

「そうなんだ……。そう思って君を連れてきたのだが——。歪み崎君、あの子の精神、君の『ユガミズム』で何とかならないか？」

と、ド正義は心配そうな声で言った。絶子は——、

「ん……」

絶子はド正義のこういうところが好きだった。ド正義のやり方は苛烈で容赦がない。大を活《い》かすためには平気で小を切り捨て、目的のためには手段を選ばぬところがある。だが、冷たいわけではない。ただ、彼の力では全てを救えぬだけだ。ド正義が、一介の女生徒であるあげはを救おうとしているのも、彼の気質を知る者からすれば決して不思議なことではない。しかし——、

「難しいですね」

嘘をついても仕方がない。絶子は正直に言った。

予想通り、生徒会長は悲しそうな顔をする。

「たぶん、無理だと思います。死に至る程の自傷行為を衝動的にやっちゃうような精神では——。そんな子に『ユガミズム』を使えば逆転時に体の方が持ちません。たぶん瀕死です。おそらくそのまま死にます」

もっと程度の軽かった絶子でさえも、今の脆い身体とのトレードオフだったのだ。従姉妹の怨み崎Ｄｅａｔｈ子でギリギリのライン。今のあげはに使えば彼女の身体は生命機能を維持できないだろう。

「でも、もう少し落ちつけば可能性はありますよ？　会長、彼女はたぶん周りの環境さえ良くなればもっと安定すると思います。生徒会に入れてあげてはどうですか——？　生徒会の人たちなら、彼女の能力も恐れないでしょ。アズライール先輩だっているんですし」

と、絶子はダメ元で言ってみた。が、

「いや、それは無理だ——」

「ですよねー」

即答したド正義も苦い顔をしている。絶子が思うに、おそらくド正義個人としては、彼女を生徒会に入れてあげたいのだろう。だが、もし万一の場合。仮にあげはが能力を発動し、アズライールが彼女の近くにいなかった場合、——生徒会は全滅する。そして、生徒会が全滅したら、明日から学園の治安は誰が守るのか。学園のことを思えば、ド正義は生徒会長として軽々な判断はできないのだ。

夢見崎先輩が興味を持ってくれれば——、とも絶子は思うが、アルパの性癖からして彼があげはに関心を持つとも思えない。アルパは恋人に殺されたいのであって、恋人との心中などには全く興味がない。

「クソッ。結局、邪賢王のやつに任せるしかないのか——」

「私たちに無理なら仕方ないですよ。番長グループの方ではもう動いてるんですか？」

「ああ……。だが、彼女の勧誘に関しては、やつらの中でも意見が割れているらしい。鏡子や口舌院は賛成してるようだが、意外にも白金が反対しているようだ」

これは番長グループに送り込んでいるスパイ、生徒会役員バルからの報告である。

意外も何も、白金さんは会長と似ているからなぁ、と絶子は思う。白金さんの方がもう少し甘いけれど——、というのが彼女の分析である。

「白金さんも内心では揺れているはずですよ。たぶん個人的には入れてあげたいと思ってるはずです」

歪み崎絶子の心理分析は生徒会内でも定評がある。ド正義も、絶子がそう言うならばそうなのだろうな、と思う。

「鏡子さんと口舌院さんの二人が賛成してるなら、バル先輩にも賛成派に立ってもらえば、後は邪賢王さんがゴリ押しできるんじゃないですかね？」

「ん。まあ、それはそうだろうな……。邪賢王なら何としてもあげはを引き入れるだろう。その点は心配していない。だが……」

ド正義が言い淀む。その先は、希望崎学園生徒会長として、決して口にはできぬことであったが……。

——だが、歪み崎絶子には分かっている。

表立っては決して言えないことだが、生徒会と番長グループの関係は——、

非常に良い。

怨み崎Ｄｅａｔｈ子の時もそうだったし、今回のあげはにしてもそうなのだが、番長グループは生徒会の及ばぬところをいつも命賭けでカバーしてくれている。もし、あげはの扱いを間違え

れば……、最悪のケース、番長グループは全員死ぬことになるだろう。学園の治安は、本来、生徒会が負うべき職責である。なのに、彼らは——。邪賢王ヒロシマはその危険なところばかりを受け持ってくれているのだ。番長グループの皆が皆、そう考えているわけでもないだろうが、少なくとも、邪賢王、白金、口舌院あたりは意識して行っている。彼らも、本来ならば生徒会にとって守るべき生徒の一人に違いないのに——。

「会長……。もし、『学園総死刑化計画』が実現すれば……。会長はあげはちゃんを殺しますか——?」

「必要があれば殺さざるを得ない——。でなければ……」

そこで、また言い淀むが、絶子には分かっている。

ド正義はこう繋げたいのだろう。「でなければ、邪賢王に危険が及ぶ」と——。

「心配……されてるんですね……」

「あいつは、バカだから……。頼んでもないのに、要《い》らぬことばかりするんだ……。クソッ!」

「会長は……、ちょっと正義感が強すぎるんです……。全部一人で背負い込まなくてもいいと思いますよ。邪賢王さんだってそう思ってるハズです。いいじゃないですか。きっと、あげはちゃんも邪賢王さんが巧くやってくれます。私たちでは救えない生徒も邪賢王さんなら救えるんですから……」

だが、ド正義の眼鏡の奥の、その神経質な眼差しを見て、彼女は思う。私が何を言おうとも、ド正義会長はきっと自分の意志を曲げないのだろう、と——。生徒会と番長グループの今の関係は非常に良い。だが、ド正義会長はそれを良しとしていない。この人は今の関係を崩そうとしている。崩して、全てを背負おうとしている。それは一種英雄的ではあるけれど、同時に酷く危険なことでもある……。

生徒会の中には、会長の示す理想に心酔している人も多い。彼らは会長が「学園総死刑化計画」の指揮を執れば何もかも巧くいくと思っている。でも、それも危うい。会長自身も気付いてはいないだろうけど、だって、ド正義会長も、みんなもおそらくは――。

「行こう、歪み崎君。バル君と相談しなければならない」

「は、はい……！」

そして二人は踵《きびす》を返し、生徒会室へと歩き出す。

歪み崎絶子は思う。今の状況は、危うい――。だが、同時に今の学園が、誰にとっても、おそらく一番幸せな状態なのだ、と。願わくば、この危うくも平和な学園が、ずっといつまでも続きますように、と――。

十四、一撃必殺

二〇一〇年九月二十二日　六時五分

「先輩。これ、ちょっとマズくないですか……？」

少年が焦り顔で言った。

「ああ……、マズイな……。これは予想外だ。マズイな……」

褐色の肌の少年の声にも焦りが混じっている。

二人は無論、『転校生』のムーとユキミである。そして、彼らが焦っていたことには理由がある。

弱すぎたのだ。

――番長グループたちが。

話は邪賢王の脱獄から約四時間前に遡《さかのぼ》る。

三人の、恐るべき『転校生』たちは、旧校舎の本拠地にて、黒鈴の『ぴちぴちビッチ』を介して渡り廊下攻防戦を観察していたのだが――、

「ユキミ先輩……。リーダー格の人、もうやられちゃいましたよ……」

ムーが呆れ顔で呟いた。

鏡の中では、今まさに副番白金翔一郎が、範馬慎太郎の『ミスバスターズ』にて討ち取られた瞬間であった。この後、学生服に忍者ルックを混ぜ合わせた珍妙ないでたちの男――、服部産蔵が白金亡き後の一軍を立て直そうと懸命に声を張り上げていたが、しかし、崩れかかった副番部隊は範馬慎太郎の『ミスバスターズ』の前に、為す術もなく討ち取られていく。

「おいおい、まいったな……。ここまでの実力差があったのか……。相手はたった一人なのに」

と、ユキミ。彼も苦々しい顔で舌打ちする。

「お、おい。どうなってるんだ！　なんだ？　何かマズイことでもあったのか⁉」

彼らの背後で長谷部も何か怒鳴っていたが、『転校生』たちはとりあえず無視した。

彼ら『転校生』たちの狙いは、生徒会と番長グループが激突し、互いに消耗したところを一網打尽とすることであった。だが、鏡の中の戦況を窺うに、このままでは生徒会が消耗する前に番長グループが一方的に全滅しかねない勢いである。

「相手はハンマーを投げつけるだけの単純な能力じゃないか。これだけ数がいて、番長グループのやつらは誰もこの程度の能力に対抗できないのか？」

と、ユキミなどは思うが、実際に誰も対抗できないのである。例えば、先の服部産蔵。彼の能力は『妊娠眼』である。目が合った女性を孕ませるという恐ろしい能力だが、成立条件は二つあり、相手が服部に恋愛感情を持っていること、相手が全裸であること、この二点が成立しなければば彼の能力は発動しない。女性が好意を持って目の前で全裸になってくれるなら、これは直接孕ませればよく、全く無意味な能力である。無論、こんな能力で範馬を突破できるはずもない。服部の能力はわけても戦闘に不向きなものだったが、他の者にしても、やはりこの状況を打開できるような能力ではなかったのである。そもそも、超能力を得たからといって誰も彼もが戦闘向きな能力や便利な能力を得られるわけではないのだ。まったく現実は非情であった。

その中で唯一、白金の『秘剣・鏡面殺』のみが、範馬の『ミスバスターズ』に対抗できる能力だったのだが、彼女は既に討たれている。

「こっちもこっちでボロボロだしね……」

黒鈴が鏡の角度をチラチラと変えると、今度は東渡り廊下へと向かった邪賢王ヒロシマの一団が映る。しかし、彼らもまた、生徒会の仕掛けた『バザーボム』により、次々と爆死している真っ最中であった。

「先輩、このままじゃ番長グループは渡り廊下で全滅しちゃうんじゃないですか？　生徒会室まで辿り着けそうにもないですよ？」

「そうだな……。オレもちょっと心配になってきた。こっちの奴らが、あの爆弾トラップから抜け出しても、その先には――」

黒鈴がまたチラリと鏡を動かす。今度は一人の女子高生の姿が鏡の中に映りこんだ。

袴姿にセーラー服という奇妙ないでたちの少女は大刀を腰に帯び、隔壁の向こうの敵を待ち構えて座していた。東渡り廊下を守護する生徒会最強の女子高生剣士、一刀両断の姿である。

「トラップを抜けても、次はこの子を倒さなきゃいけないんだよな。これ程の大軍を相手にたった一人で要所を守ってるんだ。余程の使い手に違いないだろう」

「見た感じは、居合いね……。この子さえ倒せば、向こうのハンマーの男の子も挟み撃ちにできるんだろうけど……」

黒鈴がチラチラと鏡をいじって一刀両を様々な角度から見せる。

だが、やはり隙はない――。

何か思い悩むことでもあるのか、彼女は何やら悶々とした様子であるが、しかし、それでいて隙は見せぬ。やはり、相当の使い手と思われた。先の白金部隊の情けない有様を思うに、果たして番長グループはこの子に勝てるのだろうか？　と、ユキミが不安に思うのも仕方がない。すると、そこで唐突に、

「――先輩。この子、さらっちゃいませんか？」

ムーが無邪気に言った。

そのあまりに無思慮な提案に、ユキミはいつも通りの呆れた顔を見せる。

「おい、言ってるだろ。相手の能力も分からないのにそんな危険なマネはしないって。もうちょっと考えてから発言しろよ」

しかし、年若き『転校生』はしれっと言い返す。

「先輩、お言葉ですが、今回は僕も考えてますよ？　これは〝危ない橋をいつ渡るか〟って話なんです」

すると、これを耳ざとく聞き付けた長谷部が、

「お、おい⁉　危ない橋ってなんだ！　何をするんだ？　ぼ、僕は大丈夫なんだろうな、なあ、ユキミ君！」

と、また何か言っていたが、『転校生』たちは相変わらず無視した。

ムーは自信あり気な様子で続ける。

「──確かに今、あの子をさらっちゃうのは危険もあります。それは承知していますが、しかし、番長グループがここで全滅しちゃったら、僕たちは残りの生徒会全員と戦わなきゃいけなくなります。しかも、その場合、生徒会全員の能力が分かりません」

「あの子一人をさらうリスクの方が、生徒会全員を相手にするリスクよりは低いって言いたいのか？」

「その通りです。しかも、相手は刀です。どのような技を使うのかは分かりませんが、呪詛《じゅそ》や精神攻撃の類ではないでしょう。直接攻撃ならば、僕たちの体に刃が刺さることはありえません」

『転校生』はいかなる硬度のものであれ易々と破壊できる攻撃力を持つ。そして、たとえ核ミサイルの直撃を受けようと、『転校生』の体に傷一つ付くことはない。無限の攻撃力と無限の防御力。それが『転校生』の最たる特徴であり、他の魔人と一線を画するところである。だが、言い換えれば『転校生』の差異はその二点にしかなく、お腹が空けば飢えて死ぬし、呪いを受ければ発狂する。

「確かにな──。武器が刀だと分かっている分、まだリスクは低いかもしれない。黒鈴、お前は

どう思う？」

「——そうね。リスクはいつか引き受けなきゃいけないから……。橋を渡るとしたら今かもね……」

黒鈴の持つ手鏡の中では、東渡り廊下に向かった一団が、ついに爆弾トラップを乗り越えたようだった。意味は良く分からないが、番長格と思しき少女が裸になったことで解決したらしい。こちらの部隊も仲間の死により士気が下がっているが、リーダー格は存命しているため、おそらく持ち直せるだろう。

——ユキミは考える。既に能力の分かっているハンマー使いの方が捕えるなら安全ではあるが……。しかし、向こうの部隊はリーダー格の男（白金）が討ち取られ、既に士気は低い。ハンマー使いを捕えたところで、彼らが女子高生剣士の背後に回りこむだけの気力を残しているかどうか……。敵が急に消えたことで罠を警戒して足が鈍る怖れもある。それに、ムーの能力をこんな大勢に見られては後々の不利は否めない……。

「黒鈴、もう一度、さっきの女の子を見せてくれ」

ユキミは鏡を覗き込み、再び一刀両断を観察する。

所作、雰囲気、殺気などは明らかに剣士のそれ。武器も刀以外に見受けられない。敵の能力が剣技のみであれば、まず『転校生』が負けることはないはずだ……。また、やるならば早くした方がいいだろう。迷っている間にも番長グループは既に二つ目の隔壁の破壊に取り掛かっている。彼らにムーの能力を見られるわけにはいかない。だから、ユキミは、腹を決めた——。

彼はムーと顔を見合わせて、こくりと頷き、

「やってくれ」

と言った。

「ええ、任せて下さい！」

これにムーが嬉しそうに応える。

慎重派のユキミには日頃なかなか自分の積極案が通らないだけに、今回は彼にはユキミを論破できて「してやったり」という気持ちもあったのだろう。生意気盛りの『転校生』だから仕方がない。

「……ねえ、あの子、誰がやるの？　悪いけど、私、パスしていいかな。いま動くと吐きそうなの……」

黒鈴が申し訳なさそうに言う。彼女は鏡子の脳味噌を食べてから、今までずっと『ぴちぴちビッチ』を使用していたが、その間も常に吐き気に悩まされていた。といっても、別に今回に限っての話ではない。いつも同じように苦しんでいた。人の脳味噌は何度食べても慣れなかった。

「ええ、構いませんよ。黒鈴先輩は休んでて下さい。それにユキミ先輩も怪我してますしね」

「待て、お前一人でやる気か？　オレはこのくらいの怪我、どうということはないぞ」

「いえいえ、万が一ということもありますから……。先輩は万一に備え、僕のフォローをお願いします」

ムーはこの時、確かに少し浮かれていた。いつまでも自分をルーキー扱いするユキミに対し、逆に身体を労《いたわ》ってみせた。これはちょっとした先輩気取りだった。とても、気分が良かった。

「ムー、注意しろよ……。あの子はおそらく生徒会屈指の使い手だ。用心しすぎるということはない。絶対に遊ぶな。あの子が反応する前に、間髪入れず一撃で仕留めろよ……」

「分かってます！　分かってますって……！」

ニコニコしながらもムーは面倒臭げに応える。浮かれていても、そのくらいのことは分かっていた──。

「じゃあ、行きますよー！」

鏡の中を覗き込んで、ムーが左手を上げた。

生徒会にも、番長グループにも……

校舎の中にいる彼らには見えるはずもなかったが、その時、確かに明け方の空に、一つの光がきらりと瞬いた。そして──、
鏡の中の少女の頭上に、突如としてアダムスキー型円盤が現れる。渡り廊下にすっぽりと収まるようなサイズに縮小されたＵＦＯが、渡り廊下の屋根を破壊することもなく、彼女の頭上へと突如出現したのである。果たして、このＵＦＯはワープ航行が可能で、サイズの伸縮まで自在なのだろうか──？　ムーがそう『認識』しているならそうなのである。

ＵＦＯからは青白い光の帯が発せられ、抜刀の構えを見せた少女は、その姿勢のまま光に包まれてスルスルと昇っていく。そして、全身がすっぽりとＵＦＯの中へ収納されると、円盤は微妙

にその機体を振動させ——たかと思った瞬間、フッと鏡の中から消え失せた。一刀両のいた床には、うっすらと幾何学模様の傷跡が刻まれ、『木曜スペシャル』によるアブダクションの痕跡をかすかに残していた。

「さあ、そろそろ来ますよ。先輩たちはそこにいて下さいね」

ムーが二人から離れ、首の高さで手刀を構えた。今頃は宇宙人たちによるインプランティングが行われているであろうが、それもすぐに終わり、まもなく彼の眼前に先ほどの少女が姿を現すはずである。そうすれば、後は構えた手刀をスッと彼女の首へと差し込むだけだ。それで少女の首は体から離れ、絶命する——。

目の前の空間が歪んだ。そこから低周波の、小さな唸りが聞こえる。——と、『転校生』たちの前にアダムスキー型円盤が瞬時に姿を現した。そして、円盤からは再び青白い光が延び、先ほどの少女、一刀両断が光に包まれたままスルスルと降りてくる。抜刀術の構えのまま、すとっと地面に降りた彼女の体から、青白い光が消えて、同時に円盤もパッと姿を消した。

ムーが動いた。少女の背後から、構えていた手刀を首筋目掛けてスッと突き出す。一方の一刀両は突然のアブダクションに見舞われた直後であり、見慣れぬ教室に二人の男女、奥に見える磔《はりつけ》全裸の女子、首のない女の死体、数学教師。これらの状況に脳内処理が追いつかずメモリオーバー。完全に茫然自失の体であり、背後から迫るムーの手刀などは認識すらしていない。だが、彼女の意志とは一切関係なく、その右手は腰の刀へと延びていた。そして、彼女の抜刀術は、ムーの手刀が己の首へと達する寸前に、逆にムーの首を斬り落としていたのである。

「えッ……？」

ユキミが、焦る。

「なに、これ……？」

黒鈴の顔が、引き攣《つ》っている。

首を落とされたムーは、無論その瞬間に絶命。骸《むくろ》はその場にコテンと転がり、残り二人の『転校生』たちは、目の前の惨事が信じられぬとばかりに目を丸くし、固まっていた……。

だが、彼らの動揺も致し方ない。刀で『転校生』は斬れぬはずであったから。『転校生』とはそういう存在であるはずだ。

しかし、この時ばかりは相手が悪かったのだ。ムーを斬ったこの少女、一刀両断の能力は『先手必勝一撃必殺』。非常にシンプルなカウンター能力である。抜刀の構えから、相手の攻撃に対して自動発動し、必ず相手よりも先に自分の抜刀術を当てるという、ただそれだけのものである。だが、それは相手が『転校生』であろうと例外ではない。誰が相手であろうと、攻撃の間合い内であれば確実に先手を取れる。ただし、彼女の『先手必勝一撃必殺』には、一撃で相手を仕留められなかった場合、その場で直ちに割腹自殺しなければならないというリスクもある。

無論、通常であれば、いかに一刀両の刀が先にムーに触れようとも、その刃が『転校生』の肉体を傷付けることはなく、ただ彼女が割腹して果てるだけのことであった。だが、一刀両の持つ刀は、生徒会の宝剣『福本剣』である。『福本剣』は生徒会の魔人刀匠、福本忠弘がその命と引き換えに鍛え上げた最高傑作であり、それを一たび振るえば、刀が届く範囲の敵には必ず当たり、そして当てた敵の命を確実に奪う。刀というよりも、刀の形をした呪いに近い。やはり『福本剣』の必中必殺も相手が『転校生』であろうと例外ではなく、無限の防御力を持つムーの首をも落としたのである。いかに防御が固くとも、「即死」という結果のみを強引に押し付けてくる『福本剣』は防げない。『福本剣』を手にした一刀両断は、先手必中必殺能力を持つに等しく、相手より速く攻撃し、確実に一撃で敵を仕留める彼女の戦術はシンプルゆえに絶対的である。

「ムー……。やだ、どうしたの……？　冗談、でしょ……？　こっち向いてよ、ねえ、ムー……」

黒鈴がふらふらとうわごとのように呟くと、地面に落ちたムーの首がごろりと転がり、驚愕に固まった表情が現れる。そのカッと見開かれたムーの両目に、

「うッ……！」

黒鈴は口元を押さえ、へたり込み、嘔吐した。彼女の口から、先ほど胃の腑に収めた鏡子の脳味噌が半液化状態で流れ出す。

「バ、バカ……。黒鈴、吐くな……」

と言ってみるが、そんなことを言っても止められないことはユキミにも分かっている。敵前で無防備に嘔吐する黒鈴を庇うべく、ユキミは一刀両の前に立ち塞がった。無論、放心状態の長谷部などは無視である。

一方、意識とは無関係に少年の首を削ぎ落とした一刀両は、やはり意識とは無関係に刀を鞘《さや》へと納める。そして、一呼吸の内に理解した。自分がいま斬った少年が『転校生』であることを。

そして、奥に残る一組の男女もまた『転校生』であることを――。

ユキミに向け、一刀両は抜刀の構えを取る。今度は明確な意志を持って。

一方、一刀両の構えにユキミは硬直する。どのような能力かは知らないが、目の前の少女が自分たち『転校生』の肉を斬れることは、足下に転がるムーの首が証明している。

――ユキミと一刀両の間に一瞬の膠着《こうちゃく》状態が訪れた。

だが、ユキミが身を屈め、床のタイルを拳で砕いた瞬間。一刀両は抜刀の構えを解き、足下に転がったムーの生首を掴んで、教室出口へと駆け出したのである。

「このやろう、待てッ！」

嘔吐から立ち直った黒鈴が、口汚い言葉を吐きながら追おうとするが、これをユキミが咄嗟に引き止める。

「待て、黒鈴ッ！」

「放してッ！　あいつが！　あいつがムーを殺したのよっ！」

「いいから、落ちつけ……！」

ユキミは黒鈴をきつく叱り付けると、一刀両を追って一人廊下へと出た。十数メートル先に、駆け抜けていく一刀両の姿が見える。左手にムーの生首を掴んでいる。

「クソッ、あれは返してもらわないとな……！」

ユキミは、振りかぶる。

その左手には、先ほど彼が砕いた教室のタイル片が握られていた。

「——いいか。オレは『前方に投げる』だけだぞ」

ユキミは自分にそう言い聞かせながら、一刀両の走る『前方へと』破片を投げつけた。

——彼は手加減をしようとしたのだ。

無限の攻撃力を持つ『転校生』の投擲《とうてき》は容易に一刀両の命を奪う。だが、『攻撃』ではなく、『手に持つものを前方に投げた』結果として、『敵に当たった』のであれば、『転校生』の無限の攻撃力も発揮されることはない。そう『認識』することが『転校生』の唯一の手加減法なのだが、これがどうにも難しい。

現に、ユキミの放った破片は、

「うあああぁ——ッ！」

散弾銃の如くに一刀両の背面へとめり込んでいた。常人ならばショック死しかねぬ深手である。やはり今回もユキミの手加減は失敗したのだ。しかし、一刀両の命だけは残ったのだから、これはギリギリで成功したと言えるのかもしれない。

全身を破片で打たれた少女は、堪らずムーの首を取り落とす。だが、彼女は背中一面を血に染めながらも、それでもしっかりとした足取りで逃走を続けた。ユキミの投擲を見た黒鈴は、やはり足下のタイルを砕き、一刀両へ向けて投じようとするが、またしても、その手をユキミが止める。

「放して、放してよ！　なんで、さっきから邪魔ばかりするの！　あいつはムーを殺したのよー——！」

「……落ちつけ、黒鈴。気持ちは分かるが、冷静に状況を分析しろ……。いま、あの子に止めを刺してはまずい」

「――どうしてよ！」

逃げる一刀両が廊下を曲がり、完全にその姿を消したことを確認してから、ユキミは黒鈴の手を引いて、ムーの首へと導く。

「ああ――、ムー！」

黒鈴は膝を突いて、ムーの生首を抱え、ぼろぼろと泣き出した。

――ユキミはこんな黒鈴を見たのは初めてだった。いつもぼんやりとしていて、嫌々しながら脳味噌を食べていた彼女が、今は激昂し、口汚く相手を罵《ののし》り、ぼろぼろと落涙している。普段の黒鈴からは想像もつかない姿だった。彼女は『転校生』としてはベテランだったが、それでも、仲間の死にはあまり慣れていないのかもしれない……。『転校生』となる前から、何度も仲間の死を経験してきたユキミには、彼女の狼狽《ろうばい》は理解しがたいところがあった。

ムーの首の横には『福本剣』も落ちていた。ユキミの散弾により一刀両が落としたのは首だけではなかったようだ。散弾はおそらく彼女の袴も破り、そこから『福本剣』はこぼれ落ちたのだろう。ユキミは『福本剣』を拾い上げる。

「こんなものに、ムーが……」

「ごめんね、ごめんね、ムー。私が……、私があの子を殺すのに同意したから……。私が止めていれば、こんなことには――」

「やめろ、黒鈴。止めなかったのはオレも同じだ。自分を責めるな。それに、魔人の戦いに絶対はない。ムーも覚悟はしていたはずだ」

「ユキミ、あいつを追いかけないと！　今ならまだ間に合うわ！　ムーの仇を取りましょう！」

待て、と、またユキミが押し留める。

「どんな秘密があるのかは知らないが、あの子の能力にはムーを斬れる力があった。下手に手を出せば、オレたちだってムーの二の舞だ」

ユキミは、その秘密が手にある『福本剣』だとは気付かない。『福本剣』もその発する妖気を別とすれば、見た目はただの大振りな刀に過ぎないのだから。ムーの首を落としたのは一刀両の能力だと彼は考えていた。

「どちらにしろ、あの子も最終的には殺す。だが、それはもっと確実な手順を練ってからだ。それに――」

ユキミは一度言葉を詰まらせたが……。

それを告げる決意を固めると、毅然とした態度で続けた。

「黒鈴、よく聞け。ムーの脳味噌を食ってくれ」

「えっ――！」

無論、彼女は動揺を隠せない。

「ま、待ってよ……。そ、そんな酷いこと、できるわけないじゃない……。ムーのだよ、どうして、そんなこと言うの……。私、ムーの脳味噌なんて食べれないよ。ムーが可哀想だよ……」

「……お前の気持ちは分かってる。だが、食ってもらわなきゃ困るんだ。黒鈴、お前、さっき吐いたよな？」

「――う、うん」

黒鈴は、申し訳なさそうにうなだれる。

「だから、お前はもう『ぴちぴちビッチ』を使えない。そうだな？」

「…………うん」

脳味噌の完食を条件に相手の能力をコピーする黒鈴の『XYZ』であるが、完食した後も吐瀉か排泄することで、その能力は失われてしまう。

「オレたちには、いまや〝目〟がない。それに、どちらにしろムーの『木曜スペシャル』はオレたちの戦術に必要不可欠な能力だ。あれがなければ始まらん」

「う、うん……」

「ムーを斬ったあの子だが、放っておけば、間違いなく生徒会室に戻るだろう。あの子はインプラントされている。〝目〟の代わりになる」

ムーの『木曜スペシャル』でアブダクションされた者は、円盤内において、宇宙人から直径三ミリほどのチップを鼻や口から皮膚下に埋め込まれる。このチップを埋め込まれた者はインプランティと呼ばれるが、インプランティはこの手術の記憶を消されるため、レントゲンを撮らなければチップの存在を知ることはない。そして、ムーは任意で、己の視覚、聴覚と、インプランティの視覚、聴覚とを同期させることができる。

ユキミは、一刀両の目と耳を使って、生徒会の状況を探ろうと考えていた。情報収集能力としては融通《ゆうずう》が利かず、些か頼りない『木曜スペシャル』であるが、それでも『ぴちぴちビッチ』が失われたいま、これに頼る以外に道はない。

「さっきも言ったが、最終的にはあの子も殺す……。そういう契約だからな。だが、オレたちが今すべきことは、番長グループと生徒会の戦いがどうなったのか、その顚末《てんまつ》を知ることだ。あの子が生徒会に帰れば、この場所は確実にやつらに伝わる。あの子の能力で『転校生』が斬れることまで分かってるんだ。生徒会が勝利していた場合、きっと生徒会は作戦を立て、陣容を再編してオレたちを討ちにくるだろう。だが、先に向こうの手の内が分かれば逆手に取れる。これはピンチだが、最大のチャンスでもあるんだ。分かるか、黒鈴。いま火急に必要なのは〝目〟だ。ここで生徒会の情報を得られるかどうかが、この戦いの分水嶺《ぶんすいれい》だ」

「う、うん――」

「辛いと思う。だが、食べるんだ。オレたちが勝つにはそれしかない」

ユキミに励まされて、黒鈴は胸に抱きかかえていたムーの首を見る。

今まで、幾度となく脳味噌を喰らってきた彼女であったが、まさか死んだ仲間のものを食することになろうとは……。

――ムー、ごめんね。

掠れる声で呟く。

また、涙が出てきた。

『ド正義卓也』

二〇〇九年六月十三日　十八時

「父さんが……殺された……？」

生徒会室を訪れた男――、ド正義克也の同僚を名乗るその男から、凶報を受けたド正義卓也は一瞬固まったが、

「そうですか――」

と、諦念の混じった表情で応えた。

仕方がないと、思うところもあった――。

彼の父、ド正義克也が成した『学園自治法』は現実に多くの人を苦しめている。そのことで彼が世間の恨みを買っていたのも事実である。克也に対する風当たりは強い。卓也自身も、「ド正義克也の息子」ということで、子供の頃から何かと惨めな目に遭ってきたものだ。小学校に上がり、邪賢王ヒロシマという唯一の友達ができてからはそれでも大分救われたものの、父を恨む気持ちが卓也にもなかったわけではない。

けれど——。

「仕方ないですよね……。父さんは、実際に恨まれていたでしょうし……」

それも結果論である。人は誰しも完璧に未来を見通せるわけではない。だから、自分が最善と信じる道を選ぶしかない。その選択が正しい時もあれば間違っている時もある。間違った時は……、その責任を引き受ければ良い。言い換えれば、責任を引き受けることができる者だけが、己の信じる正義を貫けるのだと、ド正義卓也はそう考えている。それがド正義克也の——、彼の父が為した行為を正当化できる、唯一の思考法であったからかもしれない。

卓也自身も勿論、完璧ではない。中学時代、彼は『超高潔速攻裁判』で校則違反者を数十名も処刑したが、その中には情状酌量の余地があった者や、後に冤罪《えんざい》であったことが判明した者さえいた。だが、彼はそういった幾つかの過ちを犯しながらも、結果的には以前よりも良好な治安を学園にもたらしたのである。無論、彼の「殺しすぎ」もあって、学園が平和になろうとも、ド正義は皆から恐れられ遠ざけられたのだが、彼はそれでも構わないと思っていた。彼は自分の信じる正義を貫き、その結果も過ちも全て、己が引き受けているだけなのだから。

だから、ド正義克也殺害の報すらも、それは父の引き受けた責任の一つに過ぎないのだと、この時のド正義卓也は考えていたのだが——。

「犯人は、捕まったのですか——？」

「いえ、それがまだ。いかんせん学園敷地内での犯行でしたので……。今後も厳しいかと……」

そうですよね……、と卓也も頷く。

これは『学園自治法』の弊害とも言うべきもので、学内での犯行には学外の警察は動けないのだ。しかし、克也も今までそれを逆用し、学園敷地内に留まることで魔人公安から逃れてきたのだが……。

「ただ、容疑者は特定されています。共犯者がいた可能性はありますが、おそらく一人は間違いないかと」

「そうですか。一体誰が……」

詮なきことだと思いながらも卓也は尋ねる。

容疑者を特定できたとしても、相手がたまたまこの学園に迷い込んでくれなければ、卓也には捕えることもできぬのだ。だが――、

「それが、筑摩泰斗、だと――」

「えっ！」

その名が出て、ド正義は初めて困惑した。

にわかには信じられぬ言葉であった。

「どうして……。なぜ、筑摩さんが……。父さんと筑摩さんは仲が良かったはずです。よく家にも遊びに来てましたし。そんな……。どうして……」

父の死の報ですら毅然と受け止めたド正義卓也も、犯人が筑摩と聞いては平静を保てなかった。

なぜなら、筑摩は――。

「筑摩さんは……。父さんの、数少ない理解者だったはずです。昔の……、昔の父さんの仲間た

ちが、皆、掌を返して父さんを憎んでも、それでも筑摩さんだけは、父さんのことを……」

理解していたはずであった。

卓也としても、たびたび家に遊びに来てくれる筑摩のことを叔父のように慕っていたのに。どうしてその筑摩が……。

「分かりません。ただ、筑摩も経済的には相当苦しかったようです。もしかすると、そういった不満が彼を犯行に駆り立てたのかも……」

往時のセクト幹部の中で、職も家族も得ていたド正義克也は例外中の例外である。他の者たちは皆、社会の指弾を受け、経済的にも社会的にも苦しい思いをしているという。それは筑摩も例外ではなかったが、しかし、彼は克也の前でそのような不平を漏らしたことは一度もなかった。

卓也のことも我が子のように可愛がってくれていたのに。

ド正義卓也はふらりとよろめいた。

「なんで……！　クソッ、筑摩さんが……。あの、筑摩さんまでが、クソッ、クソッ……！」

そして、彼は胸中の怒りを吐き出す。

ド正義卓也は許せなかったのだ。筑摩泰斗の裏切りが――。

外部の者が父を憎んだのなら分かる。それは父の責任だ。だが、あの時、父と一緒に戦ったセクト幹部たち――。彼らには父を糾弾する資格などないと思っていた。彼らは父の理論を信じて戦ったのだ。主体的に、自己の判断で、父の理論を選んだのだ。だから、父の理論が失敗に終わったなら共に責を引き受けるのが当然だ。なのに、結果を見て一転し、父を責め立てるなど愚の骨頂。そんな馬鹿たちの中で、唯一筑摩泰斗だけは変わらず、ずっと父の良き友人であったはずなのに。よりにもよって、その筑摩泰斗が――！

だが、この時。

父の友人の裏切りに際し、ド正義卓也は――。

同時に、彼自身の親友に対して一つの懸念を抱いていたのである。

「邪賢王は――、あいつは一体……、何をやっているんだ……」

＊

男が生徒会室を去った後。

ド正義卓也は生徒会長室の己のデスクの中から一冊の文集を取り出す。

中学三年の卒業時に書いた卒業文集である。

パラパラとめくる。あの時の自分が書いた青臭い文章が――、空虚で大それた計画が目に入った。

希望崎学園に入り、凶悪な不良魔人どもを一掃していた頃、その時にはまだ彼はこの計画を胸に抱いていた。不良どもを皆殺しにしたら、折を見てこの計画を――魔人の国「建国」を実行に移そうと考えていた。

中学時代、ド正義は『超高潔速攻裁判』で学園に治安をもたらしたが、その結果、彼は全ての生徒から恐れられ、遠ざけられた。だが、彼一人が恐れられることで、ともかくも学園の治安は回復したのである。そう、彼一人が全ての責任を背負い込むことで――。

そして、彼は考えた。どうせ高校でも同じように自分は恐れられるのだろう、と。だが、それは構わない。全て一人で背負ってみせる。そして、どうせやるのなら、もっと大それた事を。父の為し得なかった魔人差別撤廃を――。つまり、魔人の国の「建国」を――。彼はその責任さえも背負おうとしていたのである。

だが、実際はどうか。ド正義は高校では恐れられなかった。理由は明らかである。邪賢王たち番長グループに悪評が集中しているせいだ。おかげで彼はずっと学園中の生徒たちから慕われてきた。理想的な生徒会長だともて囃《はや》されてきた。だから、そんな時期が長く続いていたから、ド正義卓也も、

――まァ、いいかな？

などと思っていたのだ。「建国」などと大それたことを考えなくとも、自分を慕ってくれる生徒たちを守って、三年間、平和な学園生活を送ることができれば、それでいいのかな？　などと思っていたのである。しかし――、
いま、ド正義卓也は卒業文集を片手に思い詰めていた。

「邪賢王……」

――あいつは、何をやっているんだ。

学園の治安も責任も、全て僕が背負うはずなのに。あいつは何をふざけた真似をしているん

だ？　分かっているのか——。父さんは筑摩さんに殺されたんだぞ。信用していた親友に——。お前だって、口舌院言葉や白金翔一郎に牙を剝かれるかもしれないんだ。責任を引き受けるってのは、そういうことなんだぞ——。僕は、お前をそんな目に遭わせたくない。そんな目に遭ったお前なんか見たくないんだ！　お前は僕が頼んでもないのに横からしゃしゃり出て、一体何をふざけたことをしているんだ。……いや。いや、違う。ふざけていたのはあいつじゃない。

——僕だ！

「僕は、何をあいつに甘えていたんだ……」

ド正義卓也は今一度、卒業文集に記された己の計画を読み直してみる。子供の戯《ざ》れ言と自嘲していたアイデアだが、今改めて見るとそれほどに荒唐無稽なものでもない。計画は粗いが実現性もあり、幾らか手を入れれば十分にいけそうである……ように思われた。

「これなら……、これが実現したなら、あいつの番長グループなんて要らなくなるじゃないか」

そもそも今の状況がおかしいのだ——。

と、ド正義卓也は考える。そもそも邪賢王が、あの図体ばかりデカくて気さくなあいつが、柄にもなく番長などというものをやり始めて、汚い服を着て硬派を気取って、凄味を出そうと必死に眉間に皺を寄せて、それで、努力して努力して、学園中の悪評を一生懸命かき集めている、そんな今の状況がおかしいのだ、と。

「そうだ……。邪賢王。お前が無理をする必要なんてないんだ。お前はやりたいことをやれ。僕もやりたいことをやる。そうだろ？　なあ、邪賢王……」

だが、親友を慮《おもんぱか》るド正義卓也であったが、この時の彼の顔には薄ら笑いすら浮かんでいた。「学園総死刑化計画」。これさえ為せば、あるべきものが己の手に返る。正義を、責任を、邪賢王の下から取り返すことができる——。「責任」は、とても危険な劇薬であったけれど、同時に、とても芳醇《ほうじゅん》な果実であるかのように、ド正義卓也には思われたのだ。

十五、魔人小隊

二〇一〇年九月二十二日　十時十分

見れば、確かに一刀両の帯と袴は左側が破かれて、ずり落ちた袴の隙間からは、いちご模様にプリントされた生徒会ふんどしがちらちらと見えている。一刀両の勝負下着であった。

「そうか、落としたか……」

「も、申し訳ありません……」

ド正義の前で、一刀両断は掠れる声でそれを詫びた。

——いま、彼女が謝しているのは、魔剣『福本剣』のことである。ユキミの投じた破片により背部を手酷く穿《うが》たれた一刀両であったが、それでも精神力を振り絞り、自力でここ生徒会室まで辿り着いたのが、ほんの五分ほど前のことであっただろうか。見張りに立っていた生徒会役員の肩を借りた一刀両は、彼から生徒会の勝利を伝えられる。それを聞いた彼女は医務室よりも先にド正義への面会を願ったのだが、そこで、会長の前に立って、いの一番に口にしたのが、先の『転校生』殺害の件と、もう一つ、『福本剣』喪失の件であった。痛みに喘ぐ一刀両は短く、「落としました……」とだけ言ったが、ド正義は彼女の姿から『福本剣』の喪失に気付いたのであろう。

『福本剣』は生徒会の先人が命を引き換えに鍛えた最強剣。これを落とした一刀両の責は軽くはない。一刀両はもう一度、掠れる声でそれを詫びたが、

「……いや、失ったものは仕方がない。一刀両君、とにかく君だけでも帰ってきてくれて、本当に良かった」

ド正義はむしろ彼女の生還を喜んだのである。事実、彼は一刀両も『福本剣』も失ったものと考えていたのだから、彼女だけでも生きて帰ってきてくれたのは本当に嬉しかったのだ。

「それに、『転校生』が斬れることも分かった。これは大きな収穫だ」

――なお、この時。

『転校生』の黒鈴は、一刀両の視覚、聴覚を通じて彼らの会話を盗み聞いていたが、彼らのいう〝落とし物〟をムーの首級と勘違いしていたのは生徒会にとって不幸中の幸いであった。『転校生』が『福本剣』に気付けば、これは鬼に金棒である。だが、彼らは、いまだ『福本剣』をただの大振りな刀としか認識していない。ちなみに一刀両がムーの首を持ち帰ろうとしたのは、ｘｘを通じて、全国のインターネット上の人物画像と照合させるためである。無論、結果は「該当者なし」に終わっただけだろうが。

いまだ申し訳なさそうな一刀両に対して、ド正義は労《いたわ》りの声をかける。

「一刀両君、本当にご苦労だった。いかな君とてその傷ではもはや戦えないだろう。後は治療を

受けてゆっくり休んでくれ。君は十分に働いた。残りの『転校生』は僕たちに任せたまえ」

そして、「さあ、キミ、一刀両君を医務室へ頼む」と、彼女に肩を貸す役員を促すが、

「いえ……。あの……私……、まだ、やれます……」

と、一刀両が抗弁する。

彼女はまだリタイアするわけにはいかなかった。

「会長、番長グループは……」

一刀両は旧校舎からの帰途の間、ずっとこればかりを懸念していたのだ。

つまり、白金の安否ばかりを、彼女はずっと気にかけていたのである。だが、生徒会の面々が現にこうして無事でいることがどういうことか。それが分からない一刀両でもなかったが――。

「ああ、番長グループか。安心しろ、一刀両君。そちらの件はもう終わっている」

「もう、……終わっ、た……」

「うむ。渡り廊下防衛ラインは突破され、結局、〝最終手段〟を使わざるをえなくなったが――。バル君が身を捨てて、やつらのほぼ全員を仕留めてくれた」

「ほぼ……全員……、ですか――」

〝最終手段〟とはバルによるあげは誤爆のことである。番長グループ内であげは特攻が決まった時から、バルが生徒会に提案していた非常手段であった。「あくまで非常手段。こんなこと、もちろんやりたくないですがなあ、ハハハ」などと言っていたバルであったが、いざとなれば躊躇《わら》いもなく実行したのだという。一刀両はそれを聞いて申し訳なく思ったが、それよりも今は藁に

も縋《すが》る気持ちで――、

「あの、ほぼってことは、生き残りも……」

と、尋ねようとした、その時。

生徒会長室の扉がノックされ、歪み崎絶子がひょっこりと顔を出す。

「――会長。凡骨君から連絡が入りました。邪賢王さんと両性院君を見つけたそうです。二人は東南へと向かっているとのことで、行き先はおそらく……」

「旧校舎か……。一刀両君の報告と照らし合わせるに、どうやら邪賢王のやつ、『転校生』狙いで間違いないな。……ならば、やはりしばらく泳がせるか。歪み崎君、もう一度言伝《ことづて》を頼む。凡骨君に二人には手を出さぬよう厳命し、彼らが『転校生』と接触次第、再度連絡するようにと。もしかすると邪賢王のやつ、『転校生』の一人くらいは片付けてくれるやもしれんぞ」

ド正義は「おっと。もう一つ」と付け加えて、

「友釣君を呼んで来てくれるか。『転校生』戦は彼女の力が鍵となる。これからの作戦を協議したい。場合によっては、やはり両性院は捕えて、あいつの性別転換能力を使う必要が出てくるかもしれないしな」

それから、会長室隅のパソコンに向かって、

「xx君、この件を全員に連絡頼む。一刀両君の生還と、『転校生』を一人始末したこともな。あと、稲田君と金光君には帰投するようメールしてくれ」

と言った。

ｘｘはディスプレイを明滅させて承諾を表し、絶子もこくりと頷いて会長室を出て行く。

ｘｘの『インターネット殺人事件』が不発に終わり、一刀両と『福本剣』が使えなくなった今、『転校生』相手に戦力となりうる生徒会役員はエースと友釣しかいなかった。一刀両の情報を元に作戦を見直し、友釣の『災玉』を確実に決めねば、残りの『転校生』二人は倒せないだろう。

このような時に赤蝮の知恵を借りれぬことがド正義には痛かった――。

だが、その思案に入りかけたド正義に、一刀両がおずおずと尋ねる。

「会長……。邪賢王は、生きてるんですか……？」

かすかな期待を込めた瞳でド正義を見る。

「……ん？　ああ、そうなんだ。あいつは生き残ってな。両性院もエース君が捕まえて、二人してプリズンにブチ込んでおいたんだが、しばらく前に赤蝮君を殺して脱獄したんだ。二人はいま凡骨君に追わせている」

「邪賢王は、生きてる……」

――なら、もしかすると、白金先輩も……。

「そういえば、鏡子も君と同様に『転校生』にさらわれたらしいが、君は鏡子を見なかったか？」

「い、いえ――。私も混乱していたので、よくは……」

あの時、一刀両は確かに鏡子の首なし死体を目にしていたが、しかし、あれを見て鏡子と気付くのも難しかっただろう。それに、今の一刀両には、そんなことよりも――、

「あっ、会長……。あの、白金……、白金先輩は……」

「ああ、白金か――。あいつは範馬君が討った」

ド正義は平然と言った。一刀両の気も知らずに。

――討たれ、た……。

一刀両も半ば覚悟はできていたはずだった。

けれど、先程まで一縷の望みに縋り付いていただけに、やはり愕然とする――。

なにせ、一刀両は、

――白金先輩が？ 範馬先輩に……⁉

なにせ一刀両は、旧校舎からの道すがら、ずっと白金のことだけを想って――、白金に斬られることだけを想って帰って来たのである。このような体では最早まともな勝負にはならぬ。けれど、あの時の約束どおり、それでも全力で挑んで、せめて先輩の刀の錆になりたいと想い、それまでは死ねぬと想って帰って来たのである。背中の激痛で朦朧とする意識の中、七キロもの道程を死ぬ気で帰り着いたのは、ひとえにこの執念によるものであった。だが、その白金が、もういない。

「会長……。あの……、範馬先輩は……。範馬先輩は、どこですか……」

それを聞いてどうするつもりなのか。一刀両自身にも分からなかった。だが、刀を持っていれば、もしかすると、範馬に対し抜いたやもしれぬ。

「……一刀両君。残念だが、範馬君も死んだ。アズライール君ともども番長グループに討たれた」

それを聞くと、一刀両はいよいよ顔面蒼白となって、全身をぷるぷると震わせた。やり場のない感情が彼女の全身を満たしていく。一刀両が蚊帳《かや》の外にいる間に、全ては終わってしまったのだ。最早、白金を斬ることも、白金に斬られることも、そして、白金の仇を討つことさえも叶わない……。激痛の中、旧校舎から七キロもの道程を帰ってきたのは何のためだったのか。あと少し、あともう少し歩けば、大好きな白金先輩に斬ってもらえる——。そんな夢想を抱きながら、一刀両は痛みの中、うっすらと笑みさえ浮かべて歩いてきたのだ。だが、現実は非情にも白金の死を告げた。だから、一刀両は悲しみに震えていたのだが。

しかし、一刀両の心情を知らぬド正義には、彼女が持ち場を守りきれず自責の念に駆られているようにしか見えなかったであろう——。

ぷるぷると震えていた一刀両の口の端が、小さく開く。

「会長……。お願いが……」

「どうした？　一刀両君——」

彼女の心中を察しきれぬド正義は、努めて優しく声をかける。

「あの、刀を一振り……、貸してもらえませんか……。私、残りの『転校生』を、斬ってきますね……」

目に、生気がなかった。

「お、おい！　バカなことを言うな！　一刀両君、死に急ぐのはよせ！」

じゃあ、素手でいいですと言って、一刀両は肩を借りていた生徒会役員を突き放すと、ふらふらと戸口へ向かっていく。

「ま、待て！　おい、エース君、彼女を捕まえろ！　力ずくで構わない、彼女を医務室へ連れていけ！　縛り付けてでも医務室から出すな！」

ド正義が言い終わるより早く、エースは一刀両の体を捕えていた。

「あうっ、先輩……、放して下さい……。一刀両を、行かせて下さい……」

などと言って、一刀両は抵抗する素振りを見せるが、普段の彼女とは比べ物にならないほどか弱く、エースは簡単に彼女の動きを止める。『転校生』を討つと言った一刀両は、敵を討つどころか足下すら覚束《おぼつか》ず、エースが支えなければ今にも崩れ落ちそうである。

「一刀両……。ほら、オレに摑まれ。な、まずは医務室にいこう。怪我を治して、まずは落ちつこう。な……？」

「うっ、うっ……。先輩……、エース先輩……」

一刀両はエースにもたれかかって、ようやくぐすっぐすっと泣き出した。エースは一刀両を優しく抱いて、頭を撫でてやる。——と、彼は一刀両の体温がかなり高まっていることに気付く。彼女のセーラー服の背中一面は散弾により真っ赤に染まっている。これだけの傷を負っているのだ。高熱が出ていても何もおかしなことではない。一刀両の意識がしっかりしていたから命に関わる程ではないだろうと考えていたが、こうして弱っている姿を見ると、傷は思ったよりも深そうに見えてくる。彼女の背中には無数のタイル片が食い込んだままだし、出血もいまだ止まっていない。早急に処置を施さねばこれは案外危険やもしれぬ。それに気付いたエースの表情が一変するのを目にして、ド正義も顔を青くする。エースは、オレに任せろとばかりにド正義に頷くと、ド正義も頼むとばかりに頷き返した。

そして、一刀両を連れたエースが医務室へと向かおうとすると、またしても、生徒会長室の扉がノックされ、二人と入れ替わりに、友釣香魚を連れた歪み崎絶子が姿を現す。

「おおっ、歪み崎君！　いいところに来てくれた！」

心も体も傷付いている今の一刀両に『ユガミズム』は使えないが、それでも絶子が一刀両の最上の相談相手となってくれることは間違いないだろう。歪み崎絶子はその能力だけでなく、魔人の心理分析とカウンセリングにも長けている。ド正義が彼女にこっそりと耳打ちする。

「歪み崎君――。渡り廊下の件で一刀両君が自責の念に駆られている。彼女の治療が済み次第、君の方で話を聞いて相談に乗ってやってくれないか――？」

絶子は、それは構いませんけど、と承諾した後、何か言いたいような、言いたくないような仕草を見せた。

「どうした？　僕に何か報告でもあるのか？」

「いえ………」

おそらく――。

生徒会役員の中で一刀両の心情を正確に把握できていたのは歪み崎絶子ただ一人であっただろ

う。そして、一刀両自身も気付いてはいないだろうが、あれが彼女なりの、白金への屈折した恋心であることを理解しているのも歪み崎絶子ただ一人であった。

「あの……。えと。その、別件なんですけど」

しかし、それをド正義に言ってもどうなることでもない。絶子はそれを胸の内にしまいこんで、話題を逸らした。どちらにしろ、こちらも伝えねばならぬことである。こちらもこちらで、なかなか言い出しにくいことではあったが……。

「あのー。ちょっと言いにくいんですけど……」

「言いにくいことか……。とはいえ、聞かないわけにはいかないだろう。言ってくれ」

「えと……。実は、先程から校長先生がお見えなんです……」

「はぁ?」

思いもかけぬ話であった。

これにはド正義も困惑を隠せない。

「え……? 校長先生が、一人でいらっしゃってるのか……?」

「……はい。どうも、そうみたいです。校長先生一人しかいらっしゃいませんでしたし……。なんだか、どうしても生徒会に陣中見舞いがしたいとか、そういうようなことを言ってましたけど。……会われますか?」

「まったくもう……」

ド正義は呆れた顔で大きな溜息を吐いた。

魔人たちが生死を賭けて戦っている今のダンゲロスに、一般人の校長が何をノコノコと……。そう思わずにいられなかった。一刀両の怪我や、『転校生』対策で忙しいというのに、全く何が陣中見舞いだ――。

「えっと……。校長で間違いないんだよな？　『転校生』が変装している可能性はないよな……？」

「『転校生』が変身能力者なら分かりませんけど……。でも、変身するなら一刀両ちゃんに化けるんじゃないですか？」

「それもそうだな……」

絶子の言うとおりである。現に先ほどまでド正義たちは彼女の前で隙だらけだったのだから。確かに化けるなら一刀両の方だろう。

ならば、校長は本人か――。

「まいったなぁ。帰ってくれ、と言いたいところだが……」

「はぁ、私もそれとなくそう言ってみたんですが、どうしてもド正義会長に会って話がしたいから、中に入れてくれと」

「ああ、もう、しょうがないなぁ」

と言って、ド正義は席を立つ。

「歪み崎君、校長先生を中にお招きしてくれ。ただし、生徒会準備室で待たせとくように。仕方ないので手早く済ませるよ」

「分かりました。本当にあの校長には困っちゃいますね」

「まったくだよ……」

ド正義は再び深く溜息を吐いた。

＊

——まったく、本当に困った人だ。

生徒会準備室に向かいながら、ド正義は思う。

困った人とは、無論、招かれざる珍客、希望崎学園の若き美人校長、黒川メイのことである。

弱冠二十七歳にして、魔人学園の校長職を務めるというのは、異例中の異例の人事であった。黒川は理事長の類縁とかいう話だが、その役職に相応しい実力を持っているかといえば、これは極めて疑わしい。悪い人ではないと思うのだが、やることなすことロクな結果にならない。前校長と違い、生徒会を贔屓《ひいき》してくれるのは有難いのだが、どうも黒川メイには大局的視点や政治的機微というものが決定的に欠けているらしい。今回のハルマゲドンも、ある意味、彼女が引き起こしたようなものである。

生徒会全体の意向は別として、ド正義個人としては今回のような番長グループとの全面戦争など望んではいなかった。無論、彼らはいつでも生徒会の仮想敵であったし、学園の負の象徴であったが、しかし、彼らが必要悪として機能し、現に邪賢王が意識してそう振舞っていたことはド正義も理解していた。番長グループを毛嫌いしていた範馬や架神などの一部役員を別にすれば、ド正義たち生徒会にとって、番長グループはそれほど目くじらを立てる相手でもなかったのである。

むしろ、ド正義などは、友人の邪賢王がそのような役柄を演じていることを懸念して、その意味で番長グループの解体を願っていたのだから、このような全面戦争となっては本末転倒である。確かに、邪賢王たちが「学園総死刑化計画」の妨げとなっていたのも事実だが、にしても、何も野蛮な戦争などする必要はないのだ。それなりの緊張関係をキープしつつ、少しずつ圧力を掛けて、自然消滅のような形で排除することが最も望ましい展開であった。

白金翔一郎を剣道部主将の座から追い落としたのもその一環である。別に白金から剣道を奪おうとしたわけではない。番長グループの自然消滅を願うド正義としては、白金率いる男子剣道部が大会で華々しい成績を上げて、番長グループが気勢を上げることのないよう牽制したに過ぎぬ。白金が一部員として大会に出場し、成果を上げるくらいなら別に構わなかったのだ。

そこで、ド正義は「白金が主将を務めている事実は、他の健全な部員に悪影響を与える恐れがある」と糾弾した。これは、白金に主将の座を降りるよう暗に促すものであり、それを理解した白金も潔く主将の座を降りた。それどころか退部までしたのである。ド正義も「そこまでしなくていいのに」と思ったものだが、自分の立場よりも部の存続を重視した白金なりの結論なのだろうと、その気持ちを受け取った。ここで終わっておけば、両者の間に大した波風が立つこともなかったのだが……。

しかし、ここで黒川メイが動いた。彼女は校長としての一存で、男子魔人剣道部を廃部にまで追い込んだのである。それも、生徒会の名を勝手に使って。ド正義にとってこれは迷惑以外の何物でもない。このようなことをされては、白金以下、男子魔人剣道部員の恨みを買うことは必定。しかし、ド正義は自分で「男子剣道部が番長グループの影響を受けている可能性がある」と言ってしまった手前、面と向かって校長の決定に異を唱えることもできなかった。彼が手をこまねいている間に、架神が校長の決定に喜び勇んで、さも自分たち生徒会の手柄であるかのように吹聴して回ったのが更にまずかった。こうして校長の勝手な独断専行は、生徒会の総意と外部に誤解され、この一件は、それまで適切な緊張関係を保っていた番長グループとの間に決定的な亀裂を走らせてしまったのである。

番長グループとの間に緊張が高まったまま、学園は夏休みに入る。ここで、黒川メイは両派の緊張緩和《デタント》のため、「生徒会・番長グループなかよしお楽しみ会」を企画した。高校生にもなってフルーツバスケットをしたり、みんなでカレーを作るなどといった狂気の如き内容であったが、驚くことに、これに白金翔一郎を含む十名の番長グループメンバーが参加表明した。白金は剣道部が潰されたことに怒り心頭であったはずだが、自分たちの部の問題のせいで、これ以上、両派の緊張を高めるべきではないと判断したのだろう。番長グループの穏健派、口舌院言葉の説得があったとも聞いている。ともかく、白金翔一郎は怒りを抑え、この下らぬ企画に参加してくれたのである。

ド正義としても番長グループに緊張緩和の意志があることは有難かった。立場上、先の件に関し、彼の方から白金に謝罪などできるはずもないが、しかし、自分が出席することで、生徒会にも緊張緩和の意志があることをアピールできると考えていた。だが、事態は最悪の展開を見せる。番長グループ穏健派の筆頭である口舌院言葉がこの席上で毒殺されたのである。

調べたところ、下手人はなんと生徒会役員の架神恭介。彼の能力による毒殺と判明した。架神は範馬と並び、アンチ番長グループの急先鋒であったが、まさかこのような愚挙に出るとは流石のド正義にも想像できなかった。こんな私刑を行えば、生徒会の同志といえど処刑せぬわけにはいかない。架神は確かに短絡的な男だったが、そんなことも分からぬほど頭が悪いわけでもないし、命を捨てても意志を遂げるほどに根性の据わった男でもなかったはずだ。彼の凶行は甚だ不可解なものであったが、とにかく、校長の用意した「なかよしお楽しみ会」が完全に裏目に出たことは事実である。企画した彼女に責任はないが、またしてもロクでもない結果になってしまったのである。

番長グループとの緊張が高まっていたこの時期に、よりにもよって、あの口舌院言葉の毒殺はあまりに致命的なものだった。苦渋の判断であったが、ド正義は架神恭介を異例の特一級極刑に処することで番長グループへの誠意を見せた。生徒会役員の犯罪に対しては、もっぱら絞殺や電気椅子などの通常極刑が行われており、余程の凶悪犯罪でもなければ三級極刑以上に処すことはない。まして特一級極刑に処された生徒会役員など前代未聞である。それだけド正義は事態を重く見ていたのだ。

そして、この苛烈な処刑は、番長グループの怒りを幾らかは和らげるはずであった。現にバル

の報告によれば、白金も一時はこれに納得し、他メンバーへの説得に当たってくれていたという。しかし、それも、

「ド正義ッ！　オレを捨てたな、裏切ったな、ド正義！」

いまわの際に架神が発したこの一言で全て台無しである。あの男が何を思ってこのような発言をしたのか、今でもド正義には分からない。おそらく、死に瀕し錯乱していただけだろう、とは思うが――。

だが、これはとんでもない置き土産であった。こんな血迷った台詞を遺しては、先の毒殺事件に生徒会の組織的関与があったと疑われても仕方がない。ド正義のなりふり構わぬ釈明も空しく、番長グループは生徒会への憎悪を募らせて、それに範馬たち生徒会過激派が呼応し、両者の間には激突必至の空気が流れた。バルによれば、この頃には白金さえも生徒会への敵意を剝き出しにしていたらしい。

全面戦争を回避すべく、ド正義は動いた。生徒会過激派を懸命に宥める一方、邪賢王には密かに使者を遣わして協調路線を模索した。だが、その間にも、黒川メイは独自の判断で一方的に事を進め、「ダンゲロス・ハルマゲドン」への突入を宣言したのである。学内からの一般生徒、及び教職員の退避、抗争が終結するまでの学校業務の無期限停止、戦時下における通常校則の不適用、並びにハルマゲドン中の生徒会、番長グループ構成員の学外への外出禁止などが今回のハルマゲドンの主な規則《ルール》であった。この宣言は生徒会へ何らの相談もなく、極めて一方的になされたものである。黒川メイいわく、「生徒会と番長グループの交戦は避けられないものであり、一般

生徒、教職員が戦禍に巻き込まれぬための非常措置」とのことで、彼女も苦渋の面持ちでこれを伝えてきたのだが、しかし、全面戦争回避のため粉骨砕身していたド正義には、まさに寝耳に水の出来事であった。

当然、ド正義は猛烈に抗議するも、既に生徒会、番長グループ、双方共に好戦ムードが高まっており、最早、ド正義一人に抑えられるものではなかった。さらに、使者として派遣していた生徒会幹部が死体となって発見されるに及び、ド正義も番長グループへの憎悪を募らせ、開戦を決意するに至るのである。使者を殺したのが邪賢王とは思わなかったが、これが番長グループ過激派の独断専行だとすれば、邪賢王にも既に身内を収める力はないということになる。となれば、これまで自分を信じ、付いてきてくれた生徒会の皆を生き残らせるためには、邪賢王さえも殺す覚悟で番長グループを殲滅するしかないと、この時、ド正義は覚悟したのだ。

なお、ド正義は、ただ一点、「銃器、細菌兵器、核兵器等の持込の禁止。違反者は極刑」という校則だけは戦時下でも適用させるよう、黒川メイに強固に抵抗した。戦時下にあってルールなど有名無実ではあるが、これは彼の能力『超高潔速攻裁判』のためだけの便宜である。当たり前だが、超能力を持つ魔人といえど、銃で撃たれれば普通は死ぬ。超能力は確かに人を超えた力であるが、銃も十分に人の域を超えた殺傷兵器であるからだ。

だから、銃は危険である。よもや学生に銃が得られるとは思えないが、もしも万が一、番長グループが銃火器を手にし武装したならば、それだけで生徒会の勝ち目などほとんどなくなってしまう。生徒会に銃器を手に入れる手段がない以上、保険として『超高潔速攻裁判』による対抗手段は絶対に必要であった。ド正義の能力を知ってか知らずか、通常校則の適用を頑として認めようとしない黒川も、彼が粘りに粘った結果、このルールだけは戦時下適用を認めたのである。

かようにして、結果だけを見るならば、黒川メイは、白金及び男子魔人剣道部の恨みを生徒会になすりつけて両派の溝を深め、架神恭介には毒殺の機会を与え、さらには全面戦争の後押しまで為したのである。結果だけで言うなら、これ以上迷惑な人間もいないのだが、ド正義は結果論で彼女を責める気にはなれなかった。その責任が何故か自分に伸し掛かっていることも、彼は無視していた。

それに、これらの迷惑行為の一方で、黒川が自分たち生徒会にこれまで便宜を図ってくれたのも事実である。というのも、前校長は酷く人格の捻じ曲がった人物であり、学園の治安のため必死に活動している生徒会をなぜか邪魔ばかりしていたのだ。「あなたたち教員の安全にも繋がるんですよ！」などと説得してもまるで耳を貸さず、悪辣《あくらつ》な妨害行動ばかりを繰り返していた。悪意があるとしか思えない程だった。校長から恨まれる覚えなど何もないのに――！

その点、黒川は違った。結果論としては前校長よりもさらに迷惑を掛けられているが、彼女は生徒会の活動を意義あるものと認めてくれたし、それまで一銭も出してくれなかった予算もたっぷり下ろしてくれた。半ば不法占拠気味に使っていた職員校舎三階の生徒会室も公式に認めてくれたし、生徒会準備室、生徒会長室、生徒会プリズン、生徒会尋問室、生徒会給湯室、生徒会医務室、生徒会娯楽室など、諸々の施設を追加公認し、さらには、委員会活動に都合が良かろうと、職員校舎二階までも開放してくれたのだ。今年五月にはダメ元で申請した球技大会案も即刻可決してくれた。

黒川には前校長と違い、この学園を良いものに変えようという意志が感じられた。だから、ド正義もそこは認めざるを得なかった。絶子は何か怪訝な目で校長を見ていたが、他の生徒会役員たちも大半は彼女に好意を持っている。その可愛らしい振る舞いから一般生徒の人気も高い。

――だが、結果を見れば、やはり迷惑なものは迷惑である。

あの人は空気が読めないんだ、状況を見通せないんだ――、とド正義は思う。そして、その、空気も読まぬ、状況も見通さぬ迷惑女、黒川メイが、今回もまた空気を読まずに、この戦争中にノコノコと単身現れたのである。彼女が来るのがもう三時間早ければ、校長は渡り廊下防衛戦に巻き込まれ、命を落としていたかもしれない。今だって、いつ『転校生』が襲撃してくるかも分からないのだ。

――あの人には一度厳しく言わねば分からないのか！

などと、ド正義は本気で考えながら、黒川メイが待つ生徒会準備室の扉を開けた。

＊

「ド正義君、会いたかった――！」

扉を開けた瞬間。

黒川メイがばふっとド正義に抱きついてきた。

「なっ――⁉」

ド正義も面食らう。年長者を叱り飛ばすつもりで扉を開けた矢先に、先方が突然抱きついてきたのだ。驚き戸惑うのも無理はない。

何せ彼の胸に抱きついている女は齢二十七歳。身長は一六〇cmとそれほど高くもないが、均整の取れたスリムな体型にふくよかな胸を携えた、いわゆる大人のおねーさんである。

「ちょ！　ちょっと、離れて下さいよ、先生！」

慌ててド正義は校長を引き離す。黒川メイはまだ初秋にも拘らず、真っ黒なロングコートに全身を包み込んでいた。季節に似合わぬ厚着であった。

「ごめんね……、ド正義君。どうしても、あなたに会いたくって……。たまらなくなっちゃって……」

「な、何を言ってるんですか、校長先生……！」

黒川の蠱惑的《こわくてき》な言葉にド正義は一瞬ドギマギとしたが、このような状況下でそんなことのために生徒会室まで来たのかと思うと、生徒会長としての義務感が先に立ち、急に腹立たしくなって——、

「先生、正気ですか！　今はハルマゲドンの真っ最中ですよ。あなたの起こしたハルマゲドンの真っ最中なんです！　こんな時にノコノコと一人でこんなところまで来て、もしものことがあったらどうする気なんですか！　僕たち生徒会は自分たちのことで精一杯なんです。先生が襲われたって、とても助ける余力なんてないんですからね！」

と、一気にまくしたてた。

すると、黒川メイは、まるで母親に叱られた小学生女児のように、目に涙を溜めながら、

「ご、ごめんなさい……」

と、可愛く呟く。

これにはド正義もドキッとして、思わず視線を逸らしてしまう。

「あ、いや……。ん……。ちょっと、言い過ぎたかも、しれませんが……」

「ごめんなさい……。本当にごめんなさい、ド正義君……。でも、こんな時だから、あたし、どうしても、ド正義君にこれを見てもらいたくって……」

「これ……？」

「そう。これ……」

ド正義が何かと思っていると、黒川メイは身につけていた黒のロングコートのボタンに手をかけ、順に外していくと、不意にはらりとそれを脱ぎ捨てた。

コートの下から現れたのは、二十七歳の女の真っ白な肉体であった。

黒川メイは全裸だったのである。

校長の豊満な乳房が二つ並んで揺れて、ド正義の眼は彼女の乳首の先端に釘付けとなる……。

まるで、魔法にでも掛かったかのように――。

「ダメ……、ド正義君。見て欲しいのは、そっちじゃないの。こっち……」

と言って、黒川メイは己の股間へと手を延ばした。

ド正義はふらふらと吸い込まれるように身を屈め、黒川の黒い密林の中へと顔を近付けていく。

何者かに操られるかのように――。

「ようく、見てね……」

黒川が股間へと手を当て、中身がようく見えるように手でくぱぁとそれを押し開けた。

このようなものをまじまじと見た経験は、ド正義にはなかった。彼のかつての性体験は、鏡子に無理矢理に犯された、あの時の一度きりである。

これが、女陰……。

魔法に掛かったド正義は、最早そこから目を離すことはできぬ。もっとようく見ようと、黒川の内部へ内部へと顔をさらに近づける。甘酸っぱい香りがツンと鼻を突く。初めて正視する女性器に対し、生徒会長は知的好奇心と下劣な性情の入り混じった、奇妙な感覚が抑え切れなかった。もっと、もっとようく見る。中にキラリと光るものが見えた。そうか、女陰の中には、銀色に輝く突起があるのか――。

と、ド正義がそれに気付いた瞬間。

彼の瞳から光が失われた。

刹那、瞳に燃えるような痛みが走る――!

痛いッ――!

「うあッ、うわわあああああああ!」

視界を奪われたド正義は、傷付けられた眼球の痛みにのたうちまわった。彼の両目には、極太の針が眼鏡を貫通し一本ずつ突き刺さっている。黒川メイの陰部に潜みし、二本の含み針であっ

た。

「ごめんね、ド正義君。あたし、あなたの目が怖かったの——」

「せ、先生ッ！　先生ッ！　何を、何をしたッ！」

黒川メイは、先程までの女児のような間抜けな声色とは打って変わり、厳格たる女指揮官のそれへと変じて、「撃て、掃討しろッ！」と、何者かに冷酷な指示を飛ばす。

すると——。

お祭りのような掛け声に続き、暴力的な銃声が生徒会室にけたたましく鳴り響き、至るところから男女の悲鳴が響き渡った。

ここに至り、ようやくド正義も理解する。

校長、黒川メイが魔人であることに——。

黒川メイにハメられていたことに——。

＊

一刀両を励ましながら、彼女を医務室へと連れて行こうとしていたエースは、生徒会準備室の戸口で、両目を押さえながら倒れるド正義の姿を目にする。生徒会長の向こうには、——一糸まとわぬ校長の姿があった。

そのあまりに不可解な状況に、エースはポカーンと口を開ける。

「おい、一刀両……。校長が、全裸だ……。あと、ド正義が倒れた。何を言ってるか分からないと思うが……」

「……先輩、それ……、きっと魔人です……」

「それは――」

それはそうである。この学園で不可解なものを目にした時は大抵は魔人の所業である。つまり、校長、黒川メイは――

「撃て、掃討しろッ！」

そして、全裸の校長の命令が轟いた瞬間。

そこには、さらに奇ッ怪な光景が現出したのである。

――それは、禿頭《とくとう》の女であった。

それと、神輿《みこし》である。

結跏趺坐《けっかふざ》を組んだ禿頭の女が神輿の上に乗っていたのだ。さらに、神輿の周りでこれを担ぐ者たちは、
セイヤッ！

ソイヤッ！

と、粋な掛け声を発している。

そんな珍妙奇天烈な一団が、生徒会準備室戸口の――、全裸校長の周囲に忽然と姿を現したのである。だが、その異様な風貌にも拘らず、

「なん……だ……」

彼らの動きは素早かった。

エースが一瞬の思考停止に陥っている隙に、彼らは神輿から離れ、散開する。

神輿はストンとその場に落ち、そこに乗っていた禿頭の女も立ち上がる。手には、アサルトライフルを提げていた。

――いや、この女ばかりではない！

見れば、神輿を担いでいた者全員がヘルメットに黒のスーツをまとい、アサルトライフルを手にしているではないか。この画一された装備からするに、彼らは何らかの特殊部隊であろうか。

約三十名ほどの担ぎ手たちは、今や祭りを終え、軍人としての動きを見せ始める。彼らは速やかに数名ずつのチームに分かれると、一方は生徒会室へ、また一方は生徒会医務室へ、さらに一方は生徒会プリズンの方へと走っていく。そして残った七名程が、いまエースや一刀両、歪み崎、友釣など、生徒会準備室にいた彼らに銃口を向けていた。

「先輩、危ない――！」

一刀両が、エースを庇って彼の面前に躍り出た瞬間。兵士たちのアサルトライフルが火を噴き、数十発の弾丸を浴びた彼女は、その場でぎくしゃくと踊った後、声もなく倒れた。同時に他の兵士の凶弾が、横にいた歪み崎絶子と友釣香魚を蜂の巣へと変える。

「一刀、両……？」

エースは、一刀両が目の前で踊っている間も眼前の惨状を認識できず、思考停止していた。だが、背面を血に染めた少女が前面までも鮮血に染め、その場に崩れ落ちた時。彼の脳内がやっと怒りで満たされる。

「き、貴様らッ――！」

エースは、ポケットに入っていた消しゴムを取り出すと、サッカーボールのようにそれを蹴りつけた。消しゴムの弾丸は目の前の兵士の顔面へと命中し、彼女の頭部はヘルメットごと四方八方に爆散する。エースの必殺蹴球能力『銛先《もりさき》』である。敵は決してエースのシュートを止めることはできない。だが、顔を失った兵士の体が前のめりに倒れるのと同時に、第二射により穴だらけとなったエースの体も、やはり、前のめりに倒れたのである。相打ちであった――。

その頃、医務室で手当てを受けていた一ノ瀬蒼也、ツミレなども、兵士の掃射により絶命。生徒会室にいたフジオカ、怨み崎Ｄｅａｔｈ子も射殺された。生徒会長室のｘｘも動けぬ本体を撃ち抜かれて、電脳上の精神体も消滅。その他、生徒会プリズン、生徒会娯楽室、生徒会給湯室などの諸施設も同様の状況であった。渡り廊下で防衛に当たっていた役員数名は異変を察知して逃げ出したが、そのうち二名も銃弾に倒れた。いまや生徒会室で存命しているのは、両目を失い無力化されたド正義卓也ただ一人である。

「先生ッ、なぜ、こんなことを……っ？」

ド正義の問い掛けには答えず、黒川は部下から受け取った拳銃で、ド正義の両手両脚に一発ずつ弾丸を撃ち込む。悲鳴が上がった。

「――先生、何があったんですか！　まさか！　『転校生』に操作されてるんですかッ！」

「あなた、本当に甘ちゃんね。そんなことだから、やりたくもない戦争をさせられちゃうの。もっと賢くならなきゃダメよ。先生、悲しいわ――」

黒川は倒れたド正義の眼球に刺さった針を軽く踏みつける。今度は絶叫が上がった。

「ド正義君。あなたね、国を作るとかやりすぎよ。日本政府は自国の領土内に独立国家を認めるほど甘くないの」

四肢と眼球の痛みに呻きながらも、ド正義は黒川メイの正体に気付く。

敵は、日本政府――！

「学園に引きこもるのもね、困るの。魔人は、私たちみたいに社会に出て、公共の役に立たなきゃダメなの。社会の役に立とうともしない魔人は死んだ方がマシなの。あなたたちみたいに徒党を組んで、独立を狙う魔人を社会は一番恐れてるの。あなたは魔人みんなのために良かれと思ってやってたのよね？　先生、それは分かってたわ。でもね、そんなことされたら困っちゃうの……」

黒川は拳銃をド正義の眉間へと押し付ける。

「なぜ、あなただけ生かしておいたのか。ド正義君なら分かるよね？　生徒会の魔人は今ので一通り片付いたわ。逃げ出した子たちも、すぐに仕留める――。後は、番長グループがどの程度残存しているのか、それを知りたいの。あなたたちが大半を始末したことは聞いてるけど、正確に、まだ誰が残っているのか、それを知りたいのよ。確か、番長はまだ生きてるのよね？　どこに行ったのかしら。それと、さっき言ってた『転校生』ってなあに？　ド正義君、生徒会長のあなたが一番状況を把握しているはずよね？　さあ、先生に教えて……。素直に教えてくれたら、あなただけは助けてあげてもいいわ……」

　ばかな！　と、ド正義は激昂し、

「何をいまさら先生ぶっている！　政府の走狗《そうく》め！　貴様らに僕が口を割ると思うか！　学園の生徒は全て僕が守るッ――！　貴様などに！」

　ド正義はさらに続けて、「邪賢王は殺させん！」と言おうとしたが、その前に彼女は躊躇なく引き金を引き、ド正義の口は永遠に閉ざされた。

「ド正義君……。あなたね、無理しすぎたのよ……。私じゃなくても、いずれこうなる運命だったんだから……」

　全裸の黒川は少しだけ哀しげに、己を説き伏せるようにそう呟くと、ド正義の一物を取り出し、自身のふくよかな乳房でそれを挟んだ。彼女なりに追悼の意を示していたのであろう。

　黒川はしばらくそうしていたが、ややあって胸を離すと、冷酷な女隊長の瞳を取り戻す。そして、隊員の一人に目を遣り、「es《エス》！」と声をかけた。

　esと呼ばれた隊員は無言で頷き、ヘルメットを外すと――、

　中から出てきたのは冷たい目をした美少女であった。

　実は彼女ばかりではない。黒川メイの指揮する小隊は全てが女性である。無論、友釣香魚の能力を警戒してのことであった。

「月読《つくよみ》隊長、この子でいいんですよね？」

と、esが訊く。

黒川は――、いや、月読零華《れいか》は頷いて部下に応える。

esは眉間を撃ち抜かれたド正義の前に立つと、小型の鋸を取り出して、キーコキーコと首を挽いた。しばらくすると、ド正義の首はポテンと落ちる。次に、それを拾い上げた彼女はなんと、

「いよっ」「はっ」と生首で器用にリフティングを始めた。

これが彼女の能力『ネクロマンス・ダンス』である。死体の生首を用いた一万回のリフティングに成功すると、死者の死ぬ間際の五分間の記憶を共有できる。ド正義は黒川の尋問には答えなかったものの、彼女の質問の答えを想起したであろうことは疑いなく、esの能力を前提に考えれば彼への尋問はあれだけで十分なのであった。

「es、できるだけ急げ。先程、何やら不穏な言葉があった。『転校生』が学園内にいる可能性がある」

「分かりましたっ！　いよっ、はっ！」

元フットサル選手であったesには、生首によるリフティング一万回などは余裕である。余裕であるが――、しかし、時間はかかる。リフティングを続けていくうちに、ド正義は眼鏡も割れて、顔もボコボコと醜く変形していくが、これも彼女たちには見慣れた光景らしく、周りの隊員たちもすっかり緊張を解き、やんややんやとリフティングを応援しだしていた。

「イズミノ、そっちはどうだ――？」

全裸の月読はまた別の隊員へと声を掛ける。

そちらの女性兵士は、胸元に抱えた水筒の蓋《ふた》をジッと見ていたが、「おかしいですね……」と

怪訝そうに呟いた。

「どういうことだ？　何がおかしい？」

「これを見て下さい……」

そう言ってイズミノは例の水筒の蓋を静かに月読へと差し出す。水筒の蓋にはうっすらと水が張られていたが――。

彼女は口中に唾液を溜めると、それを蓋の中へと「ぺっ」と吐き出したのである。

彼女の落とした唾液は正確に蓋の中央に落ちると、中心点から外縁に向かって、一つの波紋《はもん》を形成した。だが、その波紋がある一点において反応し、その点から別の小さな波紋が生じる。

「おかしいんです。私の『リクィド』は、少なくともesに反応するはずなんです。それがなぜか、この一点にしか反応しません」

「いま、半径何キロに設定している？」

二キロです、とイズミノは応える。月読は少し考えてから、

「よし、もっと極端に狭めてみろ」

「分かりました、半径二十メートルで試してみます」

だが、彼女が再度試したところ、今度は落とした唾液以外に波紋を作るものは何もない。

「本当にesに反応しないんだな……」

と、全裸の月読も不思議そうに――、
だが、冷静にそう呟いた。

いま、イズミノが試行しているのは、彼女の能力『リクィド・ファイア』である。これは一種の探索能力であり、能力発動中の魔人の位置を特定するものである。

使い方は簡単。どこでも良いので水を溜めて、その水面が静かに落ち着くのを待つ。そこへ彼女が唾液を投じると、当然、それを中心に水面に波紋が広がるのであるが、これが潜水艦のソナーよろしく相手の位置を教えてくれるのだ。

先程のイズミノは円形の水筒の蓋を直径四キロの空間に見立て、その中心に唾液を投下。その波紋の広がりに呼応して一つの波紋が生じたので、少なくともその位置に能力発動中の魔人が一人いることは間違いない。

しかし、ここで奇妙なのは、彼女のすぐ近くで『ネクロマンス・ダンス』を発動中のesが、このソナーに反応しないことである。本来ならesの反応を含む二つの波紋が広がるはずであった。何かがおかしい。

「……似たようなことは以前にもあったか？」

「いえ、初めての経験です。正直、私も戸惑ってます」

「esが反応しないとなると……。貴様の能力が正常に機能しているかも怪しいな。反応があった場所にも魔人がいるとは限らない、か……」

逆に言えば、反応がなかった場所に魔人がいないとも限らない。隠れて不意打ちなどされては厄介である。

「貴様の能力が使えないと今後の作戦行動に支障が出るな。どちらにせよ、この場所に何があるのか早急に確認すべきだろう」

「分かりました。確認に行きます。ただ、私一人では有事の際に対応できません」

「無論だ。阿頼耶識《あらやしき》准尉と、出鯉《でこい》二曹と共に行け」

そして、全裸の月読は先程の禿頭の兵士を呼びつけた。神輿に担がれていた彼女こそが、いま名の挙がった阿頼耶識そら准尉である。

「阿頼耶識……。イズミノの能力が働かん」

月読は今一度、イズミノに能力を実演するよう指示する。だが、再度繰り返しても結果は同じ。彼女の能力はある一点にのみ反応して、近場のｅｓには微塵の反応も示さない。

「この場所に『リクィド・ファイア』を阻害する何かがある。貴様、出鯉とイズミノを連れて、この場所を調査して来い。ただし」

――『転校生』がいる可能性がある。

と、月読は苦々しげに付け加えた。

阿頼耶識も眉間に皺を寄せる。

「月読隊長。それは……確実な情報ですか……？」

「いや、まだ確認段階だ。だが、可能性は十分にある。――いると考えるべきだろう。警戒を怠るな」

「『転校生』がいたとして……、やはり抹殺対象に含まれますか……」

「残念ながらそうなるな。今回の作戦は極秘任務だ。外部に情報が漏れる可能性は全て消さねばならん」

上官の言に阿頼耶識そらは顔を青ざめさせた。

あの『転校生』を抹殺だなどと――。

これはとんでもないことになってしまった……。

「最終的には抹殺だが――、まずは調査だ。阿頼耶識、そのために貴様を加えたのだ。貴様の能力なら、たとえ相手が『転校生』であろうと見つかるはずはあるまい」

「………イエッサー」

だが、軍人である以上、上官に行けと言われて逆らうわけにもいかない。それに己の能力があれば、確かにとりあえずの安全は確保できるはずだ……。

と、ここでイズミノから月読に報告があった。あれからも何度か能力を試行していた彼女であるが、例の反応が少しずつ移動しているように見えるのだという。

「この反応が魔人のものだとして……。一体どこに向かっているんでしょうか。何やらふらふらとした動きで、目的を持った行動には見えないのですが」

「何者かに操作されている可能性はあるな。もしくは単に気が狂《ふ》れているのかもしれん。――戦争ごっことはいえ、一般人がショックを受けるには十分な血が流れているからな。だとすると、希望の泉――中央大噴水に向かっている可能性がある」

学園中央にある大噴水「希望の泉」には、学園建設時に魔人建築家の能力により誘引効果が付与されている。よって、明確な目的を持たない魔人や、心神耗弱《こうじゃく》に陥った魔人は、惹かれるままにこの泉へと集まってしまうのだ。番長グループの者たちが、なんとなくここでお弁当を食べていたことにもこういった理由があった。ちなみに、これは心神耗弱に陥った魔人が、無差別に能力を発動しようとした場合に備えて、周辺地域への被害を軽減するための措置である。

「いいか。無理はするな。『転校生』相手は勿論だが、相手が学生であっても何か不穏な空気があれば『ラージギール』を使ってすぐに引き返せ。これはあくまで偵察だ。絶対に無理をするな」

全裸の月読は阿頼耶識に再び念を押すと、改めてリフティング中のｅｓを見やった。彼女は危なげなく、安定感のあるリフティングを見せているが、しかし、一万回の完遂にはまだまだ時間が掛かるだろう。ｅｓの周りでは隊員たちがキャッキャ、キャッキャと相変わらず彼女の技量を囃《はや》し立てており、それが少し気にはなったが、それくらいのことで彼女がミスをするとも思えず、月読はこれを捨て置き、ようやく替えのスーツに手を延ばした。

だが、その隊員たちがリフティングに興じている頃。

生徒会準備室の片隅では――。

音もなく現れた小型円盤が、誰一人気付かぬうちに一体の遺体をスルスルと浮き上がらせていたのである。

――アブダクション！

『月読零華』

二〇〇九年十二月二十日　十六時

防衛省陸上自衛隊、魔人中隊所属、月読零華二尉が奇妙な任務を受け取ったのは、その年の暮れのことであった。

任務は、高等学校への潜入、及び、魔人の掃討。

学園の名は、私立希望崎学園――。

「神乃《かみの》一尉――。これは、私に教員として学園に潜り込めということですか？」

「そうだ、君は校長としてそこに赴任する形となる」

神乃と呼ばれた上官は、口元から尋常ならざる汚臭を放ちながら、しかし、至って冷静にそう言った。この執務室も彼の口中から漂う異様な臭気に満ちているが、いつものことなので月読もいちいち気にしない。

「学園潜入ですか。いつにも増して奇妙な任務ですね」

魔人中隊は特殊部隊である。なので、潜入任務自体は特段奇異なことでもない。だが、それでも学園への潜入というケースは聞いたことがなかった。

「この希望崎学園に何かあるんですか——？　確か治安の悪いことで有名な魔人学園ですよね。魔人が暴れすぎて手が付けられなくなったとか？」

「いや、それならば、こちらの思惑通りなのだがな……。事態は逆だ」

「——どういうことですか？」

これはあまり気持ちの良い話ではないのだが、と神乃は前置きし、歯切れ悪く、ボッボッと語りだした。

彼の話によると、希望崎学園とは表向きは私立高校であるが、実際には国の出資による国立高校だという。そして、この学園は、全国から手の付けられぬ魔人を集め、対立を煽り、殺し合わせることにより、卒業前に社会に出る凶悪魔人の絶対数を減らすことを目的として運営されているのだとも。他には大阪の羅漢《らかん》学園なども同様の趣旨である。これはつまり、高校というシステムを使った魔人の口減らしであり、『学園自治法』を悪用した国家的犯罪と言っても過言ではない。

そんな話を聞けば、自身も魔人である月読は苦い顔を隠せない。上官の神乃太陽《たいよう》も同様である。魔人の社会的立場など、所詮このようなものだ。

「希望崎学園というシステムは、これまでは巧く運用されてきた。この学園はお偉方の希望通り、社会に出る魔人の数を確実に減らしてくれた。しかし、最近になって問題が起こってな……」

と言って、上官は二枚の写真をホワイトボードへと貼り付ける。窓から差し込む夕陽が紅く二人の顔を照らし出した。

「この二人、ド正義卓也と邪賢王ヒロシマという。ちなみに、ド正義卓也は……」

「ド正義……？　まさか、ド正義克也の——」

「そうだ。『学園自治法』成立の立役者、ド正義克也の実子だ。それで、このド正義卓也だが、困ったことに強力な能力を持っていてな。学園の魔人どもを一掃し、法をもって治安を取り戻したのだ」

「はぁ……」

結構なことではないか、と月読は思う。当初の目的からは外れているかもしれないが、血に飢えた魔人たちがド正義の支配により法の遵守を覚えたならば、社会に出てもまともに暮らしていけるかもしれない。

「無論、いくらお偉方が横暴とはいえ、これだけで殺せとは言わない。彼らも最初は見逃していた。どうせ三年経てばこの坊やも卒業だ。そうすれば、二、三年で元の希望崎学園に戻るだろう、とな。だが——」

一尉はド正義の写真をちらりと見て、

「この坊や、今年の六月辺りからおかしなことを言い始めてな。どうも、この学園を魔人のための自主自立の地とするつもりらしい。国を作るとかなんとかかな。子供の戯れ言なら捨て置くが、いかんせん、あのド正義克也の息子だ。上としてもこれは看過できぬと——」

なるほど、月読にもようやく話が呑み込めてきた。

「つまり、彼の独立国家建国を阻止せよ……、という任務なのですね？」

「その通りだ――。お偉方がこの学園に与えた広大な敷地が仇《あだ》となったわけだ。あれだけの土地があれば確かにちょっとした町が作れる」

希望崎学園は、周辺住民への被害を気にせず、魔人たちを存分に殺し合わせるために広大な敷地を与えられていた。過去に国内で観測された魔人による最大破壊半径は五キロメートルである。希望崎学園はこの魔人への対応を仮想して設計されていた。

「希望崎学園に魔人が『学生』の名札を付けて集まれば、『学園自治法』により、日本政府が干渉できない『魔人の国』が成立する――。まったく、流石はド正義克也の息子だ。下らないことを考える……！」

と言って、上官は苦笑する。

彼はかつて、魔人公安部所属時代に、克也からたっぷりと煮え湯を飲まされていた。

「でも、長くは持ちませんね。それ――」

「そうだな。所詮、魔人個人の能力など限界がある。いかに坊やの能力が強かろうと、野心を抱いた者か、恨みを持った者か――、とにかく、いずれ何者かに殺されるだろう。『魔人の国』などというものは砂上の楼閣《ろうかく》。坊やの計画は放っておいても瓦解する。……だが、問題は、魔人たちが土地に立脚した大規模コミュニティを持つという、その発想を得ることだ。魔人が集まり、そこに万一、『転校生』が与すれば――、我が国は容易にひっくり返る」

「危険な芽は早々に摘んでおけということですね」

「——そうだ。政府は既にド正義卓也を非公式ながらテロリストと認定している」

不謹慎にも、月読は吹き出しそうになってしまった。

子供が戯れ言を言っていたら、本人の与り知らぬうちに政府からテロリスト認定されているのだ。憐れと言えば憐れであるが、滑稽な話でもある。

しかし、憐れといえば——、

「一尉、六月からといえば、もしかすると、ド正義克也の件と何か関係があるのでは？……いやですよ、公安の尻拭いなんて」

「関係は……あるだろうな……。おそらく」

部下の愚痴に神乃は頭を抱える。

ここで月読が言っているのは、魔人公安によるド正義克也拷問致死事件の件である。ド正義卓也の活動により治安を取り戻した希望崎学園を見て、彼ら公安は克也が裏で糸を引いていると思い込み、この六月に『学園自治法』を犯す危険を承知で大学敷地内へと潜入。あらかじめ操作してあった筑摩泰斗を使い、克也から情報を引きだそうとするも、一向に陰謀を吐露しようとしない克也に焦って方針を変更し、拷問の末に彼を死に至らしめてしまったのである。

「あれは無茶苦茶な話だったな。見込み捜査……と呼ぶことすら憚《はばか》られる。まァ、あそこは昔から、しばしば手段と目的を履き違えるからな」

と言って、神乃は頭の痛そうな仕草を見せた。元魔人公安であった彼には他人事とは思えなかったのだろう。そして、「清水のヤツも定年間近で焦っていたんだろうな」と付け加える。

清水とは魔人公安の老刑事のことで、かつて、神乃と清水はド正義克也の前に無惨な敗北を喫した。なので、六月の克也の件も、陰謀の追及というよりは、克也が国家転覆を企むテロリストであって欲しいと願う、清水の個人的願望による暴走と神乃は見ている。

「事件直後は、あいつも流石に上から叩かれたみたいだがな。しかし、実際に坊やが建国の動きを見せ始めると一転して英雄扱いだ。国家転覆を謀《はか》る大陰謀を事前に見抜いたとか何とか言われているらしいが……」

神乃は顔をしかめて苦笑する。ド正義卓也も魔人公安も何もかもが馬鹿らしいと言わんばかりに……。

「――さて、話を戻すが、いま、ド正義卓也は生徒会という実行部隊を擁している」

「実行部隊……、ということは武力があるということですね？」

「そうだ。校長からの定時報告では全容までは摑めないが、どうも物騒な刀が一振りあるらしい。即死級のウイルス能力者もいるという」

校長は無論、政府の走狗である。

「月読二尉、君は新校長として赴任した後、まずは生徒会に接近して信用を得てくれ。なに、今までの校長は大分嫌われていたはずだ。少し甘い顔をすればすぐに懐《なつ》くだろう」

「分かりました。ところで、ド正義卓也の能力は？」

「それが分かっていない。即死能力の類であることは間違いないが、詳しいことはさっぱりだ。しかし、希望崎にあれだけいた凶悪魔人どもを一掃したんだ。克也と同じく、ロクでもない能力と考えるべきだろう」

克也の引き起こした惨事が脳裏をよぎり、神乃は顔をしかめる。いま彼が思い出しているのは東大安田講堂事件のことである――。

「分かりました。まずは情報収集ですね。盗聴器は?」

「無論、使って構わん。適当な部屋に設置した後、そこを生徒会にくれてやれ。現在の生徒会室は不法占拠状態らしいからな。公式に与えてやれば喜んで受け取るだろう」

「なるほど――。ところで一尉、そちらの男の子は?」

月読はホワイトボードに残ったもう一枚の写真――、邪賢王ヒロシマに目を付けた。神乃は応えて、「これは希望崎の番長だ」と言う。

「……どういうことですか? 希望崎の不良魔人はド正義が皆殺しにして治安を回復させたのでは? なぜ番長がいるんですか?」

「それがな。どうも二人は親友らしい」

「ますます意味が分かりません。どうしてド正義の親友が番長をやっているんですか?」

「……これはオレの推測だがな。おそらくヒールをやってるんだろう」

「…………??」

困惑を深める月読に対し、神乃の言うことには――。

ド正義と邪賢王、二人の中学時代。彼らの学校は希望崎にも劣らぬ程に荒れ果てていたらしい。

だが、二年生の折に魔人となったド正義が、何らかの能力を用いて不良魔人を殲滅し、学園に平和をもたらしたのだという。ここまでは今の希望崎学園と同じである。

だが、殺したのはインモラル魔人ばかりであっても、人を容易く死に至らしめる力を得たド正義は、皆から恐れられ、遠ざけられたらしい。いくら正義のためとはいえ、一介の同級生がそんな圧倒的暴力を得てしまえば周りが怯えるのも無理はない。また、その頃のド正義には潔癖主義的なところがあり、かなり苛烈な処刑を断行していたとも聞く。だが、そんな恐れられ、遠ざけられてきたド正義が、希望崎ではあべこべに「学園の救世主」として持て囃されているのだという。

「それも、この邪賢王が番を張ってるためだとオレは思う。番長グループの脅威が常に潜在的に存在していれば、ド正義の警察力も常に要求される」

「なるほど。犯罪者のいない世界では誰も警察に感謝などしませんからね。で、この邪賢王という子が、意図的にそれをやっている、と？」

「おそらくな……。ド正義の親友が番を張る意味も、ド正義が番長を生かし続ける意味も、そう考えれば辻褄《つじつま》が合う」

「そうだと仮定するなら、ずいぶんイイ子じゃないですか。それで、この子の写真もあるということは、この子も抹殺しろと――？」

いや、そういうわけではない、と神乃は応えて、

「別に邪賢王自体はどうでも良い。ただ、二人の関係はともかくとして、実際に番長グループと生徒会の間に表面上だけでも対立関係があるのは事実だ。今のところはごくごく表層的なものだ

がな」

「……つまり、巧く煽って両者の対立を深めろと?」

「そういうことだな」

「最終的には、両者をけしかけて戦争をさせろと?」

「そう。要するにそういうことだ」

神乃は苦虫を嚙み潰したような顔で言う。自分で命じておきながら、馬鹿らしくて仕方ないといった様子だ。だが、彼も軍人。上からやれと言われれば断れぬ。

「ただし、先にも言った通り、この二人の仲は良いはずだ。ちっとやそっとじゃカッとなったりはしないだろう。そこでだ……」

神乃一尉は二枚の写真をホワイトボードに追加する。夕陽も沈み、今は室内の蛍光灯の白い光が、新しく並んだ二つの顔を照らしていた。

「この男たちを巧く使うといい。範馬慎太郎と架神恭介という。二人とも生徒会のタカ派だ。過去に何かあったんだろうな。二人とも番長グループを酷く憎んでいる。彼らを巧く操れば対立状態を煽れるだろう。月読二尉、君なら簡単なはずだ」

この時、月読はなぜ自分がこの任務に選ばれたのかを理解する。彼女はハニートラップの専門家《スペシャリスト》でもあった。初心《うぶ》な男子高校生二人を手玉に取り、思うように操ることなど造作もない。——ただ一点、誤算だったのは、範馬慎太郎がホモだったことである。

「月読二尉、この二人の男を利用し、番長たちが卒業するまでにカタを付けろ。決行の折には一個小隊を指揮し、確実にド正義を殺《や》れ」

「──諒解しました」

気持ちの良い任務ではないが──。

月読は、ド正義に同情の念を抱かなくもない。だが、彼女のように社会と折り合いをつけ、魔人自衛官として社会に出た者には、魔人だけの社会を作ろうとするド正義の行為が、眩《まぶ》しくも、しかし、腹立たしく思えたことも事実である。

己の陰部に見入った者の目を含み針で貫く、月読零華の『イガクリ真拳』。魔人警官採用試験の際、面接官の前で恥辱に耐えながらも己の能力を披瀝《ひれき》した十八歳の月読零華は、「使えない」との理由で一蹴され、魔人警官への道を閉ざされた。そんな彼女を拾い、社会的な地位を与えてくれたのが魔人中隊である。ド正義には同情するが、月読には中隊への愛と恩義がある。私情は捨て、課せられた任務を遂行することを彼女は誓った。それに、月読は思う──。

「──よろしい、月読二尉。作戦への準備期間は四ヵ月程しかないが、生徒たちに怪しまれぬよう、それまでに役作りに励んでくれ。そうだな。ドジでおっちょこちょいな萌え萌え新任校長が良いだろう」

「は、はい……」

「それと、潜入時の偽名は『黒川メイ』を用意した。戸籍も登録済みだ。ちなみにメイはうちの犬の名だ」

月読零華は思う──。

――魔人は、魔人だけでは生きていけない。魔人は社会と交わり、公益に供して、初めて生きていける存在なのだ、と。たとえ、社会の犬となろうとも、犬にも番犬という役割があるのだから。

十六、契約破棄

二〇一〇年九月二十二日　十時二十分

「死んだわ」

旧校舎の一室――。『転校生』たちが本拠地として利用している件《くだん》の教室で、黒鈴が残念そうに呟いた。彼女の傍らには、頭蓋を切開されたムーの頭部が、胴体の横に丁寧に添え置かれている。

「……おいおい。オレたちはもう〝目〟を失ったのか。一体、何があったんだ?」

驚くような、呆れたような口調で嘆くのはユキミ。

仲間であったムーの脳味噌を吐き気と悲哀を乗り越えて黒鈴が完食したのは、わずかに二十分ほど前のことである。これにより、ムーの能力『木曜スペシャル』を手に入れた黒鈴は、インプラント済みの一刀両断の視覚、聴覚を通して、生徒会の内情、及び、番長グループの状況を確認し始めたばかりであった。だが、黒鈴があれほど呻吟《しんぎん》して手に入れた一刀両断の情報ラインも、彼女の死により一瞬にして失われてしまったのだ。今では一刀両の瞳は動くことなく、固定カメラのように一点を映し出したまま。それもいずれは消えてしまうだろう。『転校生』たちが嘆くのも無理はない。

「何が起こったんだ?」

繰り返しユキミが尋ねる。

「それが、良く分からないの……。突然、目の前にお神輿が現れて……」

「み、神輿っ⁉」

ユキミが素っ頓狂な声を上げた。――当然であろう。

しかし、ユキミにも分かったことが一つある。敵は魔人だ。戦争中の学園に神輿が現れれば、それはもう魔人の仕業としか考えられぬ。

「お神輿を担《かつ》いでたのが……武装した兵士の集団で……。彼女を蜂の巣にしたわ……」

「兵士? 蜂の巣? おいおい、待て待て。そいつらは銃を持ってたのか?」

「ええ……。たぶん、あれはアサルトライフルだと思う……」

それを聞いてユキミは頭を抱える。新たに出現した敵が、銃を持っていたという事実に――。

魔人などという超人的存在が当たり前のようにいるこの世界であるが、といって、銃器が魔人と同じくらいありふれた存在というわけではない。刀に関しては、学校に売りに来る業者などもいて大分管理が甘いが、銃器に関しては、この世界であっても、法の下、厳重に管理されている。我々が日常生活で銃器を目にすることがないのと同様、この世界の日本でも銃器などそうそう出てくるものではない。

「しかも、そいつらは突然目の前に現れたっていうんだな?」

黒鈴はこくりと頷いてから、

「この世界って、いま、二〇一〇年よね……?」

と尋ね返した。

世界によって微妙に異なるが、光学迷彩が実用化されるのは、ここからおおよそ二十年後のことである。実戦配備はさらに五年から十年後のはずであり、この世界の二〇一〇年の段階では、光学迷彩など未だ試作段階の技術のはずである。となれば——、

「——光学迷彩能力を持つ魔人がいるのか」

と、結論するのが、まあ、当たり前であろう。

しかし、実際のところ、阿頼耶識そらの能力は光学迷彩などという可愛らしい代物ではない。彼女の能力は『ラージギール』。現象の関係性を操る存在干渉系能力である。

たとえば、サラリーマンで課長の山田さんは、会社において部長の前では「部下」であり、係長に対しては「上司」である。また家庭において妻の前では「夫」であり、子に対しては「父」である。これらの「部下」「上司」「夫」「父」といった他者との関係性が山田さんを山田さんたらしめているが、『ラージギール』は山田さんからそういった関係性を剝奪できる。

本編に関して言えば、阿頼耶識そらは月読やド正義との関係性を持たない限り、阿頼耶識そらという存在が本著に描かれることはなく、したがって、その存在は誰にも認識できない。無論、『転校生』といえど認識不能——、論理的に不可能なのである。阿頼耶識の『ラージギール』は

静かなる駒沢をも超越する完全無比のステルス能力と言えるだろう。ただし、関係性を描かれなければ、誰に対しても何の影響も及ぼすことはできないので、生徒会役員を射殺した時など、能動的行動を起こす際には『ラージギール』を解除せねばならなかった。また、能力発動中の阿頼耶識は禅定《ぜんじょう》に入る必要があるため自力では行動できず、移動する際は誰かに運んでもらわなければならない。

「光学迷彩……厄介な相手ね……」

「敵が見えなければオレたちもどうしようもないからな。しかも相手はおそらく――」

アサルトライフルを持つ魔人の集団、となれば、答えはもはや一つしかない。

「魔人小隊、ね……」

「……おそらくな」

見合わせた二人の顔に、憂慮の色が浮かんだ。

魔人小隊――正確には魔人中隊――とは、陸上自衛部隊普通科の有する兵力の一つである。隊員全員が魔人で構成された特殊部隊であり、通常戦闘は勿論のこと、国内においても極魔団体のテロ対策や『転校生』対策などの特殊任務に従事する。その戦闘力は一個小隊で大隊相当と言われ、それに伴い隊員には二階級上の給与と待遇が与えられている。自衛部隊には五個の魔人小隊があり、魔人のみで中隊を作っているが、通常は小隊か分隊規模でしか動かない。そのため、(実際は中隊であるが)一般的には魔人小隊と呼ばれている。

「それと、裸の女がいたわ。おそらく彼女が指揮官ね……」

「裸の女……？　どんなやつだ？」

戦場で女が裸になっていると聞けば、これもまず間違いなく魔人である。神輿もそうだが、状況にそぐわぬ異常な格好や不自然な行動を取る者は、大抵の場合魔人であるか、さもなくば変人である。無論、変人の魔人も多いが。

「若い女だったわ……。生徒会長クンは校長って呼んでたけど……」

「校長、か――」

ユキミは教室の隅で震えている長谷部を見遣る。長谷部は目の前で鏡子が殺された時から酷く怯え始めていたが、ムーが一刀両に討たれるに至り恐怖が絶頂に達したのか、今では教室の隅で縮こまり、頭を抱えてガクガクブルブルと震え続けるばかりである。先程から『転校生』たちの方を見ようともせず、何を話しかけても応えてくれないので、ユキミも黒鈴もうんざりとしていたところであった。

「怯えてるところ申し訳ありませんけどね。少しは協力してもらいますよ」

ユキミは長谷部の襟を引きずって、ムーの亡骸の横に放り込んだ。長谷部がぎゃあっと悲鳴を上げる。

「おっ、おまえらッ！　私を、私は、守ってくれるんだろうなッ！　おいいっ⁉」

「長谷部さん。まァ、落ちついて下さい。とりあえずオレたちを信じて……」

「デ、デカイことを言いやがって……！　おまえらの仲間は、もう、一人殺されたじゃないかっ！　この若僧、生意気なばかりで何の役にも立たなかったじゃないか！　おっ、おまえらはなんとかできるのかっ！」

長谷部の暴言がムーに及んで、黒鈴の口の端がキッと歪む。それを見て慌てたユキミが、取り成すように言葉を継いだ。

「おい、長谷部さん。そんなこと言うもんじゃないぞ。あんたがどう吠《ほ》えようと、いまあんたを守ってるのはオレたちだ。そして、あんたの協力次第では、オレたちもあんたもここにいるムーのようになる。分かるな？　分かったら、オレたちが聞くことに素直に答えてくれ」

ユキミの取り成しにもかかわらず、それからも長谷部は二つ三つ悪態を吐いていたが、しかし、そのうち、何を言っても状況は変わらぬことに気付いたのだろう。ユキミの質問にもぽつりぽつりと答えだした。

「それは……、間違いなく、黒川校長だと思う……。でも、なぜ、校長が……」

「どういう人なんだ？　経歴などは？」

「いや……。良くは知らない……。校長は今年赴任したばかりで、私だって今年赴任したばかりなんだ。校長は、確か理事長の親戚だとか聞いていたが……。それであの若さで——、二十七歳で校長を任されたという話だったが……」

長谷部のまごつく様子からして、彼は校長のことを本当によく知らないようだった。実際、長谷部は他人に関心を持てない男である。若すぎる校長を不快に思ったことはあっても、興味を持ったことなどなかった。

「二十七歳か……。今年、校長に就任したということは、それまでは何をやってたんだ？　教員か？」

「さ、さあ……？　教育大卒業後は何年か商社で働いていたとか、そんなことを聞いたような……？」

「二十七歳で魔人学園の校長に就任した割には……、つまんないプロフィールね……」

「ああ……。フェイクの可能性が高いな。長谷部さん、今回のハルマゲドン、当然校長の許可が下りてやってることだよな？　校長がどのタイミングで許可を出したか覚えてるか？」

長谷部には『転校生』の質問の意図が分からなかったらしく、困惑の色を浮かべたが——、

「え？　いや、タイミングも何も……。今回のハルマゲドンは校長の提案で……。校長が言い出したことだったと思う……。確か……」

と、しどろもどろに答える。

この返答にユキミは顔をしかめた。大体は予測できていたところだったが、彼の疑念が確信へと変わった瞬間であった。

「厄介《やっかい》なことになったな……。長谷部さん、あんたちょっと勇み足だったようだ。生徒会と番長グループを戦わせて漁夫の利を得ようとしてたのは、あんただけじゃなかったみたいだ」

「えっ……⁉」

「動いたのは魔人小隊……。理由は分からんが、とにかく生徒会か番長グループか、どちらかが国からテロ組織と判断されたようだな。可哀想なやつらだ……」

そう言って、ユキミは本当に彼らを哀れむような顔を見せる——。

ユキミは長い『転校』生活から、今回の学園戦争の裏にあるものを推し量っていた。おそらく、この学園の生徒会か番長グループが、学園自治というレベルを超え、魔人にとって住みよいエリアを創造することを目指したのだろう、と――。独立を目指す魔人集団を社会が危険視するのは、どの世界でも同じことである。ユキミもこれまで何度となく、そのような危険因子の排除を請け負ってきたし、逆に彼らに雇われたこともある……。今回は、その危険因子二派が互いに対立状況にあること、そして、個人的な思惑から『転校生』を召喚した長谷部のせいで事態が複雑化しているが、大局的に見れば、独立を目指す魔人集団と、それを抑えつけようとする政府当局との戦いに過ぎない。よくある話だ。おそらく、生徒会、番長グループ二派の対立も、彼らの共倒れを狙う当局派、つまり、校長黒川メイの差し金によるものだろう。

「現在、魔人小隊は生徒会を殲滅。一方、脱走した番長グループの二名、邪賢王ヒロシマと両性院男女が、こちらの居場所を特定し、いま、まさに迫ってきているというわけか……」

脱走した二人の動向は、一刀両とド正義の会話から黒鈴が得た情報である。

「その二人はともかくとして。魔人小隊、強敵ね……」

「ちょ、ちょっと……、待ってくれ！」

ここで長谷部が慌てて口を挟んだ。

「ま、待ってくれっ！　おまえら、まさか魔人小隊と戦《や》り合う気か――？」

「――ん？　いや、そりゃそうだろう？　長谷部さん、あんたとの契約は『ハルマゲドンの期間中、学園敷地内に存在する『転校生』を除く全ての魔人の殺害』だったよな。魔人小隊も、その黒川校長とやらも、魔人であれば例外じゃないだろ？」

「いや、こ、困る。それは困る！　校長を敵に回して、私はハルマゲドンの後、どうやって食っていけというんだ！　……い、いや。それどころじゃない！　魔人小隊を敵に回すってことは、国を敵に回すってことだぞ。そんなの、わっ、私は嫌だぞっ！　私に、どうしろっていうんだッ！」

「そんなの知らない……。『転校生』は、契約に従うだけ……」

「ふ、ふざけるなっ！」

長谷部は激昂した。懐から一枚の紙片を取り出す。

「けっ、契約破棄《はき》だ！　お前たちとの契約は、今すぐ終了させてもらう！」

「おい、待ってくれ。あんた、契約書を破るつもりか？」

「……そ、そうだ！」

「早まるな、いま契約を破棄してどうする？　もうすぐ番長がここに来るんだぞ？　あんたがオレたちを召喚したことはあいつらも知ってるはずだ。オレたちがいなくなれば番長に殺されるだけだぞ？　それに魔人小隊があんたを見逃してくれるとは限らないぜ。『学園自治法』を無視して国家が学内紛争に介入してるなんて知れたら一大スキャンダルだ。オレが政府上層部なら目撃者を見逃したりはしないけどな？」

「そ、それでも、魔人小隊に手を出したら、私は確実に殺される……！　けっ、契約は破棄するからなッ！　おまえらも早く自分たちの世界に帰れ！」

ユキミは困りきった表情で長谷部を見つめる。その視線には長谷部への憐れみも混じっていたが、若干の焦りも垣間見えた。

「な、なんだ、その目は！　わ、私に——、手を出すなよ！　『転校生』は、契約者を殺せないんだろ……!?　は、破棄するからな——！」

「オイ、待てッ！　だから、早まるな！」

長谷部が契約書を縦に切り裂こうと、両腕に力を込めたその刹那。

黒鈴の平手打ちがパシッと長谷部の頬を打った。

たいして力を込めた風でもない、女子の軽い平手打ちであったが、長谷部の首はそれで容易に胴体を離れ、周囲に鮮血を撒き散らしながら陽光の中を転がっていった。胴体もコテンと背後に倒れ、その手からユキミがスッと契約書を引き抜く。

「あーぁ。だから早まるなって言ったのに……」

「ムーが死んでるのに……。いまさら契約破棄なんて、できるわけないじゃない……」

床に転がる長谷部の首を一瞥し、黒鈴が冷たく吐き捨てた。

『転校生』は契約者を殺せぬわけではない。ただ、多くの場合、殺す理由がないだけだ。長谷部といえど、『転校生』の全てを正しく理解していたわけではなかった。

「さて……。契約者は死んだが、契約は続行だな。魔人小隊はあまり相手にしたくないんだが……。黒鈴、あいつらはどのくらい現況を把握してそうだ？」

「あんまり分かってないみたい……。ただ、生徒会長クンが死に際に『転校生』と口にしてたから……」

「じゃあ、少なくともオレたちの存在を仮定した上で動いてるだろうな。はぁ……。卓也君も黙って死んでくれれば良いのに」

生徒会が与り知らぬうちに全滅したのは僥倖《ぎょうこう》と言えたが、代わりに同数の魔人小隊が増えたのではとてもラッキーとは言えない。せめてこちらの存在を認識していなければ不意が衝けたのに、とも思うが、現実は厳しい。

「――しかし、こちらもムーという犠牲を出した以上、手ぶらで帰るわけにはいかないな。なんとか魔人小隊を皆殺しにして天音沙希を持ち帰らないと」

ユキミの言葉に黒鈴も決意を固め、頷いた。

魔人小隊は強敵である。無限の防御力を持つ『転校生』は彼らの持つ銃器こそ恐れる必要はないものの、魔人小隊の真の脅威は彼らの組織的活動にこそある。生徒会や番長グループも組織構成員の能力特性を把握し、それを適所に配置し、組み合わせ、有効に活用してきたが、魔人小隊の組織力と比べれば所詮子供の遊びに過ぎぬ。いかんせん彼らはアマチュアであり、魔人小隊はプロなのだ。また、魔人小隊は対魔人戦闘を最初から念頭に置いた組織でもある。

とはいえ、ユキミや黒鈴のようなベテラン『転校生』は、そんな魔人小隊に対しても独自の対策法を確立している。だから、魔人小隊を敵に回したとしても、十中八九負ける気はしない。だが、ユキミたちの戦いはこれ一度きりで終わりではない。この戦いの後も為すべき仕事は幾らでもある。十回のうち一回も死ぬような戦いなどしたくないのだ。魔人小隊が『転校生』を恐れていたのと同様、ユキミたち『転校生』にとっても魔人小隊は恐るべき相手であった。

と、ここで、敵の強大さを憂慮していた黒鈴が、不意に口を開く。

「ね、ユキミ……」

「ん？」

「この子の目、まだ見えてるんだけどね……」

この子、と言ったのは、黒鈴が視覚、聴覚を借りている一刀両断のことである。『木曜スペシャル』による視覚、聴覚の共有は、対象者が死亡してもすぐに失われるわけではない。ムーいわく、脳機能が完全に停止するまで視覚、聴覚は共有されるらしい。

「いまね、目の前の、三メートルくらい前方で女の子が死んでるんだけど……。これ、確か友釣香魚って子だと思うの。どうする……？」

「どうするとは？」

「アブダクションしとく？」

その言葉を聞いて、ユキミは大きく反応した。

ハッとした表情を浮かべて、「それだッ！」と言いながら、黒鈴の肩をバチンと叩いたのである。

「痛っ！　ちょっ、なんなのよユキミ……」

「──すまん！　悪かった！　しかし、それは素晴らしいアイデアだ！　いける……。いけるぞ、黒鈴！」

「……え？」

何の気なしに提案した黒鈴を尻目に、ユキミは子供のようにはしゃいでいる。そう。いま、彼の脳裏には素晴らしい連携が――、魔人小隊含む学園内全ての魔人を一掃する素晴らしい連携《コンボ》が描かれていたのだ。これならいける！　後は役者を揃えるだけだ――。

「黒鈴、アブダクションを頼む！」

そして、彼は思う。

もう一人の役者を。

両性院男女を迎えに行かなければな、と――。

『邪賢王ヒロシマ』

二〇〇八年五月十日　十八時

希望崎学園入学から一月後――。

学内の目ぼしい悪漢どもを大抵殺害し終えていた生徒会期待の新人、ド正義卓也。彼は、学内最悪と呼称される総番長〝戦慄のイズミ〟を倒すべく、この日、その居城たる番長小屋へと向かっていた。

だが、彼がそこで見たものは、既に事切れたイズミの骸《むくろ》と、全身を鮮血に染めた、親友邪賢王ヒロシマの姿であった――。

その光景を見て、ド正義は呆れつつ、叱りつけるように言い放つ。

「おい、邪賢王。お前、何をやってるんだ！　なんでお前、こんなことをやってるんだ！　それから、お前臭いぞ！　なぜ、風呂に入らないんだ！」

「風呂には入っとる。服を着替えとらんだけじゃ」

そう言うと、邪賢王はイズミからボロボロの学ランを剝ぎ取り、身にまとった。希望崎学園の番長に代々伝わる、数十年間一度も洗濯されていない極めて硬派な一品である。

「……お前、それを着ることの意味が分かってるのか？」

「おう。これで……、今日からわしが番長じゃ……」

「お前が番長だと？　バカが。柄にもないことは止めろ！　お前は何もしなくていいんだ！　この学園も僕がすぐに平和にしてみせる！」

「フン、知らんのう。これは、あれじゃ……。高校デビューというやつじゃ」

「邪賢王――ッ！」

ド正義は歯軋りする。そして――、

「女ッ！」

今度は、邪賢王の傍らにいた女に向かうと、

「――貴様が邪賢王を唆《そその》したのか！」

と、怒鳴りつけるが、彼女――、口舌院言葉は冷静に、

「……人聞きの悪いこと言わないでよ。私は邪賢王君に協力しただけ」

そう言って、微笑すら浮かべるのである。

その口舌院言葉の周りに転がる死体は六体。内一体はかつての総番長〝戦慄のイズミ〟であるが、残りの五体もイズミの側近として名の知れた魔人ばかりである。ド正義には邪賢王の能力は分からぬが、彼一人で六人全員を相手にできたとは思えなかった。少なくとも半数はこの女が片付けたのだろう――、とド正義は踏む。だが実際は、半数どころか側近の五名全てを、この口舌

院言葉が始末していたのだが。現にその五名は己の刀を深々と飲み込んだり、自分で自分の首をヘシ折ったり、尻から内臓を引き出したりと、どれも奇怪な姿を晒して事切れている。しかし、それ程の惨状にもかかわらず口舌院言葉の身体には返り血の一滴すら付いてはいない。

「おい、邪賢王……。お前が何を考えてるのか、僕には分かっているぞ……。それで僕が喜ぶとでも思っているのか？　ぜんっぜん嬉しくないぞ！　大きなお世話だ、今すぐやめろ！」

「中学の時、おどれはわしの助言を何も聞かんかったけえのう。わしもおどれの言葉に従う気はないんじゃ」

そう言って、邪賢王はフンと鼻を鳴らした。

「クソッ……、勝手にしろ！　イズミたちの件は自然死として処理してやる。だが、これっきりだぞ！　もう二度と僕の〝目〟につくところで校則を犯すな！　それと――」

ド正義が強調する。

「それと、いいか――！　僕は生徒会以外の暴力機構を一切認める気はない！　お前が番長グループを組織するというなら生徒会の敵となる！　肝に銘じておけ！　それから二度と僕の邪魔をするな、分かったな――！」

と、これだけ吐き捨てると、ド正義は返事も聞かずに踵《きびす》を返す。肩を怒らせて、何やらぷりぷりとした後姿であった。

だが、その背中が遠のき、いよいよ彼の姿が見えなくなったところで――、

「これで、いいんだよね？」

と、言葉が尋ねて、新番長は無言で頷き返した。

「あなたって、友達想いなのね」

「それは買い被《かぶ》りすぎじゃ」

今度は邪賢王は恥ずかしげに苦笑する。

「なに、小学校の頃はわしがあいつを守ってやった。中学の頃はあいつがわしらを守ってくれた。その代わり、中学の時はあいつが嫌われてしもうたけえのう。今度はそこんところをチョイと肩代わりしてやるだけのことじゃ」

それを友達想いって言ってるのよ、と言葉は意地悪く笑った。

「あいつは見とると危なっかしいからのう。何事をやるにも極端じゃしな。あいつはどこか——」

死に急いでいるように、邪賢王には見えることがあった。もしかすると、ド正義もまた、魔人にありがちな破滅的英雄願望に取り憑《つ》かれているのかもしれない、と。だが、彼には親友を悲劇の英雄にする気などなかった。

「それに実際、あいつでなければ学園の治安は保てんけえのう。あいつには気持ち良う働いてもらわにゃわしが困るんじゃ。あれじゃな。持ちつ持たれつというやつじゃ。じゃけえ、別に友情とかそンな大仰なもんじゃあないけえのう」

それに、彼自身も親友を悲劇的に庇うつもりなんて毛頭なかった。邪賢王ヒロシマは鷹揚な男である。三年間、悪評を集め続けるのは、まァ、楽ではないだろうが、それほど大変なことだとも彼は思っていなかったのだ。けれど、

「――それより、言葉。おどれは本当にええんか？　番長グループなんぞ入ったら、おどれも学園の嫌われものじゃぞ」

彼女のことは心配だった。別に自分に付き合う必要なんてないのに。しかし、言葉は、

「別にぃ――」

と余裕たっぷりに応えて、言う。

「別に、外から何を言われたってね。内が楽しければそれでいいの。そう思わない？」

「フム……。楽しく、か――」

楽しい番長グループ……、を邪賢王は何となく想像してみる。

なかなか想像し辛いものではあったが、確かに、口舌院言葉がいればそれも可能かもしれない。

彼女の弁舌と人となりがあれば、そのくらいのことは実現できそうだ。逆に、邪賢王一人では厳しいだろうが。それに、言葉が番長グループに入ってくれるのは、彼は素直に嬉しかった。

「大丈夫。私がサポートするからさ。邪賢王君だって別に苦行僧じゃないんだし、楽しくできるなら楽しくやった方がいいでしょ？　私と一緒に楽しい番長グループを作ろうよ――」

「そうじゃのう……」

「その代わり、ね――」

「ああ……」

交換条件のことじゃったな、と邪賢王。

それは今回のイズミ討伐に先立って、彼女と交わした約束である。

「おどれのクラスメイトのやつが、確か……」

「そう。白金翔一郎君。イズミに騙されて散々利用されちゃってね。最近、ちょっと自暴自棄になってるから……。彼にね、全部話して、仲間に入れてあげたいの。邪賢王君、一緒に説得してね」

そう言って、口舌院言葉はにっこりと笑う。

「む。それはええんじゃが……」

ここで、邪賢王はちょっぴりまごつきながら、

「その——。なんじゃ、おどれと、その白金とやらはどういう関係……」

「私ね、白金君のことが好きなの——！」

速やかに朗らかに言い切った言葉の前で、邪賢王ヒロシマは一瞬絶句した後、「ああ……」と呟くしかなかった。

それは、彼の淡い初恋が終了した瞬間でもあった。

十七、仁義なき戦い

二〇一〇年九月二十二日　十時五十分

希望崎学園中央噴水、――通称「希望の泉」。

滾々《こんこん》と湧き上がる水源の周りには、囲むようにして並んだ幾重ものベンチが円環を作り、まるで良くできたミステリーサークルのような幾何学的な美しさを醸《かも》し出している。さらにその外縁には桜の木々が群生し、春先ともなれば一面を舞う花びらが、この泉に更なる幻想的な趣を添える。欠点と言えば、傍らに建てられた野暮な廃材置き場が幾分情緒を損なっているが、そこにさえ目をつむれば、まあ、希望崎学園一の美景と言って差し支えない。たとえ、魔人建築家により誘引効果を付与されていなくとも、暇さえあればふらりと訪れて、のんびり日向《ひなた》ぼっこでもしたくなるような、そんな光景ではある。

その穏やかなる希望の泉にて、今現在、狂乱する四人の男女の姿があった。三人の魔人小隊と、あと、一人――。

「准尉ッ、准尉ッ！　死にません！　コイツ、死にませんッッ!!」

「落ち着けッ！　撃ちながら後退だ！　舞《まい》、『ドレス』だ！　特大の『ドレス』を喰らわしてやれ！」

「もうやってますッ！」

口々にそう叫ぶのは魔人小隊の女性兵士三名。彼女たちは眼前に掲げたアサルトライフルに火を噴かせながら、しかし、標的からは後ずさりしつつ、懸命に叫びたて、ギリギリの理性を保って目の前の魔人に応戦していた。彼女らの狂乱の理由は明らかである。

彼女らの前に立つ魔人——。

夢見崎アルパが一向に死なないからである。

希望の泉で一人佇むアルパを発見した彼女たちは、この男こそがイズミノの『リクィド・ファイア』を狂わせた張本人と考え、先制して一斉射撃を行った。

だが、先程から何十発、何百発と、弾丸の雨あられを喰らわしているにも拘らず、そのアルパがニヤニヤと笑いながら、ゆっくり、ゆっくりと彼らににじり寄ってくるのである。その光景に魔人小隊の三名は恐怖し、軽い恐慌状態へと陥っていたのだ。

無論、敵が死なないというだけなら、彼女らもこれほど怖れることはなかっただろう。「死なない魔人」との戦闘シミュレーションは訓練済みである。

「あああああぁ。いいいいぃぃ。女の子がみんなでボクを殺そうとしてくれるなんてぇえ。最高に幸せだなぁぁぁぁ。キミたち三人とも、ちょっと年増だけど、大好きだよおおぉぉぉぉぉ」

だが、残念ながら、アルパはこの通りである。彼はこんなことを叫びながら、たまに射精などしつつ、もろだしのままじりじりとにじり寄ってくるのだ。魔人小隊のうら若き二十代女子三名が名状し難き恐怖に囚われたのも無理からぬことである。

なお、その魔人小隊三名と夢見崎アルパが激戦（？）を繰り広げている一方で――、

「な、なんじゃ、ありゃあ……。なんで学校に兵隊がおるんじゃ……」

「銃を……持ってますよ……。邪賢王さん……」

「なんでアルパのヤツを撃っとるんじゃ……」

廃材置き場の陰に身を隠し、彼らの戦い（？）を見つめる二人組がいた。

邪賢王ヒロシマと両性院男女である。

旧校舎へと向かっていた二人は、途中、希望の泉の方から聞こえてくる銃声に気付き、何事かと覗き見たところ、何やら軍人のような者たちが自動小銃をアルパに向かってブッ放していたのである。この状況には流石の邪賢王も混乱したらしく、なぜ学内に兵隊がいるのか、意味も分からず呆けたような顔をしている。一方、両性院の方はもう少し状況を把握できたようで、こちらは目の前の事態に青ざめていた。

その両性院が、声を潜めて言う。

「邪賢王さん……。これ、かなりマズイですよ……」

「マズイ……？　いや、確かに異常な状況じゃが……。どういうことじゃ？」

「あの装備からして、とても私兵とは思えません。……たぶん、自衛部隊の人たちです」

「自衛部隊⁉」

邪賢王が小さくも素っ頓狂な声を上げた。

「じゃ、じゃが——。『学園自治法』があるんじゃぞ。自衛部隊どころか警察ですら学内には……」

「だから、その『学園自治法』を犯して校内に入ってきてるんです。こんなことが外部に知れたら一大スキャンダルですよ……」

「つまり、目撃者は……、わしらは消される……ということか……」

両性院が頷く。

「そうです。彼らが何を思って入ってきたかは分かりませんが、少なくとも僕たちは見つかれば殺されるでしょう。ですが、幸い今はまだ気付かれていません。逃げるなら今のうちです」

「しかし、逃げると言うても——」

と、その時である。

突如彼らの視界を光が飲み込み——、

——ドンンッ！

巨大な爆発音が辺りに轟いた！

続いて、彼らの胸に押し寄せてくる圧迫感。

噴水付近で何やら巨大な衝撃が走ったことは明らかである。

これに驚いた両性院は慌てて向こうを覗き見るが、辺りは朦々と土煙が舞い上がるばかりで状況確認は困難を極める。だが、その土煙もやがて晴れていき、ようやく視界が回復した時、そこには――。

夢見崎アルパの死体があった。

正確には、夢見崎アルパの下半身だけが倒れていた。

だが、彼の上半身は一体どこへ消えたのであろうか？

答えは簡単である。

――爆散したのだ。

あの時、発生した巨大な衝撃――、つまり、夢見崎アルパを襲った能力は、魔人小隊二等陸曹、出鯉《でこい》舞の『ダイナマイト・ドレス』であった。その能力は視野に収めた対象の衣服をダイナマイトへと変換し、着火するというものである。変換に時間を掛ければ掛けるほど衣服は巨大なダイナマイトへと変じ、比例してその火力も上がる。なんとも奇妙な能力であるが、これは出鯉が子供の頃に、仁俠映画で腹にダイナマイトを仕込み敵地に乗り込む主人公を見て、「カッコイイ……」「あたしもやりたい！」などと思った瞬間に獲得した能力である。昔はお父さんの腹巻を勝手に巻いて、それをダイナマイト化してはキャッキャと喜んでいたが、魔人中隊採用試験の際に面接官から、「それ、敵の服をダイナマイトにした方が強いよね」と言われて大恥をかいてからは、その忠告に従った戦術を取っている。

ともあれ、今回、夢見崎アルパの場合は、彼の上半身の制服の半ばまでをダイナマイト化して巨大な火薬を準備し、それに着火することでようやく彼の半身を吹き飛ばす威力を得たのであった。銃撃でも倒れぬアルパの肉体も、流石にこの火薬量では一溜まりもない。

そのアルパのおぞましさに、勝ったとはいえ魔人小隊の乙女三人は心底参っていたが、だがこれで――、

「これで『リクィド・ファイア』が機能するかも――」

と、眩いた。正解である。イズミノの『リクィド・ファイア』が夢見崎アルパ以外に反応しなかったのは、アルパの能力『キミとボクの二人の世界』――魔人能力の対象を自分のみに固定する――に彼女が搦め取られていたためである。『二人の世界』は惚れた女にしか反応しない能力だが、『リクィド』を受けた時点で、これが女性魔人の能力と確信し、ただそれだけで惚れてしまった辺り、流石は夢見崎アルパである。何という軽佻浮薄。見境というものがまるでない。

「――とにかく。イズミノ、『リクィド』だ。試してみろ。問題がなければすぐに本隊に帰投するぞ」

「は、はい――！」

上官の命に促され、イズミノは水筒を開け、とぽとぽと水を蓋の中に注いでいく。

一方、廃材置き場の陰に隠れ、一連の様子を見守っていた両性院と邪賢王は、先の阿頼耶識の言葉にホッと胸を撫で下ろしていた。どうやら彼らの狙いはアルパにあったらしく、要件を済ませた彼らは帰投するつもりでいるらしい。いま、彼らが去ってくれれば当面の危機は回避される――。そう思い、彼らは一瞬の安堵を感じたのだが――。

「准尉……。います。そこの廃材置き場の陰に、少なくとも一人……」

ぼそりと、イズミノが呟いたのである。

両性院と邪賢王、二人の背筋に冷たいものが走った——。

なお、イズミノの能力は「能力発動中の魔人」にのみ反応する。よって、いま『リクィド・ファイア』が捉えたのは、己の傷の止血のために『仁義なき戦い』を発動している邪賢王ヒロシマのみであった。だが、無論、邪賢王たちにそんなことが分かるはずもない。なぜ、自分たちの隠れ場所が見破られたのか、二人には見当もつかないが、とにかくピンチである。二人は緊張した面持ちで、一瞬、互いの面を見詰め合ったが、「オイ、両性院。どうやらここまでじゃ……」

邪賢王が悲痛な調子で呟いた。

「じゃが、幸いにもやつらは『一人』と言うておる。……わしが出て行く。おどれ一人なら何とか逃げられるかもしれん」

「でも……。僕がここで逃げても、僕では『転校生』を倒せません。沙希を助けることを考えるなら、邪賢王さんが逃げてくれた方がまだ可能性があります」

「いや……」

邪賢王は背後の木々を見遣る。細身の両性院なら運が良ければ——、と言ったところだ。太い木もあれば細い木もあるが、とにかく彼の巨体を隠し切れるようなものではない。

「やはりわしでは無理じゃろう。残念じゃが……。両性院。おどれは逃げろ。わしがいくらかでも注意を惹き付けるけえ、その間に逃げるんじゃ」

「待って下さい、邪賢王さん！」

覚悟を決め、立ち上がろうとした邪賢王の左手を、両性院がグッと摑んで引き止めた。

「おどれ、まだ何か言う気か。うだうだしとる時間はなかろうが」

邪賢王は聞き分けのない両性院に若干の苛立ちすら覚えていたが、しかし、彼の言葉は意外なものだった。

「――待って下さい。僕に一計があります。巧くいくかどうかは分かりませんが、こうなったらダメ元です。二人とも助かる方法を試してみましょう」

＊

「廃材の後ろの魔人、大人しく出てこい！　出てくれば安全は保証する！　出てこなければ敵と見なして射殺する！」

表では繰り返し、阿頼耶識そらが声を張り上げていた。しかし、先程から廃材の向こうに動きはなく、脅しても甘言を弄《ろう》しても返事すらない。埒《らち》が明かぬ。

「准尉、このままでは……。『リクィド』で敵の位置はかなり正確に掴めています。先制射撃で一気に片を付けましょう」

と、進言するは、先に夢見崎アルパの半身を吹き飛ばした出鯉舞。

だが、逸る部下を阿頼耶識が制止する。

「いや、待て。まだ相手はこちらを敵と認識していない可能性がある。番長グループのやつらなら情報を引きだせるかもしれない。始末ならその後だ――」

生徒会室ではｅｓがド正義の記憶を引き出そうとしているが、それで得られるのは生徒会側から見た情報だけである。番長グループ側の情報も得られればこれは大きい。それに、この学園に『転校生』がいる可能性があるならば、阿頼耶識はどんな些細な情報でも欲しかった。『転校生』に勝てる可能性を一%でも、二%でも上げるために。

しかし、「それでも敵に考える時間を与えるべきではありません」と出鯉が重ねて進言すると、阿頼耶識も「それもそうだな」と頷いて、

「五秒以内に出て来い！　出てこなければ射殺する！」

再び叫んだのである。

だが、彼女がカウントを開始するや否や、早くも先方に動きがあった。

廃材の陰から、死にそうな表情の少年が腹を押さえながら這いずり出てきて、「ま、待って下さい……」と、これまた死にそうな調子で訴えかけてくるのである。中性的な容姿の、大人しそうな、か弱そうな少年であった。

彼は息を荒らげながら、這いずったまま廃材の前へと回ると、壊れたロッカーにもたれかかって、さも苦しそうに「助けて……、助けて、下さい……手当てを……」と掠れた声で救護を求めてくる。見れば、彼の腹部は赤く染まっており、そこから幾許かの出血があるものと思われた。

「貴様、何者だ。所属は？　番長グループの者か？」

阿頼耶識が変わらず強い口調で尋ねると、血まみれの少年――、両性院男女はそうですと弱々しく応えてから、また、「ううッ」と苦悶の呻きを発した。

「貴様の仲間はどこだ！　どこにいる！」

重ねて阿頼耶識が尋ねるが、今度は両性院は応えない。痛みに呻き続け、身体を捩《ねじ》って、助けて、助けて、と治療を求めるばかりである。

すると、阿頼耶識も少しばかり口調を穏やかに変えて、

「待て、治療はしてやる。だが、先にお前の仲間の場所を言え。お前の仲間も我々が全員助けてやる。我々はお前たちを助けに来たんだ」

と、甘言を弄してみるが、しかし、結果は変わらず、両性院は、

「痛いッ、痛い――ッ！　死ぬ、死んじゃう……！　もう、血がこんなに出てる……！　嫌だッ、死にたくないぃ！　助けてえッ、助けてえええッッ‼」

などとヒステリックに取り乱し始めたのである。

その両性院は涙と鼻水をぼろぼろと流して醜く泣き喚くばかりで、これでは癇癪《かんしゃく》を起こした子供をあやすようなものであり、まるで話にならぬ。

と、この様子を見かねたのか。アサルトライフルを構え、両性院に照準を合わせていた出鯉が阿頼耶識へと近付き、こっそりと彼女に耳打ちした。

「准尉……。どうやらあの子、出血のせいでパニックに陥っているようです。一度落ち着かせた方が良いかと――。形だけでも治療をしてやれば少しは落ち着くかと思われます」

情報を聞き出し次第、始末する相手に治療などと、馬鹿らしいことではあるが――。

「……そうだな。よし、治療をしてやれ。ただし、罠の可能性もある。不穏な動きがあればすぐに離れろ」

「分かりました」

阿頼耶識の許可を得た彼女は、両性院を安心させようとしたのだろうか、ヘルメットを外すとニコッと笑った。魔人小隊といえど中身は二十代女子である。作り物であっても、それはとても優しい、母性を含んだ笑顔であった。そして彼女は、威圧的な声を張り上げていた上官とは異なり、猫撫で声と言っても良い程のえらく可愛らしい声色で、

「ほら、キミ、もう大丈夫だよ。私は衛生兵だから。傷は浅いからね。すぐに助けてあげるからね」

取り出した包帯を見せつつ、穏やかな声と表情を取り繕って両性院へとゆっくりと近付いていく。両性院の方も、出鯉のそんな姿に幾らか安堵を覚えたのであろうか。取り乱す様子は変わらないが、それでも幾分かは呻き声のトーンも下げて、慈悲を請うような目で彼女を見ている。だが、これは無論――、

ペテンである。

いま両性院の腹部を赤く染めているのは、邪賢王ヒロシマの血液であった。廃材置き場の陰に隠れていた二人は一計を巡らし、まず、邪賢王が右手首を切って血を捻出。これを両性院の腹部に仕込んだのである。無論、狙いは近付いてきた魔人小隊を不意討つことにある。敵が至近距離で怪我の治療を始めてくれれば、邪賢王の血液を用いて奇襲。それで、とりあえず一人。ここで銃を奪えれば状況は大分違ってくる。巧くいかなければ残りの二人は、結局、邪賢王ヒロシマの特攻に期待するしかないが、番長の特攻にしても全くの無策というわけでもない。

ともかくも、両性院が最も恐れていたのは、出て行った瞬間に有無を言わさず一斉射撃により撃ち殺されることであったが、その最悪の展開は乗り越えたのである。そして、彼の狙い通り、魔人小隊の一人は治療のためこちらに近付いて来ている。分の悪い賭けには違いないが、それでも今のところ、両性院の思惑通りに事は進んでいた。だが――。

「二人です！　敵は二人ですッ！　廃材の後ろに、もう一人隠れてます！」

この一声により彼の計略は破綻する。

イズミノが再度試みた『リクィド・ファイア』が、目の前の両性院とは別に、廃材の陰に潜むもう一人の魔人――邪賢王ヒロシマ――の存在を突き止めたのである。

出鯉はその言葉を受けて一瞬でこれを罠と悟り、穏やかな微笑を一変させると、バックステップにて距離を取る。両性院も即座に身を翻し、廃材の陰へ逃れるべく立ち上がり、阿頼耶識はその両性院を狙って引き金を絞ろうとした。

だが、その銃口の前に一つの巨大な影が立ちはだかった。

――邪賢王ヒロシマである。

両性院と入れ替わりに廃材の陰から躍り出た彼は、全身を真っ赤に染め上げて、突撃銃を構える魔人小隊三名に向かい、躊躇なく突進したのである。

「撃てッ！　撃てえぇッ！」

阿頼耶識の号令を待つまでもなく、出鯉とイズミノは既に射撃を始めていた。トトトトトッという軽やかな衝撃音が鳴り響き、弾丸の雨あられが邪賢王の巨体を襲う。そのほとんどは過たず命中。だが、血まみれの番長は鉛の雨の中を怯むことなく突き進んでいく。何十発もの鉛弾をその体に喰い込ませながら！

「クソッ！　こいつも死なないのか――！」

そして、邪賢王は最も近場にいたイズミノに向かい、左腕を大きく振りかぶると渾身の左フックを振るった。ひいっと叫びながらも、両腕でガードしたイズミノであったが、邪賢王の拳の前にそのような守りが意味を成そうか。彼の左フックは防いだ両腕ごとイズミノの顔面を捉え、衝撃はそのまま彼女の後頭部へと突き抜ける。この時点で彼女の脳味噌は既にぐちゃぐちゃに融解しているのであるが、衝撃はそれだけに留まらず、イズミノの胸から上は千の肉片と化して、彼女の背後へ飛び散っていく。残った身体もごろん、ごろんと地面の上を転がっていき、その運動エネルギーが尽きたのは十メートルばかりも吹き飛んだ頃であろうか。両足は関節が三つ増えたかのように折れ曲がり、裂けたスーツの間からはほとんど原形を留めぬ乳房の欠片が現れていた。これが男へと戻った邪賢王ヒロシマの本来の膂力《りょりょく》である。

「な、なんでっ！　どいつもこいつも死なないんだッ――!?」

恐怖に駆られた出鯉が、さらに邪賢王へと乱射するが、彼は相変わらず、弾丸を気にも留めずに進んでいく。イズミノの頭部を塵へと変えた邪賢王の怪力。そして、それだけの豪腕を振るいながらも衝撃に耐えうる彼の肉体。その頑強さは無論、彼の強みではあるが、しかし、邪賢王の身体を弾丸から守っていたのは彼の肉体的頑強さによるものではなく、体表を赤く染めている彼の血液――、つまり、『仁義なき戦い』によるものである。

邪賢王ヒロシマの身体をコーティングした『仁義なき戦い』は、絶妙な硬さと柔らかさを備えて弾丸を受け止めていた。まず、柔らかさを持った血液が弾丸を絡め取り、その衝撃を吸収。次に血液は硬化して弾丸の衝撃を跳ね返すのである。無論、これだけで小銃の威力を完全に相殺できるわけではない。防弾チョッキを着ていても骨が折れるように、邪賢王も既に数箇所に骨折を負っている。彼の頑強な肉体と類希なる根性がなければ、この鉛の雨の中を突進するなどとても不可能であったろう。だが、この果敢な突進が現に功を奏し、いま出鯉を混乱させているのである。

「落ち着け、出鯉！　頭だ！　小さくて構わん！　直ちにヤツの頭を爆破しろ！」

しかし、流石に阿頼耶識准尉は冷静であった。

彼女が一喝すると、出鯉もやや落ち着きを取り戻して、邪賢王の帽子の辺りを凝視。そして——、

パンッ！

小さな爆発音が起こり、彼の頭で何かが光った。そして、邪賢王がバランスを崩して片膝を突く。彼の右側頭部でミニサイズのダイナマイトが爆発したのである。だが、いかに爆発がミニサイズであろうと、この思いも寄らぬ不意打ちには、覚悟を決めた番長も怯まずにはいられなかった。この辺りの判断力はさすが魔人小隊である。伊達に税金使って訓練していない。

「き、効きますッ！　准尉、コイツには『ドレス』が効きますッ！」

「よしっ！　出鯉二曹、距離を取るぞ。後退しつつ、貴様は『ドレス』に専念しろ！」

邪賢王の頭部の傷は決して深くない。表面を軽く焼かれ僅かに出血した程度である。その出血も既に『仁義なき戦い』により止まっている。だが、彼の体表をコーティングしている血液は、弾丸こそ何とか凌げても、皮膚に密着したダイナマイトのエネルギーを殺し切ることはできない。

魔人小隊の二人は、邪賢王と距離を取りつつ、ダイナマイトを育てている。邪賢王の学ランが——、希望崎番長に代々伝わる無洗濯の学ランが、少しずつダイナマイトへと姿を変えていく。

頭部の衝撃から立ち直った番長は、立ち上がり、吼《ほ》えるが、最早出鯉の混乱も望めず、状況は好転しそうにもない。廃材の陰で戦況を見詰めていた両性院は、表に飛び出し遠く離れたイズミノの銃を取るしかないと捨身の覚悟を固め、そのタイミングを見計らっていた。

だが、その時である——。

後退する魔人小隊の背後に、獣のような二つの影が躍り出たのは。

影の一つは右手を伸ばし、阿頼耶識そらの頭部へと手をかけると、そのまま果物でももぐかのように、彼女の首を捻った。いとも容易く落ちた阿頼耶識の首は、そのままコロリと地面を転がり、血飛沫を散らす。

そして、不意に足下に落ちてきた上官の首を見て、

「えっ⁉」

一瞬、頭が真っ白になった出鯉だが、そんな彼女もいまやもう一つの影により、その両肩を掴まれていた。

影の正体は言うまでもないだろう。

『転校生』の黒鈴である。

「よし、黒鈴。行くぞ」

准尉を死に追いやった最初の影――『転校生』のユキミが出鯉の両足首を摑んで、

「よっ」

と、彼女の体を持ち上げた。そして、

「……んっ！」

両側から出鯉舞の体を引っ張り始めたのである。

これを受けて出鯉は、

「ひぎゃあぁあああぁ！」

――狂乱していた。だが、それも仕方ない。『転校生』の膂力により、彼女の胴はへその横、右脇の辺りからめきめきと横に裂け始め、ぶちゅうと血が吹き出して、ばりばりと骨の砕ける音が彼女の体内で響いている。裂けた脇の隙間からは、内腑と思しき何かグチャグチャしたものが垂れ下がり、その合間に骨と思しき血塗れの白いものが顔を覗かせていた。

だから、このような人体裂きの刑に処されて正気を保てというのも無理な話であったが、幸か不幸か。その刑の執行が突如として一時中断される。

「……っ！」

黒鈴が突然、彼女の肩を手放したからである。

出鯉はユキミに足を摑まれたまま、後頭部を強か《したた》に地面に打ちつけたが、その痛みも狂乱する今の彼女にはあまり意味はない。

その黒鈴は、何かを見て、驚いたような表情で一瞬の間、固まっていたが――、

「おい、黒鈴。何やってんだよ」

叱るような、呆れるようなユキミの声にハッと我に返ったのか。慌てて出鯉の両肩を拾い上げた。その出鯉ははわぁとかうひぇいとか訳の分からぬ呻きを上げている。

「ちゃんと持ってろよ。可哀想だろ」

「ご、ごめんね……」

そして、処刑再開。二人は再び出鯉の体を、

「せーのっ！」

引き裂いたのである。

出鯉の体はぶちぶちぶちと筋繊維《きんせんい》の断たれる音を発しながら、へその辺りで綺麗に上下へと分かたれていく。彼女の背骨は健気にも最後まで二つの身体を繋ぎ止めていたが、

「よっと」

ユキミがそれをポキンと手刀で砕いて、遂に出鯉の身体は完全に二分割されたのである。見た目にはあまりに凄惨な処刑であったが、しかし、それでも出鯉舞はまだ絶命しておらず、ぼろぼろと涙を零しながらも、なぜか半笑いになっていて、

「殺じでやる、殺じでやる、殺じでやる、殺じでやる、殺じでやる」

と、呪詛の如きものをやたら呟きながら必死にユキミを凝視していた。

そこで彼女の視線を辿って見ると――、なんとユキミの胸元には既に懐中電灯サイズのダイナマイトが形成されているではないか！　出鯉舞の最後の『ダイナマイト・ドレス』であった。流石は魔人小隊。恐怖と混乱の際にありながらも、只では死なぬ気構えを見せていた。

「じねえええええええええええ、じねえええええええええええええッッッ!!」

肺腑の底から捻り出される出鯉の大絶叫。

続いて引き起こされるユキミの胸元での大爆発。

爆煙が一時、出鯉の視界を遮ったが、

しかし――。

煙が晴れた時。そこにあったのは、無論、小揺るぎ一つせず立ち続けるユキミの姿であった。

当然ながら、彼の肉体には傷一つ付いていない。

その光景に出鯉舞は絶望しながら絶息する。彼女には「ご愁傷様」と言うしかないが、しかし、これが『転校生』と戦うということである。

そして、ユキミはそんな出鯉のことなどまるで気にも掛けず、

「黒鈴――」

胸元の焼け焦げたブレザーをぱん、ぱんと払いながら心配そうに声を掛けた。

「どうしたんだ、お前らしくもない」

と、ユキミが言っているのは、先程の彼女の失態の件である。『転校生』といえど、一瞬の油断が命取り。先の失態は、実に彼女らしからぬものであった。

その黒鈴は応えて、指先を震わせながら、無言で左方の地面を指差す。

そこには、先ほどユキミが転がした阿頼耶識そらの首があった。小さな血溜まりの中で、阿頼耶識のデスマスクはカッと目を見開いたまま果てている。

「ね……。あれ、阿頼耶識の……そらちゃんだよね……」

と、黒鈴。ユキミは「んんっ？」と唸りながら、件の生首を凝視した後、阿頼耶識の片割れ――、つまり、首を失った彼女の胴体を、その襟首を摑んで引き起こした。

そして、彼女の胸元に手を突っ込んで、透明ビニールに覆われた薄い金属片を取り出して見ると、そこには確かにSORA-ARAYASHIKIと浅く穿たれている。阿頼耶識そらの認識票《ドッグタグ》であった。それを見てユキミは、

「本当だな……。確かにそらちゃんだ。へぇ、ここでは自衛部隊員をやっていたのか」

呑気な様子でそう言ったのである。

一方で、黒鈴は不安げに、

「ね、大丈夫なの……？ 識家《しきけ》を殺しちゃって……問題ない……？」

と尋ねるが、ここでユキミは黒鈴の不安にようやく合点がいったのか、「ああ！」と膝を打って、

「ないない。全然ない。問題ない」

と快活に答えた。

自分よりもベテランの『転校生』であるユキミがはっきりとそれを明言してくれたので、黒鈴

もホッとした様子で胸を撫で下ろす。

「識家は前にも殺したことがあるけどな。特に向こうに影響はないし、怒られたこともない。オレが保証するよ。それに、このそらちゃんは、あくまでここのそらちゃんだから。……まァ、彼女がこれを見たらイイ気はしないだろうが、そんだけだよ。そらちゃんに関しては全然大丈夫。だから、今はそれよりも――」

そこで、ユキミは改めて邪賢王と両性院の方を見て、

「そっちの二人と話を付けようじゃないか」

薄く笑ったのである。

＊

「一応――」

二人の『転校生』を前にし、番長が静かに口を開いた。

「礼を言った方がええんかのう？　助けてもろうたことを」

つい先程、目の前で恐るべき殺戮を繰り広げた『転校生』に対して、いま、邪賢王は微笑すら湛えていた。

「いや、礼を言われる筋合いはないよ」

対して、ユキミは恭《うやうや》しくそれを辞する。

「むしろ、オレたちが礼を言うべきかな？　さっきの間に逃げられてると、少し面倒だった」

「フフフ……。それに関してはわしらも礼を言われる筋合いはないのう」

なにせ、邪賢王たちは『転校生』と戦うために旧校舎を目指していたのである。どちらにとっても、ここでの会敵は好都合だった。

それに邪賢王には逃げるよりも身を隠すよりも不意を衝くよりも優先して確認すべきことがあったのだ。――『転校生』の特質についてである。その点は先の戦いではっきりと確認した。

『転校生』は『ダイナマイト・ドレス』でも傷一つ付かぬ。

「両性院、やつらも去年の『転校生』と同じじゃ」

「そう、みたいですね……」

「兵隊を引き裂いたやつらの動き、見たじゃろう。ちょうど、去年のやつも同じ感じじゃった」

だが、それでも邪賢王には勝算があった。右腕は折れ、肋骨に無数のひびが入り、『仁義なき戦い』のために眩暈がする程の血を失っていたが、それでも少なくとも一人は殺《や》れるだけの自信があった――。

そんな二人の相談を、ユキミは咎《とが》めるでもなく眺めていたが、

「さて――」

もういいかな？　と言うように、一歩進み出た。

「実はオレたちは話があって来たんだ。そこで、まず確認したい。面倒だから嘘など吐かないで欲しいんだが、両性院ってのはどっちだい？　まァ、たぶん――」

そっちだよな？　と両性院を真っ直ぐ指差す。

正解である。

ここで小細工を弄しても無意味と踏んだのだろう。

両性院は素直に頷いた。

「――で、そっちのデカいのが番長の邪賢王だな？　渡り廊下の時とはずいぶん様子が違うが、なるほど……。性別転換するとずいぶん可愛らしくなるものだな」

と、ぺらぺらと述べるユキミの言に、両性院と邪賢王は内心驚いていた。思った以上に『転校生』に情報が筒抜けとなっていたからだ。特に両性院の能力まで知られていたのには驚きである。

だが、となれば――、

「じゃあ、おどれらは両性院に用があるんか……」

としか考えられない。ユキミは首肯する。黒鈴も同意するように、追って小さく頷いた。

「察しが良くて助かるよ。その通り、オレたちが用事があるのは両性院だけだ。邪賢王とか言ったな？　とりあえず今はお前を殺す気はない。大人しく両性院を渡してくれれば今は危害を加えないと約束するが……。フフッ、オレも察しの良いところを見せようか。お前は大人しく渡す気はないよな？」

「その通りじゃのう……！」

邪賢王もユキミの誘いに呼応し、前に出る。

両性院もここが正念場と、覚悟を決めて進み出ようとするが、

「いや、両性院。おどれはそこで見とけ。こいつら二人はわしが命に代えても倒す。おどれとの

約束、せめてここで果たすけえのう」

と、番長が制止した。

だが、彼はその後、小声で、

「じゃが、わしが敗れたら、おどれは逃げろ。わしがどうにもならなんだら、おどれでは到底無理じゃ。ド正義を頼り、生徒会へ逃げ帰れ。詫びを入れてでもド正義の温情に縋《すが》るんじゃ――」

と、付け加えたのである。

一方ではユキミの傍らにいた黒鈴も、例の小振りのナイフを取り出したが、

「オレ一人で問題ない。黒鈴は備えておいてくれ」

こちらも増援を断っていた。

能力の分からぬ魔人との戦いは、『転校生』にとってもリスキーなものである。たとえ二人がかりで襲おうと、相手の能力次第ではまとめて一瞬で殺される。それよりは相手の未知能力に備え、いざという時のため黒鈴をサポートに回した方が賢明と判断したのだ。また、彼女は両性院の逃亡にも備えなければならない。

「ユキミ、気を付けて……。あの子、何か臭うわ……。それに、不自然なまでに血塗れよ……」

「そうだな。返り血にしては少し派手だな」

小声で言葉を交わす二人。繰り返すが、『転校生』にとっても能力の分からぬ魔人との戦いはリスキーである。普段ならこんな無謀な戦いは挑まぬユキミであるが、両性院を得ることの重要性を考えるに、ここはリスクを踏むべき場面と判断したのだろう。とはいえ、このような時、彼

の取る戦術はいつも同じだ。ユキミは黒鈴の肩をポンと叩くと、おもむろに動き出した。

「番長邪賢王ヒロシマか……。さて、能力の分からぬ相手には………」

ユキミはノーガードでスタスタと邪賢王へと歩み寄っていく。それに対し――、

「フンッ！」

邪賢王はやはり大きく振りかぶると、今度はあえて折れた右腕で豪拳を放った。魔人小隊イズミノの頭部を千の肉片へと変えた学園無双の拳である。

邪賢王の肉体の全てから生み出されし、凄まじいエネルギーが凝縮された右拳が、轟音と共に『転校生』へと迫っていく！

――が、ユキミは豪拳をピシと左手で軽く弾くと、同時に、残る右手の手刀で深々と邪賢王の胸を貫いていたのである。『転校生』の一撃は確実に番長の心臓を穿っていた。

「――一瞬で決める。能力を発動させる間もなく」

「ゴフ！」

番長、吐血。

引き抜くユキミの右手からも邪賢王の血が滴り落ちる。

が、その時――！

邪賢王がニヤリと笑い、残る左手でユキミの右腕をガシと摑んだ。心臓を穿たれたというのに、なんという根性か！

それだけではない。ユキミの右手から滴っていた血が、重力を無視して逆流し、意志を持った

スライム状の生物と化して、ユキミの右手傷口へとスルスル吸い込まれていく！　彼の右手の傷は、ｘｘの『インターネット殺人事件』を受けた際、黒鈴によって付けられたものである。『仁義なき戦い』は既にユキミの心臓めがけて逆流を開始していた。さて、これの対処法を読者の皆さんは既にご存知のことであろうが――、

「なッ――！」

しかし、ユキミは躊躇していた。

これが邪賢王の能力であることは間違いない。しかし、如何なる能力なのか。そして、これにいかに対処すべきか――！　百戦錬磨のユキミといえど、その答えを出すまでには、もう幾許かの時間が必要であった。このユキミの一瞬の逡巡の内にも、邪賢王の『仁義なき戦い』は敵の体内深部へと潜り込み、その心の臓を破壊しうるはずであった。だが、その時――。

ユキミの右腕が宙を飛んだ。黒鈴のナイフが、ユキミの肘から先をスパと切り落としていたのである。

切断されたユキミの右腕が地面へと落ちる。

同時に、落ちた腕の中に潜んでいた邪賢王の血液が切断面から溢れ出し、再び意志を持つ生物と化して、ユキミの右腕切断面を目指し、上昇を開始する。

だが、その生きた血液たちも、わずか五十センチ程度を上昇したところで、何の変哲もないただの人血へと立ち戻り、そのまま地面へと落ちて一点の赤い染みと化してしまったのである。

右腕を落とされながらも放ったユキミの左手刀が、邪賢王の顔面をほぼ真二つに縦に割ってい

たからである。ユキミは震える左手刀を敵の顔面から引き抜き、その手にまとわりついた血が生き物のように動かぬことを確認して、ホッと安堵の表情を浮かべた。

「すまんのう……、根性が、足りんかったわ。両性院、逃げろ……」

脳を真二つに分断され、唇も四つに分かれた邪賢王は、声にならぬ声で、それだけを詫びると、どうと前のめりに倒れた。

「うわあああああああああ」

同時に、両性院男女が絶叫して身を翻し、その場から脱兎の如くに駆け出す。

が、逃げゆく両性院の背を、黒鈴がキッと睨むと――、
彼の頭上に例のアダムスキー型円盤が現れて、両性院の体を青白い光に包み込み、スルスルと吸い上げていく。――そして、ボテンと、彼女の目の前に落としたのである。

訳も分からず、呆気に取られる両性院に対し、黒鈴は小さなナイフを彼の首元にスゥと近づけた。

「逃げないで……。逃げても無駄。さっきと同じことになるだけ……。あなたの能力では、私からは逃げられない……」

「うっ、クッ……」

両性院は観念した。先程のあれが――、鏡子をさらったのと同じ、円盤操作能力が『転校生』の能力なら、いかにしても逃げられまいと悟ったのである。

「お願い、逃げないで……。そうすれば、もう少し生きられるから……」

黒鈴は両性院の首元からナイフを外した。逃げることもできず、ましてや立ち向かうこともできぬ両性院相手に脅し続ける意味はないからだ。先程のナイフも、邪賢王の死に動揺する両性院をむしろ落ち着かせるために構えたようなものだった。両性院は呆然とした体でへたり込む。

黒鈴は、両性院が逃げる気力を失ったことを確認すると、すぐにユキミへと駆け寄って――、

「ユキミ――！　ごめんね……。大丈夫……、じゃないよね……」

彼女は冷徹な表情を一変させていた。今にも泣き出しそうな顔でユキミの腕の切断面を必死に押さえ、それくらいでは血が止まらないと知ると、己のスカートをびりびりと裂いて止血帯法を試み始めた。

「――いや、良い判断だった。敵の能力が分からない以上、あれがベストだ。気にするな」

苦痛にまみれ、息を荒らげながらも、ユキミは気丈にそう言った。

だが、実際問題、無限の防御力を持つ『転校生』が邪賢王の能力で内臓を破壊されるかと言えば、これは実際に試してみねば分からぬところである。

「そうだ……、ユキミ、少し待ってて……！」

黒鈴は地面に座って息を荒らげるユキミの側を離れると、邪賢王の亡骸へと駆け寄って――、そして、両性院には信じ難い光景であったが、なんと、彼女は死んだ邪賢王の脳味噌を貪り始めたのである。ユキミにより縦に割られた頭蓋を腕力で引き裂くと、彼女は邪賢王の脳味噌へと犬のようにかぶりつき、涙ぐみ、咽返《むせかえ》り、時には口中に含んだ脳を吐き出しながらも、ごくり、ごくりと胃の腑に収めていく。両性院は、少女の見せる凄絶な光景を唖然としながら見つめるしか

なかった。

「よせっ……、邪賢王の脳は、オレが破壊してしまった……」

「だいじょうぶ……だいじょうぶだから……。ユキミ、少し待ってて……！」

そして、ついに少女は邪賢王の脳味噌をすっかりと飲み下してしまい、さらに、ユキミの下へと帰ってくると、彼の左手へと口を付け、そこに付着していた邪賢王の脳味噌をずるずると啜《すす》り終わると、今度はナイフで躊躇なく己の左手首を切った。手首からはすぐにどろどろと赤い血が流れ出し、黒鈴はそれをユキミの右腕切断面へと垂らす。

「ほら……。これで、大丈夫だから……」

流れ出した黒鈴の血は、ユキミの切断面を覆うとそこで見る見るうちに凝固していく。『仁義なき戦い』による止血法であった。おそらく先の邪賢王の戦いぶりを見て、彼が血液を操る魔人であることに当たりが付いていたのだろう。

「おい、脳味噌が破損してたらダメなんじゃなかったのか……？」

「ごめんね……。ぐちゃぐちゃの脳味噌なんて食べたくなかったの……。ホントは残さず食べれば大丈夫なの……」

「まったく、もう……」

ユキミは呆れたように小さく笑った。

なお、この時、既に黒鈴は『木曜スペシャル』を失っており、いま両性院が逃げ出せば逃げおおせたかもしれないが、彼にそのようなことなど分かるはずもない。

「黒鈴、ありがとう……。とりあえず、ベースに帰ろう……」

よっ、と言いながらユキミはふらふらと立ち上がる。片腕を失ったためか、バランスが取り辛そうな様子であった。無論、出血によるところもあるだろう。黒鈴の止血を受けたとはいえ失った血液は少なくない。顔色も真っ青になっている。だが、ユキミは気丈に——、

「黒鈴。ところで、そこの木の陰だが——」

と、言ったところで、まさにその木蔭から一人の影が姿を現すと、猛然と走り出して逃走を企てた。黒鈴は咄嗟に足下の砂利を拾うと、ピッとその影に向かって投げつける。礫《つぶて》は走り行く影の背中を貫通し、ぎゃッと短い悲鳴を上げて影は倒れた。それは邪賢王たちを監視していた生徒会役員、凡骨太郎であったが、この一撃で即死である。

「今の、まさか魔人小隊……？」

「いや。学生服だからおそらく生徒会の残党だろう。魔人小隊に皆殺しにされたかと思っていたが、まだ生き残りがいたようだな」

——魔人小隊!?　生徒会が皆殺し!?

思いがけぬユキミの言葉に両性院も困惑する。彼がそれらの事情を知るのは、今しばらく後のことであった。

「さて、両性院。一緒に来てもらえるかな？　お前に頼みたいことがあるんだ。なに、お前が思っているほど悪いようにはしないつもりだ。結構——、楽に死ねると思う」

ユキミの言葉に、両性院は頷き、立ち上がった。二人の『転校生』を前にしては選択の余地な

ど元よりない――。

それに、こんな言葉もあるではないか。虎穴にいらずんば虎児を得ず、と。どこに連れて行かれるのかは分からないが、もしかすると、天音沙希に会えるかもしれない――。

『希望崎学園祭』

二〇一〇年十一月六日　十時三十分

「辛いです。全然辛いです。まだまだ辛いです。辛すぎます」

「……そうかあ?」

後輩から熾烈なダメ出しを受けても、架神恭介は納得のいかぬ面持ちで首を捻った。

そして、寸胴鍋からおたまで自作のカレーを一掬《ひとすく》い。小皿に移して、ぺろりと舐めて、

「いや、全然大丈夫だろ。こんなもんだろ」

などと言うが、後輩の歪み崎絶子はぷりっとして、

「先輩はいつも辛いものばっかり食べてるから味蕾《みらい》が壊れちゃってるんです」

と、これまた自分の意見を曲げない。

まったくなんて失礼なヤツだ、と架神は苦い顔をするが、実際、彼のカレーはまだ辛かったのだ。──お子様カレーにしては。

「でも、ホラ、一ノ瀬は旨《うま》そうに食ってるぞ」

架神の言うとおり、歪み崎絶子の横では一ノ瀬蒼也が先程からガツガツとカレーを頬張っている。しかし、絶子と並んで試食中の一ノ瀬だが、さっきから何を食わせても「先輩、このカレー、マジうめえっす！」ばかりで、好き嫌いがないのは良いことだが、試食係としては甚だ頼りない。

「ダメですよー。大人用ならともかく子供用なんですから。こんなの子供が食べたら泣いちゃいますよ」

「はぁ。お子様カレー、か……。ガキのことなんて考えて作ったことねえからなぁ……」

「今日は学園祭なんですから。ちびっこのニーズにもちゃんと応えて下さいね」

　——そう、今日は希望崎学園の学園祭なのである。今年で二年目となる学園祭。つまり、「第二回ＨＯＰＥ　ＦＥＳＴＩＶＡＬ」。地元の不良たちからは「ほっぺ祭り」だとかなんとか相変わらず奇妙な誤読をされているが、とにかく生徒会長ド正義卓也の企画した二度目の学園祭なのである。

　そこで希望崎学園生徒会としても、これは活動資金を稼げるチャンスやもしれん、何かやろう、いや、やらねば損だ、ということになって、侃々諤々の議論の末にカレー店など開いてみたのであった。模擬店の場所には生徒会室を使用。生徒会給湯室を調理場に仕立て、隣接する生徒会準備室にて接客する手筈である。

「——ん。じゃあ、これでどうだ？」

　そして、本日の、ある意味主役である架神恭介が、生徒会模擬店料理主任としてカレー調理を一手に引き受けていたのであった。生徒会カレー店の謳《うた》い文句は「お子様から自殺志願者まで自由自在の辛さ調節」。カレーの辛さを操る架神の能力『サドンデスソース』を使えば容易いことだ。ただ、彼は辛い方はともかくとして、甘くする方はどうも苦手らしく、いまこうして試食役の歪み崎絶子から「辛い」「まだ辛い」と延々ダメ出しを受け続けているのであった。本格派を自任する彼には、どうも「甘いカレー」というのが今ひとつピンと来ないらしい。「これなら辛くないぞ」と言って、パニールのカレーも作っていたが、これはこれで子供の舌に合わないと絶子に却下されていた。めんどくせえことだな、と思いながらも、いまも架神は試行錯誤し続けている。

「しっかし、お子様カレーはいいけどよ。そもそも客は来ンのか？　去年の学園祭は来場者数ゼロだろ？」

と、鍋をかき混ぜながら念を送り、辛さ調節に勤《いそ》しみながらも架神がぼやく。

だが、彼の懸念ももっともで、昨年の第一回希望崎学園祭では来場者数は見事にゼロ人。ダンゲロスの悪評が世間に浸透していたこともあり、ド正義も「あまり人は来ないだろうな」と覚悟はしていたようだが、その無惨な結果には流石の彼も絶句していた。

「あ、それは大丈夫だと思いますよ。昨年があまりにアレだったんで、今年はド正義会長も宣伝頑張ってましたし。さっき見てきた感じ、外部の人もパラパラいましたよ？」

「ま、それならイイんだけどな……」

客が来なけりゃ生徒会費どころか赤字だもんな、とカレーを掬《すく》いながら架神は言う。今回のカレーだが、幸いなことに原材料費はかなり抑えられている。なぜなら、メイン食材がカエル肉だから。これは一ノ瀬蒼也が昨日都内を駆け回って、彼の能力『テキサス・マスクゥル』によりウシガエルをパック肉へと変じてくれたおかげである。生徒会カレー店はこれにより大幅なコストダウンに成功していた。

「客さえ来りゃあ丸儲けなんだがなぁ……」

などと架神がぶつぶつ言っていると、向こうからガラッと音が聞こえて生徒会準備室の扉が開き、ド正義卓也がひょっこり顔を出す。彼の後ろには赤蝮伝斎も付いていた。

生徒会長はいつものきびきびとした様子で、

「架神君、そろそろ開かないとランチタイムを逃すぞ。カレーの方はどうだ？」

「カレー自体はとっくにできてるぜ。後は辛さ調節だけだが、まァ、客の顔色を見ながら適宜調整してもいいだろ。大丈夫だ」

その言葉に、歪み崎絶子がぷりっとして、「先輩、ちびっこが来たらちゃんと頼みますよー。まだ辛いんですからー」と言ったが、架神は面倒くさそうに空返事で返した。

「よし、じゃあ、二十分後の十一時から開店するぞ。エース君たちが呼び込みをやってくれてるから、そこそこ人も来ると思う」

「ド正義、ガキは連れて来ねえようにエースに言っといてくれ」

「先輩――――！」

絶子がぷうーっと頬を膨らませながら架神の頬をつねると、一方、生徒会長はキョロキョロと辺りを見回して、

「範馬君がいないようだが、彼はどこか行ったのか？」

などと呆けた顔をするので、これに絶子が答える。

「範馬先輩は美術室ですよー。ほら、結局、そういうことになったじゃないですかー」

ド正義はしばらく記憶を弄った後、

「ん、そっか。あれは結局、そうなったんだっけ」

ぼんやりと言った。

そう。範馬慎太郎は美術部のヌードモデルとして出張中なのである。

元々は美術部の元部長、ヴァーミリオン・海我が「希望崎学園祭ヌードデッサン会」なる企画を生徒会に提出し、何をどうやったのか知らないがモデル用の女性まで既に確保したと言うのだ。高校の文化祭でヌードデッサン会とは何とも鼻の下の伸びる話で、企画提出と同時に美術部には邪《よこしま》な志を持った自称芸術家たちの予約が殺到したという。

しかし、これを風紀委員長でもある範馬慎太郎が、けしからん！　と一喝し、いや、そこまでは分かるのだが、何故か「代わりにオレがモデルになってやろう」と言い出して即座に全裸となり、海我の下へ全裸で談判に行ったのであった。それで結局、いま美術室では範馬慎太郎ヌードデッサン会が挙行されているのである。

「ほら、範馬先輩ってああ見えてお祭り好きじゃないですかー。たぶん目立ちたかったんですよー」

「……ああ。きっとそうなんだろうな。でも、美術部のヤツらからしたら本当に迷惑な話だったろうなぁ。範馬君がモデルじゃ客も来ないだろう」

「いや、それが意外とそうでもないみたいですよ？　ほら、範馬先輩の肉体って確かにちょっと芸術的なところあるじゃないですかー。それで、ホントに芸術家肌の人たちが結構予約してたみたいでしたよ。最初の下心ミエミエの企画よりも本来の美術部らしい企画になったんじゃないですかねー」

「そんなもんかなぁ……」

でも、海我のやつは絶対喜んでないだろうな――、とド正義は思った。彼自身、視察と称して後で様子を見に行こうと思っていたので、モデルの変更は心底残念だった。

「ド正義殿――」

と、ここで、生徒会長に影の如く付き従っていた副会長が口を開く。

「ド正義殿、そろそろお父上が来校なされる頃合にござろう。正門までお出迎えなされては如何か」

そして赤蝮は、相変わらずの仏頂面で、だが、ずいぶんと気の利くことを言い出したのである。

「――ん？　しかし、僕がここを離れるわけにはいかないだろ。模擬店にしても、学園祭にしても、何か不測の事態が起こった時には……」

「なに、御心配召されるな。多少のことなら拙者の方で処理致しますゆえ。伽喱《カリー》店も歪み崎殿にお任せなされい。折角の機会にござる。お父上に学園を案内なされればよろしかろう――」

赤蝮の言葉に絶子もニコニコ笑って頷く。確かに、この二人に任せておけば大抵のことは問題なかろうとド正義も思う。学園祭が行える程に平和になったこの学園を、父に紹介したいという気持ちも確かにあった。

「――二人ともありがとう。じゃあ、悪いが少し行って来るよ。何か問題が起こったら携帯の方に頼む」

ド正義は顔を明るくして両者に謝し、生徒会準備室を出ようとしたが、

「オイ、ド正義――」

と、これを架神恭介が引きとめて、何やらずっしりとした袋を手渡してくる。底の方を触ってみると、ほんのりとぬくもりが感じられた。

「なんだこれは？」

「カレーだよ。あれだ、ほら、橋の下に住んでるアイツ。キョウスケとか言うやつ。正門まで行くなら、ついでにアイツに渡してやってくれ――」

「ああ、『転校生』か。しかし、どうしたんだ急に？」

まァ、名前が似てるよしみだよ――、などと架神は照れ臭そうに吐き棄てた。

いま架神の言った「キョウスケ」とは、昨年、鏡子を狙って文化祭に現れた『転校生』のことである。ド正義と邪賢王は三名ずつの手勢を引き連れてこれの迎撃に向かったのだが、このキョウスケとかいう少年、『転校生』とは思えぬ驚くべき弱さで、八人からボッコボコにされた上に、当の鏡子からは思う存分に性を貪られて散々な目に遭い、憐れなまでに零落したのである。といっても、八人で殴った分は特にダメージもなかったようだが（『転校生』は勝手に転んで怪我な

どしていた）、鏡子の貪り方が本当に酷くて、彼の放出した精液だけで、希望崎大橋の上に白い大円が描かれた程である。『転校生』を憐れに思ったド正義と邪賢王が鏡子を止めなければ、あのまま彼は腹上死していたかもしれない。

それからのキョウスケは、自分の世界に帰れないのだろうか、希望崎大橋の真下でダンボール生活の日々を送っているのであるが、これほど悲惨な『転校生』は他に例がないであろう。最近は、駒沢やあげはが時折差し入れるパンの耳でなんとか食い繋いでいるらしい。たまにカレーを食っている姿も目撃されていたが、ド正義はこの時、「そうか、あれは架神君が届けてたのか」とようやく合点がいったのである。

＊

一方、その頃、希望崎学園芸術校舎二階にある家庭科室では、メイド服に身を包んだ白金翔一郎と一刀両断が二人してフライパンの前へ立ち並んでいた。そして、何やら踊るような所作を見せたり、リズミカルに菜箸を打ち鳴らした末に、

「えいっ」

「やあっ」

と、二人が同時に気合を発すると、フライパンの横に置かれた皿の上に、何やら良く分からぬ、黒色のまごまごとしたものが二つポテンと転がった。

「——で、おどれらは一体何をしとるんじゃ？」

ここで、先程から二人の奇行を見かねていた邪賢王がいよいよそれを尋ねてみるが、二人とも二人して何を恥じる様子もなく、

「見ての通り、クレープを作っているんだが」

「見ての通り、クレープを作っています」

と、即答する。

二人の前に並んだ二つの皿の上には、まごまごとした何やら黒い物質が二つちょこんと載っかっているが、彼らは傲慢にもこれをクレープと言い張るようだ。そのあまりの不条理さに邪賢王は顔をしかめ、

「これがか……?」

暗黒物質を指でつまみ上げてみる。面前にして見て改めて思うが、なんという禍々しき代物か。とても人間が口にするものとは思えない。「ようこんな漫画のようなものが作れるのう」と逆に感心の念すら湧いてくる。

「しかし、白金。おどれにも苦手なものがあったんじゃのう」

番長が複雑な気持ちでそう述べると、白金はそんなことはないとしれっと切り返す。

「苦手というわけではない。単にオレたちには知識と経験と努力量が足りないだけだ。時間を掛け、手順を踏み、ノウハウを覚えれば、人並みのクレープくらいすぐに作れるようになる。今はその過程に過ぎん。十分な努力もしないうちから料理が苦手などと言っては、それも失礼というものだろう?　なあ、一刀両」

「その通りです、先輩。私たちに足りないのは努力だけです。えいっ！」

そう言って、白金と一刀両は同時に二つ目の暗黒物質を皿へと載せた。知識や経験がないだけでこれほどのものが作れるんかのう、などと思わなくもない。

「しかし、おどれら、こんなところで呑気に練習しとってええんか？　メイド喫茶の方はもう開いとるんじゃろうが」

「うむ――。決して良くはないな。だから、今こうして猛練習している」

今回の学園祭、剣道部では男子部、女子部が合同でメイド喫茶を開いており、いま一刀両断のみならず白金翔一郎までもがメイドの格好をしているのはそのような理由によるものである。この辺り、両主将とも何か根本的に勘違いしているようであったが、武に励む彼らのこと、世相に疎《うと》くとも仕方がない。

「店の指揮は服部に任せてある。……最初はオレも厨房に入っていたんだがな。己の未熟さを悟り、こうして修業を、よっと、始めたというわけだ。早くクレープをマスターして店に戻らなければ」

「私は後輩から、先輩邪魔です、とはっきり言われました。えいっ」

二人の皿に三つ目の暗黒物質が加わる。成長の痕跡は一切見られなかった。

邪賢王が店を覗いた時、そこにはきりきり舞いで働く服部産蔵の姿があったが（そのメイド姿は世にもおぞましいものであった）、こりゃあ、今日一日、あいつは働き詰めになりそうじゃのう、などと思ったものである。

ところで、番長はふと疑問を抱き、

「オイ、言葉、おどれは教えてやらんのか？　おどれならクレープくらい焼けるじゃろ」

と、小声でこそっと訊いてみる。邪賢王が白金たちを見つける前から彼女は家庭科室にいたのだが、しかし、二人に料理を教えようとするでもなく、机の上に座って、ただ二人の苦闘の様子をニコニコしながら見守るばかりであった。そんな言葉は、邪賢王の問いに対しても平然と、

「教えないよ」と応えて、

「……はあ。教えんのか。なんでじゃ？」

「だって、可愛いじゃない。今の白金君」

「……はあ」

そんなもんかのう、と邪賢王は思った。女子の「可愛い」の基準は男子には理解しがたいものである。

と、その時――。

背後でガラッと音がして、邪賢王が顔を向けると、生徒会長ド正義卓也が「よっ」と窓から顔を覗かせていた。

「邪賢王、ここにいたのか。探したぞ――」

そして、ド正義は白金たち二人が皿に積み上げた黒色のもやもやを見て、「オッ、化学実験か。精が出るな」と真顔で言う。流石の二人もこれにはショックを受けたようで、どんより表情を曇らせていたが、生徒会長は気付かず続ける。

「なあ、邪賢王。僕の父さんが来てるんだ。一緒に迎えに行かないか？」

「おおっ？　親父さんが来とるんか——？」

「そうそう。お前、ずいぶんウチにも来てないだろ？　いい機会だから顔見せに来いよ」

「そうじゃのう……。じゃが、なんじゃ……。ちょっと、小《こ》っ恥《ぱ》ずかしいのう……」

邪賢王が前にド正義の家に行ったのは、かれこれ五年程前のことだろうか。あの頃に比べると邪賢王も筋肉モリモリになったし魔人になったし体も臭くなったしで、そんな今の自分を見せるのがなんだか少し恥ずかしい気がした。それで、もじもじしている邪賢王の様子が面白かったのか、ド正義は意地悪そうな微笑を浮かべながら、

「ふふふ、まァ、そう言わずに来いよ。なあ……。父さんもお前に会いたがってたぞ？」

「……むう。そうじゃのう。じゃが……。しかし、わしとおどれが二人並んで歩いとるのは……。その、なんというか、あまりよろしくないんではないかのう」

　仮にも番長と生徒会長という間柄である。最近の学園は平和そのものだし、時折、生徒会の役員がお弁当を持って希望の泉の番長グループを訪ねるような、そんな牧歌的光景も見られるくらいだが、しかし、それでも表面上は対立関係ということになっているし、生徒会も「番長グループけしからん！」などと思い出したように言っているのである。まあ、確かに鏡子などはけしからんのでそう言わざるを得ない。

　だから、邪賢王の言ももっともで、これにはド正義卓也も一瞬ためらって悩む素振りを見せたが、

「まァ、いいんじゃないか？　今日は学園祭だし」

と、何とも適当な感じでへらっと言うのである。

学園祭なら何がまァいいのか、邪賢王にはさっぱり分からなかったが、

「まァ、ええか。学園祭じゃしのう」

と、これまた適当なことを言って立ち上がる。

「よし、じゃあ行くぞ、邪賢王。――っと、そういえば、確か鏡子のヤツは新校舎の方で何か卑猥な催しをやっていたよな？　セックス喫茶とかナントカ――」

ド正義が思い出したようにそう言って、邪賢王と二人で向こうの――、新校舎の方を見遣ると、二階の一室の窓一面が乳白色に塗れ、まさか溢れているのであろうか、窓のサッシの隅からはとろりとした液体が滴る様子さえ見えた。ここからその中身を窺うことはできないが、そこに鏡子がいることは明らかに思えた。

「あれは……、父さんに見せないようにしないとな」

「……まったくじゃのう」

そうして、二人は顔を見合わせて苦笑した後、希望崎学園正門に向かって歩き出す――。

十八、トリニティ

二〇一〇年九月二十二日　十一時五十五分

希望の泉における死闘から約一時間後――。

『転校生』に連れられて、旧校舎二年H組の教室へと達した両性院男女。

そこで彼が見たものは、首を失った鏡子の身体、同じく首を落とされた学生服の少年、長谷部の亡骸、二人の少年の生首、友釣香魚の遺体、突き立てられた一振りの日本刀、そして何よりも――、全裸で磔にされている昏睡中の天音沙希であった。

「沙希――！」

駆け出そうとした両性院の右腕を、黒鈴がそっと摑み、制止した。静かな声で言う。

「知り合い……？　でも、ダメ……。彼女には、もう少し寝ていて欲しいの……」

その手を摑む黒鈴はいつも通りの眠たげな表情で、まるで力んでいる様子など見られないが、しかし、それだけで両性院は一歩も動けぬ。

「悪いけど……。おかしなことされたら困るの……。まだあなたを殺したくないから……」

相変わらず眠たげにそう言いながら、次に彼女は、身に着けている制服と同様の、妙にハイセンスなバッグから、ゴテゴテと装飾の施された巨大な手錠を取り出してきた。両性院もその存在はテレビドラマなどで知っている。

――「対魔人手錠」である。

ご存知の通り、多くの魔人は人を超えた肉体能力を持っている。とはいえ、通常の手錠であっても約九割の魔人はそれを腕力で破壊することはできないのだが、極鉄鋼にて作られし「対魔人手錠」ともなれば、統計上、九割九分の魔人がこれを破壊しえぬ。たとえば邪賢王ヒロシマの怪力をもってさえも、これの破壊は困難を極める。生徒会に捕えられていた時、彼の両手、両足を縛《いまし》めていたのが、この「対魔人手錠」であった。無論、非力な両性院にこれを破る力などない。

だが、黒鈴の差し出す手錠に対し、両性院はいとも大人しく両手を前に揃えて繋がれた。これには、

「ありがとう……。素直に聞いてくれて、嬉しいな……」

と、『転校生』から礼まで述べられた程である。だが、彼が念願の天音沙希を目の前にしながら易々と縛に就いたのは、決して諦念によるものではない。両性院とて、このままみすみす『転校生』のなすがままにされる気はなかった。彼は己の脳裏に浮かんでいた一つの可能性に――、逆転の可能性に賭けていたのである。だが、今はまだその時ではない。まだ条件が整わぬ。彼は手錠に繋がれたまま、例の学生鞄を持ち直した。

「両性院はそれでいい……。黒鈴、こちらを頼む」

ユキミの求めに応じ、黒鈴は先程とは違うバッグの中から、今度は医療用具と思しきものを取り出した。

邪賢王との戦いにより右腕を落とされたユキミは失血により顔面蒼白となっており、全身も冷や汗で濡れている。黒鈴の『仁義なき戦い』により失血死の恐れはなくなったものの、痛みが消えたわけではない。それでも悲鳴も上げずに毅然とした態度を保ち続けているのは、さすが『転校生』といったところか。

「とりあえず、麻酔を打っとくね……。早く帰って播磨《はりま》先生に診せなきゃね……」

「ああ、彼なら、まァ、なんとかしてくれるだろう」

と言って、ユキミは目線を下げる。そこには落とされた彼の右腕があった。両性院には彼らが何の話をしているのか分からない。だが、〝『転校生』の世界〟とでも言うべきものがおそらくどこかにあるのだろう。播磨というのは、その世界での医者か、もしくは魔人なのだろうか――？

「両性院――」

ユキミが不意に名を呼んだ。

「……お前の能力は知っている。男女の性を変更するんだろ？」

両性院は素直に頷く。『転校生』たちが自分をここまで連れてきたのは自分にまだ利用価値があるということだ。いま、ここで嘘を吐いても不利になるだけである。

ユキミは冷や汗を浮かべながらも、両性院の頷きに薄く微笑んだ。黒鈴に麻酔らしき注射を打たれた彼は、今度は白い錠剤を受け取って口に含んでいた。黒鈴が水の入ったペットボトルを口元へと運び、ユキミはごくごくとそれを飲み下す。麻酔はさっき打っていたから、——これは抗生物質の類だろうか？　だとすれば、あの時の邪賢王の発言、「『転校生』は病気で死ぬ可能性がある」、——それが裏書されたことになる。

「なァ……、お前に頼みがあるんだ。オレたちは、この学園の魔人を全員殺さなきゃならないんだが、協力してくれないかな？」

そして、ユキミは痛みを見せず、気丈な態度で淡々とそう述べる——。

両性院は訊き返す。

「念のために確認ですが。あなたの言う〝全員〟には僕も入ってるんですか」

「ああ、入ってる。この学園の敷地内にいる魔人全員だ」

相変わらず淡々と言う。

だが、この答えにも両性院は驚かない。自分が抹殺対象であろうとなかろうと、彼らから天音沙希を救うためには、結局、己の命を賭する必要があるのだから。これはあくまで確認であり、外堀を埋めるための最初の一手である。

「分かりました。しかし、もう一つ疑問があります。皆殺しと言っても、番長グループは邪賢王さんを最後に全員死んだはずです。それに、さっき生徒会が全滅したと言ってませんでしたか？　他に、僕以外の誰を殺すんですか？　残りの魔人小隊ですか？」

「そうだ、生徒会はほとんど死んだ。だが、まだ残っているかもしれないから、それも殺す。あと、オレたちが殺さなきゃいけないのは、校長が引き連れている魔人小隊の残り全員だな」

「――えっ⁉」

　ここで両性院も流石に驚いた。生徒会の残党と魔人小隊はともかく、なぜここで校長が出てくるのか？　彼の呆けた表情を見て、ユキミは気付く。

「そうか。お前が知るはずもないことか。じゃあ、少し説明が要るな……。両性院、お前と番長が生徒会室を抜け出した、少し後のことだと思う」

　そうして、ユキミは黒川メイによる生徒会殲滅の件を手短に語ったのである。また、「ここからはオレの推測だが――」と断った上で、今回のハルマゲドンが黒川メイ、ひいては日本政府により仕組まれたものであるという自説を披露する。読者諸君はご存知の通り、彼の推測は正解であったが、この報告に――、

「そんなッ……！」

　両性院は驚きと共に怒りを隠せなかった。『転校生』の話が事実だとすれば、今回の騒動の大本の原因は校長――、否、日本政府の横暴にあることになる。

　邪賢王も、鏡子も、こんな馬鹿げた戦いが起こらなければ死ぬことはなかったのに――！　沙希だって、巻き込まれることはなかったのに――！　無論、これが『転校生』の創作の可能性もあったが、実際に魔人小隊の乱入を見るに、とても作り話とは思えなかった。

　ユキミが続ける。

「校長の目論見は、今のところ計画通り運んでいるのだろう。だが、彼女の最大の誤算は、オレたち『転校生』の存在だ。もっとも、それはオレたちにとっても大誤算だったんだけどな……」

——ユキミは、少しだけ思わなくもない。自分たちは何故、魔人小隊などという強敵と戦っているのだろう、と。契約者の望んでいた魔人学生の殲滅は大体のところ終わっている。なのに、何故、契約者を殺してまで、契約者も自分たちも——、誰も望んでいない相手と戦わなければならないのか、と。

だが、仕方がない。『転校生』とはそういうものなのだから——。

「とにかく、オレたちは契約を全うするために彼らも始末しなきゃいけないんだ。そこで、両性院、お前の力を貸して欲しいんだが——」

「分かりました」

両性院が『転校生』の話を遮った。

「何を協力すればいいのか分かりませんが、ハッキリと言っておきます。このまま校長の思惑通りに事が運ぶのは僕だって納得いきません。いいでしょう、協力します。僕をどうとでも使って下さい。僕の命も奪ってくれて構いません」

「おお、ありがとう。両性院——!」

思いがけぬほど説得が容易に終わったため、ユキミは素直に謝辞を述べた。校長の件を話せば両性院が協力してくれるのではないか、という打算もあったが、それでもこれほど簡単に了承が得られるとは思わなかったのだ。

だが、続く両性院の言葉が、再度、『転校生』の話を遮った。

「ただし、一つ条件があります。約束して下さい。彼女——、天音沙希の命を救うことを

「……！」

両性院は語気を強めて、それから、磔にされた裸形の少女を見る。

だが、彼の打ち出した交渉案にはユキミは苦い顔を見せた。そして、ややあって、申し訳なさそうに口を開く。

「すまない。両性院――。悪いが、その条件は呑めない。天音沙希は、オレたち『転校生』の『報酬』なんだ。『報酬』なくしては、オレたちが戦ってきたことの意味がなくなる。お前の望みはできるだけ叶えてやりたいが、それだけは呑めないんだ。本当にすまない――」

ユキミは正直に言った。この馬鹿正直さが、今の交渉においてどれだけ不利なことかは彼も重々承知している。だが、『転校生』は嘘を吐けないのだ。

「あなたたちは……。沙希をどうするつもりなんですか？」

「体を引き裂く。それから、オレたちの世界へと持って帰る」

「そんな――！」

『転校生』は嘘を吐けない。

「なぜ！　どうして、あなたたちはそんなことを⁉」

「……理由はあるんだ。すまない。だが、それは話せない」

それもルールである。

「僕が協力しないと言ったらどうするんです？　僕の協力が必要なんでしょう……？」

両性院は強気の賭けに出た。だが、『転校生』は応えて、

「協力してくれないと…………、困る」

と、本当に困りきった顔で、だが、あっさりと述べたのである。

「――困るが、しかし、作戦自体は不可能ではないんだ。折角だから、これからの作戦を説明しておこう。理解してもらえると嬉しいんだが……」

黒鈴の手当ても終わり、ユキミが立ち上がる。片腕を失ってバランスが取り辛いのか、足下は覚束ないものの、麻酔が効いてきたためか、表情には少しだけ余裕が戻っていた。

「まず、オレの名と能力を紹介しておこうか」

「ユキミさん……、ですよね……」

褐色の『転校生』のことを、少女の『転校生』は何度かその名で呼んでいた。

「そう。オレの名はユキミ。能力は『有無』。魔人の能力の有効範囲を自由に拡大、縮小することができる」

と言って、ユキミは左手で、ブレザー左側の内ポケットにしまっていた地図と赤ペンを難しそうに取り出した。そして、これまた難しそうに片手で地図を広げて、それを両性院に見せながら、

「この地図の任意の部分を赤ペンで囲み、対象の魔人に渡すと、その魔人の能力範囲が赤ペンで囲まれた通りの箇所になるんだ」といったことを説明する。また、「仮にオレが死んでも、この地図さえ無事に残っていれば『有無』は継続する」と付け加えた。ユキミは何気なくこれを言ったのだろうが、両性院にとっては看過できない、重要な情報だった――。

「それで、こっちの子がオレの相棒、黒鈴。能力は『XYZ』。魔人の脳味噌を食べることで、

その相手の能力を一時的に使えるようになる。そこに転がっている脳なしの生首は、つまり、そういうことだ」

頭部を失った鏡子の体と、脳味噌を失った鏡子の生首——。ユキミの説明を受けて、両性院は初めてその意味に気付いた。彼女の脳は、目の前にいる小さな女の子に食われていたのである。そして、鏡子がさらわれた理由もそのためだったのだろう、と——。

「さらに、そこに転がっている女の子の死体。お前が知っているか分からないが、彼女は友釣香魚といってな。男性のみを殺害するウイルス能力を持っている」

——無論、知っている。今回のハルマゲドンの、ある意味、鍵となった少女だ。そして、両性院がハルマゲドンへ参加することとなった一因でもある。

「そして、最後にキミの性別転換能力だ。ちなみに名前を聞いておこうか。なんという能力だ？」

「僕の能力は……」

——『チンパイ』と言います。

両性院は静かに答えた。

「なるほど、『チンパイ』か。良い名だ。……いいか、両性院。『有無』『XYZ』『チンパイ』、それと名前は知らないが友釣の能力。キーとなるのはこの四つだ。そして、必要なのはオレたち三人。オレたちが連携《コンボ》すれば、この学園の敷地内にいる魔人全員を一度に葬ることができる。具体的には——」

こうして、魔人殲滅に向けて、ユキミの悪魔的ブリーフィングが幕を開ける。

だが、彼の作戦は至ってシンプルなものであった。

まず、ユキミの能力『有無』により、両性院の『チンパイ』の有効範囲を学園全体へと拡大する。そして、学園内にいる全員に対して『チンパイ』を使用し、全員の性別を一度男に変える。次に、ユキミの能力を使わずに、この場にいる四人に対し、個々に『チンパイ』を用い、ユキミ、黒鈴、両性院、天音沙希の性別を女へと変える。これで四人に友釣のウイルスは効かなくなる。その後、黒鈴が友釣の脳味噌を喰らって能力を奪う。最後に、ユキミが『有無』で黒鈴の有効範囲を再び学園全体に拡大して、彼女が友釣のウイルス能力を用いれば、学園中の全員を抹殺できるという手筈である。

「それで、僕が協力しなければ――？」

「協力してもらわないと困る。……だが、困るだけでこの作戦は不可能ではない。お前の脳味噌を黒鈴が喰って、後は同じことをするだけだ。何が困るかというと、今後、オレが女のまま生きていかなければならないことだが……。まあ、お前が協力してくれないというのなら仕方がない。お前の命を奪うんだ。オレもそのくらいの覚悟はしよう」

両性院が命を捨てて反抗したとしても、嫌がらせ以上の意味は無いようである。

「もちろん、オレも女のまま生きていくなんて嫌だからな。こういう言い方はあまりしたくないんだが、一応聞いてくれ……。協力してくれないというのなら、可能な限り最大の苦痛を与えてからお前を殺す。だが、協力してくれるなら、できる限り楽に殺そう。他に無理のない範囲なら、お前の要求にも応じるよう努力しよう」

　これが『転校生』としての最大限の譲歩であった。

　両性院、しばし沈黙。

　――彼は考えていた。

　この条件で、果たして逆転は可能なのか――、と。

　そして、両性院男女が遂に口を開く。

「……分かりました。僕が意地になっても事態は何も好転しないようですね。いいでしょう。協力します」

「おお、分かってくれたか。ありがとう！」

「ただし、条件を三つ付けます。ぜひ、呑んで下さい」

　両性院の「賭け」が始まる。

「ああ、先に言った通りだ。可能な範囲なら応じよう。言ってみてくれ」

　ごくり、と両性院は固唾を飲み込んだ。

　次の三つのうち、どれか一つでも断られたなら、彼の「賭け」に勝ち目はない。

　意を決して、その「条件」を口にする。

「一つ、僕を殺すのは最後にして下さい」

「………………応じよう」

「二つ、僕の持っている学生鞄。この中身を決して見ないで欲しい」

「……それも応じよう」

「三つ、『転校生』の『強さ』の秘密を教えて下さい」

「…………」

だが、最後の要望には、今度はユキミが沈黙した。

そして、彼は用心深く、口を開く――。

「どういう意味かな？　オレたちの……、『強さ』の秘密、とは――？」

「……分かりました。訊き方を変えます。『どうすれば『転校生』になれるのか？』。それを教えて頂きたい」

「…………」

ユキミは意見を求めるように黒鈴を見た。彼女はこくりと頷いて、「まァ……、いいんじゃない……？」と答えた。彼らの一瞬の逡巡は、両性院の信じる「可能性」に幾許かの光を与えることになる――。

「……分かった。それも応じよう。どうする？　今すぐ説明しようか？」

「いえ、後で構いません。まずは作戦を進めましょう」

「――いいだろう」

ユキミが地図を――、学園敷地が赤く縁取《ふちど》られた地図を、両性院へと手渡した。

『ユキミ』

一九六九年十二月八日

――東京都文京区の一画。

今年度初頭に勃発した東大安田講堂事件により、半ばスラムと化したこの街で、ユキミは兇徒と化した学共闘メンバーたちの追跡から逃げ続けていた。

一九六〇年代末、学生運動華やかなりし頃――。

この時、高校三年生であったユキミは、プロテスト魔人連盟議長、ド正義克也の思想に心酔し、彼と共に学生運動を戦った。ユキミの能力は『有無』。地図に印をつけることで、他者の能力の有効範囲を拡大、縮小する力を持つ魔人である。

その力の有用性は、彼自身も十分に自覚していた。――己の能力に対し、恐れすら抱く程に。

だから、学生運動に参加し、ド正義のセクトに加入した後も、ユキミはその能力を頑なに隠し続けていた。

だが、一九六九年に勃発した東大安田講堂事件は、魔人機動隊との大規模衝突へと発展し、全学生魔人共闘会議――学共闘――は劣勢を強いられる。東大安田講堂に立て籠もる彼らであったが、システム化され、統制の取れた魔人機動隊の戦術の前に落城は時間の問題と思われた。

そこで、進退窮《きわ》まったユキミは、とうとう己の能力を仲間に開示する。単体では全く無意味な彼の能力も、他者と組み合わせることで、お手軽、かつ、絶大な効果を発揮した。これまでの魔人戦闘の根本を揺るがしかねないユキミの『有無』は、学共闘の逆襲の契機となったのである。疲弊しきっていた彼らはユキミの『有無』に希望を見出し、様々なコンボが開発され、実戦投入されていく。これにより戦局は少しずつ学共闘優位へと塗り替えられていき、特にド正義克也の能力『革命の構造』と『有無』のコンボは決定打となって、安田講堂を取り囲んでいた魔人警察官、魔人機動隊員の約七割がこの能力連携により死亡したのである。そして、大戦果を上げたこの時の戦いが、『学園自治法』成立へと繋がったことは前述の通りである。

そんな『学園自治法』成立の立役者の一人であるユキミが、同志であった学共闘の者たちから追われているのはどのような理由からであろうか――？　それはあまりに馬鹿馬鹿しいものであった。

一九六九年の激闘に勝利し、翌年、『学園自治法』の成立に沸きあがった学共闘は、同時にその存在意義を消失した。ド正義克也などは『学園自治法』成立が確実視された段階で早々と引退を表明し、どこぞへと身を隠した。安田講堂の件で魔人公安に追われていたためでもあるだろう。今では幾らかの支援者を頼りに、静かな学究生活へ入っているという。だが、克也のような潔い態度は例外中の例外である。他の多くの者たちは闘争の盛大な祭りの余韻《よいん》から抜け出せず、魔人の更なる権利追求のために各々活動を再開したのである。

学共闘は高校、大学ごとに運動していた各セクトが連合した組織である。元々、理念も目標設定も手段も何もかもが違う。それをド正義克也たち一部の指導者層が、『学園自治法』などの共通目標を設定することで何とか纏め上げて、また、皮肉なことだが、魔人公安や魔人機動隊などの強大な敵対組織があったからこそ、なんとか協力体制が維持できていたに過ぎない。だが、共通目標を達した後の彼らは、新たな目的を求めて紛糾《ふんきゅう》した。そして、すぐに元通りの有象無象のセクトへと分解していく。

セクト分割後、彼らは自分たちのセクトの目標、理念、方法の正当性を掲げ、また、他セクトを強烈に糾弾し始めるようになる。学共闘の頃から内部での内ゲバは少なからずあったが、ロクな目的も設定できず、確かな方法論も固められない今の彼らは、言ってしまえば「それ以外にやることはない」ほどに内ゲバに傾倒し始めたのである。

彼らの武力抗争は無意味にも拡大の一途を見せ、「あらや山荘事件」などの凄惨な内ゲバ事件を引き起こす。彼らの日常は暴力に染まっていた。――そんな彼らが在りし日の『有無』の活躍を思い出し、身勝手な理由からユキミの獲得に乗り出したのは想像に難くないことであろう。当初は紳士的だった勧誘も、ユキミが拒み続けるうちにすぐに暴力的な内容へとエスカレートしていったのである。

ド正義克也の引退により寄る辺を失ったユキミは、各セクトからの暴力的〝勧誘〟に怯え、逃げ惑う日々であった。克也のいなくなったプロ魔連も変質してしまい、革マジ――革命的魔人主義同盟――と連合するなど、極魔暴力集団としての色彩を強めていく。最早、古巣に頼ることもできなかった。

ユキミの考えうる最悪のケースは、協力を拒んだ末に彼らに殺されることではない。死に至る程の拷問を受けることでもない。彼が拷問に屈することである。ユキミが彼らに屈して協力し、『有無』を悪用されたなら、これは未曾有《みぞう》の大惨事に繋がるだろう。現に、これまでユキミに接触してきたセクトの中には、他セクトや、政府要人の暗殺を企てるものも多く、いや、そんなのはまだ可愛い方で、中には市街での大規模無差別テロ計画を嬉々として語り始める者までいたほどである。実際に『有無』を使えば、大規模無差別殺人どころか、下手をすれば地球人類絶滅だって不可能ではないのだ。世界地図の外枠を赤ペンでなぞるだけで、それは容易に実現してしまう――!

だが、尊敬するド正義克也と共に勝ち取った栄光が、勝利が、――無差別殺人などという蛮行で上塗りされてしまうことが、ユキミには絶対に許せなかった。

――あいつらの下らん理屈に付き合ってられるか! だから、ユキミは逃げ続けている。

いま、彼らから逃げるユキミは命懸けである。彼らに捕まれば、どこぞのアジトへと連れ込まれ、訳の分からん自説を滔々と述べられた挙句「魔人の未来のために一〇〇人ほど殺すから力を貸せ」などと戯言《たわごと》を言ってくるに決まっている。すると、周りを取り囲むセクト構成員たちがこの妄言に拍手喝采を送るのだ。そして、ユキミが彼らに従わなければ、次に待っているのは暴力だろう。ユキミには彼らは気が狂っているとしか思えなかった。

「そっちに逃げたぞ。探せ――」

路地裏に逃げ込んだユキミに追っ手の声が迫る。

息を切らしながらも、歩を急ぐユキミ。

だが、残念ながら、その先は行き止まりであった。

袋小路――。見つかるのは時間の問題。

――くそッ！

ユキミは懐に潜ませたナイフを握った。

いざとなれば……、これを使わねばならないだろう。

戦うのではない。己の胸を突くのだ。

ユキミも魔人としては決して脆弱な部類ではない。だが、相手が同じ魔人であれば、精々一人、二人を倒すのが関の山だろう。五人もの魔人に囲まれれば逃げることすらままならぬ。となれば、後は自分の能力が他人に迷惑を及ぼすことのなきよう、己で始末をつけるしかない。だが――、

「バカな、オレはこんなことで死ぬのか――？　あいつらの戯言のせいで！　こんなくだらない理由でオレは死ななければならないのか――⁉」

ユキミは煩悶する。

この、馬鹿げた事態に。

勿論、事態がここまで逼迫《ひっぱく》するまで、ユキミが手をこまねいていたわけではなかった。彼は努力していた。己の能力を封じるための努力を――。

シルヴィア・リリン・スカーレット。

この怪しい自称占い師の女は、ユキミと克也が苦心して探し出した魔人——、『有無』を封じられる可能性のある魔人だった。距離概念を操作し、無限と有限とゼロの区別を喪失させる彼女の能力『メビウスの憂鬱』ならば『有無』を封じられるかもしれない——。副作用としてユキミは極度の方向音痴になってしまう恐れもあったが、それでも構わず「やってくれ」と懇願した。『有無』に利用価値がなくなれば、あいつらに付きまとわれることもなくなるのだ。ユキミの懇請を受けて、実際にシルヴィアは『メビウスの憂鬱』を使ってくれた。

……だが、いかなることか！

彼女の『メビウスの憂鬱』をもってしても、『有無』は今なお健在なのだ——！

「おい！　こっちだ、いたぞ——」

追っ手の男が仲間へと叫ぶ声が聞こえる。

——ここまでか……。

ユキミは懐剣を握り締めた。

彼は思う——。

一体、何がいけなかったのか。

なぜ、『メビウスの憂鬱』は『有無』を封じられなかったのか——？

——神に見捨てられたか。

などと、思わなくもない。

何せ、自分は魔人機動隊員を五〇〇名近く殺害した殺人者の片割れなのだから。神などというものがいるならば、嫌われたとしても仕方がない。しかし、どうせオレを嫌うなら、最初からこんな特殊な能力など授けなければいいのに。シルヴィアの能力に打ち勝つほどの力など、与えなければいいのに――！

路地の向こうから、逆光を背にした男と女の集団が近付いてくる。六名。絶望的人数だ。全く勝てる気がしない。ユキミは、再び思う――。

他者の能力にさえ打ち勝つほどの凄まじい能力、オレの『有無』――。

なのに、オレはこんなにも非力で……。

オレの運命はこんなにも不幸で……。

神は、オレの能力だけを愛していたのか？

――ユキミの脳裏に過去の情景がフラッシュバックする。シルヴィア・リリン・スカーレット。『メビウスの憂鬱』が不発に終わった時、ユキミは無論愕然としていたが、彼女もまた困惑していた。訳が分からないといった様子で。彼女も己の力に自負するところがあったのだろう。少なからず、ショックを受けているようにも見えた。やはり、ユキミの能力は強力なのだ。他者の能力を打ち破るほどに優秀なのだ。だから――、「神は、オレの能力だけを愛していたのか？」

……………いや。

そんなことはないはずだ。

だって、魔人の能力は、魔人の象徴。

すなわち、オレの能力こそが、オレ自身のハズ――。

だから、神が、オレの能力を愛しているならば――、
ならば、神はオレ自身も、また――、
路地の向こうから、距離を詰めてきた六人。そのうち一人が、狂気の如き笑みを浮かべながら、一歩、前へと進み出る。そして、言う。

「やあ、ユキミ君。探したよ。逃げなくてもいいんだ。オレたちは君を同志に迎えたいだけなんだ。なぁ、まずはオレたちの話だけでも聞いてくれないか？」

だが、この時――。

ユキミの煩悶は一つの可能性へと到達し、直後、それを『認識』していたのだ。

彼は眩く。

「オレは、愛されている……」

その言葉を受け、ユキミの向かいで、きょとんとした表情を浮かべた六人が、顔を見合わせた後、「そう、オレたちはキミを愛している。キミの能力をオレたちは――」などと戯言をほざいたが、その囀《さえず》りを遮って、ユキミは高らかに公言――、いや、激しく絶叫していた。その言葉を！

「オレは、神に愛されている――！」

人が紙のように千切れる異常な力。

あらゆる打撃を通さぬ堅固な肉体。

ユキミに与えられた無限の攻撃力と無限の防御力は、その場にいた魔人六名を皆殺しにするのに十分な力であった。

彼はふと、思う――。

これが、もしかすると、噂に聞いた……

「『転校生』――」

以前と比べて、肉体には何の変化もない。

魔人に覚醒した時と同じように、何も変わらない。

ただ、『認識』だけが――、自分が「神に愛されている」という『認識』だけが――、
すなわち、自分が『転校生』であるという『認識』だけが、ユキミにはあった。

その時から、ユキミは『転校生』として、永久に老いることのない肉体と共に、時空と世界を横断して生きる存在となる。

十九、魔人殲滅

二〇一〇年九月二十二日　十二時十分

黒鈴がはらりと制服を脱いだ。

形の良い、小さな乳房がぷるんと現れる。

両性院男女はユキミから受け取った地図を懐にしまうと、目の前の宙にバッと両手を突き出し、まるでそこにおっぱいがあるかの如く、両手指をもみもみと動かした。

「あっ。あぅ……」

何者かに乳房を揉みこまれる感触を覚え、黒鈴が思わず喘ぐ。『転校生』といえど、この辺りは人と変わりない。

両性院は黒鈴の艶やかな息遣いに意識を払うこともなく、深く息を吸い込むと……、

「チンパイ！」

と、唱え、目の前の仮想のおっぱいをもぎ取るかのように両腕をクロスさせた。すると――、

「ひゃあ！」

と、黒鈴が小さく叫んで、彼女の小振りな乳房がぽろりと落ちる。同時に、黒鈴は下半身に、これまで感じたこともない、異様な感覚を覚えていた。そこにあるはずのないものが、彼女の中に生まれようとしていた――。

「うっ……、あッ！」

女体を襲う違和感に悲鳴をあげたのは黒鈴だけではない。全裸のまま十字架に架けられている天音沙希の体にもその異変は生じていた。彼女のふくよかな乳房もまたぽろりと床に落ち、下半身からは、なかなかどうして立派な一物が、にょきにょきと生えだしてきたのである。

「お、男女……クン……？」

長谷部に嗅がされた薬品により深く昏倒していた沙希も、己の肉体の異様な変化に驚き、覚醒したようである。

「起きたか……」

ユキミが舌打ちした。別に天音沙希が目覚めてもさして困ることはない。ただ、騒がれると煩《うるさ》いだけだ。今の状況、そして、これから彼ら『転校生』が彼女に為すことを考えれば、普通の少女ならまず狂乱することだろう――。

現に、天音沙希も、自分が裸で磔にされていること、そして、己の下腹部で進行中の重大事に気付いて、即座に動揺の色を見せたが、

「沙希……。だいじょうぶ、僕を信じて……」

「男女クン……」

なんと。両性院の一言で、彼女はこの事態を受け入れたのである。一向に進展がないと余人になじられていた二人の関係であるが、彼らが培ってきた信頼は実にこれほどのものであったのだ。

両性院は『転校生』を見て、

「少し、彼女に説明しますよ……？」

と、許可を求める。

ユキミが頷いた。並の少女であればパニックに陥り、他人の言葉になど耳も貸さぬところだが、しかし、流石は天音沙希。オレたちの『報酬』として申し分ない。これまで命を賭してきた甲斐もあったな、と――。

両性院は、磔にされた沙希の、柔らかだった腰の辺りに手を添えると、その中央に見える、生えかけの、だが、巨大な一物を見ながら、言った。

「沙希……。突然でびっくりすると思うけど、とりあえず聞いてくれるかな……」

天音沙希は黙って頷き、両性院は語り出す。彼女の現在の状況や、己が魔人であること。番長グループ、ならびに、生徒会の全滅。魔人小隊。そして、今は『転校生』と連携し、〃コンボ〃を組み立てている真っ最中であることを。無論、この後、彼自身にも天音沙希にも、死が約束されていることなどは語らない。そのようなことを伝えても、要らぬ恐怖を与えるだけである。その辺りをボカしたため、彼女が事態を正確に把握できたとは思えないが、

「良く分からないけど……。いいよ……。男女クンに任せるね」

「ありがとう、沙希……」

「うん、がんばってね。男女クンは、死なないでね――」

「……………もちろんだよ」

　この後、己を待ち受ける運命に、あらかたの予測は付いていたようである。

　両性院の説明が終わる頃には、既に天音沙希の胸部は硬い胸筋に覆われ、声はドスの利いた低く渋い声に変じ、股間には雄々しく聳《そび》え立つ類稀なる一物があったが、彼女、いや、彼はそれすらも受け入れていた。他ならぬ両性院男女が、「だいじょうぶ」と言ってくれたのだから――。

　一方、天音沙希の股間の一物を見て、「わ、わわ……！」とショックを受けていたのが、これまた男へと変じていた黒鈴である。彼女――、いや、彼はスカートの中の自分の一物と天音のそれを見比べては、「なんでこんなに違うんだろう……⁉」と不思議そうに目をぱちくりさせている。そんな黒鈴は今では頬がぷっくりと膨らんで、鼻の下にはチョビヒゲが生えていた。それで、眠たげな表情だけは以前のままなのだから、まるでうだつの上がらぬ浪速《なにわ》の商人のような風体である。そんな容姿の彼が上半身裸でスカートを穿いているのだから、傍から見れば変質者以外の何物でもない。元の彼女の容姿からすると憐れなまでの変貌ぶりだが、邪賢王が美少女へと変じたように、性転換前の美醜はあまり転換後には関係ないのだ。

「おい、黒鈴。少し、触ってみろ……」

　黒鈴の不思議そうな表情に堪りかねて、ユキミがアドバイスを送った。

　助言を受けて、黒鈴はおそるおそる己の股間へと手を延ばす。そして、自分のものを、さすったり、つまんだりしていると、それは急ににょきにょきとした成長を見せた。

「す、すごい！　こういう仕組みなんだ……！　わあい！」

と、黒鈴は新しいオモチャを手に入れた子供のように、嬉々として己の股間を弄くりだしたが、

「ま、待て！　黒鈴、今はこっちを優先してくれ！」

慌ててユキミが止める。落ち着いてくれ、と言わんばかりに。

これには黒鈴もハッと我に返ってバツの悪そうな顔を見せた。ユキミが大怪我を負っていると
いうのに、こんなことをしている場合ではなかったのだ。だから黒鈴は、幾分名残惜しそうだっ
たが、

「両性院……、元に戻る方法を教えて……」

しょんぼりしてそう言った。

その両性院も、『転校生』の思いがけぬ可愛らしい一面に触れて、彼らも同じ人間なのだと思
うと、これからすることへの罪悪感を少しばかり感じたが、しかし、殺らねば殺られるのである。

それに、巧くいく可能性の方が遥かに低い。

「──元に戻る方法は簡単です。先程落ちたおっぱいを元あった場所へとくっ付けるだけです。

左右を間違えないよう丁寧につけて下さい。付けたらすぐに女に戻れますから」

「両性院、戻る時はお前の能力はいらないのか？」

「いりません。僕の能力が必要なのは、最初に別の性へと変じる時だけです。元の性へと戻る時
は、外したちんちんなりおっぱいなりをあるべき場所へと戻すだけです」

「ああ、そうか。そういうことか……」

と、ここでユキミが合点したのは、両性院の出した条件の一つ目、「自分を殺すのは最後にして欲しい」の意味が分かったからである。ユキミは最後に男に戻らなければならないのだから、必然的に両性院を最後まで残すしかないと考えていた。だが、必ずしも両性院を最後まで残す必要はなかったのか。

「――約束は守ってもらいますよ」

「ああ、分かっている。『転校生』は嘘を吐けない。しかし、こんな簡単なことで戻れるなら、魔人小隊のやつらも気付くかもしれないな……」

「そうですね……。可能性はありますが、でも、おそらく大丈夫だと思います。あまりに簡単すぎるから逆に盲点になっていると思うんです」

現に邪賢王もユキミも、その可能性を考えてもいなかったのである。性別を変じるときに両性院の能力が必要ならば、元に戻す時も彼の力が必要だと考えるのが、まぁ当たり前の発想ではある。

一方、黒鈴は相変わらず名残惜しそうな顔をしながらも、落ちたおっぱいを拾って、己の胸へと、ずれないように、慎重に取り付けていた。

「わっ……！」

今度は、アッという間であった。黒鈴が胸に乳房を当てると、瞬時に彼女の体は丸みと柔らかさを取り戻し、ヒゲも即座に抜け落ちた。生える時にはもやしの如く少しずつ頭を出してきた男根も、戻る時には瞬時にしゅるりと引っ込んで、そこにはもはや影も形もない。黒鈴はすっかり

元に戻ってしまった体に物悲しい気持ちを隠せず、玩具を取り上げられた子供のようにむくれていたが、

「おい、黒鈴、そんな顔しないでくれよ——。なんだかオレが悪いことしたみたいじゃないか。それより、天音の方も頼むよ」

また、ユキミに怒られた。しかしまあ、それはそうである。ユキミの方が正しい。黒鈴はしゅんとして沙希の乳房を拾った。

「黒鈴さん……。綺麗に付けてあげて下さいね。沙希も、女の子なんですから……」

「うん……。分かってる……」

黒鈴は沙希の乳房を元あった場所へと丁寧に戻す。沙希は『転校生』たちの『報酬』である。元より乱雑に扱う気はない。

彼女の胸板に乳房を植え付けた刹那、やはり、沙希の体も瞬間的に女体へと戻り、雄々しき陰茎も瞬時にその身を引っ込めた。ミス・ダンゲロス、天音沙希の美しい女の体が彼女に戻ったのである。

「せっかくだから色々試してみたかったけど……。残念だけど、しょうがないよね……。ユキミ、これで私たちを除いて、みんなが男になったはずだよね……？」

「ああ、そのはずだ。確認のしようがないが、大丈夫だよな、両性院？」

「問題ないはずです」

『転校生』の問いに、両性院は力強く頷いた。

＊

「隊長ッ！　何かが……、股間に何かが生えて来ますッッ！」

「ぎゃあ！　胸が、胸が落ちたあァ！」

「我々は、攻撃を……攻撃を受けています……ッ！」

一方、生徒会室では、月読零華たち魔人小隊の面々が混乱の真っ最中にあった。まあ、それはそうだろう。おっぱいがぽろりと取れたり、股間から何かがにょきにょきと生え出してきたら、百戦錬磨の彼女らといえど恐怖して当然である。

「落ち着けッ！」

対して、周囲に月読の怒号が走った。

――しかし、彼女はいま、アメリカの高校で苛められてそうなナード風の男子に変じており、声も妙に細くて高くてオタクっぽいので怒号にも威厳がない。

それでも月読は必死になって、

「es！　『ダンス』は後何回だ！」

と、部下に怒鳴り散らす。esは今も『ネクロマンス・ダンス』の生首リフティング一万回に挑戦中であった。

「もう、終わります……！　あと、五回ほど……！」

「よし、絶対に失敗するな！」

そのesも今では胸がもげ落ち、股間には貧相な一物がぷらぷら生まれているのである。これほどの肉体変化の中で、恐怖と混乱に襲われながらも、それでもボールを落とさず、己の仕事を完遂しようとする辺り、彼女も流石にプロである。

「サン……、ニイ……、イチ……。ゼロ！　――隊長、終わりました！」

「よしッ！　すぐに記憶を探れ！　この能力の情報はあるか⁉」

「…………あります。分かりました！　これはおそらく性別転換能力です！　両性院男女という生徒の能力です！」

――両性院男女、あの子か……！

月読は舌打ちしつつ、昨日の彼の姿を思い出す。新校舎の下駄箱付近で、校長黒川メイとして彼女は両性院の様子を窺っていた。生徒会の会議を盗聴していた月読は両性院の参戦可能性を知っていたが、彼女としてもこんな馬鹿げた戦争に一般生徒を巻き込みたくはなかったのである。万一、彼に参戦の意志でもあれば説得して家に帰そうとも思っていた。だから、あの時、彼らに下校の意志があることを知って彼女はホッとしたのだが、まさかあれから結局ハルマゲドンに巻き込まれていただなんて――！

道に迷ったフリをしている月読に対し、ハルマゲドン直前にも拘らず懇切丁寧に道を教えてくれた両性院と川井ミツル。自分たちの引き起こした戦争に、結局、あの子を巻き込んでしまったのかと思うと月読も心が痛んだが、しかし、今この現状を考えるに、相手はこちらを敵として認識しているのだろう。ならば、躊躇していてはこちらが殺られる――！

「貴様ら落ち着け！　たったいまｅｓの能力で判明した。これはただの性別転換能力だ！　呪いや病気の類ではない！　支障は無い、落ち着けッ」

ヒョロッとしたカン高い声で、月読は再び必死の怒声を張り上げた。

何にせよ、これがただの性別転換であることが分かっただけでも救いであった。……だが、彼女——、いや、彼は叫びながらも、ふと疑問を感じていた。

——なぜ、敵はここで性別転換を行ったのだろう、と。

突然の性別転換を受けて、確かに魔人小隊は混乱を来している。だが、敵はその機に乗じて強襲を仕掛けてきたわけでもない。ただ、一時的な混乱を引き起こしただけだ。これでは然程の意味は生じないだろうに、なぜ——？

「病気……か——」

月読は不意に呟いた。気付いたのである。自分たちが最も畏怖《いふ》すべき可能性に——。つまり、この男性化現象は、あくまで次に控える一手のための「前提」に過ぎないのではないか、と。

「おい、友釣は……」

「は……？」

月読の部下が呆けた調子で聞き返す。

「友釣香魚の死体はどこだッ！」

多分に焦りの混じった上官の怒鳴り声に、カンの良い何名かの部下はその意味に気付いたのだろう。慌てて友釣の遺体を捜すが、無論、見つからない。彼女の遺体は『転校生』の『木曜スペシャル』により、既に旧校舎へと運ばれている――。

「あ、ありませんッ！　友釣香魚の死体が、消えていますッ！」

「チィッ！」

月読が激しく舌打つ。ひょろひょろのオタクへと変貌した彼の瞳には、いまや明らかな困惑の色が見えた。実際に魔人小隊は大ピンチである。

「es、早急に確認するぞ……。生徒会の生き残りは？」

「ド正義の記憶を洗う限りでは……。凡骨太郎という生徒会役員が一人生きているはずです」

「他にも何人かに逃げられていたな。確か、凡骨の能力はカードゲームに関わるものだったはず……。戦闘には使えない。少なくともあいつは関係ないか……」

月読は生徒会室各所に設置した盗聴器や、架神恭介とのピロウトークから生徒会役員の能力をかなり把握していた。無論、全てではないが。

「『転校生』はやはり学内にいるのか？」

「――います。旧校舎にいるようです。三人いて……。うち一人は生徒会が倒したようですが、残り二人は健在のはず。それで、どうも『転校生』には移動能力があるようですから……」

「チィッ――」

再び月読が舌打ちする。相手が生徒会役員ならまだしも――、『転校生』か……。

「友釣香魚は『転校生』に連れ去られたと見るべきだな。クソッ……。『転校生』に死者蘇生能力があるのか、もしくは、死体を操作する能力があるのか。コピー能力かもしれない。いや、そもそも友釣は死んでいなかった可能性すらある。……とにかく、いずれにしろ死体が消えたということは、向こうには何か友釣を利用する手段があるということだ……」

月読は考える。友釣香魚、そして、『転校生』に対抗するためには――、

「阿頼耶識だ……。阿頼耶識准尉は今どうしている？　直ちに帰投させろ」

彼女の『ラージギール』でひとまず身を隠すべきと判断したのである。『ラージギール』で身を隠せば、『転校生』だろうがウイルスだろうが見つかるはずがない。だが、

「それが……。通信に応答がありません。おそらく、既に――」

月読に言われるまでもなく確認は行われていたのである。それほど『ラージギール』は皆から頼られていたのだが、その阿頼耶識はしばらく前にユキミに討たれている。

「クソッ……！　後手後手に回っているな！　確か、友釣の能力範囲は半径二十メートル程だったはずだ。ここに固まっていたら一網打尽にされてしまう……」

月読零華は部下に散開を命じる。友釣香魚を見かけ次第、即座に再殺するようにと付け加えて。

「いいか、各分隊とも十分な距離を取り、友釣に警戒を払いつつ各自別ルートから旧校舎へと向かうぞ。旧校舎には『転校生』と両性院男女がいるはずだ。『転校生』は何とかして殺せ。両性院男女には我々の身体を戻させる必要がある。殺さずに確保しろ！」

だが、いかな魔人小隊といえど、ここ職員校舎から旧校舎まで向かうにはあまりにも時間が足りなすぎたのだ。

できるだけ威厳を伴った声で、月読零華は必死に命令を下しながらも、しかし、部下たちには

聞こえぬよう、小さな、ごく小さな声で独りごちる。

「クソッ、クソッ……！　我々は、子供の戯れ言に付き合って死ぬのか……。子供の描いた、馬鹿らしい『建国』を阻止するために我々は死ぬのか⁉　――いや、それはいい。ド正義卓也の戯れ言に一％でも二％でも国を害する可能性があるなら命を賭けてもいい。だが、何故だ。何故、我々は『転校生』などという怪物を相手に戦っているんだ――！　一体、何のために『転校生』と戦ってるんだ――⁉」

月読零華には自分が何のために戦っているのかも分からない。だが、それも仕方がないのだろう。だって、彼女は犬なのだから――。

＊

学園総男性化を終えた両性院たちは、作戦の第二段階へと移行していた。次はユキミに対する『チンパイ』である。

やり方は邪賢王の時とまったく同じ。彼のズボンの中へと両性院が右腕を突っ込み、ヒョイと抜き出す。すると、その手の中にはぽろりと落ちたユキミの一物が握られていた。『チンパイ』発動である。

そして、ユキミの肉体は女体化へ向けてゆっくりと変化していく。体内に生じている、かつて経験したことのない変化に、ユキミはなんだかムズ痒《がゆ》いような、気色悪いような感覚を覚えているが、それを表情に出すこともなく耐えている。

その気味悪い感覚から意識を逸らそうと考えたのか、ユキミが軽い感じで両性院に訊いた。

「性を変じる時はゆっくりで、戻る時は一瞬なのか……。なるほど、異性に変わるのは大きな変化だが、元に戻るのはさしたることではないと、両性院、お前はそう『認識』しているんだな？」

この質問に対し、両性院は素直に、ごく素直に答える。「正直、良く分かりません」と。

「……でも、たぶんそうなんだと思います。異性へと変わることは、それまでの自分を全て捨てて、新しい自分としての人生を再スタートすることです。でも、元の性に戻るのは、かつての生活へ戻るだけのこと。『チンパイ』を得た頃の僕は、そう思っていたのかもしれません……」

「なるほど、興味深い話だ。お前は今でもそう考えているのか……？」

「……それも、正直分かりません」

また、素直に答えた。両性院は軽く宙を見つめて、口を開く――。

「でも、今では別の考えもあります……。それまでの自分を捨てて、新しい自分を再スタートするというのは……。それって、言ってみれば、それまでの自分に何か問題があったということですよね……」

「そうだな、問題がなければ変わる必要もない」

「だから、今はこうも思ってるんです。元の性へと戻ることは、『問題に向き合うこと』だと。以前の自分が直面した問題に、逃げずに真正面からぶつかることなんだと。だから、今の僕が『チンパイ』を発現したならば……、むしろ元に戻る時の方が大変なのかもしれません」

「そうか、なるほどな……。しかし──」

──しかし、両性院はかなり「魔人の能力」について知っているな、とユキミは気付いていた。そして、彼がそう考える間も、その身体はゆっくりと丸みと柔らかみを帯び始めている。ユキミの女体化は滞りなく進行していた──。

一方、その頃、黒鈴は全く別の作業へと取り掛かっていた。蜂の巣と化した友釣香魚の死体を抱き起こすと、ナイフでスパッとその首を切り落とす。そして、頭頂部からすらすらとナイフを滑らせて脳味噌を剝き出しにし、机にドンと置いて、銀のスプーンを添えたのである。

彼女は露になった頭頂部を色んな方向から覗き込んで、

「運が良かったわ……。銃弾は脳には一発も当たっていない……」

黒鈴の『XYZ』は完食が条件である。弾丸により脳味噌が派手に飛散していれば、友釣の『災玉』をコピーできない恐れもあった。

「オーケー。黒鈴、そっちもそろそろ始めてくれ」

黒鈴が頷く。彼女の手には一枚の地図が握られていた。ユキミの『有無』である。地図上では既に学園全体が赤ペンにてマークされている。後は黒鈴が脳味噌を喰らい、友釣の能力『災玉』を発動すれば、男性化した学園内の魔人は全滅し、彼らの任務は完了する。

「ユキミ、私が一口食べたら……。『仁義なき戦い』は喪失するけど。いい……？」

「ああ、問題ない。止血は十分だ」

ユキミの腕には包帯が巻かれていた。黒鈴の『仁義なき戦い』がなくなれば、彼女の血で塞いだ傷口はまた開くこととなるが、これは仕方のないことである。しかし、ユキミには可能な限りの応急手当が施されているため、傷が開けど命に関わることはないだろう。

「よし、じゃあ、オレも両性院との〝条件〟を済ませるか」

ユキミは放置されていた椅子を運び、瓦礫に座る両性院の前へと腰を下ろした。二人の近くには一本の刀が突き立てられており、両性院の足下には例の学生鞄がある。その中身を見ないことが二つ目の条件であったが、元よりユキミにはあまり興味がない。たとえその中身が核爆弾であったとしても、『転校生』がそれで死ぬことはないからだ。如何なる武器が入っていようとも恐れることはない。

ユキミは目の前の両性院を見て、「もう始めていいか？」と訊く。

両性院が頷いた――。

条件は全て整い、彼の「賭け」も第二段階へと移行する。

「さて。お前のリクエストは……、『転校生』の『強さ』の秘密だよな？　本当はあまり教えたくないんだが……。まァ、このくらいのリスクは冒そうか……」

黒鈴が友釣の脳味噌へスプーンを突き刺し、口へと運んだ。『仁義なき戦い』が失われ、包帯を巻かれたユキミの右腕に、血が滲む……。

「じゃあ、まずは基礎から行こう。さっきの感じからすると、両性院、お前は魔人の能力が『認識』によるものだということは、一応知っているんだよな？」

「――はい。魔人の能力とは、『自己の認識を他者へと強制する力』と聞いています」

生徒会長、ド正義卓也から聞いた話だ。

「うむ、その通りだ。その理解はおそらく正しい。で、ここからはオレも先輩の受け売りなんだがな」

ユキミの言う先輩とは、ド正義克也のことである——。

「先輩によれば、オレたちがいま存在しているこの世界は、どうやらオレたち全員の『認識』により成立しているらしい。オレたちが『認識』するからこそ、外界の物質は初めて存在しうる。……という話だ」

ユキミは血が滲み出してきた右腕を見て顔をしかめた。命に別状はないと判断しているが、『転校生』といえど、己の血を見るのはあまり気分の良いものではないらしい。

そんなユキミの様子に両性院も気付いていたが、構わず彼は続ける。

「……その点を確認させてもらっていいですか？　例えば、僕の存在も、皆が僕の存在を『認識』してくれているからこそ僕が存在できていると。そういうことですか？」

「そう。その通りだ。……いや、正確に言えばそれだけでもないんだが、とりあえずそう考えておいてくれ」

ユキミは言葉を濁した。説明には順序が必要なのだ。

そして、続ける。

「でもな、例えば、オレがお前のことを邪魔だと思ったとしよう。お前に消えて欲しいと願ったとしよう。でも、お前は消えたりしないよな？　皆がお前の存在を『認識』しているからな。オレ一人がお前の存在を『認識』しなかったとしても、それはオレがただ狂っているだけだ」

「『認識』により、本当に僕の存在を消すことができるのは魔人だけ、ということですね──」

ここまでは両性院も理解している。ド正義卓也に教わった通りの内容である。普通の人間一人が両性院の存在を『認識』しなくとも、周りの者は変わらず両性院を『認識』し続ける。両性院を『認識』していないその一人だけが、周りから変人、もしくは病人として扱われるだけだ。しかし、魔人が両性院の存在を『認識』しなかった場合。周りの者も魔人の力により両性院の存在を『認識』しなくなる。すると、両性院の存在は消える──。これが、魔人の「人を消す」能力に他ならない。

「フフッ、話が早くて助かるな。でな、ここからが重要なんだが、先輩はオレにこう言ったんだ。『じゃあ、この世界で君が他の皆ともっとも異なっている点は何か』と。つまり、オレの魔人としてのアイデンティティは何か、とな──」

「それは……、ユキミさんの『認識』ですよね……?」

両性院は静かに言葉を繋ぐ──。

ユキミも微笑して頷いた。

「そう、オレの『認識』だ。オレのアイデンティティは性別でもなければ国籍でもない。容姿や身長、腕力、学歴でもなければ、ましてや服装などではない。容姿が似たヤツも、身長が同じヤツも、オレと同じくらいの腕力のヤツも、オレと同じ服を着たヤツも、そんなやつらはどこにでもいる。それらはどれも互換可能なものだ。だが、魔人としてのオレの『認識』はオレだけのものだ。そうだろう？」

ユキミもまた、静かに言った——。

同じ物体を見ていても、人によってそれの『認識』は異なる。同じものを見れば同じ『認識』をするわけではない。だが、魔人の『認識』は他者の『認識』を上書きする。一人一人が異なる『認識』を持つ世界で、魔人だけは自己の『認識』で世界を覆《おお》うことができる。よって、魔人の持つ『認識』は、確実に世界全員の『認識』となる。だから——、

「『認識』、つまりは魔人の『能力』。オレの能力『有無』が、すなわちオレ自身のアイデンティティであり、オレという人間の象徴となる。『有無』は世界でただ一人、オレだけのもの。もちろん、お前の『チンパイ』や黒鈴の『ＸＹＺ』だってそうだ。極論すれば、魔人の持つ能力とは、魔人の存在そのものと言ってもいい。まずは、これを覚えておいてくれ——」

ユキミが、先輩、つまりド正義克也から聞いた話はここまでである。ここから先の話は、ド正義克也もおそらく辿り着けなかった領域、——『転校生』の世界の話である。

「……で、ここから、話が少し飛ぶんだがな」

ユキミは難しそうな顔をして、少し溜めてから、しかし、唐突に、
と、言った——。

「お前は『神』の存在を信じるか？」

ここまでするすると飲み込んできた両性院も、これには流石に面食らう。いきなり『神』とは！　まさか、『転校生』の秘密とは宗教的なものなのか——？

「神？　神って、マカマカ教とかの……神ですか？」

マカマカ教は戦後になって流行した巨大新興宗教のことである。何かといかがわしい団体として知られている。

対してユキミは、「そう、その類の『神』だ」と認めながらも――、

「といっても、あんなインチキ宗教の神ではない。いや、オレたち『転校生』が呼ぶところの『神』は、もっと遥かにインチキな代物なんだがな」

「……つまり、『転校生』が信じる『宗教』があるってことですか？」

「――ん。まァ、宗教というわけでもなくてな……。『神』と言っても、別に普通のイチ個人だ。いや、普通ではないか、な……。今はあくまで便宜上、その存在を『神』と呼んでいるだけなんだが……」

ユキミの説明が明快さを失う。

どうもこの辺り、ずいぶんと説明のし辛い話のようだ。彼は少し説明の方法を考えてから、改めて切り出す。

「なあ、両性院。さっきオレが言ったよな？　オレたちは自己の『認識』で他者の『認識』を上書きすることができる、と」

それが魔人の能力である。

両性院は首肯する。

「つまり、オレたちの『認識』は部分的にではあるが、一般人の『認識』よりも上位にあるわけ

だ。そして、もちろん魔人の『認識』の強制は、一般人にのみ及ぶものではない。同じ魔人に対しても『認識』は強制される。それは当然のことだよな?」

当然である。魔人に対して能力が効くのだから。

両性院はまた黙って首肯した。

「――で、ここで問題だ。じゃあ、魔人同士の『認識』が、お互いに衝突した場合、一体どうなると思う? オレはこれを『認識の衝突《コンフリクト》』と呼んでいるんだが……」

ここで両性院は、またしても、ごくりと固唾を飲み込んだ。今のところは、彼の想定通りに進んでいる。そして、これが通れば――、

両性院は口を開いた。

「それは――、たとえば『矛盾』とかですか?」

「そう、それだ――!」

ユキミは快活に言った。

「両性院、それは実に良い喩えだ。じゃあ、具体例を出して問い直そう。『どんな盾でも貫ける無敵の矛を持つ』魔人と、『どんな矛でも防げる無敵の盾を持つ』魔人が、互いに戦った場合、どちらが勝つと思う? 二人の『認識』、つまり、二人の能力は完全に衝突している。これはどちらが勝つと思う? その根拠は――?」

これは――。

生徒会室で、両性院がド正義に尋ねた「矛盾問題」そのままである。あの時、ド正義は悩みこ

そすれ、その答えを出すことはできなかった。だが、今の両性院なら、少なくともここまでは分かっている――。

「どちらが勝つかは、分かりません……。根拠ももちろん分かりません……。でも、どっちかが勝つんですよね？」

両性院の答えに、ユキミはニヤリと笑った。

「そうだ、そこまでは正解だ。普通のヤツは、矛も盾も壊れるとかトンチンカンなことを言うものだが、両性院、お前は実にカンがいいな。その通り、この場合、必ずどちらかの魔人が勝つんだ。しかし、どちらが勝つのか、その根拠は何か、流石のお前もそこまでは分からないようだな……」

その通りであった。

ここからが両性院にも分からないのだ。

魔人の能力が完全に矛盾し、どちらかが勝利した場合――。その勝ち負けはどんな根拠により求められているのか。

両性院は、おそらくその可能性はないだろうと思いつつも、念のため聞いてみる。

「『認識』の強い方が勝つんでしょうか？」

ユキミは「いや、それはない」と即答した。想像通りである。

「……『認識』は『認識』だ。『認識』に強いも弱いもない。もちろん、いくらかでも論理で結果を判断できる余地があれば、どちらが勝つのかは明白に決まるだろうがな。……例えば、さっ

き の例で言えば、盾はそのまま『どんな矛でも防げる無敵の盾』だとして、一方、矛の方を『決して盾には当たらない矛』に変えてみればいい。するとどうなる？　盾を持つ魔人は、いくら自分の盾が強いと『認識』していても、これは盾の負けだな。なぜなら、矛は盾に当たらず、直接盾を持つ魔人を刺すのだから。オレたちは、こういった論理を判定し、魔人の勝敗を決める存在を『神』と仮に呼んでいる」

「勝敗判定を一人で受け持っている『神』が、いるということですか……？」

「そうだ。オレたちが能力を使う時だって、別に勝てるかどうかなんて考えてもいないだろう？　相手の能力が分からない時も多いことだし。それは全部『神』が判定してるんだよ。まァ、彼女は――」

神と言うほどの者でもないけどな、とユキミは独りごちた。

いまや『神』の正体を知っている彼にとっては、『神』と呼ぶのも馬鹿らしい相手ではある。それに、彼女が本当に『神』の役割を受け持っているのかどうかも怪しいものだ。

「じゃあ、『神』が勝ち負けを判定してくれるとして、それが論理では判定できない場合は……？」

「そう、それが問題だ」

ここでユキミが語気を強めた。『転校生』問答の核心はここからである。

「論理的思考では答えが出ない場合。つまり、『認識の衝突』が発生してしまった場合。どちらの能力が結果的に勝利を収めるのか？　矛盾なら、盾も矛も両方壊してしまえば良さそうなものだが、どうも『神』はそのような展開は望まず、なんとしてでも白黒を付けたがるものらしい。

……盾と矛ならまだ話は簡単で両方壊してしまってもいいんだろうが、衝突の種類によっては、『神』もどうすればいいのか想像がつかなくなるようでな。それなら、どっちかに勝たせてしまった方が話が簡単なんだろう」

と言って、ユキミは苦笑した。

「しかし、『神』としても、どちらが勝つのか、いくら考えても答えが出るはずがない。そりゃあそうだ。どちらを勝たせるにしても論理的な根拠が全くないんだからな。完全にお手上げだ」

『転校生』はもう一度苦笑して――、

「で、ここからが実に下らない話なのだが……。結論に窮した『神』は……、一体どうすると思う?」

分からない。

両性院にはこれが分からないのだ。

沈黙を守る彼に対し、ユキミはなおも苦笑しながら、サイコロを振るような真似をした。

「実に、実に馬鹿らしい話だが、『神』はどうやら『ダイス』を振るらしい。まァ、クジ引きでもコイントスでも何でもいいんだが、とにかく結論を運任せにするってことだ。あらゆる過去の事例を見ても例外はないはずだが、相反する二つの『認識』がぶつかった場合、必ず一方の魔人の『認識』が優先される。傍から見ても、なぜそちらの『認識』が優先されたのか誰にも分からないし、説明もつかない。だから、おそらく『運』が良かっただけだ。優先されたことに意味などないのだろう。しかし、この時に優先された者が……。分かるか、両性院？」

両性院は静かに答えた。

「『転校生』に、なるのですね……」

あと一歩――。

「その通り。『転校生』とは、『神』に優先されし者。論理的には白黒付けられぬ『認識の衝突』に、なぜか勝利を収めし者。これを『運が良かった』などと普通は考えない。『神』の事情など知る由もないんだからな……。自分は神に愛されている。自分は並の魔人とは違う。魔人を超えた『特別な存在』である。そんな風に思い上がり、自己を過大評価し、己を『魔人を超えた』『特別な存在』と『認識』する――」

この時、黒鈴の「食事」も進んでいた。友釣の脳は、あと一口二口を残すばかり。同時に、ユキミの肉体もほとんど少女のそれへと変じていた。胸も膨らみ、声のトーンも高くなっている。もはや生物学的には十分に、――「女」である。

「己を『魔人を超えた』『特別な存在』だと『認識』した者。それが『転校生』――。『認識の衝突』に打ち勝ち、神に愛されたという自覚を一度でも持てば、そいつは『転校生』になれる。自分が『特別な存在』であるというその『認識』が、実際にそいつを『転校生』という『特別な存在』へと押し上げる。『転校生』には強い弱いといった一般的なロジックは通用しない。なぜなら、オレたちは『特別な存在』だからだ。強いとか弱いとか言うのは、『普通の魔人』の間での話だろう？　オレたち『転校生』は『特別な存在』だから、文字通り格が違う。だから、魔人の攻撃など一切効かないし、魔人の守りなど紙のように破れる。分かるか、両性院？」

——やはり。

やはり、『転校生』の『強さ』は一種の魔人能力なのであった。いや、魔人能力の「延長」というべきか。ともかく、この点は両性院の予想通りである。ただ、彼には足りなかっただけだ。

「無論、『神』が本当にダイスを振っているのかどうかは分からない。まずありえないだろうが、『神』は本当にオレを愛していたのかもしれない。『えこひいき』ってやつだな。野球で審判がギリギリのボール球をストライクって言ったりするだろ？　ファンの球団に有利な判定をするアレだ。……ま、適当に決めてるのか、それともえこひいきされたのか。どちらが正しいかなんて分からないさ。『神』の思惑など、オレたちに分かるはずもないからな」

だが、彼女は——、末那識千尋《まなしきちひろ》はきっと適当にやっているだけだろうな、とユキミは思う。いや、彼女のさらに上にいるかもしれない本物の『神』こそが、適当にやっている張本人かもしれないが。しかし、ユキミに実在が確認できるのは「末那識千尋」までである。

「——んっ」

黒鈴は苦い顔をしながら、ごくりと脳味噌を飲み込んだ。

こちらも終わりに近付いている。

残りは、あと、一口。

一口である——。

「さあ、どうだ、両性院。これがオレの知る限りの『転校生』の『強さ』に関する秘密だ。『転校生』になる方法は他にもあるようだが、そっちはオレは良く知らないからな。オレが伝えられるのはここまでだが、これでお前の条件は満たせたかな?」

ユキミの言葉に、両性院は穏やかに微笑んだ。

そして、言う。彼の声は少しだけ、弾んでいた——。

「……十分です。ありがとうございます。十分に『認識』できました。ユキミさん、僕は——」

「……ん?」

黒鈴が、最後の一口をスプーンですくった。

両性院の両腕には、魔人でも断ち切れぬ極鉄鋼の手錠が嵌められている。

「僕は、少し謙虚過ぎたようです。魔人になった僕が言うのもなんですが、僕はそこまで自惚《うぬぼ》れることができなかった」

「……何を言っている、両性院?」

ユキミが不思議そうな顔をしている。

「でも、ユキミさんの説明で、僕は論理的に『認識』できたんです」

両性院は弾む声を抑え、努めて平静にそう言って、手錠で縛られた両腕をユキミの前に延ばすと——、

「僕は——」

彼は両腕を広げて、パキッと手錠を砕いた。軽々と。

そして、左腕で拳を作り、振りかぶる。

「僕はもう『転校生』なのだと――」

「…………！」

ユキミの表情が一変する――。

立ち上がろうとしたユキミの右脇腹に、振り下ろされた両性院の左拳が食い込んだ。

右腕を失ったユキミにはガードできない――！

「……ッ！」

魔人としては非力な両性院であったが、この一撃は、腕を失い、血を失ったユキミの体勢を崩すには十分なものであった。立ち上がろうとしたユキミは、横合いからの衝撃にバランスを保てず、地に倒れる。

たとえ邪賢王の豪拳といえど、『転校生』たるユキミには僅かなダメージを与えることさえできなかった。『転校生』に打撃を与え得るものは、同じ土俵に立てる『別格の存在』――、つまり、『転校生』の打撃のみである。だから、この一撃は両性院男女が『転校生』と化した何よりの証左と言えた。しかし、両性院はいつ『認識の衝突』に勝利したのか――？

「くそッ……！」

ユキミはすぐさま立ち上がろうとするが、片腕を失った体ではバランスが取れず、もたつく。その機を逃さず、両性院は傍らに突き刺さっていた日本刀を手にした。二人は『転校生』。条件は互角。ならば、武器を取った方が有利であることは必定。だが、この刀は、振るう両性院男女が想像した以上に壮絶なる武器であった。そう、ムーを討ち果たせし生徒会の宝剣『福本剣』――。

両性院は刀を摑むと、上体を起こしながら、横薙ぎに刀を走らせた。腕を失い、体勢も不確かなユキミには逃れる術もない。『福本剣』がユキミの女体に触れると、その線に沿い、彼女の上体は胸元で上下へと二分され、ずるりとスライドして地上へと転がった。

そして、両性院はすぐさま黒鈴に背を向ける——！

「ユ……キミ……？」

黒鈴は、目の前の仲間の死に一瞬我を失う。

そして、次に彼女を襲うは、猛烈な吐気。

だが、ムーの時の過ちは繰り返さない。

口まで溢れた吐瀉物を、黒鈴はごくりと飲み込んだ。黒鈴は、思う。

——ユキミが、死んだ。

胃酸の味を舌先に感じながら、鼻から抜ける酸っぱい香りを感じながらも、黒鈴は思う。

——信じられないことだけれど、ユキミが敗れた以上、両性院男女が『転校生』であることは疑いない。あたしがこのまま戦っても、『転校生』同士では五分の肉弾戦しかできない。あたしはナイフ。相手は刀を持っている。リーチじゃ勝てない。それならば……、

「ぱくっ」

黒鈴は、友釣香魚の脳味噌の、最後の一口を己の小さな口へと押し込んだ。黒鈴は、思う。

——両性院は本当に『転校生』になったのだろう……。土壇場で、あの非力な子が、ここまでするなんて思わなかった。でも、それでも、あたしが一手早かった。あたしの勝ち。幸いにも両

性院男女は男の子。あたしが口の中の脳味噌を飲み込んで、友釣の能力を発動するまで一秒もからない。その間に、両性院があたしを斬り殺すことは不可能。『チンパイ』を自分に使っても女に変わるには三十分ほどの時間が必要。だから、無理……！　あたしの勝ち……！

ごくり。

黒鈴が最後の一口を飲み込んだ。その瞬間、友釣香魚の能力、『災玉』に関する情報を、黒鈴は全て一瞬で『認識』する。この能力に発動条件はない。今すぐ！　直ちに使える——！

目の前の両性院男女は、黒鈴に背を向け、屈み込んで学生鞄を開けている。何をしているのかは分からないが、今の両性院に『災玉』を防げる手段はないはず。

黒鈴は確信する。

——勝った！

その瞬間——。

黒鈴の『災玉』が発動する。

それは、目に見えないウイルス。

大学生に輪姦された友釣香魚が、世界中の全ての男を呪い、男を惨たらしく殺すためだけに生んだ、史上最悪のウイルス——。

不可視のウイルスは、ユキミの『有無』を経由し、一瞬で学園全体を包み込む。誰も気付く暇もなく、ウイルスは全ての男の全身を駆け巡る。当時の友釣香魚が知りえた限りのありとあらゆる性病が男の全身で発症し、股間では尋常ならざる量の精液が集まり膨張し、同時に気道を精液が逆流していく――！

だが、彼らの全身を異常な痛痒が襲った刹那。慈悲深いことに、彼らは直ちに落命した。男性へと変えられていた月読零華と魔人小隊、および、逃げ散っていた生徒会役員。そして、地下シエルター内の職員室でハルマゲドンの終了を待っていた教職員たち――。両性院男女の『チンパイ』により男性と化した者たち全員が、この学園に残っていた者たち全員が、ウイルスにより男根を爆発させ、口から多量の精液を吐き散らかして、死亡した。魔人殲滅、完了――⁉

――ムー、ユキミ、勝った、勝ったよ。あたし、勝ったよ……！

後は、目の前の両性院男女が、くるりとこちらを向いて、口から精液を滴らせて、あたしを憎悪の目で睨みながら、ゆっくりと倒れれば、全てが終わっ……

――えっ⁉

くるりとこちらを向いた両性院の手には、『福本剣』が握られていた。

刀は、優しく、優しく、黒鈴の首を撫でる――。

――なんで……、死なないの……？

刀に導かれ、黒鈴の首が、宙を舞う。

彼女の意識は速やかに薄れていく。

その中で、黒鈴は離れていく己の胴体を目視した。

――いいよ、両性院。あなたの勝ちだよ……。討たれてあげる……。でも、最期に教えて欲しいな……。どうして、あなたは死ななかったの……？

その時、宙を舞う彼女の瞳に映った物は。

はだけた両性院の上半身。

そして、その胸に確かに存在する、ふくよかな二つの乳房であった。

――ああ、なんだ。そっか。なーんだ。そういうことか。ごめんね、ムー、ユキミ……。あたし、最後の最後で、ヘマしちゃったみたい……。ごめんね……。ごめんね――。

ぐしゃりと地に落ちた黒鈴の頭脳は、両性院男女の身に起こった現象を理解し、その思考を最後に活動を止めた。

エピローグ　─恋─

二〇一〇年九月二十二日　十三時十五分

死屍累々たる学園の中で、いまや生存者は旧校舎の中の二人だけに限られていた。

すなわち、両性院乙女と天音沙希──。

そして、両性院乙女は、本来あるべき己の性へと戻っていた。彼女は己の股間へと、そっと手を差し入れる。

──血は付いていない。

やはり、処女は失っていないようだった。

「オトメちゃん……。オトメちゃんなの…………?」

両性院乙女の姿に、天音沙希も曖昧だった過去の記憶を取り戻す。

彼女は、ずっと気付いていなかったのだ。

幼稚園の頃、隣に住んでた親友の女の子──、両性院オトメちゃんが、隣に住んでいる親友の男の子、両性院男女クンであったことに。

オトメちゃんは、あの時、彼女の前から突然いなくなった。幼かった沙希は泣いた。仲良しだった、大好きだった親友が、突然自分の前から消えちゃったから。でも、幼かった沙希の傷はすぐに癒えた。隣の家に新しくやってきた男女クンが、沙希の新しい大親友になってくれたから。男女クンは、オトメちゃんにそっくりだった。まるで、彼女がそこにいるかのようだった。だから、沙希はすぐに男女クンと仲良くなったし、オトメちゃんがいなくなった悲しみも、すぐに忘れることができた——。

あの時、沙希の母は「オトメちゃんは親戚のおうちに行ったのよ」と言った。だから、母は知っていたのだろう。両性院乙女が魔人として覚醒し、両性院男女となったことを。乙女の魔人覚醒を沙希から隠すため、仲の良かった天音と両性院の両親は、相談して彼女に真実を伏せていたのだろう——。

「男女クンが……、オトメちゃん、だったの……?」

「ずっと黙ってて、ゴメン……」

幼稚園の時。沙希が乙女を庇って小学生の男の子から暴力を振るわれた時。両性院乙女は、大好きな沙希を守りたいと思った。男の子になって、強くなって、いじめっ子から、あらゆる苦難から、沙希を守りたいと思った。そして、その夜、乙女は魔人へと覚醒し、『チンパイ』を得て——。

「ううん……。いいの。ずっと、オトメちゃんが、私を守ってくれてたんだね……」

沙希が、涙ぐむ。

「オトメちゃん。体は……、大丈夫なの？」

「うん……。ケガとかは、あんまりない。でも、僕はもう……」

——もう両性院乙女は『転校生』である。

両性院が『認識の衝突』に勝利したのは、赤蝗伝斎に犯された瞬間であった。かつて女性であった両性院は、その時分、確かに前の処女を備えていた。しかし、男性化した男女には当然後ろの処女しかない。あらゆる因果律を超えて相手の処女を奪う赤蝗伝斎の『メギド』は、果たして「かつて女性であった者の前の処女」まで奪えるのだろうか？

少なくとも、今回の場合、答えは否であった。乙女の前の処女はいまだ奪われておらず、彼女の『チンパイ』は赤蝗の『メギド』との『認識の衝突』に勝利したのである。赤蝗に犯された時、両性院男女は前の処女を奪われることも覚悟した。そこにない処女を一体どうやって奪う気かとも思ったが、とにかく覚悟はしていた。だが、『メギド』は彼の存在せぬ前の処女を奪おうとはしなかった。男女は、赤蝗に犯され、後ろの処女を奪われながらも、己の能力が『メギド』に勝利したという、確信めいたものを感じていたのである。彼に足りなかったものは、その『勝利』こそが、自分が『特別な存在』の証であるという『認識』だけだった。その『認識』はユキミの説明が補完してくれた——。

「でも、僕はもう……、『転校生』………」

「関係ないよ、そんなの……！」

天音沙希の体を縛り付けている鉄の拘束具を、乙女はまるで紙を裂くかの如くに軽々と破った。

紛うことなき『転校生』の力である。

縛めを外された裸の沙希が、乙女の前へと立つ。

「オトメちゃん。私、ずっと言いたかった……。勇気がなくって、嫌われたら嫌だって、怖くて、ずっと、ずっと言えなかった……。けど、勇気をだして、言うね……。私、男女クンのことが……、好き……。男女クンのことが、大好き……‼」

回り道して、遠回りして、やっと至った沙希の告白。

だが、待望のこの瞬間にも、乙女の表情は、暗い――。

「沙希、ゴメン……。もう、ダメなんだ。僕はもうキミが好きだった両性院男女には戻れない……」

「ううん……。男女クンじゃなくたって、オトメちゃんでもいいの。……ね、オトメちゃん、私をもう一度男の子に変えて。それなら、何も問題ないよね……」

乙女が首を振る。

「ゴメン……。それもできないんだ。僕の『チンパイ』は、一生で一度だけ性別を逆転させる力。僕はもう男には戻れないし、沙希ももう男になることはできない……」

「そんな……！」

沙希の瞳から、一条の涙が零れた。

そんな彼女に、両性院乙女は勇気を振り絞って――。

「顔を上げて、沙希……」

二人の目が、合った――。

「よく聞いて、沙希……。僕の『チンパイ』は、キミを守りたいという僕の気持ちから生まれた力。でも、それだけじゃない。僕は……、僕は現実から逃げてたんだ。僕の本当の気持ちを知れば、キミはきっと僕を嫌いになる。それが怖くて、僕の『チンパイ』は生まれたんだ」

両性院の鞄に眠っていた彼の乳房。肌身離さず持ち歩きながらも、ついに手を付けようとしなかった二つの乳房は――。それは、いつかはこの現実に向き合おうとしながらも、いつまでも悩み続けていた男女の姿そのものであった。

「でも、キミは勇気を出してくれた。キミの告白、本当に嬉しかった。……だから、僕も勇気を出すよ。もう現実から逃げ出さない。キミに対して、堂々と言うよ。僕の気持ちを聞いてくれ。沙希、僕は――」

二人の瞳が、輝いた。

「僕は、キミが好きだ。レズなんだ――」

「私もあなたが好き。レズで構わない！」

天音沙希は、両性院乙女の胸へと飛び込んで――、

死屍累々たる学園の中で、二人の少女の恋がいま始まる――。

*

邪賢王ヒロシマ以下、番長グループ二十九名、全員死亡。
ド正義卓也以下、生徒会三十名、全員死亡。
月読零華以下、魔人小隊四十名、全員死亡。
ユキミ、黒鈴、ムー、『転校生』三名、全員死亡。
第三次ダンゲロス・ハルマゲドン終了。
——魔人殲滅、完了。

〈終〉

『末那識千尋』

＊＊＊＊年＊＊月＊＊日（この世界に時間はない）

目の前で、禿頭の少女が踊っていた――。

男に連れられて入った、ちょっとしたお屋敷の、アンティークに囲まれたちょっとした広間の中で、目の前のソファーに座った禿頭の少女は、たぶん踊っているのだろう、真っ白な両腕を突き出して、狂ったように宙空を掻き回していた。

純白のワンピースをただ一枚身にまとった彼女は、裾から白い素足を覗かせて、胸部では小さな桃色の乳首が薄い布越しに見え隠れしている。視線は空を彷徨《さまよ》い、開けっ放しの口からは涎が際限なく垂れ続けている。頭部穿孔《トレパネーション》の跡だろうか。額には五百円玉程の大きさの穴が開けられて、頭蓋の代わりにガラス片が嵌《は》められている。その向こうには赤味を帯びたものがうっすらと見えていた。

この奇妙な少女の振る舞いを「踊っている」と感じたのは――。それは少女の両脇に座る、これまた純白のドレスを身にまとった二人のショートカットの少女が、各々手にした楽器を奏でていたからである。

いや――。

だが、これを音楽と呼んで良いものだろうか。禿頭の少女の左側では、女の子がフルートと思しき横笛を吹いていたが、この音色が、恐ろしくかぼそく、そして、単調な代物で、有体に言ってとても下手糞なものであった。音楽と――、いや、ノイズと形容することすら憚られる程に。

一方、その反対側、禿頭の少女の右手に位置する彼女も、鼓《つづみ》のようなものを小脇に抱えて気ままにそれを打ち鳴らしていたが、これもリズムもへったくれもない実に下劣な太鼓捌《さば》きで、この二人の演奏を聴いているだけで、なんだか気でも狂いそうな気持ちになってくる。

二人の少女は一心不乱に己の楽器を操っているが、この二人の相違点を挙げるならば、太鼓の彼女が心底楽しそうに、時折、「イェー!」などと奇声を発しながら、くぐもった狂おしい連打を繰り返すのに比べ、フルートの少女は何とも必死な様子で懸命に横笛を吹き鳴らしているのだ。

二人とも若く、可愛らしい細身の女の子たちだった。年齢は十八、九といったところだろうか。フルートの方の女の子が少しだけ年上に見えた。一方、中央のソファーに腰掛ける禿頭の少女の方はさっぱりと年齢が分からない。年の頃はたぶん十四、五歳だと思うのだが、もしかするともっと幼いのかもしれないし、逆にもう少し上かもしれない。中央の子に関しては、とにかく良く分からなかった。

「やあ、みんな。お客様を連れてきたよ――」

と、後ろの男が能天気に明るい声を出すと、二人の少女はパッと演奏を止めてこちらを見た。

演奏が止まると、宙空を彷徨っていた少女の両腕もストッとソファーの上に落ちて、それきりマネキンのように動かない。やはり踊っていたのだろうか――？

後ろの男はこちらに微笑みかけながら言った。

「ごめんね。いま、音楽会の途中だったんだ」

男は、真っ白な学生服のようなものを身に着けていたが、外見から受ける印象では三十歳前後だろうか。雰囲気に若々しさはあったが、それでも年齢を重ねていることは確かだった。とにかく、全身真っ白のいでたちの男女がこの場に四人いたのである。後で聞いた話だと、彼らの純白の衣装は白蓮華をイメージしたものらしい。

男が――確か阿摩羅識《あまらしき》あらかと名乗った彼が――純白の彼女たちに〝自分〟のことを紹介すると、太鼓とフルートの少女はにっこりと笑顔を向けて、よろしくね、よろしくねと口々に言った。中央の少女だけが無反応で、彼女の視線は相変わらず宙を彷徨ったままだった。

次に、例の太鼓の少女が己を指しながら自己紹介する。

「あたし、ゆまって言います。阿頼耶識ゆま。ゆまって呼んでね。それから……」

ゆまと名乗った少女は、向かいに座るフルートの少女を指差して、

「こっちが、そらお姉ちゃん」

と、快活な調子で仲立ちした。そらと呼ばれた少女は少しおどおどとした様子で、再度、よろしくねとだけ言ってはにかんだ。

阿摩羅識に阿頼耶識……。

おかしな名前の者たちだが、しかし、彼らが『神』だとは思えなかった。それよりは、あの子——。中央に座る、禿頭の少女のことが気になっていた。あらかにそれを尋ねると——、

「ああ……。まァ、神様、なのかな……？　そんな大したもんじゃないけど。いや、でも特別な存在ではある、のかな⁇」

と、首を傾げて、自問自答するような曖昧な返事を返してくる。ゆまがニコニコとしながら言葉を継いだ。

「千尋ちゃんは魔人だよ。普通の魔人。あたしたちと一緒。ちょっとスケールが大きいけどね」

これも後で聞いた話だが、彼女の名は末那識千尋というらしい。だが、彼女が本当に『神』なのだろうか？　その宙空を彷徨う朧《おぼろ》な視線を見るに、彼女が本当に思考しているのかどうかすら疑わしい。

「さて——」

と、ここであらかが何かを言いかけると、突然、〝自分〟の手の中にプリンがあった。

いや、良く見ると、阿頼耶識姉妹の手にもプリンが握られている。銀色の器に盛られた可愛らしいプリンが、生クリーム付きで、彼女たちの手の中に握られている。

姉妹はそれをスプーンで掬うと、嬉しそうに小さな唇へと運んで、時には千尋の口元に近づけては、「あーん」などと言っている。あーんも何も彼女の口元は常時開きっぱなしだが、姉妹がスプーンを近づけると、確かに千尋は口をすぼめてスルリとそれを飲み込む。

「さ、キミも遠慮せずどうぞ——。でさ、食べながらでいいから、オレの話を聞いてくれるか

な？」

阿摩羅識あらかがニコニコとしながら言った。

「キミは、自分の世界を作ってみたいと思わないか？」

——と。

世界——。

「キミももう薄々勘付いてると思うけど——」

正面に座る禿頭の少女を見遣って、言う。

「キミが今まで住んでいた世界は、彼女が『認識』していた世界なんだ。世界は千尋嬢の妄念の中に——、妄想の中に生まれる」

だが、それを言うなら、いまこの場にいる〝自分〟も——、いや、阿摩羅識あらかや、阿頼耶識姉妹さえも——。

「——そうだね。オレもキミも千尋嬢の妄想の世界の住人だよ。もっと正確に言うと、千尋嬢の無意識の中にはオレやキミが生まれるための幾つもの可能性があるんだ。例えば、名前とか、性別とか、能力とかね——。その可能性が結晶となって、彼女が個体として『認識』したのがオレであり、キミであり、オレとキミの二人がいれば、——おっと、これは例えばの話だよ？　オレとキミの二人がいればそこに世界が生まれる。オレとキミが互いを『認識』するからね。世界は関係性により作られるんだ」

「つまりね」

あらかの言を補足するように、ゆまが口を挟んだ。

「千尋ちゃんだって、妄想の世界を作るとしても登場人物が一人だけだったら難しいでしょ？　役者はせめて二人くらい欲しいよね？　もちろん、もっと多い方がいいんだけどね。だから、最低二人いれば――」

世界は生まれるの、と彼女は結ぶ。

「そう。だから、世界を作るには最低二人必要なんだ」

と、あらか。

「一人はキミで確定。キミの世界なんだからね。で、もう一人は好きな子を連れてくるといいよ。千尋嬢が『認識』できるだけのパーツを持ってきてね。最初の一人はサービスなんだ。ただ、それから先はオレたちのルールに則って仕事をして、それで人を連れてきてもらわなきゃいけない」

――その仕事は危険なのか、と問うてみる。

「うん――。ちょっと危険なのは……、否定できないかな？　正直、あんまり楽じゃないよ。なかなかイイ子が見つからない時もあるしね。苦労して連れてきても思ったような世界にならないかもしれない。ま、でも、オレたちに言ってくれれば何度でもやり直しはできるからさ」

「初期設定はあたしたちに相談してね。時代設定を変えたい時はあたしに。人と人との関係性を弄りたい時はお姉ちゃんに。あと、何か欲しいものがあればあらかさんに言ってね。学校とか病院とか遊園地とか何でも用意してくれるよ」

阿頼耶識そらも同意するようにこくりと頷く。

「人とか場所とか時代とかね、色んな組み合わせを試していれば、そのうちイイ感じの世界が作れるから。それで十分に幸せな世界ができたら、もう仕事をする必要もなくなるし、どうかな？やってみない？」

少しだけ考えてから――。

〝自分は〟彼らに対して首肯し、承諾の意を伝えた。すると、これに喜んだのだろうか、末那識千尋は「ウゥーゥ」と小さく唸って。

それを聞いた残りの三人は微笑を湛えつつ、静かに、優しく、こう言ったのである。

「『転校生』の世界へようこそ――」

続く

小説『戦闘破壊学園ダンゲロス』の著作権は架神恭介に、本作の表紙及び挿絵の著作権はイラストレーター左氏にありますが、この小説並びに表紙及び挿絵と同一の条件で、他者の二次創作とその利用を無償で許諾することを条件に、この小説並びに表紙及び挿絵を使用した続編、二次創作作品を創作、利用することを無償で許諾します。

また、小説に登場するキャラクター及びその設定並びに世界観などを使用、改変した二次創作は、商用・非商用、個人・法人を問わず、全て自由に行えます。但し、あなたが創作しまたは二次創作したキャラクターとその設定並びに世界観については、同様に第三者が自由に使用、改変し、利用できることを条件とします。

但し、上記の条件は『戦闘破壊学園ダンゲロス』に限ります。架神氏、左氏の他作品については適用されません。また、あなたの創作性を付加しないような、本作の全部または一部の丸写しは上記に定める二次創作に該当せず、著作権者の許諾が必要となりますので、ご注意ください。

解説　論理の徹底、笑いの爆発、現実《リアル》の露呈

藤田直哉

1

徹底した論理と、バカバカしさの同居。この見事さ。

それは、論理的に徹底するがゆえに生まれるバカバカしさでもあり、バカバカしいものをこそ論理的に徹底することで生まれるユーモアでもある。

いや、そもそも、人間や世界すら、バカバカしいものであるという達観した認識にまでぼくたちを導く。しかし、それは祝祭的で、そのような存在である人間そのものを肯定しているようなユーモアもある。だが、同時に、このような世界を丸ごとを突破してしまいたいという強烈な破壊と否定の衝動にも満ちている。

怪作である。同時に、快作である。

あなたが本編を既に読み終わってからこの解説を読んでいるのか、読む前に立ち読みなどで読んでいるのかわからないが、既に読み終わったなら、面白さは存分に味わっただろうから、ぼく

が特に何かを言う必要はないだろう。まだ読んでいない方なら、これから初めて読む楽しみがあるということで、うらやましい。本作の面白さは、保証します。これだけの分厚い文庫本で尻込みしているかもしれませんが、一気に読めるので安心してほしい。

この作品のジャンルを簡単に紹介するとすれば、「学園異能バトルもの」に一応は分類されるだろう。

「学園異能バトルもの」とは、学校を舞台に、特殊能力を持った人たちが戦いあう作品の類型を指す。

「異能バトル」とは『ジョジョの奇妙な冒険』（荒木飛呂彦）がその典型だが、様々な特殊能力を持ったキャラクターたちが、様々な組み合わせや作戦で戦うのを楽しむものである。宇野常寛によれば、このような類型が流行しているのは、一時期のジャンプ漫画のように、トーナメントで「最強」を目指すような高度成長時代の「大きな物語」の時代が終わったからである。一元的な能力である頂点を目指す戦いをするのではなく、様々な能力者同士が生き残りを賭けて戦うのが、ポストモダンかつ新自由主義の現在の社会・経済・労働環境などと適合しているというわけだ。

「学園」もまた、この時代を象徴するエンターテイメントの類型であると呼ばれることが多い。宇宙やら冒険やら、地球の滅亡やらの「デカイ」エンターテイメントが流行してきた時代と比較すると、学校を舞台にした小さな人間関係を描くタイプの作品が多いことは明らかである。その理由に、「社会全体が学校化した」とか「関係性に社会全体の関心がシフトした」「エンターテイメントの基盤にできる共通体験が学校ぐらいしかなくなった」などの説が挙げられることが多いが、どの説が有力なのかはまだ定まっていないようである。

こう説明すると、「なんだ、流行に乗っかった何匹目かのドジョウの作品か」とあなたは思うだろう。それは正しい。

ただし、このドジョウは、その「流行」自体を破綻に追い込むような、悪意に満ちたドジョウなのである。

では、このドジョウは、どんなドジョウか。

それを知るためには、作者・架神恭介のこれまでの作風を追う必要がある。

彼は、これまで、ベストセラーとなった鶴見済『完全自殺マニュアル』のタイトルをパクった『完全パンクマニュアル』『完全教祖マニュアル』『完全覇道マニュアル』を書き、岩崎夏海『もし高校野球の女子マネージャーがドラッカーの『マネジメント』を読んだら』が流行ったら『もしリアルパンクロッカーが仏門に入ったら』を書いてしまう、便乗商法の名人である。

もちろん、この世には、単なる「便乗商法」は無数にある。それ自体が悪いわけでもない。資本主義の運命である。

架神恭介が行っているのは、むしろ、「便乗商法」のパロディ、コピー品の露悪的なコピーのようなものである。

売れているマニュアル本、自己啓発本、ビジネス本などの体裁を採り、その内容や構造を皮肉にパロディ化し、便乗商法という出版の苦しい懐事情自体も嘲弄しながら、その中に教育的で啓蒙的で思想的な毒を盛り込もうとする。

古き良きパロディ、古き良きアイロニーの戦略を、作品の中だけではなく、出版業界全体の文脈の中で行っている知的で巧妙な作家、それが架神恭介である。

かつて、アヴァンギャルド（前衛）が、ポップ（大衆文化）の中で生き残れない状況が嘆かれたことがあった。そこで、ラリイ・マキャフリイという人物が「アヴァン・ポップ」という概念を作り、「添い寝して刺せ」ということを言った。資本主義や流行と同衾《どうきん》したフリをして、夜中にナイフで刺し殺してしまえということである。本作のやろうとしていることは、それを思い出させる。「売れる」ため、「生き残る」ために、流行に擬態して、自分の言いたい毒をこっそり混ぜる。

そうすることで、自分にそれを「強いる」何かを極限にまで持っていってぶち壊してしまうような、限界にまで追い詰めていくような、そんなエネルギーに満ち満ちているのが本作である。

本作は、「学園異能バトル」を極限にまで追い詰め、自壊させ、その先はもうない、というところにまで追い詰めにかかっている。このドジョウは、どうもそういうことをしかねない、凶暴なドジョウであるようだ。

2

先に「古き良きアイロニーの戦略」と書いた。

これは、柄谷行人の言う「アイロニー」の概念を踏まえている。「脱構築」とほぼ同一の意味で使われるこの言葉は、ある体系の中で論理を徹底させることで、矛盾に追い詰め、自壊させてしまうということを意味する。

本作には、そのような意味で、「学園異能バトル」というジャンルの限界まで突っ走っていってしまい自壊に至る瞬間が見事に現れている。

この「論理性」の徹底こそ、本作の最大の美徳である。

凡百の少年漫画であれば主人公が追い詰められると、なんかよくわからないパワーが目覚めたり、想いの力でなんとかなったりするが、本作ではそういうことは起こらない（続編『飛行迷宮学園ダンゲロス』では、そういう能力を持ったキャラクターが出てきて、茶化される）。「魔人」という超能力を持つ人物たち、『転校生』と呼ばれるさらなる力を持った存在、そして一般人たちが戦うが、どんなキャラクターでも、法則／能力の作動を免れることはない。ゲームのルールは冷徹に作動する。「設定」自体は非現実的だが、作動は厳密である。

それぞれ違う能力や特性を持っているキャラクターたちが、勝ち、生き残るあらゆる手段を模索する。戦争と同じで、手段は問わないのだ。その「手段」の選択肢・可能性の考えられ方が練りに練られている点が素晴らしい。ぼくたち読者が蓄えてきた物語のパターンの裏をかく展開がそれによって可能になっている。

このような内容を可能にしたのは、「ダンゲロス」が元々は、オンライン上で行われていたウォーシミュレーションのゲームであったことによる（http://www34.atwiki.jp/hellowd/）。「ダンゲロス」はプレイヤーが参加して、数週間でキャラクターを作り、戦略を練って、一日3〜5

ターンぐらいプレイし、それが数日続く、というタイプのゲームである。本作に出てくるキャラクターは参加者によって作られたものであり、物語内容も実際のプレイを参考にしている部分がある（TRPG業界では、ゲームプレイを元に小説化したものを「リプレイ」と呼ぶが、本作にもリプレイ的な性質がある）。

インターネットで行われていたという性質上、そこにはふざけ半分の参加者が多く来るわけだが、このゲームがスタートした当時はまだ、インターネットにとっても「古き良きアナーキー」の時代だったように思われる。

現在のような、炎上や、集団リンチや、自宅まで突き止めてしまうほど「悪ふざけ」が激化していない時代――まだ「悪ふざけ」が、ネット内での猥雑な祝祭性に寄与していただけで済んでいた時代。「制御された悪ノリ」のようなものが実現し、「集合知」という言葉にもまだ期待ができていた時代――

およそ悪ノリで作られたようなキャラクターや能力たちが、「ルール内ではあるが、思いつかないようなやり方」で戦う本作に、「集合知」の夢の残滓を嗅ぎ取るのは、ぼくだけではないだろう。

たとえば、「ぴちぴちビッチ」という能力を持つ女子高生・鏡子は、なんと手コキで、射精に至らせるか至らせないかギリギリの状態で至福の性的快楽を与える能力を持っている。バカバカしい悪ふざけみたいなキャラクターと能力ではないか。しかし、それがちゃんと物語的に意味をなすのである（この解説の筆者であるぼくと、本書の担当編集は、打ち合わせで「鏡子ちゃんいいっすよねー」などと話していた。マジでバカである）。

「ハルマゲドン」という作中の言葉にも、何かネットの祝祭性と関連した「懐かしさ」をどうしても覚えてしまう。パソコン通信でのリアルタイムのやりとりと新聞連載を連動させた筒井康隆の『朝のガスパール』『電脳筒井線』では、悪ふざけを行う人たちが増加し、「ハルマゲドン」が起こると後半では参加者が騒いでいた。

2ちゃんねる的なノリを小説に導入した舞城王太郎も『阿修羅ガール』の中で、祝祭的な暴力の発露を「アルマゲドン」と読んでいた（余談だが、異能バトルものを論理的に徹底して自壊させる別の極限的な作品に、舞城の『JORGE JOESTAR』がある。本作とは徹底の方向性や、「枠」の扱いなどに違いが見られて興味深いのだが、ここでは比較を展開する紙幅はないので、示唆に留める）。

ダンゲロスにおける「ハルマゲドン」には、そのような、インターネットにおける祝祭性の、ワクワクするニュアンスが残っている。

二〇一〇年代以降のネット環境では、このような祝祭性、ハルマゲドン、集合知、悪ふざけなどが、九〇年代からゼロ年代のネットユーザーの心理において内的連関を持っていたことが実感を持って理解されにくくなってくると思うので、ここに一つの証言として記しておく。

3

さて、本作における「論理の徹底」の意義について、もう少し別の側面から解説してみたい。

ぼくの理解では、架神恭介は、「露悪的なやさしさ」と、「教育的なバカバカしさ」というアイロニカルなテクニックを用いながらも、本質的には啓蒙家であり、伝道師である。もちろん、本作もそのような側面のある作品である。

これについては、これまでの彼の著作も参照してみるのが早い。

たとえば、辰巳一世との共作である『よいこの君主論』。これはマキャベリを用いて、統治する側の視点から人間管理をする方法を露悪的に書く。日本人が思考することを嫌う「マキャベリズム」を、学校のクラスを舞台に、生々しく理解させてくれる。

あるいは、同じく辰巳一世との共著である『完全教祖マニュアル』では、日本人がなんとなく深く考えることのない「宗教」というものを、ろくに信仰心も神秘体験もしたことのないぼくたちに、人間を統治したり精神を安定させるためのテクニックとして、ロジカルかつ瀆神的に説明してくれる。

『仁義なきキリスト教史』では、日本人にはわかりにくいキリスト教の「信仰」やセクト争いの歴史を、ヤクザにおける仁義や抗争に置き換えてわかりやすく説明してくれる。

これらの作品は、社会学者の橋爪大三郎が『世界がわかる宗教社会学入門』や、大澤真幸との共著『ふしぎなキリスト教』で行った仕事を、より世俗的で大衆的で、マンガが好きそうな読者にまでリーチできるように行った試みのように思われる。エリートの集まりであった「小乗仏教」ではなく、それを「方便」を用いて民衆に布教し救済しようとした「大乗仏教」の姿勢なのだ。

ここで言う「方便」とは、本稿冒頭の言葉で言えば「流行」のことである。自己啓発本やマニュアル本の体裁などを採ることで、そうしなければリーチできない人たちに、重要なことを教えてくださるのだ。

なんとありがたいことであろうか、なんとおやさしいことであろうか。

本作も、エロとヴァイオレンスに満ちた山田風太郎リスペクトのエンターテイメントの「方便」を採りながらも、本質はありがたい、現代を生きるための啓示なのである。

わたくしめのような、下衆で下品な欲望に満ちた衆生には、このような暴力やエロに満ちたエンターテイメントは、面白くて仕方がないのであります。

「勉強」や「啓蒙」などといわれると、「めんどくせ」「やなこった」となるのが、人情である。

しかし、本作は、面白がっているだけで、自然に学べるようにできている。

学べるのは、論理的に考えることの大切さと、面白さである。

いくら弱っちくても、たいした能力がなくても、しっかり戦略・戦術を練って冷静に行動すれば生き残れるかもしれない。あらゆる可能性を無意識に排除せずに選択肢として浮上させることで、思わぬ道が見つかるかもしれない。

そして見つかったら、躊躇《ため》わずに実行すること。感情や情緒で曖昧にしないこと。

なかなか難しいことではある。しかし、学校という過酷な環境で生き延びるためには、それが重要なのではないか。

学校だけではない。ろくに身体能力がなく、容姿にも恵まれていない弱い存在とは、世界における日本という国家のことと考えても良い。資源にも恵まれないこの小さな国は、かつては非合理な精神主義で隣国を侵略したり竹やりでB－29を落とそうとしたり爆弾を持って自爆テロをしたりしてしまった。

論理的な思考や、意思決定を行うのを阻害する様々な要因に満ち満ちたこの国の「思考」のOSを根底的に、民衆のレベルから変えていこうとするのが、架神恭介のミッションなのではないか。

そもそも、「架」の「神」などと、十字架に張り付けられたキリストのような厚顔無恥な名前を名乗ってしまうような人間である。露悪的にマキャベリズムや宗教の手口を解説すれば、日本社会の精神的風土からして、石を投げられて追いやられるぐらいのことはわかっているのだろう。

わかっていながらも、「空気」や「無意識」が思考にバイアスをかけて生まれる「盲点」「裏側」を衝きつけ続けることをやめることができない。それは、悪戯心でもあるだろうし、真摯《しんし》な非難でもあるし、警告でもある（こういうことを、キリストもやったし、道化師もやっていた）。

露悪的で、論理的で、啓蒙的でありながら、ユーモラスで猥雑でもあるこのような作品を「書き続けてしまう」ことの、業というか、使命感というか、ある種の恭《うやうや》しさというものが、確かにここにはある。

そんな彼の、小説としての最高傑作が本作である。以降に出版された『ダンゲロス１９６９』や『戦慄怪奇学園ダンゲロス』『ダンゲロス・ベースボール』などと比べても、本作の徹底度と破壊度はずば抜けている。まずは本作からダンゲロス・ワールドに入門するのがいいだろう（インチキ実用書の傑作『よいこの君主論』もオススメする）。

4

最後に、本作の「リアリティ」について、触れておきたい。

荒唐無稽な設定と展開で「ゲーム的」な小説を現実と関係のない小説であると低く評価する「リアリズム至上主義者」もいるだろうが、それは誤解である。本作はきっちりとリアリティと切り結んでいる作品なのだ。以下、その点について指摘しておきたい。

筆者は今「解説」と称してエラソーなことを書いているが、鏡子ちゃんが好きだし、「はわわ〜」とジタバタする番長に胸がキュンキュンしてしまうのである（ちなみに、「はわわ」は架神作品に頻出する重要単語である。誰か全文検索で出現頻度などを分析すると良い）。

こんなあざとい設定に、あざとくてもちゃんと引っかかる自分の脳のダメさを自覚させられる。これが重要なのである。

スラヴォイ・ジジェクは、『イデオロギーの崇高な対象』で、シニシズムを「本当はそれが嘘である事を知っている。しかしだからこそ、彼等はそれを信じるふりをやめられない」と定義した。だが、ぼくらが生きている世界は「本当はそれがあざとい虚構であることは分かっている。だけれど、そんな事情とは関係なく、脳に快楽が生じてしまう」という、身も蓋もない世界であり、これはジジェクが現代社会を分析して言うシニシズムというものとはちょっと違う。脳に対するダイレクトなハッキングのようなものだ。

それは、虚構であるとわかっている。実在しないキャラクターであるとわかっている。しかし、脳は反応する。

脳は、刺激のインプットに対して、それが外部から来たものなのか内部から来たものなのかを区別するのがあまり上手ではない。内から来た刺激と、外から来た刺激をよく取り違える。「どこからの刺激か？」を検討する能力を「現実検討能力」と呼ぶが、これが機能しなくなってくると、いわゆる病的な妄想の状態に陥る。

ぼくらは、現実と虚構を、ある程度は区別できるが、ある程度は区別できないような生を生きている。それは「ゲーム脳」とか、「統合失調症」になっているということではない。脳というものの本質的な検討能力の限界に関係している。現代ではこれを利用して脳科学やポジティヴ心理学を応用した「脳内報酬系などへの刺激」を与えることが文化産業の中心的な役割となってくる。ソーシャルゲームなどで目当てのキャラが手に入ったときの快楽、パチンコでフィーバーしたときなどを想像してもらえばいい。それはゲームだけではない。SNSなどの「いいね！」の数で喜びを得させるなどの形で、社会の様々な領域に実装されている。

そのような、脳科学的な操作の対象としてぼくたちは生きている。自分自身の「意志」や「自由」を疑わせるような管理や操作の技術が存在していることも知っている（使う側として知ることもあるし、使われる側として知ることもある）。

人間を、ロジカルな操作の対象として扱うこと自体は、政治学や経済学などではありふれたことである。コンピューターができてからは、シミュレーターの精度も上がった。社会学、心理学、脳科学などの発達により、人間の集団を「モデル化」する精度も上がったし、それらのシミュレーションの結果を現実に応用し、成功を収めている。たとえば、ショッピングモールの動線の設計などがそうだ。

ぼくたちが、「ゲーム」というモデルに、自己のリアリティを投影しがちになるのは、そのような環境の変化と関係しているのではないだろうか。既にぼくたちが、ルールの上で動いている「コマ」のようなものとして扱われ、そのことが無意識に自覚されているから、作中人物たちへの感情移入の度合いが高まっているのではないだろうか。そして、そのことへの意識的・無意識レベルでの「不満」があるがゆえに、「ゲームのルール」を徹底することで自壊に導く本作の物語に心躍らせるのではないか。

そして何より、「論理の徹底」という本作の「啓蒙的」「思想的」な側面こそが、私たちのリアリティと決定的に切り結ぶのは、「思考しないようにしている」盲点を衝いてくるからだ。

東日本大震災以降の私たちのリアリティは、「想定外」のことが「起きる」ということを知っている。「安全神話」は、現実に起きたことを想定していなかった。少年漫画の主人公のように自分には「起きないはずだ」という思い込みが、論理を超えて言説を支配していたようだ。そして、事故が起き、危機が訪れても、少年漫画のように、奇跡の力が目覚めることもなく、物理法則に従って淡々と対策の戦術・戦略を練る必要に駆られている。震災前の原発に関する日本の支配的な理解のパターンは、「現実検討能力」を欠いており、論理的に考えればありえる可能性を、妄想的にないことにしてしまっていたのだ。

本作が2011年2月に発表されたというのは、偶然に過ぎない。が、本作が批判し、警鐘を鳴らし続けてきたことが、より身に迫って感じられるような状態に、ぼくたちの感性は変化したのではないか。

「想定可能」なはずなのに様々なものを「想定外」にしてしまっているぼくたちの認識の盲点を衝くという構造。論理的に可能性や選択肢を網羅していけば思考から抜け落ちるはずがないのに、「なんとなく」「ジャンルの慣習で」思考しない領域が自分自身にあることを、作品の展開で次々と思い知らされ、反省させられ、突きつけられる。それこそが、「リアリティ」を生じさせている。その構造そのものが、ぼくたちが、現実で体験してしまった世界体験と、よく似ているからだ。

荒唐無稽な設定とキャラクターによる「単なる虚構」だが、この世界と、人間のことを書いているように感じられるのは、この効果である。本作が虚構を経由することで、単なるリアリズムでは到達することの困難な「リアル」に迫りえているのは間違いがない。その上で、その世界をさらに突破してしまおうという「衝動そのもの」こそが、新しい世界のあり方を求めている現代のぼくたちを、共感の震えに誘うのだ。

本書は、二〇一一年二月に講談社より刊行された。

ちくま文庫

戦闘《せんとう》破壊《はかい》学園《がくえん》ダンゲロス

二〇一六年五月十日　第一刷発行

著　者　架神恭介（かがみ・きょうすけ）

発行者　山野浩一

発行所　株式会社　筑摩書房
東京都台東区蔵前二―五―三　〒一一一―八七五五
振替〇〇一六〇―八―四一二三

装幀者　安野光雅

印刷所　三松堂印刷株式会社

製本所　三松堂印刷株式会社

乱丁・落丁本の場合は、左記宛にご送付下さい。
送料小社負担でお取り替えいたします。
ご注文・お問い合わせも左記へお願いします。
筑摩書房サービスセンター
埼玉県さいたま市北区櫛引町二―六〇四　〒三三一―八五〇七
電話番号　〇四八―六五一―〇〇五三

ISBN978-4-480-43357-2　C0193